戲曲學（一）

曾永義 著

三民書局

國家圖書館出版品預行編目資料

戲曲學(一)／曾永義著.－－初版一刷.－－臺北市：三民, 2016
面； 公分.－－(國學大叢書)

ISBN 978-957-14-6136-6 (第一冊：平裝)

1.戲曲

824　　105004011

著作人	曾永義
發行人	劉振強
著作財產權人	三民書局股份有限公司
發行所	三民書局股份有限公司
	地址　臺北市復興北路386號
	電話　(02)25006600
	郵撥帳號　0009998-5
門市部	(復北店) 臺北市復興北路386號
	(重南店) 臺北市重慶南路一段61號
出版日期	初版一刷　2016年3月
編號	S 980100

行政院新聞局登記證局版臺業字第〇二〇〇號

ISBN 978-957-14-6136-6 (第一冊：平裝)

http://www.sanmin.com.tw　三民網路書店

自序

一九六四年九月我進入臺灣大學中國文學研究所，始從鄭師因百（騫）、張師清徽（敬）治戲曲。一九六七年六月以《洪昇及其長生殿》獲臺大文學碩士學位，一九七一年九月以《明雜劇概論》獲教育部國家文學博士學位。同年留校任副教授，迄今未嘗離開教職，未嘗離開戲曲，而行年將屆七十有五，皤然一翁矣。

五十二年來，我的學術和教學範圍，以戲曲為主體，而以俗文學、韻文學和民俗藝術為羽翼。檢點總體成績，有兩本學位論文，和《蒙元的新詩——元人散曲》（一九八一）、《說民藝》（一九八七）、《臺灣歌仔戲的發展與變遷》（一九八八）、《中國古典戲劇的認識與欣賞》（一九九一）、《俗文學概論》（二〇〇三）、《戲曲腔調新探》（二〇〇八）、《戲曲源流新論》（二〇〇八）、《地方戲曲概論》（二〇一一）等專書十一種；另有期刊論文一百四十三篇，結集於《中國古典戲劇論集》（一九七五）、《說戲曲》（一九七六）、《說俗文學》（一九八〇）、《詩歌與戲曲》（一九八八）、《參軍戲與元雜劇》（一九九二）、《論說戲曲》（一九九七）、《從腔調說到崑劇》（二〇〇二）、《戲曲與歌劇》（二〇〇四）、《戲曲本質與腔調新探》（二〇〇七）、《戲曲之雅俗、折子、流派》（二〇〇九）、《戲曲與偶戲》（二〇一三）、《戲曲新論十題》（二〇一六）等十二書之中。

去年春間，臺大中文系所主任李隆獻教授，一再要為我於今年（二〇一六）四月舉辦「曾永義先生學術成就與薪傳國際學術研討會」，我何德何能敢膺此榮寵；然盛情難卻，乃冒犯不諱。

而文化部傳統藝術中心主任方芷絮，聞知其事，更要為我出版一九八七年以來所撰京劇、崑劇、豫劇、歌劇、歌仔戲劇本十八種，編輯為《蓬瀛五弄》和《蓬瀛續弄》，交由國家出版社印行；並發動所屬國光劇團、豫劇團兩單位，同時徵得戲曲學院張瑞濱校長欣然允諾其學院之京崑劇團共同參與，以配合二十三、二十四兩日研討會期間，分別演出其中七齣折子戲和全本崑劇《梁山伯與祝英台》，使大會添加光彩；我真不知如何感激才好。

而三民書局發行人劉振強先生，禮遇敬重讀書人不遺餘力，久為吾輩所景仰；既已為我出版《俗文學概論》、《地方戲曲概論》，又三度預付部份稿酬，與我簽訂《戲曲學》之約，使我感激之餘，不敢稍事懈怠；前年（二〇一四）十月，縱使我大病一場，於療養期間，亦未曾疏懶。而今，文稿初就，乃將《戲曲學》分作以下十二論：

壹、導論

一、戲曲發展簡說

二、「戲曲學」之建構

三、兩岸戲曲在今日因應之道

貳、資料論

一、論說「戲曲資料」之五種類型

二、論說戲曲文獻資料之解讀

參、劇場論

一、宋元瓦舍勾欄及其樂戶書會

二、戲曲劇場的五種類型

肆、題材關目論

一、地方小戲劇目之題材內容

二、元人北曲雜劇劇目之題材內容

三、宋元南曲戲文劇目之題材內容

四、明清傳奇雜劇劇目之題材內容

五、地方四大腔系劇目之題材內容

六、戲曲劇目題材可注意的三種現象

伍、腳色論

一、戲曲腳色概論

二、前賢「腳色論」述評

陸、戲曲結構論

一、前賢之「戲曲外在結構論」

二、筆者之「戲曲外在結構論」

三、戲曲之「內在結構論」

四、筆者對「排場」理論之運用

柒、戲曲語言論

一、宋代以前與戲曲相關的記載
二、元代戲曲學專書述論
三、明代戲曲學專書述論
四、明代戲曲學之零金片羽
五、清代戲曲學專書述論
六、清代戲曲學之零金片羽
七、近代戲曲學專書述論

拾壹、論說「戲曲歌樂基礎」之建構

一、歌樂之關係
二、戲曲音樂本身之構成元素
三、戲曲腔調的語言基礎及其載體
四、戲曲曲牌之來源、類型、發展與北曲聯套
五、戲曲曲牌之建構與格律之變化
六、宋代樂曲對南北曲聯套之傳承
七、傳奇套式與排場之建構
八、戲曲歌樂雅俗的兩大類型——詩讚系板腔體與詞曲系曲牌體

拾貳、曾永義戲曲史論文彙編

含論文四十三篇，錄其要目十種如下：

一、也談戲曲的淵源、形成與發展
二、先秦至五代「戲劇」與「戲曲小戲」劇目考述
三、參軍戲及其演化之探討
四、也談「南戲」的名稱、淵源、形成和流播
五、也談「北劇」的名稱、淵源、形成和流播
六、再探戲文和傳奇的分野及其質變過程
七、論說戲曲雅俗之推移
八、論說「折子戲」
九、中國地方戲曲形成與發展的徑路
十、中國歷代偶戲考述

其中第壹論至第柒論合為第一冊，第捌論至第拾論合為第二冊，第拾壹論為第三冊，第拾貳論含論文四十三篇合為第四冊，依次出版。全書約一百五十餘萬言。其第三冊《論說「戲曲歌樂基礎」之建構》為科技部「行遠計畫」委託撰著之書，謹此致謝。而三民書局編輯同仁也加緊作業速度，希望趕在四月為我出版《戲曲學》第一冊，使能與研討會「共襄盛舉」，我同樣銘感於心。

《戲曲學》可以說是以上述拙著二十三書為基礎，重新建構體系，聯鎖融會其相關論述，又或補苴其不足，或修訂其疑義，或創發為新論，庶幾使讀者能更清楚的看出我對戲曲的整體見解。而我也打算此後以《曾永義戲曲史論文彙編》之重要觀點和創發，效靜安先生《宋元戲曲史》之撰述方法，寫作《中國戲曲史》。希望天假我年，使我健康，完成我的宿願。

二〇一六年二月八日晨六時歲次丙申元旦曾永義序於森觀寓所

戲曲學㈠　目次

參、劇場論

肆、題材關目論

伍、腳色論

陸、戲曲結構論

壹、導論

一、戲曲發展簡說

(一)戲曲的民族、戲曲的國家

中華民族是戲曲的民族，中國迄今還是戲曲的國家；因為具有長遠的歷史和眾多的劇種。據拙作〈先秦至唐代「戲劇」與「戲曲小戲」劇目考述〉，就中如《禮記・郊特牲》的先秦「蜡祭」，可見巫覡之賽社報神儀式，可以妝扮演故事產生「戲劇」；《周禮・夏官・司馬》中殷商「方相氏」之驅儺，可見巫覡驅疫禳災儀式，亦可以妝扮演故事，產生戲劇。而《史記・樂書》的周初「大武」之樂，於宗廟祭祀時演出武王伐紂等故事，更為實質之「戲劇」，其年代距今三千一百餘年。至若《楚辭・九歌》巫覡之歌舞妝扮並代言以演故事，則直為「戲曲小戲」群矣，至今二千五百餘年。若此，中國戲劇、戲曲之源生，何必晚於西方戲劇！

宋金以後，歷代劇種以大戲為主流，皆一脈相承，有宋元南曲戲文、金元北曲雜劇、明清傳奇、明清南雜劇、清代亂彈京戲，以及近代地方戲曲。就地方戲曲而言，雖社會變遷急遽，凋零頗多，但起碼尚有大戲劇種兩百餘種，小戲劇種百餘種，偶戲劇種數十種；其與崑劇和京劇，仍然像歷朝歷代一樣，時至今日仍舊深入社會各階層，脈動著廣大群眾的心靈，闡發著共同的民族意識、思想、理念和情感。

㈡戲曲小戲的質性

就戲曲表演藝術而言，其所謂「小戲」，就是「演員合歌舞以代言演故事」。除上文言及的儺儀小戲外，歷代尚有宮廷官府演出的優伶小戲，如唐參軍戲和宋金雜劇院本；以及民間演出的鄉土小戲，如漢歌戲，唐「踏謠娘」，宋金雜班，明過錦戲。近代鄉土小戲則為演員少至一人或三兩人，情節極為簡單，藝術形式尚未脫離鄉土歌舞的小型戲曲之總稱；其具體特色是：一人單演的叫「獨腳戲」，小丑小旦合演的叫「二小戲」，加上小生或另一小旦或另一小丑的叫「三小戲」。劇種初起時女腳大抵皆由「男扮」；其妝扮歌舞皆「土服土裝而踏謠」，意思是穿著當地人的常服，用土風舞的步法唱當地的歌謠。因為是「除地為場」演出，所以叫做「落地掃」或「落地索」或「地蹦子」。其「本事」不過是極簡單的鄉土瑣事，基本上選用即興式的表演，以傳達鄉土情懷；往往出以滑稽笑鬧。保持唐戲「踏謠娘」和宋金雜劇院本「雜班」的傳統。

㈢戲曲大戲的質性和藝術地位

其所謂「大戲」，即對「小戲」而言；也就是演員足以充任各門腳色扮飾各種類型人物，情節複雜曲折足以反映社會人生，藝術形式已屬綜合完整的大型戲曲之總稱。一九八二年，筆者在〈中國戲曲的形成〉中，給「大戲」下了這樣的定義：「中國戲曲大戲是在搬演故事，以詩歌為本質，密切融合音樂和舞蹈，加上雜技，而以講唱文學的敘述方式，通過演員充任腳色扮飾人物，運用代言體，在狹隘的劇場上所表現出來的綜合文學和藝術。」可見「綜合文學和藝術」的「大戲」是由故事、詩歌、音樂、舞蹈、雜技、講唱文學敘述方式、演員充任腳色扮飾人物、代言體、狹隘劇場等九個元素構成的。如果將「小戲」看作戲曲的雛型，那麼「大戲」就是戲曲藝術的完成。

也因為戲曲大戲是由上舉九個元素所構成的綜合文學和藝術，所以若論其質性，也應當由這九元素入手考察。而我們知道，歌舞樂是戲曲美學的基礎，本身皆不適宜寫實；如此加上狹隘的劇場作為表演空間，自然產生「虛擬象徵性」非寫實而為寫意性的表演藝術原理。而為了使「虛擬象徵性」達到優美的藝術化，使演員的唱作念打、手眼身髮步「四功五法」有所遵循的規範，使觀眾有便於溝通聆賞的媒介，就逐漸形成了宋元間所謂的「格範」（訛變為「科範」和「科泛」），這也就是今日取義模式規範的所謂「程式」；用此「程式性」對「虛擬象徵性」有所制約，然後戲曲的表演藝術原理「寫意性」才算完成，並從中衍生了歌舞性、節奏性、誇張性與疏離且投入性等戲曲大戲質性。

而戲曲大戲又由於演出場合不同，劇場、劇團也跟著有所差異。此所以廣場廟會、勾欄營利、宮廷慶賀、堂會清賞，其所演出的內容和形式也自然各具特色；而說唱文學藝術對戲曲產生利弊相生的強力影響又為不爭的事實，因此而使戲曲成為「詩劇」，同時具有豐富的故事題材和音樂內涵，但也使戲曲有「自報家門」的尷尬，有濃厚的「敘述性」，從而促使其關目布置但有「展延性」而缺乏逆轉與懸宕，終不免刻板與冗煩之譏。加上明清兩朝律令森嚴，更使得題材不出歷史與傳說範圍，且層層相因蹈襲；功能止於「娛樂性、教化性」兼具的「寓教於樂」一途，而其在獎善懲惡之餘，必使得觀眾對劇中人物之「類型性」而愛憎判然；戲曲乃因此而很少能反映現實和寄寓深刻不俗的旨趣思想。

然而中國戲曲畢竟與希臘戲劇、印度梵劇同列為世界三大古劇，同為人類藝術文化的瑰寶。倘若再論其源遠流廣，儘多變化而緜延相承，迄今不衰；其舞臺藝術終於臻為高妙而完整，其文學價值可與詩詞並觀；則中國戲曲絕非希臘戲劇與印度梵劇所能望其項背。即戲曲的基本原理「寫意性」，其突破時空的制約，使場面可以自由流轉，也同樣不是西方劇場的「三一律」所能比擬。而中國戲曲演員，必須集歌唱家、舞蹈家、音樂家於一身的藝術修為，也自然為東方歌舞伎演員與西方歌劇演員所望塵莫及。所以代表中國戲曲文學藝術最優雅最精緻結合的崑劇，於二〇〇一年五月被聯合國教科文組織公布為首批「人類口述和非物質遺產代表作」，可以說是實至名歸。

至於偶戲，發展至今已成為「大戲的縮影」，只是將真人改由偶人來扮演而已，高明的演師總會讓偶人栩栩如生。然而其歷史亦相當久遠：中國木偶原用於喪葬與辟邪，其進入歌舞百戲的時代在漢初（西元前二〇六），迄今兩千兩百餘年；其用為說唱演述長篇故事見於盛唐玄宗時（七一二—七五五），迄今一千二百數十年；其傀儡戲與影戲多藝逞能，其極偶戲藝術文學之至者則在兩宋（九六〇—一二七八），當時傀儡論其操作有懸絲、水、杖頭、肉、藥發五種；影戲論其材質有手、紙、皮三種；迄今千餘年。西方有許多學者認為影戲始於中國宋代。而後起之秀布袋戲，百餘年來在臺灣有光輝燦爛之歲月。而今大陸之偶戲，諸多改良，無論懸絲傀儡、杖頭傀儡、布袋戲與影戲，皆能別開境界，融入生活發皇國際，則中國為偶戲之古國與大國，誰曰不宜！

(四)戲曲躋入學術發為顯學

可是像中國戲曲這樣優美而重要的文學藝術，竟為史志所不錄，歷代政府由中央到地方，禁戲之命令，更充斥文獻。緣故是中國士大夫以經史子集為傳統，視戲曲為小道末枝，認為是「不登大雅」的低俗藝術。這種看法，縱使晚至民國五四運動諸君子眼中亦不能免；即今日國家最高研究機構，居然尚有德高望重者斥之為「沒有思想」、「沒有文化」。所幸有識之士如王國維以《宋元戲曲史》等《曲學五書》，方才開闢了戲曲學術門徑，吳梅《顧曲塵談》、《南北詞簡譜》等才躋入大學講堂。從此薪傳有人，盧前、任訥承襲吳氏衣缽。而後縱使兩岸隔絕，而彼岸周貽白之戲曲史著作踵繼觀堂而有《中國戲曲發展史綱要》等書，胡忌《宋金雜劇考》、陸萼庭《崑劇演出史稿》等雖為劇種研究，而皆為經典之作。此外，中山大學之王季思，中國藝術研究院之張庚、郭漢城，南京大學之錢南揚、吳新雷，上海戲劇學院之陳多，山西師範大學之黃竹三等更能羽翼門徒，各有鉅著佳篇，其所在地，皆具規模而儼然成為戲曲研究重鎮；促使戲曲學成為大學之重要學科；而其春風化雨、桃李成林，更促使戲曲研究欣欣向榮，於今卓然有成，已為顯學。而海峽此岸，經由追隨政府遷臺的鴻儒大師，努力播種，辛勤培育，用心述作者亦不乏其人。如齊如山先生《國劇藝術彙考》、俞大綱先生《戲劇縱橫談》、汪經昌先生《曲學例釋》，以及先師鄭因百（騫）《景午叢編》、《龍淵述學》、《北曲新譜》等，先師張清徽（敬）《明清傳奇導論》、《清徽論學集》等，皆能尋繹方圓，鑑定規矩，從而啟迪後學；其門弟子，亦多能追述提要，爬梳綱領，沿波溯流而間入新知，發為文章，使臺灣亦成為舉世不可忽視之戲曲研究中心。

二、「戲曲學」之建構

然而發展完成之戲曲既然是各種文學與各種藝術之綜合體，若欲從事其批評、創作與研究，則所具備之學識與修為，就自然不是貧乏或淺薄所能勝任。

譬如如果不知關涉戲曲資料之取得有五種面向：文獻、文物、調查、訪問、觀賞，而對其最主要之文獻要籍所知有限，對戲曲劇種源流脈絡之發展變遷亦未有精確之認識，則如何研究而有成。何況尚不止於此：尚應熟知劇場有廣場踏謠、高臺悲歌、勾欄獻藝、氍毹宴賞、宮廷慶壽等五種類型，因其建構形式有別，則必使戲曲之演出場合、內容、藝術、功能和觀眾亦為之而有異；對於戲曲之題材劇目，小戲、大戲自不能去取相同，而何以金元北曲雜劇、宋元南曲戲文、明清傳奇雜劇、清代亂彈皮黃雖取徑殊異、各有特色，而卻大抵不出史傳傳說。又何以戲曲演員要充任腳色來扮飾人物，其來龍去脈如何？其對於戲曲之質性與演出產生何種影響。而戲曲之「結構」何以與散文、詩詞、小說等文類，乃至與歌唱、說唱、舞蹈、演奏等表演大異其趣，而必須同時兼具外在之體製規律與內在之排場處理，而由劇作家所建構之排場，必然為劇種本身形成之體製所制約？而戲曲之「曲」實由「歌、樂」所構成，歌即歌唱，含其唱詞，而唱詞本身有其文學呈現之意趣與思想情感，即「詞情」，它卻必須依存在各劇種所須之「載體」，從而同時呈現其藝術之語言旋律，即「聲情」；而聲情與詞情尤其要「相得益彰」，否則就要令歌者「拗折嗓子」，這是劇作家所要具備最基本也是最主要的本事修為，也是評論家極為關注的所在。所以對於「戲曲語言」之類別構成、質性特色，聲情詞情相得益彰之道，及其百變不離其宗之理，也都要有深切之體會與巧妙之運用，乃能使之傳唱遐邇。而戲曲「歌樂」之終至完成，必須經由劇作家、譜曲家、演奏家之通力合作而交由歌唱家來完成，歌唱家則透過其音色、口法之咬字吞吐，行腔含情之抑揚頓挫來適切呈現。而戲曲歌樂已發展形成兩大類型：詩讚系板腔體與詞曲系曲牌體，各有所屬之劇種，其藝術之雅俗實由此而判若涇渭。而戲曲藝術必須面對觀眾展演於舞臺之上，乃算達成其所應有之「使命」，其間更有藝術表演之基本能力及其演進提升至最高境界之修為。而最後具鑑定戲曲文學藝術高下良窳法眼之評論家，當然要具周延完備之識見，才能下得公正允當之裁定；然而歷代之曲論家，到底以何種角度來揄揚或貶抑？明代以後曲壇所論的「流派說」，是否有其絕對的意義與價值？如果有，那麼「流派」之分野是否應當有其不作多元的單一基準？乃就今日而言，評騭戲曲之態度是否已可以建立應有之態度與方法？而戲曲如長江大河，時過境遷自有其變化，則處當今之世，戲曲也就非講求「因應之道」不可；否則一旦停滯，就只有逐漸被淘汰一途；而所謂「因應之道」，其「道」惟何？恐怕只有深切認知戲曲質性，保持強化其傳統之「優美」者，而改善或捨棄其於當代之「不適」者，更從而汲取適宜之現代技法理念，並調適現代劇場，也就是「扎根傳統以創新」，應為使現代戲曲推陳出新、持之永恆的不二法門。

由此可見，如果欲把戲曲建構成一門學問為所謂「戲曲學」，那麼以上所論，就包含：資料論、劇場論、題材論、腳色論、結構論、語言論、歌樂論、藝術論、批評論、歷史論等十論。其所以不及演員、導演、舞美與觀眾者，乃因為演員已於腳色論、藝術論中顧及，觀眾類型已概見劇場論；而導演與舞美，實為西方劇場所講求，為一九五〇年代，大陸「戲改」後之產物，並非中國傳統劇場所固有，自可摒除在外。至於「歌樂論」則為科技部「行遠計畫」委託本人所撰著之專書；「歷史論」，則雖已在兩岸出版《戲曲源流新論》單行，但收文有限，今擴充為《曾永義戲曲史論文彙編》，並以此期其達成「中國戲曲史」撰著之企圖。其他如關涉戲曲音樂至關緊要之「腔調」，則著者已在兩岸出版《戲曲腔調新探》，而以其為戲曲音樂主題之一，亦已撮要論述於歌樂論中。因之本書除以「十論」為內容外，又加上開首之「導論」，與自「批評論」別出其篇幅較長之〈戲曲要籍解題〉，合為十二論，公之於世，讀者鑑之。

二〇一五年三月三十一日上午於臺大長興街宿舍

三、兩岸戲曲在今日因應之道

緒言

「戲曲」本為宋代南曲戲文的名稱❶。自從王國維《宋元戲曲史》❷之後，用來指稱中國傳統戲劇。

據筆者考察，如就定義為「演故事」之戲劇而言，則西周初「大武」之樂已具戲劇實質，距今三千年。如就定義為「合歌舞以代言演故事」之戲曲「小戲」而言，則戰國屈原時代之《九歌》已為戲曲「小戲群」，距今二千五百年❸。如就定義為「演故事，以詩歌為本質，密切融合音樂和舞蹈，加上雜技，而以講唱文學之敘述方式，通過俳優充任腳色扮飾人物，運用代言體在狹隘的舞臺上所表現出來的綜合文學和藝術」之戲曲「大戲」

❶ 「戲曲」一詞首見於宋元間劉塤（宋理宗嘉熙四年—元仁宗延祐六年，一二四〇—一三一九）《水雲村稿・詞人吳用章傳》，其次見於元末明初陶宗儀《輟耕錄》卷二十五與卷二十七，用指於宋光宗紹熙間由永嘉雜劇發展為大戲的劇種，當時或稱「戲文」；元代稱「南曲戲文」，或簡稱「南戲文」、「南戲」，以與「北曲雜劇」、「北雜劇」、「北劇」相對稱。及至民國二年，王國維完成《宋元戲曲考》，「戲曲」一詞逐漸作為中國古典戲劇的代稱，因為清代以前的中國戲劇，無不用樂曲來搬演。也因此，今日若言「戲曲」，實可包括金元雜劇、宋元戲文、明清傳奇、南雜劇，乃至當前所謂之京戲和地方戲曲劇種。

❷ 此書亦作《宋元戲曲考》，據友人葉長海教授考證，原作《宋元戲曲史》。見葉長海：〈中國戲曲史的開山之作——讀王國維的《宋元戲曲史》〉，《戲劇藝術》第一期（上海：上海戲劇學院，一九九九）。

❸ 筆者有《唐代以前戲劇與戲曲小戲劇目考述》；又見〈也談戲曲的淵源、形成與發展〉。

而言，則晚至金末葉和南宋中葉之「北曲雜劇」和「南曲戲文」方才完成，距今八百年❹。

戲曲「大戲」之所以成立如此之晚，乃因為：其構成有故事、詩歌、舞蹈、音樂、雜技、講唱文學及其敘述方式、俳優充任腳色扮飾人物、代言體、狹隘劇場等九個複雜元素，此九元素中本身各有發展，大抵須由簡陋到精緻，又從而要融成一藝術有機體；如果沒有適當的溫床供其醞釀，如果缺少有力的推手促其構成，則始終是「萬事俱備，只欠東風。」而其元素、其溫床、其推手都要等到宋代瓦舍勾欄的出現，才能將其中競陳之技藝，在其溫床中，經由活躍其間的樂戶歌伎之表演、書會才人之創作，綜合而為曠古的藝術體系❺。

就因為戲曲大戲由此九元素構成，若論其本質及所呈現之質性，則亦當由此九元素求之。

很明顯的戲曲大戲是以歌舞樂為美學基礎，加上在狹隘劇場呈現，此四者皆不適合寫實表演，所以戲曲大戲藝術的本質自然歸趨於寫意；也因此乃以「虛擬、象徵、程式」為其表演藝術的原理；又從而由詩歌而定位為「詩劇」。由歌舞而具「歌舞性」，由打擊樂而具「節奏性」，由虛擬象徵程式而延伸為「誇張性」，由講唱文學敘述方式而其情節結構為「延展性」與「敘述性」，由俳優充任腳色扮飾人物而使演出情緒「既疏離且投入性」，由雜技之加入表演導致速度「鬆懈性」，由題材之教忠教孝倫理道德化而使戲曲之目的為「娛樂教化性」❻。

像具有這樣本質與質性的戲曲，實是文學和藝術的綜合體，是以歌詞意義情境為中心，透過樂音的襯托渲

❹ 筆者有〈也談「南戲」的名稱、淵源、形成與流播〉與〈也談「北劇」的名稱、淵源、形成與流播〉二文，見《戲曲源流新論》（臺北：立緒文化，二〇〇〇）。

❺ 筆者有〈宋元瓦舍勾欄及其樂戶書會〉，《中國文哲研究集刊》第二七期（二〇〇五年九月），頁一—四三。

❻ 筆者有〈戲曲之本質〉，《戲曲本質與腔調新探》（臺北：國家出版社，二〇〇七），頁二三—九五。

染，由演員的歌聲與舞容之詮釋而同時展現出來。其間的聲情與詞情，可謂音樂旋律和語言旋律的完全融合與相得益彰，而詞情與舞容，則是演員經由肢體語言所傳達的體悟和虛擬。所以一位傑出的戲曲演員，必然兼具音樂家、歌唱家、舞蹈家的修為，其藝術造詣豈是西方歌劇或東方歌舞伎演員所能望其項背。

可是這樣優美的戲曲藝術，由於時代變遷，難免受到新媒體、新藝術、新理念的衝擊，逐漸喪失昔日的光華；對於新時代的人們，更逐漸減弱其吸引力。而如果欲挽救其頹勢，使之再度融入現代人生活之中，自須講求因應之道。鄙意以為：「扎根傳統以創新」為不二之法門。為了「扎根傳統」，首先就必須弄清楚「傳統」適應現代之利弊得失，從而取其利與得為基礎，再結合現代正確理念與技法，以調適現代劇場，自能產生適應當代品味之新戲曲。而若論其切入之手法，自以戲曲本質及其所衍生之質性為前提，從而定其因應之道。

㈠宜保存並發揚之傳統美質

個人認為戲曲之傳統美質，宜保存並發揚者，有以下三端：

其一，虛擬象徵程式之寫意表演藝術原理，使排場流轉自由無時空之拘限，是戲曲累積千百年的智慧結晶；它也是中國戲曲能與希臘悲劇、印度梵劇鼎立為世界三大古文化劇種的主要原因。

大抵說來，虛擬是以虛擬實，將日常生活之種種舉止模擬美化，表現在戲曲演出的身段動作之中；象徵是用具體的事物呈現由此引發的特殊意涵，將人生百態經過藝術化的簡約妝點，表現在戲曲演出中的腳色、妝扮、道具之上。所以象徵也可以說是以實喻虛，虛擬與象徵在本質上都不是寫實而是寫意。

虛擬與象徵既不是寫實而是寫意，如果沒有經過提煉而形成規律或模範予以制約，演員便很難有所遵循有所發揮，觀眾也難於有所溝通有所欣賞。也因此作為虛擬和象徵的規律或模範，在寫意的表演藝術中是有其必要的。這種規律、模範和制約，就是程式。而宋元戲曲中的「格範、開呵、穿關」，正是今之所謂「程式」，可見其由來已久❼。

至於所謂「程式」，黃克保在《中國大百科全書・戲曲曲藝卷》中有這樣經典式的解釋和說明：

表演程式：戲曲中運用歌舞手段表現生活的一種獨特的表演技術格式。戲曲表現手段的四個組成部分——唱念作打皆有程式，是戲曲塑造舞臺形象的藝術語彙。

程式的本意是法式、規程。立一定之准式以為法，謂之程式。二十世紀二十—三十年代，一些研究戲劇的學者如趙太侔、余上沅等用「程式化」來概括戲曲演劇方法的特點，同寫實派話劇的演劇方法相對照，其後為戲曲界沿用並不斷給予新的解釋，遂成為戲曲的常用術語。戲曲表演藝術的程式有自己的含義，主要包含兩層意思：其一，指它的格律性。在戲曲表演中，一切生活的自然型態，都要按照美的原則予以提煉概括，使之成為節奏鮮明、格律嚴整的技術格式：唱腔中的曲牌、板式，念白中的散白、韻白，作派中的身段、工架，武打中的各種套子，喜怒哀樂等感情的表現形式等等，無一不是生活中的語言聲調和心理、形體表現的格律化。其二，指它的規範性。每一種表演技術格式都是在創造具體形象的過程中形成的，當它形成以後，又可作為旁人效法和進行形象再創造的出發點，並逐漸成為可以泛用於同類劇目或同類人物的規範。❽

可見黃氏之所謂「程式」，重在表演之唱念作打之上；而其實「程式」應涵括了戲曲表演的各個層面，例如

---

❼ 筆者有〈從格範、開呵、穿關說到程式〉，《戲曲研究》第六八期（二〇〇五年九月），頁九三—一〇六。

❽ 《中國大百科全書・戲曲曲藝卷》（北京、上海：中國大百科全書出版社，一九八三），頁二一。

就腳色的技藝來說，各門腳色的唱腔、念白、身段各有自成系統的表演形式；就人物的妝扮來說，按照劇中人物身分、性情的類型化特徵，不論化妝、服飾皆有一定的規製；就科介的表現來說，各種動作都有一套固定的順序和模式，並且表現特定的情感；就音樂的運用來說，鑼鼓點的節奏、配合特定情節的吹打曲牌，都有一定的規矩。「程式性」使戲曲成為一種規範化的表演藝術，也透過這種規範使得戲曲種種虛擬性的表演具有確定的象徵意義；因此，當演員舞弄水袖、甩動髯口，觀眾可以領悟他所傳達的激烈情緒；當舞臺上畫著水紋的旗幟翻飛，觀眾可以想像巨浪滔天的壯闊。表演程式使演員與觀眾之間形成約定俗成的默契，戲曲的象徵特質也因此成為一種既高妙而又人人皆可理解欣賞的藝術形式。

其二，戲曲語言富於音樂旋律，腔調決定劇種，其咬字吐音之口法宜應講求，藉此以保存發揚其地方性與民族性之特色。

音樂旋律可以用樂器傳達出來，語言旋律則非體現在發音的器官不可。當我們說哼著曲子，那只是用人聲來傳達音樂旋律；當我們說唱著歌，則已是語言與音樂的結合。唐詩講平仄，宋詞分上去入，元曲別陰陽，而崑曲一字三聲字頭字腹字尾。這是什麼緣故呢？原來其間的演進與發展，就是語言與音樂逐次配合乃至融合的歷程。任何一種語言，只要發出最簡單的一個音，就包含了音長、音高、音強、音色等四個構成因素。音色取決於發音器官的特質，因人而異，可以不論；音長起於音波震動時間的久暫，久生長音，暫生短音；音高起於音波震動的快慢，快則音高，慢則音低；音強起於音波震幅的大小，大就強，小就弱。另外，就中國語言來說，還有所謂「聲調」，這是中國語言較諸東西洋獨有的特質，它是起於音波運行時路線的或平直或曲折或可展延或被阻塞。所以就中國語言而言，每發一字音，就含有長短、高低、強弱、平仄等四個因素。

然而單字不能構成文學，文學必須累字成詞，累詞成句，累句成章，累章成篇，然後才能表達豐富的內容思想與情趣。而由於字詞章句的累增，其間的語言旋律，也就變化多端、騰挪有致起來。那麼就中國講究語言旋律的韻文學來觀察，其構成語言旋律的因素，究竟包含那些呢？據筆者觀察，約有六端：聲調的組合、韻協的布置、語言的長度、音節形式、詞句結構、意象情趣的感染。

關於這六項因素，筆者已經有專文詳加論述❾，大抵說來，聲調、韻協、語長、音節形式、詞句結構，有些是有律則可循的，有些雖無明確的律則，但亦可通過原理的分析而加以掌握。而「意象情趣的感染」這一項，有時固然有人同此心，心同此理的情形，感染既同，則對於韻文學的語言旋律，自然產生一致的領會；但是，由於每個人的情性、學養、遭遇有別，對於同一韻文學所表達的意象情趣，所獲得的領悟和感受，難免有高低深淺強弱等層次的不同，而由此所反射出來的語言旋律也自然有別。因為領悟感受的層次不同，則旋律的高低長短強弱也隨之而異；同是一個字，因其所處的地位和所表現意義的分量不同，同樣也會有聲音高低長短強弱的差異。所以「意象情趣的感染」所產生的旋律，恐怕是最玄妙的一環。但是如果勉強加以分析說明的話，那麼可以這麼說：意象情趣感受鮮明，則注意力集中；其豪放者，聲音自然隨之而高而重而促；其婉約者，聲音自然隨之而低而弱而長。意象感受模糊，則聲音只有自然隨之而低而短而輕。譬如我們讀杜甫「星臨萬戶動，月傍九霄多」的聲情，就不能同樣拿來讀「細雨魚兒出，微風燕子斜」。讀蘇軾「大江東去，浪淘盡、千古風流人物」也不可和「明月如霜，好風如水」等同視之。讀馬致遠「百歲光陰一夢蝶，重回首、往事堪嗟」也必然和關漢卿「碧紗窗外靜無人，跪在床前忙要親」大大不同。凡此只好有賴「靈犀一點通」了。

另外，每個字的音質聲響也是難以言詮的。中國語言的每一字音，都含有五個成分，如「天」字為

❾ 筆者有〈中國詩歌中的語言旋律〉，原載《鄭因百先生八十壽慶論文集》，收入拙著：《詩歌與戲曲》（臺北：聯經出版事業公司，一九八八），頁一－四七。

「t'iɛn」，「t'」送氣的舌尖清塞擦音是「聲母」；「i」舌面前高元音作「介音」，「ε」舌面前半低元音作「主要元音」，「n」舌尖鼻音為「韻尾」，陰平聲調為「聲調」。每個字音由於構成的分子發音部位和發音方法不同，所以其音質聲響也各自不同。因為這是極其精微的現象，難於訂成規律、納入法則，所以一般只好讓它存在於自然體悟的默契之中。但是，明嘉隆間興起的崑山水磨調卻注意及此，而且將此精微的語言旋律融入音樂旋律之中，即所謂「聲則平上去入之婉協，字則頭腹尾音之畢勻」的唱法❿。

在中國戲曲音樂裡，有所謂「腔調」和「聲腔」。那是因為中國幅員廣大，各地有各地的方言，方言都有各自的語言旋律，將此各自特殊的語言旋律予以音樂化，於是就產生各自韻味不同的「腔調」，而如果此地方腔調生命力強韌，流播所至有其嫡裔，形成腔調系統，即所謂「聲腔」。也因此原始聲腔或腔調莫不以地域名，如海鹽腔、餘姚腔、弋陽腔、崑山腔等。而若觀察現存數百種中國地方戲曲劇種，其分野的基礎即在方言與腔調，由此也可見語言對戲曲的重要⓫。所以準確的發出戲曲語言的每一個字音，是展現地方戲曲與民族戲曲的第一要義。

其三，歌舞性、節奏性、誇張性、疏離且投入性，亦皆為戲曲之傳統美質與特色，亦應保存並發揚。

戲曲之歌舞性，如上文所言，見於歌舞樂的融合，到了戲曲中的歌舞樂的「融合」，是演員以其歌聲來詮釋歌詞的意趣情境而流露其思想情感於眉宇之中，並且運用其肢體語言亦即身段動作來虛擬歌詞中之意趣情境，二者又皆呼應於管絃之襯托與鑼鼓之節奏，終於使歌舞樂三者同時交融渾然而為一體。

如《北西廂》第四本第三折正宮【端正好】：

❿ 筆者有《從腔調說到崑劇》（臺北：國家出版社，二〇〇二）。

⓫ 筆者有〈論說「腔調」〉，《從腔調說到崑劇》（臺北：國家出版社，二〇〇二），頁二一—一七八。

碧雲天，黃葉地。西風緊，北雁南飛。曉來誰染霜林醉，總是離人淚。

在〈長亭餞別〉這一折裡，旦腳崔鶯鶯一開頭唱了這支曲子。我們姑不論其作表的整個「科泛」，單就她的「眼神」來說：當她唱「碧雲天」時，眼神必然由近而遠，終於窮極碧藍的雲天，使人感受到此去天涯，可望不可及的惆悵。唱到「黃葉地」時，眼神就應當由極遠慢慢由上而下回到自己的足下，使人感受到黃葉鋪滿大地，暮秋萬物凋零，增加離情的悲涼。由是而轉入「西風緊、北雁南飛」，如果演員面向西，則要顯示眼目不禁酸風淒楚，而唱「北雁南飛」之時，眼神則要由右而左。到了「曉來誰染霜林醉」之時，眼神忽地有「驚豔」之舉，繼而有「沉醉」之態，終於有「呆滯」之望，使人感受到離情甚苦，而唱至「總是離人淚」時，則苦之已極而血淚欲滴矣，但不可真正滴下來，否則就寫實而非寫意了。

眼神為靈魂之窗，表演時自然一點馬虎不得，其他的肢體語言也應當配搭得體，方能描摩虛擬曲詞的情境。

戲曲之節奏性，亦見於歌舞。戲曲的歌舞，如果沒有器樂的節奏，是無法融而為一的。所以鮮明、強烈的節奏性也成為戲曲藝術本質之一。

在戲曲舞臺上，戲曲唱腔和戲曲打擊樂的節奏以曲牌、板式、鑼鼓點等形式出現，並且成為相對穩定的程式。音樂的節奏是由強弱音和長短音交替出現的有規律運動組成的。戲曲唱腔，無論板式變化體或者曲牌聯套體，都把這種節奏變化以一定的形式固定下來，形成不同的板式和曲牌，而且分為三種類型：一類是慢拍子的曲調，包括慢二拍子、四拍子、八拍子等節拍形式。這類曲調詞情少聲情多，長於抒發劇中人的思想感情。一類是快拍子的曲調，包括快二拍子、一拍子、緊打慢唱等節拍形式。這類曲調詞情多聲情少，常用於對事件的交代和敘述，或用於劇中人的相互問答。再一類是節拍自由的散板，節奏有很大的靈活性，多用於表現劇中人處於激動狀態時的心情。戲曲打擊樂的節奏形式，以京劇鑼鼓來說，由於對大鑼、小鑼、鐃鈸的強弱節拍上交替出現的不同處理，以及小鑼切分節奏的特殊處理，基本上可以分為衝頭類型、長錘類型、閃錘類型、紐絲類型。在這四種類型鑼鼓點的基礎上，根據表現人物情緒、點染戲劇色彩、烘托舞臺氣氛的需要，組合成多節奏型的複雜的京劇鑼鼓。這些節奏形式，把戲曲舞臺上唱念作打的節奏，用音樂的形式聽覺化、形象化，對戲曲演出的鮮明、強烈節奏感的形成，起著十分重要的作用。而且，它們與戲劇人物情感活動和心理活動的節奏是有機結合、相輔相成的⓬。

戲曲之誇張性，可以說是虛擬象徵程式原理之下的必然結果。譬如一場很有氣勢的沙場大戰，卻表現在一區小小的舞臺之上，便是虛擬象徵程式產生出來的誇張性效果。再就人物造型來觀察，譬如為了表現關雲長的忠義和威嚴，於是他的臉色便妝飾得那麼火紅，他的五綹長髯也就長到腰帶以下；又如諸葛孔明和鐵面無私的包龍圖，其妝扮也都很誇張；臉譜的運用，更是誇張之極。造型如此，各種腳色的舉止和聲口也是如此。他們各有各的舉止和聲口，無非也是用來誇張和強化人物的類型。

戲曲之疏離且投入性，演員在扮飾劇中人物時，大抵有兩種情況：一是重在呈現所扮飾的人物，將自我融入人物之中，表演時所流露的都是人物的思想情感；一是重在演員本身，以理性的態度對待所扮飾的人物，演員的自我，作為人物的見證人，將人物解析而在表演中呈現對人物的態度。

戲劇理論家中主張前者的代表人物是蘇聯時代的斯坦尼斯拉夫斯基（一八六五－一九三八），他在一九二九

⓬ 筆者對戲曲音樂頗為外行，尤其對鑼鼓節奏更矇然無知，此錄自張庚、郭漢城主編：《中國戲曲通論》（上海：上海文藝出版社，一九八九），沈達人所撰第三章〈戲曲的藝術形式〉第二節〈戲曲形式的節奏性、節奏形式與節奏感〉，見該書頁一四八－一五一。

年建立「莫斯科藝術劇院」，實驗他的藝術主張，他要求演員將所扮飾人物的思想情感，鍛練成為自己的第二天性，而將第一自我消失在第二自我之中。斯氏的理論可以說是在歐洲戲劇「模仿」說指導下的一次大總結。

主張後者的代表人物是德國布萊希特（一八九八—一九五六），他強調演員的自主性，去理解所扮飾人物的思想行為的意義，並將之呈現給觀眾，他認為演員不可能完全成為人物，其間永遠有一個距離，藝術的作用即在保持這個距離，讓觀眾清楚地意識到自己是在「看戲」，因而能運用理智，保持自身的批判能力⓭。

以上兩派，就戲曲而言，以虛擬象徵程式為原理的藝術，便不得不保持距離，也就是「疏離性」。因為程式來自生活，經過藝術的誇張之後，必然變形而和生活產生距離，所以無論唱作念打，雖無一不和生活有關，但絕不完全相同。但戲曲卻也不完全像布萊希特那樣排斥共鳴。理性要和情感完全對立，是不太可能的，不被感動的，怎能算是藝術？譬如女演員在舞臺上演悲情，當她沉浸在悲情人物的命運中，她和所扮飾的人物產生了共鳴，但當她發現到臺下有人為之哭泣時，她又為自己表演的成功感到高興。二〇〇四年十二月二十四日至二十六日臺北國光劇團演出由我編劇的崑劇《梁山伯與祝英臺》，末場〈哭墳化蝶〉，魏海敏飾祝英臺，賺得觀眾許多眼淚，她也為之欣然滿意，可以印證這種現象；而演員同時具有這雙重的感情，便是其間的疏離性和投入性起了作用。所以演員在舞臺上表演，疏離與投入其實是同時存在的，強調任何一面，有如斯氏與布氏，都是不合乎審美的心理規律⓮。

⓭ 以上參考曹其敏：《戲劇美學》（北京：人民出版社，一九九一），頁一七〇—一七四。又見韓幼德：《戲曲表演美學探索》（臺北：丹青圖書公司，一九八七），頁一九三—二四八。又見李紫貴：〈試談斯坦尼斯拉夫斯基體系與戲曲表演藝術的關係〉，《李紫貴戲曲表導演藝術論集》（北京：中國戲劇出版社，一九九二），頁三六二—三七四。又見阿甲：〈斯坦尼斯拉夫斯基體系與中國的表演〉，《戲曲表演規律再探》，頁一五—二〇。

以上歌舞性、節奏性、誇張性、疏離且投入性，都是戲曲所以顯現其藝術特色的重要質性，我們如果好好保存與發揚，就更足以彰明我民族藝術的特性。

(二)具有意義但可修正變異的質性

戲曲之性質中，有些雖具有其傳統之意義與價值；但因時代不同，已不完全適合新觀眾；如果稍作修正變異，則同樣可以發揮其美質。譬如其詩劇性、程式性、腳色符號性質，以及排場之處理。

戲曲之詩劇性見於唱詞，是中國詩樂合一的傳統，戲曲唱詞和說唱唱詞一樣，都可以分作詩讚系和詞曲系。詩讚系之詩為七言，音節形式以四、三為主三、四為輔；讚為十言，音節形式以三三四為主三四三為輔；屬於齊言體。其平仄無定法，但求順口；其協韻大抵出句仄韻，對句平韻；以上下句為單元之結構。

詞曲系用長短句的詞牌和曲牌。每一詞牌、曲牌的內涵，大約有以下八個因素：

1. 字數：一個調子本格正字的總數。
2. 句數：一個調子本格所具有的句數。
3. 長短：一個調子本格每句所具有的字數。
4. 句式：一個調子本格所具有的句子，其每句之字數和音節形式，音節形式有單雙二式，如三言作二一，四言作一三，五言作二三，六言作三三，七言作四三，皆為單式；如三言作一二，四言作二二，五言作三二，六言作二二二，七言作三四，皆為雙式。單式音節「健捷激裊」，雙式音節「平穩舒徐」。

[14] 以上參考阿甲：〈戲劇藝術審美心理的問題〉，《戲曲表演規律再探》，頁一〇八－一一四。

5.平仄：就是每個句子的平仄格式，平聲中有時別陰陽，仄聲中有時分上去入。

6.韻協：就是何處要押韻，何處可押可不押，何處不可押韻，甚至於何句必須藏韻。

7.對偶：曲中往往逢雙對偶，所謂「逢雙」就是相鄰的兩句、三句或數句的字數和句式相同，往往就會對偶，但這不是必然的現象。

8.詞彙：一個調子本格中必須遵守的詞彙特殊形式，如雙聲、疊韻、疊字、疊句等。

這八個因素也就是構成譜律的基礎，由此而曲調的主腔韻味、板式疏密、音調高低，乃有一定的準則。

可見詩讚系唱詞規律簡單，形式固定，歌者因之可騰挪變化，自由運轉的空間就相當的大，也因此容易趨向於俚俗而產生流派藝術；反之詞曲系規律謹嚴，形式長短變動，歌者因之較難自我發揮，也因此容易趨向於優雅而難於產生流派藝術。

戲曲唱詞無不能運用的語言，但求恰如其分，適應腳色聲口之情境。

像這樣的詩讚系和詞曲系唱詞，較諸現代詩體而言，其間是有很大差別的。如果將唱詞改用現代詩體，而音樂唱腔保留傳統，其扞格齟齬是絕對必然的。鄙意以為，可有兩種方法來使唱詞現代化：其一是將舊形式，填入現代詩體的語彙，從而融入現代感的詩境；其二是將舊形式打破，完全採用現代詩體，重新譜曲以就新腔。無論那一種形式，都不可違背音樂旋律與語言旋律的密切融合，聲情詞情的相得益彰。

戲曲之程式雖然具有規範的意義，但並不是僵硬刻板、一成不變的定律。程式的形成原本來自生活，經過誇張、美化，以及長時間的琢磨改進，才逐漸成為一套固定的表演方式。例如武將所戴的翎子，源於歷代武將的服飾，戲曲採取了這種裝飾，但是把翎子刻意加長，不僅具有美觀與襯托人物英武氣概的作用，更在演員不斷的嘗試之下，逐步發展出一套「翎子功」，藉由舞動翎子的各種技巧，表現人物喜、怒、驚、懼等強烈的情緒。又如〈起霸〉原本是明傳奇《千金記》裡的一齣戲，演出霸王穿戴盔甲、披掛整裝的過程，起初只是某一齣戲裡的特別身段，但是因為受觀眾喜愛，於是被普遍採用，成為武將作戰之前整裝待發的程式化動作。

可見戲曲的程式，是不斷累積演出經驗而創造出來的，一方面成為表演的範式，一方面也具有改良發展的空間。優秀的演員可以在程式的基本規範下表現人物的性格，例如同樣是以雉尾生扮演的年輕武將，演周瑜，要表現他的驕傲，演呂布，要表現他的狂妄；更可以大膽跳脫原有程式的限制，創造不同的表演方式，如果效果良好，為其他演員所沿用，便形成新的程式。倘若能靈活的運用，戲曲的程式性非但不會成為表演的窠臼、包袱，反而是從傳統中創新、提升的有力基礎。

中國戲曲的「腳色」只是一種符號，必須通過演員對於劇中人物的扮飾才能顯現出來。它對於劇中人物來說，是象徵其所具備的類型和性質；對於演員來說，則說明其所應具備的藝術造詣和在劇團中的地位。腳色發展的結果，品目相當繁多，甚至有所紛歧，其演員之性別可與劇中人物不同；但無論如何，腳色對於演員之地位與藝能，對於人物之類型與性質都具有象徵的意義；也因此中國戲曲演員對於所要充任的腳色行當，必須要有各自不同的訓練和修為，除非傑出人才，彼此很難跨越分際⓯。但是現代戲曲演員如果能善加觀摩汲取，破除其行當拘限，融會其菁華功底，則必能有其藝術運轉之長而無其程式刻板之弊，如此再融入現代藝術的適當技法，那麼庶幾可以稱其完善而清新警策於觀眾耳目之前了。

至於排場之處理，則應當調適現代劇場設施，使之相得益彰。

戲曲就結構而言，關目情節的剪裁布置固然很重要，但是更為重要的是排場的處理。所謂「排場」是指中

⓯ 筆者有〈中國古典戲劇腳色概說〉，《說俗文學》（臺北：聯經出版社，一九八四），頁二三三—二九六。

國戲曲的腳色在「場上」所表演的一個段落，它是以關目情節的輕重為基礎，再調配適當的腳色、安排相稱的套式、穿戴合適的服飾，通過演員的唱作念打而表現出來。就關目情節的高低潮以及其對主題表現所關涉的程度而分，有大場、正場、短場、過場四種類型；就表現形式而言，有文場、武場、文武全場、同場、群戲之別；就所顯現的戲劇氣氛而言，則有歡樂、遊覽、悲哀、幽怨、行動、訴情等六種情調；後二者其實是依存於前者之中。因之標示「排場」當斟酌這三種情況，然後方能充分的描述出該排場的特質。

戲曲的創作，對於某場為喜境，宜用歡樂之調；某場為悲境，宜用悲哀之調。某折為情話纏綿，某折為線索過渡，都要先定大局，然後選調依循一定的規矩，進而按調填詞，成竹在胸，自然順理成章，無不妥帖。倘若不明排場的訣竅，誤將獨唱之曲改由眾人合唱，歡樂之曲施之於哀怨排場，或者以淨、丑唱【懶畫眉】，生、旦唱【普賢歌】，以致冠履倒置；那麼不僅不能搬演，而且貽人以笑柄。

就因為戲曲是以分場的方式連續演出，所以其藝術形式就成為非寫實而為虛擬象徵性和程式性的特質，也惟有這樣特質的戲劇，才能搬演宇宙間萬事萬物而自由自在的作時空流轉。譬如《西廂記》第一本第一折扮張生的正末在場上走來走去唱著：「【村裏迓鼓】隨喜了上方佛殿，早來到下方僧院。行過廚房近西，法堂北鐘樓前面。游了洞房，登了寶塔，將回廊繞遍。數了羅漢，參了菩薩，拜了聖賢。」唱詞的時間不停的推移，空間一個個的轉換，假如運用寫實布景，如何應付得來？當然，這種虛擬象徵的手法是要透過腳色的上下，並配合其歌舞樂渾融無間的表演程式，以啟發觀眾的想像力，然後才能傳達出來。

也就因為中國戲曲的「排場」運用虛擬象徵和程式的手法來展現，所以舞臺上的裝置非常的簡單，除了分隔前後臺的「守舊」之外，就是一桌兩椅，而且這一桌兩椅又可以象徵為多種用途。這樣簡單的舞臺裝置，就是為了方便排場時空流轉的自由。試想如果舞臺上充滿寫實的道具或布景，「排場」如何動彈轉移得來。

但是就舞臺裝置而言，則現代之劇場設備非常完善，無論聲光電化或供應布景道具營造場面之設施，大抵應有盡有，且多能運用自如。也就是說現代劇場條件遠勝於傳統劇場，那麼「現代戲曲」就應當盡量發揮和調適其功能，以強化戲劇效果和開創新穎的藝術境界。鄙意以為，當以劇情為基準，配置與之可以相得益彰的種種設施，而以不妨礙「排場」的流轉自如為原則。也就是說，中國戲曲是完全的虛擬象徵藝術，而「現代戲曲」，則充分發揮現代劇場功能，調適於虛實之間。譬如燈光的運用，可以渲染氣氛，而切忌有損演員傳達肢體語言之美；譬如簡單的構圖彩繪或道具布置，可以觸發情境的豐富聯想，而切忌有損時空的自由推移；譬如服裝的適度考量以醒人眼目為宜，而無須大費貲財徒取縟麗。凡此，不難舉一隅以三隅反。其中虛實雖似兩極相反，但就現代劇場技法而言，是不難相激相蕩相生相發的最佳調適和配搭的。

(三)已不適應時代宜袪除或改良的質性

由於時空的流轉，戲曲也確實有不適應現代觀眾品味的質性，對於這種質性，應袪除者就袪除，應改良者就非改良不可。茲簡說如下：

戲曲受到說唱文學的影響很強，雜劇和傳奇的曲辭，可以說就是詞曲系講唱文學的進一步發展；而皮黃和多數的地方戲曲曲辭，則顯然是採用詩讚系講唱文學的形式，而其曲白交互使用的三種形式：相生、相疊、相輔，也和講唱文學韻散結構的方法相同。說唱文學就唱詞而言，無論詞曲系或詩讚系都是韻文形式，可以「詩」概括之，則一變而為戲曲，就文學而言，也就可以如上文所云稱之為「詩劇」了。又由於說唱文學提供戲曲大量的故事和豐富的音樂⑯，所以其敘述特質也使得戲曲腳色一出場，便自述姓名、履歷、懷抱，有時還由主要腳色介紹其他次要腳色，尤其更說出自己的所作所為。這種方式可以說只是將講唱文學的第三人稱改作第一人稱，以符合所謂「代言體」而已。如此一來，劇作家固然容易編寫，觀眾對於人物也易於把握，但是劇中的人物，也因此，大抵只有類型而鮮有個性可言。也許因為戲曲旨在道德教化，所以人物形象必須「善惡分明」，而觀眾的反應，自然也是「愛憎判然」了。說唱文學的敘述，對於戲曲關目結構也產生刻板和冗煩的影響。清代李漁《笠翁劇論》，強調戲曲的結構先於音律和詞采；認為每個劇本應以一人一事為主腦，頭緒要少，最好要能一線到底，並無旁見側出之情，而且針線要細密，須有埋伏照應，如此才算佳構⑰。可是中國戲曲，能達到這個標準的卻不多。論雜劇則往往失之於刻板，論傳奇亦每每見譏於冗煩，而皮黃又頗有破碎片段之嘆。若究其緣故，則除了劇作者不甚措意於此外，戲曲謹嚴之體製規律，和採取說唱文學的敘述方式，實有以致之。

就因為說唱文學對戲曲的影響有自報家門和結構刻板冗煩的弊病，所以現代戲曲應當要予以祛除。祛除的方法，除了輔助字幕以介紹人物和藉由對話以襯托人物外，編劇自可運用各種方法來塑造人物，也可以經由各種技法使關目緊湊、排場靈動。

戲曲的取材，始終跳不出歷史故事和傳說故事的範圍，作者很少專為戲曲而憑空結撰，獨運機杼。甚至於同一故事作而又作，蹈襲前人。其故主要是藉此可以逃避現實，以免誤蹈文網。因為明清兩朝頻興文字獄，從顧起元《客座贅語》的〈國初榜文〉，以及此榜文的律令為大清律例所因襲⑱，我們便知道，戲曲即此已被宣判

⑯ 戲曲大戲的兩大主流都是由小戲注入說唱文學而發展完成的，見拙著：《戲曲源流新論》（臺北：立緒文化，二〇〇〇）。

⑰ 見〔清〕李漁著，汪巨榮校注：《閒情偶寄》（上海：上海古籍出版社，二〇〇〇），卷一〈詞曲部上・結構第一〉計七款，中有「立主腦」、「密針線」、「減頭緒」等條，頁一五－三一。

⑱ 可參見〔明〕顧起元：《客座贅語》（北京：中華書局，一九八七），卷十，頁三四六－三四七。

為傳播道德教化的工具，元人雜劇的豐沛生命力幾乎被剝落淨盡，戲劇功能減弱，而在其嚴刑峻法之下，六百年來的中國戲曲，焉能不從歷史和傳說故事中取材，用來一味的教忠教孝教節教義？

也因此現代戲曲，首先要留意的便是題材的新穎，尤其是關目引人入勝，主題思想富於感發而令人可以諸多省思，否則就很難令現代觀眾進入劇場。

此外像雜技在戲曲之中，也容易引起結構鬆懈，甚至使劇情喧賓奪主的現象；但是適度的運用，合宜的運用，也著實有點綴排場、醒人視聽的功能。所以如何調度，就要看編劇、導演如何妙於用心了。

(四)其他應注意的兩條基本原則

除了以上就戲曲本質及其所衍生質性優劣取捨的因應之道外，筆者還認為應當留意以下兩條基本原則：

其一，應了解同一戲曲劇種在同一時空下，往往同時存在三種不同類型，對其維護和發揚要作不同的因應之道。據個人觀察，這三種類型是：

1. 極具原始性或傳統性而瀕臨滅絕的。以歌仔戲為例，如宜蘭的本地歌仔；以布袋戲為例，如許王的小西園。
2. 扎根於傳統的創新有所涵容和開展的。以歌仔戲為例，如明華園；以布袋戲為例，如五洲園。
3. 保留傳統的某些因素而在形式技巧內容上極盡創新之能事已屬蛻變轉型的。以歌仔戲為例，如上世紀盛行一時的電視歌仔戲；以布袋戲為例，如霹靂電視布袋戲。

對於第一類型，當務之急，莫過於作調查、蒐集、整理、研究的功夫，然後再作完整性的保存，使之繫一線於不墜。保存的最佳方法，莫過於使之納入筆者所謂的「動態文化櫥窗」、「民俗技藝園」[19]。

對於第二類型，則當考慮其推展發揚之道。因為這類戲曲，是以傳統為基礎，加入可以使之豐富、使之煥發而揉和為一體的新因素，如此既能保存傳統的美質，同時也能涵蘊當代的精神和情趣，必能為廣大的群眾所接受而進入日常的生活之中。這也正是我們講求戲曲現代因應之道所要促其實現的現代戲曲。

對於第三類型，則當認知戲曲藝術也必然隨著時代而推移，其間有的蛻變得面目全非而猶不更易名稱；但是這種蛻變往往是一種新生藝術的前身，就整個戲曲藝術而言，其實更具意義。譬如電視歌仔戲和布袋戲，儘管變化許多原有的傳統，但就因為它們所依存於電視而深入每個家庭之中，從而迎合影響了許多當代觀眾。則它們進入電視以後的蛻變，或者反而是恰如枯木逢春，如果能在主題思想和藝術涵養上盡心盡力留意提升，則就戲曲以豐富生活而言，其實有其不可忽視的意義。

其二，戲曲也是文化的一環，我曾有〈妙手建設新文化〉，云：

> 文化與時推移，每個時代都必須建設新文化，這是不爭的事實。而今我們面臨的課題是，如何以創新的方法從傳統中調和古今中外。對此，筆者有「文化輸血論」。大意說：如果一個人需要輸血，他的病才會消除，他的身體才會更強壯，而他的血是A型，他固然可以輸入健康的A型血，也可以輸入健康的O型血。因為A型血是相同族類，自然一體；而O型血雖然是異族別類，卻可渾然融通，終歸一體。但是若不慎而誤輸B型血或AB型血，則其為禍，豈止沉疴加重而已。所以創造新文化之道，當在傳統文化的基礎上維護發揚美質，有如輸入A型的血；當從外來文化中擇取可以生發融通的滋養，有如輸入O型的血。

⑲ 筆者有〈臺灣地區民俗技藝的探討與民俗技藝園的規劃〉，見《說民藝》（臺北：幼獅文化事業公司，一九八九），頁一三一—二一四。

如果迷信外來文化為救命萬靈丹，毫不考慮是否與傳統文化相衝突，一味吸收，全盤移植，則必然會發生有如誤輸B型或AB型血的情況；如此所產生的新文化，對國家民族不止沒有益處，反而有荼毒之害了。然而如何正確判斷選擇血型並且輸入，則有賴於醫師那隻靈妙的手，沒有這隻「妙手」就無法完成。筆者也曾在福壽山農場看到我們土生土長的毛桃，接上矮枯木，再接上日本水蜜桃，成長為我們臺灣的水蜜桃，芳香多汁而甜美。據專家說，日本水蜜桃如果直接種在我們土地上，只有夭折而死，無一能存活。這就好像如果我們無視於自己的歷史、社會、文化背景，而硬將外來文化切入我們生活中，則必然扞格不適。而那使毛桃能夠融接水蜜桃的「矮枯木」，豈不也象徵著那隻調和中外的「妙手」嗎？就我國當前的文化建設而言，我們真亟需那許許多多在音樂、美術、舞蹈、文學、戲劇等等方面調和古今中外的「妙手」，只有這樣的「妙手」才能建設起我們現代的新文化。[20]

由此可見對古今中外有真切的認識知所去取，從而懂得扎根傳統以創新與融合中外之道的那隻建立「現代戲曲」之妙手是何等的重要！

而我更相信，如果立足在這兩個基本原則之上來面對「當代戲曲因應之道」，自然康莊在望，自然不必顧慮走火入魔、強入歧途。

小結

總而言之，戲曲當代因應之道，首在真切認識戲曲之本質在寫意，其傳統之優美質性，如歌舞性、節奏性、

[20] 收錄於《戲曲經眼錄》（臺北：中華民俗藝術基金會，二〇〇二），頁四一四。

誇張性、疏離與投入性及其所形成之虛擬象徵程式之表演藝術原理，使排場自由流轉而無時空之制約。凡此皆應保存並予以發揚；而戲曲語言富於音樂旋律，自有其腔調口法，絕不可受到西方美聲唱法所「汙染」，否則便失去了崇高的戲曲民族性。

其次當留意戲曲之其他質性，其可修正者則改良之。如詩劇形成之變革，如程式之運用與創新，如腳色修為之突破，如調適現代劇場發揮運用其功能。至其已不適應時代之質性，如自報家門，與受講唱文學影響之延展性敘述結構，如主題思想忠孝節義教化之窠臼，如題材之陳陳相因，如雜技之喧賓奪主等，就應該予以袪除。

在此前提之下，如果能期諸「妙手」，了解在同一時空之下的三種戲曲類型，使之各安其位，各發其能；並知所以扎根傳統與融合中外之道，那麼「現代戲曲」，必可從「傳統戲曲」中開出燦爛之花、結成豐碩之果！

貳、資料論

一、論說「戲曲資料」之五種類型

引言

臺灣學術最高機構「中央研究院」，於二〇一〇年院士會議，有年登耄耋者二人謂「戲曲沒有文化」、「戲曲沒有思想」。其鄙視戲曲，即使古人亦難望其項背；若起靜安先生於地下，恐亦不免大嘆「孺子不可教也」。

戲曲研究雖然是靜安先生開創的新興學問，為時不過百年。但就人文學科而言，其高難度者，較諸其他學門，實有過之而無不及。即就所須運用之資料而言，除文獻外，尚須田野考古文物、調查資料、訪問紀錄與劇場觀賞之評論等；所須之基本修為，除傍史依經、聲韻訓詁外，尚須音樂、歌舞、美術之認知，與乎民俗、民藝之體驗，而歷代之雅文學與俗文學之各種體類，尤不可陌生；否則不止不能入室，即欲登堂亦必有望嶽之嘆。而戲曲實為中華文化之整體反映，亦為民族思想薈萃之所，豈能謂之「沒有文化」、「沒有思想」而輕易抹殺！所以「隔行如隔山」，學門之間相尊重才是「君子之道」；無端輕蔑，除惹人笑柄，實無一點好處可言。

本文論說「戲曲資料」之五種類型，由於調查資料和訪問資料，每每連類相及，故合併討論，因之約為以下四端；又由於文獻與文物資料最為重要，且涉獵較廣，所占篇幅自然較多，讀者鑑之！

㈠文獻資料

然而戲曲之資料，雖應五種兼備而不可偏失；但仍以文獻為主。因為文獻不止包括劇本，還記載歷代名家之戲曲理論，乃至於戲曲之活動、掌故藝術等等。是討論戲曲最根本和最豐富的資源。

友人孫崇濤認為戲曲文獻大致可分為八大類：

1. 戲曲作品
2. 記載、評論
3. 相關的著錄資料與工具書
4. 相關的其他材料
5. 與戲曲有關的其他文體的總集、專集、別集、專書、專文
6. 與戲曲有關的其他圖文實物
7. 用現代科技手段記錄下來的文獻
8. 後人撰寫的論著❶

❶ 孫崇濤：《戲曲十論》（臺北：國家出版社，二〇〇五），〈中國戲曲文獻學導論〉，頁八七－八九。

孫先生對於這八大類戲曲文獻，都有進一步的說明。譬如對於「戲曲作品」，他說：「包括不同年代、不同時期、不同版本、不同樣式、不同編撰形式、不同出版方式的各類戲曲劇本。這是戲曲文獻中最基本、最原始，也是最重要的文獻，也可說是第一手的戲曲文獻」；對於「後人撰寫的論著」，他說：「包括傳記、回憶錄、年譜、曲譜、學術專著、專文，以及近現代編撰的字典、辭書、志書等工具書。」

可見戲曲文獻資料所包羅的是何等的廣闊，其緣故是因為發展完整的戲曲是綜合的文學和藝術，其構成的元素是如此的多元，而且又環環相扣成為有機體，其牽涉的文獻資料自是幾於「浩瀚無邊」。

孫氏又認為充分掌握和準確使用戲曲文獻，與做好戲曲研究工作之間的關係至為密切。他概括這些關係，大致有以下八個方面，節錄其說如下：

1.「文獻對象錯位，一切研究變成徒勞」，他舉《元曲選》為例，用伊維德 (Wilt L. Idema) 之說❷，謂不足以代表元雜劇。2.「文獻對象出入，一切推斷偏離真實」，他舉元雜劇分期問題為例，謂王國維以鍾嗣成《錄鬼簿》為依據，但鍾氏僅憑一己所見，並不是以呈現元雜劇之總體面貌，所以王氏之分期就有問題。3.「文獻材料掛漏，一切見解勢必動搖」，他舉《荊釵記》作者問題為例，謂不能僅憑「丹邱生作」之題署就判定朱權是作者，因為號為「丹邱」的還有很多人。4.「文獻材料新生，一切定見必須修正」，他舉西班牙典藏《風月錦囊》之發現，使南戲劇本增加四十多目，於是錢南揚和莊一拂所謂的南戲「總目」或「全目」就必須修改。5.「文獻材料誤讀，一切推導必致失誤」，他舉朱建明、彭飛為例，說他們因誤讀材料而有〈論《琵琶記》非高明所作〉❸的錯誤看法。6.「文獻材料歧解，一切見解無法統一」，他舉「戲曲」一詞為例，認為它是「戲文」的別

❷ 該文中譯本，見宋耕譯：〈我們讀到的是「元」雜劇嗎？——雜劇在明代宮廷的嬗變〉，《文藝研究》二〇〇一年第三期，頁九七－一〇六。

稱，但學者多不追本溯源，而產生種種誤解。7.「文獻版本不一，一切判斷必將不同」，他舉張炎【滿江紅】詞題，因版本繁簡不同，而學者對「韞玉」便有人名和劇目的爭議。8.「文獻句讀差異，一切解釋肯定不一」，他舉祝允明《猥談》為例，因為標點不同，於是南戲產生的時間便有「南戲出於宣和之後、南渡之際，謂之『溫州雜劇』」和「南戲出於宣和以後，南渡之際謂之『溫州雜劇』」兩種解釋❹。

凡此都可以看出，戲曲文獻的運用，首在正確無誤，而其實這也是治任何學問所必須講究的基礎工夫。只是在這裡我對崇濤兄否定靜安先生等學者，論述元代北曲雜劇之分期及其盛衰情況，個人並不贊同。理由是：

第一，《錄鬼簿》對北雜劇的記錄和呈現就文獻而言是最周全而無可取代的，也就是說，其他相關文獻至多只能拿來和它比對或驗證，而鮮少能補其不足。可見其本身已具概括有元一代北雜劇的大致面貌。

第二，田野文物雖然可以印證晉中、晉南北雜劇盛行不稍衰；但那只能說明民間演劇在晉中、晉南的持續盛況，而無法說明北雜劇在創作方面的盛衰與文學藝術的演進與遞嬗。所以靜安先生據鍾嗣成窮畢生之力所撰成的《錄鬼簿》縱使有所掛漏，也還不足以改變北雜劇在有元一代盛衰的總體面貌。

戲曲文獻自然是戲曲研究的根本。靜安先生於一九一三年元月完成撰著《宋元戲曲史》之前，先完成《曲錄》（光緒三十四年八月，一九〇八）、《戲曲考原》（一九〇八）、《優語錄》（宣統元年十月，一九〇九）、《唐宋大曲考》（一九〇九）、《曲調源流考》（一九〇九，已散佚）、《錄曲餘談》（一九〇九）、《古劇腳色考》（民國元年八月，一九一二）、《戲曲散論》（一九一三）等八種專著作為基礎，然後擷取其菁華，完成此戲曲史開山之

❸ 朱建明、彭飛：〈論《琵琶記》非高明所作〉，《文學遺產》一九八一年第四期，頁一二六—一三五。

❹ 摘錄自孫崇濤：《戲曲十論》，頁六三—七九。

作。他實質上運用乾嘉治學的傳統，亦即從版本、目錄、斠讎、訓詁等最堅實的文獻工夫做起，也因此《宋元戲曲史》縱使在今天尚不失其學術崇尚之地位。

業師鄭騫因百先生戲曲論著中，也大部分採取這種「乾嘉之學」治理文獻的方法。他在〈評介馮沅君著《古劇說彙》〉中說：

也許有人要想何以若干年來研究戲劇史以及小說史的人，總是在零碎的考證上用功夫。殊不知這是無可奈何的。俗文學史的研究是一種新興的學問，還在蓽路藍縷的時期，就戲劇史來說，雖有幾部系統敘述的專著，如王國維先生的《宋元戲曲史》，日本青木正兒的《中國近世戲曲史》之類，那只是粗具大綱的間架，需要補正的地方還多得很。尤其是所謂古劇方面，即南宋金元三百年間，更有許多存疑待決的問題。正需要一般學者爬羅剔抉，旁搜博采，方能弄出些頭緒來。如果這部分功夫沒有作到，則敘述半天還是不實不盡。所以現在研究戲劇史還是只能從搜集史料考證零星問題上著手，不是不想作系統的敘述，而是還沒有到時候。正如同蓋房子，即使間架算是有了，門窗戶壁甚至房子的頂蓋都還不完全，若嫌鋸木頭搬磚瓦瑣碎麻煩，而馬上就想要一所完整的房子來住，不亦太性急乎？❺

鄭師不止肯定馮氏此書的成就，更說她具有「十足的乾嘉樸學精神」。馮書中所收的八篇文章：〈古劇四考〉、〈說賺詞〉、〈《金瓶梅詞話》中的文學史料〉、〈南戲拾遺補〉、〈金院本補說〉、〈元劇中二郎斬蛟的故事〉、〈《古優解》補正〉，可以說無一不是這種「乾嘉精神」的具現。而因百師對馮氏所說的那段話，何嘗不也是「夫子自

❺ 鄭師因百：〈評介馮沅君著《古劇說彙》〉，《鄭騫戲曲論集》（臺北：國家出版社，二〇一二），頁七一五。

道」。於是鄭師在曲學上就有《校訂元刊雜劇三十種》、《北曲套式彙錄詳解》、《北曲新譜》、校點《天樂正音譜》等書❻，以及〈辨今本《東牆記》非白樸所作〉、〈元雜劇的紀錄〉、〈元劇作者質疑〉、〈元人雜劇的逸文及異文〉、《太和正音譜》、《北詞廣正》二譜引劇校錄〉、〈白仁甫年譜〉、〈白仁甫交遊生卒年考〉、〈《西廂記》作者新考〉等等論文❼。

鄭師所謂的「乾嘉手法」，茲以其所著〈《西廂記》作者新考〉為例，說明如下：

元雜劇的名著《西廂記》，其作者歷來有四種說法，即王實甫作、關漢卿作、王作關續、關作王續。對此問題，老師有新的看法，乃撰為此文。

老師首先臚列有關《西廂記》作者的各種舊說，共四項二十條，據此歸納下列四點：

第一、《西廂》為王實甫作之說，見於最早記錄，即元代的《錄鬼簿》及明初的《太和正音譜》。

第二、明代前期，有關漢卿作《西廂》之說，且似駕王作之說而上之。

第三、王作前四本關續第五本之說，在明代流行最廣且久，其主要論據是第五本與前四本筆墨不同。前四本藻麗，後一本質樸。有人認為後一本遠遜於前四本（見徐復祚說），有人認為各有千秋（見凌濛初說）。

❻ 鄭師因百：《校訂元刊雜劇三十種》（臺北：世界書局，一九六二）；《北曲套式彙錄詳解》（臺北：藝文印書館，一九七三）；《北曲新譜》（臺北：藝文印書館，一九七三）；方豪、鄭師因百同校：《天樂正音譜》（臺北：郭若石刊行，一九五〇）。

❼ 上述文章分別收於鄭師因百：《景午叢編》（臺北：中華書局，一九七二）；《龍淵述學》（臺北：大安出版社，一九九二）；後又收於《鄭騫戲曲論集》。

第四、關漢卿作王實甫續之說最不通行，持此說者只有都穆《南海詩話》和那四首語意並不太明確的【滿庭芳】。【滿庭芳】〈西廂十詠〉見於《雍熙樂府》之外又見於弘治本《西廂記》，都穆卒於嘉靖四年，見《國朝獻徵錄》等書，此說之起至晚當在成化間。我以為此說只是王作關續的顛倒訛傳，最不足信。在這二十條文字資料之外，還要看一看實際刊本的題名。現在所見到的明刻本《西廂記》，或者根本沒有題署作者姓名，或題王實甫撰，或題王實甫撰關漢卿續，沒有一本題關漢卿撰或關撰王續。這種情形容易解釋。因為現存明刻諸本，除弘治本未題作者姓名外，其餘都是萬曆以後刊行；在此時期，關漢卿撰《西廂記》之說已成過去，此說只流行於嘉靖以前，已見上文；關作王續之說始終未能正式成立；盛行於世者只有王作及王作關續兩說，刊本題名也就不出此二者。到現代，有些人雖然承認王作關續，而畢竟王作部分多關續部分少，為了簡單省事，無論寫文章或談話，提起此書來就說「王實甫《西廂》」，而把關漢卿省略掉了，所以表面似乎是王作之說占優勢，其實此兩說乃是勢均力敵。❽

老師對於《西廂記》作者的新假設是：《錄鬼簿》王實甫名下著錄的《西廂記》，亦即王作原本，久已失傳；從明朝到現代的《西廂記》，其作者既非王實甫更非關漢卿，而是元末明初的一個佚名作家，其中可能有若干部分因襲實甫原作。

老師對這個假設的論據是（以下從老師原文擇取要點）：

1. 題目正名與《錄鬼簿》不同。我們取《錄鬼簿》所載題目正名與各種刊本的《西廂》相較：《錄鬼簿》只有兩句，也就是一本的，各本《西廂》則有二十句，也就是五本的。而且，《錄鬼簿》的兩句，其文字與各本

❽ 鄭師因百：〈《西廂記》作者新考〉，《鄭騫戲曲論集》，頁六五七－六五八。

《西廂》的二十句無一相同。如果明朝以來的《西廂》是王實甫原作，何以《錄鬼簿》只載一本的題目正名而不全載其五？何以文字無一句相同？這是我懷疑《西廂》非王實甫作的第一項理由。

2.折數特別多而《錄鬼簿》未注明。元雜劇照例是每本四折，例外之作沒有比四折少的，比四折多的則有八種：《趙氏孤兒》、《東牆記》、《五侯宴》、《降桑椹》各有五折，《賽花月秋千記》六折，《西廂記》共五本二十一折，《西遊記》共六本二十四折，《嬌紅記》共兩本八折。真正元人雜劇只有《秋千記》超過四折。《秋千記》是張時起所作，原劇不存，只根據《錄鬼簿》的附注知其為六折。《錄鬼簿》既因《秋千記》折數突出而加以注明，何以對於折數更多情形更突出的《西廂記》反而一字未注？換言之，《趙氏孤兒》等六劇或有後人添改，或者根本是後人作品，當然《錄鬼簿》無注，因為鍾嗣成並未見過這些添改本或後人作品。如果二十一折的《西廂記》是王實甫所作而鍾嗣成也曾見過，何以不與同為元人作品的《秋千記》一樣注明折數？這是我懷疑《西廂》非王實甫作的第二項理由，與上述第一項理由都是根據《錄鬼簿》而生出來的提問。

3.多用長套。無論用於散曲或雜劇，北曲套式的發展有一種趨勢：初期每套用曲較少，也就是說套式較短，中期以後用曲漸多套式較長，到了後期則流行長套。據我統計的結果，元雜劇初期及中期作品，每折少者不過五六曲，多者十二三曲，甚少超過十五曲的長套，後期雜劇每折用曲才多起來，但也很少到達十五六曲以上。這是元雜劇各折用曲數量多少亦即套式長短的一般情形。

《西廂》各折用曲，二十一折中，十一曲者一、十二十三曲者各四、十四十五十六曲者各二、十七曲者一、十九曲者三、二十曲者二。最少者也有十一曲，最多者達二十曲，絕無十曲以下的短套，而十五曲以上者有十折。全劇二十一折共三百一十五曲，平均每折也恰為十五曲。以上統計可以肯定說明《西廂》各折是普遍使用長套的。這是元雜劇後期的現象，而王實甫是早期作家，那時使用長套的風氣還未興起，如此多的折數，如此長的套式，恐非當時歌者及聽眾所習慣接受。王實甫是「書會才人」，他不會不隨著環境風氣寫作劇本。這是我懷疑《西廂》非王實甫作的第三項理由。

4.不守元雜劇一人獨唱的成規。元雜劇的規矩，照例是全劇由同一個腳色獨唱到底，其餘腳色只能說白不能唱曲。換言之，一本之中，末腳唱就始終由這一個末腳唱，旦腳唱就始終由這一個旦腳唱，所以有末本與旦本之分；一折之中更不能有兩人唱曲。元人守此規矩極為嚴格。但我們綜觀《西廂》全劇，其破壞這種成規卻很厲害。有一本之中旦末各唱全折者，如第二本第五折旦唱，第六折末唱；第四本第十九折末唱，第二十折旦唱。有一折之中旦末俱唱者，如第七折張生（末）唱【快活三】，紅娘（旦）唱其餘諸曲；第十三折張生（末）唱【調笑令】，紅娘（旦）唱其餘諸曲；第十七折鶯鶯（旦）唱【喬木查】等五曲，張生（末）唱其餘諸曲。有一折之中兩個旦腳俱唱者，如第十八折紅娘唱【掛金索】，鶯鶯唱【錦上花】，紅娘唱【么篇】，張生唱其餘諸曲；第八折張生（末）唱【慶宣和】等三曲，紅娘唱【江兒水】，鶯鶯唱其餘諸曲。更有一折之中末與兩旦及其他腳色俱唱者，如第二十一折紅娘唱【喬木查】等三曲，鶯鶯唱【沉醉東風】等三曲，「群唱」【沽美酒】、【太平令】兩曲，使臣唱【錦上花】，不知何人唱【清江引】、【隨尾】兩曲，張生唱其餘諸曲。

由此可知《西廂記》是如何大量破壞了一人獨唱的成規。這種多人唱曲的情形顯然是受了南戲的影響。南戲萌芽雖在南宋之世，其正式發展流行則在元末明初，元朝前期及中葉則全是北雜劇的天下，這是治中國戲劇史者所公認的事實。王實甫的時代，最晚是元中期，因為中後期之間的鍾嗣成作《錄鬼簿》，已把他歸入「前輩已死名公才人」之列。寫作劇本是供給優伶表演觀眾視聽的，不能脫離環境及風氣的限制。在實甫當時，南戲尚未流行，北劇正處於全盛，他不會違反習慣而憑空想出這種多人俱唱的新法來破壞大家正在嚴格遵守的成規。這是我懷疑《西廂》非王實甫作的第四項理由。

5.體製篇幅極像《西遊記》及《嬌紅記》。我懷疑《西廂記》非王實甫作的第五項理由是：《西廂》體製篇幅極像楊景賢的《西遊記》及劉兌《嬌紅記》，而楊劉都是元末明初人；這三種雜劇可能是同時相先後的作品。《西廂》之像《西遊》及《嬌紅》，可分四項：

(1)《西遊》二十四折分為六本，《西廂》二十一折分為五本，同為元代未有的長篇雜劇。《嬌紅》八折兩本，篇幅雖不及《西遊》、《西廂》，卻也比正規元雜劇長一倍。(2)《西遊》六本、《嬌紅》兩本、每本各有題目正名，《西廂》五本也是如此。(3)《西遊》、《嬌紅》俱不守一人獨唱的成規。(4)三劇曲文風格相類。

上列第一、第三兩項是這三種劇本的最大特點，因其全非元雜劇科範而純為南戲規模。南戲發展流行在元末明初，上文已言及，而《西遊記》與《嬌紅記》乃元末明初作品又為確定事實，《西廂》體製篇幅既異於正規元雜劇而與此二劇極相類似，自可推定其為同時期作品，王實甫則是遠在這個時期以前的作家，他之不能寫出長至五本二十一折而且嚴重破壞獨唱成規的《西廂記》，正如同清咸同年間人寫不出民國以來各種形式的小說一般。

6.曲文屬元劇末期風格。末期元雜劇，其曲文風格與早期有所不同。簡單地說，末期作品比較藻麗、精緻、流暢、工穩，而缺乏早期所特有的質樸面目與雄渾蒼莽的氣勢。這是一切文體由發展而趨成熟的共同現象。我們讀過《西廂記》之後，會感覺到這個劇本的曲文風格有如下幾點：

(1)辭藻雅麗，對仗工巧，而缺少樸拙之致。

(2)流暢穩妥，無生硬不順之處。

(3)細膩風光，沙明水淨。

(4)全屬細筆，缺少粗線條的描寫。

這幾項是《西廂記》曲文的特點，卻正是元末以至明初雜劇所以異於早期作品之處。尤其是〈惠明下書〉折那一套正宮【端正好】，極力想表現「莽和尚」的雄勁之氣，也就是所謂「粗線條」，卻顯得非常吃力而不自然，這正是時代不同勉強摹擬的現象。試取《西廂記》與早期的關漢卿、白仁甫、馬致遠之作及末期的喬夢符、鄭德輝、賈仲名之作個別比較，便可看出《西廂記》之成熟細緻的風格同於後者。而王實甫的時代即使比關、白、馬稍晚，也遠在喬、鄭、賈之前。《西廂》曲文風格既與喬、鄭、賈諸人作品類似，當然有理由懷疑其不出於王實甫。再進一步看，王實甫自己作的《麗春堂》，與《西廂記》也不似同一人的筆墨❾。

老師根據這六項論據來支持他的假設，他最後還很客氣的說：「王實甫作《西廂記》之說，畢竟流傳已久，根深柢固，不容輕易推翻。我的假設雖然持之有故言之成理，卻因文獻不足，不能像孫楷第考證《西遊記》作者那樣確鑿分明。我撰寫這篇論文，只是把胸中所疑寫出來，供治曲學者參考，無意強人信我。」（頁六七三）但無論如何老師是扎扎實實的將「六項論據」作最平正通達的論述，他的結論其實也是最「平正通達」而確然可信的。

筆者從鄭師治曲學二十七年，也頗能領會「乾嘉精神」的要義，因之諸如〈先秦至五代「戲劇」與「戲曲小戲」劇目考述〉、〈也談「北劇」的名稱、淵源、形成與流播〉、〈也談「南戲」的名稱、淵源、形成和流播〉、〈元雜劇體製規律的淵源與形成〉、〈參軍戲及其演化之探討〉❿等論文都模倣鄭師治學，所以也都略具創見與發明。同時我也深深體會到研究戲曲，首先要對關鍵的名詞概念做清楚確立，否則見仁見智，疑義叢生，便很難有論述的準則。也因此，我在近著《地方戲曲概論》裡，便在〈緒論〉第一節，開宗明義作「戲曲名詞概念

❾ 同上注，頁六六一—六七一。

❿ 上述文章收於《戲曲源流新論（增訂本）》（北京：中華書局，二〇〇八）。

之確立」，提出(1)「戲劇」、「戲曲」，(2)「小戲」、「大戲」，(3)「腔調」、「聲腔」、「唱腔」，(4)「戲曲劇種」等四組戲曲名詞，作明確之定位⓫。因為自王國維《宋元戲曲史》以來，學者對於「戲劇」與「戲曲」這兩個最緊要的名詞就模糊不清，更不必說其他三組名詞的定位了。

而即就運用最頻繁的文獻資料而言，如果運用不得體，必然有損論文的成就；如果解讀不明確，甚至於錯誤，必然小則無法給人信服的論述，大則導人於乖謬而不自知。

而晚近學界對於引據西方理論以治漢學的現象，可說日趨熾烈；戲曲既為漢學之一環，自不能「免俗」。但是，今年（二〇一四）五月二十七、二十八日在香港中文大學舉行的「今古齊觀——中國文學的古典與現代國際學術研討會」，筆者以〈論說戲曲之內外在結構〉作開幕之主題講演，強調治漢學之態度方法當從漢學本身求之，不宜套用西方理論，否則不免如輸血之將B型血或AB型血輸入A型血之中，而產生差異的錯誤、危險的現象與後果。是日下午李歐梵院士所主持之「圓桌會議」，集海內外學者八人暢論西方理論之運用，最後法國學者安必諾教授說：

你們東方人治學喜歡套用西方理論，你們知道這些理論的根據嗎？那是本自咱們法國的哲學家，他們的理論思想已經很難懂，被用到文學批評中來，更模糊不清；卻被美國人翻成英文，又被你們翻成中文。你們又進一步套用它來論述漢學；這種情形臺灣最為嚴重。

安必諾教授雖然沒說出這樣一來，其「學術」必然走火入魔，但其語意卻是很明顯的。李院士因此也說，他讀

⓫ 曾永義、施德玉：《地方戲曲概論》（臺北：三民書局，二〇一一），頁一－三五。

學生的論文，便很注重其理論的根源。

而對於文獻資料的解讀，筆者有〈論說戲曲文獻資料之解讀〉⓬，舉出金元間人杜仁傑〈莊家不識勾欄〉⓭，由於諸家對於其中「院本」、「么末」、「趕散」、「粧哈」、「爨罷將么撥」諸詞語之解讀，或誤以「爨」為豔段，或誤以「爨」之演出為「么末」之演出，或誤將「么末」視同腳色之「末」，或誤將「北曲雜劇」之「雜劇」與宋雜劇中正雜劇之「雜劇」混而為一，或未弄清「爨」與「院本」前後文之對應關係，以致眾說紛紜，對於金院本面貌便有不清不楚的現象。

再說有關崑山腔資料：魏良輔《南詞引正》、周玄暐《涇林續記》之解讀⓮，或有論崑山腔必出海鹽腔者，其錯誤乃一則不明「腔調」源生之道，二則不明「腔調」流播交融之方，因之結論必有所閃失；或因亦不明「腔

⓬ 曾永義：〈論說戲曲文獻資料之解讀〉，宣讀於黑龍江大學「古典戲曲辨疑與新說」國際學術研討會（二〇一二年十二月二十九日），後收於拙著：《戲曲與偶戲》（臺北：國家出版社，二〇一三），頁二五一－七四。

⓭ 曾永義編撰：《蒙元的新詩——元人散曲》（臺北：時報文化出版公司，一九九八），頁一八二－一八三。

⓮ 〔明〕周玄暐：《涇林續記》正編《姑蘇志》，卷三「周壽誼，崑山人，年百歲。其子亦躋八十，同赴蘇庠鄉飲，徒步而往。既至，子坐於階石，氣喘，父笑曰：『少年何困倦乃爾！』飲畢，子欲附舟，父不可，復步歸舍。崑山距蘇七十餘里，往返便捷，其精力強健如此。後太祖聞其高壽，特召至京。拜階下，狀甚矍鑠。問：『今歲年若干？』對曰：『一百七歲。』又問：『平日有何修養而能致此？』對曰：『清心寡欲。』上善其對，笑曰：『聞崑山腔甚佳，爾亦能謳否？』曰：『不能，但善吳歌。』命歌之。歌曰：『月子彎彎照幾州，幾人歡樂幾人愁；幾人夫婦同羅帳，幾人飄散在他州。』上撫掌曰：『是個村老兒』，命賞酒飲罷歸。後至一百十七歲，端坐而逝。子亦九十八，家有世壽堂。其孫多至八十外，蓋緣稟賦厚素，其歸有由矣。」收入於嚴一萍輯：《百部叢書集成》第一〇七一冊（臺北：藝文印書館，據清光緒潘祖蔭輯刊《功順堂叢書》本影印本），頁一一－一二。

調」所以源生以及歌者「唱腔」之精益求精，亦可以改良而使「腔調」提升之故，以致徒生諸多疑慮；或亦不明「腔調」源生之由，因之誤以為顧堅可通過與友人合作而「創立」崑山腔；其實顧堅與友人但能改良提升崑山「土腔」，何能有所「創立」？

又如元人陶宗儀《輟耕錄》所謂「宋有戲曲、唱諢、詞說」⓯，到底是指什麼劇種或技藝，學者除葉長海《曲律與曲學》謂「這裏的『戲曲』當係特指宋代的雜劇本子」外⓰，縱使引據，亦皆不作詮釋。而筆者以為：《輟耕錄》與《青樓集》之「戲曲」皆與「雜劇」相對而言，可以明顯看出「雜劇」是指「北雜劇」（元雜劇），「戲曲」是指「南戲曲」（宋戲曲）；則「戲曲」實為足與「北雜劇」抗衡之大戲，亦即「戲文」之異名而已。《輟耕錄》所謂「宋有戲曲、唱諢、詞說」，正說明宋代有戲文、雜劇、說唱三種表演文學和藝術。推究「說唱」所以稱作「詞說」，則猶如「詞話」，以「詞」言其唱詞，以「說」、「話」言其說白；而「唱諢」所以為「雜劇」，因為宋雜劇與金院本不殊，尚屬以唱念科諢「務在滑稽」的「小戲群」，與同名稱但已發展為大戲的「元雜劇」不同。至於「戲文」所以又稱作「戲曲」，不過如同「戲文」一般，強調其故事情節，則稱「文」；強調其音樂歌唱，則稱「曲」；亦即重其以「文」演「戲」則稱「戲文」，重其以「曲」演「戲」則稱「戲曲」。「戲文」與「戲曲」不止詞彙結構相同，也同時表示其所汲取以壯大為大戲的滋養一樣是說唱文學和藝術。就「戲曲」而言，其得之說唱的音樂歌唱，也是斑斑可考。

(二)考古文物資料

⓯ 〔元〕陶宗儀：《南村輟耕錄》（北京：中華書局，一九九七），卷二十五〈院本名目〉條，頁三〇六。

⓰ 葉長海：《曲律與曲學》（臺北：學海出版社，一九九三），頁一七二。

戲曲史上，像唐參軍戲、宋金雜劇院本，皆為宮廷優伶小戲，而亦流播民間。若以時代論，堪稱古劇。其所流傳可資蒐羅的文獻資料，幸以其具「寓諷諫於滑稽詼諧」之特質，尚被文士錄下其零星片羽之嘉言警語，以資世道；靜安先生乃輯有《優語錄》，任二北先生更有增補。但以之探討唐宋古劇，不過「窺豹一斑」，難得全貌。幸有黃竹三先生於山西臨汾師範大學創設「戲曲文物研究所」，從事戲曲文物之調查研究，主編《宋金元戲曲文物圖論》[17]，嘉惠學界。他在和延保全所合著的《戲曲文物通論・緒論》中，首先給戲曲文物作了界義，進而舉例說明文物對戲曲研究的重要性。他說：

> 所謂戲曲文物，是指存留在社會上或埋藏在地下的有關戲曲的歷史文化遺物，包括舞臺建築，與戲曲有關的繪畫、雕刻、碑石題記，傳抄或版印的劇本、資料，以及各種墓葬遺物等。這些實物資料，或者與史籍所載文字相印證，使我們加深對原有文獻史料的理解和認識，或者補充史載的不足，糾正某些記載的錯誤和偏頗，這都有助於我們正確認識中國戲劇發展的本來面目，瞭解戲曲藝術的歷史成因，因而是不可或缺的。
>
> 戲曲文物的重要意義，首先在使我們加深對原有文獻史料的認識。一些重要的戲曲文物，能與歷史資料相印證。[18]

於是他們舉文獻中有關宋雜劇演出的文獻為例，和所發現的戲曲文物相印證，可以說不謀而合。如此看來，研究古劇，豈能捨文物不顧。而今在黃先生的篳路藍縷、披荊斬棘之後，「戲曲文物學」已成為

[17] 山西師範大學戲曲文物研究所編：《宋金元戲曲文物圖論》（太原：山西人民出版社，一九八七）。

[18] 黃竹三、延保全合著：《戲曲文物通論・緒論》（臺北：國家出版社，二〇〇九），頁一〇。

一門新興的學問；不止從事的學者越來越多，而且已使古劇研究乃至整個戲曲研究，非仰仗戲曲文物不可。

於是戲臺、戲曲繪畫、戲曲雕塑、戲曲碑刻、出土古代劇本、傳世祭祀演出抄本都成了研究戲曲最為堅實的資料⓳。

於是新疆呼圖壁大型儀式舞蹈岩刻，使我們從兩舞隊圍繞著中間交媾儀式的表演，了解到先民的生殖崇拜⓴。

從山東濟南無影山漢墓樂舞雜伎俑，看到了西漢民間的宴飲時技藝的演出場面有舞蹈、器樂、雜技等「百戲競奏」的情況㉑。

從陝西三原縣焦村唐李壽墓樂舞線刻，了解到李唐樂舞繁盛的場面：

1. 舞伎：舞女六人兩兩相對起舞。
2. 坐部伎：女樂十二人，跪坐，分三排，每排四人，所執樂器有豎琴、箜篌、琵琶、箏；笙、橫笛、排簫、篳篥；銅鈸、答臘鼓、腰鼓、貝；含絃樂、管樂、打擊樂。
3. 立部伎：女樂亦十二人，分三排，每排四人，所執樂器有：笙、排簫、豎笛、銅鈸；橫笛、篳篥、琴、大箏；琵琶、曲項琵琶、琵琶、豎箜篌。這種畫面證實了唐初立坐二部伎及其樂器的配置㉒。

⓳ 以下所舉出文物均參見黃竹三、延保全合著：《戲曲文物通論》，讀者鑑之。

⓴ 王炳華：〈鑿在岩壁上的史頁——新疆呼圖壁縣原始宗教舞蹈畫面研究〉，《中國敦煌吐魯番學術討論會論文》（北京：一九八八年八月）；王炳華：〈呼圖壁縣康家石門子岩畫生殖崇拜岩雕刻畫〉，《新疆文物》一九八八年第二期。

㉑ 濟南市博物館：〈試談論濟南無影山出土的西漢樂舞、雜伎、宴飲陶俑〉，《文物》一九七二年第五期，頁一九—二四。

㉒ 陝西省博物館、文館會：〈唐李壽墓發掘簡報〉，《文物》一九七四年第九期，頁七一—八八＋六一＋九六＋九九。

從山東沂南北寨東漢樂舞百戲畫像石、山東安丘東漢樂舞百戲畫像石，都可以拿來印證張衡〈西京賦〉所描寫的漢代角觝百戲御前承應的盛況；而山東臨沂金雀山西漢墓帛畫角觝圖，圖中一男頭戴箭形茨菰葉飾，像牛角，與另一男相對，雙方擺開架勢，正準備格鬥的畫面，正是「角觝」本義的寫照㉓。

而從四川成都天回山東漢墓說唱陶俑㉔、四川綿陽市河邊鄉東漢墓說唱陶俑㉕、四川綿陽市吳家鄉孔雀村漢墓說唱陶俑㉖、四川成都市羊子山東漢墓說唱陶俑㉗、四川成都市市郊東雜技說唱畫像磚㉘、四川忠縣臥馬氹山蜀漢崖墓群樂舞說唱陶俑㉙等說唱陶俑的具體形象，我們起碼可以斷言，在漢代，四川地區，民間說唱藝術已經相當發達，但由於其模樣皆作滑稽詼諧狀，也可以想見其內容多半與令人發笑有關。為此，使我想起，一九七〇年代，我在臺大中文系的學術發表會上，曾說漢樂府詩中，有好些如〈陌上桑〉、〈孤兒行〉、〈婦病行〉等等，乃至於〈孔雀東南飛〉都應當是說唱文學。當時引起兩位老師的強烈否定，甚至說，如果我能夠證實，就可以獲得諾貝爾文學獎。可惜那時兩岸隔絕，我無法舉出諸如四川成都天回山那樣的說唱陶俑作證據。

㉓ 曾昭燏：〈關於沂南畫像石墓中畫像的題材和意義——答孫作雲先生〉，《考古》一九五九年第五期，頁二四五—二四九。

㉔ 見《文物》一九五九年第一〇期扉頁插圖。

㉕ 何志國：〈四川綿陽河邊東漢崖墓〉，《考古》一九八八年第三期，頁二二六＋二八九—二九〇。

㉖ 鞏發明、季冰：〈綿陽市出土的漢代說唱俑〉，《四川文物》一九八九年第二期，頁七二。

㉗ 見《中國音樂文物大系．四川卷》（鄭州：大象出版社，一九九六）。

㉘ 馮漢驥：〈四川的畫像磚墓及畫像磚〉，《文物》一九六一年第一一期，頁三五—四二。

㉙ 四川省文物管理委員會：〈四川忠縣塗井蜀漢崖墓〉，《文物》一九八五年第七期，頁四九—八七。

而從新疆維吾爾自治區吐魯番市阿斯塔那唐張雄夫婦墓傀儡戲俑㉚，可以拿來和《封氏聞見記》卷六〈道祭〉條所載大曆中的傀儡戲「祭盤」相印證㉛，又從其造型也可見與唐「參軍戲」有密切的關係。

而從陝西西安市郊唐鮮于庭誨墓戲俑㉜，由其戲俑皆戴軟腳襆頭，穿綠色圓領長衫，繫帶，著長筒靴。及其一人袖手胸前，撅嘴瞋目；一人緊皺雙眉，撇嘴視地，作愁苦狀，雙手袖於腹前的神態看，可以印證是一場「參軍戲」的演出。

而從故宮博物院藏南宋雜劇二幅絹畫㉝、山西省浮山縣上東村宋墓參軍色壁畫㉞、河南安陽蔣村金墓戲臺模型㉟、山西侯馬市董明墓金代戲臺模型與戲俑模型㊱、浙江黃岩市靈石寺佛塔宋雜劇磚雕㊲、山西洪洞英山

㉚ 金維諾、李遇春：〈張雄夫婦墓俑與初唐傀儡戲〉，《文物》一九七六年第一二期，頁四四－五〇＋九九。

㉛ 〔唐〕封演《封氏聞見記》卷六〈道祭〉條：「大歷中，太原節度辛景雲葬日，諸道節度使使人脩祭。范陽祭盤最為高大，刻木為尉遲鄂公與突厥鬬將之戲，機關動作，不異于生。祭訖，靈車欲過，使者請曰：『對數未盡。』又停車設項羽與漢高祖會鴻門之象，良久乃畢。」見〔唐〕封演撰，趙貞信校注：《封氏聞見記校注》（北京：中華書局，一九五八），頁五六。

㉜ 田進：〈唐戲弄俑〉，《文物》一九五九年第八期，頁四三－四六。

㉝ 周貽白：〈南宋雜劇的舞臺人物形象〉，《中國戲曲論集》（北京：中國戲劇出版社，一九六〇），頁三七四－三八三。

㉞ 黃竹三：〈「參軍色」與「致語」考〉，《文藝研究》二〇〇〇年第二期，頁五八－六七。

㉟ 楊健民：〈河南安陽金墓戲樂俑和舞臺的考察——兼對元雜劇藝術形式之蠡測〉，《地方戲藝術》一九八六年第四期。

㊱ 劉念茲：〈中國戲曲舞臺藝術在十三世紀初葉已經形成——金代侯馬董墓舞臺調查報告〉，《戲劇研究》一九五九年第二期。

㊲ 王中河：〈浙江黃岩靈石寺塔發現北宋戲劇人物磚雕〉，《文物》一九八九年第二期，頁七二－七三。

舜帝廟北宋樂舞雜劇碑趺線刻㊳、河南禹州白沙宋墓雜劇磚雕㊴、河南偃師酒流溝水庫宋墓雜劇磚雕㊵、河南溫縣前東南王村宋墓雜劇磚雕㊶、宋雜劇藝人丁都賽畫像磚㊷、河南溫縣博物館藏宋雜劇腳色磚雕（三處）㊸、河南溫縣西關宋墓雜劇磚雕㊹、山西垣曲縣後窯（一說坡底村）金墓雜劇磚雕㊺、山西稷山馬村段氏墓群宋金雜劇磚雕㊻、山西省稷山化峪金墓雜劇磚雕（二處）㊼、山西省稷山縣苗圃金墓雜劇磚雕㊽、山西侯馬晉光金墓雜劇磚雕㊾，等等可見：

其一，雜劇原為宋金所共有，金末始有院本。

㊳ 金小民：〈宋代樂舞雜劇碑趺線刻的新發現〉，《中華戲曲》第三一輯（二〇〇四年十二月），頁三二—四〇＋四。

㊴ 宿白：《白沙宋墓》（北京：文物出版社，一九八七）。

㊵ 董祥：〈河南偃師酒流溝新石器時代遺址的調查〉，《考古》一九六五年第一期，頁四〇—四一＋一〇。

㊶ 張思青、武永政：〈溫縣宋墓發掘簡報〉，《中原文物》一九八三年第一期，頁一九—二〇＋八〇。廖奔：〈溫縣宋墓雜劇雕磚考〉，《文物》一九八四年第八期，頁七三—七九。

㊷ 劉念茲：〈宋雜劇丁都賽雕磚考〉，《文物》一九八〇年第二期，頁五八—六二。

㊸ 張新斌、王再建：〈溫縣宋代人物雕磚考略〉，《考古與文物》一九八八年第三期。

㊹ 羅火金、王再建：〈河南溫縣西關宋墓〉，《華夏考古》一九九六年第一期，頁一七—二三。

㊺ 楊生記、呂輯書、韓樹偉：〈垣曲古墓戲劇磚雕探微〉，《戲友》一九八七年第四期。

㊻ 楊富斗：〈山西稷山金墓發掘簡報〉，《文物》一九八三年第一期，頁四五—六三＋九九—一〇二。

㊼ 同上注。

㊽ 同上注。

㊾ 謝堯亭：〈侯馬兩座金代紀年墓發掘報告〉，《文物季刊》一九九六年第三期，頁六五—七八。

其二，宋金雜劇的腳色有末泥、副末、副淨、引戲、裝孤，正與耐得翁《都城紀勝・瓦舍眾伎》、吳自牧《夢粱錄》卷二十〈伎樂〉所記相符。

其三，其腳色形象：末泥色多戴襆頭，長袍束帶，執扇置前或肩上，正面站立；副末色、副淨色多醜扮譁裏。其化妝用黑白二色，白色成團狀，塗於眼鼻之間，或圓形或三角形者為副淨；其身穿直裰或短衫，手執磕瓜（皮棒槌）或木杖，以手指眼或作打口哨狀者為副末。裝孤戴展腳襆頭，圓領寬袖長袍，執笏恭立。引戲早期男扮，即參軍色，手執竹竿；後期為女性裝扮，著長襦，扭捏作態，頭上簪花。

其四，文物中有明確紀年者：山西萬榮橋上村后土聖母廟北宋舞亭碑刻為宋真宗天禧四年（一〇二〇），山西洪洞縣英山舜帝廟北宋樂舞雜劇碑趺線刻為宋仁宗天聖七年（一〇二九），河南安陽善應宋墓伎樂圖為北宋神宗熙寧十年（一〇七七），山西沁縣城關關侯廟碑刻為宋神宗元豐三年（一〇八〇），河南禹州白沙宋墓樂舞壁畫為北宋哲宗元狩二年（一〇九九），山西平順東河村聖母廟北宋舞樓碑刻為宋哲宗元狩三年（一一〇〇），河北宣化遼墓樂舞壁畫為遼道宗大安九年（一〇九三）與遼天祚帝天慶元年（一一一一），山西萬榮廟前村后土廟內〈蒲州榮河縣創立承天效法厚德光大后土皇地祇廟象圖石〉為金太宗天會十年（一一三七），山西高午二仙廟金代露臺及樂舞雜劇線刻為金海陵王正隆二年（一一五七），山西繁峙天岩村岩山寺酒樓說唱壁畫為金海陵王正隆三年（一一五八），河南安陽蔣村金墓戲臺模型為金世宗大定二十六年（一一八六），河南修武史平陵墓金代石棺樂舞線刻為金章宗承安四年（一一九九）、河南焦作王莊金墓石棺樂舞線刻亦為承安四年，河南登封中嶽廟〈大金承安重修中嶽廟圖〉碑為金章宗承安五年（一二〇〇），山西陽城崦山白龍廟金代舞亭碑刻為金章宗泰和二年（一二〇二），四川廣元〇七二醫院南宋墓樂舞雜劇石刻為宋寧宗嘉泰四年（一二〇四），山西侯馬董明墓金代戲臺模型為金衛紹王大安二年（一二一〇），南宋朱玉《燈戲圖》為宋理宗寶祐年間（一二五三—一二五八）等，可見宋金樂舞雜劇的繁盛與兩代相終始。

至於金元北曲雜劇、宋元南曲戲文，中國戲曲大戲成立的時代，其文物則：

1. 戲臺

山西臨汾魏村三王廟元代戲臺（元世祖至元二十年初建，一二八三）、山西芮城永樂宮龍虎殿無極門元代戲臺、山西萬榮孤山風伯雨師廟元代戲臺（元成宗大統五年修建，一三一〇）、山西永濟董村二郎廟元代戲臺（元英宗至治二年建，一三二二）、山西翼城武池村喬澤廟元代戲臺（元泰定帝泰定二年建，一三二五）、山西洪洞縣景村牛王廟元代戲臺遺址（戲臺建於元順帝至正二年，一三四二，已毀）、山西沁水海神池天齋廟元代戲臺遺址（元順帝至正四年建，一三四四，已毀）、山西臨汾東洋村東嶽廟元代戲臺（元順帝至正五年建，一三四五，已毀）、山西萬榮西村岱嶽廟元代舞廳遺址（元順帝至正十四年建，一三五四，已毀）、山西石樓張家河聖母廟元代戲臺（元順帝至正七年建，一三四七）、山西臨汾王田村東嶽廟元代戲臺、山西翼城曹公村四聖宮元代戲臺（建於元順帝至正年間）、山西澤州治底村東嶽廟元代舞樓（或疑為金海陵王正隆二年建，一一五七）等。

元代由於山西的地理環境，保存下來的戲臺有這許多；而無論如何正可以證實元代山西平陽地區戲曲演出是如何的繁盛。

而明清以後的新南戲、傳奇、亂彈、皮黃由於戲曲劇種更加成熟，其演出之情況自然更加繁盛，戲臺之修建也隨著更為眾多。據《中國戲曲志》各省分志不完全統計，已公布的明清戲臺即有五六百座之多。這也是我們研究明清戲曲可貴的文物資料。

2. 戲曲雕塑

如前文所云，戲曲雕塑，可以具象的認知其腳色人物及其妝扮服飾。

元代戲曲雕塑，其重要者為：山西芮城永樂宮潘德沖墓石棺元雜劇線雕、山西新絳吳嶺莊衛家墓雜劇磚雕、山西稷山店頭村元雜劇磚雕、山西新絳寨里村元雜劇磚雕、江西豐城元代青花釉裡紅戲曲表演瓷雕。

明清戲曲雕塑據《中國戲曲志》各省卷初步統計，有五十組之多，除元代之山西、江西外，遍及四川、河南、安徽、浙江、廣東、江蘇、上海、雲南、山東、甘肅、天津等省市。由此亦可想見明清戲曲盛行全國。

3. 戲曲碑刻

內容為記述某地露臺、舞亭、舞樓、戲臺建造的年代和經過，以及修建者、捐資者姓名等。

元代戲曲碑刻重要者為：山西萬榮太趙村稷益廟舞廳石碑（元世祖至元八年，一二七一）、河南孟縣三官廟〈重修天地三官廟記〉碑（元世祖至元二十四年，一二八七）、山西陽城崦山白龍廟〈重修顯聖王廟記〉碑（元成宗大德元年，一二九七）、山西萬榮孤山風伯雨師廟碑（元武宗至大二年，一三〇九）、山西芮城岱嶽廟〈岱嶽廟創建香臺記〉碑（元仁宗延祐五年，一三一八）、山西洪洞霍山水神廟〈重修明應王殿之碑〉（元仁宗延祐六年，一三一九）、山西沁水下格碑村聖王行宮〈創修聖王行宮之碑〉（元英宗至治二年，一三二二）、山西萬榮西景村岱嶽廟修舞廳石碣（元順帝至正十四年，一三五四）等。其中萬榮風伯雨師廟的元代石柱刻字記載元成宗大德五年（一三〇一）「堯都大行散樂張德好在此作場」，較諸山西洪洞霍山水神廟明應王殿戲曲壁畫上端所書「堯都見愛　大行散樂忠都秀在此作場　泰定元年四月　日」頗相類。泰定帝元年（一三二四）與之相距二十七年，可見平陽（今臨汾）之堯都戲班的活動持續頗久。而張德好與忠都秀皆為末色，亦可見如《青樓集》所記，元代樂戶歌伎多有女扮男妝者。

明清戲曲碑刻，已知明代有四十餘，清代據《中國戲曲志》初步統計約有二百八十餘。

4. 戲曲繪畫

其中以山西洪洞霍山水神廟明應王殿元代戲曲壁畫最為重要。此畫繪於元泰定元年（一三二四），在殿內南壁東側。畫面高四點一一公尺，寬三點一一公尺，上部橫額正書「大行散樂忠都秀在此作場」，上款直書「堯都見愛」，下款直書「泰定元年四月　日」。畫面繪一戲臺，後部設繡花帳額，把戲臺區分為前臺和後臺。帳額繪圖兩幅，右為蒼松青龍，左為壯士揮劍，欲與青龍格鬥。帳額左方一人掀帳外窺，露出頭部，面容姣好，似為女役。前臺用方磚鋪砌，分站十人，前排五人為演員，左一戴垂腳襆頭，著藍色圓領宮衫，繡有圖案，足登薄底烏靴，右手持宮扇置肩上，左手撩掖衣角，露出內襯紅衫，為女扮男腳。左二戴黑帽，穿黃色滾邊藍底紅花大衣，束褲腳，著黃色圓口鞋，粗眉糾髯，張口露齒，塗白眼圈，眼眉及鬢髯皆粘貼，雙手置胸前作表演狀。左三戴展腳襆頭，穿圓領寬袖紅袍，下垂及地，著烏靴，僅露靴尖，雙手執笏拱於胸前，面目清秀，兩耳有環孔，內衣左衽，當為女性所裝扮。左四戴吏帽，穿淡青滾邊藍底紅花大袍，束帶，腰間斜插一黃色棒狀物，疑為磕瓜，著薄底烏靴，戴懸線髯口，叉手於胸前。左五亦戴吏帽，穿黃色圓領窄袖宮衣，兩肩及胸腹繡有圖案，手執長柄刀置右肩上，右手掩於袖內。後排五人，為奏樂藝人及雜役，所持樂器有大鼓、笛、拍板等，樂奏藝人中一人有化妝，當亦參加演出。這幅壁畫是目前發現的元代最大的戲曲壁畫，展示了當時戲劇演出前為顯示戲班陣容「亮臺」情景。其中藝人的化妝有「素面」、「花面」之分，所用假髯也有塗飾、粘貼、懸掛等類，又有滿髯、露口、三綹等不同樣式，這是史籍所沒有記載的㊿。

對此，筆者於一九七五年八月出版之《國立編譯館館刊》四卷一期發表〈有關元雜劇的三個問題〉，其「院么」一節云：

㊿ 見黃竹三、延保全合著：《戲曲文物通論》，頁二二六－二二七。

《輟耕錄・院本名目》中，有「院么」一類，含《海棠軒》等二十一目。以下討論院么的意義。杜仁傑〈莊家不識勾欄〉套【六煞】云：

> 見一個人（手撐）著椽做的門，（高聲）的叫請請。道遲來的滿了無處停坐。說道前截兒院本《調風月》，背後么末敷演《劉耍和》。高聲叫：趕散易得，難得的粧哈。[51]

《藍采和》雜劇第四折【七弟兄】云：

> 那時我對敵，不是我說嘴；我著他笑嘻嘻。將衣服花帽全新置，舊么麼院本我須知，論同場本事我般般會。[52]

又《錄鬼簿》賈仲明於高文秀之弔詞云：

> 除漢卿一個，將前賢疏駁，比諸公么末極多。

又於石君寶弔詞云：

> 共吳昌齡么末相齊。

於王伯成弔詞云：

---

[51] 曾永義編撰：《蒙元的新詩——元人散曲》（臺北：時報文化出版公司，一九九八），頁一八二。

[52] 隋樹森編：《元曲選外編》（北京：中華書局，一九五九），頁九八〇。

怕成涿鹿俊丰標，公（應是么之誤）末文詞善解嘲。53

由賈仲明弔詞看來，「么末」顯然係北曲雜劇的俗稱。因高文秀的雜劇作品，據《錄鬼簿》著錄，多達三十本，僅次於關漢卿，居元人第二位。吳昌齡、石君寶各十本，所以說「么末相齊」。《藍采和》劇所云之「么麼」當即「么末」；至於「么麼院本」連讀，當有兩解：一指雜劇與院本，譬如杜仁傑所說的「前截兒院本《調風月》，背後么末敷演《劉耍和》」是指不同的兩種劇體。一則將么麼作為院本的修飾語，指雜劇化的院本，也就是改進的院本。若取其第二義，則頗能與「院么」一語連屬。因此頗疑「院么」乃元雜劇的前身，亦即院本的改進者，也因為它是雜劇的前身，所以稱「舊么麼院本」。院么名目中如《王子端捲簾記》、《女狀元春桃記》、《玎璫天賜暗姻緣》等已經很接近雜劇的名稱。馮沅君《古劇說彙・才人考跋》釋「院么」為院本的後段，然院本名目中，稱為「院本」者數百種，何以其後段才二十本？故院么必與院本有別。倘以上之論證可信，則院么與元雜劇間，為一物之蛻變，更得有力的確證。又金代侯馬董墓舞臺模型的架構和山西萬泉縣四望鄉后土廟元代建築的戲臺如出一轍，其舞俑的服飾也與山西洪洞縣廣勝寺明應王殿的元代戲劇壁畫大同小異。它們的時代先後或差七十餘年，或差百餘年，而地域都屬金元時代的平陽府，平陽一帶在當時是很重要的文化中心，它們可以說是在同一地域發展的戲劇，而且一脈相承。董墓中的舞俑，從他們的表情動作來看，和元雜劇已經很接近。正中著圓領紅袍的官吏，他的神情目光正注意右側兩人，好像正在聽取他們的談話。另外四人，據劉念

53 《中國古典戲曲論著集成》只參照天一閣賈仲明增補本做注，但是並無完整刊印。《歷代曲話彙編・唐宋元編》，將賈仲明增補的內容（【凌波仙】〈弔詞〉）增列於原本的正文之中，同時呈現鍾氏原文及賈氏增補的內容，引文所引，見俞為民、孫蓉蓉主編：《歷代曲話彙編・唐宋元編》，頁二二一、二三二、二三八。

茲的調查報告是這樣的：

左起第一人，身高二十點五公分，戴黑色襆頭，黃衣黃褶裙，衣無扣，露胸，左手置於腹間，握一黃色物件，像一卷紙，足穿黑靴，面容愁苦，眉目不展，似為平民身分，表情像負罪正在陳述自己的意見，與左起第二人的怒容，一愁一怒，構成鮮明的對比。

左起第二人，身高二十一點五公分，黑色帽，其帽之形狀與今天舞臺上皂隸所戴的帽子有相似之處，黑衣圓領，窄袖，腰繫黃帶，衣角斜掖於腰間，右手握成拳形置胸前，左手掖住衣襟，面孔微向左傾斜，怒目而視，似正在將左起第一人帶來見紅袍秉笏者，怒目囑咐左起第一人答話，左起第一人好像奉命指著心胸在表明心事。這個人物從裝飾和面容表情看來，是正中紅袍者的侍從武人，大概就是一個皂隸之流的角色。

左起第四人，身高二十公分，著團花紅襖，窄袖，腰繫黃帶，頭梳高髻，髻上插一紅色簪子，髻後戴一頂黑色花紋圖案的帽子，髮鬚及耳，係一女子模樣，右手握一紈扇，食指小指伸作舞扇狀，左手握腰帶，右腳在後，腳尖及地，腳跟向上，左腳在前，雙足微蹲，張口露齒作舞蹈狀，體形向右，面容朝左，扭捏多姿，神情活潑。

左起第五人，身高十九公分，比其他四人都矮，穿黃色虎皮花紋鑲滾黑色厚邊的衣服，露胸，紅褲，黑靴，頭上梳一偏髻；臉呈肉色，白粉抹鼻作三角形狀，今天舞臺上丑角勾臉的「豆腐塊」與之相近。用墨粗粗地在眼睛上從上到下勾了一筆，作為眉毛的誇張表現；面頰兩側各抹一個團不規則的墨，兩隻手腕各戴一支紅色鐲子，左手的衣袖僅及臂膀，食指及大拇指放置口中，其他三根指頭貼著面頰作口哨狀。

左手握一黃色大棒，上粗下細。54

以上這五個陶俑所站立的舞臺部位有其一定的規律：紅袖者站中間，應該就是主腳，其餘四人的神情也都和主腳相呼應，他們顯然正在共同表演一段情節，為戲劇的演出，毫無疑問。我們再拿元代的一幅雕刻和一幅壁畫的舞臺表演形象來比較看看：

在山西芮城永樂宮舊址，發現元初宋德方墓石槨前壁上有一座舞臺雕刻，上立四人：左起第一人頭裹軟巾，身著長衫，口含右拇指，正吹口哨。身材矮小，眉毛倒垂。左起第二人戴展腳襆頭，穿圓領袖袍，雙手抱笏，面容清秀而端正。左起第三人戴尖帽，著長衫，敞胸露腹，腰束帶，左手指點，右手上舉，附掛衣袋，與吹口哨人相呼應。左起第四人戴卷腳襆頭，穿長袍，雙手叉拜。四人似在合演一雜劇故事。

將金代董墓舞臺模型所表現的戲劇場面來和上述元雕刻與壁畫的演出情況相比，不是極為接近嗎？它們除了舞臺的形狀、人物服飾大同小異外，一場由四、五人演出，主腳的身分，以及相類腳色所站的部位又幾乎相同，這是很可注意的現象。我們甚至於可以說侯馬董墓舞臺模型所表現的戲劇場面，已經脫離了以滑稽為主的金院本形式，而在內容和演技上作了極大的改進，它正是元雜劇的前身，所以我們拿來和表現元代舞臺情況的雕刻和壁畫相比，會如此的接近。那麼，這種由金院本過渡到元雜劇的劇體是什麼呢？我想應當就是所謂「院么」，也就是侯馬董墓舞臺模型所表演的可能是「院么」的一個場次。如此說來，元雜劇係由金院本改進而來，大概沒什麼疑問了。

54 劉念茲：〈中國戲曲舞臺藝術在十三世紀初葉已經形成——金代侯馬董墓舞臺調查報告〉，《戲劇研究》一九五九年第二期。

總上所論，宋金雜劇院本和元雜劇之間，無論從體製、樂曲、劇目、代言、劇場、搬演等方面來觀察，都有極其密切的關係，宋金雜劇院本對於元雜劇的形式無疑是具有很大影響力的。而由侯馬董墓金代舞臺模型及其演劇陶俑的發現，更使我們相信元雜劇事實上是由金院本一變而來[55]。

筆者拿侯馬戲俑和元雜劇壁畫相印證，從而認為金代「院么」為元代「么末」之前身，也就是說元雜劇成立之時稱「么末」，它是從「院本」、「院么」逐次發展而成的。這種看法經四十年而迄今未變[56]；也可見筆者早在四十年前就運用考古文物來印證戲曲研究。後來筆者另有〈論說「五花爨弄」〉[57]，亦得諸考古文物的強力證據。

黃竹三先生之外，楊太康、曹占梅著有《三晉戲曲文物考》也很值得我們重視[58]，而廖奔也是一位善用文物研究戲曲的學者，從其《中國古代劇場史》和《中國戲曲發展史》不難看出其立論之堅實[59]，正得力於此。

二〇一四年六月二十三日下午五點整

[55] 詳見曾永義：〈有關元雜劇的三個問題〉，《國立編譯館館刊》四卷一期（一九七五年八月），頁一二九－一五八。

[56] 筆者另有〈也談「北劇」的名稱、淵源、形成與流播〉，《中國文哲研究集刊》第一五期（一九九九年九月），頁一－四二。

[57] 曾永義：〈論說「五花爨弄」〉，《中外文學》第二三卷第四期（一九九四年九月），頁二一五－二四三。

[58] 楊太康、曹占梅：《三晉戲曲文物考》（臺北：財團法人施合鄭民俗文化基金會，二〇〇六）。

[59] 廖奔：《中國古代劇場史》（鄭州：中州古籍出版社，一九九七）；《中國戲曲發展史》（太原：山西教育出版社，二〇〇〇）。

㈢田野調查與訪問資料

就戲曲而言，田野調查是指對戲曲本身之劇種，譬如劇種構成之特色含體製規律、腔調、劇目、劇團、演員、藝術呈現等，以及劇種之生態環境、發展與現況等；而訪問則單就對戲曲演員與從業人員乃至學者之訪談。

今年（二〇一四）在李歐梵、王德威、夏志清、丁邦新、李王癸五位院士的推薦下，我成為中央研究院第三十屆的院士候選人，在推薦書對我學術研究的成果第四項說：

曾教授於一九八一年加入中華民俗藝術基金會，歷任董事、執行長、董事長。三十三年來，率領學生作全臺民俗技藝諸如：歌仔、南北管、高甲、車鼓、布袋、傀儡、皮影等戲曲，及大陸閩、粵、滇、黔、桂、陝、甘、晉、豫、徽、齊、湘、鄂、贛等各省戲曲之調查，有《戲曲經眼錄》四十餘萬言，有《說民藝》十餘萬言，有《藝文經眼錄》三十餘萬言；主持文建會「民間劇場」，推動觀眾達百萬人次之大型展演活動四年，締造政府與學校尤其青年學子重視鄉土傳統藝術之熱潮；主持「高雄市民俗技藝園」之規劃，有《臺灣民俗技藝》四十餘萬言，其理念與構想今已落實於宜蘭「國立傳統藝術中心」；又由此推動兩岸歌仔戲、梨園戲、莆仙戲、地方戲曲等鄉土傳統戲曲，以及崑曲之交流演出與學術探討，錄製大陸六大崑劇團經典性劇目一三五齣，主持培訓班以傳承崑曲藝術，有《從腔調說到崑劇》十數萬言；並指導博碩士研究生以鄉土藝術為論文題目，乃至於主張「以民族藝術作文化輸出」，親率劇團歷歐、美、韓、日、中美、東南亞、澳洲、南非、大陸作巡迴演出，宣揚民族藝術文化。

可見我對於戲曲研究也很重視田野調查，而調查之際也自然涉及訪問。及門弟子中，林鶴宜、蔡欣欣與施德玉可說在這方面承傳衣缽，她們對於臺灣戲曲的調查研究都有可觀的成績：林鶴宜有《臺灣戲劇史》、蔡欣欣有《臺灣戲曲景觀》、施德玉有《新營竹馬陣研究計畫》、《台南縣車鼓竹馬之研究》等60。

筆者所從事的田野調查訪問工作，以一九八五年主持「高雄民俗技藝園規劃」所作的臺灣地區民俗技藝的全面調查最為盛大。規劃是以一九八五年的「民間劇場」展演活動和同仁積年累月的調查研究和一九八五一年間的密集補強作為基礎，加上對於民俗技藝的深入認識所體悟的理念作為準則，所完成的一項關係民族藝術維護與發揚的大工程。筆者在《高雄市民俗技藝園規劃報告書》的〈序〉中說：

自民國七十二年至民國七十五年，我們工作同仁為行政院文化建設委員會一連製作四屆「民間劇場」，本著「廣場奏技、百藝競陳」和「動態文化櫥窗」的製作方針，將散落在鄉土的百藝，經過鑑定和選擇，匯聚在一起，提供我國民做一年一度的「民藝大饗」，希望我國民能從中再認識即將消失或衰落的民俗技藝，並藉此省察民俗技藝在現代社會的意義和價值，因而達到維護與發揚的目的。

每一屆「民間劇場」都相當的盛大，民國七十五年更擴大至一百零九類一百六十九個團體二千餘人參加演出，在展演的五天五夜裡，觀眾高達百餘萬人次，將臺北市的青年公園擠得摩肩接踵。

作為「動態文化櫥窗」的「民間劇場」除了文化的意義之外，還具備三種基本功能，那就是娛樂、觀光與教育。然而其展演時間畢竟只有五天五夜，因此所具的功能至多只是「暫時性」的。為了彌補這樣的缺失，早在民國七十一年，行政院文建會前主任委員陳奇祿教授就有籌設「民俗技藝園」的構想，希望

60 林鶴宜：《臺灣戲劇史》（臺北：國立空中大學，二〇〇三）；蔡欣欣：《臺灣戲曲景觀》（臺北：國家出版社，二〇一一）；施德玉：《新營竹馬陣研究計畫》（臺北：文建會傳統藝術中心，一九九八），《台南縣車鼓竹馬之研究》（宜蘭：國立傳統藝術中心，二〇〇五）。

民俗技藝有一個永久性的展演場所，乃積極推動其事，經高雄市政府同意擇定左營春秋閣蓮池潭邊作為園址，於民國七十五年五月委託中華民俗藝術基金會進行規劃，由本人主持其事。

擔任「民俗技藝園」規劃的人員，大部分是「民間劇場」的製作同仁。我們本著「民間劇場」已有的良好基礎，更進一步做全面性的田野調查，將五花八門、紛披雜陳的民俗技藝作別其部屬、析其層次的工夫。論其部屬，則可分為藝能和工藝兩大部。前者又分為民樂、歌謠、說唱、雜技、國術、舞蹈、小戲、偶戲、大戲等九屬，每屬之下皆包含若干種類。如歌謠之屬即有閩南歌謠、客家歌謠、山地歌謠等；偶戲即有傀儡戲、皮影戲、布袋戲等；凡此皆屬表演藝術範圍。後者又分為雕藝、編藝、塑藝、畫藝、染藝、製藝、裁藝、織藝等八屬，每屬之下亦包含若干種類。如「雕藝」，即有紙雕、皮雕、木雕、石雕、玉雕、瓢雕、冰雕、毫芒雕、果菜雕等；「畫藝」，即有木書畫、民俗彩繪、國劇臉譜、畫糖、畫佛像等；凡此皆屬手工藝的範圍。論其層次，則大約有三：

其一是極具原始性或傳統性而如非刻意維護則即將瀕臨沒落甚至滅絕的。

其二是具有涵容力與開展性而從傳統中創新的。

其三是保留傳統的某些因素而在形式技巧乃至於內容精神上已屬蛻變轉型的。

以布袋戲為例，則李天祿先生的亦宛然和許王先生的小西園，尚以北管古樂伴奏，掌中絕技操演，近年極受重視，為第一層次；黃海岱先生的五洲園及其子弟群，在木偶的形製和音樂布景上皆有創意革新，頗為觀眾歡迎，為第二層次；至於黃俊雄先生等黃家班的電視布袋戲則為第三層次；誰都知道它和傳統布袋戲大相逕庭，幾於脫胎換骨，因為它的劇場由小彩樓走上螢光幕，以致表現方式大異其趣，雖擁有廣大觀眾，而事實上已經不能再稱作「掌中戲」，所以黃俊雄先生也主動的改稱作「電視木偶戲」。

民俗技藝之層次既明，我們乃將第一層次而於社會風俗不致產生不良影響者，規劃納入民俗技藝園中展演，並使之一脈相傳、永恆不墜，以作為動態文化的「標本」；凡屬第二層次者，則擇優展演，以使園區顯現新鮮的活力；至於第三層次以其傳統成分不多，則暫不納入園中，但如逢年過節，園區舉辦類似嘉年華會的活動，則亦可使之展演於園中，使之與第一、第二兩種層次相映成趣，從而顯現整個民俗技藝發展的歷程。

我們規劃小組的工作同仁，憑藉著各人的專業知識和經驗，在契約期限的一年之內，竭盡所能，終於有了具體的工作成果。我們的規劃報告書凡三十五萬餘言，實質環境設計圖共六十餘張，另附藝人資料卡一千餘張、相片四百餘張、幻燈片一千三百餘張。規劃報告書分總論、活動內容規劃、實質環境規劃、經營方式規劃四章。其中活動內容規劃又分民樂歌謠說唱、雜技小戲、偶戲、大戲、工藝、民俗小吃與土產六部分，每部分均先就學術立場作導論，然後再作調查、分類介紹和鑑定。而根據活動內容設計所作的實質環境規劃，我們將技藝園分為藝能表演區、工藝製作展示區、街市區、鄉村地區、景園區、庭園區等六個情味不同的區域，其中主要區域及建築設施則包括：入口有南北及西岸龍舟碼頭三處，小吃土產區採閣樓形式，工藝區採街市形態，劇場分室內（大小各一）、半室內（大小各一）、室外、亭臺四種類型；民俗技藝資料館用以展示民俗技藝資料以供參觀和研究，民俗技藝傳習所則供藝師傳習技藝，住宿區供藝人住宿，及其他行政和公共設施。[61]

由此可以概見我們所規劃的基礎和概念，以及所調查的民俗技藝之內容及其鑑定的類別和方法。而由筆者

---

[61] 曾永義主持：《高雄市民俗技藝園規劃報告書》（臺北：中華民俗藝術基金會，一九八七），頁一－二。

所撰述的〈總論〉，其目次是：

引言

一、民俗技藝的特質與功能

二、民俗技藝的內涵與現況

三、當前臺灣民俗技藝的調查與研究

四、當前臺灣民俗技藝的保存與發揚

五、民俗技藝園的緣起

六、民俗技藝園的規劃理念、方法與成果

結語

就此綱領而言，前四章可以說是對調查對象「臺灣民俗技藝」的背景所作全方位的深切認知；如果沒有這樣的認知，可以說就沒有調查的堅實基礎，不止難於設計調查訪問的方法，而且也往往會身入寶山又空手回；即使獲得某些資訊，也很少能有分析和運用的能力。因之背景知識的掌握是在進行對象調查之前，首先要具備的，我們規劃的工作同仁，可以說是一時之選，其組織如下：

- 主持人（曾永義）
- 助　理（王維真）
  - 活動內容設計（曾永義）
    - 民樂、歌謠、說唱組（許常惠）
    - 雜技、小戲組（吳騰達）
    - 偶戲、大戲組（王安祈）
    - 工藝組（莊伯和）
    - 民俗小吃、土產組（林明德）
  - 實質環境規劃（李乾朗）
    - 建築規劃組（李乾朗）
    - 室內規劃組（王以唐）
    - 景觀規劃組（趙工杜、吳光庭）
  - 經營方式規劃（王永山）

而友人中如葉明生《宗教與戲劇研究叢稿》、庹修明《巫儺文化與儀式戲劇》[62]，尤其王秋桂所主持，集大陸各省市的眾多學者之力，由《民俗曲藝》出版的《中國祭祀儀式與儀式戲劇》叢書，也莫不經由田野調查、訪問所獲得的學術成績。蓋自從王國維《宋元戲曲史》對於戲曲起源，提出「巫覡說」之後，經過上世紀五、六〇年代各儺戲、目連戲和法事戲的被發掘，至八〇年代宗教與戲曲之關係研究，才有突破性的發展，今日儼然已成為一門顯學。

這期間大陸方面舉辦多次儺戲、目連戲學術會議，發表為數可觀的論文，出版為論文集；區域性研究也有

[62] 葉明生：《宗教與戲劇研究叢稿》（臺北：國家出版社，二〇〇九）；庹修明：《巫儺文化與儀式戲劇》（臺北：國家出版社，二〇一〇）。

多種成果刊行，如雲南、湖南、巴渝、廣西，而以貴州為盛。臺灣方面則王秋桂教授組織兩岸學者，出版相關調查報告和論著八十餘種，堪稱集大成。而英國牛津大學龍彼得教授、日本東京大學田仲一成教授等也都有重要著作，使得這門新學問成為國際性研究的學科。

而在這裡要特別強調的是調查、訪問的態度方法，一定要謹嚴而縝密，除了對對象有充分的基礎認識和了解之外，更要弄清楚目的何在，然後設計出可行而有效的實踐步驟和具體方式，如果茫然無知的胡亂從事，不止事倍功半，甚至將獲得錯誤的訊息和判斷而不自知，那麼影響所及，豈止徒勞無功而已。

(四)戲曲觀賞評論資料

然而戲曲之真正意義，必須經由演出被觀賞，然後才算完成。古人記錄戲曲觀賞的資料雖然也有如李開先《詞謔・詞樂》記載周全教唱、顏容演劇；張岱《陶庵夢憶》記述朱楚生、彭天錫之傑出表演；尤其潘之恒《亘史》和《鸞嘯小品》中之表演觀賞評論，學者縱使也能從中見出其表演藝術論之體系；但畢竟均出諸短論雜篇；這種現象，即使清人問津漁者等之《消寒新詠》、小鐵笛道人之《日下看花記》、張際亮之《金臺殘淚記》、粟海庵居士之《燕臺鴻爪集》、楊懋建《夢華瑣簿》、《丁年玉筍志》、羅癭公《菊部叢談》等亦莫不如此。

但是自京劇成為「國劇」之後，乃至近二十年來兩岸的戲曲演出，於演出前後，每有導引和評論的文章，也就是說，「劇評」已經成為「司空見慣」的「時髦」。我很少為戲曲在演出後寫評論，但演出前的介紹導引卻「車載斗量」，見諸《戲曲經眼錄》和《藝文經眼錄》的篇章[63]，如果自吹自擂的話，堪稱「屈指難數」，而且

63 曾永義：《戲曲經眼錄》（臺北：中華民俗藝術基金會，二〇〇二）。曾永義：《藝文經眼錄》（臺北：國家出版社，二〇一二）。

所涉及的包括梨園戲、莆仙戲、崑劇、京劇等傳統劇種，以及秦腔、湘劇、豫劇、婺劇、客家戲、歌仔戲等地方劇種，乃至於偶戲和現代歌劇；只是由於旨在「導引」，所以重在介紹揄揚而幾於不作負面批評，所以難免「淺薄」之譏。

而在我的朋友中，傅謹和周傳家是著名的大陸戲曲評論家。

在我的徒兒中，王安祈的京戲評論，早已蜚聲兩岸，她鞭辟入裡的創發觀點，每教人擊節嘆賞；因為她從京劇的世界中成長，對之關愛備至，感受之深，淪肌浹髓而有餘；不止研究，不止創作，不止推展，更從中建立了「新京劇」的論述。

其次沈惠如也時有劇評發表報章雜誌，她善於改編舊劇，莫不通過研究省思而後重新梳理，於是她心中自有一套編劇理論，以此來觀劇來評劇，自然能別具慧眼。

而蔡欣欣著有《臺灣戲曲景觀》周延而深入的呈現了臺灣眼前往昔的戲曲面貌。她說：「本書以『臺灣戲曲景觀』為題，乃是基於筆者多年來投身於臺灣戲曲的研究，從爬梳文獻典籍，蒐集史料文物，訪談口述歷史，進行田野採錄，參與劇壇生態，賞評戲曲演出，策劃廣推活動，與執行製作演出等層面，關注臺灣戲曲景觀的發展演化。」可見欣欣撰著本書的基本修為是多麼的豐厚，而其對於臺灣本土藝術文化的綜合體「臺灣戲曲」的研究，是何等的熱愛有餘，全心全力投入而面面俱到。如果要說「愛臺灣」，她才是非徒託空言的力行者。在我徒兒之中，如果論「看戲」之多，無人能出其右；因她不止兼及兩岸，而且遍及中外，只要她不生病，她行止所至，必然「無役不與」；但她很少寫單篇的劇目演出評論，而是將觀賞所得化作整體綜觀的學術論文，本書就是最有力的呈現。

而李惠綿縱使重度殘障，也擋不住她觀劇的熱忱，她在《戲曲表演之理論鑑賞・自序》中說：

> 歲月倏忽，沉浸戲曲領域轉眼二十餘年，沉思這一段生涯，總是慶幸自己走進了戲曲桃花源。為了看戲，我通常是單槍匹馬駕駛機車前往各個表演場所。早期多在中山堂、國軍文藝活動中心、臺灣藝術教育館；而後國父紀念館、市立社教館；近十年國家戲劇院、新舞臺更是我最常出入的場所。為了掌握座落臺北市各個表演場所的方位，第一次都先從地圖勘查路線。以後隨著節目演出地點不同，我就像個遊牧民族，逐水草而去。
>
> 曾幾何時，在「教室舞臺」之外，生活中新增了一個舞臺。我不是演員，只是一個過客，一個觀眾。凡是音樂、舞蹈、話劇、曲藝表演，我都樂在其中；尤其傳統戲曲，更令我心神嚮往。不論為教學研究，或為愉悅自己，由於增添心靈活動的舞臺，讓深居簡出的我走進藝術殿堂，因而精神豐富、視野遼闊。在浩瀚的戲曲海洋我乘著小舟，與戲曲永結無情遊。陶醉在春江花月夜之下，我無須飲酒忘憂，卻也可以與李白一樣，享受「對影成三人」的熱鬧。[64]

每當我在劇院中看到惠綿坐在輪椅上位居劇院角落時，內心總洶湧著莫名的欣慰和感動。二〇〇七年十月八日，突破颱風的障礙，趙國瑞老師和我陪同惠綿取道韓國首爾赴北京參加「崑曲《牡丹亭》國際學術研討會」，她發表的論文，贏得許多的肯定和掌聲。主其事的華瑋教授更投其所好的為她安排在北京巨蛋國家劇院裡一個舒適的輪椅坐位，使她觀劇的場域，及於大陸。她也每每將觀賞劇目演出之後的心得寫成評論。這本《戲曲表演之理論鑑賞》便是她這方面成績的具現。她是兩岸研究戲曲理論的名家，因之也往往把理論化入鑑賞之中，成為她「劇評」的特色。她在該書的〈自序〉中又說：

---

64 李惠綿：《戲曲表演之理論鑑賞》（臺北：國家出版社，二〇〇六），頁一七。

潘之恒《亘史》、《鸞嘯小品》，《梨園原》和《審音鑑古錄》是明清時代崑曲表演藝術論的重要著作，分別代表明代評論家和清代藝人對崑曲表演藝術之理論與實踐；而對古典表演理論之研究以及戲曲文本／表演之實際鑑賞，也恰好呈現個人在戲曲寫作上交錯互替的成果，嘗試突破「紙上談兵」的研究形式，因而有了下編的篇章。討論的劇作除《男王后》之外，其餘近十餘年都曾在舞臺搬演，包括青春版《牡丹亭》及多齣崑曲折子戲；京劇《美女涅槃記》、《徐九經升官記》、《孔雀東南飛》、《巴山秀才》、《王熙鳳大鬧寧國府》、《三個人兒兩盞燈》；歌仔戲《青天難斷：陳世美與秦香蓮》。其中大多是演出後的劇評，《孔雀東南飛》、《三個人兒兩盞燈》及兩岸崑劇匯演「風華絕代」則是為演出前而寫。不論從什麼立場書寫，大抵扣緊文本／表演之間的關聯而發揮，其中兩三篇甚至不純然是「劇評」的篇幅，而是「論文」的規模。《徐九經升官記》和《美女涅槃記》是中國當代新時期兩部新編故事劇，分別刻畫一個醜男、一個醜女，劇情著重點都以美醜為觀照，探討基石也同樣是「以貌取人」的議題，編導的處理原則都是「以醜為美」。一個醜男如何由貶官而升官而罷官，一個醜女又如何變成美女而臻於涅槃，筆者從主人翁的「形殘之迷」悟「神全之境」作為共同的切入點，探討二人心理意識的蛻變歷程。「形殘」、「神全」之詞係從《莊子．養生主》轉化而來。莊子論形體之殘並非只就手足而言，亦包括面貌醜陋之人；而奇醜無比的徐九經、胡翠花，自可納入「形殘」人物。徐九經和胡翠花由「形殘之迷」悟「神全之境」，都經過「見山是山、見水是水」的認同，到「見山不是山、見水不是水」的質疑，終於進入「見山是山、見水是水」的圓融。

《徐九經升官記》和《美女涅槃記》是就當代新編戲的藝術特質入手，《三個人兒兩盞燈》與《男王后》則是古今劇作之觀照。《三個人兒兩盞燈》取材於唐代詩話筆記征衣藏詩的故事，借古典長門宮怨之主

> 題，略微注入女同性戀視角，刻畫女性的情欲世界，關懷的視角為新編戲曲開啟另一扇視窗。明代萬曆年間，王驥德《男王后》雜劇取材於記載君臣同性戀的史傳〈韓子高傳〉及小說〈陳子高傳〉，演述男同性戀、異性戀、雙性戀，在中國戲曲作品中可謂奇葩。這一古一今的劇作，《男王后》側重書寫權力結構下的情欲世界與性別錯亂，《三個人兒兩盞燈》側重描繪特殊族群的女性，在深鎖宮廷苑囿的城牆中試圖追尋情感的歸屬。兩齣戲都探觸了人類情感異於常軌常態的另一種幽微與類型，而且各有其社會結構與文化風潮作為故事的重要背景，恰好呈現古典劇作與當代新編戲曲之觀照。筆者用「情欲流動」與「性別越界」區分兩齣戲，乃是行文之便。相對於《男王后》的情欲錯亂，《三個人兒》止於情欲流動，這是兩齣戲差別之一；而其共同性正是「性別越界」的課題。雖然都觸及性別認同之觀點，卻因敘事文類體製結構之異、敘事視角之別，而呈現不同的美學情境，提供讀者不同的審美意趣。[65]

舉此已可以概見其餘，惠綿的劇評不止有理論基礎，而且更有她的觀照力，因此能進一步發揮劇作底蘊的內涵和思想。

而即此不禁使我想起，王安祈念博士班的八〇年代，有天夜晚，我帶她和陳芳英、沈冬到臺北市中華路的國軍文藝中心，觀賞京劇演出，至子夜十一時許戲才演完，我以計程車一一送她們回到自家門口，然後才安心的返回長興街宿舍，已是凌晨二時許；而我也才安心的入睡。

又記得先師張清徽（敬）教授，常帶我參加曲會，我也常陪她到國家劇院看演出。猶記一次夜晚，戲散後，找不到計程車，師生淪落臺北街頭，冒著雨濛濛的場景。

---

65 同上注，頁一一三—一一四。

而今數十年已過，但師生同場看戲，各抒己見的溫馨和愉悅，則永駐心頭。

二〇一四年六月二十六日晨

餘　論

以上是著者認為戲曲研究應同時兼顧的五種資料：文獻、文物、調查、訪問、觀賞。其中知性感性並用而令人愉快的莫過於戲曲演出的觀賞，最辛苦艱難的自是田野的調查、訪問。

田野調查、訪問的艱辛，主要因為有時不得其門而入，有時要翻山越嶺頗傷體力。友人臺師大教授呂錘寬，師承我的老哥許常惠的田野工夫，深入兩岸窮鄉僻壤，單槍匹馬，住農家與農夫共吃臉盆盛裝的疙瘩麵，能習以為常；也因此所獲得的資料與成果，往往不失為絕世奇珍與出人意表。

但好逸惡勞的我，則視之為等同「苦行僧」，效法絕無可能，也就「敬而遠之」，而改用「出巡式」的「策略」；那就是先責成「地頭蛇」安排，定對象與時間的先後秩序，以及預擬的調查訪談內容與題目；並請代備交通工具與住宿，還有餘暇偷空，趁便賞玩名勝山水。

譬如一九九二年趁寒假，我「利用」上海戲劇學院葉長海教授的「人脈」，安排一趟黔中桂中的戲曲訪查之旅。因為全國各劇種的團長編導都要到學院進修，於是長海便有了許多省市劇界的幹部學生，由他運用這層關係來做訪查，都能按照計畫進行，真是順暢無比。我們元月二十四日由上海出發往貴陽，二十九日至桂林，二月二日返臺。其間曾出貴陽往安順、普定、黃果樹，由桂林下南寧與陽朔。半月中考察劇種一二，與學者、劇團團長、編導、名角座談六次，有五個劇種並作現場演出。餘暇則觀光旅遊，品嘗風味小吃。迄今令我歷歷在目的是普定縣張官屯的地戲，以及當地婦女未改時代裝扮的髮式和服裝。當時還口占兩首七絕：

暖日清風新麥場，山村地戲正高昂。踏謠鑼鼓喧天響，面具羅巾雉尾妝。
泥牆泥路泥村坊，老幼團團看作場。風俗宛然明故國，居民不改舊時裝。

舉此已可以看出我的「田野調查訪問」並不辛苦，但我有計畫方法，分配給學生的工作也周詳而仔細，提問的提問，記錄的記錄，錄音錄影照相的也各司其職；所以所獲得的成果也算不少。那次田調，郝譽翔提了一大包資料回來，對她碩士論文的撰著給了許多的幫助。

其實資料對研究成績高下最為關鍵的，除了周全外，就是運用的得體；得體與否，固然取決於方法的正確，但欲使之正確切當，實在也要靠平日的努力和積漸，並非一蹴可幾，而這實在是另一項學術修為的課題了。

二〇一四年六月二十六日上午十一點三十分

二、論說戲曲文獻資料之解讀

前言

我常向學生說，治戲曲之艱難，不下於治經史。就其學程而言，經史已逾兩千年，可資憑藉者甚富；戲曲不過百年，苑囿新開，花果未蕃。就其資料而言，經史基本上為文獻，兼及考古；戲曲則文獻、考古之外，亦應顧及訪查與觀賞。觀賞用於對現存戲曲劇種表演藝術的評論，訪查用於對現存戲曲劇種及其表演者情況的認知，考古則通過文物了解古代戲曲，文獻則從記載中探索古代戲曲。譬如我從文獻探索而有〈先秦至五代「戲劇」與「戲曲小戲」劇目考述〉[66]，從宋金戲曲文物印證文獻記載而有〈論說「五花爨弄」〉[67]，從田野訪查而有〈臺灣地區民俗技藝的探討與民俗技藝園的規劃〉[68]，從表演觀賞而有〈論說拙著崑劇《梁祝》之文本創作與劇場演出〉。可見研究戲曲，文獻、考古、訪問、調查、觀賞五種資料缺一不可。

我又常向學生說，研究戲曲，首先要對關鍵的名詞概念做清楚確立，否則見仁見智，疑義叢生，便很難有

---

[66] 刊載於《臺大文史哲學報》第五九期（二〇〇三年十一月），頁二一五—二六六。

[67] 原載《中外文學》二三卷四期，總二六八號《葉慶炳先生紀念專號》（一九九四年九月），頁二一五—二四三；收錄於《論說戲曲》（臺北：聯經出版事業公司，一九九七），頁一九九—二三八。

[68] 拙作：〈臺灣地區民俗技藝的探討與民俗技藝園的規劃〉，《民俗曲藝》第四八期（一九八七年七月），頁九—三二；第四九期（一九八七年九月），頁一〇七—一四三。

論述的準則。也因此，我在近著《地方戲曲概論》裡，便在〈緒論〉第一節，開宗明義作「戲曲名詞概念之確立」，提出(1)「戲劇」、「戲曲」，(2)「小戲」、「大戲」，(3)「腔調」、「聲腔」、「唱腔」，(4)「戲曲劇種」等四組戲曲名詞，作明確之定位[69]。因為自王國維《宋元戲曲史》以來，學者對於「戲劇」與「戲曲」這兩個最緊要的名詞就模糊不清，更不必說其他三組名詞的定位了。

而即就運用最頻繁的文獻資料而言，如果運用不得體，必然有損論文的成就；如果解讀不明確，甚至於錯誤，必然小則無法給人信服的論述，大則導人於乖謬而不自知。有關資料運用的不得體，這裡姑且不論；但就資料錯誤的解讀舉例說明。

(一)杜仁傑〈莊家不識勾欄〉的解讀

金元間人杜仁傑所撰般涉調【耍孩兒】〈莊家不識勾欄〉套，描寫鄉下農人進城看戲的情形，是非常重要的戲曲演出史料，被學者引據論述的情況很多，誤解或不周延的情況也不少，為省翻檢之勞，先將此套曲文據拙著《蒙元的新詩》錄之如下：

> 風調雨順民安樂，都不似俺莊家快活。桑蠶五穀十分收，官司無甚差科。當村許下還心願，來到城中買些紙火。正打街頭過，見吊個花碌碌紙榜，不似那答兒鬧穰穰人多。
>
> 【六煞】見一個人(手撐)著椽做的門，(高聲)的叫請請。道遲來的滿了無處停坐。說道前截兒院本《調風月》，背後么末敷演《劉耍和》。高聲叫：趕散易得，難得的粧哈。

[69] 曾永義：《地方戲曲概論》（臺北：三民書局，二〇一一），頁一─三五。

【五煞】要了（二百錢）放過咱，（入得門）上個木坡。見層層疊疊團圞坐。抬頭覷、是個鐘樓模樣。往下覷、卻是人旋窩。見幾個婦女向臺兒上坐。又不是迎神賽社，不住的擂鼓篩鑼。

【四煞】一個（女孩兒）轉了幾遭，（不多時）引出一夥。中間裏一個央人貨，裹著枚皂頭（巾）頂門（上）插一管筆，滿臉石灰更著些黑道兒抹。知他待是如何過，渾身上下，則穿領花布直裰。

【三煞】念了會詩共詞，說了會賦與歌，無差錯。唇天口地無高下，巧語花言記許多。臨絕末，道了低頭撮腳，爨罷將么撥。

【二煞】一個妝做張太公，他改做小二哥，行行行說向城中過。見個年少的婦女向簾兒下立，那老子用意鋪謀待取做老婆。教小二哥相說合，但要的豆穀米麥，問甚布絹紗羅。

【一煞】教太公往前挪不敢往後挪，抬左腳不敢抬右腳，翻來覆去由他一個。太公心下實焦燥，把一個（皮）棒槌則一下打做兩半個。我則道腦袋天靈破，則道興詞告狀，劃地大笑呵呵。

【尾】則被一胞尿，爆的我沒奈何。剛捱剛忍更待看些兒個，枉被這驢頹笑殺我。[70]

以上曲文中字體小的是「襯字」，括弧中的是「增字」，其他為正字。這些話語中的「么末」、「趕散」、「粧哈」、「爨罷將么撥」諸詞句，如果不能作正確的解讀，便很難弄清楚金元之交「院本」、「么末」的名義、體製、表演，及其間演出的關係。譬如：

賀昌群《元曲概論》說：「么，大概是以演故事為主。」[71]

---

70 曾永義編撰：《蒙元的新詩——元人散曲》（臺北：時報文化出版公司，一九八一），頁一八三。

71 賀昌群：《元曲概論》（臺北：臺灣商務印書館，一九八〇），頁六六－六七。

龍潛菴《元人散曲選》注三二云：「趕散，趁熱鬧。將么撥，指演奏音樂。」[72]

史良昭編、李夢生注評《繪圖本元曲三百首》：「妝哈，正規的全場演出。」[73]

王衛民《戲曲史話》以「妝哈」為化妝演出。[74]

像這些解釋，若不是不妥貼，就是根本錯誤。又如：

傅正谷、劉維俊《元散曲選析》：「么末：是扮演雜劇角色的名稱。末，是劇中的男角，相當於近代京劇中的生。末分正末（男主角）、副末、沖末、外末、小末等。這裏的么末為早期元雜劇的同義語。爨罷：簡短的表演結束。爨，也叫爨弄，是宋雜劇和金院本中一些簡短的表演，也用以泛稱演劇。」[75]

黃天驥、羅錫詩《元人散曲精華》：「爨罷將么撥：意即開場前的插曲完了，便將演正劇。爨，是指正劇演出前的簡短的演唱，也叫豔段。么撥，即上文所說的么末。下面【二煞】【一煞】寫的便是正劇的演出。」[76]

吳新雷、楊棟《元散曲經典》：「爨，宋雜劇和金院本中置於開頭的一段簡短演唱。么，么末，即雜劇。」

---

[72] 龍潛菴：《元人散曲選》（臺北：木鐸出版社，一九八〇），頁四。

[73] 史良昭編，李夢生注評：《繪圖本元曲三百首》（香港：萬里書店，二〇〇〇），頁二五。其所言之「妝唱」之解釋，實據胡忌《宋金雜劇考》。

[74] 王衛民：《戲曲史話》（臺北：國家出版社，二〇〇四），頁六一。

[75] 傅正谷、劉維俊：《元散曲選析》（天津：天津人民出版社，一九八二），頁九九－一〇〇。

[76] 黃天驥、羅錫詩：《元人散曲精華》（北京：人民文學出版社，一九九二），頁八。

撥，撥弄，搬演。這句說帽戲演完了，緊接著演正雜劇。」77

譚帆、邵明珍《元散曲》：「爨罷將么撥：上一段演出稱之為爨，結束後開始表演正戲，即院本和雜劇。么，指雜劇。」78

羅麗容《曲學概要》：「以上第三段所謂的爨，當指央人貨的這段表演，可視為南宋雜劇的『豔段』性質，演完此段之後，則開始演正雜劇部份。通常正雜劇分兩部份演出，也就是【六煞】曲牌中所說的《調風月》與《劉耍和》兩部份。本散套只形容到《調風月》的表演，第二部份因為莊家漢急要上廁所，所以就沒有繼續看下去了。」79

以上諸家，除羅氏外，對於「爨罷將么撥」一語的解釋，雖大抵不差，但仔細琢磨，都不夠精確。羅氏將金元院本和金元北曲雜劇同臺接演的情況，誤作宋金雜劇院本中的正雜劇、正院本兩段演出。【六煞】中所謂「前截兒院本《調風月》，背後么末敷演《劉耍和》」清楚說明此次演出分前後兩部分，劇種劇目都不同。即前部分演出的劇種是「院本」，劇目是《調風月》，後部分演出的劇種是「么末」，劇目是《劉耍和》；也因此【三煞】中所說的「爨罷將么撥」，毫無問題是承上而言的，即演完「爨」再接演「么末」，所以「爨」是呼應「院本」，這裡即指「院爨」，為正院本之一種；「么」是關照「么末」，這裡即指北曲雜劇。

從這套曲子看來，【四煞】、【三煞】二曲寫的是由引戲導引的豔段演出，【二煞】、【一煞】是院爨《調

77 吳新雷、楊棟：《元散曲經典》（上海：上海書店，一九九九），頁一二。

78 譚帆、邵明珍：《元散曲》（廣州：廣東人民出版社，二〇〇三），頁五一九。

79 羅麗容：《曲學概要》（臺北：里仁書局，二〇〇三），頁一五三。

風月》的正式搬演。其中副淨在豔段裡扮「央（殃）人貨」，在院爨裡改扮為「小二哥」，他是主腳；而引戲在宋金雜劇中由正淨扮演，院本則由裝旦充任，她在《調風月》中改扮年輕婦女。至於《調風月》中妝做張太公的，自然是由與副淨演對手戲的副末來扮飾了；所以他最後「把一個（皮）棒槌則一下打做兩半個」，也正合乎晚唐五代參軍戲「抃」和宋金雜劇院本「棒槌」副末打副淨的演出傳統形式。最後由於這位看戲的鄉下農夫「尿急」，沒能繼續觀看北曲雜劇《劉耍和》的演出。

對於〈莊家不識勾欄〉筆者加以注解的，見於一九八一年《蒙元的新詩——元人散曲》[80]；加以引據論述的，見於一九九四年九月〈論說「五花爨弄」〉[81]，又見於一九九九年九月〈也談「北劇」的名稱、淵源、形成與流播〉[82]。其中《元人散曲‧莊家不識勾欄》「前截兒院本《調風月》，背後么末敷演《劉耍和》」的重要見解，錄之如下：

> 當時勾欄演戲，是院本、雜劇同臺並演，有如晚清的崑劇和京戲一樣。院本就是「行院之本」，行院是金元時對於江湖技藝人家的總稱，院本就是這些技藝人演出時的底本。院本與宋雜劇只有前後之別，亦即一脈相承，務在滑稽。《調風月》是演出的院本劇目，內容即下文所描述男女的調情戲弄。
>
> 么末為金元間北雜劇的俗稱。《錄鬼簿》賈仲明於高文秀之弔詞云：「除漢卿一個，將前賢疏駁，比諸公么

---

[80] 曾永義編撰：《蒙元的新詩——元人散曲》，頁二〇四—二〇九。

[81] 原載《中外文學》二三卷四期，總二六八號《葉慶炳先生紀念專號》（一九九四年九月），頁二一五—二四三；收錄於《論說戲曲》（臺北：聯經出版事業公司，一九九七），頁一九九—二三八。

[82] 原載《中國文哲研究集刊》一五期（一九九九年九月），頁一—四二；收錄於《戲曲源流新論》（臺北：立緒文化事業公司，二〇〇〇），頁一八五—二五四。

末極多。」又於石君寶弔詞云：「共吳昌齡么末相齊。」案高文秀雜劇，《錄鬼簿》著錄三十本，僅次於關漢卿，居元人第二位；吳昌齡、石君寶各十本，所以說「么末相齊」。可見么末為金元北劇的俗稱。

《劉耍和》，就是要演出的北曲雜劇目。但因為這位莊家人憋不住尿，沒有終場就離開，所以沒有看到演出《劉耍和》。案關漢卿有《詐妮子調風月》雜劇，或即由院本改編；高文秀有《黑旋風敷演劉耍和》雜劇。劉耍和實有其人，《錄鬼簿》於紅字李二、花李郎下均注「教坊劉耍和壻」。元陶宗儀《輟耕錄》亦云：「教坊色長魏武劉鼎新編輯院本，劉長于念誦。」李二、花李郎《錄鬼簿》皆列入「前輩已死名公」之內，則皆金元間人，而劉耍和當是金代教坊色長[83]。

又「趕散易得，難得的粧哈」。這兩句是招呼客人看戲的話語。「趕散」的意義有兩種可能：一是「散」作「散樂」解。散樂是民間的遊藝表演，撞府衝州、沿村轉疃，不專駐一地。二是「散」作「散場」解。元雜劇在正劇演完後，有「打散」的歌舞餘興節目，所舞之曲牌例用【鷓鴣天】。高安道〈嗓淡行院〉哨遍套，其【耍孩兒・一煞】中有云：「打散的隊子排子排，待將回數收。」又夏伯和《青樓集》紀魏道云：「勾欄內獨舞鷓鴣四篇打散，自國初以來無能繼者。」「粧哈」，亦作「粧喝」，《藍采和》雜劇：「不爭我又做場，又索央眾父老粧喝。」則是指觀眾喝采之意，這裡則引申作精彩的表演。如果「趕散」一語取第一義的話，那麼這兩句的意思就是：跑江湖的演出容易看到，而這裡精彩的表演是難得的。如果取第二義的話，則：演出很精彩，引人入勝，教人不知不覺就到了打散的時候，這是難得一見的表演啊[84]！

又「爨罷將么撥」。金院本有「五花爨弄」之語，五花指末泥（正末）、引戲（正淨）、副末、副淨，外加一

[83] 曾永義編撰：《蒙元的新詩——元人散曲》，頁二〇六。
[84] 曾永義編撰：《蒙元的新詩——元人散曲》，頁二〇七。

個裝旦（妝扮婦女）或裝孤（妝扮官員），亦即五種腳色。從劇情看來，年少的婦女當由「裝旦」扮演，張太公當係「副末」，小二哥當係「副淨」。爨弄，在唐人謂之調弄，是搬演的意思；所以「爨罷」是指院本演完的意思。么撥，蓋謂么末上演，即繼之上演北曲雜劇。這句話大概是末色低頭撮腳的「踏場」之後，向觀眾所作的說明，謂院本演完之後，將繼續演出北曲雜劇[85]。

筆者〈論說「五花爨弄」〉之結論云：

> 「五花爨弄」一詞，出自元人陶宗儀《輟耕錄》卷二十五〈院本名目〉條，意指「院本」，其「院本名目」亦有《開山五花爨》一本。由於金院本與宋雜劇不過因時易名，其實一脈相傳、體製相同，因此耐得翁《都城紀勝・瓦舍眾伎》條與吳自牧《夢粱錄》卷二十〈伎樂〉條所記宋雜劇腳色與之不殊，所以「五花爨弄」可以說是宋金雜劇院本的共同俗稱。
>
> 宋金雜劇院本的「五花」，寒聲謂實源自隊舞中的五個引舞，這五個引舞就叫「五花」，其說可信。《水滸全傳》第八十二回演出院本，么末的五位演員仍兼任隊舞之引舞，可為印證。而「爨」，學者證實指漢代以後，為今之雲南一帶的「爨氏部族」，所以「爨弄」即是模倣爨氏部族服飾和身段的一種表演。由於這種表演是由副淨、副末、引戲、末泥、裝孤五種腳色擔任的，因此叫做「五花爨弄」。
>
> 「爨弄」的表演特色，由《宦門子弟錯立身》的「踏爨」、「趨搶嘴臉」、「抹土搽灰」、「打一聲哨」諸語和《莊家不識勾欄》中描述「院本《調風月》」的演出情況，知道它是熔合「參軍戲」和「踏謠娘」的表演特色於一爐。

85 同前注，頁二〇八。

而《水滸全傳》的「打攛」、《東京夢華錄》的「拽串」、《孤本元明雜劇》的「穿關」，乃至今日俗語「串演」與「客串」，其「攛」、「串」、「穿」諸字，實為「爨」字之音同或音近之訛變。

若就腳色之觀念而言，則有專稱與俗稱。見諸《都城紀勝》、《夢粱錄》、《武林舊事》、《輟耕錄》、《水滸全傳》、《筆花集》、《太和正音譜》之宋金元雜劇院本腳色，有以下兩種：

1.專稱：淨色（靚）、副淨（副靖、付淨、次淨、貼淨）、末（末泥、正末）、副末（付末、次末）。

2.俗稱：引戲、裝孤、裝旦（粧旦）、裝外、戲頭、捷劇（節級、捷譏）等等。

由於宋金雜劇院本是唐參軍戲之嫡派，所以符號性的腳色專稱「淨」、「末」即由市井口語性的「參軍」、「蒼鶻」演化而來，其歷程是：「參軍」二字之促音近於「靚」，靚為「粉白黛綠」之意，正是參軍之扮相，故取「靚」以代「參軍」；但因「靚」字非一般人所能認識，因取同音訛變而為「靖」、「淨」二字，又因「淨」字最通俗，於是遂淹「靚」、「靖」二字而成為腳色之專稱。至於「末」之歷程是：「蒼鶻」之「鶻」為入聲八黠韻，「末」為入聲七曷韻；「蒼鶻」例扮男子，而「末」一向作為男子自謙之辭；於是乃因其音近聲轉，由「鶻」而為「末」。其又稱「末泥」，乃因「泥」為詞尾，有聲無義。

至於「五花爨弄」中，但見「副淨」而不見「正淨」的緣故，則是因為唐參軍戲「假官之長」的「參軍樁」到了宋代，成為教坊十三部色中的「參軍色」，職司導演，本身不再演戲，而把演戲的任務交由其他的參軍亦即他的副手去承當；而原本在參軍戲中主演的參軍樁，其演變為腳色專稱既然是「淨」，那麼他的副手自然是「副淨」了。而參軍色如果用來指揮勾引隊舞演出，則俗稱「引舞」，如果用來指揮勾引雜劇搬演，則俗稱「引戲」。因此，「引戲」就是「參軍色」，也就是「正淨」的俗稱，它是就其職務來稱呼的。這種情形和末泥既然已主持班務，就把演戲的任務交由「副末」去承當，基本上是一樣的。

而就宋金雜劇的演出文獻來觀察，未必「一場四、五人」或由「五花」去「爨弄」。就筆者所知見者，其由二人演出的有十九條，三人的有兩條，四人的有五條，五人的、六人的和七人的各一條，所以兩人出現最多的緣故，是因為副淨、副末的對手戲是雜劇的核心，自為筆記叢談所錄的重點。而其超過兩人的，每有「引戲」的跡象在其中。「引戲」發展的結果，在元代為「裝外」，簡稱為「外」，止在戲外作「呈答」，又恢復了原本參軍色的功能。

至於其他腳色俗稱的名義，「裝孤」是妝扮官員，「裝旦」是妝扮婦女，「裝外」是妝作劇外呈答之人，「戲頭」為宋金雜劇院本首段（即豔段）之演員，「捷譏」為機靈滑稽之人。其中「裝旦」在院本之散段「雜扮」中，已發展為腳色專稱「旦」。

在田野考古和傳世帛畫方面，有關宋金雜劇院本的資料，主要見於：河南偃師宋墓雕磚、河南禹州白沙宋墓雕磚、河南溫縣宋墓雕磚、河南滎陽朱三翁石棺線刻、山西稷山金墓雕磚、山西侯馬董墓戲俑、山西芮城永樂宮遺址宋德方、潘德沖墓石槨雕刻，以及北京故宮所藏兩幅南宋帛畫和臺北故宮所藏一幅宋蘇漢臣「五瑞圖」。

這些實物資料，若就其腳色數目來說，則偃師、白沙、滎陽、永樂宮四人，溫縣、侯馬、五瑞圖各五人，稷山墓群則四人或五人，正與所謂雜劇「一場四人或五人」之語相合。則「或添一人」而為五人的「五花爨弄」在宋金的民間情況是頗為符合而得到具體印證的。至於兩幅南宋帛畫，顯然是主寫副淨、副末的演出情況，故不及其他。

對於這些出土和傳世的宋金雜劇院本人物圖像，加以判定腳色，學者每有見仁見智的不同。廖奔《宋元戲曲文物與民俗》一書雖用力考述，亦認為副末、副淨頗難分辨，末泥更無特徵可循。但是「引戲」之特徵既為戴花腳幞頭、執扇、作舞蹈狀，「裝孤」既為戴展腳幞頭、執笏，「副淨」既為敷粉塗墨、打唿哨、做嘴臉，「副末」既以執杖為特色，則不難據此分辨「副淨」與「副末」；而「引戲」、「裝孤」既已易明，則此外自為「末泥」。

「五花爨弄」在宮廷或為添加之腳色「裝孤」，在田野出土資料，卻極為常見，廖氏以為當是由於古人乞貴祈福之思想所致。而無論如何，「五花爨弄」在田野出土的資料中已獲得了具體寫實的印證[86]。

這裡要補充的是「五花」中的「引戲色」，金元院本轉為「裝旦」充任之現象。《水滸全傳》第八十二回〈梁山泊分金大買市　宋公明全夥受招安〉，其中「天子親御寶座陪宴宋江等」有御前樂舞的表演，對於職司的「五色」各有描述，其「戲色」云：

> 第二個戲色的，繫離水犀角腰帶，裹紅花綠葉羅巾。黃花襴長襯短靿靴，綵袖襟密排山水樣。[87]

這樣妝扮非常豔麗，女性的味道很濃厚；而引戲色在民間有由「裝旦色」充任的現象。對此，廖奔《宋元戲曲文物與民俗》第三編第二章〈角色的形象〉以田野和帛畫資料印證文獻[88]，亦可與《水滸全傳》所描述之「戲色」相牟合。其說「引戲」以為引戲在雜劇裏的地位當如引舞，杜仁傑〈莊家不識勾欄〉套中所云「一個（女孩兒）轉了幾遭，（不多時）引出一夥。」這個「女孩兒」應即為引戲。宋代南戲《張協狀元》首齣生腳上場「踏場數調」[89]，即為宋雜劇演出方式的遺留。又據《武林舊事》卷四〈乾淳教坊樂部〉，知引戲色以踏場舞蹈

[86] 曾永義：《論說戲曲》（臺北：聯經出版事業公司，一九九七），頁一二二、一三五－一三八。

[87] 〔明〕施耐庵著，林峻校點：《水滸全傳》（上海：上海古籍出版社，二〇〇二），頁一〇〇七。

[88] 廖奔：《宋元戲曲文物與民俗》（北京：文化藝術出版社，一九八九），頁二六八－二八七。

形式「分付」眾腳色上場。據此，則宋金雜劇人物形象雕刻，有好些是這種造型：溫縣宋墓雜劇雕磚中間之人，其特徵是作丁字舞步，裹花腳幞頭、執扇、衣飾華麗。類此者尚有溫縣館藏宋雜劇磚雕II組有一人姿態相同；稷山馬村四號金墓雜劇雕磚左第三人亦同；侯馬金代董墓磚俑左第四人身段相同、方向相反；垣曲縣古城村墓伎樂磚雕，中間一人執扇起舞；禹州白沙宋墓雜劇磚雕左第一人頭裹花腳幞頭者亦作舞姿；偃師宋墓雜劇磚雕中間一人亦裹花腳幞頭。這七個造型應當都是「引戲色」。其中溫縣、侯馬、偃師等三人為女性扮飾。而〈乾淳教坊樂部〉中引戲色皆由男子充任，可見民間可以不論[90]。

據此亦可見宋雜劇由「正淨」所充任之「引戲」，有逐漸演變為由「裝旦」充任的現象[91]，其造型則由手執竹竿而轉變為執扇。這種情形，猶如「五花」中的「裝孤」本為可有可無之腳色，但以其裝扮官員，在民間反被重視而每位居中央。可見民間「移風易俗」的力量有多大。

筆者在〈也談「北劇」的名稱、淵源、形成與流播〉中，曾經對於文獻上之院么、么末、撇末、撇朗末、裝么（又作裝么麼，裝亦作粧、妝，么亦作腰、夭）等相關名詞的考述，而獲得以下結論：

> 由賈仲明弔詞看來，「么末」顯然是北曲雜劇的別稱。因為高文秀的雜劇作品，據《錄鬼簿》著錄，多達三十本，僅次於關漢卿，居元人第二位。吳昌齡、石君寶各十本，所以說「么末相齊」。而對於花李郎的「樂府詞章性，傳奇么末情」，則以「傳奇」對「樂府」而言，即「劇曲」對「散曲」；那麼「么末情」又對「詞章性」，

---

89 錢南揚校著：《永樂大典戲文三種校注》（臺北：華正書局，二〇〇三），頁一三。

90 詳見拙著：《論說戲曲》（臺北：聯經出版事業公司，一九九七），頁二三一。

91 如周密《武林舊事・乾淳教坊樂部・雜劇三甲》中即列有「裝旦孫子貴」。詳見〔宋〕周密著，李小龍等評注：《插圖本武林舊事》（北京：中華書局，二〇〇七），頁一一六。

指像「么末」那樣的作表，像「詞章」那樣的格調。其「么末」同樣指「北曲雜劇」。若此，〈莊家不識勾欄〉套所云「前截兒院本《調風月》，背後么末敷演《劉耍和》」，可見金元之際，「院本」與「么末」（即北曲雜劇之俗稱）可以前後同臺並演，再由「爨罷將么撥」之語，也可見演罷「爨」（爨體院本）之後，將繼演「么」（北曲雜劇），則「么末」亦可省稱作「么」。胡忌《宋金雜劇考》謂「么撥」是演奏樂曲的「么篇」，似乎與作為表演的「爨」不相稱，亦不能與「前截兒院本」與「背後么末」相應。至於《藍采和》雜劇「么麼院本」連讀，當有兩解：一指北曲雜劇與院本，有如〈莊家不識勾欄〉所云，而么麼即「么末」無疑。一則將「么麼」作為「院本」的修飾語，指雜劇化的院本，也就是改進的院本。若取第二義，則頗能與「院么」一語聯屬。因此頗疑「院么」乃北曲雜劇之前身，也因為它是「前身」，所以稱「舊」。院么名目中如《王子端捲簾記》、《女狀元春桃記》、《玎璫天賜暗姻緣》[92]等已經很接近北曲雜劇的名稱。

至於「撇末」和「撇朗末」二詞。由【粉蝶兒】〈悟真如〉：「便休去排場上土抹灰搽撇末中，再莫心留戀花爨裡」[93]；【醉太平】〈風流小僧〉：「撇末中靠背是菩薩幀，舞旋中歌曲是禮佛聲」[94]；【新水令】〈評音律精熟〉：「撇朗末戲場中，名顯在鴻門占芳景」[95]。又《宦門子弟錯立身》第十二齣【金蕉葉】也有「子

[92] 〔元〕陶宗儀：《南村輟耕錄》（北京：中華書局，一九九七），卷二十五〈院么〉，頁三〇九。

[93] 〔明〕郭勛編：《雍熙樂府》卷七【粉蝶兒】套數之【耍孩兒】，收錄於王雲五主編：《四部叢刊續編集部・雍熙樂府》第一冊（臺北：臺灣商務印書館，一九七六），頁二〇一三〇。

[94] 〔明〕郭勛編：《雍熙樂府》卷十五【醉太平】〈風流小僧〉，收錄於王雲五主編：《四部叢刊續編集部・雍熙樂府》第二冊（臺北：臺灣商務印書館，一九七六），頁二〇五四四。

[95] 同前注，第二冊卷十一【新水令】套數之【鴛鴦煞】，頁二〇二八九。

這撇末區老賺，我學那劉耍和行蹤步跡。[96]」可見「撇」當動詞用，其義為「裝」，即扮飾，如裝假曰「撇假」，裝清曰「撇清」；「朗」則作「末」之修飾語，有顯著、主要、出色之義；「撇朗末」義為扮飾主腳末色。但由「撇末」一詞看來，則《宦門子弟》明指「雜劇」，《雍熙樂府》【悟真如】「撇末」與「花鬟」並提，【醉太平】與「舞旋」對舉，皆作名詞，亦當指實質之「北曲雜劇」；而【寨兒令】〈風月擔兒〉：「一味拈撇末添鹽」[97]，則有如「撇朗末」之「撇」仍作動詞。由此可見：「撇末」本是「扮飾末色」之意，但因為「末」為北曲雜劇之主腳，於是「撇末」為演出雜劇之意，以「末」作為「北曲雜劇」的代稱；而「撇末」於詞彙結構原是一個子句，寖假而為詞結作名詞，乃成為「北曲雜劇」的代稱。

「粧么」，「粧」或作妝，或作裝，音義實同；「么」或作夭、腰、蹺，則為音同或音近之訛變。由《殺狗勸夫》第二折【滾繡球】「你粧了么落了錢」[98]、《琵琶記》第十七齣【蠻牌令】「老婆與他妝甚腰？[99]」《陽春白雪》雙調【新水令】套之【步步嬌】「粧甚腰」[100]等，皆可見「么」作名詞。由《盛世新聲》可證「粧么」是「粧么麼」的省文[101]。「粧么」與「撇末」結構相同，皆為名詞子句，其本意都是指扮演雜劇，也就是這裡的

[96] 錢南揚校著：《永樂大典戲文三種校注》（臺北：華正書局，二〇〇三），頁二四四。

[97] 〔明〕郭勛編：《雍熙樂府》卷十八【寨兒令】〈風月擔兒〉，收錄於王雲五主編：《四部叢刊續編集部・雍熙樂府》第二冊（臺北：臺灣商務印書館，一九七六），頁二〇六一五。

[98] 〔明〕臧晉叔：《元曲選》（臺北：臺灣商務印書館，一九六八），第一冊，頁二八。

[99] 〔明〕高明：《琵琶記》（臺北：西南書局，一九八三），頁一〇二。

[100] 〔元〕楊朝英：《陽春白雪》（臺北：臺灣商務印書館，一九六八），頁九七。

[101] 顧學頡、王學奇主編：《元曲釋詞》（北京：中國社會科學出版社，一九八八），第四冊，頁五。

「么」和「末」一樣，都是由「么末」省文而來，皆是「北曲雜劇」的意思。但戲曲名詞轉化為生活語言，往往會引申語意，譬如以上所引的「粧么」便都引申作為「裝模作樣」解釋，如明徐渭《南詞敘錄》即釋「妝么」：「猶做模樣也。古云作態。[102]」因為扮演雜劇那有不裝模作樣的？

經過上面的考述，可見「么末」，乃至「院么」之「么」、「撇末」之「末」、「粧么」之「么」，以及「撇末」、「裝么」都有用來指稱北曲雜劇的意思，然而何以會如此呢？

按《鶡冠子・道端》：「無道之君，任用么麼。……有道之君，任用俊雄。[103]」《漢書》卷一百〈敘傳第七十〉上：「勇如信、布，彊如梁、籍，成如王莽，然卒潤鑊伏質，亨醢分裂，又況么□，尚不及數子，而欲闇奸天位者虖？」鄭玄注云：「□，音麼，小也。」顏師古曰：「鄭音是也，么、麼，皆微小之稱也。么音，一堯反；麼音，莫可反。」[104]《漢紀》[105]、《文選》[106]並作「么麼不及數子」。作「□」為古字假借，同么。《廣雅》：「么麼，小也。[107]」

[102] 見《中國古典戲曲論著集成》第三冊（北京：中國戲劇出版社，一九五九），頁二四八。

[103] 〔宋〕陸佃解：《鶡冠子》（臺北：臺灣商務印書館，一九六八），頁三一。

[104] 〔東漢〕班固：《漢書》（北京：中華書局，一九九七），頁四二〇九。

[105] 〔漢〕荀悅：《漢紀》（臺北：臺灣商務印書館，一九七四），卷三十〈前漢孝平皇帝紀〉：「又況么麼不及數子哉，而欲晻干天位者乎？」頁三一〇。

[106] 〔東漢〕班叔皮（彪）：〈王命論〉：「又況么麼不及數子，而欲闇干天位者乎？」詳見〔梁〕昭明太子：《文選》（臺北：藝文印書館，二〇〇三），卷五十二，頁七三二。

[107] 〔魏〕張揖撰，〔清〕王念孫疏，鍾宇訊點校：《廣雅疏證》（北京：中華書局，二〇〇四），頁一二四。

可見古書中的「么麼」是「微小」的意思；但作為「北曲雜劇」，通「么麼」的「么末」，其取義卻不應當如此。

由上文，我們已確知「么末」之「末」，乃因「末泥色」而引申為北曲雜劇，則「末」字不作細微解；而「么末」之「么」，就詞彙結構而言，應當作為「末」的修飾語；而「么」，顧炎武《日知錄》云：「一為數之初，故以小名之，骰子之以一為么是也。」若此，「么」雖以「小」名之，但畢竟為數之端，意即「第一」，則「么末」猶言「朗末」，皆謂其為主要之末色。

而我們知道，唐參軍戲以「參軍」、「蒼鶻」演出；其嫡系宋金雜劇院本，參軍變為副淨，蒼鶻變為副末[108]，但論主演者實為參軍、副淨。可是到了北曲雜劇，則有所謂末本、旦本，亦即由正末或正旦主演主唱全劇，淨腳則淪為次等腳色，而旦腳之由「裝旦」發展完成[109]，較諸末色為晚，且金元雜劇旦本較之末本為數相差甚多；可見「末」是北曲雜劇真正的主要腳色。也就是說宋金雜劇院本轉化為北曲雜劇，就主演腳色而言，是由淨腳

---

[108] 筆者有〈中國古典戲劇腳色概說〉一文論說其事，原載《國立編譯館館刊》第六卷第一期（一九七七年六月），收入拙著：《說俗文學》（臺北：聯經出版事業公司，一九八〇），頁二三二─二九五。

[109] 張惠杰在〈元雜劇形成新論〉謂「雜劇中的正末、正旦一般認為是源自宋金雜劇院本的末泥、引戲，而末泥、引戲又源自樂舞的舞頭、引舞。但是何以正末、正旦歌而不舞，放棄原本的擅長，這是因為元雜劇的正色實由講唱藝人轉變而來，本來就是歌而不舞。」詳見《中華戲曲》第五輯（一九九八年三月），頁一四三─一六〇。按：張氏之說，自相矛盾，即謂正末、正旦來自舞頭、引舞，又謂來自講唱藝人；故牽強以自圓其說。有關腳色之名義、來源與衍化，請參見拙作：《說俗文學‧中國古典戲劇腳色概說》，頁二三二─二九五；有關「引戲」之來自「參軍」，之為竹竿子，終於為女性充任，請參見拙作：〈論說「五花爨弄」〉，《論說戲曲》（臺北：聯經出版事業公司，一九九七），頁一九九─三二八。

改為末腳，所以「末」成為北曲雜劇的象徵性符號，也因此民間才有「撇末」、「撇朗末」的俗語，用來指稱北曲雜劇。

同理「么末」之「么」既有「第一」之意，「么末」猶言「朗末」，皆用以指稱北曲雜劇，則民間自可省文以見義，如以「么」作為北曲雜劇的代稱。而這也應當就是「爨罷將么撥」、「院么」和「粧么」的由來。

「院么」，亦即行院所演出的么末，但鄙意以為，它和「么末」之間，仍有段距離。其距離為何？那就是它尚未完全脫離院本的形式，這可分作兩方面說明：其一，宋雜劇之正雜劇和金院本之正院本演出時應當都是兩段而各自獨立。院么應當也保持兩段，這兩段可能獨立，也可能銜接，但已由末色主演，並獨唱成套的北曲。其二，院么的末色，應當兼具打院本和搬么末的功能。這可由以下兩段資料看出來：

1. 張炎【蝶戀花】〈題末色褚伴良寫真〉云：

> 濟楚衣裳眉目秀，活脫梨園，子弟家聲舊。諢砌隨機開笑口，筵前戲諫從來有。　戛玉敲金裁錦繡，引得傳情，惱得嬌娥瘦。離合悲歡成正偶，明珠一顆盤中走。[110]

張炎生於宋理宗淳祐八年（一二四八），約卒於元仁宗延祐末年（一三二〇），是著名的詞人。他這首詞的前半闋，正說明宋金雜劇院本「副末」與「副淨」打諢諷諫的任務，而後半闋則說明與旦腳合演的情形，分明是北曲雜劇「軟末泥」的況味了。尤其末句「明珠一顆盤中走」更用來強調末色歌唱的藝術。

2. 上引《水滸全傳》第八十二回〈梁山泊分金大買市　宋公明全夥受招安〉，其描述第三個「末色」是這樣

---

[110] 〔宋〕張炎：《山中白雲詞》，《景印文淵閣四庫全書》第一四八八冊（臺北：臺灣商務印書館，一九八三），頁五一〇。

的：

第三個末色的，裹結絡毬頭帽子，著蒳役疊勝羅衫。最先來提掇甚分明，念幾段雜文真罕有。說的是：敲金擊玉敘家風；唱的是：風花雪月梨園樂。[111]

其所謂「提掇分明」是說「末色」在院本中的「主張」，其所謂「說的是」、「唱的是」是指他在么末中表演的技能。由此也可見「末色」於院本、么末有兩跨的現象，而這正是「院么」之所以居於院本與么末之間的功能[112]。

筆者對於〈莊家不識勾欄〉中的「院本」、「么末」、「趕散」、「粧哈」、「爨罷將么撥」諸語詞有以上的考證，因此用來解讀這套北曲以了解金元院本演出的情況自然能較為精確。據此，也可知賀、龍、李、王諸家的解釋若不是不妥貼，就是根本錯誤。而黃、羅二氏，明顯誤以「爨」為豔段，此處應是指「院本《調風月》」，而又誤【二煞】、【一煞】為么末的演出情況。而劉氏則誤將「么末」等用腳色之「末」來解釋。對於「爨」的解釋也似是而非。吳、楊二氏則誤將「北曲雜劇」之「雜劇」與宋雜劇中正雜劇之「雜劇」混而為一。譚、邵二氏則未弄清楚「爨」與「院本」前後文之對應關係。

㈡有關崑山腔、海鹽腔資料的解讀

崑山腔就崑山土腔而言，有了崑山，有了居民，就有了「土腔」的存在。但「崑山腔」見於文獻，最早有下列兩條：

---

[111] 〔明〕施耐庵著，林峻校點：《水滸全傳》（上海：上海古籍出版社，二〇〇二），頁一〇〇八。

[112] 以上引文分見《戲曲源流新論》，頁二一三－二一四、二一六－二一七、二二〇－二二五。

其一為魏良輔《南詞引正》：

腔有數樣，紛紜不類。各方風氣所限，有崑山、海鹽、餘姚、杭州、弋陽。自徽州、江西、福建，俱作弋陽腔。永樂間，雲貴二省皆作之；會唱者頗入耳。惟崑山為正聲，乃唐玄宗時黃旛綽所傳。元朝有顧堅者，雖離崑山三十里、居千墩，精於南辭，善作古賦。擴廓帖木耳聞其善歌，屢招不屈。與楊鐵笛、顧阿瑛、倪元鎮為友，自號風月散人。其著有《陶真野集》十卷、《風月散人樂府》八卷行於世。善發南曲之奧，故國初有「崑山腔」之稱。[113]

明人周玄暐《涇林續記》卷三記載：

周壽誼，崑山人，年百歲。其子亦躋八十，同赴蘇庠鄉飲，徒步而往。既至，子坐於階石，氣喘，父笑曰：「少年何困倦乃爾！」飲畢，子欲附舟，父不可，復步歸舍。崑距蘇七十餘里，往返便捷，其精力強健如此。後太祖聞其高壽，特召至京。拜階下，狀甚矍鑠。問：「今歲年若干？」對曰：「一百七歲。」又問：「平日有何修養而能致此？」對曰：「清心寡欲。」上善其對，笑曰：「聞崑山腔甚佳，爾亦能謳否？」曰：「不能，但善吳歌。」命之歌。歌曰：「月子彎彎照幾州，幾人歡樂幾人愁；幾人夫婦同羅帳，幾人飄散在他州。」上撫掌曰：「是個村老兒。」命賞酒飲飰（飯）罷歸。後至一百十七歲，端坐而逝。子亦九十八，家有世壽堂。其孫曾多至八十外，蓋緣稟賦厚素，其繇來有由矣。[114]

[113] 此為曹含齋在明嘉靖丁未（二十六年，西元一五四七）夏五月所敘記，此《南詞引正》見路工：《訪書聞見錄》（上海：上海古籍出版社，一九八五），頁二三九－二四〇。

對於這兩條資料，學者有不同的解讀。錢南揚《戲文概論．源委第二》云：

> （明初崑山腔）這個名稱，只像曇花的一現，後來從蘇州流傳於南京、山東一帶的腔調，仍稱海鹽腔，不稱崑山腔，則蘇州本地可知。大概這個新腔只是量變，沒有達到質變階段；更因僅屬清唱，沒有群眾基礎的緣故。[115]

錢氏在注裡補充說：「只要看顧堅所著僅散曲樂府，不是戲劇家，自然只能清唱。」錢氏謂「從蘇州流傳於南京、山東一帶的腔調，仍稱海鹽腔。」[116]未知何所據而云然。

又陸蕚庭《崑劇演出史稿》[117]首章〈一個新劇種的產生〉第二節〈崑腔的產生〉，對顧堅亦提出懷疑，其一，他認為「為什麼顧氏所創的崑山腔始終提不高，不受重視，影響遠沒有弋陽、海鹽等腔來得大？因為從明初（一三六八）到嘉靖（一五二二）的一百五十多年的長時期裡，我們看不到有關崑山腔的有力記載，更不必說明初崑山腔曾演唱南戲的材料了。」其二，他認為「死於嘉靖五年的祝允明是長洲人（今蘇州市東部），他雖崇尚北曲，但對近鄰的、由名士創製或加過工的崑山腔竟然如此不買帳，在《猥談》中把它列於諸腔之末，還要『妄名』啦、『杜撰』啦、『胡說』啦，謾罵一通，這難道不是又一個奇怪的現象嗎？」其三，他認為魏良輔為了提高崑山腔地位，又知自己人微言輕，「於是他先尊唐朝的黃旛綽為遠祖，再奉元末的顧堅為近宗。」以此

114 〔明〕周玄暐：《涇林續記》（涵芬樓秘笈本），頁六。
115 錢南揚：《戲文概論》（臺北：里仁書局，二〇〇〇），頁六二。
116 錢南揚：《戲文概論》（臺北：里仁書局，二〇〇〇），注一三，頁八五。
117 陸蕚庭：《崑劇演出史稿》（上海：上海文藝出版社，一九八〇），頁二〇。

調弄玄虛，有如海鹽被說成創於南宋張鎡，發於元人貫酸齋一般，同樣不足憑信。

陸氏的質疑是針對胡忌、劉致中《崑劇發展史》而發的，胡劉二氏在其第一章〈崑劇的產生〉之第三節〈元末明初的崑山腔〉中，認為「顧堅」一段資料很重要，「它有具體的時間、地點、人物，決非虛構。」[118]按施一揆〈關於元末崑山腔起源的幾個問題〉一文根據南京圖書館藏《南通顧氏宗譜》考查，不止肯定顧堅確有其人，而且世系可考。胡劉二氏據此，並謂顧瑛（阿瑛）、倪瓚（元鎮）、楊維楨（鐵笛）「這三人先後去世的年代正是崑山耆舊周壽誼被朱元璋召見問起崑山腔時候。所以魏良輔具體記述顧堅，說國初有崑山腔之稱的話是可信的。[119]」但胡劉二氏認為顧堅一人無法創立一種新腔，崑山腔應是顧堅及其友如顧倪楊三人協力創立而成。

而筆者有〈論說「腔調」〉[120]，文長九萬餘言，其結論如下：

腔指人的口腔，調指聲音的旋律。所以「腔調」一詞如視之為詞組式結構，則是指口腔所發聲音的旋律；但「腔調」一般視之為聯合式同義複詞，亦即「腔」、「調」對等同義，不像詞組之以「調」為主，以「腔」為附加，也因此在名詞使用上，「腔」、「調」、「腔調」之間每有等同的現象。又我國文字是單形體、語言是單音節，所以是一字一音。音有元音（母音）、輔音（子音）和聲調，又各有發音部位和發音方法。如此再加上與時與地的變化，不同時空就會有不同的語言現象，甚至連相同的音和調也會有音質和調質的差異；於是就地域而言就會形成不同的方音和方言，不同的方音和方言就會有不同的語言旋律。所以腔調的根本基礎，就是方音憑

[118] 胡忌、劉致中：《崑劇發展史》（北京：中國戲劇出版社，一九八九），頁一二三。

[119] 施氏之文載於《南京大學學報》（哲學人文科學社會科學版）（一九七八年第二期）。

[120] 載於《中國文哲研究集刊》第二〇期（二〇〇二年三月），頁一一一－一一二；收錄於曾永義：《從腔調說到崑劇》（臺北：國家出版社，二〇〇二），頁二一－一七八。

藉方言所產生的語言旋律。而方音方言既然各有殊異，也自然各有特質。

語言旋律又有純任自然與人工造設兩種現象，它們以號子、山歌、小調、詩讚、曲牌、套數的形式作為載體，這六種形式越居上位的越接近自然語言旋律，越居下位的越講究人工語言旋律。大抵說來，號子、山歌幾於具備自然的共性；曲牌、套數講求人工制約的藝術；詩讚與小調居中，人工與自然參半。而這些載體所含蘊的語言旋律，都必須通過人們口腔的運轉方能顯現出來，運轉後所顯現出來的語言旋律，就是「唱腔」。而腔調即是語言旋律，所以唱腔也就是通過人運轉出來的腔調。由於人運轉的方式和能力的「口法」和各自先天的「音色」有別，所以「唱腔」不止會有優劣，而且也會各具特色。

如果考察影響「腔調」的因素，那麼就有字音的內在要素、聲調的組合、韻協的布置、語言的長度、音節的形式、意義的形式、詞句結構的方式等七種，這七種因素固然影響自然音律，同時也是憑藉作為人工音律的要件；其影響「唱腔」的因素，除了運轉者先天的「音色」和後天的運轉「口法」的能力外，最主要的是載體語言所呈現的意象情趣對運轉者所產生的感染力之深淺厚薄，從而呈現於其運轉方法之中。所以「唱腔」就會有個人特色，其高明者因之產生流派，因之提升腔調的藝術水準，亦即可以對腔調進行改良。

腔調在源生地只稱「土腔」，其載體稱「土曲」、「土戲」；其根源之方音、方言，則稱「土音」、「土語」。「土腔」一經流傳便會產生種種現象，其與流傳地對比而言，有以下九種現象：

1. 勢力強過流傳地之腔調者，則以原產地為名而將流傳地腔調涵融於本身之中，如「永嘉戲曲」乃是宋度宗咸淳間（一二五六－一二七四）南曲戲文由永嘉流傳到江西南豐，南豐人對永嘉所產生戲曲的稱呼，其「腔調」在產生地但為「土腔」，而南豐人則稱「永嘉腔」。

2. 勢力弱於流傳地之腔調者，則原產地之腔調被流傳地土腔所涵融，如永嘉腔戲文（或稱溫州腔）流傳到海鹽、崑山、餘姚、弋陽而成為海鹽腔、崑山腔、餘姚腔、弋陽腔戲文；如果其流播地域廣大，一路居為強者，就會產生腔調系統，簡稱「腔系」，一般亦稱之為「聲腔」，如南戲四大聲腔皆屬腔系，今之高腔、梆子腔亦然。

3. 原產地之腔調與流行地之腔調勢均力敵者，則並行各展所長，如西皮、二黃而為「皮黃」；其與二種腔調以上並行者，則為多腔調劇種，如湖南衡陽湘劇兼容高腔、崑腔、彈腔；川劇兼容崑、高、胡、彈、燈。

4. 雖經流播而仍保持原汁原味，亦即既不被亦不受流播地語言腔調所影響而產生質變者，如越劇、黃梅戲、評劇等。

5. 腔調有因受流播地影響而發生重大質變者，如流傳在浙江西部的弋陽武班，唱的是崑味頗濃的變調弋陽腔。

6. 腔調也有因管絃樂器加入伴奏而變化易名者，如梆子腔加入管樂而為吹腔，加入絃樂而為琴腔。

7. 腔調有因流播而導致名義混亂者，如梆子腔之諸多異名。

8. 腔調流播既廣，其用自殊；流播既久，不免為新腔取代。

9. 腔調爭衡的結果，往往產生合腔的現象，如乾隆以後之崑弋、崑梆、京梆、皮黃。

而「腔調」本身又可以經由以下諸因素而發生變化，或有所成長：其一，由鄉村流傳至城市，為迎合城市人而有所調適；其二，因演唱方式不同而變化；其三，經由歌者唱腔之改良而變化；其四，腔調間產生類似集曲犯調的情況而成長；其五，亦有由曲牌發展形成腔調者；其六，亦有由腔調固定而成為曲牌者。

那麼如果要說明「腔調」、「聲腔」和「唱腔」的關係，則「腔調系統」亦即「腔系」或形成系統的腔調則謂之「聲腔」，經由歌者運轉的腔調謂之「唱腔」；而「腔調」的基礎既建立在方音方言的語言旋律之上，則在任何時空裡，只要有一群人聚居就會存在，它必須經由流播至他方，才會被冠上源生地作為名稱；而一旦見諸記載，則往往是已經流播的重要腔調[121]。

在本人對於腔調研究所獲得理念之前提下，本人對於這兩條最早的崑腔史料的解讀是：從前一則資料可以得知，在魏良輔的時代，南戲著名的腔調有崑山、海鹽、餘姚、杭州、弋陽五種，較一般所說的「四大聲腔」，多出「杭州腔」一種；那時弋陽腔流播的範圍最廣，而且在明成祖永樂年間已流布雲南、貴州兩省。魏良輔因為推崇崑山腔，所以說「惟崑山為正聲」；他又舉出兩個人物，一位是唐玄宗時梨園樂師黃旛綽，以之為崑山腔的遠祖；一位是元朝的顧堅，以之為崑山腔的改良者。大概因為顧堅對以南曲為載體的崑山「土腔」有所改良，逐漸流播在外，著有聲聞，所以魏良輔說：「（顧堅）善發南曲之奧，故國初有『崑山腔』之稱。」而從後一則資料，亦可知明太祖已「聞崑山腔甚佳」，正可印證魏氏「國初」之語。則崑山腔起碼在明太祖之前，已流播而聲著在外。只是周壽誼不會歌唱以南曲曲牌為載體的崑山腔，尚且只能歌唱以山歌為載體的崑山土腔；那就好像徐文長《南詞敘錄》所云南戲初起時「鶻伶聲嗽」的「里巷歌謠」[122]。清徐夢圓《夢圓曲話》，由吳釗譯配，正有「崑曲山歌調」，所譜的恰是這首〈月子彎彎照幾州〉，惟「人」字皆作「家」字[123]。

而面對錢、陸、胡劉三家所論，筆者的看法是：錢氏謂顧堅的崑山腔只用於清唱的看法，從顧氏及其友人皆為散曲作家，蓋可以肯定；但錢氏論崑山腔必出自海鹽腔，乃一則不明「腔調」源生之道，二則亦不明「腔調」流播交融之方，因之結論必然閃失。陸氏亦不明「腔調」所以源生以及因個人「唱腔」之精益求精，亦可以改良而使「腔調」提升之故，以致徒生諸多疑慮；胡劉二氏亦不明「腔調」源生之由，因之誤以為顧堅可通過與友人合作而「創立」崑山腔；其實顧堅與友人但能改良提升崑山「土腔」，何能有所「創立」[124]？

---

[121] 曾永義：《從腔調說到崑劇》，頁一七六－一八〇。

[122] 〔明〕徐渭：《南詞敘錄》，《中國古典戲曲論著集成》第三冊（北京：中國戲劇出版社，一九五九），頁二三九。

[123] 曾永義：《從腔調說到崑劇》，頁一九三。

誠如拙作〈論說「腔調」〉所云，「腔調」源生於方音方言，則有崑山人必有崑山腔，只是當其未流播他方未被他方之人注意之時，但稱「土腔」；明太祖既對周壽誼言「聞崑山腔甚佳」，則彼時崑山之土腔已流播他方乃至南京，蓋可以斷言。只是此時之腔究竟為「土腔」抑為經顧堅等人改良提升之腔，則尚須考察。鄙意以為，周壽誼所唱之山歌「月子彎彎照幾州」顯然係以之為載體之「土腔」，而明太祖以為「村老兒」，可見其所知之崑山腔必非土腔，顯然為經顧堅等人改良者。

接著來看有關海鹽腔之源生常被引用的資料。海鹽腔之見於文獻，最早是元姚桐壽《樂郊私語》，云：

> 〈海鹽〉州少年，多善歌樂府，其傳皆出於澉川楊氏。當康惠公存時，節俠風流，善音律，與武林阿里海涯之子雲石交善。雲石翩翩公子，無論所製樂府、散套，駿逸為當行之冠；即歌聲高引，可徹雲漢。而康惠獨得其傳。……其後長公國材、次公少中，復與鮮于去矜交好，去矜亦樂府擅場。以故楊氏家僮千指，無有不善南北歌調者。由是州人往往得其家法，以能歌名於浙右云。[125]

其次明嘉靖間李日華《紫桃軒雜綴》卷三云：

> 張鎡字功甫，循王之孫，豪侈而有清尚。嘗來吾郡海鹽，作園亭自恣，令歌兒衍曲，務為新聲，所謂海鹽腔也。[126]

---

124 曾永義：《從腔調說到崑劇》，頁一九七。

125 〔元〕姚桐壽：《樂郊私語》，《景印文淵閣四庫全書》第一〇四〇冊（臺北：臺灣商務印書館，一九八三），頁四〇七。

126 〔明〕李日華：《紫桃軒雜綴》，《四庫全書存目叢書・子部・雜家類》第一〇八冊（臺南：莊嚴文化事業有限公司，一對於這兩段有關海鹽腔掌故的解讀，各戲曲史家並不相同。金寧芬《南戲研究變遷》[127]整理為三家：

1.錢南揚《戲文概論》認為「海鹽腔創於張鎡家歌兒」，「到了元朝，又有所改進」。由於楊梓、貫雲石等都是北曲作家，「所以他們對海鹽腔的改進，恐怕在北曲方面為多」。周貽白《中國戲曲發展史綱要》也說：「海鹽這一地區，本來流行著由溫州雜劇蛻變而來的南戲聲腔，以後，張鎡命家童就原有南戲聲調這一基礎，創出一項新聲。到了元代末年，則因楊梓與貫雲石以及楊國材、楊少中與鮮于去矜的關係，從張鎡家童所唱的新聲摻合了北曲的唱法，以銀箏、月面、琵琶等弦樂為伴奏，由是而成為明代的海鹽腔。」劉念茲《南戲新證》也認為海鹽腔「可能在南宋時期已經創興」。可見以上諸家皆不明白土腔源生之理。

2.張庚、郭漢城主編的《中國戲曲通史》認為張鎡令歌兒所創之說「是靠不住的」。該書據《樂郊私語》的記載說「海鹽腔產生在元末」，但同時又說楊梓、貫雲石、鮮于去矜等北曲名家「他們對海鹽腔的加工與創造，使海鹽腔接受北曲的藝術成就而得以提高和發展」（中冊，頁五）。既曰「他們對海鹽腔的加工與創造」，則在他們之前海鹽腔應該已經存在，而不是經他們之手產生的；卻又說：「海鹽腔產生在元末」，豈不是自相矛盾？葉德均《明代南戲五大腔調及其支流》也不同意創於張鎡歌童之說，文章謂：「南宋中、晚葉海鹽腔曲調中間雖沒有直接關係，但就音樂、歌曲的傳承來說，南宋傳唱的歌曲，至少也是後來海鹽腔的先行條件之一。」葉氏以張鎡歌童們所創，並非戲曲聲腔，他們所唱歌曲，只是產生海鹽腔的「先行條件之一」，並非海鹽腔。葉氏以楊家度曲的元代至正間為「海鹽腔的萌芽時代」，但文中說：「海鹽在宋代既以歌曲著名，到元代『以能歌名於浙右』，正是進一步的發展。」「楊氏家僮的『家法』對海鹽歌曲的發達也有一定的作用，即是推進海鹽南、北

九九五），頁一〇，總頁四四。

[127] 金寧芬：《南戲研究變遷》（天津：天津教育出版社，一九九二），頁五八－六〇。

曲的發展。」也沒有明確楊氏家僮所唱究竟是散曲，還是戲曲聲腔。義案：蔣星煜〈海鹽腔與《金瓶梅》〉亦以李日華所記不可信[128]，理由是：明人記宋事，且張鎡所留語文集中找不到海鹽腔的跡象。又吳戈〈海鹽腔縱談〉[129]亦不信張鎡與楊梓、貫雲石之說。可見以上諸家亦皆不明土腔源生之道，以及土腔可以有不同載體之理。

3. 流沙〈海鹽腔源流辨正〉[130]明確地說：張鎡家僮所創新聲是文人雅士中流傳的詞調，不是戲曲的曲子，與海鹽腔無關；而海鹽少年善歌樂府，本指元代小令、散套，與南戲屬不同範疇，其所唱「南歌北調」，非海鹽腔。因此作者認為，海鹽腔是在明代南戲的基礎上發展變化而來，它產生在明正德間。《中國大百科全書‧戲曲曲藝卷》條目「海鹽腔」的釋詞說，海鹽腔興起於明成化年間。作者也認為，張鎡歌兒所唱新聲「只是『詞調』，還不能認為是南戲的一種聲腔」。對於「實發於貫酸齋」之說，認為「也待進一步考證」。可見以上諸家皆不明土腔源生之道，及其與載體之間的關係。另外，蘇子裕《中國戲曲聲腔劇種考‧海鹽腔源流考略》謂張家「群妓所唱，定然不是海鹽腔，而是詞。」[131]又謂楊梓家僮所歌「南北歌調」，只是散曲清唱，不會是戲曲演出。則蘇氏亦不明腔調源生之理，及其可以有各種不同載體之道。

而筆者對於首段資料的解讀是：姚桐壽，字樂年，浙江睦州人。元順帝至正中，流寓海鹽，所著《樂郊私語》有至正二十三年（一三六三）自序。其所記人物：楊梓，海鹽人，以招諭爪哇有功，官至嘉議大夫，杭州路總管，卒謚康惠。著雜劇三種，存《豫讓吞炭》、《霍光鬼諫》二種。貫雲石，父名貫只哥，遂以貫為氏，自

---

128 蔣星煜：《中國戲曲史索隱‧海鹽腔與《金瓶梅》》（濟南：齊魯書社，一九八八），頁四三—五〇。

129 吳戈：〈海鹽腔縱談〉，《戲劇藝術》第一期，總一一一期（二〇〇三年一月），頁九五—一〇一。

130 流沙：〈海鹽腔源流辨正〉，《戲曲研究》一九八〇年第三輯，頁九三—一〇九。

131 蘇子裕：《中國戲曲聲腔劇種考‧海鹽腔源流考略》（北京：新華出版社，二〇〇一），頁一—七。

名小雲石海涯，又號酸齋，畏吾人。姚氏以雲石為阿里海涯之子，當作之孫為是。生於元世祖至元二十三年（一二八六），卒於泰定帝泰定元年（一三二四），年僅三十九歲。仁宗時拜翰林侍讀學士，未幾，辭歸江南，所作詩、古文，有《酸齋集》；曲與徐甜齋並稱《酸甜樂府》，《太和正音譜》評為「如天馬脫羈」[132]。鮮于必仁，字去矜，以散曲著稱，《太和正音譜》評為「如奎壁騰輝」[133]。

由《樂郊私語》可見楊梓和散曲名家貫雲石交好，雲石善唱曲，楊梓盡得其傳。楊梓的兩個兒子國材和少中又與擅長散曲的鮮于必仁交好，鮮于氏對楊氏兄弟也有所指點，影響所及，楊氏的眾多家僮也因此善於歌唱南北曲，而整個海鹽州人也以能歌聞名浙右。推測楊氏之時代，約在元仁宗大德（一三一二）至元順帝至正十年（一三五〇）間，楊氏既為海鹽人，自然以海鹽土腔歌唱，其載體則為南北散曲；而既經名家貫雲石與鮮于必仁之傳授，則其唱腔也自然對海鹽土腔有所提升。

王士禎《香祖筆記》卷一抄錄《樂郊私語》此段記載後，云：

> 今世俗所謂海鹽腔者，實發於貫酸齋，源流遠矣。[134]

由其語意觀之，蓋以貫氏家法為海鹽腔之淵源。可見王氏不明腔調源生之理，亦不知腔調可以經歌者唱腔改良提升之道。

筆者對於次段資料的解釋是：張鎡為南宋初循王張俊之孫，寧宗誅韓侂冑，鎡預其謀，時為開禧三年（一

[132] 〔明〕朱權：《太和正音譜》，收錄於《中國古典戲曲論著集成》第三冊，頁一八。

[133] 同前注。

[134] 〔清〕王士禎：《香祖筆記》，《筆記小說大觀》第二十八編第五冊（臺北：新興書局，一九七九），頁二九四三。

二〇七）；後來被貶至海鹽。李日華為海鹽人，所記應當可信，則早在南宋中葉，戲文成立（一一〇九－一一九四）不久之時，張鎡的家樂即在唱腔上對海鹽土腔有所改良，其載體當為宋詞，亦有可能係屬新成立的戲文。而如果那時已有「海鹽腔」之名，則已傳播在外。

南宋姜夔《白石道人歌曲》卷四【齊天樂】序云：

> 丙辰歲（宋寧宗慶元六年，一一九六）與張功父會飲張達可之堂，聞屋壁間蟋蟀有聲，功父約予同賦，以授歌者。功父先成，辭甚美；予裵徊茉莉花間，仰見秋月，頓起幽思，尋亦得此。蟋蟀，中都呼為促織，善鬬，好事者或以二、三十萬錢致一枚，鏤象齒為樓觀以貯之。[135]

又南宋周密《浩然齋雅談》卷中云：

> 放翁在朝日，嘗與館閣諸人會飲於張功父南湖園。酒酣，主人出小姬新桃者，歌自製曲以侑尊；以手中團扇求詩於翁，翁書一絕。[136]

由此亦可見張鎡本人是既知音又能自製曲的音樂家。

由以上三段資料，可證海鹽土腔在海鹽當地，曾於南宋中晚葉被音樂家張鎡的家樂以唱腔提升過，又於元代中晚葉被楊梓父子以唱腔提升過；其載體前者為詞調或戲文，後者為南北散曲或戲文。

---

135 〔宋〕姜夔著，夏承燾箋校：《姜白石詞編年箋校》（上海：上海古籍出版社，一九九八），頁五八－五九。

136 〔宋〕周密：《浩然齋雅談》，《景印文淵閣四庫全書》第一四八一冊（臺北：臺灣商務印書館，一九八三），頁八二九。

(三)北曲雜劇淵源資料的解讀

北曲雜劇的淵源，元人認為是金院本，有以下三段資料。第一段資料是胡祇遹《紫山大全集》卷八〈贈宋氏序〉，有云：

> 百物之中，莫靈莫貴於人，然莫愁苦於人。……聖人所以作樂以宣其抑鬱，樂工伶人之亦可愛也。樂音與政通而伎劇亦隨時所尚而變。近代教坊院本之外，再變而為雜劇。既謂之雜，上則朝廷君臣政治之得失，下則閭里市井父子兄弟夫婦朋友之厚薄，以至醫藥卜筮釋道商賈之人情物理，殊方異域風俗語言之不同，無一物不得其情，不窮其態。以一女子而兼萬人之所為，尤可以悅耳目而舒心思，豈前古女樂之所擬倫也？全此義者，吾於宋氏見之矣。[137]

第二段資料是夏庭芝〈青樓集誌〉，有云：

> 唐時有傳奇，皆文人所編，猶野史也；但資諧笑耳。宋之戲文，乃有唱念，有諢。金則院本、雜劇合而為一。至我朝乃分院本、雜劇而為二。院本始作，凡五人：一曰副淨，古謂參軍；一曰副末，古謂之蒼鶻，以末可撲淨，如鶻能擊禽鳥也；一曰引戲；一曰末泥；一曰孤。又謂之「五花爨弄」。或曰，宋徽宗見爨國人來朝，衣裝鞋履巾裹，傅粉墨，舉動如此，使人優之效之，以為戲，因名曰「爨弄」。國初教坊色長魏、武、劉三人，魏長於念誦，武長於筋斗，劉長於科泛，至今行之。又有燄段，類院本而差簡，

---

137 〔元〕胡祇遹撰，魏崇武、周思成校點：《胡祇遹集》（長春：吉林文史出版社，二〇〇八），頁二四六。

蓋取其如火燄之易明滅也。雜劇則有旦、末。旦本女人為之，名妝旦色；末本男子為之，名末泥。其餘供觀者，悉為之外腳。有駕頭、閨怨、鴇兒、花旦、披秉、破衫兒、綠林、公吏、神仙道化、家長里短之類。內而京師，外而郡邑，皆有所謂构欄者，辟優萃而隸樂，觀者揮金與之。院本大率不過謔浪調笑；雜劇則不然，君臣如：《伊尹扶湯》、《比干剖腹》，母子如：《伯瑜泣杖》、《剪髮待賓》，夫婦如：《殺狗勸夫》、《磨刀諫婦》，兄弟如：《田真泣樹》、《趙禮讓肥》，朋友如：《管鮑分金》、《范張雞黍》，皆可以厚人倫，美風化；又非唐之傳奇、宋之戲文、金之院本所可同日語矣。嗚呼！我朝混一區宇，殆將百年，天下歌舞之妓，何啻億萬，而色藝表表在人耳目者，固不多也。[138]

第三段資料是陶宗儀《輟耕錄》卷二十五〈院本名目〉條，有云：

唐有傳奇，宋有戲曲、唱諢、詞說。金有院本、雜劇、諸宮調。院本、雜劇，其實一也。國朝，院本、雜劇始釐而二之。院本則五人：一曰副淨，古謂之參軍。一曰副末，古謂之蒼鶻。鶻能擊禽鳥，末可打副淨，故云。一曰引戲，一曰末泥，一曰裝孤，又謂之五花爨弄。或曰：宋徽宗見爨國人來朝，衣裝鞋履巾裹，傅粉墨，舉動如此，使優人效之以為戲。又有焰段，亦院本之意，但差簡耳。取其如火焰，易明而易滅也。其間副淨有散說，有道念，有筋斗，有科泛，教坊色長魏、武、劉三人鼎新編輯，魏長於念誦，武長於筋斗，劉長於科泛，至今樂人皆宗之。[139]

---

[138] 〔元〕夏庭芝：《青樓集》，《中國古典戲曲論著集成》第二冊（北京：中國戲劇出版社，一九五九），頁七。

[139] 〔元〕陶宗儀：《南村輟耕錄》（北京：中華書局，一九九七），頁三〇六。

又卷二十七〈雜劇曲名〉：

稗官廢而傳奇作，傳奇作而戲曲繼。金季國初，樂府猶宋詞之流，傳奇猶宋戲曲之變，世傳謂之雜劇。[140]

對於這三家資料，學者引據所截取的長短不同，其所作的詮釋也不完全一樣，如胡忌《宋金雜劇考》引第三段，並云：

由此，可知金代的雜劇和院本，其本質上是相同的東西。[141]

季國平《元雜劇發展史》引據此三家資料，並云：

胡祇遹（一二二七－一二九三）生於金末，活耀於元代初期，年輩最早，「近代」云云，從伎劇與時政關係立論，實際上已透露出元雜劇形成的時代，所論應十分可信。參考元末夏、陶二氏所說的院本與雜劇的「釐而二之」，時在「金末國初」，也就是胡氏所說的「近代」。此「國初」，乃蒙古滅金之初。[142]

葉長海《曲律與曲學・戲曲考》引陶氏，並云：

這裏的「戲曲」當係特指宋代的雜劇本子，大約包括北方的官本雜劇、院本和南方的永嘉雜劇（即南曲

[140] 同前注，頁三三二。
[141] 胡忌：《宋金雜劇考》（北京：中華書局，二〇〇八），頁一一。
[142] 季國平：《元雜劇發展史》（臺北：文津出版社，一九九三），頁六五。

戲文)。[143]

景李虎《宋金雜劇概論》引夏陶二氏，並云：

夏庭芝與陶宗儀都生活於元代晚期，他們的記載是可信的。在談到金代的戲劇樣式時異口同聲地說金代有「院本」、「雜劇」，這裡的「院本」，指的不是金代的院本，而是元代與北雜劇並行的院本；「雜劇」也不是指宋金雜劇，而是指元代的北雜劇。我們知道，元代流行的院本和北雜劇是兩種內容、形式、表演特點、藝術風格截然不同的藝術形式，它們最初能「其實一也」，唯一合理的解釋，那就是——在宋金雜劇諸多形式中，實際上就包括了後來的北雜劇與院本兩種戲劇形式，只是到了元代初年才一分為二。[144]

黃仕忠《中國戲曲史研究》引夏陶二氏，並云：

就是說，宋雜劇與金院本異名而同實，以滑稽調笑為主；元人雜劇，方以一本四折的形式而與宋人雜劇、金人院本判分為二。[145]

以上隨意所舉五家，胡、季、黃三氏之所推論，就要旨而言皆不差。但景氏所論顯然有混淆、矛盾的地方，其癥結乃在未辨明宋金皆有名實相同之雜劇，而金末雜劇改稱為院本。此時之院本一方面發展為北曲雜劇(若冠

[143] 葉長海：《曲律與曲學》(臺北：學海出版社，一九九三)，頁一七二。
[144] 景李虎：《宋金雜劇概論》(廣州：廣東高等教育出版社，一九九八)，頁三八。
[145] 黃仕忠：《中國戲曲史研究》(廣州：中山大學出版社，二〇〇一)，頁二六。

以時代則稱金元北曲雜劇），一方面保存原樣，傳遞到元代，仍稱院本。葉氏則旨在辨明「戲曲」之名義，但這裡所謂的「戲曲」應單指宋代之「南曲戲文」而言，與宋官本雜劇無關。

而筆者對此三家資料的解讀如下。其對胡氏是：胡祗遹，字紹開，號紫山，磁州武安人。生於金哀宗正大四年（一二二七），卒於元世祖至元三十年（一二九三）。中統初（一二六〇）張文謙辟為員外郎，官至江南浙西道提刑按察使。著有《紫山大全集》二十六卷，又善作曲，《太和正音譜》稱他「如秋潭孤月」，所作見《陽春白雪》。胡氏生於金末元初，從他贈宋氏的這篇序文，我們可以看出幾點重要的訊息：

其一，由「近代教坊院本之外，再變而為雜劇」之語，可見「近代教坊院本」當指「金院本」，「雜劇」當指「金元雜劇」，而「金元雜劇」是由「金院本」蛻變過來的，也就是金院本是金元雜劇的「源頭」。

其二，胡氏釋「雜劇」之雜雖有望文生義之嫌，但由此可見「雜劇」之內容極為豐富，已是搬演人生百態的「大戲」。

其三，宋氏「以一女子而兼萬人之所為」，「無一物不得其情，不窮其態」，可見她是「全能」的演員，其表演藝術的造詣絕非鄉土「踏謠」的小戲所能望其項背，而作為大戲劇種的「雜劇」藝術已到了可觀可賞的程度[146]。

其對夏氏是：這篇〈誌〉所署的日期或作「至正己未」，或作「至正庚子」。至正無「己未」，當以「庚子」（二十年，西元一三六〇）為可據。此〈誌〉最可注意的是：「金則院本、雜劇合而為一。至我朝乃分院本、雜劇而為二。」此中之「雜劇」，其實質是前者為「宋金雜劇」之「雜劇」，為「五花爨弄」之「小戲群」，後者

[146] 參見拙著：《戲曲源流新論》，頁一九六—一九七。

則為「金元雜劇」之「雜劇」，為已發展完成為大戲之「北曲雜劇」。推衍夏氏之意，「北曲雜劇」實由金院本中發展形成。其次可注意的是夏氏把「金院本」和「元雜劇」作了明顯的區別[147]。

其對陶氏是：陶氏這段資料與夏氏之誌大同小異。《輟耕錄》卷首之〈敘〉末署「至正丙午夏六月江陰孫作大雅序」，可證成書時間較《青樓集》稍晚或大約同時。陶氏《南村詩集》卷二有七律一首，題作「正月二十有六日，余與邵青溪、張林泉，會胡萬山、夏雪蓑、俞山月、高寒武、張賓暘於佘北，逾嶺而南，訪陳孟剛，席上分韻，得船字」，夏雪蓑即夏庭芝，可知陶、夏二氏為知交，頗有過從同遊之樂，則二人之書必相閱讀，乃有互相襲用之處。而或謂「金則院本、雜劇合而為一。至我朝乃分院本、雜劇而為二」；或謂「院本、雜劇，其實一也。國朝，院本、雜劇始釐而二之」。則二氏皆認為金院本與元雜劇有密切的關係。

以上胡、夏、陶三氏都認為北曲雜劇實由金院本變化而來。胡氏生於金末，顯著有名於元初，揣摩其所謂「近代教坊院本之外，再變而為雜劇」之語意，似乎北曲雜劇之完全成立，當在金代，並非如夏、陶二氏所云降及元代不可。夏、陶二氏主要活動期在元末明初，所見自不如胡氏真切[148]。

另外尚值得一提的是《輟耕錄》所謂「宋有戲曲、唱諢、詞說」，到底是指什麼劇種和技藝呢？對此，學者除葉長海如前引外，縱使引據，亦皆不作詮釋。而筆者以為：

從前引之《輟耕錄》與《青樓集》之「戲曲」皆與「雜劇」相對而言，可以明顯看出「雜劇」是指「北雜劇」（元雜劇），「戲曲」是指「南戲曲」（宋戲曲）；則「戲曲」實為足與「北雜劇」抗衡之大戲，亦即「戲文」之異名而已。《輟耕錄》所謂「宋有戲曲、唱諢、詞說」，正說明宋代有戲文、雜劇、說唱三種表演文學和藝術。

---

147 同前注，頁一九八－一九九。

148 參見拙著：《戲曲源流新論》，頁一九九－二〇〇。

推究「說唱」所以稱作「詞說」，則猶如「詞話」，以「詞」言其唱詞，以「說」、「話」言其說白；而「唱諢」所以為「雜劇」，因為宋雜劇與金院本不殊，尚屬以唱念科諢「務在滑稽」的「小戲群」，與同名稱但已發展為大戲的「元雜劇」不同。至於「戲文」所以又稱作「戲曲」，不過如同「戲文」一般，強調其故事情節，則稱「文」；強調其音樂歌唱，則稱「曲」；亦即重其以「文」演「戲」則稱「戲文」，重其以「曲」演「戲」則稱「戲曲」。「戲文」與「戲曲」不止詞彙結構相同，也同時表示其所汲取以壯大為大戲的滋養一樣是說唱文學和藝術。就「戲曲」而言，其得之說唱的音樂歌唱，也是斑斑可考[149]。

餘論

由以上可見，文獻資料的解讀如果不精確，據以推論的事理就可能不周延或甚至於誤解。而對於文獻資料的引據，也有或因節錄不當以致湮滅許多重要訊息的情形。譬如：明顧起元《客座贅語》卷九「戲劇」條云：

> 南都萬曆以前，公侯與縉紳及富家，凡有讌會、小集多用散樂，或三四人，或多人，唱大套北曲，樂器用箏、纂、琵琶、三絃子、拍板。若大席，則用教坊打院本，乃北曲大四套者，中間錯以撮墊圈、舞觀音，或百丈旗，或跳隊子。後乃變而盡用南唱，歌者祇用一小拍板，或以扇子代之，間有用鼓板者。今則吳人益以洞簫及月琴，聲調屢變，益為悽惋，聽者殆欲墮淚矣。大會則用南戲：其始止二腔，一為弋陽，一為海鹽。弋陽則錯用鄉語，四方士客喜閱之；海鹽多官話，兩京人用之。後則又有四平，乃稍變

149 參見〈也談「南戲」的名稱、淵源、形成和流播〉，《中國文哲研究集刊》第一一期（一九九七年九月），頁一－四一；收錄於《戲曲源流新論》，頁一一六－一八三，本段引文見頁一四四－一四五。

弋陽而令人可通者。今又有崑山，較海鹽又為清柔而婉折，一字之長，延至數息，士大夫稟心房之精，靡然從好，見海鹽等腔，已白日欲睡，至院本北曲，不啻吹篪擊缶，甚且厭而唾之矣！[150]

此條資料極為重要，每被引用，但幾為節錄，茲以其含有許多戲曲史劇種遞嬗演出與腔調推移興衰之資訊，故全條錄出，並予分析，以供參考。

據此可見明萬曆前後，以南京為中心的南北曲劇與弋陽、海鹽、四平、崑山諸腔在萬曆前後消長的情形，可知：其一，萬曆以前大戶人家讌會時，若小集則用散樂之四人或多人唱北曲散套，用箏、纂、琵琶、三絃子、拍板，蓋為絃索調，情況與《金瓶梅》所見相同。其二，若大席之讌會則演出元雜劇，每折之間錯以撮墊圈、舞觀音，或百丈旗，或跳隊子等雜耍特技，可見元雜劇四折並非一氣演完，所以正旦正末一劇專一演員足以勝任獨唱全劇。其三，萬曆以後讌會變用南唱，歌者只用一小拍板，或以扇子代之，間有用鼓板者，亦與《金瓶梅》所記不殊。而顧起元，生於世宗嘉靖四十四年（一五六五），卒於思宗崇禎元年（一六二八），其寫作《客座贅語》知在萬曆四十六年（一六一八），則所云「今則吳人」當指寫作時萬曆中晚葉之崑腔而言。其四，南戲之盛行，先以弋陽腔與海鹽腔，故萬曆初大會先用之。弋陽腔之特色是：錯用鄉語，故最為雅俗共賞，其後又由之而產生四平腔。海鹽腔因接近官話，故流播南北兩京。海鹽腔向「官話」靠攏，應當是它為士大夫喜好的原因之一，後來魏良輔改良崑山腔為水磨調也改用中州韻，也同樣向官話靠攏。而萬曆中晚葉之後，崑山腔崛起，因較海鹽腔更為清柔婉折，特色是一字之長，延至數息，為士大夫所喜好；海鹽腔、弋陽腔、四平腔等就逐漸被士大夫所排斥了，而北曲更無人顧問了。

[150] 〔明〕顧起元：《客座贅語》（北京：中華書局，一九八七），頁三〇二－三〇三。

像這樣內蘊豐富的一段資料，居然幾無人引據全文，豈不折煞了它給我們諸多戲曲史的訊息。

二〇一二年八月二十三日上午，時天秤颱風徘徊花東海上

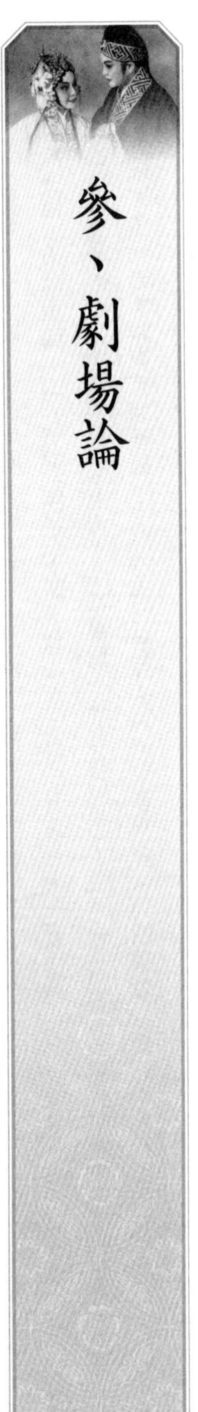

參、劇場論

一、宋元瓦舍勾欄及其樂戶書會

引言

個人長年研究中國戲曲史，一直以為，如果沒有「宋、元」的瓦舍勾欄和樂戶書會，那麼作為中國戲曲長江大河的南戲北劇，就不知要晚到什麼時候才能真正成立。因為沒有孕育的溫床，那能將構成南戲北劇的重要因素，使之有安穩結合而茁壯的地方；沒有調適促成的推手，那能順利形成而使之向上發展。而我認為做為南戲北劇孕育的溫床就是「宋、元」的瓦舍勾欄，而促使之成立發展的推手就是活躍瓦舍勾欄中的樂戶和書會。

而「宋、元」之所以瓦舍勾欄興盛，其關鍵乃在於都城坊市的解體，代之而起的是街市制的建立。

唐代都城建築遵行坊市制，制定規畫，修築城牆，開闢道路，築成坊里。坊里是四方形的居民區，市是商場交易區。坊、市分離。坊有圍牆，開「東、西、南、北」四門或「東、西」二門。市場設置依官府法令設於固定區域，有市令、市丞掌理。坊門的啟閉和開市罷市，以擊鼓為號，入市交易有固定時間，不許夜間營業，黃昏後坊門閉鎖，不許人夜行❶。

「晚唐、五代」由於戰亂，坊市制度破壞。趙宋建國後由於商業發展的需求，乃臨街開市，街道兩旁，商店林立，宵禁因之廢除。所以宋敏求《春明退朝錄》卷上謂汴京城「不聞街鼓之聲，金吾之職廢矣。」❷孟元老《東京夢華錄》也一再說「街心市井，至夜尤盛。」❸「夜市直至三更盡，纔五更又復開張。如要鬧去處，通曉不絕。……冬月雖大風雪陰雨，亦有夜市。」❹像這樣的街市，自然促成兩宋都城汴京和杭州的繁盛。〈夢華錄序〉云：

僕從先人宦游南北，崇寧癸未（宋徽宗崇寧二年〔一一〇三〕）到京師，卜居於州西金梁橋西夾道之南。漸次長立，正當輦轂之下，太平日久，人物繁阜。垂髫之童，但習鼓舞；斑（原文作「班」）白之老，不識干戈。時節相次，各有觀賞。燈宵月夕，雪際花時，乞巧登高，教池游苑。舉目則青樓畫閣，繡戶珠簾；雕車競駐於天街，寶馬爭馳於御路。金翠耀目，羅綺飄香；新聲巧笑於柳陌花衢，按管調絃於茶坊酒肆。八荒爭湊，萬國咸通。集四海之珍奇，皆歸市易；會寰區之異味，悉在庖廚。花光滿路，何限春遊；簫鼓喧空，幾家夜宴。伎巧則驚人耳目，侈奢則長人精神。瞻天表則元夕教池，拜郊孟享。頻觀公

❶ 以上見楊寬：《中國古代都城制度史研究》（上海：上海古籍出版社，一九九三年），頁二一八；〔宋〕王溥：《唐會要》（上海：中華書局，一九五五年），下冊，卷八六，頁一五八一－一五八三。

❷ 〔宋〕宋敏求：《春明退朝錄》（上海：中華書局，一九八〇年），頁一一。

❸ 見〔宋〕孟元老：《東京夢華錄》，收入孟元老等：《東京夢華錄（外四種）》（臺北：大立出版社，一九八〇年），卷二，頁一三〈朱雀門外街巷〉條。

❹ 同前注，卷三，頁二〇〈馬行街鋪席〉條。

主下降，皇子納妃。修造則創建明堂，冶鑄則立成鼎鼐。觀妓籍，則府曹衙罷、內省宴回；看變化，則舉子唱名、武人換授。僕數十年爛賞疊遊，莫知厭足。……❺

孟元老將北宋汴京最後二十五年寫得如此富麗熱鬧，更可以想見其盛時君臣豪門宴樂繁華的生活。雖然靖康之變不免有傷亡之痛，但南渡偏安後，杭州又是一片太平景象。耐得翁〈都城紀勝序〉云：

聖朝祖宗開國，就都於汴，而風俗典禮，四方仰之為師。自高宗皇帝駐蹕於杭，而杭山水明秀，民物康阜，視京師其過十倍矣。雖市肆與京師相侔，然中興已百餘年，列聖相承，太平日久，前後經營至矣！輻輳集矣！其與中興時又過十數倍也。❻

又其〈坊院〉條云：

柳永〈咏錢塘詞〉云：「參差一萬人家」❼，此元豐以前語也。今中興行都已百餘年，其戶口蕃息，僅百萬餘家者，城之南西北三處，各數十里，人煙生聚，市井坊陌，數日經行不盡，各可比外路一小小州郡，足見行都繁盛。❽

❺ 同前注，頁一。
❻ 見〔宋〕耐得翁：〈都城紀勝序〉，同前注，頁八九。
❼ 今傳本柳詞作「參差十萬人家」，證以下文「百萬餘家」之語，當作「十萬」為是。
❽ 同前注，頁一〇〇。

則行都臨安杭州之繁盛，又非汴都所能比。於是在這種情況下，兩宋的「汴、杭」二都，便結合了唐代戲場中的樂棚和場屋，在商業市場中形成了兩宋的瓦舍勾欄。而在瓦舍勾欄裡活躍的樂戶歌伎和書會才人也成了其中繁盛伎藝的促成者，並從而孕育了戲曲大戲南戲北劇的產生和成立。誠如本文開首所云，瓦舍勾欄其實是南戲北劇產生的溫床，而樂戶歌伎與書會才人正是其成立的推手。因此，若欲論南戲北劇之所以成立，就不能不先了解兩宋瓦舍勾欄和樂戶書會的情況。而蒙元繼兩宋之後，北劇南戲的完全成立和發達實有賴於胡元一統的年代，其瓦舍勾欄與樂戶書會亦繼兩宋統緒，同樣對南戲北劇有所滋潤和培育，故合「宋、元」兩代論述之。而以兩宋為主，胡元為次。至於朱明一代，瓦舍勾欄僅明初尚有遺緒，樂戶雖盛而書會已無聞，因連類敘及，不能與「宋、元」並論。以下請從「瓦舍勾欄」說起。

(一)瓦舍勾欄概況

1.北宋瓦舍勾欄

北宋之瓦舍勾欄主要見於《東京夢華錄》，其卷二〈朱雀門外街巷〉云：

> 其御街東朱雀門外，西通新門瓦子以南殺豬巷，亦妓館。❾

又卷二〈東角樓街巷〉條云：

> 街南桑家瓦子，近北則中瓦、次裏瓦。其中大小勾欄五十餘座。內中瓦子蓮花棚、牡丹棚；裏瓦子夜叉

❾ 孟元老：《東京夢華錄》，卷二，頁一三。

棚、象棚最大，可容數千人。自丁先現、王團子、張七聖輩，後來可有人於此作場。瓦中多有貨藥、賣卦、喝故衣、探搏、飲食、剃剪、紙畫、令曲之類。終日居此，不覺抵暮。❿

又卷二〈潘樓東街巷〉條云：

出舊曹門，朱家橋瓦子。下橋，南斜街、北斜街，內有泰山廟，兩街有妓館。⓫

又卷二〈酒樓〉條云：

大抵諸酒肆瓦市，不以風雨寒暑、白晝通夜，駢闐如此。⓬

又卷三〈大內西右掖門外街巷〉條云：

出梁門西去，街北建隆觀，……街南蔡太師宅，西去州西瓦子，南自汴河岸，北抵梁門大街，亞其裏瓦，約一里有餘。過街北即舊宜城樓。⓭

又卷三〈馬行街鋪席〉條云：

❿ 同前注，頁一四－一五。

⓫ 同前注，頁一五。

⓬ 同前注，頁一六。

⓭ 同前注，卷三，頁一八。

馬行北去舊封丘門外祆廟斜街州北瓦子，新封丘門大街兩邊民戶鋪席外，餘諸班直軍營相對，至門約十里餘，其餘坊巷院落，縱橫萬數，莫知紀極。處處擁門，各有茶坊酒店，勾肆飲食。⓮

又卷八〈七夕〉條云：

七月七夕，潘樓街東宋門外瓦子、州西梁門外瓦子，北門外、南朱雀門外街及馬行街內，皆賣磨喝樂，乃小塑土偶耳。⓯

《東京夢華錄》題孟元老著，事蹟無考。清代道光間藏書家常茂徠推測，認為孟元老可能就是為宋徽宗督造艮嶽的戶部侍郎孟揆⓰，頗為可信。此書是孟元老在南渡之後，追憶北宋徽宗崇寧（一一〇二—一一〇六）、大觀（一一〇七—一一一〇）以來至欽宗靖康二年（一一二七），北宋首都汴京的盛況，關於當地地理、風俗、遊藝以及宮廷和民間的生活情形，都有翔實的記載。從其中可知北宋崇寧大觀以後在汴京起碼有新門瓦子、桑家瓦子、中瓦、裏瓦、朱家橋瓦子、州西瓦子、州北瓦子、宋門外瓦子、州西梁門外瓦子等九座瓦舍。另外宋王林《燕翼詒謀錄》卷二云：

東京相國寺，乃瓦市也。僧房散處，而中庭兩廡可容萬人。凡商旅交易，皆萃其中。四方趨京師，以貨物求售、轉售他物者，必由於此。⓱

⓮ 同前注，頁二〇。

⓯ 同前注，卷八，頁四八。

⓰ 見〈出版說明〉，孟元老等：《東京夢華錄（外四種）》，卷首，頁三。

而王安石〈相國寺啟同天節道場行香院觀戲者〉詩云：

> 侏優戲場中，一貴復一賤，心知本自同，所以無欣怨。⑱

又清潘永因《宋稗類鈔》卷七「怪異」條，謂宋仁宗時有建州人江沔曾「游相國寺，與眾書生倚殿柱觀倡優。」⑲按王栐字叔永，號求志老叟，無為軍人，寓居山陰。雖生卒年不詳，但以其嘗官淮北，則必在宋金和議成立宋高宗紹興九年（一一三九）正月以前，其生年亦必在北宋，則其所記汴京相國寺為瓦市亦自為北宋事；又證以王安石之詩與江沔曾之事，則相國寺在北宋仁宗之時已有為瓦市之可能。因此，如果我們推測「瓦舍」始於何時，應當可以說宋仁宗朝（一〇三四－一〇八五）已經出現⑳，其距徽宗崇、大起碼已二十五年，汴京有十座瓦舍也是很自然的事。再由宋仁宗時，相國寺之為「瓦市」，且以其為宋代瓦市之根源觀之，則宋代之瓦市，實為唐代寺廟劇場之進一步發展。又相國寺「僧房散處」，僧房亦稱「瓦舍」，這或許也是相國寺所以稱之

---

⑰〔宋〕王栐：《燕翼詒謀錄》（臺北：臺灣商務印書館，一九八六）《景印文淵閣四庫全書》本，第四〇七冊），卷二，頁七二八－七二九。

⑱見傅璇琮等主編：《全宋詩》（北京：北京大學出版社，一九九二年），第一〇冊，卷五四七，頁六五四三。

⑲〔清〕潘永因：《宋稗類鈔》（臺北：廣文書局，一九六七年影印清康熙八年〔一六六九〕刊本），第七冊，卷七，頁五四。

⑳廖奔推論，謂：「我們大致可以認為，汴京的瓦舍勾欄興起於北宋仁宗（一〇二三－一〇六三）中期到神宗（一〇六八－一〇八五年）前期的幾十年間。」（見《中國古代劇場史》〔鄭州：中州古籍出版社，一九九七年〕，第五章〈勾欄演劇〉，頁四二）與鄙說相近。

為「瓦市」的緣故。詳下文。

由上引「東角樓街」條可見，桑家瓦子、中瓦、裡瓦之中大小勾欄五十餘座，已可以想見北宋瓦舍規模之大；而其中瓦子裡的蓮花棚、牡丹棚、和裡瓦子中的夜叉棚、象棚大到可以容數千人；此其所謂「棚」應指「勾欄」而言。若此更不難想像北宋的瓦舍簡直可以大到容納數萬人，乃至十數萬人在其中，其規模是多麼的宏偉。因為那正是各色各樣游藝的表演劇場和其他雜貨飲食工藝銷售的場所。

2.南宋瓦舍勾欄

至於南宋瓦舍之來源，南宋潛說友《咸淳臨安志》卷十九云：

> 故老云：當紹興和議後，楊和王為殿前都指揮使，以軍士多西北人，故於諸軍寨左右，營刱瓦舍，招集伎樂，以為暇日娛戲之地。其後修內司又於城中建五瓦以處游藝。[21]

可見南宋瓦舍之創立，原是紹興間為來自西北之軍士暇日娛戲之地；而後來為軍民同樂之地也是很自然的。

廖奔根據宋人《繁勝錄》、《咸淳臨安志》、《夢粱錄》、《武林舊事》等載籍，統計南宋臨安府之瓦舍名稱[22]，其相同者有南瓦、中瓦、大瓦、北瓦、蒲橋瓦、錢湖門瓦、候朝門瓦、小堰門外瓦、新門瓦（四通館瓦）、荐橋

---

[21]〔宋〕潛說友：《咸淳臨安志》（《景印文淵閣四庫全書》本，第四九〇冊），卷一九，頁二三二。又〔宋〕吳自牧《夢粱錄》卷十九「瓦舍」條亦云：「杭城紹興間駐蹕於此，殿巖楊和王因軍士多西北人，是以城內外刱立瓦舍，招集妓樂，以為軍卒暇日娛戲之地。今貴家子弟郎君，因此蕩遊，破壞尤甚於汴都也。」見孟元老等：《東京夢華錄（外四種）》，頁二九八。

[22] 見廖奔：《中國古代劇場史》（河南：中州古籍出版社，一九九七），頁四七。

門瓦、菜市門瓦、米市瓦、舊瓦、行春橋瓦、赤山瓦等十五座，《繁勝錄》所無其他三書所有的尚有便門瓦、北郭瓦。《繁勝錄》較《咸淳臨安志》、《夢粱錄》二書多勾欄門外瓦、嘉會門外瓦、北關門新瓦、羊坊橋瓦、王家橋瓦、獨勾欄瓦市、龍山瓦等七瓦，較《武林舊事》多「城外二十座」、勾欄門外瓦、獨勾欄瓦市等三座而少便門瓦與北郭瓦二座。亦即《繁勝錄》計有二十四座（廖氏誤作二十三座），《咸淳臨安志》與《夢粱錄》各十七座，《武林舊事》二十三座。

西湖老人《繁勝錄》〈瓦市〉條：

> 南瓦、中瓦、大瓦、北瓦、蒲橋瓦。惟北瓦大，有勾欄一十三座。㉓

看樣子在南宋都城臨安的瓦舍，數目雖較北宋汴京多出一倍以上，但規模不像北宋之大。

南宋中期以後，江浙一帶的城鎮也有瓦舍，如明州（今浙江寧波）有「舊瓦子」、「新瓦子」㉔、湖州（今浙江吳興）有「瓦子巷」㉕、鎮江有「北瓦子巷」、「南瓦子巷」㉖、平江（今江蘇蘇州）也有「勾欄巷」㉗等

㉓ 見西湖老人：《西湖老人繁勝錄》，收入《東京夢華錄（外四種）》，頁一二三。

㉔ 〔宋〕梅應發：《開慶四明續志》（臺北：大化書局，一九八〇年《宋元地方志叢書》，第八冊影印煙嶼樓校本），卷七，頁五四三三「第一等地」條。

㉕ 〔宋〕談鑰：《吳興志》（臺北：成文出版社，一九八四年《中國地方志叢書》，第五八五號影印宋嘉泰元年〔一二〇一〕修荻溪章氏讀騷如齋鈔本），卷二，頁四六、五一〈坊巷〉條。

㉖ 〔宋〕盧憲：《嘉定鎮江志》（《宋元地方志叢書》，第五冊影印清道光二十二年〔一八四二〕丹徒包氏刻本），卷二，頁二八三四「坊巷」條。

等㉘。可以概見南宋瓦舍的普及。

又從上引資料，瓦子每與「酒肆」㉙、「妓館」（〈朱雀門外街巷〉、〈潘樓東街巷〉條）連文，蓋同為聲色享樂之場所，故聚為區域。但瓦子也與茶肆頗有關連㉚。

瓦舍中的勾欄有專為表演某種藝文而設者，如西湖老人《繁勝錄．瓦市》條謂北瓦十三座勾欄中，「常是兩座勾欄，專說史書，喬萬卷、許貢士、張解元。背做蓮花棚，常是御前雜劇，趙泰、王喜、宋邦寧、何宴清、鋤頭段子貴。」又說「女流，史惠英、小張四郎，一世只在北瓦，占一座勾欄說話，不曾去別瓦作場，人叫做小張四郎勾欄。」㉛

3.元明瓦舍勾欄

勾欄在兩宋甚為興盛，歷元至明宣德間皆見於文獻。列舉如下：

㉗ 王謇：《宋平江城坊考》（南京：江蘇古籍出版社，一九九九年），卷一，頁一六—一七。

㉘ 廖奔：《中國古代劇場史》，頁四三。

㉙ 見孟元老：《東京夢華錄》，卷二，頁一五〈酒樓〉條。

㉚ 吳自牧《夢粱錄》卷十六〈茶肆〉條謂：「中瓦內王媽媽家，茶肆名一窟鬼茶坊，大街車兒茶肆、蔣檢閱茶肆，皆士大夫期朋約友會聚之處。」（頁二六二），又同卷〈酒肆〉條「中瓦子前武林園，向是三元樓康、沈家在此開沽，店門首綵畫歡門，設紅綠杈子，緋綠簾幙，貼金紅紗梔子燈，裝飾廳院廊廡，花木森茂，酒座瀟灑。……次有南瓦子熙春樓王廚開沽，新街巷口花月樓施廚開沽，融和坊嘉慶樓、聚景樓，俱康、沈腳店，金波橋風月樓嚴廚開沽，靈椒巷口賞新樓沈廚開沽，壩頭西市坊雙鳳樓施廚開沽，下瓦子前日新樓鄭廚開沽，俱有妓女，以待風流才子買笑追歡耳。」（頁二六三）也可見茶肆亦與瓦子有關。

㉛ 西湖老人：《西湖老人繁勝錄》，頁一一三。

元杜善夫有般涉調【耍孩兒】散套〈莊家不識勾欄〉，其【六煞】云：「見一個人手撐著椽做的門，高聲的叫請請。道遲來的滿了無處停坐，說道前截兒院本調風月，背後么末敷演劉耍和。高聲叫趕散易得，難得的妝哈。」其【五煞】云：「要了二百錢放過咱，入得門上個木坡。見層層疊疊團圓坐。抬頭覷，是個鐘樓模樣，往下覷卻是人旋窩。見幾個婦女臺兒上坐。又不是迎神賽社，不住的擂鼓篩鑼。」32可以概見勾欄進場有門，以及觀眾的坐位和下文《藍采和》所述相同。

元古杭才人編戲文《宦門子弟錯立身》寫家庭戲班東平府樂人王金榜一家在河南府勾欄演出。其第二出有「你如今和我去勾闌內打喚王金榜」之語33。

元無名氏雜劇《漢鍾離度脫藍采和》第一折有「見洛陽梁園棚內，有一伶人，姓許名堅，樂名藍采和」之語。又可見勾欄有「戲臺」，是演戲的地方（二折）。戲臺有時叫「樂臺」（二折）。勾欄內又有「樂牀」，是女伶所坐的地方（一折）。勾欄也有門（一折）。又有「神樓」和「腰棚」，都是觀眾席（一折）34。

元元好問《遺山集》卷三十三〈順天府營建記〉謂萬戶張德剛興建順天府時，曾造有「樂棚二」35。

元葛邏祿乃賢《河朔訪古記》卷上云：「真定路之南門曰陽和……左右挾二瓦市，優肆娼門，酒罏茶竈灶，豪商大賈，並集於此。」36

32 可參見曾永義、王安祈選註：《元人散曲選詳註》（臺北：學海出版社，一九八一年），頁四六－四七。

33 見錢南揚：《永樂大典戲文三種校注》（臺北：華正書局，一九九〇年），頁二二二。

34 〔元〕無名氏：《漢鍾離度脫藍采和》，王季思主編：《全元戲曲》（北京：人民文學出版社，一九九九年），第七冊，頁一一六。

35 〔元〕元好問：《遺山集》（文淵閣《四庫全書》本，第一一九一冊），卷三三，頁三七六。

元高安道般涉調【哨遍】〈嗓淡行院〉散套有「倦遊柳陌戀烟花，且向棚闌翫俳優。賞一會妙舞清歌，瞅一會皓齒明眸，趓一會閑茶浪酒」（〈般涉調〉）、「坐排場眾女流，樂牀上似獸頭……棚上下把郎君溜」（【七煞】）之語㊲。

元陶宗儀《南村輟耕錄》卷二十四〈勾闌壓〉條有「至元壬寅夏，松江府前勾欄鄰居顧百一者」㊳之語。按至元無「壬寅」，應係至正二十二年壬寅（一三六二）之誤。

元明間施耐庵《水滸傳》二十一回、二十九回、三十三回、五十一回都有瓦子或勾欄的記載，如第二十九回寫快活林酒店有「裏面坐著一個年紀小的婦人，正是蔣門神初來孟州新娶的妾，原是西瓦子裏唱說諸般宮調的頂老」之語。第三十三回有「那清風鎮上也有幾座小构欄並茶坊酒肆」之語㊴。

元明間湯式有般涉調【哨遍】〈新建构欄教坊求贊〉散套，寫金陵教坊司所屬之御勾欄㊵。寫勾欄之風貌有「豁達似綵霞觀金碧粧，氣概似紫雲樓珠翠圍，光明似辟寒臺水晶宮里秋無迹跡，虛敞似廣寒上界清虛府，廓蕩似兜率西方極樂國。多華麗。瀟灑似蓬萊島琳宮紺宇，風流似崑崙山紫府瑤池。」（【三煞】）之語，雖然描寫誇張，也可見其雄偉。又其【二煞】敘及捷譏（原作「劇」）、引戲、粧孤、付末、付淨、要挅、粧旦、末泥諸腳色，則此勾欄主要用來演出院本或北雜劇。

㊱〔元〕葛邏祿乃賢：《河朔訪古記》（北京：中華書局，一九九一年），卷上，頁五。

㊲〔元〕高安道：〈嗓淡行院〉，收入《全元散曲》（臺北：臺灣中華書局，一九六九年），下冊，頁一一一〇。

㊳〔元〕陶宗儀：《南村輟耕錄》（北京：中華書局，一九八五年），頁二八九。

㊴〔明〕施耐庵、羅貫中：《水滸傳》（臺北：聯經出版事業公司，一九九〇），上冊，頁三九七、四四八。

㊵見〔明〕湯式：〈新建构欄教坊求贊〉，收入《全元散曲》，下冊，頁一四九四－一四九六。

明宣德間周憲王朱有燉《誠齋雜劇》中，如《新編宣平巷劉金兒復落娼》中劉金兒自稱「我在宣平巷勾欄中第一箇付淨色」，如《新編美姻緣風月桃源景》裡桔園奴說她「年小時，這城中做勾欄的第一名旦色。」[41] 由以上可見瓦舍勾欄在元代仍盛行，至明宣德間尚有蹤影，明中葉以後已不見文獻記載。則「勾欄」劇場如起於宋仁宗朝（一〇三四—一〇八五），至周憲王（一三七九—一四三九），前後約四百年。

又由以上可見，瓦舍又稱瓦子、瓦市，或簡稱瓦；勾欄又作勾闌、鉤闌、构肆、樂棚，或簡稱棚。其中「優肆娼門，酒罏茶灶，豪商大賈，並集於此。」

4. 瓦舍勾欄釋名

(1) 瓦舍釋名

那麼何以名之為「瓦舍勾欄」呢？對於「瓦舍」的解釋，耐得翁《都城紀勝・瓦舍眾伎》條云：

> 瓦者，野合易散之意也，不知起於何時；但在京師時，甚為士庶放蕩不羈之所，亦為子弟流連破壞之地。[42]

吳自牧《夢粱錄》卷十九〈瓦舍〉條云：

> 瓦舍者，謂其「來時瓦合，去時瓦解」之義，易聚易散也。不知起於何時。頃者京師甚為士庶放蕩不羈

---

[41] 〔明〕朱有燉：《新編宣平巷劉金兒復落娼》，收入《誠齋樂府》（臺北：鼎文書局，一九七九年《全明雜劇》，第三冊影印涵芬樓本），頁一二四一；《新編美姻緣風月陶源景》，同上書，一〇五九。

[42] 見孟元老等：《東京夢華錄（外四種）》，頁九五。

之所，亦為子弟流連破壞之門。43（頁二九八）

可見吳自牧是因襲耐得翁的說法，只是在文字上稍作修飾。他們雖是宋人，但已不知瓦舍起於何時，對其名義也頗有「望文生義」之嫌。所以學者也就有種種「說法」，但都沒有有力的證據44。王書奴《中國娼妓史》第五章第十四節〈遼金元之娼妓〉云：

遼代內族外戚世官，犯罪者家屬沒入瓦里，即前朝官奴婢、官妓之變相。《遼史・百官志》說：「某瓦里抹鶻。」〈國語解〉說：「抹鶻瓦里為官十二。」〈官職名〉云：「某瓦里內族外戚世官沒入瓦里。」〈營衛志〉說：「籍沒着帳戶給官皆充之。」〈兵志〉說：「官衛有瓦里七十四。」〈刑法志〉說：「首惡之屬，沒入瓦里。」此後宋代娼寮，時有「瓦子」之名見於記載，（如《武林舊事》、《夢粱錄》、《都城紀勝》諸書）就是沿用遼的名稱。45

---

43 同前注，頁二九八。

44 周貽白：《中國戲曲史發展綱要》（上海：上海古籍出版社，一九七九年）謂瓦舍：「實則所指為曠或原有瓦舍而被夷為平地。」（頁七二）謝湧豪謂瓦舍：「是簡易瓦房的意思，其含義即指百戲雜陳、百行雲集的娛樂兼商貿市場。」（《藝術研究論叢》（同濟大學出版社，一九八九年），頁二〇一）鄧紹基則認為：「也可把『瓦舍』之『瓦』釋為形狀似瓦，即四周皆方，中間隆起。」（鄧紹基：〈中國古代劇場史序〉，見廖奔：《中國古代劇場史》，頁一－一二）其他還有數說，並見吳晟：《瓦舍文化與「宋、元」戲劇》（北京：中國社會科學出版社，二〇〇一年），頁三四－四三，吳氏自己認為瓦缶等土類樂器主要流行民間，用以伴奏歌舞，這應是解開北宋以「瓦舍」指稱文化娛樂市場之本義的一把鑰匙。

45 王書奴：《中國娼妓史》（臺北：萬年青書店，一九七一年），頁一七二－一七三。

此說雖為廖奔、吳晟所不取[46]，謂瓦里供應內廷和軍營，宋瓦舍則為市肆游藝場所，兩者性質不同。但是「瓦里」與「瓦舍」詞彙結構相同，「瓦里」之性質與「樂戶」相近，因之其說似乎不無可能，但是也沒有令人信服的證據。直到康保成〈瓦舍、勾欄新解〉[47]從佛典探其根源，說其衍變，乃有較為合理的說解。康氏後來將此文改寫，作為其《中國古代戲劇形態與佛教》的第一章〈古代戲劇演出場所與佛教〉[48]，其考據「瓦舍」名義，大意謂：

中國佛寺成為民眾共同的游藝場所，由來已久，北魏楊衒之《洛陽伽藍記》記之甚詳，而此游藝場所唐人每稱之為「戲場」。此如五代錢易《南部新書》卷戊所云：

> 長安戲場多集於慈恩，小者在青龍，其次薦福、永壽。尼講盛於保唐，名德聚之安國。士大夫之家入道，盡在咸宜。[49]

而「戲場」一詞最早見於漢譯佛典《修行本起經》卷上〈試藝品〉[50]，此佛典之「戲場」指競技場所，如角力，相撲等。其後建安七子之一應瑒〈鬥雞詩〉中亦出現「戲場」一詞[51]。直到宋代，「戲場」才用以專指優戲演出

---

[46] 見廖奔：《中國古代劇場史》，頁四〇；吳晟：《瓦舍文化與「宋、元」戲劇》，頁三六。

[47] 康保成：〈瓦舍、勾欄新解〉，《文學遺產》一九九九年第五期，頁三八～四五。

[48] 康保成：《中國古代戲劇形態與佛教》（上海：東方出版社，二〇〇四年），頁一一～四四。

[49] 〔五代〕錢易：《南部新書》（台北：新興書局，一九七四年），第六編第二冊，頁一〇九二。

[50] 同前注，頁一二。

[51] 同前注，頁一三。

場所。此見宋蔡絛《鐵圍山叢談》卷四：「丁使遇介甫法制適一行，必因設蕪於戲場中，方便作為嘲諢，肆其誚難，輒有為人笑傳。」52丁使即北宋著名優人丁仙現，可知其在戲場宴會中譏諷王安石新法，必為優戲。而前引宋王楙《蕪翼詒謀錄》既稱相國寺為「瓦市」，王安石詩又稱之為「優戲場」，則宋之「瓦舍」實由唐宋以降之佛寺戲場而來。

「瓦舍」顧名思義，當指以瓦覆頂之房屋。《舊唐書》卷一一二載李復在嶺南時，「勸導百姓，令變茅屋為瓦舍。」53即用此義。但用指民間表演藝術大彙萃的場所，仍是由漢譯佛典，其姚秦時竺佛念所譯《鼻奈耶》卷四之「瓦舍」，亦作「瓦屋」，實質尚合本義，但已指「僧舍」而言。後來又進一步將「瓦舍」或「瓦」用來稱佛寺，如相國寺者然。而佛寺既已為「戲場」，則瓦舍亦自轉有「戲場」之意，至「宋、元」而「瓦舍」或脫離佛寺獨立而成為「百藝競陳」的「民間劇場」。54此等「瓦舍」在兩宋已是「士庶放蕩不羈之所，亦為子弟流連破壞之地。」顯然已成為風月淵藪、酒色銷魂之窟。

(2)勾欄釋名

至於瓦舍中表演場所之「勾欄」，所以名為「勾欄」者，顧名思義，蓋因表演區之舞臺四周有欄杆，以其勾連曲折，故名。由以下資料亦可見「勾欄」本義為「勾連曲折之欄杆」：

52 同前注，頁二二。

53 〔後晉〕劉昫等：《舊唐書》（北京：中華書局，一九九五年），第一〇冊，頁三三三七—三三三八。

54 康氏對於佛典「瓦舍」如何轉變成為兩宋民藝薈萃之「瓦舍」，論述之語義不明，筆者揣摩其意，稍作解說。又「民間劇場」為一九八二年至一九八六年每年中秋前後在臺北青年公園所舉辦的民藝大會演，筆者主持後四年，乃師法「宋、元」瓦舍勾欄之形式與內容。

1. 梁武帝創立奏樂之臺「熊羆案」，四周有勾欄[55]。

2. 晉・崔豹《古今注》卷上〈都邑第二〉：「漢成帝顧成廟有三玉鼎、二真金鑪、槐樹，悉為扶老拘攔，畫飛雲龍角於其上也。」[56]

3. 唐張鷟《朝野僉載》卷五：「趙州石橋甚工，磨礲密緻如削焉。望之如初日出雲，長虹飲澗。上有勾欄，皆石也。」[57]

4. 李商隱〈河內〉詩：「碧城冷落空濛煙，簾輕幕重金鉤欄。」[58]

5. 《東京夢華錄》卷六〈元宵〉：「樓下用枋木壘成露臺一所，綵結欄檻，……教坊鈞容直，露臺弟子，更互雜劇，……萬姓皆在露台下觀看。」[59]

6. 明胡震亨《唐音癸籤》卷十九〈詁箋四・勾欄〉條：

《韻書》：「木為之，在階際。」《古今注》：「漢顧成廟槐樹，設扶老鉤欄，其始也。」王建〈宮詞〉、李長吉〈宮娃歌〉，俱用為宮禁華飾。自晚唐李商隱輩用之倡家情詞，如：『簾輕幕重金鉤欄』之類，宋人相沿，遂專以名教坊，不復他用。[60]

---

[55] 見〔宋〕陳暘：《樂書》（文淵閣本《四庫全書》，第二一一冊），卷一五〇〈熊羆案圖〉，頁七〇〇。

[56] 〔晉〕崔豹：《古今注》（台北：藝文印書館，一九七〇年），卷上，頁八。

[57] 〔唐〕張鷟：《朝野僉載》（文淵閣《四庫全書》本，第一〇三五冊），卷五，頁二七一。

[58] 〔唐〕李商隱：〈河內〉之一，見〔清〕彭定求等編：《全唐詩》（北京：中華書局，一九六〇年），第一六冊，卷五四一，頁六二三四。

[59] 〔宋〕孟元老等：《東京夢華錄（外四種）》，頁三五。

胡氏之說勾欄命義之衍變蓋是，也因此後來把妓女所居之地稱為「勾欄」或「勾欄院」。

而康保成前揭文雖亦認為「勾欄」由「欄杆到劇場」，但是說其關鍵仍在佛典。他說「在佛經中，勾欄與欄楯是西方極樂世界（天宮）精美建築的一個組成部分。它往往以七寶或四寶裝璜，又常常圍繞在水榭的周圍：而勾欄之內，時常奉行歌舞表演。」他舉西晉竺法護所譯《德光太子經》中的一段描述為證，並謂經中所述「一切諸欄楯前，各有五百采女，善鼓音樂，皆工歌舞。」實為在勾欄前舉行歌舞表演的明確記載。又元魏瞿曇般若流支所譯《正法念處經》卷三十六所記「构欄之所」、「可愛勾欄」之「勾欄」，大概相當於現代之「歌舞廳」、「音樂廳」，已經與宋代瓦舍中之「勾欄」相近。又舉敦煌壁畫多例說明宋代之勾欄實仿自佛經中所記載之天宮伎樂場所之勾欄而來。康氏之說勾欄，實可與胡氏並觀。筆者於二〇〇五年三月二十五日夜參觀臺北歷史博物館之「敦煌文物」開幕展，由數幅〈觀無量壽經變〉之說法圖，亦見其中有如康氏所云之「勾欄」，確為歌舞伎藝之表演場所。兩宋「勾欄」既為戲場之舞臺，與佛典之「勾欄」有所關聯是言之成理的。但是漢梁武帝時四周有勾欄之「熊羆案」既為「奏樂之臺」，則勾欄之為表演場所，論其根源，何不逕求之於此；其見諸佛典者，反在其後矣。

又由上文所引瓦舍中之勾欄有稱蓮花棚、牡丹棚、夜叉棚、象棚者，可見勾欄有自己的名稱，而勾欄由於用竹木構成，故亦可稱樂棚，或簡稱棚。其稱「樂棚」者，如《東京夢華錄》卷二「元宵」條所云：「內設樂棚，差衙前樂人作樂雜戲，并左右軍百戲，在其中駕坐一時呈拽。」又同卷「十六日」條所云：「諸門皆有官中樂棚。……每一坊巷口，無樂棚去處，多設小影戲棚子。……殿前班在禁中右掖門裏，則相對右掖門設一樂

---

60 〔明〕胡震亨：《唐音癸籤》（文淵閣《四庫全書》本，第一四八二冊），卷一九，頁六三七。

棚，放本班家口，登皇城觀看。」又卷八「六月六日崔府君生日二十四日神保觀神生日」條云：「作樂迎引至廟，於殿前露臺上設樂棚，教坊鈞容直作樂，更互雜劇舞旋。」61由此可見一般所謂的「樂棚」乃因應節慶娛樂而搭建，所以也可以在「露臺」上直接搭設。如果是設在瓦舍中的永久性樂棚，則稱「勾欄」。

(二)瓦舍勾欄的伎藝

1.見於《東京夢華錄（外四種）》的伎藝

至於兩宋瓦舍勾欄的伎藝，見於以下資料：

其見於孟元老《東京夢華錄》卷五〈京瓦伎藝〉條者為北宋徽宗崇寧、大觀（一一〇二－一一二七）以來的汴京瓦舍伎藝，其項目如下：

小唱、嘌唱，般雜劇62，杖頭傀儡（其頭回為小雜劇）、懸絲傀儡、藥發傀儡，筋骨上索雜手伎、毬杖踢

---

61 以上引文分別見孟元老等：《東京夢華錄（外四種）》，頁三五、三七、四七。

62 由《東京夢華錄》可見北宋崇觀以來汴京瓦舍中民間伎藝的內容和狀況。卷五〈京瓦伎藝〉條其開首數語「崇觀以來在京瓦肆伎藝張廷叟孟子書主張」，「主張」二字屬上文或屬下文，便有以下兩種斷句法，其一為：崇、觀以來，在京瓦肆伎藝：張廷叟《孟子書》，主張小唱：李師師……孫三四等，誠其角者。其二為：崇、觀以來，在京瓦肆伎藝，張廷叟、孟子書主張。小唱：李師師……孫三四等，誠其角者。若據前者，則張廷叟為講唱《孟子書》之藝人，而「主張」「小唱」一詞，若較諸《都城紀勝》之「唱叫小唱」、《夢粱錄》之「小唱唱叫」（頁三〇九，〈妓樂〉條）與〈小唱〉（〔宋〕周密：《武林舊事》，收入孟元老等：《東京夢華錄（外四種）》，頁四五七〈諸色伎藝人〉條）、「末泥色主張」（耐得翁：《都城紀勝》，頁九六〈瓦舍眾伎〉條）、吳自牧：《夢粱錄》，頁三〇九〈妓樂〉條），則似以後者為是，亦即崇觀以來的汴京瓦肆伎藝，由張廷叟和孟子書兩人來負責領導。因為說唱伎藝中之「說經」，皆指佛教講經文而言，從未有

弄，講史、小說，舞旋、小兒相撲雜劇、掉刀、蠻牌，影戲、弄喬影戲、弄蟲蟻，諸宮調、商謎、合生、說諢話、雜嗍，神鬼，說三分、五代史、叫果子，弟子小兒隊舞。計二十七種。[63]

其見於灌圃耐得翁《都城紀勝・瓦舍眾伎》條為南宋理宗朝端平間（一二三四—一二三六）都城臨安之瓦舍伎藝，其項目如下：

舊教坊十三部：篳篥部、大鼓部、杖鼓部、拍板部、笛色、琵琶色、箏色、方響色、笙色、舞旋色、歌板色、雜劇色、參軍色、小兒隊、女童隊。諸宮調、細樂、大樂、小樂、清樂（龍笛色）、馬後樂、唱叫小唱、嘌唱（叫果子、喝耍曲兒）、叫聲（下影帶、散叫）、纏達、賺、覆賺、雜班（雜旺、紐元子、技和、雜劇散段、打和鼓、撚梢子、散耍）、百戲（角觝、相撲爭交、使拳）、踢弄（搶雞、上竿、打筋斗、踏蹺、打交輥、脫索、裝神鬼、抱鑼、舞判、舞斫刀、舞蠻牌、舞劍、與馬打毬、教船水鞦韆、東西班野戰、諸軍馬上呈驍騎、衙市轉焦鎚）。雜手藝（踢瓶、弄椀、踢磬、弄花鼓捶、踢墨筆、弄毬子、拶築毬、弄斗、打硬、教蟲蟻、魚弄熊、燒煙火、放爆仗、火戲兒、水戲兒、聖花、撮藥、藏壓藥、法傀儡、壁上睡、小則劇術射穿、弩子打彈、攢壺瓶、手影戲、弄頭錢、變線兒、寫沙書、改字）。弄懸絲傀儡、崖詞、杖頭傀儡、肉傀儡。影戲。說話（小說，說公案、說鐵騎兒，說經、說參請，講史書）、合生、起令、商謎（詩謎、字謎、戾謎、社謎）等近百種伎藝。[64]（頁九五）

說儒家經典者。又此段下文之「般雜劇」一詞，亦宜屬上文作「教坊減罷並溫習張翠蓋、張成弟子……等般雜劇。」此雜劇當係「御前雜劇」，亦即狹義之「宋雜劇」，而「教坊減罷並溫習」蓋為張翠蓋等人之身分。《東京夢華錄》等書，因標點不同所產生之解讀有所差異，不勝枚舉。

[63] 同前注，頁二九—三〇。

其見於西湖老人《繁勝錄・瓦市》條者為南宋理宗淳祐（一二四一）以後都城臨安的瓦市伎藝，其項目如下：

說史書、御前雜劇、相撲、說經、小說、合生、覆射、踢瓶弄椀、杖頭傀儡、懸絲傀儡、使棒、打硬、雜班、背商謎、教飛禽、裝神鬼、舞番樂、水傀儡、影戲、賣嘌唱、唱賺、說唱諸宮調、喬相撲、踢弄、談諢話、散耍、裝秀才、學鄉談等二十七種。[65]

其見於吳自牧《夢粱錄》卷二十之〈妓藝〉、〈百戲伎藝〉、〈角觝〉、〈小說講經史〉[66]等四條之瓦舍伎藝內容係根據《都城紀勝》稍作修飾補苴，因之其項目幾於雷同。蓋《夢粱錄》成書在南宋末年度宗咸淳（一二六五）之後。

其見於周密《武林舊事》卷六〈諸色伎藝人〉者，雖其成書在宋亡以後，元世祖至元二十七年（一二九〇）以前，但所錄則為南宋時期臨安的情況為範圍。其所記之伎藝人項目如下：

御前應制、御前畫院、棋待詔、書會、演史、說經、諢經、小說、影戲、唱賺、小唱、丁未年撥入勾欄弟子嘌唱賺色、鼓板、雜劇、雜扮、彈唱因緣、唱京詞、諸宮調、唱耍令、唱撥不斷、說諢話、商謎、覆射、學鄉談、舞綰百戲、神鬼、撮弄雜藝、泥丸、頭錢、踢弄、傀儡（縣絲、杖頭、藥發、肉傀儡、水傀儡）、頂橦踏索、清樂、角觝、喬相撲、女颭、使棒、打硬、舉重、打彈、蹴毬、射弩兒、散耍、裝秀才、吟叫、合笙、沙書、教走獸、教飛禽、蟲蟻、弄水、放風箏、煙火、說藥，捕蛇、七聖法、消息

64 同前注，頁九五—九八。

65 同前注，頁一二三—一二四。

66 同前注，頁三〇八、三一〇、三一二。

等六十種。[67]

2. 瓦舍勾欄伎藝的分類

以上可以概見兩宋瓦舍中之伎藝，如今所言之「表演藝術」，若就樂舞、歌唱、雜技、說唱、戲曲、偶戲來分，則其目如下：

(1)樂舞：舞旋、弟子小兒隊舞（小兒隊、女童隊）、篳篥部、大鼓部、杖頭部、拍板色、笛色、方響色、笙色、參軍色、細樂、大樂、小樂、清樂、馬後樂、起令、舞番樂等十八種。

(2)歌唱：小唱、嘌唱（叫果子、唱耍曲兒）、歌板色、唱叫小唱、叫聲、鼓板、吟叫等八種。

(3)雜技：毬杖踢弄（搶金雞）、小兒相撲（相撲爭交）、掉刀、蠻牌、弄蟲蟻、商謎、神鬼、使拳、上竿、打筋斗、踏蹺、打交輥、脫索、拋鑼、舞判、舞斫刀、舞蠻牌、舞劍、與馬打毬、教船水鞦韆、東西班野戰、諸軍馬上呈驍騎、街市轉焦鎚、踢瓶、弄椀、踢磨、弄花鼓搥、踢墨筆、弄毬子、拶築毬、弄斗、打硬、魚弄熊、燒煙火、放爆杖、火戲兒、水戲兒、聖花、撮藥、藏壓藥、壁上睡、小則劇、射穿弩子、打彈、攢壺瓶、弄頭錢、變線兒、寫沙書、改字、覆射、使棒、散耍、裝秀才、御前應制、御前畫院、棋待詔、頂橦踏索、喬相撲、女颭、舉重、蹴毬、教走獸、教飛禽、弄水、放風箏、煙火、捕蛇、七聖法、消息等六十九種。

(4)說唱：講史（說三分、五代史）、小說、諸宮調、合生（合笙）、諢話、說公案、說鐵騎兒、說經、說參請、學鄉談、彈唱因緣、唱京詞、唱耍令、唱撥不斷、說藥、纏達、賺、覆賺、崖詞等二十種。

(5)戲曲：雜劇（豔段、正雜劇二段、散段雜班）。

---

[67] 同前注，頁四五三。

(6)偶戲：懸絲傀儡、杖頭傀儡、藥發傀儡、肉傀儡、水傀儡、影戲、喬影戲、手影戲等八種。

以上這些伎藝，南渡後很多成立了自己的行社組織，《武林舊事》卷三〈社會〉條：

二月八日為桐川張王生辰，震山行宮朝拜極盛，百戲競集：如緋綠社（雜劇）、齊雲社（蹴毬）、遏雲社（唱賺）、同文社（耍詞）、角觝社（相撲）、清音社（清樂）、錦標社（射弩）、錦體社（花繡）、英略社（使棒）、雄辯社（小說）、翠錦社（行院）、繪革社（影戲）、淨髮社（梳剃）、律華社（吟叫）、雲機社（撮弄）。而七寶、瀟馬二會為最：玉山寶帶，尺璧寸珠，璀璨奪目，而天驥龍媒，絨韉寶轡，競賞神駿。……若三月三日殿司真武會，三月二十八日東嶽生辰社會之盛，大率類此，不暇贅陳。[68]

其內容較諸以上所述又有所不同，其最可注意的是出現了「翠錦社」之「行院」，「行院」與「院本」自有關係，又「花繡」與「梳剃」顯然為手工藝，就不止於表演藝術了。但無論如何，由此可見瓦舍勾欄中的民間伎藝發達到自組班社共襄盛舉，切磋伎藝的境地。而這許多發達的伎藝，可以說都是構成南戲北劇重要的因素，尤其大型說唱文學和藝術諸宮調、覆賺的成立，更提供了南戲北劇豐富的題材和音樂的滋養。如果沒有它們在瓦舍勾欄裡相互結合孕育，南戲北劇也就無法成立。以下且擇取與南戲北劇關係密切之伎藝予以簡介。

3. 兩宋瓦舍勾欄中與南北曲套式關係密切的伎藝

在宋代瓦舍勾欄伎藝中，與南戲北劇關係最直接而密切的，自然是雜劇和偶戲，對此筆者已有專文[69]。這

---

[68] 見孟元老等：《東京夢華錄（外四種）》，頁三七七－三七八。

[69] 見拙作：〈參軍戲及其演化之探討〉，《參軍戲與元雜劇》（臺北：聯經出版事業公司，一九九二年），頁一－一二三；〈論說「五花爨弄」〉，《論說戲曲》（臺北：聯經出版事業公司，一九九七年），頁一九九－二三八；〈中國偶戲考述〉，

裡要提出來的是轉踏（傳踏、纏達）、唱賺（覆賺）和諸宮調對南北曲套式的傳承和影響，藉此「窺豹一斑」，以見瓦舍勾欄伎藝對南戲北劇的形成，實有密切的關係。

(1)轉踏：又稱「傳踏」、「纏達」。演出時分為若干節，每節一詩一詞，唱時伴以舞踏。開演前有「放隊詞」，收尾有「收隊詞」，明其為隊舞。宋曾慥《樂府雅詞》序：「九重傳出，以冠于篇首，諸公轉踏次之。」[70]鄭僅〈調笑〉之〈放隊〉詞有「新詞婉轉遞相傳」之語[71]，蓋歌女以調笑一曲展轉歌之也。每歌以一詩一詞詠一故事，詩末二字，即為詞首二字，亦有婉轉遞傳之意，故又稱傳踏，踏者，連手踏足之意。王灼《碧雞漫志》卷三云：「世有般涉調【拂霓裳】曲，因石曼卿取作傳踏，述開元天寶舊事。」[72]又吳自牧《夢粱錄》：「有引子、尾聲為纏令。引子後只有兩腔迎互循環，間有纏達。」[73]「纏達」明顯為「傳達」之音轉，可見宋末「傳踏」易名為「纏達」；而其一詩一詞，改由兩曲調迎互循環，勾隊詞變為引子，放隊詞變為尾聲。其現存作品如無名氏〈調笑集句〉分詠巫山、桃源、洛浦、明妃、班女、文君、吳孃、琵琶等八事，鄭僅〈調笑〉分詠羅敷、莫愁、天台仙女、鮑照結客少年場行、羽林郎、劉禹錫採菱行、蘇小小、楊貴妃、越女採蓮、蘇芬等十二事。另外晁補之、秦觀、毛滂、洪邁也都有「調笑轉踏」[74]。

見武漢大學藝術學系編：《珞珈藝術評論》（第一輯）（武漢：武漢出版社，二〇〇四年），頁二一－四八。

[70] 語見〔宋〕曾慥：《樂府雅詞》（臺北：臺灣商務印書館，一九七九年《四部叢刊正編》影印舊鈔本），頁一。

[71] 同前注，頁五。

[72] 〔宋〕王灼：《碧雞漫志》，收入《中國古典戲曲論著集成》（北京：中國戲劇出版社，一九九二年）第一冊，頁一二八。

[73] 孟元老等：《東京夢華錄（外四種）》，頁三一〇。

(2)唱賺：唱賺，耐得翁《都城紀勝・瓦舍眾伎》條：

> 唱賺在京師日，有纏令、纏達；有引子，尾聲為「纏令」；引子後只以兩腔互迎、循環間用者為「纏達」。中興後，張五牛大夫因聽動鼓板中，又有四片太平令，或賺鼓板（原注：即今拍板大節揚處是也），遂撰為「賺」。賺者，悞賺之義也，令人正堪美聽，不覺已至尾聲，是不宜為片序也。今又有「覆賺」。又且變花前月下之情及鐵騎之類。凡賺最難，以其兼慢曲、曲破、大曲、嘌唱、耍令、番曲，叫聲諸家腔譜也。[75]

可見「唱賺」是由「轉踏」演變而來的「纏達」和「纏令」。根據上文引錄的《都城紀勝》，纏達是套曲形式的一種，其組織是引子之後兩支曲子迎互交替循環，沒有尾聲；纏令則是引子之後接以若干支曲牌而結以尾聲。其所以名為賺，乃是曲調美聽，教人不覺於曲之已終。據說那是南宋初年一位叫張五牛的藝人在臨安創立的，他因聽到民間稱為「鼓板」的歌唱藝術，有分為四段的〈太平令〉，從而創造了一種稱為「賺」的新歌曲形式。它不宜單獨使用，必須聯於纏令中，也因此使得「纏令」有進一步的發展。其演唱內容不僅有「花前月下之情」，而且有「鐵馬金戈之事」。至南宋末，有人又把這種唱賺的賺詞一套一套重複的運用，有如諸宮調之以各種宮調的套曲組成一般，把它叫做「覆賺」，這種「覆賺」其實可以叫做「南諸宮調」，也因此它的音樂最難也最複雜，兼有慢曲、曲破、大曲、嘌唱、耍令、番曲、叫聲等各家門派的腔譜。王國維《宋元戲曲考》謂宋人陳元靚《事林廣記》中所載的一套〈圓社市語〉是現存的唯一「賺詞」之例[76]。此賺詞之前有一段〈遏雲要訣〉

---

74 見劉宏度：《宋歌舞劇考》（臺北：世界書局，一九六三年），卷六〈轉踏九種〉，頁七六－一一二。

75 見孟元老等：《東京夢華錄（外四種）》，頁九七，與吳自牧《夢粱錄・妓樂》條所記內容近似，頁三一〇。

和〈遏雲致語〉，後邊有一段〈駐雲主張〉。其中〈遏雲要訣〉講唱賺規則，〈遏雲致語〉用一首〈鷓鴣天〉詞，為筵前唱賺開場詞；〈駐雲主張〉則用來描述唱賺情形，如其中一首詩寫道：「鼓板清音按樂星，那堪打拍更精神。三條犀架垂絲絡，兩隻仙枚擊月輪。笛韻渾如丹鳳叫，板聲有若靜鞭鳴。幾回月下吹新曲，引得嫦娥側耳聽。」可見唱賺是用鼓笛和拍板來伴奏的。〈圓社市語〉則是一套歌詠蹴踘的賺詞，其題目叫「圓裡圓」，用中呂宮【紫蘇花】、【縷縷金】、【好孩兒】、【大夫娘】、【好孩兒】、【入賺】、【越恁好】、【鶻打兔】、【尾聲】等九支曲子組成[77]。

(3)諸宮調：《都城紀勝・瓦舍眾伎》條謂「諸宮調本京師孔三傳編撰傳奇靈怪，入曲說唱。」《夢粱錄・伎樂》條謂「說唱諸宮調，汴京有孔三傳編成傳奇靈怪，入曲說唱。」[78]可見孔三傳在北宋神宗哲宗時創立諸宮調，那是「入曲說唱」的文學和藝術，內容有如小說之傳奇靈怪；孔三傳籍貫應是澤州（今山西晉城、沁水一帶），他後來到汴京（今開封）去發揮他的藝術，頗享盛名。據《夢粱錄》，諸宮調用鼓、板、笛伴奏。諸宮調曲本，宋代未見留存。金代有無名氏《劉知遠諸宮調》、董解元《西廂記諸宮調》，元代有《天寶遺事諸宮調》流傳下來。

由於諸宮調曲體宏大，曲調豐富，所以適宜敘述曲折複雜的長篇故事。像《西廂記諸宮調》共用十三個宮調，一九三個套數（絕大多數為短套，有兩套甚至為單曲）、一三九支不同的曲子；其曲調來源很廣，有唐蕉樂大曲，宋教坊大曲、唐宋詞調，以及當時民間說唱音樂。南宋唱賺藝人張五牛有《雙漸蘇卿諸宮調》，此本雖然

[76] 王國維：《宋元戲曲考・宋之樂曲》，《王國維戲曲論著》（臺北：純真出版社，一九八二年），頁四八。
[77] 見〔宋〕陳元靚：《事林廣記》（北京：中華書局，一九九九年），辛集，卷上，頁一九七－一九八。
[78] 語見孟元老等：《東京夢華錄（外四種）》，頁九六、三一〇。

無法覓得，但曾盛行一時，《水滸全傳》第五十一回〈插翅虎枷打白秀英〉中記白秀英說唱這個故事，可據此見出說唱諸宮調的情形[79]。其所述白秀英是一位多才多藝的藝人，她擅長戲舞、吹彈、歌唱諸般技藝。她表演的〈豫章城雙漸趕蘇卿〉是夾在〈笑樂院本〉和〈襯交鼓兒院本〉之間的。演出時先由她父親「開呵」，她才上場念七言四句詩，並說「開話」，然後說說唱唱，明白揭示這是「說唱」藝術。而當她到最緊要處的「務頭」，她父親又上臺「按喝」，她便端起盤子向聽眾求賞。而由「拈起鑼棒」、「笛吹紫竹篇篇錦，板拍紅牙字字新。」可見說唱諸宮調的樂器有鑼、笛、板，表演時不止有說有唱，而且還有「舞態蹁躚」。

現存三種諸宮調，無名氏《劉知遠》應是最早的藝人話本；董解元《西廂記》和王伯成《天寶遺事》都是文人作品。

《劉知遠》諸宮調是光緒三十三、四年（一九〇七—一九〇八）俄國柯智洛夫探險隊在我國黑水故城發現的殘本。由同時同地發現的其他古書刊本年代，它很可能是相當於南宋光宗元年、金章宗明昌元年（一一九〇）年的刻本。它雖然只殘存四十二頁，但可看出其體製較其他二種原始，現存七十六套中，就有六十三套是由隻曲和尾聲構成；此外，聯數曲附尾聲的只有三套，僅有隻曲的有九套。其文字極為質樸，顯然為勾肆藝人所用的腳本。

《董西廂》是唯一的完本，它使我們明白由詞入曲的發展過程，是承上啟下的一種過渡體製。

董解元，元代鍾嗣成《錄鬼簿》和陶宗儀《輟耕錄》都說他是金章宗（一一九〇—一二〇八）時人。鍾氏並認為他對北曲有創始之功，而把他列於「前輩已死名公，有樂府行於世者」之首。「解元」是當時對一般讀書

---

[79] 施耐庵、羅貫中：《百回本水滸傳》，上冊，頁六八八—六九〇。

人的稱呼，不能用以證明他在鄉試中居榜首。從《董西廂》卷首的〈引辭〉和〈斷送引辭〉可知他流連於「秦樓楚館」、「醉時歌，狂時舞」，「平生情性好疏狂」，是一位風流瀟灑的文人。他把元稹三千字的《鶯鶯傳》擴充為五萬言的說唱文學，使故事情節更為生動，人物形象更為突出，主題思想更為不俗，根本的否定了鶯鶯為「尤物」，張生始亂終棄為「善補過」的可笑觀點，使往後凡以崔張故事為題材的文學作品，莫不接受《董西廂》的全新觀點。他敘事中有抒情氣息，抒情中又能情景交融，刻畫人物心理尤能細緻入微。其語言之運用質樸深厚，高雅優美，莫不恰如其分。難怪前人會說「金人一代文獻盡此矣」。

《天寶遺事諸宮調》，其書久佚，散見於各種曲譜與曲選之中。鄭振鐸曾從《雍熙樂府》輯出五十二套，《九宮大成》輯出二套，共五十四套[80]，趙景深輯本又增八套（見匀君〈趙輯本《天寶遺事諸宮調輯逸》〉，星島日報附稿俗文學十三期），馮沅君輯有六十一套[81]，淩景埏、謝伯陽校注《諸宮調兩種》中，謂「考辨真偽，汰誤增失，共收套數（包括殘套）六十篇，零曲一首。」[82]其作者王伯成，元初涿州人，另有《貶夜郎》和《泛浮槎》雜劇兩種。其《天寶遺事》雖名為「諸宮調」，但套曲體製與元人北曲不殊，所述唐明皇楊貴妃故事，頗涉淫穢語。

諸宮調的演出，金元時相當盛行，除上述四種外，《董西廂》還提到《崔韜逢雌虎》、《鄭子遇妖狐》、《井底引銀瓶》、《雙女奪夫》、《離魂倩女》、《謁漿崔護》、《柳毅傳書》。元雜劇《諸宮調風月紫雲亭》還提到《三國志》、《五代史》、《七國志》等劇目。元代以後就被雜劇取代而消沈了。

---

[80] 見鄭振鐸：〈宋金元諸宮調考〉，《鄭振鐸全集》（石家莊：花山文藝出版社，一九九八年），第五冊，頁一六一—一三四。

[81] 見馮沅君：〈天寶遺事輯本題記〉，《古劇說彙》（上海：商務印書館，一九三九年），頁二三一—二九三。

[82] 見〈天寶遺事諸宮調輯校題記〉，《諸宮調兩種》（臺北：里仁書局，一九八五年），頁八八。

以上「纏達」、「纏令」、「唱賺」對南戲北劇套式均有傳承，其「纏達」，北曲如正宮套式【滾繡球】、【倘秀才】兩調常循環使用，可多至四五次，成為正宮套式之特點。其例甚多，舉羅貫中《風雲會》第三折為例：

【端正好】、【滾繡球】、【倘秀才】、【呆骨朵】、【倘秀才】、【滾繡球】、【倘秀才】、【滾繡球】、【倘秀才】、【滾繡球】、【倘秀才】、【滾繡球】、【脫布衫】、【醉太平】、【三煞】、【收尾】。

計十六曲，共用【倘秀才】、【滾繡球】循環五次。《太和正音譜》於【滾繡球】、【倘秀才】兩調名下均注：「亦作子母調」。王國維《宋元戲曲考》謂「【端正好】當宋纏達之引子，而【滾繡球】、【倘秀才】兩曲迎互循環，隨煞則當纏達之尾聲。」王氏所云之「隨煞」指正宮各種尾聲而言。北曲中純粹之「纏達」套式未見其例，正宮所見，其實是纏令帶纏達的套式。

南曲如仙呂入雙調【風入松】與【急三鎗】。其例亦甚多，以《荊釵記・祭江》為原始，其套式如下：

【風入松】、【前腔】、【急三鎗】、【風入松】、【急三鎗】、【風入松】

《九宮大成》云：

【風入松】後，或一曲、或二曲，必帶三字六句二段，謂之【急三鎗】。[83]

[83] 見〔清〕周祥鈺、鄒金生編；徐興華、王文祿分纂：《九宮大成南北詞宮譜》（臺北：臺灣學生書局，一九八七年），第八八冊，卷三，頁四四六。

按所云「二段共三字六句」，應作「十句」為是。又《荊釵記・就祿》之下山虎、亭前柳亦然。

其「纏令」可以說是「一般單曲聯套」，這是南北曲很習見的套式，其北曲如吳昌齡《唐三藏西天取經》「餞送郊關開覺路」之仙呂宮套式：

【點絳唇】、【混江龍】、【油葫蘆】、【天下樂】、【後庭花】、【青哥兒】、【煞尾】。

南曲如姚茂良《精忠記》「刺字」之中呂宮套式：

【粉孩兒】、【福馬郎】、【紅芍藥】、【耍孩兒】、【會河陽】、【縷縷金】、【越恁好】、【紅繡鞋】、【尾聲】。

「一般單曲聯套」與「雜綴」不同，前者必須同宮調或同管色之曲牌，依一定次序、押同一韻部予以聯用；後者則各曲牌可不同宮調、無一定次序、可不押同一韻部而任意聯接，此為早期南戲形式，或者在不重要的場面以粗曲應之之時所出現的情況。

「一般單曲聯套」的「纏令」，其實有更古老的根源：北宋大駕鼓吹，恆用【導引】、【六州】、【十二時】三曲。梓宮發引，則加【袝陵歌】；虞主回京，則加【虞主歌】；各為四曲。南渡後郊祀，則於大駕鼓吹三曲外，又加【奉禋歌】、【降仙台】二曲，共為五曲。[84]其導引即為引子，十二時即為尾聲。則「纏令」之形式實始於宋大駕鼓吹曲。

---

84 以上見王國維：《宋元戲曲考》，第四章〈宋之樂曲〉。

至於王國維所引《事林廣紀》中套式，實為「帶賺的纏令」，此種套式亦見於董解元《西廂記諸宮調》：

【憑欄人】、【賺】、【美中美】、【大聖樂】、【尾】。

此套題為「道宮憑欄人纏令」，實為帶賺的纏令。後來南戲傳奇套式中每用賺曲。吳梅《南北詞簡譜》卷五〈南黃鐘宮・賺〉注云：

> 賺為過渡之曲。如前後諸曲不相連屬，則中間用賺一支二支皆可。舊曲中如《金雀》之〈喬醋〉、《南西廂》之〈佳期〉、《風箏誤》之〈逼婚〉皆是也。各宮各有賺曲，句法亦無甚大異。沈氏《新譜》有為別立名目者，亦好奇之筆耳。[85]

按《簡譜》收賺曲有南黃鐘宮《幽閨》（頁二六〇）、南正宮《荊釵》（頁二九五）、南仙呂宮《荊釵》（頁三四七），又名【不是路】、【薄媚賺】。南南呂宮《尋親》（頁四三五）、南道宮【鬘花】（頁四九五），此名【魚兒賺】，為道宮特異處，與他宮異。南大石調《殺狗》（頁五〇五）、南小石調《四節》（頁五一五）、南雙調《五福》（頁五五九），又名【惜花賺】，與仙呂賺同。南商調《長生殿》（頁六一二），南般涉調《永團圓》（頁四四二），南羽調《教子》（頁六五五），南越調《琵琶》（頁六八三）等十二宮調之賺曲，可見宋人張五牛唱賺影響南曲之大。

諸宮調之套式除上文所舉「纏令」和「帶賺的纏令」之外，尚有單曲、單曲加尾聲、纏令帶纏達三種形式。

---

[85] 吳梅：《南北詞簡譜》（臺北：學海出版社，一九九七年），頁二六〇。以下所引本書頁數同此版本。

如：

仙呂調【一斛義】。

中呂調【牧羊關】、【尾聲】。

仙呂調【六幺】、【六幺實催】、【六幺遍】、【咍咍令】、【瑞蓮兒】、【咍咍令】、【瑞蓮兒】、【尾】

單曲和單曲加尾聲的形式為北劇套式所無，但卻見於南曲套式。而纏令帶纏達的套式，在北曲正宮套中不乏其例，上文所舉元劇套式第二類型即是。至於純粹的「纏達」則沒有，元劇中只有馬致遠《陳摶高臥》第三折和鄭廷玉《看錢奴》次折比較接近。但無論如何，諸宮調與南北曲關係密切，則是不爭的事實。對此，鄭因百師已有專文詳論，大意說諸宮調是一部從詞到曲蛻變時期的作品，也是南北曲將分未分時的作品。往上說與詞有關；往下說不只為北曲之祖，與南曲也有極密切的關係。因百師論「董西廂與北曲的關係」是從宮調、曲調、尾聲格式、套式組織、音樂用韻及方言俗語等六方面來說明，從而見出《董西廂》在宮調、曲調、尾格、套式等方面之被北曲所沿用，而在音樂、用韻及方言俗語等方面，兩者又復相同。可見像《董西廂》那樣的諸宮調，與北曲的傳承關係是多麼的密切。因百師論「《董西廂》與南曲的關係」是從宮調、曲調、尾聲格式、套式組織等四方面論《董西廂》對南曲的傳承與影響，雖其關係不如北曲密切，但南曲從中汲取滋養也是很明顯的。[86]

[86] 見鄭師因百：《景午叢編》（臺北：臺灣中華書局，一九七二年），下冊，頁三七四－四〇六。

（三）瓦舍勾欄中的樂戶

1. 唐以前的樂戶

兩宋瓦舍勾欄中擔充歌舞雜技乃至戲曲表演的優伶，其主要成員，仍是自北魏以來的所謂「樂戶」。「樂戶」的根源，可以追溯到漢代以前，典籍所見的女樂、樂工、倡優、優伶等。[87]但若論樂戶之名稱與制度，則始於北魏。《魏書》卷八十六〈孝感傳・閻元明傳所附皇甫奴傳〉云：

> 河東郡人楊風等七百五十人，列稱樂戶。皇甫奴兄弟，雖沉兵伍而操尚彌高，奉養繼親，甚著恭孝之稱。[88]

按此條所記，皇甫奴兄弟事發生於北魏孝文帝太和五年（四八一），楊風兄弟事在北魏宣武帝景明初年（五〇〇）。而以罪入樂籍者則始見北魏《魏書・刑罰志》云：

> 孝昌（五二五—五二七）已後，天下淆亂，法令不恒，或寬或猛。及尒朱擅權，輕重肆意，在官者，多以深酷為能。至遷鄴，京畿群盜頗起。有司奏立嚴制：諸強盜殺人者，首從皆斬，妻子同籍，配為樂戶；其不殺人，及贓不滿五匹，魁首斬，從者死，妻子亦為樂戶。[89]

---

[87] 見喬健、劉賢文、李天生：《樂戶》（南昌：江西人民出版社，二〇〇二年），頁二五—二六。

[88] 見〔北齊〕魏收：《魏書》（北京：中華書局，一九七四年），第五冊，頁一八八四。

[89] 同前注，第八冊，頁二八八八。

按北魏孝明帝孝昌計三年，當西元五二五－五二七，時間較〈孝感傳〉所記皇甫奴兄弟事晚四十四年。可能是：樂戶制度早已施行，而嚴定法制厲行天下則在其後。由以上可知「樂戶」用於懲治罪犯家屬，使之屈辱於卑賤之地位。

其後樂戶制度，亦見於《周書》卷二十一〈司馬消難傳〉90、《隋書・裴蘊傳》91、《隋書・萬寶常》92。《資治通鑑》卷八百一十載隋煬帝時：

> 帝以啟民可汗將入朝，欲以富樂誇之，……奏括天下周齊梁陳樂家子弟皆為樂戶，……於四方散樂，大集東京。93

90 《周書・司馬消難傳》云：「初楊忠之、迎消難，結為兄弟。情好甚篤。隋文每以叔禮事之。及陳平，消難至京，特免死，配為樂戶。經二旬放免，猶被舊恩，特蒙引見，尋卒于家。」見〔唐〕令狐德棻等：《周書》（北京：中華書局，一九九五年），第二冊，頁三五五。

91 《隋書・裴蘊傳》（北京：中華書局，一九七三年）云：「（蘊）大業初，考績連最。煬帝聞其善政，徵為太常少卿。初，高祖不好聲技，遣牛弘定樂，非正聲清商及九部四儛之色，皆罷遣從民。至是，蘊揣知帝意，奏括天下周、齊、梁、陳樂家子弟，皆為樂戶。其六品已下，至于民庶，有善音樂及倡優百戲者，皆直太常。是後異技淫聲咸萃樂府，皆置博士弟子，遞相教傳，增益樂人至三萬餘。帝大悅，遷民部侍郎。」見〔唐〕魏徵等：《隋書》（北京：中華書局，一九七三年），第六冊，卷六七，頁一五七四－一五七五。

92 《隋書・萬寶常傳》云：「萬寶常，不知何許人也。父大通，從梁將王琳歸於齊。後復謀還江南，事泄，伏誅。由是寶常被配為樂戶。」同前注，卷七八，頁一七八三。

93 〔宋〕司馬光：《資治通鑑》（北京：中華書局，一九五六年），第一二冊，頁五六二六。

至唐代，則從太常到教坊，從宮廷樂人到地方官府樂人，從軍旅中的樂營到寺屬音聲、縣內教坊。雖然這些樂人的身分上有細微之差異，服務的機構、對象不同，戶籍分隸於太常和州縣，但作為賤民之賤籍則一致。《唐書・太宗諸子傳》云：「(承乾）常命戶奴數十百人專習伎樂，學胡人椎髻，翦綵為舞衣，尋橦跳劍，晝夜不絕，鼓角之聲，日聞於外。」[94]這便是唐代樂人的實際社會地位，即賤奴是也。除了在皇帝面前演出的樂人能夠以長役相對固定之外，其餘在太常服務的樂工均須由居於州縣者輪值，他們所奏的音樂既有雅樂亦有俗樂；既在祭祀、典禮、儀式、軍旅、寺廟中應用，亦用於宮廷的筵宴和多種喜慶風俗場合中。州縣所屬的樂戶，在輪值之餘，也會服務於市井民間。這就保持了宮廷與地方樂人所習所奏的曲目在相當程度上的一致性。唐代寺廟所奏的音樂也是以俗樂為主，而且奏樂多是延請教坊樂人，以及寺屬音聲人，這便是唐代樂籍制度下的音樂自上而下一脈相承的道理了[95]。

2.兩宋的樂戶

兩宋樂戶沿襲唐代。《宋史》卷一四二〈樂志第十七・教坊〉條云：

> 宋初循舊制，置教坊凡四部（雅樂、宴樂、清樂、散樂）。其後平荊南得樂工三十二人，平西川得一百三十九人，平江南得十六人，平太原得十九人，餘藩臣所貢者八十三人，又太宗藩邸有七十一人。由是四

---

[94] 〔後晉〕劉昫撰：《新校本舊唐書》列傳卷七十六〈太宗諸子／恆山王承乾傳〉（北京：中華書局，一九九五年），頁二六四八。

[95] 以上見項陽：《山西樂戶研究》（北京：文物出版社，二〇〇一年），第一章〈樂戶的源流・第二節隋唐時期的樂戶〉，頁一一三。

方執藝之精者皆在籍中。96

可見宋初教坊藝人隊伍已頗為龐大，達四百六十一人。又《北盟會編》卷七十七「金人來索諸色人」條載，靖康間，金人向宋教坊索取的諸色伎藝人，有樂人四十五人，露臺祗候妓女千人，雜劇、說話、弄影戲、小說、嘌唱等一百五十餘家；同書卷七十八「三十日庚申」條又載，金人取「諸般百戲一百人，教坊四百人，木匠五十人，竹瓦泥匠石匠各三十人，走馬打毬弟子七人，鞍作十人，玉匠一百人，內臣五十人，街市弟子五十人，學士院待詔五人，築毬供奉五人，金銀匠八十人，吏人五十人，八作務五十人，後苑作五十人，司天臺官吏五十人，弟子簾前小唱二十人，雜戲一百五十人，舞旋弟子五十人。」97也可見至北宋末教坊組織依舊龐大，藝人仍然眾多。而由此也可見金人之樂戶乃索自宋廷，而遼與西夏之樂戶亦均得自宋廷98。

《夢粱錄》卷二十〈妓樂〉條，教坊有篳篥部、大鼓部、拍板部、歌板色、琵琶色、箏色、方響色、笙色、

---

96 見〔元〕脫脫：《宋史》（北京：中華書局，一九九五年）第一〇冊，卷一四二，頁三三四七－三三四八。

97 〔宋〕徐夢莘：《三朝北盟會編》（臺北：文海出版社，一九六二年），第二冊，卷七七，頁一三九－一四〇、卷七八，頁一四三。

98 《遼史・志第七・地理志一》云：「上京西樓，有邑屋市肆，交易無錢而用布，有綾錦諸工作、宦者、翰林、伎術、教坊、角觝、儒、僧尼、道士，中國人并汾、幽、薊為多。」（脫脫：《遼史》〔北京：中華書局，一九九三年〕第二冊，卷三七，頁四四一）可見其教坊樂戶多來自中國。《元代史料叢刊・廟學典禮（外二種）》云：「高學士諱智耀，字顯道，河西中興路人也。世為西夏顯族。……時庫德太子鎮西涼，……（公）詣藩府進見，……公曰：『……兵燼之餘，某家樂工尚多存者。』因公乘驛往取之。」（見王頲點校：《廟學典禮（外二種）》〔杭州：浙江古籍出版社，一九九二年〕，卷一〈秀才免差撥〉，頁一〇－一一）可見西夏樂戶也來自中國。

龍笛色、頭管色、舞旋色、雜劇色、參軍色等十三部色，色有色長，部有部頭。上有教坊使副，鈐轄、都管、掌儀、掌範，皆是雜流命官。另外內廷還有鈞容班（後改鈞容直）人為御前軍樂[99]。

南宋高宗紹興年間「廢教坊職名」，臨安府的樂戶官妓，就有奉御前供奉的責任[100]。官妓「籍屬教坊」[101]，絲竹管絃，豔歌妙舞，陪侍朝貴宴飲，為官府送往迎來，暇日也在勾欄呈藝。京師之外，各地州郡也都設有官妓，承應包括雜劇在內的各種妓樂。例如成都富春坊的「笙歌圍」[102]，長安的「臙脂坡」[103]，吳興的「小市巷」[104]，建安的「畫橋」[105]等都是歌樓舞榭、櫛次鱗比的地方[106]。

唐代盛時，太常所屬樂戶，竟至萬戶。在相州（河南安陽），自北齊以降，「技巧、商販及樂戶」尤多[107]。

---

[99] 見孟元老等：《東京夢華錄（外四種）》，頁三〇八。

[100] 同前注。

[101] 見〔宋〕金盈之撰，周曉薇校點：《新編醉翁談錄》（瀋陽：遼寧教育出版社，一九九八年），卷七〈平康總序〉，頁三一。

[102] 見〔宋〕陸游：〈憶秦娥〉，見《全宋詞》（臺北：世界書局，一九八四年），第三冊，頁一五八七。

[103] 見〔宋〕蘇軾：〈百步洪二首〉之二，見傅璇琮等主編《全宋詩》，第一四冊，卷八〇〇，頁九二七〇。

[104] 見〔明〕宋雷：《西吳里語》，據舊鈔本，現藏於臺灣大學總圖書館善本書室，卷二，頁四。

[105] 見〔宋〕華岳：〈新市雜詠〉，《翠微南征錄》（《百部叢書集成續編》，第一三輯第二函影印《貴池先哲遺書》本），卷一〇，頁五—七。

[106] 以上參考薛瑞兆：〈宋代瓦舍勾欄〉，《戲曲研究》（第十二輯）（北京：文化藝術出版社，一九八四年），頁一六三—一六五。

[107] 見《北史》卷八十六、《隋書》卷七十三、《太平寰宇記》卷五十五、《文獻通考》卷三一六、《太平御覽》卷二五七等

在吳興，其前溪村（浙江德清）為南朝集樂之處，唐時「尚有數百家盡習樂，江南聲妓多自此出。」[108]入宋後，樂戶更遍布各地，官府蒐集，按籍召之。平時則到瓦舍演出戲劇或其他伎藝。宮廷伎樂也選「樂戶子弟充之」[109]。

上文謂遼代設「瓦里」，沒入瓦里之人，其來源與「樂戶」相似，而亦有供奉音樂歌舞戲劇之伶官，則南北異地而處，一旦流入民間，則自然有類似北宋仁宗以後之瓦子樂人。所以「瓦舍」與「瓦里」有所關聯，並非毫無道理。

兩宋的教坊樂人、官妓和樂戶藝人都在瓦舍勾欄呈藝，教坊和鈞容直是在旬休之時到勾欄按樂，「亦許人觀看。」[110]；官妓和樂戶藝人都屬「散樂」，自然是瓦舍勾欄呈藝的主體。《夢粱錄》卷二十〈妓樂〉條云：

> 如府第富戶，多于邪街等處，擇其能謳妓女，顧倩祗應。或官府公筵及三學齋會、縉紳同年會、鄉會，皆官差諸庫角妓祗直。自景定（宋理宗年號一二六〇—一二六四）以來，諸酒庫設法賣酒，官妓及私名妓女數內，揀擇上中甲者，委有娉婷秀媚，桃臉櫻唇，玉指纖纖，秋波滴溜，歌喉宛轉，道得字真韻正，令人側耳聽之不厭。官妓如金賽蘭（以下列舉十一名）……及私名妓女如蘇州錢三姐（以下列舉二十一名）……後輩雖有歌唱者，比之前輩，終不如也。[111]

書。

[108] 見〔唐〕撰人不詳：《大唐傳載》，《百部叢書集成續編》，第五二輯第一六函影印《守山閣叢書》本），頁一二。

[109] 見〔宋〕馬臨端：《文獻通考》（文淵閣《四庫全書》本，第六一三冊），卷一四五，頁二九二—三〇九。

[110] 見孟元老：《東京夢華錄》，卷五，頁二九〈京瓦伎藝〉條。

[111] 見孟元老等：《東京夢華錄（外四種）》，頁三〇九—三一〇。

可見官妓擅長歌唱。至於樂戶藝人，則幾乎無所不能，上文所舉瓦舍技藝的內容，原書於每項技藝之下，皆記以此成家者之姓名，由此也可見其技藝之繁盛與藝人名家之眾多。孫崇濤、徐宏圖《戲曲優伶史》據此分兩宋伎藝人之種類為：雜劇藝人（皇家雜劇色、應承雜劇色、路歧雜劇藝人）、說唱藝人（以說為主者、以唱為主者）、歌舞與歌舞戲藝人、傀儡戲與影戲藝人、百戲雜耍等五大類[112]，可以概見其於伎藝實無所不能。

兩宋呈藝於瓦舍勾欄的藝人之外，尚有游食城鄉的樂工。耐得翁《都城紀勝・市井》條云：

> 此外如執政府牆下空地（舊名南倉前）諸色路岐人，在此作場，尤為駢闐。又皇城司馬道亦然。候潮門外殿司教場，夏月亦有絕伎作場。其他街市，如此空隙地段，多有作場之人。如大瓦肉市，炭橋藥市、橘園亭書房、城東菜市、城北米市。其餘如五間樓福客糖果所聚之類，未易縷舉。[113]

又周密《武林舊事》卷六〈瓦子勾欄〉條云：

> 或有路岐不入勾欄，只在耍鬧寬闊之處做場者，謂之「打野呵」，此又藝之次者。[114]

所謂「路歧」，《宦門弟子錯立身》第十三齣白：「在家牙墜子，出路路歧人。」[115]宋曾三異《因話錄》「散樂路歧人」條云：「『散樂』出《周禮》註云：野人之能樂舞者，今乃謂之路歧人。」[116]則「路歧人」有如現在所謂

[112] 孫崇濤、徐宏圖：《戲曲優伶史》（北京：文化藝術出版社，一九九五年），頁七八－九一。
[113] 見孟元老等：《東京夢華錄（外四種）》，頁九一。
[114] 見孟元老等：《東京夢華錄（外四種）》，頁四四一。
[115] 《宦門弟子錯立身》，見錢南揚校注：《永樂大典戲文三種校注》（臺北：華正書局，一九九〇年），頁二五二。

「跑江湖的民間藝人」，他們的藝術不如固定駐演瓦舍勾欄的藝人，他們的來源可能是不入流的樂戶人家和難以為生的窮人子弟。而由兩段資料亦可見其處處作場，只要有寬闊隙地即可[117]。

3.元明的樂戶

元代的樂戶基本上亦承兩宋制度，如關漢卿《金線池》雜劇第三折云：

> 賢弟不知，樂戶們一經責罰過了，便是受罪之人，做不得士人妻妾。[118]

又《元史》卷六十八〈禮樂二．制樂始末〉：

> （至元元年—一二六四）十有二月，籍近畿儒戶三百八十四人為樂工。……十三年，以近畿樂戶多逃亡，僅得四十有二，復徵用東平樂工。[119]

又《馬可波羅行記》云：

> 凡賣笑婦女不居城內，皆居附郭。因附郭之中外國人甚眾，所以此輩娼妓為數亦多，計有二萬有餘，皆

---

[116] 〔宋〕曾三異：《因話錄》收入〔明〕陶宗儀編：《說郛》（上海：商務印書館，一九三〇年影印明鈔涵芬樓藏版本第二一冊，卷一九，頁一五。

[117] 馮沅君〈古劇四考．路歧考〉云：「『宋、元』時代的伶人叫做路歧。人家以此稱呼他們，他們有時也以此自稱。」（見《古劇說彙》（上海：商務印書館，一九四七年），頁八）其說恐有未的。

[118] 據王季思主編：《全元戲曲》，第一冊，頁一二二。

[119] 〔明〕宋濂：《元史》（北京：中華書局，一九七六年），第六冊，頁一六九五—一六九六。

能以纏頭自給，可以想見居民之眾。120

可見元代樂戶娼妓之眾多。

又夏庭芝（伯和）《青樓集》中所述之「教坊」、「樂籍」、「樂人」亦可充分說明元代樂戶的情況121。而由《青樓集》所記一百二十位樂戶名妓觀之，除少數嫁與樂戶中人外，其來往者幾為名公士夫，可見其生涯以賣笑為主。而其擅長之技藝以雜劇為多，亦可證明元代北曲雜劇之興盛，其他尚有擅長諸宮調、南戲、院本、小唱、慢詞、歌舞、彈唱者，若能詞翰文墨，則尤為名公士夫所欣賞122。

---

120 馬可波羅：《馬可波羅行記》（臺北：臺灣古籍出版社，二〇〇二年），頁二五七。

121 如：「國玉第，教坊副使童關高之妻也。」（見〔元〕夏庭芝：《青樓集》，收入《中國古典戲曲論著集成》，第二冊，頁二四）、「顧山山，……後復居樂籍，至今老于松江。」（同上書，頁三四）、「劉婆惜，樂人李四之妻也。」（同上書，頁三八）。

122 就《青樓集》所記名妓而言，其擅北曲雜劇者，如珠簾秀「駕頭、閨怨、較末尼」，順時秀「閨怨、駕頭、諸旦」。南春宴「駕頭」，天然秀「花旦、駕頭、閨怨」，天錫秀、國玉第、平陽奴俱長於「綠林雜劇」，李嬌兒、張奔兒、顧山山、孔千金、荊堅堅、米里唱俱長於「花旦雜劇」，朱錦繡、趙偏惜、燕山秀等俱「旦末雙全」，李芝秀記雜劇三百段，其他王奔兒、王玉梅、李定奴、簾前秀、小春宴、汪憐憐、翠荷秀、小玉梅、趙真真也都善雜劇，而芙蓉秀戲曲（即南戲）、小令、雜劇兼能，龍樓景、丹墀秀唱南戲，其能院本者為趙偏惜之夫樊孛闞奚與朱錦繡之夫侯耍笑。以小唱擅長者有李心心、小娥秀、李芝儀、張玉蓮（南北令詞）、金鶯兒（搊箏合唱）、真鳳歌等，長於歌舞的有事事宜、一分兒、趙梅哥、賽天香，李芝儀和王玉梅也擅長唱慢詞，善諸宮調的有趙真真、楊玉娥、秦玉蓮、秦小蓮等四人。他們的歌藝，順時秀被稱為「金簧玉管、鳳吟鸞鳴。」王玉梅則「聲韻清圓」，朱錦繡「歌聲墜梁塵」，李定奴「歌喉宛轉」，陳婆惜善彈弦索，唱韃靼曲「聲遏行雲」，龍樓景「梁塵暗簌」，丹墀秀「驪珠宛轉」。

元代樂戶之外，又有儒戶、民戶、匠戶、軍戶、醫戶、禮樂戶。元統元年（一三三三）《進士錄》有「張頤」者，為貫恩州附籍禮樂院禮樂戶123，授太常禮儀院太祝，可見禮樂戶是庶民而非樂戶之為賤民。

明代的樂戶較諸前代，可說數量最多，入籍最複雜，地位最為卑賤。其入籍有：將元朝功臣之後沒入樂籍124，將不付靖難之臣民沒入樂籍125，罪臣如張居正死後「全族籍沒」126，民間災荒，因家貧被鬻入127。也因此謝肇淛《五雜俎》卷八〈人部四〉云：

今時娼妓布滿天下，其大都會之地，動以千百計。其它窮州僻邑，在在有之。終日倚門獻笑，賣婬為活，生計至此，亦可憐矣！兩京教坊官收其稅，謂之脂粉錢。隸郡縣者則為樂戶，聽使令而已。唐宋皆以官伎佐酒，國初猶然。至宣德（一四二六－一四三五）初始有禁，而縉紳家居者，不論也，故雖絕迹公庭，而常充牣里閈。又有不隸於官，家居而賣姦者，謂之土妓，俗謂之「私窠子」，蓋不勝數矣！128

123 見王頲點校《廟學典禮（外二種）》，頁七九－八〇。

124 見〔清〕吳敬梓《儒林外史》（臺北：臺灣古籍出版社，二〇〇三年）第五十三回〈國公府雪夜留賓，來賓樓燈花驚夢〉：「自從太祖皇帝定天下，把那元朝功臣之後都沒入樂籍，有一個教坊司管著他們。」（頁五四四）

125 見〔清〕張廷玉等《明史》（北京：中華書局，一九九六年）卷九十四〈刑法二〉：「成祖起靖難之師，悉指忠臣為姦黨，甚者加族誅、掘塚，妻女發浣衣局、教坊司，親黨謫戍者至隆、萬間猶勾伍不絕也。」第八冊，頁二三三〇。

126 見〔明〕沈德符：《萬曆野獲編》（北京：中華書局，一九五九年），上冊，頁二二－二三〇。

127 見〔明〕余繼登撰，顧思點校：《典故紀聞》（北京：中華書局，一九八一年），卷一六，頁二八七。

128 〔明〕謝肇淛：《五雜俎》，（明末刊本，現藏於臺灣大學總圖書館善本書室），頁二一七。

可見明代的樂戶是遍布全國的，而「樂戶」到後來似乎專屬為隸於郡縣者之名。元代教坊官高至三品，而明代則降為九品，《明史・志第五十・職官三》云：

> 教坊司，奉鑾一人，（正九品），左、右韶舞各一人，左、右司樂各一人，（並從九品），掌樂舞承應，以樂戶充之，隸禮部。（嘉靖中，又設顯陵供祀教坊司，設左、右司樂各一人。）[129]

《戒庵老人漫筆》載明正德間（一五〇六－一五二一）武宗欲授徐霖為教坊司官，云：

> 臣雖不才，世家清白；教坊者倡優之司，臣死不敢拜。[130]

即此可以概見明代樂戶之地位是如何的卑賤！

到了清代，起初亦沿襲明代之舊，《皇朝文獻通考》卷一七四〈樂考二十・俗樂部〉云：

> 國初亦設教坊司。而朝會宴享所奏有用時曲調者，蓋沿明代之舊也。……我朝初制分太常、教坊二部。太常樂員例用道士，教坊則由各省樂戶挑選入京充補。凡壇廟祭祀各樂太常寺掌之，朝會宴享各樂教坊司承應。[131]

---

[129] 張廷玉：《明史》，第六冊，頁一八一八。

[130] 見〔明〕李詡撰，魏連科點校：《戒庵老人漫筆》（北京：中華書局，一九八二年），卷四，頁一三三「徐子仁寵幸」條。

[131] 〔清〕嵇璜等：《皇朝文獻通考》（北京：商務印書館，一九三六年），頁六三七五。

但到了雍正元年（一七二三）三月御史年熙上摺削除樂籍，於是雍正皇帝乃下令除樂籍，《清實錄・世宗憲皇帝實錄》卷六「雍正元年四月」云：

除山西、陝西、教坊樂籍。改業為良民。[132]

卷九十四「雍正八年五月」：

戶部議覆。江蘇巡撫尹繼善疏言：蘇州府屬之常熟、昭文二縣，舊有丐戶，不得列於四民；邇來化行俗美，深知愧污，欲滌前恥。請照樂籍惰民之例，除其丐籍，列於編氓。應如所請，從之。[133]

又卷五十六「雍正五年四月」：

朕以移風易俗為心，凡習俗相沿，不能振拔者，咸與以自新之路；如山西之樂戶，浙江之惰民，皆除其賤籍，使為良民，所以勵廉恥而廣風化也。[134]

從此所謂「樂戶」之名逐漸消失，一千兩百多年的窳政也慢慢的從社會中拔除。由以上可見行之千餘年的「樂戶」制度，其主管機關，在中央為太常寺為教坊司，在地方為州郡縣政府；其供奉中央之樂戶，來自州縣之選拔。因之其所職所司，堪稱一脈相承。而其所職所司，亦正是其生活方式之

[132] 《世宗憲皇帝實錄》（北京：中華書局一九八五年《清實錄》，第七冊），卷六，頁一三六。

[133] 同前注，（《清實錄》，第八冊），卷九四，頁二六三。

[134] 同前注，（《清實錄》，第七冊），卷五六，頁八六三。

概況，大抵為：為宮廷承應，為王府高官執事，為地方官府應差，即所謂「應官身」。另外尚須為軍旅、為寺屬音聲服務。而他們的經濟來源，主要是為民間服務，包括勾欄演戲和淪為娼妓之所得。

我們上文已從《青樓集》得知元代歌伎伎藝涵養之概況，如果再從「元、明」雜劇來觀察，那麼元、明兩代的樂戶歌伎，做的是「迎官員、接使客」，「應官身、喚散唱」；或是「著鹽客、迎茶客」，「坐排場、做勾欄」。她們扮演各種雜劇充任各種腳色，元代已見上述，而明代之劉金兒是副淨色（《復落娼》），橘園奴是名旦色（《桃源景》），劉盼春能夠「記得有五、六十個雜劇」（《香囊怨》），可見與元代樂戶不殊[135]。

元、明之樂戶歌伎演出雜劇如此，那麼唐代之樂戶歌伎演出唐參軍戲，宋代之樂戶歌伎演出宋雜劇和南曲劇文，也應當是理之所當然的了。

(四)瓦舍勾欄中的書會

1.宋、元的書會

瓦舍中技藝，尤其是屬於表演藝術者，與「書會」有密切關係。書會的名義和性質，自從前輩學者如孫楷第、馮沅君、胡士瑩、錢南揚著書立說後[136]，已取得頗為一致的見解，因為他們的看法基本上相同，那就是

135 以上見拙著：《明雜劇概論》（臺北：學海出版社，一九九九年），頁五。

136 〈元曲新考・書會〉云：「『宋、元』間文人結社，有所謂書會者，乃當時民間社會之一。其社雖亦以較論文藝為宗旨，而其講求範圍不外談諧歌唱之詞，所尚者風流而非風雅，故與詩社、文社異。」（見孫楷第：《也是園古今雜劇考》（上海：上海出版社，一九五三年），附錄，頁二八八）馮沅君〈古劇四考跋・才人考：人才，書會〉云：「宋、元時慣稱編劇本的人為『才人』。『才人』本與才子同義，即是人之有文才者，在當時卻用以與『名公』對稱，用以表示劇作者的

「宋、元」時代的「書會」，是民間文藝家的行會組織，其成員被稱作才人或先生，為民間表演藝術家亦即樂戶伎人編寫演出的底本，諸如劇本、話本、曲詞、隱話等等。

但是「書會」的本義其實並不如此。《都城紀勝・三教外地》條：

都城內外，自有文武兩學，宗學、京學、縣學之外，其餘鄉校、家塾、舍館、書會，每一里巷須一二所，弦誦之聲，往往相聞。遇大比之歲，間有登第補中舍選者。137

身分。名公指的是達官貴人，如楊梓。『才人』的名位較卑下，其中有低級官吏、遺民、商人、醫生等，甚且有倡優，如白樸，施惠，紅字李二諸人。就對於戲劇的貢獻論，後者遠在前者之上。這時候，在杭州、永嘉、大都等地有所謂書會。書會似乎各有特殊的名字，如九山書會，武林書會等。他們常以劇本供給演劇者，因為所謂才人也者往往是這種團體的成員。劇本以外，書會編撰的作品有賺詞、譚（諢）詞、猢猻（疑為弄猢猻者說唱的底本），詞話等。」（見馮沅君：《古劇說彙》（上海：商務印書館，一九四七年），頁五一－五二）胡士瑩云：「從南宋到元代，說話和戲劇等伎藝相當發達，因此，當時就有專門替說話人、戲劇演員編寫話本和腳本的文人，這些文人有自己的行會組織。」見胡士瑩：《話本小說概論》（北京：中華書局，一九八〇年），頁六五。錢南揚云：「書會是宋金元時代編寫戲劇話本等等的團體組織，故《武林舊事》卷六把它列入『諸色伎藝人』中。書會中人稱才人，本書《錯立身》題『古杭才人新編』即指書會中人。九山，永嘉地名，至今猶存，書會蓋即以所在地為名。」見錢南揚校注：《張協狀元》，收入《永樂大典戲文三種校注》（北京：中華書局，一九七九年），頁四《校注》一。錢氏《戲文概論・演唱第六・書會與劇團》亦論及書會與才人，旨趣大抵相同，但更為詳盡。見錢南揚：《戲文概論》（上海：上海古籍出版社，一九八一年），頁二一七－二二一。

137 見孟元老等：《東京夢華錄（外四種）》，頁一〇一。

則「書會」原本和鄉校、家塾、書館一樣，是兩宋里巷中用來課讀切磋之所。138

138 相關資料尚見：黃榦《勉齋集》卷十八有〈與葉雲叟書〉，該書共兩通，前通云：「吾友以妙年能力學自守，為異鄉之人所信向，殊可歎服，更幸勉之。……依本分教人子弟，以活其家，此最為上策。但亦須自治讀書為文，令有教人之具，又須專心致志，以思所以教人之方，則書會庶可以長久也。」後通云：「鄉曲書館可以接續子弟，得所矜式，事親治家，往來良便，如是足矣。惟閒居更益厲所學為佳，讀書向道乃終身事，不可自廢也。」（〔文淵閣《四庫全書》本，第一一六八冊〕，頁一九三。）據以上引文，受信人葉雲叟顯然是位教書先生，其教書的場所，一個稱「書會」，一個則稱「書館」。書會作為對士子、蒙童的教育場所，在宋代十分流行。北宋李光有〈戊辰（宋哲宗元祐三年〔一〇八八〕）冬，與鄉士縱步至吳由道書會，所課諸生作梅花詩，以先字為韻，戲成一絕句。後三年，由道來昌化，索前作，復次韻三首，并前詩贈之〉一詩（《莊簡集》〔文淵閣《四庫全書》本，第一一二八冊〕，卷七，頁五〇二。），這是迄今所見最早的書會記載，也是此類書會見於北宋的唯一記載。南宋時有關此類書會的記載則多得指不勝屈，如：王十朋《梅溪王先生文集·後集》卷一七〈悼亡詩〉注云：「予一日忽言窮，令人曰：『君今勝作書會時矣，不必言窮。』予悅其言，蓋死之前數日也。」（〔《四部叢刊正編》本〕，頁二八三）又，葉適〈通直郎致仕總幹黃公行狀〉云：「君諱雲，字鼎瑞，吳郡人。……既冠，入太學，文義益通達。吳中大書會稀少，至君學蚤成，後生慕從常百餘人，勤苦誘掖，一變口耳之習，其薦第有名多君門下，他師不敢望也。」（《水心先生文集》〔《四部叢刊正編》本〕，卷二六，頁二九二）又，楊萬里《誠齋集》卷一三三附〈謚文節公告議〉，記楊萬里之子述萬里臨終前一天情形，云：「忽有族侄楊士元者，端午節自吉州郡城書會所歸省其親，伍月柒日來訪先臣萬里，方坐未定，遽言及邸報中所報侂胄用兵事……」（〔《四部叢刊正編》本〕，頁一二一七）又，朱熹《朱子語類》卷八四〈禮一〉「論修禮書」條，記朱熹與黃商伯書云：「若渠今年不作書會，則煩為道意，得其一來為數月留，千萬幸也。」同書卷一〇九〈朱子六〉「論取士」條：「可學曰：『神宗未立三舍前，太學亦盛。』曰：『呂氏《家塾記》云，未立三舍前，太學只是一大書會，當時有孫明復、胡安定之流，人如何不趨慕。』」同書卷一一七〈朱子十四〉「訓門人五」條：「臨行拜別，先生曰：『安卿今年已許人書會，冬間更而《武林舊事》卷六卻把「書會」列於「諸色伎藝人」中，有云：

> 李霜涯（作賺絕倫）、李太官人（譚詞）、葉庚、周竹窗、平江周二郎（猢猻）、賈廿二郎。[139]

則起碼在南宋，書會已在瓦舍勾欄中，與「御前應制」、「御前書院」、「棋待詔」，乃至於「演史」、「說經諢經」、「小說」、「影戲」、「唱賺」、「小唱」等等五十四種「諸色藝人」並陳，可見誠如郭振勤〈宋、元「書會」考辨〉所云：

> 書會是宋、元士子、蒙童教學知識的組織，在自身的發展中，出於生活的需要，也由於戲文和雜劇的逐步成熟，其他伎藝的進一步壯大、文學性的加強，使書會中的不少人參與了戲曲劇本或其他伎藝底本的編撰。[140]

郭氏的見解，應當是頗合乎「書會」在文獻上所呈現的意義的。[141]而李霜涯等三人所注，蓋特別點名其所擅長

須出行一遭。』」〔宋〕黎靖德：《朱子語類》（北京：中華書局，一九九四年），第六冊，頁二一九二、第七冊，二六九二、二八三三。反映宋代文化教育和科舉應試教育的發達。以上見歐陽光〈「書會」別解〉，《文史》二〇〇三年第二輯，頁一一七—一一八。

[139] 見孟元老等：《東京夢華錄（外四種）》，頁四五四。

[140] 郭振勤：〈宋、元「書會」考辨〉，《河南大學學報》（社會科學版）一九九一年第五期，頁四六。

[141] 吳戈〈「書會才人」考辨〉（《上海師範大學學報》〔哲學社會科學版〕一九八八年第四期，頁七〇—七六），吳晟〈書會補說與才人辨正〉（《文獻》二〇〇〇年第三期，頁一二四—一三一）亦有相近似之見解。

撰作之伎藝。他們應無問題，在瓦舍勾欄中同屬書會中人。以下見於文獻的「書會」，應當都如郭氏所云，如：南宋戲文《張協狀元》有「九山書會」，其開首謂「《狀元張協傳》，前回曾演，汝輩搬成。這番書會，要奪魁名」之語；其第二出生唱〈燭影搖紅〉，云：「九山書會，近目翻騰，別是風味。」[142]可以想見「書會」之性質已演變成文人編撰民間通俗文學的組織，其所謂「近目翻騰」，即指「目前將劇本修改重編」；而由「要奪魁名」之語，也可見書會彼此之間有所競爭。

又《清平山堂話本．簡貼和尚》一般認為是宋人話本，其最後一段云：

> 一個書會先生看見，就法場上做了一隻曲兒，喚作【南鄉子】。[143]

可知書會的成員稱為「書會先生」。這種「書會」，又如：宋永嘉書會編撰《白兔記》、元人戲文《小孫屠》題「古杭書會」編撰、元戲文《宦門子弟錯立身》題「古杭才人新編」[144]。才人應當也是書會中的成員，有如「書會先生」。又元鍾嗣成《錄鬼簿》「李時中」條有「元貞書會」、「蕭德祥」條有「武林書會」，賈仲明〈書《錄鬼簿》後〉有「玉京書會」[145]。又《水滸全傳》第一百十四回云：「看官聽說：這回話都是散沙一般，先人書會流傳，一箇箇都要說到，只是難做一時說。」又云：「這西湖景致，自東坡稱讚之後，亦有書會吟詩和韻，不

[142]《張協狀元》二段引文，見錢南揚：《永樂大典戲文三種校注》，頁一、一三。

[143]〈簡貼和尚〉，收入《清平山堂話本》（上海：上海古籍出版社，一九九三年《古本小說集成》，第一七種），頁三三。

[144] 見錢南揚：《永樂大典戲文三種校注》，頁二五七、二一九。

[145]〔元〕鍾嗣成：《錄鬼簿》（上海：上海古籍出版社，二〇〇二年《續修四庫全書》，第一七五九冊影印寧波天一閣博物館藏抄本），卷上，頁一五二、卷下，頁一六二、卷首，頁一四二。

能盡記。」[146]

又《寒山堂新定九宮十三攝南曲譜》卷首〈譜選古今傳奇散曲集總目〉中《風風雨雨鶯燕爭春記》原注云：「劉一捧著。史九敬先壻。」而同書《董秀英花月東墻記》下注云：「九山書會捷譏史九敬先著」。而《西池宴王母瑤臺會》下之注則云：「前明官抄本也。原題敬先書會合呈。」《荊釵記》下注亦云：「吳門學究敬先書會柯丹邱著」《張協狀元傳》下注亦云：「吳中九山書會著」[147]。

又《蘇小卿西湖柳記》：《傳奇彙考標目》作《蘇小卿怨楊柳》，題「書會李七郎」編撰，並注云：「杭州人。」當是古杭書會才人[148]。《伍倫全備忠孝記》第一齣【鷓鴣天】云：「書會誰將雜曲編，南腔北曲兩皆全。」[149]

又周密《齊東野語》卷二十〈隱語〉條云：

> 古之所謂廋詞，即今之隱語，而俗所謂謎。……有以今人名藏古人名者云：「人人皆戴子瞻帽（原注仲長統），君實新來轉一官（原注司馬遷），門狀送還王介甫（原注謝安石），潞公身上不曾寒（原注溫彥博）。……然此近俗矣。若今書會，所謂謎者，尤無謂也。[150]

[146] 施耐庵、羅貫中：《水滸傳》，頁一三九三、一三九九。

[147] 〔清〕張大復：《寒山堂新定九宮十三攝南曲譜》（《續修四庫全書》，第一七五〇冊影印中國藝術研究院藏鈔本），頁六四四、六四六、六四三、六四四。

[148] 〔清〕無名氏：《傳奇彙考標目》，收入《中國古典戲曲論著集成》，第七冊，頁二五〇注七所云「別本第四」。

[149] 〔明〕邱濬《重訂附釋註伍倫全備忠孝記》，收入林侑蒔主編：《全明傳奇》（臺北：天一出版社，一九八五年），頁一a。

從這些資料已大體可以看出「宋、元」書會應當相當的普遍。而鍾嗣成《錄鬼簿》一書，記錄了「前輩已死名公才人有所編傳奇行於世者五十六人」、「方今已亡名公才人余相知者，為之作傳以凌波仙弔之」者十九人、「已死才人不相知者」十一人、「方今才人相知者紀其姓名行家并所編」者二十一人，「方今才人聞名而不相知者」四人，這總計一百十一人中，大多數是被他稱為「傳奇」的元雜劇作家，自然多半是出諸書會的才人。由鍾氏簡單的小傳，所謂才人雖然也有一部分是低級官吏、醫生、術士、商人、演員，同樣略無功名品位可言，但其才情人格則都是高尚的。

至於書會中才人的身分和生活，很明顯的是落拓的儒生以創作民間文學提供各行技藝演出，獲取筆潤來糊口；也因此往往有志不得伸，牢騷滿腹，放蕩風月江湖。如果要舉一個典型的例子，那麼關漢卿的南呂【一枝花】套〈不伏老〉，可以說就是他才人生活的自白和寫照：

【一枝花】攀出牆朵朵花，折臨路枝枝柳。花攀紅蕊嫩，柳折翠條柔。浪子風流，憑着我折柳攀花手，直煞得花殘柳敗休。半生來折柳攀花，一世裡眠花臥柳。

【梁州第七】我是箇普天下郎君領袖，蓋世界浪子班頭。願朱顏不改常依舊，花中消遣，酒內忘憂，分茶擷竹，打馬藏鬮，通五音、六律滑熟，甚閑愁、到我心頭。伴的是銀箏女、銀臺前、理銀箏、笑倚銀屏，伴的是玉天仙、攜玉手、並玉肩、同登玉樓。伴的是金釵客、歌金縷、捧金樽、滿泛金甌。你道我老也，暫休。占排場風月功名首，更玲瓏、又剔透。我是箇錦陣花營都帥頭，曾翫府遊州。

【隔尾】子弟每是箇茅草岡沙土窩初生的兔羔兒乍向圍場上走。我是箇經籠罩受索網蒼翎毛老野雞蹅踏

150 〔宋〕周密：《齊東野語》（《百部叢書集成》，第四六輯第二〇函影印《學津討原》本），卷二〇，頁一四b—一六b。

的陣馬兒熟。經了些窩弓冷箭蠟鎗頭。不曾落人後。恰不道人到中年萬事休。我怎肯虛度了春秋。

【尾】我是個蒸不爛、煮不熟、搥不匾、炒不爆、響璫璫一粒銅豌豆，恁子弟每誰教你、鑽入他、鋤不斷、斫不下、解不開、頓不脫、慢騰騰千層錦套頭。我玩的是梁園月，飲的是東京酒，賞的是洛陽花，攀的是章臺柳。我也會圍棋，會蹴踘，會打圍，會插科，會歌舞，會吹彈，會嚥作，會吟詩，會雙陸。你便是落了我牙，歪了我嘴，瘸了我腿，折了我手，天賜與我這幾般兒歹症候，尚兀自不肯休。則除是閻王親自喚，神鬼自來勾，三魂歸地府，七魄喪冥幽。天哪！那其間才不向烟花路兒上走。[151]

我們知道元代書會中的所謂「才人」，大都是「躬踐排場，偶倡優而不辭」。從這套曲子看來，關漢卿可以說是此中之「佼佼者」，或「最甚者」。他自己說「半生來、折柳攀花，一世裏、眠花臥柳。」是個「普天下、郎君領袖，蓋世界、浪子班頭。」凡是風月場中的各種技倆，他無所不能，無所不會，他自比是圍場中歷經滄桑的「老母雞」，已經不在乎「窩弓冷箭蠟槍頭」【隔尾】，他早就變成了蒸不爛、煮不熟、搥不匾、炒不爆、響璫的一粒「銅豌豆」，他這付德性，必須等到「閻王親自喚」、「七魄喪冥幽」的時候才會根絕了。

從表面看來，關漢卿是如此的「風流浪蕩」，但是當我們讀到「恰不道人到中年萬事休，我怎肯虛度了春秋」這樣的話語時，似乎在他那「風流才子、浪漫才人」的行徑之外，又嗅出一分莫可奈何的悲哀。他必須把有用的生命才情，虛擲在那「慢騰騰千層錦套頭」裏，他寫得越火辣，越瀟灑，他的悲哀似乎越激越、越深沉。我們知道歷朝歷代遭遇偃蹇、有志不得伸的豪傑英賢，往往耗之於酒、寄之於色、託之於神仙道化，他們都故作豪邁、故作超脫，而其鬱勃、其執著，往往是彌甚的。我們如果從這個層面來看這套曲子，似乎更能探觸到

[151] 見〔元〕關漢卿：〈不伏老〉，《全元散曲》，頁一七二—一七三。

他的心靈。而元代書會才人普遍具有這樣的心靈。

書會如上所述，可是到了明初邱濬（一四一八—一四九五）之後，不再有書會出現。對此錢南揚《戲文概論・源委第二・第三章元明戲文的隆衰》有所說明：

> 明人雖有提到書會的，如《伍倫全備忠孝記》第一齣《鷓鴣天》云：「書會誰將雜曲編？南腔北曲兩皆全。」恐怕是指前朝的書會，因為在明朝，不再看到某人是書會才人，某戲是某某書會編撰的記錄。據我猜測，明初禁令極嚴，除職業演員外，軍人學唱的割了舌頭（《野獲編》《補遺》卷三〈賭博厲禁〉條），百姓歌舞的倒懸三日而死（《榕村語錄》卷二十二〈歷代〉條）。書會才人又不能算職業演員，有時不免要吹吹唱唱，便有受倒懸的危險；而當時知識分子的地位，顯然有所提高，不再是九儒十丐的元朝了。在這種情況之下，自然捨棄才人生活，而走向科舉的道路，書會因此解體。[152]

錢氏的說明甚為合理，是可以採信的，如此說來，所謂「書會」只是宋、元間社會的產物，至明代就銷聲匿跡了。

2. 歐陽光的〈「書會」別解〉

有關宋、元「書會」的名義和內涵概要，大抵如前節所述。但是歐陽光二〇〇三年二月在《文史》總六十三輯所發表的〈「書會」別解〉，認為河南省寶豐縣城南約十五里處馬街村，至今每年農曆正月十三日所舉行的「書會」活動，正是宋、元書會的「活化石」。歐陽氏據新編《寶豐縣誌》云：

152 錢南揚：《戲文概論》，頁五三，注三。

馬街書會源遠流長。據馬街村廣嚴寺及火神廟碑刻記載，此會源於元延祐年間（一三一六），至今已近七○○年。[153]

有七百年歷史，今日猶然舉行，自可稱為「活化石」。

歐陽氏於二○○一年五月和二○○二年二月兩度親赴馬街村「書會」調查，有以下的觀感：

1.群眾性：每年與會藝人成百上千，來自河南、湖北、安徽、陝西、江蘇、山東、四川、甘肅等十數個省數十個縣。與會群眾十數萬人以上。皆出自群眾自願參與。

2.包容性與開放性：各種劇種和曲藝彙聚一起，如河南墜子、湖北漁鼓、四川清音、山東琴書、鳳陽花鼓、南陽大調、徐州琴書、三弦書、大鼓書、評書、亂彈、道情等，真個兼容並蓄，爭奇鬥艷。其表演單位無論團體或個人，皆自稱「棚」。每年少則二、三百棚，多則四百餘棚。

3.深厚的傳統和頑強的歷史生命力：能夠綿延七百年，自有深厚的民間文化傳統。

歐陽氏因此說：「書會」之「會」顯然是指其戲曲、曲藝等表演藝術的同場會演，與「廟會」之「會」意思相當，而與一般將「書會」之「會」解釋為組織、團體是明顯不同的。於是他以此「新意」來覆按文獻，提出五例論證，但其最值得注意的似乎只有其第三例，大意謂：

天一閣抄本《錄鬼簿》李時中下賈仲明輓詞有云：「元貞書會李時中、馬致遠、花李郎、紅字公，四高賢合捻《黃粱夢》。」[154] 一般認為李時中等四人均屬「元貞」這一個「書會」的成員。但賈氏輓詞其他提到「元

---

[153] 見歐陽光：〈「書會」別解〉，頁一一九。

[154] 鍾嗣成：《錄鬼簿》，頁一五二。

貞」的，如輓趙公輔：「儒學提舉任平陽，公輔先生天水郎，元貞、大德乾元象。」輓趙子祥云：「一時人物出元貞，擊壤謳歌賀太平。傳奇樂府時新令，錦排場起玉京。」輓花李郎云：「樂府詞章性，傳奇么末情；考興在大德、元貞。」輓趙明道云：「鍾公《鬼簿》應清朝，《范蠡歸湖》手段高。元貞年裡，昇平樂章歌汝曹，喜豐登雨順風調。」輓狄君厚云：「元貞、大德秀華夷，至大、皇慶錦社稷，延祐、至治承平世。養人才編傳奇，一時氣候雲集。」輓顧仲清輓詞云：「唐虞之世慶元貞，高士東平顧仲清。」[155]凡此均可見「元貞」和大德一樣，皆指元成宗的年號。所以賈氏輓李時中的這句話應理解為：在元貞年間的書會活動中，李時中等四人合作撰寫《黃粱夢雜劇》。

以「元貞」年號來作為文人結社團體的名稱，雖然不全無可能，譬如該書會成立於元貞年間就可以此命名；或如么書儀所云：「元貞時期的書會」亦可言之成理[156]。但歐陽氏的「元貞年間的書會活動」說，亦言之成理。

此外的四例，則都未必站得住腳。

其第一例舉《張協狀元》「這番書會，要奪魁名，占斷東甌盛事，諸宮調唱出來因。」把「這番書會」講成「這次會演活動」，但他忽略了「這番」是針對上文「狀元張協傳，前回曾演，汝輩搬成」而言的。亦即說前次你們劇團演過《狀元張協傳》，我們九山書會這個團體此次又在「近目翻騰，別是風味」，意思是說，目前在劇本上又大大的修編，更別具風趣品味，我們書會眾才人立志要奪取第一名。對此錢南揚《戲文概論・演唱第六》有詳細論述。如果「九山書會」是指一次在九山的民藝會演活動，如何能將《狀元張協傳》「近目翻騰，別是風

---

[155] 以上引文分別見同前注，頁一四八、一五〇、一五五、一四七、一五〇、一五四。

[156] 見么書儀：〈《錄鬼簿》賈仲明吊詞三釋〉，《元人雜劇與元代社會》（北京：北京大學出版社，一九九七年），頁二五一－二五二。

味」？

其第二例舉周密《齊東野語》卷二十〈隱語〉條，謂「若今書會所謂謎者，尤無謂也。」（已見前文）是說像在民藝會演活動中的所謂謎語，論其藝文機趣，真是不足道了。但是這句話又何嘗不能這麼解釋：若像現在一般書會才人所撰製的謎語，論其品味就談不上了。

其第四例舉賈仲明〈書錄鬼簿後〉謂鍾嗣成「所編《錄鬼簿》，載其前輩玉京書會、燕趙才人、四方名公士夫，編撰當代時行傳奇、樂章、隱語，比詞源諸公卿大夫士，自金之解元董先生，並元初關漢卿已齋叟，前後凡百五十一人，編集于簿。」取么書儀之說，認為「玉京是大都的代稱」而不是具體書會組織的名稱[157]，因謂「所謂玉京書會，同樣可以解讀為在元朝京城大都舉行的書會會演活動。在這一大型會演活動中，有大量燕趙籍的才人和四方有名作家參與其中，「編撰當代時行傳奇、樂章、隱語……。」但這樣的「玉京書會」何嘗不能像么氏所云「玉京裡的書會」？何況玉京書會、燕趙才人、四方名公士夫是三個並行的概念，玉京、燕趙、四方皆指地域，則書會、才人、名公士夫自然皆指人物而言，「書會」無論如何就不能指「民藝會演活動」了。

其第五例舉周密《武林舊事》卷六〈諸色伎藝人・書會〉（已見前文），謂李霜涯等六人為書會活動的「會首」，「諸色伎藝人」在「書會」以下五十一項皆為民藝書會活動的民藝項目。但是歐陽氏忽略了「書會」在「諸色伎藝人」等五十五項中，其排列是「平行」的，而不是「書會」居高，其下五十一項低格書寫；若此，「書會」如何能予以統轄？何況就文獻而言，書會未見涵括如此眾多的技藝。而此五十五項，明明指的就是「諸色伎藝人」，在周密眼中，書會中的才人，也不過是瓦舍勾欄中的一種「技藝人」而已。

---

157 見同前注，頁二四九－二五〇。

也因此，歐陽氏在文末自己承認：

筆者所作的新的解讀，由於文本材料的缺乏，從總體上說，仍然以猜測的成分為多，它能夠解釋得通現今所知的有關宋、元書會的大多數材料，但仍有少部分材料不能得到圓滿解釋，更不敢說已找到了最接近事實的答案。[158]

而其所謂「解釋得通」的材料，事實上亦難於教人信服；更何況其所謂「不能得到圓滿解釋」的材料，諸如前引「一個書會先生」、「古杭書會」與「古杭才人新編」、「亦有書會吟詩和韻」、「九山書會捷譏史九敬先著」、「吳門學究敬先書會柯丹邱著」、「書會李七郎」等，如果不將「書會」作才人組織的團體，是很難說得通的。因此，歐陽氏之「別解」，用在今之所知的文獻上是很難自圓其說的。

但是，河南省寶豐縣城南十五里處馬街村，每年農曆正月十三日所舉行的「書會」活動，自元仁宗延祐間迄今已持續七百餘年，歐陽氏亦兩度親臨調查，如果說它不是「活化石」，也很難說得過去。那麼又如何說明其與文獻的衝突呢？鄙意以為，「書會」一詞，在南、北宋時既原本作為和鄉校、家塾、書館一樣，是兩宋里巷中用來課讀切磋之所，而南宋以後卻入於瓦舍勾欄中與「諸色伎藝人」並列，作為民間文藝家的行會組織，成員為民間表演藝術家編寫戲曲、話本等演出底本，則到了元仁宗延祐年間，自然也可以把在民間興起的各地書會的伎藝會演活動，引申其義稱作「書會」。也就是說，宋、元間的「書會」雖不改其名而其義則有三遷。這種情況就如同唐雜劇、宋雜劇、元雜劇、明清雜劇，「雜劇」之名雖一，但其內容實質則已隨時代而改變。這種「名

[158] 見歐陽光：〈「書會」別解〉，頁一二七。

同實異」的現象，實在不違枚舉。只是南北戲劇成立與興盛之時，「書會」應取其第二義方合事實需要，如此文獻上便都能與「書會才人」的一般認知相合。

3. 書會才人與樂戶優伶的關係

由上文所引述的資料，可見書會才人為瓦舍勾欄的樂戶藝人，提供戲曲劇本乃至各種表演藝術的腳本；而關漢卿、馬致遠、石君寶、喬吉、張壽卿、賈仲明、戴善甫等人所編寫的妓女劇[159]，很顯然就是書會才人從瓦舍勾欄的樂戶藝人直接取材，而且頗具社會現實的寄意。也有才人與藝人合作編劇的情況，如馬致遠與李時中、花李郎、紅字李二合編《黃粱夢》[160]，孔文卿與楊駒兒合編《東窗事發》[161]都是顯著的例子，至於才人與歌妓的私交與酬贈，如關漢卿之南呂【一枝花】散套〈贈珠簾秀〉也是很自然的事。

而若論兩宋瓦舍勾欄藝人與書會先生，有什麼樣的貢獻，前者誠如孫崇濤、徐宏圖《戲曲優伶史》所云：

---

[159] 這些妓女劇可分作三種類型：其一是敷衍士子與妓女間的風流情趣事，如：關漢卿《謝天香》、戴善甫《風光好》、張壽卿《紅梨花》、喬吉《揚州夢》等；其二是敷演其間的戀情被鴇母所阻終至團圓事，如關漢卿《金線池》、石君寶《紫雲亭》、《曲江池》，喬吉《兩世姻緣》等，其三是敷演士子、歌妓與富豪或大賈之間的三角戀情，如馬致遠《青衫淚》、賈仲明《對玉梳》、《玉壺春》、無名氏《雲窗夢》、《百花亭》，所反映的是書會才人空中樓閣的戀情，其唯一真正寫實的是關漢卿的《救風塵》。

[160] 賈仲明〈淩波仙李時中〉弔詞云：「元貞書會李時中、馬致遠、花李郎、紅字公，四高賢合捻《黃粱夢》。東籬翁頭折冤，第二折商調相從；第三折大石調、第四折是正宮。都一般、愁霧悲風。」見鍾嗣成：《錄鬼簿》，卷上，頁一五二。

[161] 《錄鬼簿》孔文卿《秦太師東窗事犯》下注「二云楊駒兒作」（見《中國古典戲曲論著集成》，第二冊，頁一一七），天一閣本注文云：「二本，楊駒兒按。」（同前注，頁一五一）說集本注文云：「楊駒兒做者」（見《中國古典戲曲論著集成》，第二冊，頁二〇三，注五九二），可能孔文卿與楊駒兒合著，或各有所著。

㈠兩宋諸色伎藝人特別是說唱藝人，充分地發展了中國敘事體的文藝，為中國戲曲準備了充足的題材與表述技巧。……㈡兩宋諸色伎藝人的各類伎藝，較全面地創造了中國戲曲各種表現手段。……㈢兩宋諸色伎藝人在表演上的一專多能，造就了一批多才多藝的戲曲優伶的先驅藝人。[162]

也就是說兩宋的諸色伎藝人所擅長的各色各樣的藝術，已經為即將發展完成的戲曲大戲藝術，提供了完全而充分的所有滋養條件。那麼為諸色伎藝人以「創作」為服務的「書會先生」又具有什麼貢獻呢？如果諸色伎藝人所呈現出來的藝術有表裡之分的話，那麼書會先生所提供的正是「裡子」，也就是藝術所憑藉生發展現的原動力；如果沒有他們的創作為根本，藝人除「特技」外，就很難逞他們的「口舌之能」了。也因此書會先生與瓦舍藝人其實是相為表裡的，無須分其軒輊的；而何況書會先生事實上也是瓦舍勾欄中的「諸色伎藝人」之一。所以兩者的貢獻，應如孫、徐二氏所云，是等量齊觀的。

結語

總結以上，宋、元之瓦舍勾欄，論其名義，所謂「瓦舍」，本義為瓦覆之屋舍，因漢譯佛經而有「僧舍」之義，進而為「佛寺」之名；又由於北魏之後，佛寺戲場興起，至北宋佛寺既為戲場，又名瓦舍，其汴京相國寺可以為證；又因北宋時唐代以前之坊市制已毀，改為街市制，瓦舍亦或由佛寺而廣布街市之中，乃成為庶民游賞之所、百藝薈萃之地。瓦舍中之「勾欄」，本為欄杆之義，亦因佛經中所描述之天宮淨土極樂世界之歌舞演藝場所，皆在「勾欄」之中，因以之為歌舞等演出場所之名。然而宋、元之「瓦舍勾欄」，實為百藝會演的戲場，

[162] 孫崇壽、徐宏圖：《戲曲優伶史》，頁九二－九四。

也是酒樓茶肆歌兒舞女賣身賣藝的據點，更是「士庶放蕩不羈之所，亦為子弟流連破壞之地」。

兩宋瓦舍勾欄中伎藝，見於以下四書者：《東京夢華錄》二十七種，《都城紀勝》近百種，《繁勝錄》二十七種，《武林舊事》六十種。可分類為樂舞十八種、歌唱八種、雜技六十九種、說唱二十種、戲曲雜劇一種、偶劇八種，總計一二四種，其數目之多歷代文獻所僅見。其伎藝成立行社者已所在都有。其技藝，單就說唱中，傳踏（轉踏、纏達）、唱賺、覆賺、諸宮調而言，已可見兩腔循環之子母調、纏令、帶賺之纏令，以及單曲和單曲加尾聲之短套對南北曲套式結構的影響，其他對於南戲北劇之成立，或提供因素，或提供題材。也就是說，南戲北劇之成立，在瓦舍勾欄中，不止給予孕育的溫床，也給予形成所必須的滋養。

而在瓦舍勾欄中活躍的樂戶，其制度自北魏孝文帝太和五年（四八一）至清雍正元年（一七二三），計施行一千三百四十二年，如果連同其前身的先秦優伶樂人而論，則何止邁越兩千年而已！職掌中國表演藝術如此長久的「樂戶」，竟是罪戾之人，竟是卑賤之輩，則其藝術又焉能為世人所重！而樂戶之眾，充斥朝廷官府，遍布郡國州縣，尤以朱明一代為甚。

而另外在瓦舍勾欄中同樣活躍的書會，只是宋、元的產物。「書會」一詞的意義，在宋代原本和鄉校、家塾、書館一樣，是兩宋里巷中用來課讀切磋之所；後來成為民間文藝家的行會組織，其成員被稱作才人或先生，為民間表演藝術家，亦為樂戶伎人編寫演出的底本，諸如劇本、話本、曲詞、隱語等等。大約在元仁宗延祐（一三一四－一三二〇）年間，又把在民間所推動的伎藝會演活動，亦稱作「書會」。於是「書會」一詞，其義乃有三遷；然而若就宋、元瓦舍勾欄中的「書會」而言，實應以其第二義為是。

樂戶伎人和書會才人在瓦舍勾欄中關係極為密切，相為表裡。才人為勾欄演出提供文學的憑籍，伎人為勾欄演出呈現藝術的光華。而若就南戲北劇之由小戲壯大為大戲而言，則瓦舍勾欄實已提供充分之養分與安適之溫床，而樂戶書會實已從中調適運作做了極有力的推手。也因此我們說，如果沒有宋、元的瓦舍勾欄和活躍在其中的樂戶書會，中國大戲南戲北劇的成立和完成，又不知更要晚至何時。

二〇〇五年二月十日農曆乙酉年初二

三月十二日二稿

三月二十八日三稿

二、戲曲劇場的五種類型

前　言

在探討本論題之前，請先將「戲劇」、「戲曲」、「劇場」這三個名詞給予定位。「戲劇」一詞雖早見諸唐代，作為滑稽小戲的稱呼，但明代則為約取「南戲北劇」而成，現代應取其廣義。舉凡「真人或偶人演故事」皆是。因此，戲曲、偶戲、話劇、歌劇、舞劇、默劇、電影、電視劇都屬戲劇。「戲曲」一詞始於宋代，原是「戲文」的別稱，王國維以後用來作為中國古典戲劇的總稱。舉凡「演員合歌舞以代言演故事」皆是。因此，《東海黃公》、踏謠娘、參軍戲、宋雜劇、金院本、宋元南曲戲文、金元北曲雜劇、明清傳奇、明清雜劇、清代京劇，以及近代地方戲曲和民族戲劇都屬戲曲。

「演員合歌舞以代言演故事」較諸「合歌舞以演故事」，可見靜安先生忽略他自己所強調的「代言」要件。細繹這個定義，可以理出構成「戲曲」的要素有演員、歌唱、舞蹈、故事和未見諸文字的表演場所等五項，而事實上這五項要素雖是構成戲曲的必備條件，也止能形成戲曲的雛型，也就是「小戲」，若就歷代劇種而言，即是《東海黃公》、踏謠娘、參軍戲、宋雜劇、金院本和秧歌戲、花鼓戲、花燈戲、採茶戲等近代地方小戲。如果是像南戲北劇和傳奇、京劇等「大戲」，其構成的要素就要更多，其藝術也要更精緻[163]。

---

[163] 以上三段見拙著：〈也談戲曲的淵源、形成與發展〉，《臺大中文學報》第一二期（二〇〇〇年五月），頁三六五－四二〇；後收入《戲曲源流新論》（臺北：立緒文化公司，二〇〇〇），及《戲曲源流新論（增訂本）》（北京：中華書局，二

「劇場」是指戲曲演出的場所，包括演員表演的「舞臺」和觀眾觀賞的「看席」。劇場的體製結構有所不同，則戲曲演出的場合、觀眾及其所表演的題材內容、思想情感和藝術屬性就會有所差異。也就是說劇場與戲曲之間有密切的互動關係。其不同的劇場體製也必然呈現不同的戲曲類型。

(一)中國歷代劇場概述

中國戲曲最早的劇場形式是在平地上的廣場，如葛天氏之樂[164]，漢代角觝戲、唐代踏謠娘都是在「場」上演出，表演者在場中央，觀眾或是在四周站立圍觀，或是在臺觀上居高臨下觀看。或如「宛丘」，四面高、中間低[165]。漢文帝時始有「露臺」[166]，北魏有佛寺劇場[167]。

〇〇八）。

164 《呂氏春秋》卷五〈仲夏記・古樂〉云：「昔葛天氏之樂：三人操牛尾，投足以歌八闋。」見《呂氏春秋》，收入《聚珍仿宋四部備要・子部》第三六五冊（臺北：中華書局，一九六五，據畢氏靈巖山館校本刊印），頁八。

165 見《詩・陳風・宛丘》：「坎其擊鼓，宛丘之下。無冬無夏，值其鷺羽。」〔清〕阮元校勘：《十三經注疏》第二冊（臺北：藝文印書館，一九八九），頁二五〇。

166 《漢書》卷四〈文帝紀贊〉云：「嘗欲作露臺，召匠計之，直百金。上曰：百金，中人十家之產也。吾奉先帝宮室，常恐羞之，何以臺為？」（臺北：鼎文書局，一九九七），頁一三四。

167 《洛陽伽藍記》卷一〈景樂寺〉：「至于六齋，常設女樂：歌聲繞梁，舞袖徐轉，絲管寥亮，諧妙入神。以是尼寺，丈夫不得入。得往觀者，以為至天堂。及文獻王薨，寺禁稍寬，百姓出入，無復限礙。後汝南王悅復修之。悅是文獻之弟，召諸音樂，逞伎寺內。奇禽怪獸，舞抃殿庭，飛空幻惑，世所未睹。異端奇術，總萃其中：剝驢投井，植棗種瓜，須臾之間，皆得食之。士女觀者，目亂睛迷。」（臺北：錦繡出版事業公司，一九九二），頁八〇。

而神廟劇場起步於北宋，普及於金元，明中葉以後著手改革，發展到清代更趨完善。

北宋天禧四年（一〇二〇）〈河中府萬泉縣新建后土聖母廟記〉有「修舞亭都維那頭李廷訓等」，元豐三年（一〇八〇）〈威勝軍新建蜀蕩寇將□□□□關侯廟記〉有「舞樓一座」，建中靖國元年（一一〇一）〈潞州潞城縣三池東聖母仙鄉之碑〉有「創起舞樓」，標誌我國神廟劇場最遲在十一世紀已經形成。李廷訓可謂文獻上創建神廟的第一人。

古代神廟裡的舞亭、舞樓、樂亭、樂樓、歌樓等，均為戲臺之稱。

露臺和舞樓、獻殿都是神廟祭祀演藝之所。

而漸次淘汰露臺普建舞樓，是元朝後期到明代前期的事。現存金元戲臺都在山西，有臨汾魏村牛王廟戲臺等十一座。金元戲臺大都遵循宋代建築法典《營造法式》刻意建造。

明代前期，各地神廟一般繼續使用金元舞樓而不斷加以修葺。中葉以後隨戲曲發展而有變革：一是新樂樓與樓閣合一，再在樂樓之下復建戲樓，形成高低兩戲臺的新格局。如榆次城隍廟嘉靖十四年（一五三五）〈增修榆次縣城隍顯祐伯祠記〉所述。二是創建新型過路戲臺，並與神殿連體，以擴大表演區域和後臺面積，如晉中介休市后土廟明正德十四年（一五一九）〈創建獻樓之記〉所述。三是創建山門舞樓，而把戲房附建於舞臺之後。二者連體形成複合頂制。如介休市洪山鎮源神廟萬曆十九年（一五九一）〈新建源神廟記〉所述。四是舞樓左右附建二層戲房，戲房底層則是山門。如陽城縣下交村湯王廟嘉靖十五年（一五三六）〈重修樂樓之記〉所述。五是山門舞樓既附建戲房又帶看樓，這是古代中神廟最完善也是最流行的劇場形式。如高平王何村五龍廟舞樓，其山門額石刻橫帔「古慶雲」，可稱之為「慶雲樓」，時為天啟五年六月[168]。

[168] 以上據馮俊杰編著：《山西戲曲碑刻輯考・前言》擇要（北京：中華書局，二〇〇二），頁一－三〇。

到了宋元時代的劇場，始於唐代的「樂棚」，這就是北宋仁宗以後的「瓦舍勾欄」。「瓦舍」，是固定的商業演出場所，表演雜劇百戲。瓦舍中有「勾欄」，是演員表演的舞臺，下有臺基，以柱子支撐頂棚，並且有板壁隔開前後臺。每座瓦舍中有十來座到數十座不等的勾欄。正戲開始之前，女伶坐在「樂床」，打板念詩，吸引觀眾；後臺叫做「戲房」，是演員化妝、休息的地方；「鬼門道」是演員表演時上下場的出入口。勾欄三面對著觀眾，已經有看席的設置，但觀眾席和舞臺不相連。頭等座叫做「神樓」，正對戲臺；次等座叫做「腰棚」，比「神樓」低，位置也比較偏。觀眾也可以站在舞臺周圍的三面空地上看戲[169]。這種劇場形式一直到清朝都沒有太大的變化，至於現代劇場中所見三面欄隔，只有一面對著觀眾的西式「鏡框式舞臺」，直到清末上海「二十世紀大舞臺」才開始採用。

一般沒有固定演出場所，而在鄉鎮間巡迴演出的戲班子，仍然多在熱鬧寬闊的廣場上演出，叫做「打野呵」[170]。不過也有臨時搭建的舞臺，觀眾站立在舞臺四周，有如今天的「野臺戲」。這樣開放的劇場，自然可以容納成千上萬的觀眾，有時甚至把十幾畝的田地都踏光了[171]。

不論野臺、勾欄、廟臺，都是大眾性的舞臺，另外也有私人的演出場合。如元代的歌伎有「應官身」的義務，也就是當官府中有宴會時，必須前往表演歌舞戲曲。這種「應官身」的表演，只在筵席中鋪上紅氈，適合小規模的演出。明代以後，貴族豪門、文士大夫等上層社會遇到喜慶宴會時，多半在家宅中安排戲曲表演。在

---

169 筆者有〈宋元瓦舍勾欄及其樂戶書會〉一文詳論其事。詳見《中國文哲研究集刊》第二七期，頁一－四三。

170 〔宋〕周密：《武林舊事》，收入於〔宋〕孟元老：《東京夢華錄》（外四種）（臺北：大立出版社，一九八〇），卷六〈瓦子勾欄〉條，頁四四一。

171 見百二十回本《水滸傳》第一百三、四回。

家中搭建戲臺的情形比較少見，多是在廳堂中央畫出一塊區域，鋪上紅色地毯，當作舞臺面，作「紅氍毹」式的演出。伴奏樂隊位在氍毹一旁的後方；廳堂兩旁的廂房充當後臺，演員在這裡化妝、休息，也由廂房房門上下場；觀眾在氍毹兩旁或前方飲酒看戲，女眷則垂簾相隔[172]。

最豪華的私人舞臺莫過於宮廷，宮廷也設有劇場，以便舉行宴會或祝賀節慶時演戲助興。宮廷劇場的舞臺形製自然遠比民間或士大夫之家講究得多。特別值得一提的是清代乾隆時建築的熱河行宮舞臺，共有三層，下層舞臺的地板和天花板安有機關，可以升降演員，演出神怪故事時，可以藉此表演下凡、升天的動作。還有施放火彩、巨魚噴水等舞臺特技，相當進步。

家宅或宮廷演劇是為少數觀眾表演，酒樓茶肆中的客人召伶人前來表演，也是一種小眾娛樂，這種表演也是「紅氍毹」式的演出，直到清代才出現設有舞臺的酒館、茶園，當時人也稱為「戲園」或「戲館」。

因應不同的演出場合，劇場的形式也有區別。但整體來看，除了家宅、宮廷的演出，偶爾會為了逞奇鬥巧而在機關布景上大費心力之外，戲曲舞臺上的裝置一向非常簡單，不設布景，通常用一桌數椅就足以代表不同的表演場面，可說是一種狹隘的經濟劇場，與西方寫實的布景道具、精心巧構的舞臺設計大不相同。

(二)戲曲劇場的四種類型

像這樣的中國歷代傳統劇場，如果結合戲曲演出而言，應當就有廣場踏謠、高臺悲歌、勾欄獻藝、氍毹宴賞、宮中慶賀等五種類型。亦即歷代小戲必演於廣場；寺廟劇場和沿村轉疃的野臺都屬於高臺；宋元以後之樂

[172] 見廖奔：《中國古代劇場史・堂會演戲》（河南：中州古籍出版社，一九九七），頁六一－七四。

棚、勾欄，以及清代的戲園、戲館等戲曲演出的營業場所都以「勾欄」概括之；而舉凡筵席間的戲曲演出，則以「氍毹」稱之，因為皆演之於那塊紅氍毹之上；至於宮廷劇場，那自然是專用來服務帝后王公的演出。再就以其劇場類型所搬演之戲曲特色而言，則廣場者不外踏謠，高臺者易於悲歌，氍毹者總為宴賞；宮廷演出每為慶賀，勾欄做場自然以藝售人。所以傳統劇場與戲曲的密切互動關係，應當有這五種類型。但就中國戲曲劇場的重要性而言，其「勾欄獻藝」類型，才最足以作為中國戲曲藝術的典型，戲曲藝術的特質才完全而具體呈現在此類型之中。因之別出一章論述，而將其他四類型予以簡論。

只是在「簡論」四種類型之前，要附帶補充說明的是，上文提過在清末上海「二十世紀大舞臺」，採用西方的「鏡框式舞臺」後，也就成為中國「現代劇場」的模式。中國「現代劇場」也因為新觀念、新趨勢而運用現代科技，在燈光電化與舞臺設施上，配合現代舞臺美術工作者的需求，於是加上中國大陸一九五〇年代推動的「戲改」，所促成的「導演掛帥」，使得「現代劇場」中所演出的所謂「現代戲曲」產生很大的質變。其「質變」最常見的是：光影繽紛，舞臺「美術設施」占據不少空間。演員唱曲一例依循音樂家所編製之腔曲；身段表演，完全遵從導演所指揮。於是傳統戲曲以「演員為中心」的藝術規律崩解，在編曲、導演制約下，演員已很難充分發揮一己之長才，遑論其間「流派藝術」之可能！至其舞臺設置不止占據空間，而且常出現高低臺階，則演員如何能無顧忌的施展身段肢體之美，戲曲藝術又如何能無阻礙的呈現西方戲劇所無法望其項背的「時空自由流轉」？如此一來，傳統戲曲歌舞樂合而為一的美學基礎，以及以「虛擬、象徵、程式」的表演基本原理，焉能不大受斲傷？所以在「現代戲曲劇場」，既然已有「走火入魔」的現象下，我們就此一筆帶過，不更予以論列。以下簡論「四種類型」：

1. 廣場踏謠

中國歷代小戲，像戰國楚地沅湘之野的《九歌》、西漢《東海黃公》、曹魏《遼東妖婦》、唐代「參軍戲」與「踏謠娘」，乃至於宋金雜劇院本、雜扮、明人過錦戲，都屬小戲的範圍。其中除「參軍戲」與宋金雜劇院本中的「正雜劇」含有宮廷小戲的成分外，其餘無不起自民間。而近代的小戲更無不形成於鄉土，考察其根源，則有歌舞、曲藝、雜技、宗教活動、偶戲、多元因素等六條線索可以追尋。其中以鄉土歌舞最為主要。

鄉土歌舞是指滋生於鄉土的山歌里謠雜曲小調和舞蹈，及所謂「踏歌」或「踏謠」，以此而加上簡單的情節和妝扮，以代言體搬演，即形成鄉土小戲。由鄉土歌舞所形成的小戲，往往以花鼓戲、秧歌戲、花燈戲、採茶戲作為共名，腳色以二小（小丑、小旦）或三小（小生、小旦、小丑）為主，劇目大多反映鄉土生活的片段，偏重歌舞，並以手帕、傘、扇為主要道具，每每男扮女裝，除地為場作為表演之所。

小戲在鄉土以「踏謠」演出，其「謠」可以說是「滿心而發，肆口而成」的即景即情的即興語言；其「踏」可以說是應和語言情境的肢體傳達。所以歌可以在基本腔型中，循著語言所產生的旋律和所激發的情境，由歌者自由運轉，運轉之巧妙與否，端賴歌者修為高低；同理舞態可以在基本步法中，循著語言所激發的情境，由舞者自由律動，律動之巧妙與否，端賴舞者修為的高低。而小戲的「踏謠」是集於演員一身的，所以小戲的藝術性格，其巧妙與否，實繫於演員即興的能力。

小戲的內容主要是鄉土人物日常生活中的世態情誼和倫理道德，透過家族、鄉里和親友間各種親疏遠近的關係，淋漓盡致的表現出來。其描寫家庭生活瑣事，或出以夫妻間的小小勃谿，或出以婆媳或親家間的糾葛；其形容各行各業之遭遇甘苦者，或如農民災旱之逃荒，或如趕腳、長工、賣藝、塾師之勞碌奔波；其流露男女愛情之溫馨與堅執者，則或抒發青春爛漫的情懷，或傾訴互相愛慕的率真，或流露相憐相惜的至意，更有熱烈衝破禮教一往無悔的至情；而最發人深省與快感者，則莫過於以現實生活瑣事為基礎，展現人性中貪婪、慳吝、奸詐、虛偽的種種行為，言語舉止雖謔而不虐，而意識自在其中。凡此也正是小戲質樸無華的思想基礎。也因為小戲以鄉土各種生活瑣事為內容，流露鄉土情懷，展現庶民所傳承的思想觀念。因為它是「滿心而發，肆口而成」，所以就文學而言，其最大的特色是語言的豐富活潑所展現在敘事、寫景、抒情等方面不假造作的機趣橫生173。

2. 高臺悲歌

戲曲由小戲發展為綜合藝術的大戲之後，其在寺廟劇場或野地高臺演出的戲曲，基本上以適應庶民大眾品味為依歸。以腔系論，有弋陽腔、梆子腔兩大腔系。就因為於高臺演唱，所以腔調自趨高亢。兩大腔系亦不能免俗。

弋陽腔在明代五大腔系中，流播最廣，以其俚俗「其調喧」而最為撼動人心，最為廣大群眾所喜愛；也因此始終為士大夫所倡導的崑山水磨調所欲抗衡而實質上望塵莫及。而也由於其庶民的活力非常強大，所以也往徽池雅調、青陽腔、高腔、京腔不斷的發展，迄今猶然潛伏流播於各地方劇種之中。

筆者在〈弋陽腔及其流派考述〉已舉出弋陽腔的特色如下：

其一，鑼鼓幫襯，不入管絃。

其二，一唱眾和。

其三，音調高亢。

其四，無須曲譜。

173 筆者有《地方戲曲概論》（臺北：三民書局，二〇一一）。

其五，鄙俚無文。

其六，曲牌聯套多雜綴而少套式。

其七，曲中發展出滾白和滾唱。[174]

以上這七點弋陽腔的特色，可以說都是因為它保持了戲文初起時，運用里巷歌謠、村坊小曲，以鑼鼓為節、不和管絃所衍生出來的現象；但也由於它又吸收了北曲曲牌，從中又生發了滾白和滾唱，為後來的青陽腔提供了極為開闊的天地。而若即與崑山水磨調比較，則兩者判若兩途。也難怪一為文人雅士所賞心悅目，一為廣大群眾所喜聞樂見。

乾隆間弋陽腔改名稱高腔，又進入北京京化而「更為潤色」，逐漸與原本世俗的弋陽腔大異其趣。乾隆末京腔也傳到揚州。李斗《揚州畫舫錄》[175]卷五所云「花部為京腔、秦腔、弋陽腔、梆子腔、羅羅腔、二簧調，統謂之亂彈。」[176]可見乾隆間，京腔與弋陽腔已判然有別，同為花部亂彈諸腔之一。但無論如何，京腔畢竟緣自弋陽腔，所以京腔的腔板，也要講究弋陽腔的菁華。

對於梆子腔系，筆者有〈梆子腔新探〉[177]。其中提到：

---

[174] 參見拙著：〈弋陽腔及其流派考述〉，《臺大文史哲學報》六五期（二〇〇六年十一月），頁三九—七二；又收入《戲曲腔調新探》（北京：文化藝術出版社，二〇〇九），頁一三七—一六八。

[175] 其序署乾隆。

[176] 〔清〕李斗：《揚州畫舫錄》，收入《清代史料筆記叢刊》（北京：中華書局，一九六〇），卷五〈新城北錄下〉，頁一〇七。

[177] 〈梆子腔新探〉，收入於《戲曲本質與腔調新探》（臺北：國家出版社，二〇〇七），頁二一八—二七二。又收入《戲曲

舊屬秦地的陝甘一帶，早在嬴秦時李斯上秦始皇書中就說：「夫擊甕叩缶，彈箏搏髀，而歌呼嗚嗚，快耳目者，真秦之聲也。」[178]這裡的「秦聲」不止和李振聲「嗚嗚若聽函關詈」[179]完全相同，也和陸次雲在〈圓圓傳〉所說的「繁音激楚，熱耳酸心」[180]宛然相合，更和嚴長明在《秦雲擷英小譜》中所說英英鼓腹「洋洋盈耳；激流波，遶梁塵，聲振林木，響遏行雲，風雲為之變色，星辰為之失度」[181]，以及今日秦腔之激昂慷慨，高亢悲涼如出一轍。可見由方音方言為基礎形成的「秦聲、秦腔」歷經兩千數百年，而風格特色，猶然一脈相傳[182]。

腔調新探》（北京：文化藝術出版社，二〇〇九），頁一六九－二〇一。

178 李斯：〈諫逐客書〉，見司馬遷著，瀧川資言考證：《史記會注考證》（臺北：天工書局，一九九三），卷八七〈李斯列傳第二十七〉，頁一〇三六。

179 〔清〕李振聲：《百戲竹枝詞》，收入路工編選：《清代北京竹枝詞（十三種）》（北京：北京古籍出版社，一九八二），頁一五七。

180 〔清〕陸次雲：〈圓圓傳〉，收入於〔清〕張潮編：《虞初新志》（北京：北京出版社，二〇〇〇），卷一一，頁三下。

181 〔清〕嚴長明：《秦雲擷英小譜》，見道光癸巳（一八三三）世楷堂刊光緒補刊俞樾續本，現藏於臺灣大學總圖書館善本書室，卷首有清王昶（一七二五－一八〇六）序文。通行本《秦雲擷英小譜》是光緒丁未（一九〇七）九月長沙葉德輝刊本，收入沈雲龍主編《近代中國史料叢刊續輯》（臺北：文海出版社，一九七四）第七輯第七十冊，此版本卷首增列葉德輝〈重刊《秦雲擷英小譜》序〉、王序之後復增徐晉亭〈題詞十二首〉。上述引文見此版本頁一一一。

182 有關梆子腔源生之說，劉文峰在〈多源合流．分支發展——梆子戲源流考〉（刊於《中華戲曲》第九輯，太原：山西人民文學出版社，山西師範大學戲曲文物研究所、中國戲曲學會編，一九九〇年三月，頁一六四－一七四）舉諸家源流之說如下：1.先秦燕趙悲歌之遺響：持此說者有清人楊靜亭《都門紀略．詞場門序》、徐慕雲《中國戲劇史》、王紹猷《秦腔記聞》、焦文彬《秦聲初探》等四家。2.唐代梨園樂曲：持此說者有清嚴長明《秦雲擷英小譜》、田益榮〈秦腔史探

3. 氍毹宴賞

說到「氍毹宴賞」就必須說到「折子戲」。「折子戲」其實為中國戲曲演出的古老傳統，這種傳統見諸先秦至唐代的「戲曲小戲」和宋金雜劇院本四段中的「段」、北曲雜劇四折每折作獨立性演出的「折」，以及明清民間小戲與南雜劇之一折短劇。其緣故是中國有以樂侑酒的傳統禮俗，也有家樂的傳統，而明代的家樂又特別繁盛。以樂侑酒，其所演出的戲曲勢必不能冗長；而北劇南戲演全本的時間，北劇要一個下午或一個晚上，南戲傳奇則要兩個晝夜或三個晝夜。都非「侑酒」所容許，因而採取傳統的片段性演出。在明正德嘉靖間，北劇南戲刊本就有摘套與散齣的現象，如《盛世新聲》、《雍熙樂府》等。明萬曆以後，「折子戲」已經發展完成，從此進入了黃金時代，迄今不衰[183]。

源〉、范紫東〈法曲之源流〉等三家。3.由民間俗曲說唱發展而成：持此說者有墨遺萍〈蒲劇小史〉、張庚、郭漢城《中國戲曲通史》、寒聲〈論梆子戲的產生〉、楊志烈〈秦腔源流淺識〉等四家。4.由鐃鼓雜劇孕育而成：持此說者有劉鑒三〈蒲劇源流簡介〉一家。5.由元雜劇發展而成：持此說者有焦循《花部農譚・序》、張守中〈試論蒲劇的形成〉、王澤慶〈從河東文物探蒲劇源流〉等三家。6.由弋陽腔衍變而成：持此說者有劉廷璣《在園雜志》、周貽白《中國戲曲史長編》二家。7.由西秦腔發展而來，而西秦腔則出自吹腔（隴東調）：持此說者有流沙〈西秦腔與秦腔考〉一家。8.劉文峰本人之意見：土戲→亂彈→梆子腔→山陝梆子→秦腔。以上諸家皆不明「腔調」源生之理，及其與載體之關係、流播所產生之種種變化，對此拙著〈論說「腔調」〉（刊於《中國文哲研究集刊》第二十期，臺北：中研院文哲所，二〇〇二年三月，頁一一—一二二）論之已詳，因之，除第一說差可探得根本外，其餘皆置之可也。該文亦收入前揭二書《戲曲腔調新探》，頁一—九三；《從腔調說到崑劇》，頁二一—一七八。

[183] 筆者有〈論說「折子戲」〉，《戲劇研究》創刊號（二〇〇八年一月），頁一—八一；收入拙著：《戲曲之雅俗、折子、流派》（臺北：國家出版社，二〇〇九），頁三三一—四四五。

「氍毹宴賞」的家樂，舉張岱《陶庵夢憶》卷四〈張氏聲伎〉為例：

我家聲伎，前世無之。自大父於萬曆年間與范長白、鄒愚公、黃貞父、包涵所諸先生講究此道，遂破天荒為之。有可餐班，以張綵、王可餐、何閏、張福壽名。次則武陵班，以何韻士、傅吉甫、夏清之名。再次則梯仙班，以高眉生、李生、馬藍生名。再次則吳郡班，以王畹生、夏汝開、楊嘯生名。再次則蘇小小班，以馬小卿、潘小妃名。再次則平子茂苑班，以李含香、顧竹、應楚烟、楊騄駬名。主人解事日精一日，而傒童技藝亦愈出愈奇。余歷年半百，小傒自小而老，老而復小，小而復老者凡五易之，無論可餐、武陵諸人，如三代法物不可復見；梯仙、吳郡間有存者，皆為佝僂老人。而蘇小小班，亦強半化為異物矣。茂苑班，則吾弟先去，而諸人再易其主，余則婆娑一老，以碧眼波斯，尚能別其妍醜，山中人至海上歸，種種海錯皆在其眼，請共舐之。[184]

明萬曆後，像張岱家那樣畜養家班的，其知名者如：潘允端、屠隆、馮夢禎、錢岱、顧大典、沈璟、申時行、鄒迪光、祁止祥、阮大鋮等十一家，其他如徐老公、顧正心、朱雲萊、徐青之、吳昌時、徐錫允、吳珍所、金習之、金鵬舉、汪季玄、范長白、劉暉吉、許自昌、屠獻副、吳太乙、項楚東、謝弘儀、曹學佺、董份、范景文、譚公亮、米萬鍾、徐滋胄、錢德輿、田宏遇、宋君、沈鯉、侯恂、侯朝宗、汪明然、吳三桂等三十八家[185]。據此可見明代家樂繁盛的狀況。

[184] 〔明〕張岱撰，馬興榮點校：《陶庵夢憶》（上海：上海古籍出版社，二〇〇九），頁三七－三八。

[185] 見張發穎：《中國家樂戲班》（北京：學苑出版社，二〇〇二），頁三－五六。柯香君《明代戲曲發展之群體現象研究》，據張發穎《中國家樂戲班》、劉水雲《明代家樂研究》（上海：上海古籍出版社，二〇〇五）、楊惠玲《戲曲班社研究：

清代家樂可考者有：李明睿、汪汝謙、朱必掄、冒襄、秦松齡、查繼佐、徐爾香、吳興祚、王孫驂、陸可求、王永寧、尤侗、李漁、侯杲、翁叔元、吳綺、李書雲、俞錦泉、喬萊、張皜亭、吳之振、季振宜、亢氏、宋犖、陳端、劉氏、湖北田氏、曹寅、李煦、張適、唐英、王文治、畢沅、黃振、李調元、徐尚志、黃元德、張大安、汪啟源、程謙德、江春、恆豫、程南陂、方竹樓、朱青岩、黃瀠泰、包松溪、孔府等四十八家[186]，猶能賡續明代家樂之盛。

像這種供「氍毹宴賞」的家樂戲曲演出，戲曲體製除了往「短劇」、「折子戲」的路上走之外，既其以作「宴賞」而言，必須講究歌聲舞容，不止表演之藝術務求精緻，即其題材與文學，亦必力求優雅。不難想像其文士化是達到何等的高度。

4. 宮中慶賀

宮廷演劇，逢年過節及萬壽日必有應景的搬演，平日內廷娛樂，除傳奇、雜劇外，還遍及打稻、過錦、傀儡及雜耍把戲。內廷演劇的特色是排場豪華而熱鬧，因為行頭不虞匱乏，由御用監、內宮監、司設監、兵仗局等供應；二是演員眾多，鐘鼓司的編制就有二、三百人，加上教坊司所屬的樂戶，就成千累萬。茲舉清人趙翼《簷曝雜記》所記〈大戲〉，以見其彷彿：

內府戲班子弟最多，袍笏甲冑及諸裝具，皆世所未有。余嘗於熱河行宮見之。上秋獮至熱河，蒙古諸王

明清家班》（廈門：廈門大學出版社，二〇〇六）整理為〈明代私人家樂一覽表〉，計得明代家樂共一〇一家，更見其繁盛。（彰化：彰化師範大學國文研究所博士論文，二〇〇七），頁三五五－三六五。

[186] 吳新雷主編：《中國崑劇大辭典》（南京：南京大學出版社，二〇〇二），頁二〇八－二一四。

皆覲。中秋前二日為萬壽聖節，是以月之六日，即演大戲，至十五日止。以演戲率用《西遊記》、《封神傳》等小說中神仙鬼怪之類，取其荒幻不經，無所觸忌，且可憑空點綴，排引多人，離奇變詭作大觀也。戲臺闊九筵，凡三層。所扮妖魅，有自上而下者，自下突出者，甚至兩廂樓亦作化人居。而跨駝舞馬，則庭中亦滿焉。有時神鬼畢集，面具千百，無一相肖者。神仙將出，先有道童十二、三歲者作隊出場，繼有十五六歲，十七八歲者，每隊各數十人，長短一律無分寸參差，舉此則其他可知也。又按六十甲子，扮壽星六十人，後增至一百二十人。又有八仙來慶賀，攜帶道童不計其數。至唐玄奘雷音寺取經之日，如來上殿，迦葉羅漢，辟支聲聞。高下分九層，列坐幾千人，而臺仍綽有餘地。[187]

看了這段記載，當我們閱讀《也是園》雜劇中的教坊劇和出自內府的釋道劇以及歷史故事劇，對於其排場的豪華，人物的眾多，就不會感到奇怪了。但對這樣的演出內容和形式，如果欲求其思想情感與文學藝術，恐怕就要教人失望了。

(三)戲曲劇場的典型：勾欄獻藝

中國戲曲就現存者而言，其足以為代表性者，腔系為崑山腔系、皮黃腔系，劇種亦為其相對應之崑劇與皮黃戲。這兩種劇種均以營利為目的之勾欄式劇場為主要演出場所。對於崑山腔系，筆者有〈從崑腔說到崑劇〉[188]。其結論是：

[187] 〔清〕趙翼撰，曹光甫校點：《趙翼全集》（南京：鳳凰，二〇〇九，依嘉慶十七年（一八一二）湛貽堂原刊全集本為底本校點），第三冊，卷一〈大戲〉條，頁九。

崑山腔作為腔調而言，只要崑山有居民、有語言就會產生具有一方特色的「腔調」，但一般只稱作「土音」或「土腔」，必等到具有流播他方的能力，才會被冠上源生地作為稱呼；至若見於記載者，則其聲名與影響力已相當可觀。而腔調之載體為方言、號子、歌謠、小調、詩讚、曲牌、套曲等，又必須通過人之發聲器口腔傳達出來，則腔調之提升也必須經由某聲樂家「唱腔」之琢磨。因此，就崑山腔而言，其源生地必與當地人群相源起。記載中的「顧堅」乃元末之聲樂家，曾以其「唱腔」改良過崑山腔；而「周壽誼」所歌「月子彎彎照幾州」，正是以歌謠為載體所呈現的崑山土腔，所以明太祖視之為「村老兒」，而他既生於宋代，則可視此「土腔」於宋代即已如此。

崑山腔在明代正德之前，和海鹽、餘姚、弋陽等腔調一樣，都只有打擊樂，祝允明甚為不滿，由於他是長洲人，所以對崑山腔「度新聲」，有所改革；他的改革應當偏向以散曲為載體之清唱。另外陸采更作《王仙客無雙傳奇》從戲曲上提升崑山腔的藝術。這時的崑山腔在嘉靖間已經有了笛、管、笙、琵等管絃伴奏，而且在邵燦《香囊記》的影響下，如沈采、鄭若庸、陸采等也附庸而興起駢儷化的風氣。於是崑山腔在與海鹽、餘姚、弋陽並列為南戲四大腔調之餘，用崑山腔來演唱的明代「新南戲」劇本，被呂天成改稱作「舊傳奇」而著錄在他所著的《曲品》就有二十七本之多。這時的「崑劇」或「舊傳奇」劇本都已趨向優雅化了。

到了嘉靖晚葉魏良輔和梁辰魚更衣缽相傳的作為領導人，為崑腔劇曲更進一步的改革，創為「水磨調」；我們現在所謂的「崑曲」、「崑劇」，其實指的就是「水磨調」的嫡裔。

---

188 《從崑腔說到崑劇》，收入於《從腔調說到崑劇》（臺北：國家出版社，二〇〇二），頁一七九－二六〇。又收入於《戲曲腔調新探》（北京：文化藝術出版社，二〇〇九），頁二〇二－二四九。

崑山腔系劇種，現在尚有南崑、北崑、湘崑、甬崑、金崑、永崑、台州崑、宣崑、晉崑、川崑、滇崑、贛崑、徽崑等十三支派，而以南北崑為主要。

對於皮黃腔系，筆者有〈皮黃腔系考述〉[189]。其結論如下：

皮黃腔是西皮、二黃兩腔結合並存的複合腔調。

西皮腔與襄陽調、楚調為同實異名。論其根源則為山陝梆子流入湖北襄陽，與襄陽土腔結合，山陝梆子腔被襄陽土腔所吸收涵容，其流播他方時，因楚為湖北之簡稱與古稱被名為「楚調」，又因其實際形成於襄陽，故又被稱作「襄陽調」；而湖北人習慣稱唱詞為「皮」，經常說「唱一段皮」、「很長的一段皮」，乃因其襄陽調實質上含有濃厚的山陝梆子成分，實由西方傳入，所以簡稱之為「西皮」。「西皮調」最早的記載見諸明崇禎間（一六二八－一六四四）刊本《梅雨記》，那時已流行大江南北。此外西皮腔之流播，從文獻考察可知康熙間流入江蘇、福建，乾隆間又擴及廣東、浙江、四川、雲南、貴州、江西等省。

二黃腔實出江西宜黃，為明萬曆間向外流播的西秦腔二犯傳至宜黃，為宜黃土腔所吸收涵容而再向外流播，於康熙間至北京被稱作「宜黃腔」[190]；但流播至江浙，由於當地方言音轉訛變之關係，其稱呼乃有「宜黃」、「宜王」、「二黃」、「二王」四種寫法，終於以「二黃」最為流行，乃失本來名義，而有種種附會的說法。宜黃腔在康乾之際，已在北京和花部諸腔並嶄頭角。康熙十七年前後，宜黃腔也已流播到江浙，也應當在乾隆之前流入安徽和湖北。

---

189 〈皮黃腔系考述〉，收於《戲曲本質與腔調新探》（臺北：國家出版社，二〇〇七），頁二七三－三一九。又收入《戲曲腔調新探》（北京：文化藝術出版社，二〇〇九），頁三〇六－三三四。

190 這裡的「宜黃腔」是西秦腔系，為詩讚板腔體；與萬曆以前由海鹽傳到宜黃而質變的「宜黃腔」之為詞曲曲牌體有別。詳見拙作：〈海鹽腔新探〉，收入《戲曲腔調新探》（北京：文化藝術出版社，二〇〇九），頁一〇三－一一三。

西皮二黃兩腔的合流，在乾隆間應當首先在湖北襄陽，其次在北京和揚州。

乾隆五十五年為慶祝皇帝八十大壽，高朗亭率三慶徽班晉京，合京秦二腔於班中；其後又有四喜、和春、春臺入京，合稱四大徽班。乾隆末至嘉慶初，徽班主要仍以皮黃合京秦二腔演出，其後逐漸側重皮黃，終以皮黃為主，並吸收四平調、崑腔、羅羅腔以及諸腔小調，演員於是達成「文武崑亂不擋」的境地，更打破由旦腳擔綱的格局改由以生行為主，於道光二十年（一八四〇）前後，皮黃在北京京化完成，出現程長庚、余三勝、張二奎「老三鼎甲」，標誌著京劇的成立；又經過咸豐、同治至光緒（一八五一——一九〇八）而有譚鑫培、汪桂芬、孫菊仙「新三鼎甲」，使京劇達到成熟的時期。

皮黃合流在北京形成京化的皮黃並以之為主腔的京劇外，也向全國各地流播：

其為單純之皮黃劇種者有：湖北漢劇、鄂北山二黃、湖北荊河戲、湖南常德漢劇、江西宜黃戲、江西九江亂彈、福建閩西漢劇、閩東北北路戲（福建亂彈）、福建南平右詞南劍戲（亂彈）、福建三明小腔戲（土京劇）、廣東廣州粵劇、廣東潮州漢劇、廣西桂林桂劇、廣西南寧邕劇、廣西賓陽馬山一帶絲弦戲、陝西安康漢調二黃、山西上黨皮黃、山東鄆城等地棗梆等十九種。

其與諸腔雜奏者有：徽戲、江蘇高淳徽戲、江蘇揚州徽戲、江蘇裏下河徽戲、浙江金華徽戲、浙江溫州亂彈、浙江平陽和調班、浙江黃岩亂彈、浙江諸暨亂彈、湖北鄂西南劇、湖北崇陽堂劇、湖南長沙湘劇、湖南祁陽祁劇、湖南岳陽巴陵戲、湖南瀘溪等地辰河戲、湖南衡陽湘劇、江西贛劇、江西廣昌盱河戲、江西東河戲、江西修水寧河戲、江西星子九江亂彈、江西吉安戲、閩西北梅林戲、廣東海陸豐西秦戲、廣東潮州戲、廣東瓊州瓊劇與排樓戲、臺灣亂彈戲、川劇、雲南滇劇、貴州本地梆子、貴州興義布儂戲、陝西安康漢調二黃、陝西安康漢陽等地大筒戲、山西晉城上黨梆子、山東章丘梆子、山東萊蕪梆子、山東魯西南等地柳子戲等三十七種。

由此可見皮黃腔系對近代地方戲曲影響之大。

像崑劇、京劇這樣的戲曲大戲，分析其構成共有故事、詩歌、音樂、舞蹈、雜技、說唱文學敘述方式、演員充任腳色扮飾人物、代言體、狹隘劇場等九個因素；它是綜合的文學和藝術。也因為這樣的戲曲大戲，主要演出於營利為目的的勾欄式劇場之中，必須以藝術造詣贏得觀眾的讚賞，才能討得生活；所以其劇場藝術的累積所形成的質性，也就成為中國戲曲所有劇種的基本質性和共性。

戲曲的美學基礎歌舞樂與劇場，歌指的是唱詞形式；舞是肢體語言，即身段動作；樂是曲調唱腔和伴奏的樂器，劇場即戲曲的表演場所。大體說來，戲曲的歌舞樂是密切的結合，演員唱出歌詞來，就要同時用唱腔和身段來詮釋歌詞的意義情境，而它們一齊展現在狹隘的劇場之上。

戲曲既以詩歌、音樂、舞蹈為美學基礎，則其所憑藉的文字、聲音、動作如何能具體的寫實；又其拘限在狹隘的空間上演出，卻要表現自由的時空流轉，將如何能夠設置寫實的布景來呈現宇宙間的萬事萬物；所以戲曲只能走非寫實的道路，只能透過虛擬象徵的藝術手法，來展現寫意的境界，而虛擬象徵也就成了其表演藝術的基本原理。

大抵說來，虛擬是以虛擬實，將日常生活之種種舉止模擬美化，表現在戲曲演出的身段動作之中；象徵是用具體的事物呈現由此引發的特殊意涵，將人生百態經過藝術化的簡約妝點，表現在戲曲演出中的腳色、妝扮、道具之上。所以象徵也可以說是以實喻虛，虛擬與象徵在本質上都不是寫實而是寫意。虛擬與象徵既不是寫實而是寫意，如果沒有經過提煉而形成規律或模範予以制約，演員便很難有所遵循有所發揮，觀眾也難於有所溝通有所欣賞。也因此作為虛擬和象徵的規律或模範，在寫意的表演藝術中是有其必要的。而這種虛擬和象徵的規律或模範，早在宋元戲曲中就已存在，那就是「格範」、「開呵」和「穿關」。也就是說，「格範」、「開呵」、

「穿關」是今日所謂「程式」的先聲。

若能了解戲曲表演虛擬象徵化的本質，就可以知道戲曲表演十足具有超現實的寫意情味。腳色一上場，觀眾便可以從他的化妝、服飾、聲口、動作，知道所代表的人物類型，以及所傳達的情感性質，並且在狹小簡單的舞臺空間裡，呈現無限的時空意識，演出各種各樣的動作與事件。這樣的精緻高妙的藝術形式在世界劇壇中可謂獨樹一幟。舞臺上的一切虛擬象徵化了，相對而言，觀眾也要有相對的想像與理解，方能融入其中，得其真味；否則但覺其動作、歌聲、服飾、臉譜無一不美，卻不能了解其規範形式中的真意，豈不可惜。只要能了解其程式融入其中，則戲曲的境界是無限開闊而繽綵紛呈的，絕對能激起觀眾的共鳴，令人沉醉。

而如果在虛擬象徵程式的表演原理之下，戲曲所呈現的藝術特質，最明顯的莫過於以其美學基礎歌舞樂融合而形成的歌舞性。戲曲中的歌舞樂的「融合」，是演員以其歌聲來詮釋歌詞的意趣情境而流露其思想情感於眉宇之中，並且運用其肢體語言亦即身段動作來虛擬歌詞中之意趣情境，二者又皆呼應於管絃之襯托與鑼鼓之節奏，終於使歌舞樂三者同時交融渾然而為一體。

然而戲曲的歌舞，如果沒有器樂的節奏，是無法融而為一的。所以鮮明、強烈的節奏性也成為戲曲藝術本質之一。也就是說戲曲舞臺上的唱、念、作、打，都是借助於戲曲音樂的節奏形式，才在舞臺節奏的處理上得到多方面的表現，並以鮮明、強烈的節奏感與其他戲劇形式有了明顯的區別。

而戲曲的誇張性，可以說是虛擬象徵程式原理之下的必然結果。譬如一場很有氣勢的沙場大戰，卻表現在一區小小的舞臺之上，便是虛擬象徵程式產生出來的誇張性效果。即就人物造型來觀察，譬如為了表現關雲長的忠義和威嚴，於是他的臉色便妝飾得那麼火紅，他的五綹長髯也就長到腰帶以下；又如諸葛孔明和鐵面無私的包龍圖，其妝扮也都很誇張；臉譜的運用，更是誇張之極。造型如此，各種腳色的舉止和聲口也是如此。他們各有各的舉止和聲口，無非也是用來誇張和強化人物的類型。

而演員在扮飾劇中人物時，大抵有兩種情況：一是重在呈現所扮飾的人物，將自我融入人物之中，表演時所流露的都是人物的思想情感；一是重在演員本身，以理性的態度對待所扮飾的人物，演員的自我，作為人物的見證人，將人物解析而在表演中呈現對人物的態度。

戲劇理論家中主張前者的代表人物是蘇聯時代的斯坦尼斯拉夫斯基（一八六五－一九三八），他在一九二九年建立「莫斯科藝術劇院」，實驗他的藝術主張，他要求演員將所扮飾人物的思想情感，鍛鍊成為自己的第二天性，而將第一自我消失在第二自我之中。斯氏的理論可以說是在歐洲戲劇「模仿」說指導下的一次大總結。主張後者的代表人物是德國布萊希特（一八九八－一九五六），他強調演員的自主性，去理解所扮飾人物的思想行為的意義，並將之呈現給觀眾，他認為演員不可能完全成為人物，其間永遠有一個距離，藝術的作用即在保持這個距離，讓觀眾清楚地意識到自己是在「看戲」，因而能運用理智，保持自身的批判能力[191]。

以上兩派，就戲曲而言，以虛擬象徵程式為原理的藝術，便不得不保持距離，也就是「疏離性」。因為程式來自生活，經過藝術的誇張之後，必然變形而和生活產生距離，所以無論唱作念打，雖無一不和生活有關，但絕不完全相同。但戲曲卻也不完全像布萊希特那樣排斥共鳴。理性要和情感完全對立，是不太可能的，不被感動的，怎能算是藝術？譬如女演員在舞臺上演悲情，當她沉浸在悲情人物的命運中，她和所扮飾的人物產生了

[191] 以上參考曹其敏：《戲劇美學》（北京：人民出版社，一九九一年十月第一版），頁一七〇－一七四。又見韓幼德：《戲曲表演美學探索》（臺北：丹青圖書公司，一九八七），頁一九三－二四八。又見〈試談斯坦尼斯拉夫斯基體系與戲曲表演藝術的關係〉，《李紫貴戲曲表導演藝術論集》（北京：中國戲劇出版社，一九九二），頁三六二－三七四。又見阿甲：〈斯坦尼斯拉夫斯基體系與中國的表演〉，《戲曲表演規律再探》（北京：中國戲劇出版社，一九九〇），頁一五－二〇。

共鳴，但當她發現到臺下有人為之哭泣時，她又為自己表演的成功感到高興。二〇〇四年十二月二十四日至二十六日臺北國光劇團演出由我編劇的崑劇《梁山伯與祝英臺》，末場〈哭墳化蝶〉，魏海敏飾祝英臺，賺得觀眾許多眼淚，她也為之欣然滿意，可以印證這種現象；而演員同時具有這雙重的感情，便是其間的疏離性和投入性起了作用。所以演員在舞臺上表演，疏離與投入其實是同時存在的，強調任何一面，有如斯氏與布氏，都是不合乎審美的心理規律[192]。

總而言之，以歌樂舞為美學基礎的中國戲曲，在狹隘的劇場上演出，也必然產生寫意而非寫實的藝術本質，並從而衍生出歌舞性、節奏性、誇張性、疏離且投入性等藝術質性[193]。

結　語

通過以上的論述，如果再從戲班的視角來觀察，也可以因為演出劇場和觀賞對象的不同，擔任演出的劇團及其演出的戲曲性質也就有別。其劇團大概分作四類：鄉土小戲湊合的戲班，演出廣場踏謠；民間職業戲班，演出高臺悲歌和勾欄獻藝；內廷承應的戲班演出宮中慶賀；豪門家樂演出氍毹宴賞。職業戲班以營利為目的，元代的職業戲班是以家庭成員為基礎組成的，明代以後，打破了這種家庭式的規模，成為由社會成員組成的職業團體，有的招收貧苦人家的子弟加以訓練，有的吸收各地的職業演員組成，也有從私人家樂轉入的。職業戲班有的固定在某地演出，也有的跑碼頭巡迴各地表演，視演出的場合和性質來決定戲碼。時間短，可以演片斷的散齣和折子戲；時間長，可以演連本戲；像廟會那般的大場面，就演出熱鬧通俗的戲。職業戲班是戲曲演出

[192] 以上參考阿甲：《戲曲表演規律再探．戲劇藝術審美心理的問題》，頁一〇八－一一四。

[193] 參見筆者：〈中國戲曲之本質〉，《世新中文研究所集刊》創刊號（二〇〇五年六月），頁二三－六六。

的骨幹，它承載著戲曲的藝術，也承載著戲曲的發展。

宮廷戲班由於資源豐富，演員、服裝、道具都十分充足，主要演出人物眾多、排場豪華的戲，以配合宮廷宴會慶賞的富貴氣象。演員本由樂戶優伶或宮廷太監擔任，後來也引進民間藝人，使宮廷戲曲和民間戲曲能有交流的機會。宮廷戲曲的品味原本是比較守舊的，透過民間藝人，把最符合大眾流行的新戲帶入宮廷，如果能獲得帝王的喜愛，更能推動民間戲曲的蓬勃發展。另一方面，宮廷戲班對服裝、道具的考究，也因為這種交流傳入民間，帶動戲曲藝術的進步。

私人家樂演唱戲曲，始於宋、興於元，到了明代以後，蔚為風氣。家樂的設置有的是豪門貴族為了爭強鬥勝，也有的是主人熱愛戲曲，以此自娛娛人。家樂的成員或是府中原有的家僮丫鬟，或是招收職業戲班的演員，也有買來的貧寒子弟。演員的訓練有的是聘請教師，如果主人精通此道，也會親手調教。由於家樂演出多是飲宴時藉以添酒助興，所以適合小規模的演出，講求精緻典雅，並且注重演員技藝的精湛。

肆、題材關目論

前言

戲曲之題材本事，因劇種之異同及其時代之背景而有別。戲曲劇種若以藝術為基準分野，則有小戲、大戲、偶戲三大類。小戲歷朝歷代多隨生隨滅，只有北宋溫州「鶻伶聲嗽」發展為宋元南曲戲文，金末院本發展為北曲雜劇。戲文與雜劇即所謂「大戲」，其間又有因交化，而以雜劇為母體蛻變為明清南雜劇者，亦有以戲文為母體蛻變為明清傳奇者。以上戲文、雜劇、南雜劇、傳奇，其唱詞皆為詞曲系，音樂皆為曲牌體，是為詞曲系曲牌體之戲曲；但清康熙乾隆崛起之地方戲曲，捨此不由，其唱詞另為七言十言之詩讚系，音樂但講腔調與板眼，是為詩讚系板腔體之戲曲，從而形成為亂彈、皮黃與京劇。而此時之各地方土腔戲曲，亦並存於諸鄉土，蔚為壯觀，小戲、大戲雖然並存。而偶戲可大別為三種：傀儡戲、皮影戲、布袋戲。中國偶戲進入歌舞百戲的時代在漢初（西元前二〇六），迄今兩千兩百餘年；其用為說唱演述長篇故事見於盛唐玄宗時（七一二—七五五），迄今一千二百數十年；其傀儡戲與影戲多藝逞能，其極偶戲藝術文學之至者則在兩宋（九六〇—一二七八），迄今千餘年；而後起之秀布袋戲，百餘年來在臺灣亦有光輝燦爛之歲月，而今在大陸之偶戲，諸多改良，無論懸絲傀儡、杖頭傀儡、布袋戲與影戲，皆能別開境界，融入生活、發皇國際❶。

本文論述戲曲之取材本事，其偶戲即此一筆帶過，下文單就小戲與歷代大戲劇種論述。對於戲曲劇目題材內容之述論，胡元至清末，主要在劇目之蒐羅與編輯成書，其題材內容之述論，除無名氏《傳奇彙考》❷、《曲海總目提要》外，皆散見諸家曲話與評點之中。

其蒐羅編輯劇目成書者，有元人鍾嗣成《錄鬼簿》、明初賈仲明《錄鬼簿續編》、明人署朱權之《太和正音譜》、徐渭《南詞敘錄》、李開先《詞謔》、祁彪佳《遠山堂曲品》、《遠山堂劇品》、呂天成《曲品》、清人高奕《新傳奇品》（《古人傳奇總目》）、笠閣漁翁《批評舊戲曲總目》、黃文暘《重訂曲海總目》、黃丕烈《也是園藏書古今雜劇目錄》、支豐宜《曲目新編》、梁廷柟《曲話》、姚燮《今樂考證》等。

其敘述戲曲題材內容，上舉之《傳奇彙考》、《曲海總目提要》外，述及者主要有李調元《雨村劇話》卷下、焦循《劇說》、楊恩壽《詞餘叢話》與《詞餘續話》之〈原事〉、平步青《小棲霞說稗》等。

以上諸書雖然對我們綜論戲曲之劇目題材內容已具相當之基礎，但「曲海」畢竟幾於浩瀚無邊，而且今日所見之戲曲南戲北劇之外，更有諸多地方大小戲；因之必須擴大視野，汲取成說，以作為鳥瞰綜覽，乃能成就提綱挈領之要義，也是事理之所固然。

小戲之劇目題材類型，及門林逢源教授〈民間小戲題材及其特色〉、施德玉教授《中國地方小戲及其音樂之

---

❶ 余有〈中國歷代偶戲考述〉詳論其事，見《戲曲學報》第七期（二〇一〇年六月），頁一－五三；第八期（二〇一〇年十二月），頁一一－六一；後收入《戲曲與偶戲》（臺北：國家出版社，二〇一三），頁五五六－六八二。

❷ 本書抄本內容不一，江巨榮：《明清戲曲：劇目、文本與演出研究》（上海：上海古籍出版社，二〇一四），從《傳奇彙考》到《曲海總目提要》及其《補編》有詳細的考述。

研究》與張紫晨《中國民間小戲》皆論及❸。

大戲之劇目本事，前賢以南戲、北劇、傳奇、南雜劇為重。

而對於劇目之著錄，民國以來，王國維《曲錄》、傅惜華《元雜劇全目》、《明雜劇全目》、《傳奇全目》皆費心費力蒐羅以踵繼增華，至莊一拂《古典戲曲存目彙考》，堪稱集大成。

對於劇目題材內容，近年又有葉德均《戲曲小說叢考》、譚正璧《話本與古劇》、羅錦堂《現存元人雜劇本事考》。而郭英德《明清傳奇綜錄》蒐羅一千一百多種明清傳奇劇目，敘錄其中七百五十多種，俞為民《宋元南戲考論》、《宋元南戲考論續編》，論述考證其源流與衍變，《明清傳奇考論》則擇要論說。而集眾多學者由李修生所主編之《古本戲曲劇目提要》更收集劇目千餘種，一劇一目論述作者、劇情、版本、搬演、評論。郭、俞、李三氏之書，皆堪稱體大而思精。

有以上這些群賢大著，再來探討戲曲之劇目與內容就容易得多。

友人伏滌修教授新近出版《中國戲曲文學本事取材研究》，認為由戲曲本事取材總體觀之，有以下六種類型❹：

1.史官文化與古代戲曲中的歷史素材劇：伏氏說據孫書磊《中國古代歷史劇研究》統計，截至清道光二十年（一八四〇）以前，中國歷史劇有元雜劇二七九種、明雜劇六〇種、清雜劇一三〇種、宋元明戲文二二種、

❸ 林逢源：〈民間小戲題材及其特色〉，《兩岸小戲學術研討會論文集》（臺北：國立傳統藝術中心籌備處，二〇〇一），頁四一－七〇。施德玉：《中國地方小戲及其音樂之研究》（臺北：國家出版社，二〇〇四）。張紫晨：《中國民間小戲》（杭州：浙江教育出版社，一九九六）。

❹ 以下六種類型的介紹，摘錄自伏滌修：《中國戲曲文學本事取材研究》（合肥：安徽教育出版社，二〇一四）。

明傳奇一〇八種、清傳奇一八〇種，總計七七九種。

歷史劇興盛的原因：(1)史官文化影響，使人有濃郁的歷史情結。(2)正史紀傳及碑記雜乘，其中有大量可以入劇的故事、情節和手法。(3)可以藉歷史劇抒懷寫抱，借古人酒杯，澆自己塊壘。

而歷史劇主要的創作範型有：(1)以史統戲，以劇述史，其實錄性較強。(2)史為戲用，不拘泥史實，但求歷史真實感。(3)以傳奇演義筆法表現歷史故事，虛多於實。(4)以託喻手法翻案歷史事實。5.借歷史名人杜撰故事，於史則幾於無據。

2. 政治、公案文化與古代戲曲中的政治劇、公案劇：伏氏舉出岳飛題材戲曲流變和包公戲取材特點作為例證來說明。

3. 宗教、神秘文化與古代戲曲中的宗教劇、神魔劇：吳光正〈試論元明神仙道化劇的宗教意蘊〉謂「元明兩代產生了一百八十餘部神仙道化劇，包括度脫、隱逸、法術、儀式、仙凡姻緣、哲理等六種類型。」❺伏氏認為其故是：(1)道教教理教義對人們思想精神的深遠影響。(2)志怪之書的盛行及道教人物故事的廣泛流傳。(3)作家藉道教故事躲避與否定現實的政治用心。(4)道教神仙人物喜慶象徵意義的民俗化接受。

4. 民間故事文化與古代戲曲中的民間傳說劇。

5. 文人創作傳統化與古代戲曲中的文人作品改創劇：例如對詩詞本事的吸收而故事化，對唐人小說的選擇與接受。

6. 蹈襲翻創傳統與古代戲曲中的翻新改創劇：伏氏又認為古代戲曲同題翻創傳統的文化成因是：(1)我國人

❺ 吳光正：〈試論元明神仙道化劇的宗教意蘊〉，《長江學術》二〇〇八年一期，頁六三。

民對某些題材的故事具有特殊偏愛，取材相對集中，加上「箭垛式」人物的塑造，使得題材蹈襲成為無可避免的事。⑵中國戲曲不以思想啟發啟蒙見長而以觀賞見長，喜新更戀舊是它突出的藝術品格，接受舊劇目並進行翻新改創成為一種文化傳統。⑶戲曲作家們對於前人戲曲作品，出於羨慕、不滿或翻案心理，有意進行增續翻改。

伏氏又認為「古代戲曲作家翻創他人劇作的動機」是：1.逞才使氣、彌補不足，力爭在翻新改創中超越舊題前作。2.化悲為喜、補憾翻案，努力給觀眾以心理上的寬慰。3.以曲述史、以曲教化，將戲曲作為傳播史官文化和推行政治、倫理教化思想的工具。4.出於附驥名劇心理。

伏氏之書頗為用心用力，因之所論戲曲之取材的總體觀察有上述之六種類型：歷史素材劇、政治公案劇、宗教神魔劇、民間傳說劇、取材文人作品的改創劇、同題材劇作的翻新改創劇，其論述亦頗具深度。可惜他忽略了世俗生活中的家庭與人倫、夫妻的悲歡離合、男女間的愛情婚姻故事，乃至於偶然會出現的時事等四種題材，在周延上似乎有所欠缺。

伏氏的總體觀察，固然訴諸宏觀而可取，但由於有小戲、大戲之分野，大戲又有劇種之分別而各擅時代風騷，因之亦與時代政治社會之有別而各具時代風尚，且成為不同之特色。本文擬就此觀點來概略探討「戲曲之劇目與內容」，讀者鑑之。

一、地方小戲劇目之題材內容

中國地方小戲劇目繁多❻，但其題材主要有三個來源：一是來自日常生活瑣事，二是來自民間神奇傳說，三是從小說和其他戲曲移植而來。

而若論地方小戲劇目之題材類別，則及門施德玉教授《中國地方小戲及其音樂之研究》分作五類：就日常生活瑣事而言，就兩情相悅的愛情而言，就反映家庭之問題而言，就反映社會存在的種種問題而言，就具有諷刺性和嘲弄性的劇目而言❼。

另有及門林逢源教授〈民間小戲題材及其特色〉❽，將地方小戲之劇目題材分作婚姻戀愛類、家庭生活類、農村生活類、史事神怪公案類等四類，每一類之下又各分若干小類。德玉的分類言簡意賅，但其第五類並非題材本身，而是題材所產生的作用，因之不宜與其他四類並舉。逢源的分類相當縝密，舉例豐富，但間有誤入大戲劇情者，如所舉「嫌貧愛富類」、「秀士戀情類」、「強贅高門類」；所舉劇目如黃梅戲《天仙配》。茲擇取其說並就所見之重要者，綜述如下：

(一)婚姻戀愛類

❻ 小戲對大戲而言，為戲曲之雛型。情節簡單，演員有獨腳、二小、三小，以「踏搖」為美學基礎，即以歌謠和土風舞演出鄉土瑣事。筆者有〈論說小戲〉，收於曾永義、沈冬主編：《兩岸小戲學術研討會論文集》（臺北：國立傳統藝術中心籌備處，二〇〇一）。

❼ 參見施德玉：《中國地方小戲及其音樂之研究》，第肆章〈小戲之題材類別、文學特色與藝術性格〉，頁一一一－一一六。

❽ 林逢源：〈民間小戲題材及其特色〉，《兩岸小戲學術研討會論文集》（臺北：國立傳統藝術中心籌備處，二〇〇一），頁四一－七〇。

在傳統社會裡，男女婚姻往往出於父母之命，媒妁之言，當事人反而無權置喙。小戲中往往表現與現實生活相對立，熱烈歌頌自由戀愛、婚姻自主，否則即表現對阻難者予以批判，對受挫者予以同情。這一大類的戲還可分為十個小類：

1.男女風情類：福建的「弄」字戲是舞蹈成分較多的調情小戲，以逗趣、調情、表達心意為特點，如《四九弄》、《砍柴弄》、《搭渡弄》等。梨園戲《番婆弄》，寫幸兄與番婆結婚的故事。又如流傳很廣的《小放牛》，又名《杏花村》，寫村姑江女於郊外迷路，向牧童王小問路，兩人調謔唱曲相酬而別，極富生活情趣，為河北梆子傳統劇目。京劇、絲弦、評劇、四川燈戲、海城喇叭戲……等也有此劇目。廣西彩調劇早期表演劇目的總稱是《對子調》，一旦一丑，載歌載舞，內容是有情男女互相探訪，劇目較著名者如《探乾妹》，故事簡單，無矛盾衝突。甬劇《摸獅螺》、湖南花燈戲《撿菌子》、彩調劇《跑菜園》也屬此一類型。

2.未婚相遇類：在傳統社會裡，即使雙方親事已訂，平日仍無緣見面，甚且互不相識。偶然猝遇，似識還疑，遂製造出一系列喜劇。如泗州戲《賣甜瓜》，寫青年農民王保安趕集籌辦婚事，途中在瓜棚買瓜時，巧遇未婚妻李迎春，兩人由猜疑而歡悅相認。長沙、衡州、邵陽、岳陽花鼓戲《菜園會》、雲南花燈《鬧菜園》也屬此類。高甲戲《管甫送》，寫管甫旅居臺灣日久，思鄉心切，回鄉探親，並向未婚妻美娟道別。美娟依依難捨，送至碼頭。梨園戲劇目同名，老白字戲作《管夫送》，竹馬戲作《管府送》。有的是男家貧困難以過年，向女家借貸因而成婚，如呂劇《王漢喜借年》、豫劇道情《王金豆借糧》（又名《皮襖記》）、河北武安落子《小過年》情節相似。

3.婚配有宜類：一家女兒百家求，有女長成，女方在多家提親，家長難以定奪之下，偶爾會使女兒自擇。如雲南花燈《三訪親》[9]寫地主少爺劉興富、當鋪老板龔逢財和青年農民丁勤耐在王媒婆的設計下，同時到蘇家村向蘇秀英提親。而聰明、能幹的蘇女早與丁相愛，於是用盤家底和盤知識的方式表明自己的愛憎，選中了勤勞善良的丁勤耐為婚配對象。彩調劇《三看親》、湖北大筒腔《丁癩子討親》情節類似❿。有的戲寫家長怕醜女現醜，雙方會面時，借來鄰女頂替而弄巧成拙。如萊蕪梆子《趙連岱借閨女》，寫劉邦喜自幼與馬大保之女金蓮訂婚，因家貧遲未完婚。程萬戶之子孝泉與財主趙連岱之女「一錠金」訂親，雙方都聽說對方貌醜，放心不下。程母裝病，要「一錠金」前來探望。趙家怕女兒露醜，借馬金蓮頂替；適巧程家也請劉邦喜代勞。探病之日，趙家丫鬟秋菊借機行事，成全劉、馬姻緣。程、趙兩家鬧到公堂，縣太爺以俊配俊，醜配醜結案。評劇《借女弔孝》、彩調劇《隔河看親》、廣西採茶戲《馬京與馮涼》、河南越調《白奶奶醉酒》也都是借俊替醜的諷刺喜劇。

4.婚姻自主類：在父母之命、媒妁之言主導嫁娶的時代，偶有一二勇於追求婚姻自主者挺身反抗，幸者得以成就良緣，不幸者只得以消極方式逃避不良婚姻。如內蒙古二人臺《鬧元宵》，寫村姑蘇小鳳欲與情人劉連成相約觀燈，嫌貧的蘇母處處防範。在小販張老九熱心協助下，小鳳伺機出門與連成相伴觀燈。蘇母趕至燈場尋覓，在老九的勸說下，勉強同意這樁不稱心的婚事。福建三腳戲《雇長工》，寫長工老洪在財主家受盡虐待，財主女兒王秀英同情他，時時暗地幫助，兩人滋生愛情，後來雙雙出走。

❾ 據傳說《三訪親》為崇明縣的真人真事，每逢新春佳節，崇明大鬧花燈，各燈班演出的劇目中都有此劇，人們百看不厭。參見《中國戲曲志．雲南卷》（北京：中國 ISBN 中心，一九九四），〈雲南花燈〉條，頁六四－六八；又參見《中國戲曲劇種大辭典》（上海：上海辭書出版社，一九九五），〈雲南花燈〉條，頁一四八三－一四八六。

❿ 廣東樂昌花鼓戲《挑女婿》，寫父、母、女各有屬意人選，八月十五日上門會親，相持不下，鬧至公堂。縣官用計證出窮書生一片真情，使結良姻，其情節稍微複雜。

5.買賣婚姻類：荒旱之年，生活難存濟，饑民被迫典妻賣女，產生許多家庭悲劇。如山東柳子戲《馬古倫換妻》，寫榆林縣連遭荒旱，人口販子將饑民婦女蒙頭市賣。十七歲的小三姐張本英被六十三歲的馬古倫買去。而二十三歲的馮靈保買到的卻是五十七歲的老媽媽。老夫少妻和少夫老妻同宿一個店中，重重矛盾幾乎引發張女自裁悲劇。幸賴善良老媽媽出面周旋，老少互換，得以妥協結局。呂劇、五音戲、茂腔、柳腔、柳琴戲、四平調、哈哈腔等均有此劇目。河南羅戲《馬胡倫換親》、福建平講戲《馬匹卜換妻》、黃梅戲、揚劇、內蒙古道情《老少換妻》、河北武安落子《老少換》、山東兩夾弦《換親》以及陝西眉戶戲《張化買妾》，人名或稍異，情節均相似。山東兩夾弦《賈金蓮拐馬》，寫山西商人李奇山因無子，買有夫之婦賈金蓮為妾，帶回延安府。未及圓房，因當鋪失火被押。李出獄後，賈用巧言騙到鑰匙，又將李灌醉，遂改扮李裝，取元寶及清鬃馬逃走。臨行在影壁牆留詩，表明拐走的財物待年景好時本利一次還清。四平調與河北隆堯秧歌、四股弦、武安落子亦有此劇目，又名《山東歎》。兩夾弦《錦緞記》，又名《張華買妾》，寫貧生被劫易裝賣為人妾，後得助脫身赴試，因結良緣事。

6.怨婦戀情類：呂劇《井臺會》，又名《藍橋會》，寫少女藍瑞蓮被賣給五十三歲的周藍寬為妾，受丈夫婆母虐待。一日，在井臺打水，遇書生魏魁元討飲，互訴身世，二人愛悅，共約夜半藍橋相會。魏生先至，山洪暴發，魏守約不去，抱橋柱而死。藍擺脫羈絆來到，也投水殉情。五音戲、茂腔、柳琴戲、兩夾弦、北詞兩夾弦、四根弦均有此劇目⓫。

7.傳世愛情類：民間盛傳的戀愛故事，起源早而流傳廣，許多地方劇種都有演出，小戲常演其中部分段落。

⓫ 遼寧二人轉亦有此劇。湖南花鼓戲中，藍女猶未嫁，劇由《小藍橋》、《水漫藍橋》、《陰藍橋》連綴而成。《小藍橋》為各小戲劇種常演劇目。淮劇亦有《藍橋會》。

如梁祝故事，盧劇《打棗》，寫梁山伯、祝英臺、馬文才三人同塾共讀。一日，師母打棗，英臺暗藏紅棗留與山伯嘗新，事為早懷疑祝是女流的馬文才識破，借搜棗調戲英臺。內蒙古二人臺《下山》寫梁祝別師回家，祝借物喻情，無奈梁始終不悟。劇中梁祝是粗獷的農民與村姑形象。長沙花鼓戲《訪友》、安徽廬劇《柳蔭記：闖簾》寫梁山伯與祝英臺樓臺會故事。演出時，廬劇在舞臺正中豎一長條凳，象徵下掛的竹簾，梁祝分處左右，表示一在簾裡，一在簾外，兩人隔簾相會。

8.寡婦情感類：傳統觀念不允寡婦再婚，使寡婦半輩子生活於物質艱困，精神空虛的環境中。民間藝人對此頗有寄予同情者。如零陵花鼓戲《寡婦上墳》，寫寡婦張蘭英於清明節帶領年幼子女祭掃夫墳，遭地保和算命瞎子敲詐勒索事。評劇《馬寡婦開店》，寫唐狄仁傑投宿馬寡婦店中，以禮教婉拒馬氏愛慕之情。劇中，狄勸馬氏恪守貞節，教子成名。馬氏答道：

> （唱）客爺呀！這話兒好說，日子難過，貞節二字可害死了奴。你知道世上講苦沒有我們寡婦苦，為什麼苦命的是寡婦？你們男人喪妻可再娶，這女子為何不能再配夫？⑫

幾個反問，有力地抨擊傳統禮教的偏頗。皖南花鼓戲《打補釘》，寫青年寡婦帶著周歲的遺腹子紡紗績麻度日，對單身的表哥默默相愛。一日，趁表哥請她補衣時，要求表哥幫帶幼兒。做家事之際，發現表哥疼愛孩子，於是借物喻情，兩人終於結合。岳陽花鼓戲《補背褡》和錫劇、甬劇《雙推磨》也都是寫年輕寡婦與長工於勞動中相憐相愛，終於衝破世俗偏見，結為夫婦。

⑫ 轉引自王林主編：《評劇在天津發展簡史》（天津：人民出版社，一九九一），頁四八九。

9. 方外神仙類：出自《目連傳》的〈思凡〉，寫少女趙氏先桃庵為尼，恨佛門生活孤寂，嚮往愛情生活，趁師傅下山，毅然逃出尼庵。此劇為常德漢劇旦行常演的高腔代表性劇目，其他劇種有高、崑腔不同的演出本。湖北清戲名為《思春》，滾唱部分突出，唱詞亦較通俗。內蒙古二人臺亦有此劇。揚劇《雙下山》，又名《僧尼下山》，在崑劇為崑丑「五毒戲」之一。傳世的仙凡戀故事以董永事最著，黃梅戲《天仙配》，又名《七仙女下凡》，寫秀才董永賣身傅家葬父，孝行感天。玉帝命七女下嫁，賜婚百日。七仙女為傅家一夜織成錦緞十匹，傅員外驚疑，改三年長工為百日，焚契贈銀，並認董為義子。百日滿工，回家路上，七仙女告訴董永已有身孕，贈白扇、羅裙後，奉玉帝之命重返天庭。董永進寶得官，七仙女送子後歸天，傅員外遂將女兒嫁給董永。平調、評劇、絲弦等劇種亦有此劇目。花鼓戲《劉海砍樵》，亦名《二仙傳道》、《天平山》或《大砍樵》，寫有半仙之體的武陵樵夫劉海，山中遇各有半仙之體的金蟾、石羅漢、九尾狐狸三怪，都想吞食劉海，湊成千年道行而登仙位。狐狸化為美女胡秀英，迷惑劉海與之成親。石羅漢指點劉海吞狐寶丹，狐指點劉海劈石羅漢頭，取七枚金錢，用以吊出金蟾。結果三妖俱敗，而劉海成仙，故民間有「湊合劉海成仙」諺語。劇中胡秀英山中遇劉海一段為載歌載舞的二小戲，稱《小砍樵》，常單獨演出。湖北越調及大筒腔《天平山》、淮北梆子戲《劉海與金蟾》同寫此事。梁山調、柳子戲、提琴戲、楚劇……等各劇種演出之情節大同小異。泗州戲、柳琴戲《打乾棒》（淮海戲作《打乾柴》）、陝西花鼓戲《桑園配》（又名《四姐配夫》）、柳琴戲《小說房》（又名《張五姐下凡》）、湖南陽戲《撿田螺》（《白猿戲晉》中一折）、彩調劇《石蛋姑娘》、漢劇《荷花配》、壯劇《螺螄姑娘》也都是民間神話戀愛故事。

10. 思夫思春類：評劇《王二姐思夫》，又名《摔鏡架》、《回杯記》，寫張廷秀趕考，離家六年，音訊杳然，其妻在家日夜思念。山東五音戲、柳琴戲、柳腔、茂腔、兩夾弦、遼寧海城喇叭戲、二人轉與安徽泗州戲（《王二英思盼》都寫此事。柳子戲《十大思夫》，可謂集思夫之大成。

(二)家庭生活類

家庭為構成國家的最基本組織，其成員間存在著夫妻、婆媳、父子、兄弟等關係，為最常描寫的題材之一。本節將家庭生活劇分為四個小類：

1.夫妻類：有夫婦然後有父子，傳統倫理中，夫妻一倫居於最重要地位。小戲中寫夫妻關係的劇目也算最多。傳統社會裡男耕女織，男女各司其職，都要為家庭生活貢獻勞力。據《賣餅》改編的蔚州梆子《武大郎賣餅》，寫潘金蓮與武大郎清晨起來，夫妻二人打燒餅的和睦生活。《磨豆腐》，寫張古董夫婦清早起來磨豆腐的生活情景，表現男幫女襯，和樂工作的氣息；為零陵、邵陽、衡州花鼓戲劇目。花朝戲《賣雜貨》，寫商人董亞興淪為貨郎後仍到處拈花惹草，與妻子相遇被斥責事。岳陽花鼓戲《打懶》，寫篾匠童老三打懶妻，後又言歸於好。數劇同為諷刺懶惰、好賭、好色的劇作。泗州戲《走娘家》，寫農村青年張三送妻王桂花騎驢回娘家探親，表現了夫妻間的體貼以及途中發生的令人忍俊不禁的趣事。二人轉《夫妻爭燈》，寫農民秋田與妻春英，夜晚用燈爭執不下，秋田出難題考問春英，春英巧妙問答，最後夫妻共用油燈的家庭趣事。寫夫妻別離的戲，如梨園戲《唐二別妻》，寫戰國時唐二隨蘇秦遊六國，與妻別離故事。竹馬戲諢名《丈二別》。

2.婆媳類：傳統家庭裡，男主外，女主內。婆婆媳婦共居一屋簷下，在尊卑觀念遭到扭曲時，婆媳問題嚴重者，甚至產生古詩〈孔雀東南飛〉般的悲劇。如黃梅戲《砂子崗》，又名《扎篾錐》，寫惡婆杜氏百般凌虐養媳婦楊四伢，四伢兄路過砂子崗，親見四伢受虐景況，聽妹訴說苦情，忿而與杜氏理論，並以篾錐猛扎惡婆以示懲戒。

3.父子、兄弟類：五倫中要求父慈子孝，後世注重孝道，甚至主張父雖不慈，子須盡孝。姜詩故事以《安安送米》最常見，五音戲、評劇、西府秦腔、佤族清戲均有此劇目。五音戲寫陶氏聽信鄰居邱婆子讒言，逼子姜文遠休棄媳婦龐三娘。龐氏投宿尼庵，其子安安積米百日，送至庵中，母子哭訴衷腸。

4.親族類：在崇尚敦親睦鄰的傳統社會裡，親族間來往探訪，為勞苦的生活增添情趣，其間也可能產生矛盾。如花鼓戲《假報喜》，是一齣諷刺招搖撞騙的喜劇。寫無賴子陳三好吃懶做。一日至肉店謊稱妻子分娩，向張老板賒得豬肉，又去岳家假報喜訊，騙取禮物。岳母命姨妹隨他回家探望，他又中途脫身回家，向妻謊稱為人醫瘡得來酒肉。一連串騙局被揭穿，妻怒，罰他跪地。彩調劇《假報喜》同樣也寫好吃愛賭的丈夫假報喜訊事。豫南花鼓戲《假報喜》則寫長工姚大喜倒欠掌櫃錢，夫妻無錢過年，因而假報喜訊，岳母卻帶著么女前來，準備吃滿月禮。三劇同名，均屬諷刺喜劇，豫南花鼓戲諷刺對象集中在苛刻的地主與尖酸刻薄的岳母身上。

(三)農村生活類

民間藝人多來自農村，對於農村生活瞭若指掌。劇作家描寫農民的勞動生活及其在勞動中的愉快心情，或是日常生活的片段與民間節日習俗，各行各業的百態，鄰里、主雇的關係等。大致可以分為六個小類：

1.勞動生活類：生產勞動是農村生活的重心，民眾衣食的來源。小戲中表現出農民對勞動的熱愛，對豐收的期望。如睦劇《南山種麥》，寫農民劉蘭德、王秀英夫婦到南山種麥。劉體認「做生意賺錢虧本無一定，種田人半年辛苦半年甜。」於是愉快地同妻子到南山種麥，兩人邊種麥邊嬉鬧。

2.民間百業類：有些劇作寫小本商販、下層勞工、民間藝人的生活。如五音戲《拐磨子》，寫做豆腐能手李茂趕集時攬回大宗生意，回家後夫妻連夜推磨、燒火、壓豆腐，歡樂逗趣，天亮時正好把豆腐做成。衡州花鼓戲早期劇目《打鐵》，寫學藝不精的毛國金，自稱鐵匠王。沈香化身毛國銀，助其成功。劇用川調演唱，有專用曲牌【打鐵歌】。雲南花燈《賣貨郎》，寫貨郎下鄉，一群欲為待嫁大姐選購嫁妝的姑娘擁上選購，至滿意方散，為用【賣貨郎調】演唱的歌舞劇。這一類戲內容偏於男女調情。淮北花鼓戲《王小趕腳》，寫二姑娘王翠蘭在大年初六回娘家習俗，有專用【趕腳調】。廣西採茶戲《王三姐算命》，寫卜卦為業的王三姐假意請外來的算命先生為她算八字，兩人爭吵不休，最後相互毀掉招牌。是一齣揭發江湖術士故弄玄虛的技倆與同業相忌心理的諷刺喜劇。

民間藝人穿街走巷賣藝又受人欺凌的艱辛生活，在《打花鼓》中有深刻的描寫。漢劇中又名《鳳陽花鼓》、《流民圖》，寫明代鳳陽地方鬧饑荒，打花鼓夫婦外出賣藝謀生。紈絝子弟曹悅招請到家演唱，蓄意調弄花鼓婦。打花鼓夫婦因之發生誤會，到城隍廟辨明原委，才又和好如初。

3.鄉里野趣類：這一類戲多寫採摘農產物而生衝突，最後誤會消除，雙方結成友誼，性質上也偏於男女調情。如黃梅戲《打豬草》(整理本)，寫村姑陶金花打豬草時，無意碰斷小毛家竹園兩根筍，引起爭執，後又言歸於好。劇中有一段「對花」歌舞表演，富有民間生活色彩，是一齣反映村民音容笑貌和樸實、勤勞、厚道思想的歌舞小戲。邵陽花鼓戲《摸泥鰍》也是丑、旦載歌載舞的對子戲。長沙花鼓戲《扯蘿蔔菜》，又名《湖北逃荒》，寫一湖北大嫂逃荒至湖南，途中飢餓，進路邊菜園扯蘿蔔充飢。守園的茄八伢子發現，罰她唱調子，兩人歡樂同唱，又拔蘿蔔贈她。劇中表現了村民對逃荒人的同情，有【逃荒】專調。出於《目連傳》的《罵雞》，寫王婆丟失蘆花大公雞，於是刀剁菜板沿街叫罵，三教九流無不被她罵遍。語言生動潑辣，把王婆刻薄蠻纏的性格刻畫入微。山東四平調多與《借髢髢》串演，稱《罵雞帶借髢髢》。淮海戲、海城喇叭戲等也有此劇目。

4.節日風習類：農業生產與土地密不可分，自古從祭祀土地中長期孕育的社火、燈會，後來更在西南地區形成燈戲，如四川燈戲、貴州花燈戲和雲南花燈戲。而燈會、社火的另一內容為祖先崇拜，春節燈會之娛神，必先接祖娛神兼以娛人，趕會、觀燈也就成為民間重要的娛樂活動⓭。如福建竹馬戲《跑四美》，又稱《跑四喜》、《乞冬》，由四旦分唱春、夏、秋、冬一個唱段，是農村慶豐收，祈求來年有個好年冬的一種開演前的表演形式。雲南花燈《開財門》，是乾哥到乾妹家祝願財門大開，人壽年豐的吉祥戲，在昆明一帶常作為燈班演出的第一個節目。黃梅戲《夫妻觀燈》，又名《鬧華燈》，寫農村青年王小六夫婦觀看花燈互相逗趣的故事，把男女老少觀燈的歡欣、熱切情態表現得很真實。豫南花鼓戲、陝西花鼓戲《夫妻觀燈》、揚劇《看燈記》、雲南花燈《打草竿》、《瞎子觀燈》、二人轉・拉場戲《大觀燈》也都是描寫元宵節觀燈趣事。

5.主雇關係類：這一類多是刻畫地主、東家苛刻、好色的諷刺喜劇。如柳腔《尋工夫》，寫李寡婦在天亮前到工夫市去雇用農民劉好賭做短工，一路上自誇她的地好種，飯好吃。天亮時劉認出是苛刻鬼李氏，便將以往在她家受的苦，以嘲笑挖苦的口吻揭露出來。長沙花鼓戲《南莊收租》和雲南花燈《楊老爺收租》都是寫苛刻地主盤剝佃戶，不顧莊稼歉收。楊老爺還借機調戲佃戶妻子，引起紛爭，最後立下賠田契約，狼狽而去。陝西二人臺《王成賣碗》，寫財主薛稱心使僕人王成外出賣碗，又尾隨監視。薛見與王成結識的村姑香蘭貌美，企圖調弄，反被二人設計痛責一頓。廬劇《討學錢》，寫農村暴發戶陳大娘子，嘲弄在年三十晚上前來討學錢的賀老先生，藉故拒付學俸。

6.惡德劣習類：這一類小戲表現了村里民眾對不良品德的嘲弄，常見的是對不事生產，喜好吃喝嫖賭、虛誇拐騙、昏庸迷信者的批評。如武安落子《借髢髢》，寫農村少婦四姐要到娘家趕會，缺少頭飾髢髢（假髮），

⓭ 王兆乾：《燈、燈會、燈戲——中國農耕文化的繁花與碩果》，收入《亞洲傳統戲劇國際研討會文集》（北京：中國戲劇出版社，一九九二），頁三九九。

去找鄰居王四嫂借。王珍惜自己攢體己錢買來的髢髢，推故不借。四姐再三求告，甚至假裝啼哭，才借到了髢髢。劇中嘲弄了四姐虛榮心理，也批評王四嫂的吝嗇。豫劇、四平調等也有此劇目。徽劇高腔劇目《借靴》，寫窮秀才張旦為赴宴，向友人劉二借靴事，也是諷刺劉二慳吝成性和張旦死要排場。清代《綴白裘》收有此劇，雲南花燈等各地劇種也有。廬劇《借羅衣》也是嘲弄借物誇富的諷刺喜劇。

柳琴戲《雙拐》是揭發騙子技倆的諷刺喜劇，寫光棍騙子王利遭女騙子李梅巧語騙去銀錢及偷來的毛驢。甬劇《挑牙蟲》也是揭穿江湖術士技倆的喜劇，《拜五通》則是諷刺迷信鬼神的阿狗，竟把妻子的奸夫當五通神拜祀。

小戲中諷刺荒淫無恥的好色之徒，結局常是登徒子受到懲罰。如竹馬戲《割鬚弄》，寫一無賴企圖調戲丈夫赴試未歸的少婦鴛仔，鴛仔設計使其割鬚，狼狽而去。雲南花燈《破四門》、淮海戲《催租》、甬劇《秋香送茶》、粵北採茶戲《阿三戲公爺》也都是寫好色的地主、相公受到懲罰，屬於輕鬆活潑的諷刺喜劇。尤其是廬劇《打麵缸》，諷刺了一群見色起意的官吏（縣官、師爺、王書吏）。

㈣史事神怪公案類

除前述三類占大宗的題材外，小戲中也有少量以史事、神怪、公案等為題材的劇作，但也都是民間的觀點，民間的語言。二人轉・單出頭《丁郎尋父》，寫明朝嚴嵩之子嚴祺謀占杜景隆妻，欲害杜，杜出走。其子丁郎成年後外出尋父，困於胡府做工，偶吟身世夯歌，被景隆認出，父子同赴海瑞堂前告狀。海瑞乃緝斬嚴祺。其中《打夯歌》為可獨立演出的小戲劇目。

河南曲劇《王大娘釘缸》，又名《鋸大缸》、《大釘缸》、《大補缸》、《百草山》，寫百草山旱魃化身王大娘，取死人噎食罐煉成黃磁缸，藏身缸內以避雷擊。缸為巨靈神撞裂，觀音老母派土地神化為補鍋匠，假意為之修釘，將缸打碎，又命二郎神前來斬妖。本劇取材於明傳奇《缽中蓮》之一折，在雲南花燈《補缸》中，王大娘變成一個粗枝大葉的鄉村蕩婦。

由以上對於小戲題材的分類舉例，已可以概見小戲充分展現庶民的生活、感情和理念。而若論其題材所運用的情節來源，除直接取自日常生活瑣事外，由民歌中的戲劇因素發展而成，也是很明顯的現象。譬如雲南花燈戲《捶金扇》，便是民間小曲〈捶金扇〉發展而成。在小曲中，情哥把捶金扇交給情妹。小戲就使二人登場，小生送一把捶金扇，小旦送一把茉莉花。定情發願：「捶金扇、茉莉花，同生同死到白髮。」如此便成了花燈小戲。

又如揚劇《王大媽看病》原來也是揚州小調，情節只是姑娘得病，王大媽問病，姑娘敘述對意中人的相思之情。發展為小戲後，不止姑娘和王大媽出場，而且增加了小生吳三保。謂姑娘在遊春時遇三保，一見傾心，兩人便都得了相思，在王大媽的穿針引線下，使兩人成了眷屬。

又如陝北秧歌戲《禿子尿床》也是根據民歌發展而成的。它原來的歌詞是：

> 豌豆開花麥穗穗長，奴媽媽賣奴不商量。
> 一賣賣在高山上，深溝裏擔水淚汪汪。
> ……
> 只說女婿趕奴強，又禿又瞎又尿床。
> 頭一道尿在紅綾被，二一道尿在象牙床。

三一道和奴通腳睡，尿在奴家脖頸上。

尿在脖頸上生了氣，脫了綉鞋打女婿。

……

前炕斷（趕）到後炕上，雙膝跪在炕中央。

先叫姐姐後叫娘。

這樣的民歌本身已充滿誇張性和諧謔性，就很容易轉變發展為小戲。

又如《走西口》原是流傳在綏遠和山西，傳到陝西，成為陝北民歌。其核心唱句只有八句，前六句是：

哥哥你走西口，小妹妹實難留。

手拉著那個哥哥的手，送你到大門口。

送到大門口，妹妹不丟手。

有兩句知心話，哥哥你記心頭。

走路走大路，人多解憂愁。

住店住大店，小店裡怕賊偷。

後來《走西口》發展為內蒙民間小戲「二人臺」的重要劇目，流行於包頭一帶。情節成為：情妹孫玉蓮、情哥胡太春。太春說年景不好，要隨二姑舅走西口。情妹勸阻，難分難捨。情哥控訴世道。送行時情妹為情哥做飯、梳頭，唱出許多語重心長的囑咐⓮。

諸如此類的現象，在小戲中是不勝枚舉的。

(五)張紫晨歸納的十三個類型

對於地方小戲從日常生活取材所產生的情節類型，張紫晨《中國民間小戲》歸納為十三個類型，茲酌取其要點如下：

1.妻勸夫之情節類型：如《勸夫》、《勸賭》、《勸吃煙》、《勸學》等賢妻勸丈夫改邪歸正。

2.家庭倫理關係之情節類型：如貪心式之《小二姐回娘家》、《小姑賢》、《誇夫》、《親家婆頂嘴》等。

3.以出村遊玩所見為情節類型：如《放風箏》、《看秧歌》等。

4.以農村買賣行為為情節類型：如《賣絨線》、《賣芫荽》、《賣元宵》等。

5.以偷蔬果為情節類型：如《偷南瓜》、《偷甜瓜》、《扯蘿蔔菜》等。

6.以借貸或互助為情節類型：如《小借年》、《借靴》、《借髢髢》、《補背褡》、《雙推磨》等。

7.以男女關係為情節類型：如《瞧妹子》、《探妹》、《瞧郎哥》、《送綾羅》、《送櫻桃》、《王二姐思夫》、《喻老四想妹》、《張二姐想喻老四》。此類最多，其間不外寫男女相為探望、思念或幽會。

8.以生活之窮苦為情節類型：如《空歡喜》、《點麥》、《三伢子鋤棉花》、《上包頭》、《下河東》、《捆被套》等。

9.以反抗不合情理的舊思想勢力為情節類型：如《補皮鞋》、《楊八姐遊春》、《當板箱》、《打麵缸》等。

⓮ 以上參考張紫晨：《中國民間小戲》，頁九五－一〇〇。

10.以男女之巧拙、智愚相配為情節類型：如《喝麵葉》。

11.以欺騙與被欺騙為情節類型：如《尋工夫》。

12.以仙凡結合為情節類型：如《七仙女下凡》、《劉海砍樵》。

13.以唱知識、述歷史為情節類型：如《繡藍衫》、《畫扇面》、《綉花燈》等等。

由以上可見，地方小戲的內容，無論就題材而言，就情節類型而言，皆以民間的日常生活中所發生的種種瑣事為主要，從而反映其間的甘苦情懷，乃至家庭與社會所存在的問題，或者藉以娛樂、以諷刺、以嘲弄。活躍在民間小戲的人物，也自然以鄉土人物為主體，如夫妻、姑嫂、母女、親家、戀人、田婦、農夫、船夫、趕腳夫、推車夫，也有雇主、長工、和尚、尼姑、少年、兒童、待嫁姑娘、公子哥兒，也有財主、地主、官吏、商賈等等，展現的是一幅民間生動活潑的現世圖。

其描寫家庭生活瑣事，或出以夫妻間的小小勃谿，或出以婆媳或親家間的糾葛；其形容各行各業之遭遇甘苦者，或如農民災旱之逃荒，或如趕腳夫、長工、賣藝、塾師之勞碌奔波；其流露男女愛情之溫馨與堅執者，則或抒發青春爛漫的情懷，或傾訴互相愛慕的率真，或流露相憐相惜的至意，更有熱烈衝破禮教一往無悔的至情；而最發人深省與快感者，則莫過於以現實生活瑣事為基礎，展現人性中貪婪、慳吝、奸詐、虛偽的種種行為，言語舉止雖謔而不虐，而意識自在其中。凡此也正是小戲質樸無華的思想基礎。

但也因為地方小戲的質性多「務在滑稽」，每每以男女褻瀆調笑為內容，所以每每為衛道之士所不容，而促使政府下達禁令。這種情況早已見諸《隋書．柳彧傳》：

臣聞昔者明王訓民治國，率履法度，動由禮典，非法不服，非道不行。道路不同，男女有別，防其邪僻，納諸軌度。竊見京邑，爰及外州，每以正月望夜，充街塞陌，聚戲朋游。鳴鼓聒天，燎炬照地，人戴獸面，男為女服，倡優雜技，詭狀異形。以穢嫚為歡娛，用鄙褻為笑樂，內外共觀，曾不相避。高棚跨路，廣幕陵雲，袨服靚妝，車馬填噎。餚醑肆陳，絲竹繁會，竭貲破產，竟此一時，盡室並孥，無問貴賤，男女混雜，緇素不分。穢行因此而生，盜賊由斯而起。浸以成俗，實有由來，因循敝風，曾無先覺。非益於化，實損於民。請須行天下，並即禁斷。康哉〈雅〉、〈頌〉，足美盛德之形容，鼓腹行歌，自表無為之至樂。敢有犯者，請以故違敕論。⑮

由其所描述的元宵民間歡樂，正是百戲雜陳的現象，而所云「男為女服，倡優雜技」、「以穢嫚為歡娛，用鄙褻為笑樂」也正是「小戲」逞藝的場景。

無獨有偶的，宋代也出了個陳淳，如出一轍的繼承隋人柳彧以衛道迂腐之論禁止民間戲曲搬演的主張。宋陳淳《北溪大全集》卷十七〈侍講待制朱先生敘述〉云：

朱先生守臨漳，未至之始，闔郡吏民得於所素，竦然望之如神明，俗之淫蕩於優戲者在悉屏戢奔遁。及下車蒞政，寬嚴合宜，不事小惠。⑯

又其卷四十七〈上傅寺丞論淫戲〉云：

⑮〔唐〕魏徵：《新校本隋書》（臺北：鼎文書局，一九八〇），頁一四八三－一四八四。

⑯〔宋〕陳淳：〈侍講待制朱先生敘述〉，《北溪大全集》《文淵閣四庫全書》一一六七冊（臺北：臺灣商務印書館，一九八三），卷十七〈雜著〉，頁七，總頁六三二。

某竊以此邦陋俗，當秋收之後，優人互湊諸鄉保作淫戲，號「乞冬」。群不逞少年，遂結集浮浪無賴數十輩，共相唱率，號曰「戲頭」。逐家裒斂錢物，豢優人作戲，或弄傀儡，築棚於居民叢萃之地、四通八達之郊，以廣會觀者；至市廛近地、四門之外，亦爭為之，不顧忌。今秋自七、八月以來，鄉下諸村，正當其時，此風在在滋熾。其名若曰戲樂，其實所關利害甚大：一、無故剝民膏為妄費；二、荒民本業事游觀；三、鼓簧人家子弟，玩物喪恭謹之志；四、誘惑深閨婦女，出外動邪僻之思；五、貪夫萌搶奪之姦；六、後生逞鬥毆之忿；七、曠夫怨女邂逅為淫奔之醜；八、州縣二庭紛紛起獄訟之繁，甚至有假託報私仇，擊殺人無所憚者。其胎殃產禍如此，若漠然不之禁，則人心波流風靡，無由而止，豈不為仁人君子德政之累。謹具申聞，欲望臺判，按榜市曹，明示約束；並貼四縣，各依指揮，散榜諸鄉保甲嚴禁止絕。如此，則民志可定，而民財可紓；民風可厚，而民訟可簡。閤郡四境，皆實被賢侯安靜和平之福，甚大幸也。17

上錄兩段資料，朱先生即朱熹，宋光宗紹熙元年（一一九〇）知漳州事，三年後去任。顯然朱子不喜「優戲」而加以禁絕。陳淳字安卿，號北溪，福建龍溪人。朱熹守漳時曾從之學。傅寺丞即傅伯成，字景初，由濟源遷居泉州。少從朱熹學，宋孝宗隆興元年（一一六三）進士，寧宗慶元三年（一一九七）知漳州。歷官太府

17 〔宋〕陳淳：〈上傅寺丞論淫戲〉，《北溪大全集》，收於《文淵閣四庫全書》一一六七冊，卷四十七〈劄〉，頁九一一〇，總頁八七五－八七六；又收於〔清〕李維鈺原本，吳聯薰增纂，沈定均續修：《光緒漳州府志》，《中國地方志集成・福建府縣志輯》二九冊（上海：上海書店，二〇〇〇，據清光緒三年（一八七七）芝山書院刻本影印），卷三十八〈民風〉，〈宋陳淳與傅寺丞論淫戲書〉，頁一七－一八，總頁九二一。

寺丞。從陳淳的這封上書，可見慶元間漳州「優戲」和「傀儡」極為盛行，遍及城鄉。而從其「築棚於居民叢萃之地、四通八達之郊」諸語，可見其場面甚為盛大，而其「為害」居然有八大條。如此這般的「優人作戲」，又影響如此之大，若說只是「落地掃」的鄉土小戲模樣，是教人不可思議的。所以據此我們應當可以說，在南宋紹熙、慶元間，福建漳州已經有演員足以扮飾各色人物、情節複雜曲折、藝術形式已較完整、足以動人心魂，當時稱之為「戲文」或「戲曲」的「大戲」了⑱。

像這種視戲曲如蛇蠍的論述，元代以後變本加厲，王利器乃編有《元明清三代禁毀小說戲曲史料》一大冊⑲，戲曲乃同小說一般為庶民喜聞樂見之物，乃遭官府百般禁毀，然而能禁毀得了嗎？

而小戲實為戲曲之雛型，因之關目情節極為簡單，不過藉鄉土生活瑣事，抒發鄉土情感而出諸滑稽詼諧，博取鄉土娛樂，所以體製短小、內容單薄，論其關目尚無需講究布置之技法。

二、元人北曲雜劇劇目之題材內容

以下論述戲曲大戲。所謂「大戲」是戲曲演員充任腳色以扮飾人物，足以演出人生百態，歌舞樂融合而為美學基礎，以虛擬、象徵、程式基本原理，所呈現的綜合文學和藝術。其劇種以體製而論，有金元北曲雜劇、宋元明南曲戲文、明清傳奇、南雜劇、短劇；以腔調而言，今日尚有崑山、高腔、梆子、皮黃四大腔系。下文據此論述。

⑱ 余有〈也談「南戲」的名稱、淵源、形成和流播〉，《中國文哲研究集刊》第一一期（一九九七年九月），頁一－四一。

⑲ 王利器輯錄：《元明清三代禁毀小說戲曲史料》（上海：上海古籍出版社，一九八一）。

(一)元人北曲雜劇劇目之著錄

元人雜劇之劇目著錄，元人鍾嗣成《錄鬼簿》約成於至正五年（一三四五），其所著錄元人雜劇有四百五十八本；明初朱權《太和正音譜》著錄元人雜劇有五百三十五本，合明初人所作，有五百六十六本。清末民初王國維《宋元戲曲考》謂「今日確存之元劇，而吾輩所能見者，實得一百十六種。」含有名氏作家四十六人，劇作八十九種，無名氏二十七種⓴。

而日本青木正兒昭和十二年（一九三七），於東京弘大堂書房所出版《元人雜劇序說》考得初期作者三十人，雜劇六十八本；中期八人，十三本；末期元末明初十四人，十六本；合計五十二人，八十七本㉑。一九六〇年羅錦堂《現存元人雜劇本事考．現存元人雜劇總目》考得作者四十八人，雜劇一百本；無名氏六十一本，合計現存一百六十一本㉒。一九九二年王季思主編《全元戲曲》，收錄元人雜劇作家六十二人，一百五十一本；無名氏四十七本，合計一百九十八本㉓。一九九六年張月中、王綱主編《全元曲》，收錄元人雜劇作家五十一人，雜劇一百十七本；無名氏四十七本，合計一百六十四本㉔。

⓴ 參見王國維：《宋元戲曲考》，收於《王國維戲曲論文集》（臺北：里仁書局，二〇〇〇），〈元劇之存亡〉，頁九九—一一五。

㉑ 〔日〕青木正兒撰，隋樹森譯：《元人雜劇序說》，收於《元曲研究》（臺北：里仁書局，一九八四），乙編，頁三一—四六。

㉒ 羅錦堂：《現存元人雜劇本事考》（臺北：中國文化事業股份有限公司，一九六〇），頁一—一〇二。

㉓ 王季思主編：《全元戲曲》（北京：人民文學出版社，一九九二）。

以上可見諸家所得之現存元劇作家和劇本數皆不同，緣故是觀點不同，取捨不一。譬如王季思計入殘折或殘曲，故所得獨多。然而元劇作家作品之歸屬，確實有諸多疑慮者，譬如鄭師因百（騫）〈元劇作者質疑〉考訂十八本作者歸屬之問題。錄其結論如下：

《金錢記》：應屬石君寶。

《殺狗勸夫》：應屬無名氏。

《兒女團圓》：應屬高茂卿。

《雙獻功》：應屬高文秀。

《倩女離魂》：應屬鄭光祖。

《酷寒亭》：應屬花李郎。

《趙氏孤兒》：應屬紀君祥，《元曲選》之第五折，當為後人所加。

《裴度還帶》：應屬賈仲明。

《五侯宴》：應屬明代伶工。

《東牆記》：應屬元末明初無名氏。

《蔣神靈應》：應屬明代伶工。

《澠池會》、《伊尹耕莘》、《智勇定齊》：均應屬明代伶工。

《三戰呂布》：明代伶工所改竄。

㉔ 張月中、王綱主編：《全元曲》（鄭州：中州古籍出版社，一九九六）。

《老君堂》：明代伶工所編。
《降桑椹》：非元無名氏，應題無名氏。
《黃鶴樓》：應屬無名氏。㉕

鄭師對元劇作者之「質疑」為師兄羅錦堂《現存元人雜劇本事考》所採取。羅氏對元劇所作之分類，其總目與分類劇目之論述，均據此而來。

元人雜劇之劇目題材類型，《太和正音譜》「雜劇十二科」：

一曰「神仙道化」、二曰「隱居樂道」（又曰「林泉丘壑」）、三曰「披袍秉笏」（即「君臣」雜劇）、四曰「忠臣烈士」、五曰「孝義廉節」、六曰「叱奸罵讒」、七曰「逐臣孤子」、八曰「鏺刀趕棒」（即「脫膊」雜劇）、九曰「風花雪月」、十曰「悲歡離合」、十一曰「烟花粉黛」（即「花旦」雜劇）、十二曰「神頭鬼面」（即「神佛」雜劇）。㉖

以上「十二科」，其內容題材類型之名義，大抵可以自明，而我國戲曲有明確的分類㉗，可以說以此為始。夏伯

㉕ 鄭師因百（騫）：〈元劇作者質疑〉，原載《大陸雜誌》特刊第一輯（上）（一九五二年七月），頁二三五－二四〇；收入《景午叢編》上冊（臺北：中華書局，一九七二），頁三一七－三二五；《鄭騫戲曲論集》（臺北：國家出版社，二〇一二），頁一二一－一三一。

㉖ 〔明〕朱權：《太和正音譜》，《中國古典戲曲論著集成》第三冊（北京：中國戲劇出版社，一九五九），頁二四。

㉗ 關於我國古典戲劇的分類，筆者有〈我國戲劇的形式和類別〉一文，原載《中外文學》二卷一一期（一九七四年四月），頁九－一九；後收入拙著：《中國古典戲劇論集》（臺北：聯經出版事業公司，一九七五），更名為〈中國古典戲劇的形

和《青樓集》記述元代歌伎所擅長的雜劇有駕頭、花旦、軟末泥、閨怨、綠林等五類。此五類散見篇中，夏氏並未明舉。故雜劇分類之始，仍應歸屬《正音譜》。《正音譜》十二科中的附注，去其與《青樓集》重複的，尚有君臣、脫膊、神佛三類，合起來共八類，由其名稱可以看出是民間的分類法。除脫膊一類外，大致是就劇中主要人物的身分來分類的。而《正音譜》十二科中，一、二、五、六、八、九、十等七科，可以說係就劇作的內容性質分的；其餘五類，可以說係就劇中主要人物的身分分的。因為系統不純，所以十二科中像四、五、六、七等四科間，九、十一兩科間，一、十二兩科間，便容易產生界線不明，混淆不清的現象。

雖然，青木正兒《元人雜劇序說》，則舉《青樓集》之五類與《太和正音譜》十二科及其附注而標為「俗稱七類」、「雜劇十二科」，並舉例如下：

(甲)分類俗稱

一、君臣雜劇：白樸之《梧桐雨》，馬致遠之《漢宮秋》，鄭光祖之《周公攝政》

二、軟末泥雜劇：關漢卿之《玉鏡臺》，喬吉之《金錢記》、《揚州夢》，鄭光祖之《王粲登樓》

三、脫膊雜劇：關漢卿之《單刀會》，李壽卿之《伍員吹簫》，朱凱之《昊天塔》，無名氏之《馬陵道》、《單鞭奪槊》、《小尉遲》

四、綠林雜劇：高文秀之《雙獻功》，康進之之《李逵負荊》，李文蔚之《燕青博魚》，無名氏之《還牢末》

五、閨怨雜劇：關漢卿之《拜月亭》，白樸之《墻頭馬上》，石子章之《竹塢聽琴》，鄭光祖之《倩女離魂》

式和類別〉，頁一一—一三。

六、花旦雜劇：關漢卿之《謝天香》、《救風塵》、《金線池》、《調風月》，戴善甫之《風光好》，石君寶之《曲江池》，鄭光祖之《㑳梅香》，喬吉之《兩世姻緣》

七、神佛雜劇：鄭廷玉之《看錢奴》，尚仲賢之《柳毅傳書》，無名氏之《硃砂擔》、《盆兒鬼》

(乙)雜劇十二科

一、神仙道化：馬致遠之《岳陽撑》、《任風子》、《黃粱夢》，岳伯川之《鐵拐李》，范康之《竹葉舟》，賈仲名之《金童玉女》，谷子敬之《城南柳》

二、隱居樂道：馬致遠之《陳摶高臥》，無名氏之《嚴子陵》

三、披袍秉笏（參看君臣雜劇）

四、忠臣烈士：紀君祥之《趙氏孤兒》，楊梓之《豫讓吞炭》、《霍光鬼諫》，無名氏之《抱妝匣》

五、孝義廉節：秦簡夫之《趙禮讓肥》，宮天挺之《范張雞黍》，蕭德祥之《殺狗勸夫》

六、叱奸罵讒：孔文卿（或金仁傑）之《東窗事犯》

七、逐臣孤子：王伯成之《貶夜郎》，無名氏之《赤壁賦》

八、鏺刀趕棒（參看脫膊雜劇、綠林雜劇）

九、風花雪月（參看閨怨雜劇）

十、悲歡離合：張國賓之《汗衫記》、《羅李郎》，鄭廷玉之《看錢奴》，武漢臣之《老生兒》，楊文奎之《兒女團圓》，楊顯之之《瀟湘雨》，無名氏之《貨郎旦》、《鴛鴦被》、《馮玉蘭》

十一、煙花粉黛（參看花旦雜劇）

十二、神頭鬼面（參看神佛雜劇）㉘

清初錢遵王《也是園藏古今雜劇》目錄，首為元人所撰，次元無名氏所撰，次明人所撰，次歷朝故事，次古今雜傳，次釋氏神仙，而以教坊所編演者殿後。其歷朝故事又分春秋、戰國、西漢、東漢、三國、晉朝、唐朝、宋朝、水滸等；看似有所分類，但並非全然以元明雜劇之劇目題材類型作為基準。

㈡元人北曲雜劇劇目之題材類別

對於元人北曲雜劇劇目之題材內容，敘其情節，考其淵源，證諸史實者，始見於清康熙末年無名氏之《曲海總目提要》，而對於元雜劇之劇目題材分類，羅錦堂《現存元人雜劇本事考・現存元人雜劇之分類》，及至目前為止，堪稱最為平正通達。他將元雜劇就內容分作八類，每類又分若干項，並舉劇目，錄之如下㉙：

1. **歷史劇**三十五本

甲、以歷史事蹟為主者

凡十五本，其次序依時代先後排列：

周公攝政　西周	澠池會　戰國	連環計　以下三國	三戰呂布
襄陽會	博望燒屯	黃鶴樓	隔江鬪智
薦神靈應　晉	老君堂　唐	雁門關　五代	龍虎風雲會　以下宋
抱粧盒	衣襖車	射柳捶丸	

㉘〔日〕青木正兒撰，隋樹森譯：《元人雜劇序說》，收於《元曲研究》，頁二八—三〇。

㉙ 以下摘錄自羅錦堂：《現存元人雜劇本事考》，頁四二四—四五〇。

乙、以個人事蹟為主而其事與史蹟相關聯者

凡二十本，其次序依時代先後排列：

介子推　以下春秋	伍員吹簫	楚昭公	豫讓吞炭　以下戰國
趙氏孤兒	氣英布　以下漢	賺蒯通	霍光鬼諫
漢宮秋	千里獨行　以下三國	單刀會	西蜀夢
三奪槊　以下唐	單鞭奪槊	小尉遲	梧桐雨
哭存孝　五代	昊天塔　以下宋	謝金吾	東窗事犯

2. 社會劇二十四本

甲、朋友

此類劇凡四本，次序依內容性質排列；前三本為生死不渝者，後一本為有始無終致相殘殺：

范張雞黍	東堂老	張千替殺妻	馬陵道

乙、公案

此類劇凡十四本，又可分為兩目：一為決疑平反，二為壓抑豪強。

一、決疑平反，凡十本，次序依斷案者時代先後分：

金鳳釵　宋上皇	緋衣夢　錢可	盆兒鬼　以下包拯	後庭花
蝴蝶夢	救孝子　王翛然	魔合羅　以下張鼎	勘頭巾
馮玉蘭　金圭	硃砂擔(冥誅)		

二、壓抑豪強，凡四本，次序依主角分：

魯齋郎　以下包拯	陳州糶米	生金閣	十探子　李圭

丙、綠林（借舊名），凡六本，皆係寫水滸故事者，次序依主角分：

爭報恩　關勝、徐寧、花榮	黃花峪　魯智深	燕青博魚　燕青	雙獻功　以下李逵
李逵負荊	病劉千（附）		

3. 家庭劇二十七本

降桑椹	剪髮待賓	陳母教子	焚兒救母
虎頭牌	秋胡戲妻	舉案齊眉	破窯記
酷寒亭	還牢末	貨郎旦	灰闌記
趙禮讓肥	殺狗勸夫	老生兒	神奴兒
合同文字	五侯宴	兒女團圓	合汗衫
羅李郎	瀟湘雨	鴛鴦被	竹塢聽琴
梧桐葉	竇娥冤	九世同居	

4. 戀愛劇二十本

甲、良家男女之戀愛

凡十本，次序依作者時代先後排列：

拜月亭	牆頭馬上	西廂記	倩女離魂
金錢記	留鞋記	蕭淑蘭	碧桃花
符金錠	東牆記		

（註）《留鞋記》女主角身分低而不賤，故仍入此類。

乙、良賤間之戀愛

凡十本，次序依作者時代先後排列：

金線池	青衫淚	曲江池	紅梨花
玉壺春	紫雲庭	兩世姻緣	對玉梳
百花亭	雲窗夢		

5. 風情劇八本

凡以男女間風流而兼有滑稽情趣之故事為主題者，皆歸此類，約等於十二科之風花雪月及煙花粉黛之各一部。茲列舉如下，其次序依內容性質分：

玉鏡臺　以下良家婦女	望江亭	調風月　以下侍婢	㑳梅香
揚州夢　以下妓女	救風塵	謝天香	風光好

6. 仕隱劇二十一本

甲、發跡變泰

凡十四本，次序依時代先後排列：

伊尹耕莘　商	智勇定齊　以下戰國	凍蘇秦	誶范叔
圯橋進履　以下漢	追韓信	漁樵記	王粲登樓
薛仁貴　以下唐	飛刀對箭	裴度還帶	劉弘嫁婢　隋（附）
遇上皇　以下宋	薦福碑		

乙、遷謫放逐

凡五本，次序依內容性質排列：

貶夜郎 以下文人	貶黃州	赤壁賦	麗春堂 文官
敬德不伏老 武官			

丙、隱居樂道

凡兩本，次序依時代先後排列：

七里灘 漢	陳摶高臥 宋		

7.道釋劇二十二本

甲、道教劇

凡十四本，次序依度人者時代先後排列，第一、二兩本為太白金星；第三本為東華仙及毛女；第四、五兩本為鍾離權；六、七、八、九、十五本為呂洞賓；十一、十二兩本為李鐵拐；十三、十四兩本為馬丹陽。

莊周夢	誤入桃源	張生煮海	黃粱夢
藍采和	鐵拐李	竹葉舟	岳陽樓
城南柳	昇仙夢	金童玉女	翫江亭
任風子	劉行首		

乙、釋教劇

又分為弘法度世與因果輪迴兩類：

一、弘法度世，凡五本，其次序依時代先後排列：

西遊記	東坡夢	忍字記	度柳翠
猿聽經			

二、因果輪迴，凡三本：

來生債	冤家債主	看錢奴	

8.神怪劇四本

張天師	桃花女	柳毅傳書	鎖魔鏡

以上八類，可以將「戀愛劇」和「風情劇」，合為「戀愛風情劇」，因為皆關涉男女間情感之事；其「神怪劇」亦可併入「道釋劇」為一類，因為誠如羅氏所言，「神怪劇」不過為「道釋劇」之枝蔓。

㈢元人北曲雜劇劇目之題材內容特色

元人之歷史劇，應當取材自宋代說話家數之「講史」，講說歷代爭戰興亡的長篇故事。《東京夢華錄》謂宋崇寧、大觀間有藝人霍四究說「三分」，尹常賣講「五代史」[30]。南宋講史更加發達，臨安北瓦十三座勾欄中「常是兩座勾欄專說史書」[31]；《武林舊事》記講史藝人除小說外最多，有二十三人[32]。《醉翁談錄》謂講史藝

[30] 見〔宋〕孟元老：《東京夢華錄》（北京：文化藝術出版社，一九九八），卷五〈京瓦伎藝〉條，頁三一—三二。

[31] 語出〔宋〕西湖老人：《西湖老人繁勝錄》（北京：文化藝術出版社，一九九八），〈瓦市〉條，頁一〇八。

[32] 見〔宋〕周密：《武林舊事》（北京：文化藝術出版社，一九九八），卷六〈諸色伎藝人〉，頁四一五。

人要通經史、博古今，才能「秤稱天下淺和深」㉝。《夢粱錄》所載講史藝人王六大夫，便是「講諸史俱通」的，因此聽者紛紛㉞。其他像喬萬卷、戴書生、張解元、陳進士也都是精通講史，藝壓群倫，才獲得聽眾對他們這樣的稱號。

宋代所講的史書，《東京夢華錄》所記「三分」、「五代史」外，尚有《通鑑》、漢唐歷代史書文傳，《醉翁談錄・小說開闢》：「也說黃巢撥亂天下，也說趙正激惱京師。說爭戰有劉項爭雄，論機謀有孫龐鬥智。新話說張韓劉岳，史書講晉宋齊梁。《三國志》諸葛亮雄材，收西夏說狄青大略。說國賊懷奸從佞，遣愚夫等輩生嗔。說忠臣負屈銜冤，鐵心腸也須下淚。」可見所載有孫龐鬥智、劉項爭雄、《三國志》、說黃巢……，「史書講晉宋齊梁」等，則宋人講史書內容實在廣泛豐富。也因為有這樣廣泛豐富的內容，所以元人也就順手可以取資為雜劇的題材，使得歷史劇的劇目特別多。而由此也可見，元雜劇的「歷史劇」，並非直接取資史傳，而是逕從「說話」改編。那麼，宋人說話四家中尚有小說、說公案、說鐵騎兒、說經，說唱文學更有諸宮調、覆賺、彈詞、崖詞，是否其他類別的元雜劇也有許多題材出之於此呢？筆者雖一時未及詳考，但可以揣測其可能性是很大的。眾所周知的《西廂記》不就是改編自元初金人董解元《諸宮調西廂記》嗎？而諸宮調則是北宋孔三傳首創。

鄭振鐸有〈元代「公案劇」產生的原因及其特質〉和〈論元人所寫商人、士子、妓女間的三角戀愛劇〉㉟都旨在說明其內容與元代政治社會的密切關係，也就是說那是元代的真實反映。筆者據鄭氏之說，演繹其大意如下：

㉝ 見〔宋〕羅曄：《醉翁談錄》（遼寧：遼寧教育出版社，一九九八），甲集卷之一〈小說引子〉條，頁二。

㉞ 見〔宋〕吳自牧：《夢粱錄》（北京：文化藝術出版社，一九九八），卷二十〈小說講經史〉條，頁三〇六。

㉟ 收於《鄭振鐸文集》第五卷（北京：人民文學出版社，一九八八），頁四六五—四八五、四八六—五〇六。

道德用以維繫人心，法律用以制裁惡徒。但在亂世裡，法律蕩然，道德淪喪，在為非作歹的權豪勢要眼中，亦無法律、道德可言；若此，人世間便失去了公理：升斗小民只有任由權豪勢要剝削宰割，本分善良的人只有任由流氓惡棍欺凌壓迫。人世間充滿了大大小小的冤屈，壓抑了形形色色的悲憤；於是強力者挺而走險；柔弱者只好借古人酒杯澆自家塊壘，希企有一位像包拯、王翛然、錢可那樣不畏強悍而專和權豪勢要作對的清官，出來為他們主持正義，鋤姦去惡。如果找不到這樣一位清官，那麼像張鼎那樣明白守正、不辭艱苦的將含冤負屈的百姓解救出來的吏目也可以。但是，在異族的鐵蹄下，究竟沒有這樣的清官和吏目。於是等而下之，只好期待梁山泊那樣的英雄好漢，出來替他們報仇雪恨，痛快人心。可是梁山的英雄也只是可遇不可求，於是乎又等而下之，只有寄託於冥冥之中的鬼神來主持公道了。這是元雜劇中公案劇和綠林劇，以及許多鬼魂報冤劇的時代背景。「柔軟莫過溪澗水，到了不平地上也高聲。」我們透過了元雜劇，似乎聽到許許多多柔弱無助的痛苦呼號，而最教人感到聲嘶悽慘的，莫過於反映在那些鬼魂報冤的雜劇裡：關漢卿的《竇娥冤》演竇娥為童養媳，被誣毒死公公，為昏官汙吏所殺，死時血不沾塵土，盡染於旗鎗上之白練，晴天忽降大雪，掩蓋其屍體，不使暴露，死後楚州為之大旱三年；確實顯現了天地的靈應。可是她的冤屈，即使有一位官拜肅政廉訪使的父親，也不能替她洗雪，還要她的鬼魂出現公庭，才使奸徒惡棍一一招伏。又《緋衣夢》演王閨香之未婚夫李慶安被誣殺死梅香，錢大尹（可）斷獄平反事。錢大尹雖然公平清正，剖決如神，可是如果不是神明託夢指點，他也無法偵知真正兇手就是裴炎。鄭廷玉的《後庭花》演劉天義與女鬼翠鸞相遇旅邸，以【後庭花】詞唱和，遂被誣私匿民女，包拯勘問，明其冤抑事。包拯雖然剛正嚴明，斷案如神，可是如果不是看了翠鸞所作【後庭花】詞有「不見天邊雁，相侵井底蛙」之句，反覆窮治，也無法澄清這一起離奇曲折的重重謀殺案。無名氏的《生金閣》演郭成以家傳至寶生金閣及美妻為龐衙內所窺而賈禍，包拯為之申雪事。可是如果不是郭成的鬼魂提著頭追逐龐衙內，遇見了包拯，申訴其事，包拯也無法為之雪恨。又《神奴兒》演李德義妻王氏圖謀家產，勒殺德義兒子神奴兒，包拯為之勘斷事。可是如果不是神奴兒的鬼魂追擊王氏，使得王氏上堂即服其罪，神奴兒並在公堂上歷訴其冤，包拯亦無從為他申雪。又《硃砂擔》演兇徒鐵旛竿白正，劫其友王文用擔中硃砂，且殺之，後遭冥譴事。此劇如果不是王從道（文用父）的鬼魂訴於天曹，王文用的鬼魂訴於東岳，岳神使太尉神及地曹率冤魂去勾取白正，使之入陰府受審，遍受地獄諸苦的話，王文用便永遠做一個冤死鬼。以上所說的這些劇本情節，毫無疑問的，在現實的人世社會中都是不可能的，也就是說冤屈是永遠無法平反的。而元代那些悲苦無訴的小民，在道德、法律淪亡的時代裡，如果不寄託於冥冥中的鬼神，來聊以慰藉內心的憤懣，而又沒有能力挺而走險，又將如何呢[36]？

元雜劇以士子妓女為題材的，可以分作三類：一是敷演其間的風流情趣事，如關漢卿《謝天香》、戴善甫《風光好》、張壽卿《紅梨花》、喬吉《揚州夢》等；一是敷演其間的戀情被鴇母所阻終至團圓事，如關漢卿《金線池》，石君寶《紫雲亭》、《曲江池》，喬吉《兩世姻緣》等；一是敷演士子、歌伎與富豪或大賈間的三角戀情，如馬致遠《青衫淚》，賈仲明《對玉梳》、《玉壺春》，無名氏《雲窗夢》、《百花亭》等。這三類各具模式，而以第三類最具社會意義，此類固定模式是：士子有潘安之貌、子建之才，妓女有冰清玉潔之性、沉魚落雁之容，兩人一見鍾情，不嫌貧富、不嫌貴賤，相守相愛；而這時總有一位富豪或大賈，因慕妓女姿色，以重金賄賂鴇母，共同設計奪取妓女；於是士子與妓女因而備嘗苦辛，妓女或嫁作商人婦，或設法逃脫；然其結局，不是士子功名得意，就是有一位做官的朋友出來為他奪回妓女，懲罰大賈，終於吉慶團圓。

36 筆者有〈雜劇中鬼神世界的意識形態〉一文詳論，原載《中華文化復興月刊》第九卷九期（一九七六年九月），頁八四－九一；收於拙著：《論說戲曲》（臺北：聯經出版事業有限公司，一九九七），頁二一三－四五。

《救風塵》雖然也屬妓女劇，但和以上所說的三種類型不相同。這三種類型，就現實的意義來說，只是那些在異族鐵蹄下，沒有功名、沒有富貴，以「書會」為糊口之所的「才人」們，自我陶醉的空中樓閣而已。而《救風塵》中的安秀實，其軟弱無能、猥瑣寒儉之態，正是元代士子活生生的寫照；而宋引章之識淺質鄙，唯逸樂是圖，也是元代歌伎的典型；而周舍之風月手段、狡猾無賴，則是元代富豪的樣版；至於趙盼兒之機智練達、俠肝義膽，使人生詼諧之趣，使人生景仰之心，則是妓女中不世出的傳奇人物。所以《救風塵》是一本環繞著妓女為主題而最具寫實性的雜劇，劇中沒有可驚可愕的事件，但有忍俊不禁的笑聲和笑聲中撲簌婆娑的淚影。

至於元雜劇中以士子為主人翁劇目，同樣具有非常現實的意義。晉朝有位「貌寢口訥，而辭采壯麗」，以作〈三都賦〉而使洛陽紙貴的左思（字太沖，二五〇—三〇六），他曾寫了八首〈詠史〉詩，其第七首云：

> 主父宦不達，骨肉還相薄；買臣困採樵，伉儷不安宅；陳平無產業，歸來翳負郭；長卿還成都，壁立何寥廓。四賢豈不偉？遺烈光篇籍；當其未遇時，憂在填溝壑。英雄有迍邅，由來自古昔。㊲

詩中所謂的「四賢」，就是漢代的主父偃、朱買臣、陳平、司馬相如，他們都是起先坎坷偃蹇，後來發跡變泰的讀書人。左太沖的〈詠史〉其實就是詠懷，他自負文武全才，「夢想騁良圖」，可是一直「抱影守空虛」；所以他就舉出「四賢」來說明「英雄有迍邅，由來自古昔」的道理，希望自己有朝一日也能夠像「四賢」那樣飛黃

㊲〔西晉〕左思：〈詠史八首〉其七，逯欽立輯校：《先秦漢魏晉南北朝詩》（北京：中華書局，一九八八），頁七三四。

騰達，「遺烈光篇籍」。但是我們知道，他終究只是「夢想」，在司馬氏那樣的世界裡，他到頭只能在空中構築樓閣而已。

左太沖的這種「夢想」，便成為後世落魄文人的心理模式，尤其在反映那黑暗時代的元人雜劇裡，更流露無遺。

在元人雜劇裡，現存的有十四種敷演諸如伊尹、蘇秦、范睢、張良、韓信、朱買臣、王粲、薛仁貴、裴度、張鎬、呂蒙正等古人由「坎坷偃蹇」而「發跡變泰」的故事㊳，就中應以馬東籬的《半夜雷轟薦福碑》最具代表性、最具現實意義。

《薦福碑》劇中的張鎬窮酸到以做三家村的「猢猻王」來糊口，他那位做官的朋友范仲淹為他到京師進奏萬言策，同時還為他寫了三封八行書。沒想他要投奔的兩位權貴，都被他「妨殺」，害急症死了。而朝廷得到他的萬言策，就命他為吉陽縣令，沒想因他遠出，他的官職被他的東家「張浩」所冒了。張浩恐怕事情敗露，派人去刺殺他，他百般求饒，方免一死。他寄宿薦福寺中，寺僧可憐他貧困，打算拓印寺中顏真卿碑，使他賣作赴京的旅費，沒想因他咒詛龍神，半夜裡雷雨大作，把碑擊碎了。他的命運至此可謂困頓已極，不禁心灰意懶而萌厭世之念，正欲自裁，忽然范仲淹衝上，於是共赴京師，高中狀元，治張浩罪，娶宋公序女為妻。

像這樣的故事，我們知道什麼萬言策、中狀元、冤屈得雪，乃至於如花美眷，其實都是「烏有無是」，元代的讀書人根本是沒有這福分的。然而他們為了心靈的「補償」，卻常常這麼「妄想」，不惜自欺欺人的望梅止渴、畫餅充飢。

㊳ 這十四種是：《伊尹耕莘》、《智勇定齊》、《凍蘇秦》、《誶范叔》、《圯橋進履》、《追韓信》、《漁樵記》、《王粲登樓》、《薛仁貴》、《飛刀對箭》、《裴度還帶》、《劉弘嫁婢》、《遇上皇》、《薦福碑》。

作者馬東籬可以說是典型的元代讀書人，他在《東籬樂府》裡吐露了最真切的心聲：

夜來西風裡，九天雕鶚飛，困煞中原一布衣。悲，故人知未知。登樓意，恨無上天梯！（南呂【金字經】）

佐國心，拿雲手。命裡無時莫剛求，隨時過遣休生受。幾葉綿，一片綢，暖後休。（南呂【四塊玉】）

嘆寒儒，謾讀書，讀書須索題橋柱。題柱雖乘駟馬車，乘車誰買〈長門賦〉。且看了長安回去！（雙調【撥不斷】）

布衣中，問英雄，王圖霸業成何用。禾黍高低六代宮，楸梧遠近千官塚，一場惡夢。（雙調【撥不斷】）[39]

由這四支曲子，可見東籬自許有「佐國心，拿雲手」的抱負和能耐，更具「九天鵬鶚飛」的豪情勝慨，只是「命裡無時」，缺少相援引的故人。於是始則悲涼滿腹、鬱勃牢騷，繼則「嘆寒儒，謾讀書」，而消極的「隨時過遣休生受」，終至於指斥「王圖霸業成何用」，直把人生看作「一場惡夢」了。他那有名的散套〈秋思〉「百歲光陰一夢蝶」[40]，應當就是他對於人生了悟的表白吧！

而我們知道歷朝歷代的讀書人，一直是把科舉當作進身的不二法門，君不見「十年窗下無人問，一舉成名天下知。」君不見「春風得意馬蹄疾，一日看盡洛陽花。」他們對於那「白衣卿相」的功名事業，是多麼的熱

39 〔元〕馬致遠著，瞿鈞編注：《東籬樂府全集》（天津：天津古籍出版社，一九九〇），頁四六、六〇、七四、七五—七六。

40 同上注，見雙調【夜行船】〈秋思〉，頁一四三。

衷愉快而終生全心全力以赴！可是在這蒙元的時代裡，自從滅金後，僅於太宗九年（一二三七）舉行過一次，直到仁宗延祐二年（一三一五）方才恢復，其間科舉之廢置凡七十有八年，「士之進身，皆由掾吏」[41]。也就是說，東籬盛年之時，根本沒有科舉。明白了這些，那麼劇中的所謂「萬言策」、「中狀元」，在東籬的那個時代說來都只是冥想而已。也因此，東籬那股不可遏抑的鬱勃之氣，便也就如萬丈噴泉似的假藉劇中的張鎬之口，盡情而淋漓盡致的發洩了：

> 則這斷簡殘編孔聖書，常則是、養蠹魚。我去這六經中枉下了死工夫。凍殺我也！《論語》篇、《孟子》解、《毛詩》注，餓殺我也！《尚書》云、《周易》傳、《春秋》疏。比及道河出圖、洛出書，怎禁那水牛背上喬男女，端的可便定害殺這個漢相如！（第一折【油葫蘆】）

> 這壁攔住賢路，那壁又擋住仕途。如今這越聰明越受聰明苦，越癡呆越享了癡呆福，越糊突越有了糊突富！則這有銀的陶令不休官，無錢的子張學干祿。（第一折【寄生草么篇】）[42]

這些話語不止是馬東籬自家的寫照，更是生活在異族鐵蹄下讀書人的共同心聲。我們且看無名氏的兩支中呂【朝天子】〈志感〉：

> 不讀書有權，不識字有錢，不曉事倒有人誇薦。老天只恁忒心偏，賢和愚、無分辨。折挫英雄，消磨良善，

---

[41] 柯劭忞：《新元史》（臺北：藝文印書館，一九五六），卷六十四志第三十一〈選舉志一〉，頁一，總頁七〇一。

[42] 〔元〕馬致遠撰：《雷轟薦福碑》，收入《古本戲曲叢刊》四集，《古今名劇合選》第十冊（上海：上海商務印書館印刷，一九五八，據北京圖書館藏明萬曆刊本影印〔明〕孟稱舜評點《新鐫古今名劇酹江集》），頁四、六。

越聰明、越運蹇。志高如魯連，德過如閔騫，依本分只落得人輕賤。
不讀書最高，不識字最好，不曉事倒有人誇俏。老天不肯辨清濁，好和歹、沒條道。善的人欺，貧的人笑，
讀書人、都累倒。立身則小學，修身則大學，智和能都不及鴨青鈔。[43]

這兩支曲子真把當時讀書識字的「不中用」，說得玲瓏剔透，而其間的憤懣悽苦也最教人惻惻哀傷。這種憤懣悽苦和惻惻哀傷是籠罩著當時每個讀書人的心靈的。

士子在元代的遭遇如此，於是生活在這黑暗時代的人們，由於對現世感到極端的失望，深覺形神不能相親的痛苦：有情人不能相守，自然有「同心而離居，憂傷以終老」的感嘆；相知的朋友卻中途遺棄，自然有「如何金石交，一旦更離傷」的牢騷；而「人生寄一世，奄忽若飆塵」，「所遇無故物，焉得不速老」，生命的無常飄忽，多麼使人驚懼，所以在「奄忽隨物化」之前，應當「榮名以為寶」。可是亂世裡，生命都已朝不保夕，哪來榮名？何況「千秋萬歲後，榮名安所之？」於是有些人便「服食求神仙」，但「多為藥所誤」，而感到「松子久吾欺」，因此便等而下之「不如飲美酒，被服紈與素。」「為樂當及時，何能待來茲。」所追求的只是形體的慾望和心神的麻醉，於是乎頹廢的思想，荒唐的舉止，便籠罩、充滿了整個黑暗的時代、混亂的社會。另外也確實有一部分人希企「縱浪大化中，不喜亦不懼」的心靈境界，逃離現實社會，獨善其身，領略生命自然的種種情趣，但能達此境界的，畢竟少之又少。回顧我國歷史，東漢末年、魏晉之際，莫不如此；而元代以野蠻異族的鐵蹄蹂躪我中華禮樂之邦，其黑暗殘酷，較之前代尤有過之而無不及。生活在這個時代的讀書人沒有進身之

[43] 隋樹森編：《全元散曲》（臺北：漢京文化事業有限公司，一九八三），頁一六八八。

路，一般百姓為牛為馬，永無翻身之時；道德為蒙古人所摧殘，法律為蒙古人而設；其生活之悲慘可知，其心境之空虛可想。於是便從超現實的世界裡，希企獲得指望和慰藉。恰好這時全真道教為當局所崇奉，陷溺的人們自然飢不擇食，渴不擇飲的信仰起來，成仙了道，解脫塵寰，逍遙物外的思想便充滿人們空虛的心靈之中。也因此，元人的散曲便充滿隱居樂道的情味，元人的雜劇便大量敷演度脫凡人，成佛成仙的內容。

這一類雜劇，即所謂「度脫劇」，度脫劇有一個不成文的規律，那就是凡度必為三而始成。所謂「三度」往往是某仙或某佛發現某人有靈根宿緣，於是前往度化，先說以富貴不足恃，再喻以功名不足戀；可是被度脫的人還是執迷不悟，此時此際，乃假藉其仙佛之超越力量，幻設出各種可驚可愕的事跡，於是乎被度化的人也頓然開悟，隨其出家修道，位列仙班。譬如馬致遠的《任風子》演馬丹陽度化屠戶任風子成道事。任屠恃勇為惡，乘醉持刀入草庵欲殺丹陽，而已反為護法神所殺，向丹陽索頭，丹陽令其自摸，頭固在，不覺猛然省悟，投刀再拜，願隨丹陽學道。又戴善甫的《翫江亭》演李鐵拐度金童牛璘、玉女趙江梅重登仙籍事。李鐵拐先於翫江亭壽筵與牛所設酒店中度化，皆不見容。最後於郊野點化之，令寒波造酒，枯樹開花，璘始知李必為異人，遂從之修行。其他如岳伯川的《鐵拐李》演呂洞賓三度鄭州六案都孔目岳壽於地獄油鑊之際。范康的《竹葉舟》三度儒生陳季卿於赴京求官，路逢暴風雨，墜江溺水之際，而以竹葉為舟，設諸幻境，予以點化。似此者不勝枚舉，雖然神佛度脫劇別有其時代的意義，但其假藉神佛的超越力量以警悟執迷的世人，則為其特色之一。至於神佛度脫劇所象徵的時代意義，那就是生活在黑暗時代裡的人們希企解脫塵寰，逍遙物外的一種冥想。

此外，尚有：鄭廷玉的《忍字記》，馬致遠的《岳陽樓》和《黃粱夢》，吳昌齡的《東坡夢》，李壽卿的《度柳翠》，谷子敬的《城南柳》，賈仲明的《金童玉女》，楊訥的《西遊記》和《劉行首》，以及無名氏的《昇仙夢》、《莊周夢》、《藍采和》、《猿聽經》等十三種。若論其度人者，則有太白金星、東華仙、毛女、鍾離權、呂洞賓、李鐵拐、馬丹陽、觀世音、彌勒佛、月明尊者、了緣、修公禪師等；被度者則除文人如莊周、蘇軾外，尚有惡吏如岳壽，俳優如許堅，茶博士如郭馬兒，富農如金安壽、劉均佐，屠夫如任屠，倡妓如劉行首、柳翠，鬼怪如柳樹精、猿精，無情之草木如桃柳等；蓋無論有情、無情，只要能游心向道，則莫不能了卻塵緣，飄然仙去。可見元代的宗教觀念，已經徹底的平民化。試想如果沒有這一服清涼劑，將教那些空虛死寂的心靈，如何依歸，如何得到暫時的昇華？

也因此，在這種情況下，鄭師因百（騫），便說元曲有頹廢、鄙陋、荒唐、纖佻四弊。他說：

> 在元曲裡邊有兩種頗不高明的氣氛：頹廢與鄙陋。這完全是時代的反映。元朝在異族統治之下，種族待遇的不平，帝王的昏虐，特權階級的驕橫，權臣猾吏的貪縱不法，這一切組成了一個世紀的黑暗政治畸形社會。當時的文士們，「亂世偷生，蹙蹙靡騁」，對於這樣的政治社會，具有一種由厭惡恐怖與悲天憫人之感交織而成的苦悶。他們忍受不了而又解脫不開，於是很容易頹廢下去；頹廢的結果即不免流於萎靡放浪。或則寄情聲色，或則遁跡山林，麻醉身心，逃避現實。同時又有一般人，很希望進取功名富貴，而亂世的功名富貴又輪不到他們這般老實人頭上；於是一面「假撇清」，滿心升官發財，滿口山林泉石，一面怨天尤人，大發牢騷。看在旁人眼裡，則只見其鄙陋無聊。這樣的生活心情表現在作品上，就形成了那兩種頗不高明的氣氛。個人的鄙陋與風俗人心還沒有太大的直接關係；頹廢就甚為不妥，說好了是傷心人別有懷抱，而其流弊所及則幾乎成了妨礙健全精神思想的毒素。自清代康乾以來，曲這種文體所以始終未能普遍流行，有形式與內容兩種緣故。形式上的緣故是有些方言俚語俗字俗典的難解，與夫譜律之不普及。有些人讀曲因為不諳譜律而弄不清句法，作曲更感無所適從。內容上的緣故，則是頹廢與

鄙陋之外再加上荒唐與纖佻，我常稱之為曲中四弊。有了這四弊使人雖有心提倡而不願提倡，即使提倡也難普遍，因為自清以來，人們的精神思想總是比較元明兩朝光明健全，看不慣這種作風。曲這種文學的種種好處也就因此而被湮沒了很久。[44]因百師言簡意賅的話語，正道盡了蒙元一代文學之所以具此「頹廢、鄙陋、荒唐、纖佻」四弊的緣故和普遍現象。

而北曲雜劇，由於體製規律非常謹嚴，其限定四折，自然使關目布置，或為起承轉合的刻板形式；由一人獨唱，也不免說唱文學之包袱；而舞臺搬演藝術未臻完成，對於戰爭、狩獵之場景，也止能以「探子」出關目。凡此都有待其後戲曲表演藝術的進一步發展。

三、宋元南曲戲文劇目之題材內容

宋元南曲戲文由於受當時的金元北曲雜劇之強勢壓力，潛伏民間，所以其劇目傳世者極少，以下其劇目且從存者、殘存者、佚者三方面考察，內容則從題材分類加以探討。

(一)宋元南曲戲文之劇目

宋元戲文劇目之著錄，始於明嘉靖間徐渭《南詞敘錄》，有宋元六十五種，明初四十八種，共一一三種。近

[44] 鄭師因百（騫）：《景午叢編》上冊，〈從元曲四弊說到張養浩的雲莊樂府〉，頁一七三。

人三〇年代有趙景深《宋元戲文本事》[45]、錢南揚《宋元戲文百一錄》[46]、陸侃如、馮沅君伉儷之《南戲拾遺》[47]，共得一二八種。五〇年代又有錢南揚《宋元戲文輯佚》[48]，趙景深《元明南戲考略》[49]，近三十年來更有錢南揚《戲文概論》（一九八一・三）[50]、莊一拂《古典戲曲存目彙考》（一九八二・十二）[51]、劉念茲《南戲新證》（一九八六・十一）[52]、黃菊盛、彭飛與朱建明之〈關於宋元南戲劇目的整理和輯佚〉[53]，和彭朱二氏之《戲文敘錄》（一九九三・十二）等[54]。錢氏錄宋元二三八種，明初六十種，共二九八種；莊氏錄宋元二一一種，明初一二五種，共三三六種；劉氏錄宋元二二四種，另福建特有劇目十八種，明初一二五種，共三六七種；黃彭朱三氏敘錄宋元二一三種；彭、朱二氏敘錄宋元一九三種，其他待考者二種，福建特有劇目十七種，共二百十二種。

以上諸家對戲文劇目之蒐羅，除上舉《南詞敘錄》之外，主要來自以下基本資料：

---

[45] 趙景深：《宋元戲文本事》（北京：北興書局，一九三四）。
[46] 錢南揚：《宋元戲文百一錄》（北京：哈佛燕京學社，一九三四）。
[47] 陸侃如、馮沅君：《南戲拾遺》（北京：哈佛燕京學社，一九三六）。
[48] 錢南揚：《宋元戲文輯佚》（上海：古典文學出版社，一九五九）。
[49] 趙景深：《元明南戲考略》（北京：作家出版社，一九五八）。
[50] 錢南揚：《戲文概論》（上海：上海古籍出版社，一九八一）。
[51] 莊一拂：《古典戲曲存目彙考》（上海：上海古籍出版社，一九八二）。
[52] 劉念茲：《南戲新證》（北京：中華書局，一九八六）。
[53] 黃菊盛、彭飛、朱建明：〈關於宋元南戲劇目的整理和輯佚〉，《曲苑》第二輯（一九八六年五月），頁五一－六四。
[54] 彭飛、朱建明：《戲文敘錄》，收入《民俗曲藝叢書》（臺北：施合鄭民俗基金會，一九九三）。

(1)《永樂大典目錄》卷三十七，三未韻「戲」字下有戲文三十七卷，三十三種。

(2)《宦門子弟錯立身》第五齣仙呂合套【南排歌】、【北哪吒令】、【南排歌】、【北鵲踏枝】四曲舉戲文二十九種[55]。

(3)沈璟《太霞新奏》卷一集雜劇名「因緣薄冷」套下附記謂「舊曲亦有『書生負心』一套，只鋪敘舊傳奇故事，全無意味，猶花名曲之【萬卉花王】一套，不足錄也。」[56]而《增訂南九宮曲譜》卷四徵引其佚曲四支（【刷子序】二支，注云「集古傳奇名」；【黃鍾賺】二支，注云：「集六十二家戲文名」），此四曲包含宋元戲文二十二本[57]。

(4)《癸辛雜識》有《祖傑》戲文[58]、《山中白雲詞》有《韞玉傳奇》[59]、《四友齋叢說》有《子母冤家》[60]。

(5)《九宮正始》出於前書之外者有宋元六十八種，明初十七種。

(6)《九宮十三攝譜》又別出十七種。

---

[55] 見錢南揚：《永樂大典戲文三種校注》（臺北：華正書局，一九九〇），頁二三一－二三二。

[56] 〔明〕沈璟：《太霞新奏》，收入王秋桂主編：《善本戲曲叢刊》第七七冊（臺北：學生書局，一九八七），頁六〇。

[57] 〔明〕沈璟：《增訂南九宮曲譜》，收入王秋桂主編：《善本戲曲叢刊》第三輯第二冊（臺北：學生書局，一九八四），頁一九一、二三九。

[58] 〔宋〕周密：《癸辛雜識》別集上，收入《唐宋筆記叢刊》（北京：中華書局，一九八三），頁二六一。

[59] 〔宋〕張炎《山中白雲詞》卷五【滿江紅】詞題云：「《韞玉傳奇》，惟吳中子弟為第一流；所謂識拍道、字正、聲清、韻不狂，俱得之矣。作平聲滿江紅贈之。」見唐珪璋編：《全宋詞》（臺北：中央輿地出版社，一九七〇），頁三四九五。

[60] 〔明〕何良俊：《四友齋叢說》，收入任訥主編：《新曲苑》第一冊（臺北：臺灣中華書局，一九七〇），頁九七。

(7)《傳奇彙考標目》所著錄，其中「元傳奇」未見前書者凡三十八種61。

(8)《李氏海澄樓藏書目》又別出「元傳奇」十四種。

(9)《南九宮曲譜》卷八別出明初戲文《同庚會》一種62。

錢南揚《戲文概論》認為，宋元戲文今流傳而保持原本面目者，有以下五種：

《張協狀元》，宋九山書會編，《永樂大典戲文三種》本，《古本戲曲叢刊初集》本，莆仙戲藝人演出本，基本相同。

《宦門子弟錯立身》，元古杭才人編，版本同上。

《小孫屠》，元武林書會蕭德祥編，版本同上。

《劉知遠》，元傳奇63，佚曲五十七支見《九宮正始》，明成化本《白兔記》沿襲此系統64。

《琵琶記》，元高明撰，元刊巾箱本，陸貽典影抄元刊本、明抄本。

61 〔清〕無名氏：《傳奇彙考標目》，《中國古典戲曲論著集成》第七冊（北京：中國戲劇出版社，一九五九）。

62 〔明〕沈璟：《增訂南九宮曲譜》，頁三二一。以上九種，見錢南揚：《戲文概論》，頁七三－八二。

63 《九宮十三攝譜．譜選古今傳奇散曲集總目》稱此劇為元人劉唐卿編，見〔清〕張彝宣：《寒山堂新定九宮十三攝南曲譜》，收入《續修四庫全書》第一七五〇冊（上海：上海古籍出版社，二〇〇二，據中國藝術研究院音樂研究所藏抄本影印），頁六四四。徐渭《南詞敘錄．宋元舊篇》稱《劉知遠白兔記》，《中國古典戲曲論著集成》第三冊，頁二五一。《戲文概論》以此劇為「宋永嘉書會編撰」（頁八三）。

64 見孫崇濤：〈成化本《白兔記》與元傳奇《劉知遠》〉，《南戲論叢》（北京：中華書局，二〇〇一），頁二五一－二六八。又見孫著：《風月錦囊考釋》（北京：中華書局，二〇〇〇），頁一〇八－一〇九。

經明人修改者有十二種，其作者可考者有以下三種：

《荊釵記》，宋元間吳門學究敬先書會柯丹邱著㊀65，版本有二系統，其一士禮居舊藏明姑蘇葉氏刻本《王狀元荊釵記》，其二繼志齋屠赤水評《古本荊釵記》、李卓吾評《古本荊釵記》、汲古閣原刊本、清暖紅室刊本。以葉氏刻本較近古。

《拜月亭》66，元吳門醫隱施惠撰67，版本以明世德堂刻本《重訂拜月亭記》為一系統，較古；以容與堂李卓吾評本《幽閨記》、凌延喜刻朱墨本《幽閨怨佳人拜月亭記》、師儉堂刻陳眉公評《幽閨記》、德壽堂刻羅懋登注釋《拜月亭記》、汲古閣本《幽閨記》、清暖紅室本、喜詠軒本為另一系統。

《殺狗記》，元明徐畛撰68，有明汲古閣原刊本、清暖紅室刻本。

其他九本作者無考：

《趙氏孤兒記》69，明金陵唐氏世德堂本。

---

65 見《寒山堂新定九宮十三攝南曲譜》引題，頁六四三。

66 明人改本又稱《幽閨記》。

67 《寒山堂新定九宮十三攝南曲譜》引注：「吳門醫隱施惠字君美著，武林刻本已數改矣。世人幾見真本哉。五十八齣，按察司刻」，頁六四四。

68 《寒山堂新定九宮十三攝南曲譜》引注：「古本淳安徐畛仲由著，今本已由吳中情奴、沈興白、龍子猶三改矣」，頁六四三。

69 《寒山堂新定九宮十三攝南曲譜》引注：「明徐元改作《八義記》」，頁六四四。

《東窗記》，明金陵唐氏世德堂本。

《破窰記》，明富春堂本、明書林陳含初詹林我刻本。

《金印記》[70]，明萬曆間刊本。

《黃孝子》，元無名氏鈔本。

《三元記》[71]，明毛氏汲古閣刻本。

《牧羊記》[72]，清寶善堂鈔本。

《尋親記》[73]，明富春堂刻本。

《胭脂記》，明文林閣本。

錢氏於文中謂「經明人修改過的凡十四本」，其實只十二本，明改本雖已失本來面目，但多少還保留一些宋元戲文的成分，可以和《九宮正始》[74]對照，自有其價值。

---

[70] 《南詞敘錄·宋元舊篇》作《蘇秦衣錦還鄉》；《九宮正始》引有《凍蘇秦》謂係成化間本，又有《金印記》；《寒山堂新定九宮十三攝南曲譜》有《蘇秦傳》並注云：「沈采改作《千金記》。」則《凍蘇秦》當係《蘇秦衣錦還鄉》較早的明改本，《金印記》又為《凍蘇秦》的改本。見《戲文概論》，頁九一－九二。

[71] 改編者為沈受先。

[72] 《寒山堂新定九宮十三攝南曲譜》引注：「江浙省務提舉大都馬致遠千里著，號東籬」，頁六四三《古人傳奇總目》也作「馬致遠作」。

[73] 《寒山堂新定九宮十三攝南曲譜》引注：「今本已五改，梁伯龍、范受益、王陵、吳中情奴、沈予一」，頁六四四。

[74] 《九宮正始》據元天曆間（一三二八－一三三〇）刊刻之《十三調》、《九宮》二譜，徵引不少宋元戲文的曲子。

錢氏又謂存殘曲者一百三十四種，完全失傳但存劇目者有八十六本。

而莊一拂《古典戲曲存目彙考》則謂宋元戲文全本存者十五種，較錢南揚少《三元記》、《胭脂記》二種；劉念茲亦謂全存者十五種，與莊氏同。黃菊盛、彭飛、朱建明合著的〈關於宋元南戲劇目的整理和輯佚〉一文，更對錢氏《戲文概論》所輯劇目作全面的考辨，認為錢氏將元雜劇誤作元戲文的有十二種：

《狄梁公》、《喬風魔豫讓吞炭》、《手卷記》、《屈大夫江潭行吟》、《浪蕩子弟壞風光》、《何郎敷粉》、《黑旋風喬坐衙》、《楊香跨虎》、《王瑞蓮瑞香亭》、《襄陽府調狗掉刀》、《賀昇平群仙祝壽》、《卓文君夜奔相如》。

將明雜劇列為戲文的二種：

《菩薩蠻》、《獨樂園司馬開筵》。

將明傳奇當作元戲文的五種：

《斬祛》、《高漢卿》、《蘭蕙聯芳樓》、《蝴蝶夢》、《繡鞋記》。

將散曲誤作元戲文的一種：

《李玉梅》。

重複的劇目八種：

《高漢卿》，《戲文概論》中著錄兩次。

《十大功勞》、《登臺拜爵》、《淮陰記》這三種劇目是明傳奇《千金記》的一劇異名，前二者是明人作品。

《貞潔孟姜女》即《孟姜女送寒衣》。

《蘇小卿西湖柳記》即《蘇小卿月夜泛茶船》。

《蕭淑貞祭墳重會姻緣記》一名《劉文龍》。

《西池王母瑤臺會》與《王母蟠桃會》當為一個劇本。

《追王魁》即《王魁負桂英》。

《劉寄奴》可能即《白兔記》。

《戲文概論》所遺漏的元戲文有四種：

《韓公子三度韓文公記》、《韓文公風雪阻藍關記》、《奪戟》、《伏虎韜》。[75]

黃彭朱三氏因此說「迄今我們所知的宋元南戲劇目應是二百十三種，比《戲文概論》少二十五種。」[76]他們的意見和莊氏較接近。但他們以同名或名近即剔出於宋元戲文之外亦不合情理，因為同一題材可以有兩種以上作品是很常見的事，所以宋元戲文到底有多少存目，諸家還有得爭論。

[75] 詳見黃菊盛、彭飛、朱建明合著：〈關於宋元南戲劇目的整理和輯佚〉，《曲苑》第二輯（一九八六年五月），頁五三一—五八。

[76] 同上注，頁五八。

(二)宋元南曲戲文劇目之題材內容特色

宋元戲文的題材和內容，錢南揚《戲文概論》謂「戲文劇本雖流傳的很少，但它的本事大半是可考的。從這裡，可以知道戲文題材的廣泛。」他舉例列舉如下：

(1)出於正史的：如《蘇武》、《朱買臣》、《司馬相如》、《鮑宣少君》之類。

(2)出於時事的：如《祖傑》戲文、《黃孝子》、《鄒知縣》之類。

(3)出於唐宋傳奇的：如《王仙客》、《李亞仙》、《章臺柳》、《磨勒盜紅綃》之類。

(4)出於民間故事的：如《孟姜女》、《祝英臺》、《劉錫沈香太子》、《董秀才遇仙記》之類。

(5)出於宋金雜劇的：如《裴少俊》、《劉盼盼》、《紅梨花》、《船子和尚》之類。

(6)出於道經佛典的：如《呂洞賓三醉岳陽樓》、《王母蟠桃會》、《西池王母瑤臺會》、《鬼子揭缽》之類。

(7)與宋元話本同題材的：如《柳耆卿詩酒翫江樓》、《陳巡檢梅嶺失妻》、《洪和尚錯下書》、《何推官錯認屍》之類。

(8)與金元雜劇同題材的：如《關大王單刀會》、《拜月亭》、《詐妮子調風月》、《殺狗勸夫》之類。77

戲文的題材內容，呂天成《曲品》卷下謂：「括其門數，大約有六：一曰忠孝，一曰節義，一曰風情，一曰豪俠，一曰功名，一曰仙佛。元劇之門類甚多，南戲止此矣。」78而錢南揚謂有以下七種類型：

77 錢南揚：《戲文概論》，頁一二一。

78 〔明〕呂天成：《曲品》，《中國古典戲曲論著集成》第六冊（北京：中國戲劇出版社，一九五九），頁二一三。

其一敘述愛情、婚姻、家庭生活的，這一類作品數量最多。張庚、郭漢城《中國戲曲通史》說：「在一百多種戲文中，幾乎有一半是描寫愛情、婚姻或家庭故事的。」79 錢氏《戲文概論》也說：「總的看來，戲文中反映婚姻問題的特別多，約在三分之一以上。其中可分為兩大類：一類是爭取婚姻自由，一類是婚變。這兩種情況，都有它的現實根據的。」80

(1)其寫婚變的，都是男子負心而造成婚姻的悲劇。戲文之首《趙貞女蔡二郎》、《王魁負桂英》和《張協狀元》、《李勉》、《三負心陳叔文》、《崔君瑞江天暮雪》、《張瓊蓮》、《古本荊釵記》、《歡喜冤家》、《詐妮子》等均屬此類。明沈璟原編沈自晉刪補《增訂南九宮曲譜》卷四正宮過曲【刷子序】又一體引散曲「集古傳奇名」云：

> 書生負心，叔文翫月謀害蘭英。張協身榮，將貧女頓忘初恩。無情，李勉把韓妻鞭死，王魁負倡女亡身。歎古今歡喜冤家，繼著鶯燕爭春。81

此曲所提到「負心書生」有陳叔文、張協、李勉、王魁、小千戶五人。

陳叔文本事見宋劉斧《青瑣高議》後集卷四〈陳叔文〉條，謂書生陳叔文登第後，家貧不能赴任所，娼妓崔蘭英贈以盤纏，乃娶蘭英為妻同赴任所。三年後任滿返家，恐家中之妻見責，遂將蘭英騙到船上飲酒，推入江中溺死，陳叔文後亦被蘭英鬼魂索命而死82。

---

79 張庚、郭漢城：《中國戲曲通史》（臺北：大鴻圖書有限公司，一九九八），頁二五二。

80 錢南揚：《戲文概論》，頁一二二。

81 〔明〕沈璟：《增訂南九宮曲譜》，頁一九一－一九二。

82 〔宋〕劉斧：《青瑣高議》（臺南：莊嚴文化事業公司，一九九五），頁七四。

李勉本事大意為：書生李勉至京城，棄前妻韓氏另娶。受岳父斥責，氣憤鞭死韓氏。周密《武林舊事》所錄雜劇段數中有《李勉負心》一劇，已佚。《寒山堂曲譜》錄戲文《風流李勉三負心》，全劇已佚，僅存殘曲六支，其【一封書】云：

> 聞說你在京，戀紅裙，醉酒樽。不顧閨中年少婦，不念堂前白髮親。義和恩，重和輕。問你從前不孝名。[83]

此當係李勉岳父斥責之語。

小千戶本事謂小千戶作客某氏家，夫人令婢女燕燕服侍，終有私情。小千戶別娶大戶人家小姐，夫人將燕燕配小千戶為妾。《永樂大典．戲文十三》著錄，《南詞敘錄．宋元舊篇》著錄作《詐妮子鶯燕爭春》。《九宮正始》題為《詐妮子》，注云：「元傳奇」；《寒山堂曲譜》引作《風風雨雨鶯燕爭春記》，下注云：「劉一棒著，史九敬先婿。」別本有《詐妮子調風月記》。與之同題材者，有宋人話本《妮子記》（見《醉翁談錄》）和元刊《古今雜劇三十種》所收關漢卿雜劇《詐妮子調風月》，情節當大體相同。錢南揚《宋元戲文輯佚》列出所存的八支佚曲[84]。

---

[83] 見《寒山堂新定九宮十三攝南曲譜》，卷一仙呂宮，頁六五七；〔清〕周祥鈺等編纂：《九宮大成南北詞宮譜》，收入王秋桂主編：《善本戲曲叢刊》第八七－一〇四冊（臺北：學生書局，一九八四），第二冊卷三，頁四五五－四五六，出處作「散曲」而非「李勉戲文」；〔清〕呂士雄：《南詞定律》，收入《續修四庫全書》第一七五一－一七五三冊（上海：上海古籍出版社，二〇〇二，據中國藝術研究院戲曲研究所藏清康熙刻本影印），卷四仙呂過曲，頁五三〇－五三一。

王魁本事，宋張邦基《侍兒小名錄拾遺》引《摭遺》，謂書生王魁未及第時，與妓女焦桂英結為夫妻，王魁上京應試前，與桂英到海神廟盟誓，誓不負心。及第後，卻另娶名門崔氏。桂英託人持書往詢王魁，王負盟，將下書人趕出，桂英自刎而死，鬼魂乃索王性命㊳。鈕少雅《南曲九宮正始》收有殘曲十八支，其南呂過曲【紅衲襖】云：

> 離家鄉經數旬，在程途多苦辛。到得徐州喜不勝，指望問取娘子信音。見了書便嗔，句句稱官宦門。孜孜的扯破家書，卻把我打離廳。㊴

此曲應是下書人回來向桂英訴說王魁渝盟負義被趕出廳堂的情形。

《歡喜冤家》本事不詳。

其他《崔君瑞江天暮雪》有殘曲二十九支保存在曲譜中，謂書生崔君瑞娶鄭月娘後，上京應試，及第授金華令，攜月娘赴京城取封，至虎撲嶺遇盜，盤纏被劫。崔君瑞暫將月娘寄王媼店中，自去蘇州向父執尚書蘇琇借貸。蘇琇見崔才貌雙全，欲招為婿，崔竟謊稱妻已亡，答應婚事。後月娘往蘇州尋夫，崔不認，誣指月娘為崔家逃婢，大加淩辱，派人將她押回越州。茲錄其曲二支如下：

---

84 詳見錢南揚：《宋元戲文輯佚》（北京：中華書局，二〇〇九），頁三一六－三一八。

85 〔宋〕張邦基：《侍兒小名錄拾遺》，收入嚴一萍選輯：《原刻影印百部叢書集成》第七一冊（臺北：藝文印書館，一九六六，據《稗海叢書》本影印），頁八－九。

86 前揭書，頁五四七。

南呂近詞【簇杖】恓惶苦萬千，指望為姻眷，誰知他把奴拋閃！（合）負心的是張協李勉，到底還須瞞不過天。天，一時一霎喪黃泉。便做箇鬼靈魂，少不得陰司地府也要重相見。

羽調近詞【勝如花】負心的，天下有，不是這樣辜恩禽獸。漾了舊日恩情，戀新婚配偶。指望與他頭白相守，做了風中絮水上漚，無根萍不浪舟。崔君瑞憐新棄舊，鄭月娘出乖露醜，好教人難禁難受。怕什麼嚴寒時候，三人同往蘇州。[87]

此二曲是月娘知崔已負心別娶，乃冒嚴寒往蘇州尋夫。

又《張瓊蓮臨江驛》，題材與《崔君瑞江天暮雪》、元雜劇楊顯之《臨江驛瀟湘秋夜雨》相近。《宦門子弟錯立身》【排歌】云：「瓊蓮女，船浪舉，臨江驛內再相會。」[88]《南曲九宮正始》之殘曲有云：「雲重四野風怒號，瀟湘夜雨瀟瀟。」可以概見其內容。

此外，《張協狀元》與《琵琶記》、《荊釵記》等，見下文。

錢南揚說：在重男輕女的封建社會裡，女人經濟不能獨立，必須依賴男人，故《儀禮‧喪服傳》講究「婦人有三從之義」，《儀禮‧喪服疏》也說女子有「七出」。在東漢初年《後漢書‧宋弘傳》有「富易交，貴易妻」的話語，唐宋間用科舉取士，推翻六朝門閥制度，知識分子有參政機會，成為統治階級。所以公卿喜歡在新科

87 見《南曲九宮正始》，《善本戲曲叢刊》第三四冊，頁一一八三、一二六五－一二六六；《寒山堂九宮十三攝南曲譜》查無此二曲；《南詞新譜》沒有南呂近詞【簇杖】，但有羽調近詞【勝如花】，但曲文出處均不同，見第二九冊，頁二〇四；《九宮大成》查無南呂【簇杖】，但有羽調近詞【勝如花】，見第一〇三冊卷七七頁六四八八；《南詞定律》，卷八頁三三五－三三六、卷一二，頁一九一－一九二。

88 見錢南揚：《永樂大典戲文三種校注》，頁二一三一。

進士中選婿，企圖擴張自己勢力；而新科進士也必須得到公卿提攜，才能前途無量。因此讀書人一旦發跡，便丟棄了貧賤時的妻子，婚變現象因而較為普遍。總的來說，婚變戲的主因，不是為財，就是為勢[89]。張、郭二氏說：「這樣的一個社會問題，在宋室南遷以後，由於南方寒族出身的人大量參加統治集團，而更加尖銳起來。」[90]在現實社會裡被遺棄的薄命婦女，戲文的作者是寄以同情的，而對於那些負心男子，一方面則在「善有善報，惡有惡報」的理念下，無奈的寄望於因果報應和鬼魂報仇，於是蔡二郎被暴雷擊死，王魁、陳叔文被妻子的鬼魂索去生命，以宣泄群眾疾惡如仇的情懷；而另一方面則使女主角幸遇貴人提攜相救而獲得夫妻團圓的結尾，如《張協狀元》、《崔君瑞江天暮雪》、《張瓊蓮》、《王瑩玉》等都是如此。所以如此的緣故是戲文作者乃至群眾不願意看到被遺棄的婦女遭遇到悲慘的命運，又不能改變擺脫婦女「從一而終」的禮俗，所以很不自然又一廂情願的作了這樣的安排。

而對於男子負心的揭示與反映，李月華〈談宋元南戲中的愛情與家庭戲〉認為「不同時期的南戲有著不同的特色」，早期戲文突出的是「譴責因富貴而變心，譴責薄情負義行為，揭示生活的悲劇」的主題，元末戲文重視教化作用，「強調節義，讚美對愛情婚姻的忠貞堅定」的主題，在男主角身上「體現著作者美好的理想與願望」，其代表作為《拜月亭》、《荊釵記》與《琵琶記》[91]。

(2)寫男女青年追求愛情、爭取婚姻的自由。這類作品很多，如《風流王煥賀憐憐》、《賽金蓮》、《董秀英花月東牆記》、《王月英月下留鞋記》、《韓壽竊香記》、《孟月梅》、《崔鶯鶯》、《張浩》、《楊曼卿》、《崔懷寶》、《磨

---

[89] 錢南揚：《戲文概論》，頁一二三－一二四。

[90] 張庚、郭漢城：《中國戲曲通史》，頁二四二。

[91] 見王季思等著：《中國古代戲曲論集》（北京：中國展望出版社，一九八六），頁二五－三三。

勒盜紅綃》、《楊實錦香囊》、《朱文太平錢》、《司馬相如題橋記》、《宦門子弟錯立身》、《裴少俊牆頭馬上》、《羅惜惜》、《張資鴛鴦燈》、《蘇小卿月夜泛茶船》、《蘭蕙聯芳樓》、《張珙西廂記》等等。錢南揚《戲文概論・內容》謂「宋元是理學盛行的時代，……理學家不但繼承了傳統的封建教條，如父母之命、媒妁之言之類，而且變本加厲地宣揚他們冷酷無情的封建道德，如提倡守節、鼓勵殉夫之類；而戲文卻寫婚姻必須自主，夫死應該改嫁，和冷酷無情的封建禮教針鋒相對。」他們「都是衝破了父母之命、媒妁之言的藩籬，他們的結合都是出於自主的。雖則具體的情況各各不同，而終於獲得最後的勝利是一致的。」[92]劉念茲《南戲新證》也有相同的看法[93]。張庚、郭漢城《中國戲曲通史》認為，此類戲文所以大量湧現，和戲文進入城市以後，「大量地吸收了說唱話本的故事題材有直接的關係。它們明顯地反映了封建社會城市中人民在婚姻愛情問題上所表現出來的民主意識。」[94]其普遍性可由戲文中人物，有名門公子與千金，也有平民少男少女，更有落魄士子與青樓歌伎，宦門公子與跑江湖的女演員，見其深入呈現各種階層，因為愛情與婚姻是人們最不可遏抑的需求。

(3)純粹寫男女風月情愛的。如《柳耆卿詩酒翫江樓》、《宋子京鷓鴣天》、《劉盼盼》、《西窗記》、《詩酒紅梨花》、《陶學士》、《崔護》、《孫元寶》、《蔣愛蓮》等，這類作品主要在表現才子佳人的風流韻事，無論什麼形式的文學都可以用作題材，何況南曲戲文的「性格」清俏柔遠，更加適合予以承載！

其二是反映戰爭動亂、社會黑暗給人民帶來的苦難，如《樂昌公主破鏡重圓》、《王仙客》、《柳穎》、《蔣世隆拜月亭》、《章臺柳》、《孟月梅寫恨錦香亭》、《劉文龍》等都是歌頌堅貞愛情為主題的，但劇中男女主人公在

[92] 見錢南揚：《戲文概論》，頁一一三。

[93] 參見劉念茲：《南戲新證》，頁一〇—一一。

[94] 張庚、郭漢城：《中國戲曲通史》，頁二五三。

愛情上所以遭受波折與痛苦，則是戰爭動亂所造成的。又如《陳光蕊江流和尚》、《洪和尚錯下書》、《何推官錯認屍》、《曹伯明錯勘贓》、《林招得》、《小孫屠》等都是控訴了強徒橫行、吏治腐敗的黑暗社會。《宣和遺事》把亡國之君宋徽宗的糜爛生活搬上舞臺，《孟姜女送寒衣》更怨恨「不遇明時，朝廷遍榜行諸處，差役壯丁城成」95，造成夫妻骨肉的生離死別。

其他如《盆兒鬼》、《陳州糶米》、《神奴兒大鬧開封府》、《烈母不認屍》等是元人雜劇所共有的題材，也都反映了黑暗社會的種種現象。而就中以時人寫時事，最能呈現現實，為正義而奮鬥的，莫過於《祖傑》戲文，此戲文雖散佚不存、作者亦不知何人，但其事則見於宋周密《癸辛雜識》別集上〈祖傑〉條：

溫州樂清縣僧祖傑，自號斗崖，楊髡之黨也。無義之財極豐。遂結托北人，住永嘉之江心寺。大剎也。為退居，號春雨菴，華麗之甚。有富民俞生，充里正，不堪科役，投之為僧，名如思。有三子，其二亦為僧於雁蕩。本州總管者，與之至密，托其訪尋美人。傑既得之，以其有色，遂留而蓄之。未幾，有孕。眾口籍之，遂令如思之長子在家者娶之為妻。然亦時往尋盟。俞生者，不堪鄰人嘲誚，遂挈其妻往玉環以避之。傑聞之，大怒，遂俾人伐其墳木以尋釁。俞訟於官，反受杖。遂訴之廉司。傑又遣人以弓刀寘其家而首其藏軍器。俞又受杖。遂訴之行省。傑復行賂，押下本縣，遂得甘心焉。復受杖。意將往北求直。傑知之。遣悍僕數十，擒其一家以來。二子為僧者，亦不免。用舟載之僻處，盡溺之。至刳婦人之孕以觀男女。於是其家無遺焉。雁蕩主首真藏叟者不平，又越境擒二僧殺之。遂發其事於官。州縣皆受

95 據錢南揚《宋元戲文輯佚》考訂此戲共得十一支佚曲，所引為范喜良所唱正宮過曲【（醉太平）前腔第三換頭】，詳見《宋元戲文輯佚》，頁九八－一〇一。

其賂，莫敢誰何。有印僧錄者，素與傑有隙。詳知其事，遂挺身出告。官司則以不干己卻之。既而遺印鈔二十錠，令寢其事。而印遂以賂首。於是官始疑焉。忽平江錄事司移文至永嘉云：「據俞如思一家七人，經本司陳告事。官司益疑。以為其人未嘗死矣。然平江與永嘉無相干，而錄事司無牒他州之理。益疑之。及遣人會問於平江，則元無此牒。此傑所為，欲覆而彰耳。姑移文巡檢司追捕一行人。巡檢乃色目人也。夜夢數十人皆帶血訴泣。及曉而移文已至。為之悚然。即欲出門。而傑之黨已至，把盞而賂之。甫開樽，而瓶忽有聲如裂帛。巡檢恐而卻之。及至地所，寂無一人。鄰里恐累，而皆逃去。獨有一犬在焉。諸卒擬烹之。而犬無驚懼之狀。遂共逐之，至一破屋。嘷吠不止。屋山有草數束。試探之，則三子在焉。皆惡黨也。擒問，不待捶楚，皆一招即伏辜。始設計招傑。凡兩月餘，始到官，悍然不伏供對。蓋其中有僧普通及陳輪番者，未出官。普已賚重貨入燕求援。以此未能成獄。凡數月，印僧日夕號訴不已。方自縣中取上州獄。是日，解囚上州之際，陳輪番出覘。於是成擒。問之即承。及引出對，則尚悍拒。及呼陳證之，傑面色如土。陳曰：『此事我已供了，奈何推托！』於是始伏。自書供招，極其詳悉。若有附而書者。其事雖得其情，已行申省。而受其賂者，尚玩視不忍行。旁觀不平惟恐其漏網也，乃撰為戲文以廣其事。後眾言雜掩，遂斃之於獄。越五日而赦至。（夏若水時為路官，其弟若木備言其事。）[96]

可見《祖傑》戲文的作者，誠如鄭振鐸所云：「為了不忿於正義的被埋沒，沈冤的久不得伸」，乃「竟借之為工具，以譁動世人的耳目，而要達到其雪枉現冤的目的。」而像這類「公案劇之所以產生，不僅僅為給故事的娛

96 〔宋〕周密：《癸辛雜識》別集上，頁二六一。

悅於聽眾而已，不僅僅是報告一段驚人的新聞給聽眾而已，其中實孕蓄著很深刻的當代社會的不平與黑暗的現狀的暴露。」[97]

據所敘祖傑事，發生在元滅南宋以後，文中提到的楊髡，即番僧楊璉真加，《元史》卷二〇二〈釋老〉[98]，說他在元世祖時任江南釋教總統，他戕殺百姓，奸占婦女，掠奪財貨，掘宋帝后大臣冢墓百餘所，雖有劾奏，由於帝尊兩僧，皆置不問。祖傑乃倚仗楊璉真加之勢，為非作歹，無所忌憚。周氏所記，乃真實反映了當時僧侶中的大地主橫行霸道、無惡不作，各級官吏貪贓枉法、狼狽為奸，平民百姓備受欺凌、無處伸冤殘酷的現實[99]。

其三敷演歷史故實，或表彰忠臣義士叱奸罵讒的，如《秦太師東窗事犯》、《丙吉教子立宣帝》、《賈似道木棉庵記》、《蘇武牧羊記》、《趙氏孤兒報冤記》；或歌頌英雄豪傑事功的，如《十大功勞》、《周勃太尉》、《關大王獨赴單刀會》、《史弘肇故鄉宴》、《劉先主跳檀溪》、《王陵》、《周處風雲記》等。

其四表彰忠孝節義以獎勵風俗的，如《老萊子斑衣》、《孟母三移》、《王祥行孝》、《忠孝蔡伯喈琵琶記》、《楊德賢婦殺狗勸夫》、《小孫屠》、《王十朋荊釵記》、《王孝子尋母》、《馮京三元記》、《生死夫妻》、《教子尋親》、《閔子騫單衣記》、《許盼盼》等。

其五以道釋為內容或為迷信思想的，如《薛雲卿鬼做媒》、《金童玉女》、《鬼子揭鉢》、《岳陽樓》、《王母蟠

---

97 見鄭振鐸：〈元代公案劇產生的原因及其特質〉，《中國文學研究新編》（臺北：明倫書局，一九七八），頁五一四—五一六。

98 《元史》（臺北：鼎文書局，一九七七），頁四五二一。

99 參考金寧芬：《南戲研究變遷》（天津：天津教育出版社，一九九二），頁一一四。

桃會》、《朱文鬼贈太平錢》、《劉錫沈香太子》、《柳毅洞庭龍女》、《冤家債主》等。

其六寫文人發跡變泰的，如《蘇秦衣錦還鄉》、《呂蒙正風雪破窯記》、《雷轟薦福碑》等。

其七寫家庭之悲歡離合的，如《鄭孔目風雪酷寒亭》、《陳巡檢梅嶺失妻》、《王十朋荊釵記》、《朱買臣休妻記》、《劉知遠白兔記》。

以上題材內容的七個類型，自以第一、二兩類最能反映宋元戲文的時代背景，尤其像《祖傑》戲文那樣，堪稱是最典型也是最現實的例子。

而由於南曲戲文在體製規律較諸金元北曲雜劇已多所改進和騰挪之自由，而往往以其冗長，必須講究關目之布置，尤其排場之處理，對於戲曲藝術而言，可以說又指出向上之路。

四、明清傳奇雜劇劇目之題材內容

(一)明清傳奇劇目之題材內容特色

一九七九年八月莊一拂為所編《古典戲曲存目彙考》寫的〈例言〉云：

> 本書彙集存目，計有戲文三百二十餘種，雜劇一千八百三十餘種，傳奇二千五百九十餘種，共四千七百五十餘種，較之姚（燮《今樂考證》）王（國維《曲錄》），增出二千六百餘種，遠在一倍以上。[100]

[100] 莊一拂編著：《古典戲曲存目彙考》，頁一。

莊氏費了三十幾年的時間，於一九七九年完成這部鉅著，是迄目前為止蒐羅最完備的戲曲存目。他所說的「雜劇」，包含元代和明代的北曲雜劇，以及明中葉以後的南雜劇和短劇；傳奇包括明代梁辰魚以後戲文經北曲化、文士化和水磨調化三化所蛻變的明清傳奇，即明人呂天成《曲品》所謂的「新傳奇」，亦即狹義的「傳奇」。即此也可見傳奇數量之多，在明清是以之為兩朝戲曲之代表性藝術和文學。呂天成《曲品》卷下云：「傳奇……括其門數，大約有六：一曰忠孝，一曰節義，一曰風情，一曰豪俠，一曰功名，一曰仙佛。元劇之門類甚多，南戲止此矣。」[101]可見南戲傳奇之題材內容未及元劇之廣，大抵只有呂天成所舉這六類。

而郭英德《明清傳奇綜錄》完成於一九九一年六月，刊行於一九九七年七月。其所謂「傳奇」，則含呂天成《曲品》之新舊傳奇而言，亦即明成化初蘭茂《性天風月通玄記》和邱濬《伍倫全備忠孝記》以下，收錄作家四五〇人，作品一一〇〇多部。雖不及莊氏二五九〇餘彙目之豐，但其能綜合敘錄以見梗概者亦可謂繁夥矣。

郭氏將其所謂之「傳奇」，分為八期：

1. 傳奇生長期：明成化初至萬曆十四年（一四六五－一五八六），計一百二十二年。
2. 傳奇勃興期（上）：明萬曆十五年至泰昌元年（一五八七－一六二〇），計三十四年。
3. 傳奇勃興期（下）：明天啟元年至清順治八年（一六二一－一六五一），計三十一年。
4. 傳奇發展期（上）：清順治九年至康熙十九年（一六五二－一六八〇），計二十九年。
5. 傳奇發展期（下）：清康熙二十年至康熙五十七年（一六八一－一七一八），計三十八年。
6. 傳奇餘勢期（上）：清康熙五十八年至乾隆四十年（一七一九－一七七五），計五十七年。

[101] 〔明〕呂天成：《曲品》，《中國古典戲曲論著集成》第六冊，頁二二三。

7. 傳奇餘勢期（下）：清乾隆四十一年至嘉慶二十五年（一七七六－一八二〇），計四十五年。

8. 傳奇蛻變期：清道光元年至宣統三年（一八二一－一九一一），計九十一年。

而對於這一一〇〇餘種傳奇，郭氏從三方面的「認識價值」，論說其內容特色：第一，明清傳奇有助於我們認識當時的社會和時代；第二，明清傳奇有助於我們認識中華民族的文化特徵；第三，明清傳奇有助於我們認識中國古代文人的文化心態102。筆者認為，何嘗止於明清傳奇而已。因為正如郭氏所云「戲劇舞台是大千世界的縮影，戲劇作品是社會人生的寫照」，可以說所有中國戲曲都是如此，則何獨限於明清傳奇。但是，無論如何，明清之有別於元，一方面是因為時代背景不同，生民百姓，尤其是執筆劇作的文人之遭遇有別，自然產生各自的內容思想。

(二)明清傳奇雜劇寓教於樂和抒懷寫志的內容思想

個人認為影響明清兩朝，使戲曲內容思想走上寓教於樂的狹隘路途，一方面是儒家長遠以來的教化觀；而更為直接的則是朝廷嚴峻的律令。《大明律》卷第二十六〈刑律九‧雜犯〉，〈搬做雜劇〉條云：

凡樂人搬做雜劇、戲文，不許粧扮歷代帝王后妃忠臣烈士先聖先賢神像，違者杖一百；官民之家，容令粧扮者與同罪，其神仙道扮及義夫節婦孝子順孫勸人為善者，不在禁限。103

元至正二十五年（一三六五），朱元璋占領武昌後，開始著手議訂律令，至正二十七年（一三六七）命左丞相李

102 詳見郭英德：《明清傳奇綜錄》（石家莊：河北教育出版社，一九九七），上冊，頁九－一三。

103 效鋒點校：《大明律》（北京：法律出版社，一九九九），卷第二十六〈刑律九‧雜犯〉，〈搬做雜劇〉條，頁二〇二。

善長為律令總裁官，依《唐律》編修法律；洪武六年（一三七三）由刑部尚書劉惟謙二次修訂，經實踐考察後進行第三次修改和增刪，洪武三十年（一三九七）五月《大明律》才正式頒發。而這條律令，同樣被抄入《大清律例・刑律・雜犯》，規定雜劇、戲文只能妝扮神仙道扮及義夫節婦孝子順孫勸人為善者，而對於扮演歷代帝王后妃忠臣烈士先聖先賢則予以禁止，這固然由於太祖為了建立鞏固統治者威權，以免被優伶褻瀆尊嚴；但因此戲劇的生命被拘限了。到了明成祖，更嚴厲的執行他父親這項律令。明顧起元《客座贅語》卷十〈國初榜文〉云：

> 永樂九年七月初一日，該刑科署都給事中曹潤等奏：乞勅下法司，今後人民倡優裝扮雜劇，除依律神仙道扮、義夫節婦、孝子順孫、勸人為善及歡樂太平者不禁外，但有褻瀆帝王聖賢之詞曲、駕頭雜劇，非律所該載者，敢有收藏傳誦、印賣，一時拏送法司究治。奉旨：「但這等詞曲，出榜後，限他五日都要乾淨將赴官燒毀了，敢有收藏的，全家殺了。」[104]

「限五日都乾淨燒毀」，否則「全家殺了」。這樣的嚴刑峻法，不止作者廢筆、演員畏縮，就是觀眾也裹足不前。戲曲限制到成為宣傳宗教、道德的工具，比起宋元自由發展的恢宏氣魄，自然要萎縮退化了。太祖這條律令和成祖這道榜文非常有效，有明一代的劇本，碰到非借重皇帝不可的地方，便只好以「殿頭官」來敷演；至於像羅本《龍虎風雲會》扮演宋太祖，那恐怕是禁令之前的作品，羅本是元人入明的。呂天成《齊東絕倒》扮演堯舜、程士廉《帝妃遊春》扮演唐明皇以及臧晉叔《元曲選》之刊行《漢宮秋》、《梧桐雨》諸劇，那大概是末葉

[104] 〔明〕顧起元：《客座贅語》，收於《元明史料筆記叢刊》第一六冊（北京：中華書局，一九八七），卷十〈國初榜文〉，頁三四七－三四八。

禁令鬆懈了的緣故。

於是戲曲的風世教化作用，變成了戲曲的重要旨趣。這在明初戲文《琵琶記》已經彰顯得很清楚。其開場【水調歌頭】謂「不關風化體，縱好也徒然。」他要表現的是「子孝共妻賢」105。朱鼎《玉鏡臺記》開場【䕲春臺】也說「賴扶植綱常，維持名教，中流砥柱，眼底誰能。」106金懷玉《狄梁公返周望雲忠孝記》開場【何陋子】更說得明白：「景仰先賢模範，無非激勸人情。詞豔不關風化體，有聲曾似無聲。惟有忠良孝友，知音人耳堪聽。」107而邱濬《伍倫全備忠孝記》開場則簡直是一篇教化淑世，振興倫常的箴言。他在【鷓鴣天】裡先學高明說：「若於倫理無關緊，縱是新奇不足傳。」所以「今宵搬演新編記，要使人心忽惕然。」108他更說：

小子編出這場戲文，叫作《伍倫全備》，發乎性情，生乎義理，蓋因人所易曉者，以感動之。搬演出來，使世上為子的看了便孝，為臣的看了便忠，為弟的看了敬其兄，為兄的看了友其弟，為夫婦的看了相和順，為朋友的看了相敬信，為繼母的看了不管前子，為徒弟的看了必念其師，妻妾看了不相嫉妬，奴婢看了不相忌害。善者可以感發人之善心，惡者可以懲創人之逸志，勸化世人，使他有則改之，無則加勉。

105 〔明〕高明著，汪巨榮校注：《琵琶記》（臺北：三民書局，一九九八），頁二、三。

106 〔明〕朱鼎：《玉鏡臺記》，《古本戲曲叢刊》二集（上海：商務印書館，一九五五，影印長樂鄭氏藏汲古閣刊本），頁一。

107 〔明〕金懷玉：《狄梁公返周望雲忠孝記》，《古本戲曲叢刊》二集（上海：商務印書館，一九五五，影印北京圖書館藏明文林閣刊本），頁一。

108 〔明〕邱濬：《伍倫全備忠孝記》，《古本戲曲叢刊》初集第四函（上海：商務印書館，一九五四，據北京圖書館藏明世德堂刊本影印），頁一。

自古以來，轉音都沒這個樣子，雖是一場假託之言，實萬世綱常之理，其於出出教人，不無小補云。⑩⑨

像這樣把戲曲當作「伍倫全備」的教化工具，邵璨《香囊記》【沁園春】踵繼其後說：「因續取五倫新傳，標記紫香囊。」⑪⓪在這種戲曲教化觀的影響下，或者出以叱奸罵讒、表彰忠烈的，如周禮《東窗記》、姚茂良《雙忠記》、張四維《雙烈記》、馮夢龍《精忠旗》、孟稱舜《二胥記》、無名氏《鳴鳳記》、《十義記》、《運甓記》等；或出以獎勵節孝的，如李開先《斷髮記》、陳羆齋《躍鯉記》、張鳳翼《祝髮記》、袁于令《金鎖記》、沈受宏《海烈婦》、黃之雋《忠孝福》等。

而文士遭逢不偶，託諸翰墨以寄牢愁，自古而然，傳奇亦不能免俗。徐復祚《投梭記》開場【瑤輪第七】云：

> 瑤輪先生貌已焦，何事復呶呶。自從世棄，屏居海畔，煞也無聊。況妻身號冷，子腹啼枵。不將三寸管，何處覓逍遥。　算來日月，只有酒堪澆。一醉樂陶陶。自歌自舞，自斟自酌，暮暮朝朝。但清風無偶，明月難邀，聊將離索意，說向古人豪。⑪①

如此窮愁潦倒，杯酒自澆塊壘，寄託於三寸之管，可以說是文人慣用的「技倆」。其實陸采《南西廂記》【南鄉

⑩⑨〔明〕邱濬：《伍倫全備忠孝記》，《古本戲曲叢刊》初集第四函，第一折【西江月】，頁二。

⑪⓪〔明〕邵璨：《香囊記》，收入〔明〕毛晉編：《六十種曲》第一冊（北京：中華書局，一九九〇，據上海開明書店原版重印），頁一。

⑪①〔明〕徐復祚：《投梭記》，收入〔明〕毛晉編：《六十種曲》第八冊，頁一。

子】早說過類似話語：

吳苑秀山川，孕出詞人自不凡。把筆戲書雲錦爛。堪觀。光照空濛五色間。天意困儒冠。且捲經綸臥碧山。那個榮華傳萬載，徒然。做隻詞兒盡意頑。[112]

陳玉蟾《鳳求凰》【玉樓春】亦說：

冷看世事如棋壘，蠻觸雌雄呼吸改，英雄袖手臥蒿萊，坐對金鵝飛翠靄。文人腑臟清於水，拍腦長吟銷慷慨，閒抽五色繪風流，一曲飛觴澆塊壘。[113]

姚茂良《雙忠記》【滿庭芳】亦云：

士學家源，風流性度，平生志在鷹揚。命途多舛，曾不利文場。便買山田種藥，杏林春熟、橘井泉香。無人處，追思往事，幾度熱衷腸。　幽懷無可托，搜尋傳奇，考究忠良。偶見睢陽故事，意慘情傷。便把根由始末，都編作律呂宮商。《雙忠傳》天長地久，節操凜冰霜。[114]

[112] 〔明〕陸采：《南西廂記》，《古本戲曲叢刊》初集第七函（上海：商務印書館，一九五四，據大興傅氏藏明周居易刊本影印），頁一。

[113] 〔明〕陳玉蟾（澹慧居士）：《鳳求凰》，《古本戲曲叢刊》二集（上海：商務印書館，一九五五，影印長樂鄭氏藏明末刊本），頁一。

[114] 〔明〕姚茂良撰，王鍈點校：《雙忠記》（北京：中華書局，一九八八，以富春堂本為底本點校），頁一。

梁辰魚《浣紗記》【紅林檎近】更行不改名坐不改姓的說：

> 佳客難重遇，勝遊不再逢。夜月映臺館，春風叩簾櫳。何暇談名說利，漫自倚翠偎紅。請看換羽移宮，興廢酒杯中。驥足悲伏櫪，鴻翼困樊籠。試尋往古，傷心全寄詞鋒。問何人作此，平生慷慨，負薪吳市梁伯龍。[115]

以上之所以不厭其煩的錄下這些傳奇「開場大意」，無非要強調抱著這樣借他人酒杯以澆自己塊壘的明清傳奇固然如此，而筆者縱觀明人雜劇自弘治至嘉靖這八十年間，雖然可以找出康海、王九思、楊慎、陳沂、李開先、許潮、徐渭、馮惟敏、汪道昆、梁辰魚、陳鐸、高應玘、胡汝嘉等十三位有名氏作家，但是各家劇作不過一、二種，多亦不過數種而已，他們都是士大夫，有功名、官職，戲曲對他們只是興到隨筆，其創作目的，是為了寫寫個人的胸懷志向，或者發發個人的抑鬱牢騷；甚至於只是藉這個戲曲的體裁來逞逞個人美麗的詞藻，表現個人的風雅和享樂，戲曲在他們手裡，自然造成一種情感空虛、故事單薄的傾向。他們對於題材的選擇以文人掌故為主，以佛道為副；因為這兩種題材最適合於抒憤寫懷，作為失意時的寄託。他們的思想生活完全是屬於貴族縉紳一類的，民間的疾苦和人情物態，在他們眼中或許曾經出現過，但他們絲毫不措意於此，所以像元雜劇那樣的社會劇固然看不到，就是像明初《兒女團圓》、《來生債》那樣的作品也無從尋覓。這種題材取捨的趨向一直到後期，甚至於延伸到清人雜劇，都是如此。因此中期以後的雜劇，就完全成了文人之曲的局面。

成了文人之曲的明清傳奇和雜劇，雖然文人把戲曲當作辭賦別體的地位來創作；但也因此使得戲曲喪失了

---

115 〔明〕梁辰魚：《浣紗記》，收入毛晉編：《六十種曲》第一冊，頁一。

許多鮮活的生命力。

(三)十部傳奇九相思

所幸明中葉以後，言情之說大行其道，而情有說不完的故事，言不盡的篇章，雖然使得明清傳奇「十部九相思」，但鉅著宏篇正復不少。

戲曲中真正能呈現傳統中國愛情真義和現象的，就庶民百姓而言，莫過於從我在拙著《俗文學概論》中所說的「民族故事」，諸如牛郎織女、西施、昭君、楊妃、孟姜女、梁祝、白蛇等所改編的相關劇作[116]；就士大夫而言，從傳奇小說〈會真記〉所改編的《西廂記》和〈杜麗娘慕色還魂記〉所改編的《牡丹亭》。

在庶民百姓長年積累而成的民族故事中，牛郎織女雖由神話而仙話而傳說，但原本所反映的是人們在威權的家長制下，欲求男耕女織的簡單愛情生活而不可得，夫妻終於被生生撕離，只能每年七夕相會鵲橋的痛苦。孟姜女除了塑造一位堅貞節烈的婦女典型外，也反映了暴政苦民賦役，拆散恩愛夫妻的悲情。而她那一哭，呼天搶地，感鬼泣神，轟轟烈烈，長城為之崩毀，則抒發了數千年的邊塞之苦與生民之痛。梁祝融歷代愛情故事於一爐，有古代女子恨不為男兒身的惆悵和熱切求學的慾望，有耳鬢廝磨油然生發而不可遏抑而生死以之而墓裂同埋的深情與節烈。而人們讚嘆他們死生至愛，哀悼他們有情人不能成為眷屬，而莊生既然可以化為栩栩然的蝴蝶，為什麼不可以教他們的「貞魂」兩翅駕東風，成雙作對，翩躚於天地之間？白蛇雖涉神怪，而物我合一的理念亦頗明顯。她勇於奮鬥爭取愛情，而人們既感念她的犧牲無悔，悲憫她的遭殃受難；而她有子夢蛟，

116 曾永義：《俗文學概論》（臺北：三民書局，二〇〇三），〈三編：民族故事〉，頁四〇九—五〇八、五二九—五六七。

為什麼不可以教他高中狀元，衣錦祭塔，超脫她於苦難？

西施雖吳越爭戰中史無其人，但她承載著古代美人禍水如褒姒亡國的觀念和「興滅國，繼絕世」的女間諜重任，厭惡她的人便教她落得「各種不得好死」；喜歡她的人，則教她功成名就，隨著心愛的范蠡作五湖之遊。昭君是漢元帝後宮良家子，在和親政策下，嫁給呼韓邪、雕陶莫皋兩位南匈奴父子單于，生兒養女，過了一輩子。但在民族意識、思想、情感、理念的「作祟」下，卻使昭君成了貌為「後宮第一」，能退十萬雄兵，卻投黑龍江而死的節烈美人，在文人心目中也把她當作「香草美人」來賦詩吟詠，來寄託心志。楊妃本為壽王妃，被唐明皇度為女道士，入宮冊為貴妃，真是一齣堂而皇之的「公公奪媳婦」醜劇。杜甫〈北征〉用「不聞夏殷衰，中自誅褒妲」[117]兩句詩，把她定讞為挑起安史之亂的「罪魁禍首」，司馬光《資治通鑑》更捉風捕影的汙衊她與安祿山「穢亂後宮」[118]；所幸白居易〈長恨歌〉說她是蓬萊仙子，晚唐以後，她也逐漸成為「月殿嫦娥」，清人洪昇《長生殿》更用五十齣寫她與唐明皇的生死至愛。

《西廂記》有南戲北劇，以號稱王實甫之北劇膾炙人口[119]。其題材取自唐人小說元稹〈鶯鶯傳〉[120]，它和

[117] 杜甫〈北征〉：「憶昨狼狽初，事與古先別。奸臣竟菹醢，同惡隨蕩析。不聞夏殷衰，中自誅褒妲。周漢獲再興，宣光果明哲。桓桓陳將軍，仗鉞奮忠烈。微爾人盡非，于今國猶活。」引自《御定全唐詩》，《文津閣四庫全書・集部・總集》第一四二九冊（北京：商務印書館，二〇〇六），卷二一七，頁一一，總頁三三五。

[118] 〔宋〕司馬光：《資治通鑑・卷二一五・唐紀三十一》，《四部叢刊初編》〇〇九景宋刻本（臺北：臺灣商務印書館，一九七九），頁二一〇二—二一一三。

[119] 關於《西廂記》作者約有六說，即：王實甫作、關漢卿作、王作關續、關作王續、關漢卿作晚進王生增、關漢卿作董挂續。後二說甚謬，故實際只有四說而已。今人議論，擴而論之，再添兩說：元後期作家集體創作、元末無名氏作。現今

蔣防〈霍小玉傳〉一樣[121]，它們原本寫的是唐代士大夫戀愛的實際情況，只能在不被禮教管轄的女道士或樂戶歌伎中去尋找沒有拘束的愛情，然後予以拋棄，再去選取名門閨秀成婚，以此提高自己的社會地位，並為家族盡傳宗接代的責任。但演為戲曲改作團圓之後，就成了許多才子佳人故事的典型，這其間的情境，就成為人們要衝破禮教牢籠，達成自由戀愛和婚姻的嚮往。

由以上可見，愛情在傳播廣遠的民族故事和戲曲小說名篇中，其主要人物，都成了某種愛情類別的樣本。像牛女的愛而被撕離，孟姜女節烈的感天格地，西施的捨愛報國，昭君的志節，趙五娘的「有貞有烈」，梁祝的生死不渝，明皇貴妃的長恨，白蛇為愛奮鬥的一往無悔。就中雖然加入不少民族意識、思想、感情和理念的成分，含有更多的意義和內涵，但剖析其維繫愛情力量的核心，則實在也脫離不了「真心」所生發出來的「真情」。

即此又使我發現到，莊子「貴真說」遠大的影響，更在一代高似一代對愛情境界的提升。據我觀察，儘管

所見最早文獻鍾嗣成《錄鬼簿》乃第一個將《西廂記》著作權歸諸王實甫者，題《崔鶯鶯待月西廂記》。朱權《太和正音譜・古今群音樂府格式》評「王實甫之詞，如花間美人。鋪敘委婉，深得騷人之趣。極有佳句，如玉環之出浴華池，綠珠之採蓮洛浦。」在〈群英所編雜劇〉下第三位列王實甫十三本雜劇，第一本列《西廂記》。第五位列關漢卿，底下無《西廂記》。到了賈仲明給《西廂記》「天下奪魁」之號。於是乃有將現今所看到的「天下奪魁」《西廂記》的著作權歸諸王實甫之說。關於諸家議論請詳見林宗毅：《西廂記二論》（臺北：文史哲出版社，一九九八），頁一－一七。

120 〔唐〕元稹：〈鶯鶯傳〉，收於〔宋〕李昉：《太平廣記・雜傳記五》（北京：中華書局，二〇〇三），頁四〇一二－四〇一七。

121 〔唐〕蔣防：〈霍小玉傳〉，收於〔宋〕李昉：《太平廣記・雜傳記四》，頁四〇〇六－四〇一一。

有的理念前人已涉及，但把它當作認知來發揮的應當是秦觀[122]、元好問[123]、湯顯祖[124]、洪昇[125]四家，他們可以作為宋元明清四朝的代表。

秦觀歌詠牛郎織女鵲橋會說：「兩情若是久長時，又豈在朝朝暮暮。」[126]元好問讚嘆殉情的鴻雁，開頭就

---

122 秦觀（一〇四九－一一〇〇），字少游、太虛，號淮海居士，揚州高郵（今屬江蘇）人。北宋詞人，「蘇門四學士」之一。

123 元好問（一一九〇年－一二五七年十月十二日），字裕之，號遺山，山西秀容（今山西忻州）人，世稱遺山先生。金、元之際著名文學家。著作有《中州集》、《南冠錄》、《壬辰雜編》等等。

124 湯顯祖（一五五〇年九月二十四日－一六一六年七月二十九日），字義仍，號海若、清遠道人，晚年號若士、繭翁，江西臨川人。中國明代末期戲曲劇作家、文學家。著有《紫簫記》（後改為《紫釵記》）、《牡丹亭》（又名《還魂記》）、《南柯記》、《邯鄲記》，詩文《玉茗堂四夢》、《玉茗堂文集》、《玉茗堂尺牘》、《紅泉逸草》、《問棘郵草》，小說《續虞初新志》等。因為《牡丹亭》、《紫釵記》、《南柯記》、《邯鄲記》這四部戲都與「夢」有關，所以被合稱為「臨川四夢」。這四部戲中最出色的是《牡丹亭》，在《牡丹亭》之前，中國最具影響力的愛情題材戲劇作品是《西廂記》。而《牡丹亭》一問世，便令《西廂記》減價。

125 洪昇（一六四五年－一七〇四年七月二日），字昉思，號稗畦、稗村，別號南屏樵者，錢塘（今浙江杭州）人。著名的戲曲作家，以劇本《長生殿》聞名天下。與《桃花扇》作者孔東塘齊名，有「南洪北孔」之稱。洪昇的戲曲著作有九種，除《長生殿》外，還有《迴文錦》、《回龍記》、《錦繡圖》、《鬧高唐》、《節孝坊》、《天涯淚》、《青衫濕》、《長虹橋》。現存《長生殿》和雜劇《四嬋娟》兩種。另有《稗畦集》、《稗畦續集》、《嘯月樓集》等。

126 〔宋〕秦觀【鵲橋仙】：「纖雲弄巧，飛星傳恨，銀漢迢迢暗渡。金風玉露一相逢，便勝卻人間無數。　柔情似水，佳期如夢，忍顧鵲橋歸路。兩情若是久長時，又豈在朝朝暮暮。」引自唐圭璋編：《全宋詞》第一冊（北京：中華書局，一九六五），頁四五九。

說「問世間、情是何物，直教生死相許。」[127]湯顯祖《牡丹亭・題詞》云：「天下女子有情，寧有如杜麗娘者乎？……情不知所起，一往而深。生者可以死，死可以生。生而不可與死，死而不可復生者，皆非情之至也。夢中之情，何必非真？天下豈少夢中之人耶！必因薦枕而成親，待掛冠而為密者，皆形骸之論也。」[128]洪昇《長生殿・傳概》【滿江紅】云：「今古情場，問誰個真心到底？但果有、精誠不散，終成連理。萬里何愁南共北，兩心那論生和死。笑人間、兒女悵緣慳，無情耳。　感金石，回天地，昭白日，垂青史。看臣忠子孝，總由情至。先聖不曾刪鄭衛，吾儕取義翻宮徵。借太真外傳譜新詞，情而已。」[129]

秦觀認為真正的愛情，並不在隨時隨地的親密，而要能超越廣遠時空的阻隔和考驗。他顯然是要將人間形貌相悅的戀愛提升到柏拉圖式的精神境界。

元好問則進一步將愛情提升到死生不渝、超越生死的境地。因為好生惡死是人之常情，而一旦能視生死於無懼的一對男女，其愛情往往十分真誠十分感人。

湯顯祖又頗為周延的發揮了生死至愛的情境，他認為「生者可以死，死可以生」才稱得上「一往而深」的至情。也就是說他積極的認為愛情非終於完成不可，其努力的辛勤過程，就是「出生入死」亦所不惜。湯氏的

---

127 元好問【摸魚兒】：「問世間、情是何物，直教生死相許。天南地北雙飛客，老翅幾回寒暑。歡樂趣，離別苦，就中更有癡兒女。君應有語，渺萬里層雲。千山暮景，隻影向誰去。　橫汾路，寂寞當年簫鼓，荒煙依舊平楚，招魂楚些何嗟及，山鬼暗啼風雨。天也妒，未信與，鶯兒燕子俱黃土。千秋萬古，為留待騷人。狂歌痛飲，來訪雁邱處。」狄寶心選注：《元好問詩詞選》（北京：中華書局，二〇〇五），頁一四三。

128 〔明〕湯顯祖著，徐朔方、汪笑梅校注：《牡丹亭・題詞》（臺北：里仁書局，一九九五），頁一。

129 〔清〕洪昇著，徐朔方校注：《長生殿・傳概》（臺北：里仁書局，一九九六），頁一。

這種「至情觀」，與之時代相近的張琦，在其《衡曲麈譚・情癡寤言》中有所發揮：

> 人，情種也；人而無情，不至於人矣，曷望其至人乎？情之為物也，役耳目，易神理，忘晦明，廢饑寒、窮九州，越八荒，穿金石，動天地，率百物。生可以生，死可以死，死可以生，生可以死，死又可以不死，生又可以忘生。遠遠近近，悠悠漾漾，杳弗知其所之。[130]

可見情之於人是何等的無所不至、無所不撼動。

而洪昇則更加完密的建構愛情的境域，他幾乎是綜合以上三家的觀點，並遙承莊子貴真的理念。認為真誠不散的真心是愛情的基礎，有此基礎必然有緣成為佳偶，而且可以超越時空，超越生死那樣的永生不渝。他甚至於認為愛情的力量可以使金石為開，天地回旋，光耀白日，永垂青史。連那儒家所倡導的臣忠子孝，也是從至情生發出來的。則洪昇的至情說，其實是調和儒家「倫理」、佛家「緣分」、道家「精誠」而成就的圓滿。

我們知道明萬曆間，為了挑戰理學家的「存天理，滅人欲」，彰顯莊子的「貴真」，而有李贄「童心」[131]、湯顯祖「情至」[132]、袁宏道「性靈」[133]、馮夢龍「情教」[134]等主張。湯顯祖的「情至」表現在《牡丹亭》之中。

---

[130] 〔明〕張琦：《衡曲麈譚》，《中國古典戲曲論著集成》第四冊（北京：中國戲劇出版社，一九五九），頁二七三。

[131] 「夫童心者，真心也；若以童心為不可，是以真心為不可也。夫童心者，絕假純真，最初一念之本心也。若夫失卻童心，便失卻真心；失卻真心，便失卻真人。人而非真，全不復有初矣。」見〔明〕李贄：〈童心說〉，《焚書》，張建業主編：《李贄文集》第一卷（北京：社會科學文獻出版社，二〇〇〇），頁九二。

[132] 「情不知所起，一往而深。生者可以死，死可以生。生而不可與死，死而不可復生者，皆非情之至也。」見〔明〕湯顯祖著，徐朔方、汪笑梅校注：《牡丹亭・題詞》。

但我們細繹《牡丹亭》的「情至」，卻似乎只存在於杜麗娘的「夢魂」和「鬼魂」，而其間之「情」，又似乎「情慾」為多。她雖然經歷了由生入死、從死復生；而一旦回歸人間，柳夢梅要與她成親時，她便搬出了「必待父母之命，媒妁之言」的儒家禮教規範，和「前夕鬼也，今日人也。鬼可虛情，人需實體」[135]的看法。可見湯顯祖其實只在他「人生如夢」的虛幻中去肆無忌憚的破除理學家禁慾的樊籬，而在現實的世界上，他還是像杜寶、陳最良那樣的要守住儒家傳統的禮法。他在《牡丹亭・標目》【蝶戀花】中也揭櫫「但是相思莫相負，牡丹亭上三生路。」又在〈言懷〉中藉柳夢梅之口說到：「夢到一園，梅花樹下，立著個美人……說道：『柳生！柳生！遇俺方有姻緣之分，發跡之期。』因此改名夢梅。」於〈冥判〉中也由判官觀看冥府姻緣簿，然後向杜麗娘說新科狀元柳夢梅和她有姻緣之分。則湯氏顯然也相信佛家姻緣之說。若此，湯氏《牡丹亭》還是同受儒釋道三家的影響。洪昇基本上雖和他一樣，也同樣說夢說鬼，但是洪昇以「精誠不散的真心」為根本來論述愛情，看來更為周密圓融，這其間也正合乎了「後出轉精」之義。然而湯洪所講究之「情」，不也正是莊子「歸真」的

---

133 袁宏道主張「獨抒性靈，不拘格套」（袁宏道〈敘小修詩〉），而「性之所安，殆不可強，率性所行，是謂真人」（袁宏道〈識張幼於箴銘後〉），強調「非從自己胸臆中流出，不肯下筆」（袁宏道〈敘小修詩〉）。見〔明〕袁宏道著，錢伯城箋校：《袁宏道集箋校》（上海：上海古籍出版社，二〇〇八），卷四，頁一八七、一九三。

134 馮夢龍仿效佛教創立「情教」，其指出：「自來忠孝節烈之事，從道理上做者必勉強，從至情上出者必真切。夫婦其最近者也，無情之夫，必不能為義夫；無情之婦，必不能為節婦。世人但知理為情之範，孰知情為理之維乎？」見《情史・情貞類總評》，《馮夢龍全集》第三七冊（上海：上海古籍出版社，一九九三），頁八二。

135 〔明〕湯顯祖著，〔清〕吳震生、程瓊批評，華瑋、江巨榮點校：《才子佳人牡丹亭》第三十六齣〈婚走〉（臺北：臺灣書局，二〇〇四），頁四七六。

發揮和推演嗎？

而戲曲之作，以言情為多，尤其動輒數十齣之傳奇更為其敘寫之主題。雖然其間也有不少是庸脂俗粉，但出諸奇思妙想、文采飛揚，配搭崑山水磨調之細膩柔婉之國色天香，有如吳炳之《粲花五種》與阮大鋮之《石巢傳奇》亦復不少，則是不能否認的事實。只是往往表彰的是「義男貞女」，已多少加入了倫常教化的意味；如孟稱舜《貞文記》、《嬌紅記》是典型的例子；只是因為結構龐大繁複，不得已而以物件為始終關合之憑藉，其物件則有如織布機上之梭，往來穿梭結撰，以成全篇，也成了關目布置之不二法門，自從元末高明《琵琶記》之琵琶至有清洪昇《長生殿》之釵盒、孔尚任《桃花扇》之桃花扇莫不如此。

至於有清一代之傳奇，誠如王漢民、劉奇玉編著之《清代戲曲史編年・前言》所云：

清代初年，民族矛盾尖銳，文人利用自己的戲曲創作隱晦地表達自己的民族情感與生存理想；晚清時期，社會黑暗，帝國主義列強入侵，戲曲作品以歌頌民族英雄、民主革命戰士、反映帝國主義侵華、提倡婦女解放，表現了中華民族的最強音。清代重實證考據的學術思想，對清代戲曲影響也較為深廣。孔尚任的《桃花扇》列《桃花扇考據》，「朝政得失，文人聚散，皆確考時地，全無假借。至於兒女鍾情，賓客解嘲，雖稍有點染，亦非烏有子虛之比。」（《桃花扇・凡例》）。董榕《芝龕記》「所有事迹，皆本《明史》及諸名家文集、志傳，旁采說部，一一根據，并無杜撰。」（《芝龕記・凡例》）。錢維喬的《乞食圖》「無一字無來歷」（《乞食圖・跋》）。李文瀚認為「夫文不徵諸實行不可謂至」，他的《鳳飛樓》事悉本明史，列《鳳飛樓》考據》考訂史實；其《銀漢槎》所寫本是虛無的神仙之事，亦用《銀漢槎》考據》考證淵源。之後陳烺、張道、許善長、俞樾等人的劇作亦遵循「細按年月，確考時地」的史劇觀。

從題材上看，清代戲曲愛情題材劇作有所下降，政治歷史題材的劇作則大為增加，即使是愛情題材劇作也有著很強的歷史滄桑感。另外，周文泉《補天石傳奇》為代表的補恨戲曲，周燕、徐爔、胡薇元為代表的自傳戲曲，徐爔、譚光祥、嚴保庸等為代表的悼亡戲曲，則是清代戲曲題材方面的發展與創新。

其中所云周文泉、徐爔諸作，應歸入清雜劇為是。

至於有清一代之雜劇，筆者有〈清代雜劇概論〉，其〈緒論〉云：

清代雜劇既然是以文人劇為本質，那麼它的取材自然趨向雅雋。如果仔細觀察，它的內容大概可以分作以下幾類：

第一、以文人掌故為素材的：或者用以發抒牢騷，如《買花錢》、《罵閻羅》、《霸亭廟》等；或者用以寄寓感慨，如《雀羅網》、《放楊枝》、《木蘭詩》等。或者用以消遣，如《孤鴻影》、《旗亭讌》、《京兆眉》等。或者用以隱栝名作，如《滕王閣》、《曲水宴》、《同谷歌》等。

第二、以仕女掌故為素材的：這一類除了王昭君外，大都用來表彰婦女的才德或貞烈，前者如《長公妹》、《櫻桃宴》、《荀灌娘》等，後者如《梨花雪》、《烈女記》、《俠女記》等；有時也用來寫寫仕女的風雅，如《四嬋娟》、《昆明池》、《碧桃記》等。

第三、以歷史故事為素材的：這一類在清初表現著很強烈的民族意識，寄寓著無限的麥秀黍離之悲。如《臨春閣》、《通天臺》、《西臺記》等。此外或者藉史事以寓諷世之意，如《祭皋陶》、《集翠裘》、《下江南》等。或者僅敷演一段史事，如《西遼記》、《雁帛書》等。還有一種是有意作翻案文章的，其目的無非是替古人補恨，如《溫太真》、《清忠譜》，而以《補天石》八劇最為典型。

第四、以小說為素材的：取自傳奇小說者如《龍舟會》、《黑白衛》等；取自《聊齋》者如《負薪記》、《錯姻緣》等；取自《水滸》者如《蓟州道》、《十字坡》等；取自《紅樓夢》者如《三釵夢》、《紅樓散套》等；取自《品花寶鑑》者如《桂枝香》等。

第五、以時事為素材的：如《一片石》、《第二碑》、《瘞雲巖》、《黃碧簽》等。

第六、以男女風情為素材的：如《拈花笑》、《笑𢡟情話》等。

第七、以鬼神佛道為素材的：如《笑布袋》、《李衛公》、《朱衣神》、《漁邨記》、《風流案卷》等。這一類大都用以勸世或諷世。

其他或為應時的迎鑾之劇，如《迎鑾新曲》、《迎鑾樂府》等；或為內府的承應劇，如《九九大慶》、《月令承應》等；或為補續前人之劇，如《續西廂》、《昭君夢》、《長生殿補闕》等。以上所分的類別，僅是粗枝大葉而已。其中藉史事以寄麥秀黍離之悲和大量寫作仕女劇，以及男女風情劇僅是寥寥數本等現象，可以說是清代雜劇在內容上的三大特色。像元明易代之際，驅逐韃虜，恢復中華，根本無所謂亡國之痛，而元明劇作，涉及仕女的，往往和風情有關；其思想韻味較之清人雜劇也是頗不相同的。

五、地方四大腔系劇目之題材內容

以上所論述之北曲雜劇、南曲戲文、明清傳奇和雜劇之劇目與內容，皆就元明清三代之「體製劇種」而言。然而明代南戲有四大腔系，若以腔調作劇種分類之基準，則亦有所謂「腔調劇種」，即崑劇、海鹽戲、弋陽戲、餘姚戲。而近現代之地方大戲，則多以腔調分野，傳至於今者，亦有崑山、高腔、梆子、皮黃等四大腔系。其中高腔實為明代弋陽腔之後裔，至清乾隆乃改稱。

從地方四大腔系所演的劇目看來，由於梆子腔與皮黃腔有血緣關係，所演劇目雖所屬劇種多少有所變化，但性質皆相近，可以秦腔和漢劇觀其梗概，亦即大抵為歷代故事之袍帶戲與民間傳說之家庭、戀愛故事戲。而崑山腔與弋陽腔同屬南曲戲文之腔調劇種，則其劇目弋陽腔及其變異之青陽腔、高腔自以元明南戲為主要，此可以河北高腔和江西青陽腔為代表。至於崑山腔之「崑山水磨調」則為明傳奇必備條件之一，因之，其劇目內容自然雷同明清傳奇，而廣義之「崑山腔」，雖然亦可兼唱金元北曲雜劇與宋元明南曲戲文，但實質上為數並不多。

其次要在這裡說明的有兩件事；其一，中國戲曲就歌樂關係而言，終於發展定型為雅俗兩大系統，雅的是詞曲系曲牌體，俗的是詩讚系板腔體。再就四大腔系而言，崑腔、高腔屬雅，梆子、皮黃屬俗。而若進一步比較崑、高兩系，則高腔前身之弋陽腔已向俗發展，也因此崑腔獨居雅部。其二，中國大戲劇種一口氣演完一本的情形不多，片段演出才是真正的傳統。宋金雜劇院本分四段演出為「小戲群」，元雜劇四折亦不是一氣演完，而是保存院本模式，中間錯以雜耍特技，實質上是「散折」搬演。明中葉以前的新南戲，全本演出的並不多，齣以「散齣」呈現反較為主。至崑山水磨調興起，以後之傳奇，多用作「氍毹宴賞」，而經散齣獨立化，舞臺粹煉化，終於成為腳色行當化之「折子戲」；影響所及南雜劇乃至京劇亦皆以「折子戲」為主體，而明清之單齣「短劇」，亦不過仿「折子戲」的創作而已[136]。

以下依據《中國戲曲劇種大辭典》，簡述崑山、高腔、梆子、皮黃四腔系如下：

136 余有〈論說「折子戲」〉，《戲劇研究》創刊號（二〇〇八年一月），頁一－八一。

(一)崑山腔系（以江蘇崑劇為代表）

崑劇歷史悠久，積累的傳統劇目數量極多。大體說來，劇目的積累可分做三個階段。第一，明萬曆以前的興起階段。這一階段以繼承宋元以來的南戲和北曲雜劇為主；很多著名的劇作全可由崑山腔演唱。不少有代表性的作品一直以折子戲的形式被保留在崑劇舞臺上，作為一份珍貴的戲劇遺產受到戲曲史、文學史、表演藝術史等各方面專業工作者的重視。其中有些折子戲的演出，面向觀眾還有較強的生命力。如北曲雜劇的《單刀會》：〈訓子〉、〈刀會〉。《東窗事犯》：〈掃秦〉。《風雲會》：〈訪普〉。《西遊記》：〈胖姑〉、〈借扇〉。《馬陵道》：〈孫詐〉。《漁樵記》：〈逼休〉；南戲的《荊釵記》：〈參相〉、〈見娘〉、〈開眼〉、〈上路〉。《白兔記》：〈出獵〉、〈回獵〉。《幽閨記》：〈走雨〉、〈踏傘〉。《牧羊記》：〈小逼〉、〈望鄉〉。《琵琶記》：〈南浦〉、〈辭朝〉、〈吃糖〉、〈剪髮〉、〈賣髮〉、〈賞秋〉、〈廊會〉、〈書館〉、〈掃松〉。《金印記》：〈不第〉、〈投井〉、〈歸第〉。《連環記》：〈議劍〉、〈獻劍〉、〈問探〉、〈梳妝〉、〈擲戟〉。《繡襦記》：〈賣興〉、〈當巾〉、〈打子〉、〈教歌〉、〈剔目〉。《南西廂記》：〈遊殿〉、〈跳牆〉、〈著棋〉、〈佳期〉、〈拷紅〉。《寶劍記》：〈夜奔〉。

第二階段可以梁辰魚的《浣紗記》和無名氏的《鳴鳳記》為始。這兩部崑劇（水磨調）名著的誕生給崑劇的興盛產生了極大的影響。《浣紗記》作為保留劇目的折子戲，主要是〈回營〉、〈寄子〉、〈拜施〉、〈分紗〉和〈賜劍〉。《鳴鳳記》則有〈嵩壽〉、〈吃茶〉、〈河套〉、〈寫本〉和〈斬楊〉。自此到清初約一百年間是崑劇創作的光輝時期；與此同時其他聲腔的劇本也有被移植為崑劇演唱的，但數量不多。這一階段的劇目，被保留下來的占崑劇傳統劇目的絕大多數。其有影響和經常演出的如：《還魂記》：〈學堂〉、〈遊園〉、〈驚夢〉、〈尋夢〉、〈冥判〉、〈拾畫〉、〈叫畫〉、〈問路〉、〈吊打〉。《紫釵記》：〈折柳〉、〈陽關〉。《邯鄲記》：〈掃花〉、〈三醉〉、

〈番兒〉、〈雲陽〉、〈法場〉。《南柯記》：〈花報〉、〈瑤臺〉。《義俠記》：〈打虎〉、〈誘叔〉、〈別兄〉、〈殺嫂〉。《玉簪記》：〈茶敘〉、〈問病〉、〈琴挑〉、〈偷詩〉、〈愁江〉。《焚香記》：〈陽告〉、〈陰告〉。《釵釧記》：〈相約〉、〈討釵〉、〈小審〉、〈大審〉。《獅吼記》：〈梳妝〉、〈跪池〉、〈三怕〉。《水滸記》：〈借茶〉、〈前誘〉、〈後誘〉、〈殺惜〉、〈活捉〉。《紅梨記》：〈亭會〉、〈花婆〉、〈醉皂〉、〈三錯〉。《驚鴻記》：〈吟詩〉、〈脫靴〉。《蝴蝶夢》：〈說親〉、〈回話〉、〈做親〉、〈劈棺〉。《療妒羹》：〈題曲〉。《望湖亭》：〈照鏡〉。《一捧雪》：〈換監〉、〈代戮〉、〈審頭〉、〈刺湯〉。《永團圓》：〈擊鼓〉、〈堂配〉。《占花魁》：〈勸妝〉、〈湖樓〉、〈受吐〉。《千鍾祿》：〈草詔〉、〈八陽〉、〈搜山〉、〈打車〉。《麒麟閣》：〈激秦〉、〈三擋〉。《燕子箋》：〈狗洞〉。《西樓記》：〈樓會〉、〈拆書〉、〈玩箋〉、〈錯夢〉。《十五貫》：〈男監〉、〈女監〉、〈批斬〉、〈見都〉、〈踏勘〉、〈訪鼠〉、〈測字〉。《漁家樂》：〈賣魚〉、〈納姻〉、〈藏舟〉、〈相梁〉、〈刺梁〉。《九蓮燈》：〈火判〉。《風箏誤》：〈驚丑〉、〈前親〉、〈後親〉。《虎囊彈》：〈山亭〉。《白羅衫》：〈遊園〉、〈看狀〉。《爛柯山》：〈痴夢〉、〈悔嫁〉、〈潑水〉。《滿床笏》：〈卸甲〉、〈封王〉。《雁翎甲》：〈盜甲〉。

這一階段，湯顯祖（一五五〇－一六一七）和李玉（一五九六－一六七五？）應著重介紹。湯顯祖的「玉茗堂四夢」（《還魂記》、《紫釵記》、《邯鄲記》、《南柯記》）雖然在創作時由當時流行在江西臨川一帶的海鹽腔所轉化的「宜黃腔」演唱[137]，但在戲曲舞臺上長期盛演不衰的卻是崑劇。主要原因是後起的崑山腔在以音樂塑造劇中人物形象方面勝過了宜黃腔；「玉茗堂四夢」由於崑劇作者、作曲者和表演藝術家對湯的原作進行了各方面細緻的加工和探索，使作品的主題和人物得到充分的體現，即這一時期的崑劇藝術從案頭劇作到演出已經有

137 余有《《牡丹亭》是「戲文」還是「傳奇」》，《戲曲研究》第七九輯（二〇〇九年七月），頁七〇－九七。

了高度的再創造能力。比之同時代的其他劇種，在理論和實踐上達到了更高的水準。以李玉為代表的蘇州「集團」崑劇作家（包括朱榷、朱佐朝等人），尤是密切聯繫舞臺實踐的一群。李玉本人創作傳奇三十多本，大部分有傳本，而且很多傳本都是崑劇藝人的舞臺本（所謂「腳本」）。朱榷的《十五貫》、朱佐朝的《漁家樂》等，也全是這種情況。所有這些劇目，成為崑劇在明末清初達到極盛的標誌之一。

清康熙以後是崑劇創作的第三階段。總的說來，這一階段的作品已趨於衰落。經過多次修改後的洪昇《長生殿》在康熙二十八年（一六八九）演出轟動北京，是崑劇創作的最後一部傑作。雖然和《長生殿》同時尚有孔尚任《桃花扇》，萬樹《風流棒》、《空青石》，曹寅《虎口餘生》，以及稍後的蔣士銓《藏園九種曲》，楊潮觀《吟風閣雜劇》等。這些作品多數為案頭劇，或偏於封建說教。此後，維持崑劇生命的主要是傳統折子戲精湛的表演藝術。到清末，以蘇州地區大雅班、全福班為代表的崑劇，只能上演傳統折子戲七、八百齣（其中少數不唱崑山腔）。編演的新戲僅《紅樓夢》、《南樓傳》、《呆中福》、《折桂傳》、《三笑姻緣》等。流傳到各地的其他崑劇支派的演出劇目，情況大體相同，只是在不同條件下自編或改編其他劇種劇目而已。

(二)高腔腔系（以江西九江青陽腔為代表）

九江青陽腔傳統劇目，今保存的大、小共約八十餘個，絕大部分是宋元南戲、明代傳奇的弋陽腔連臺大戲，幾無清人作品。與湖北麻城、湖南辰河、安徽岳西所保存的高腔劇目相比較，九江青陽腔劇目更接近於明代戲曲著錄，且多完整的本子流傳下來。這些劇目中，源自南戲的有《琵琶記》、《紅袍記》（即《白兔記》）兩本和《幽閨記》的〈捨傘〉、〈招商〉、〈拜月〉，《荊釵記》的〈逼嫁〉、〈雕窗〉、〈投江〉等若干單齣。

保留弋陽腔連臺大戲的有《目連傳》（七本）、《三國傳》（六本：《結桃園》、《連環記》、《青梅會》、《古城會》、《三請賢》、《收四郡》、《岳飛傳》（三本：《奪秋魁》、《金牌譜》、《陰陽界》）、《征東傳》（一本：《定天山》）、《征西傳》（一本：《金貂記》）、《封神傳》（一本：《龍鳳劍》）等。

出自明人傳奇作品的有三十餘種，其中整本有《三元記》、《十義記》、《仙姬記》（《織錦記》）、《香球記》、《瓦盆記》、《三積德》（《三桂記》）、《雙麒麟》（《五桂記》）、《白鸚哥》、《黃金印》、《忠義殿》（《靈寶刀》）、《贈玉杯》（《雙杯記》）、《雙拜相》（《祿袍記》）、《吐絨記》、《金鎖記》（《六月雪》）、《彩樓記》、《臺卿集》（《尋親記》）、《蝴蝶夢》、《紅梅閣》、《萬里侯》（《投筆記》）、《鳳凰山》（《百花記》）、《三跳澗》（《投唐記》）、《下河東》等；散齣有《八義記》之〈救孤出關〉，《金臺記》之〈周氏罵齊〉，《賣水記》之〈討祭生祭〉，《題紅記》之〈金盤撈月〉，《偷桃記》之〈偷桃〉，《西廂記》之〈跳牆〉，《桑園記》之〈採桑試妻〉，《青袍記》之〈梁灝夸才〉，《孝義記》之〈閔損推車〉，《風雲會》之〈訪普〉、〈送京〉，《升仙記》之〈走雪〉、〈訓侄〉、〈度叔〉，《負薪記》之〈擊掌〉、〈吊打〉、〈復水〉，《玉簪記》之〈定情〉、〈偷詩〉、〈夜等〉、〈迫舟〉、〈秋江〉，《四友記》之〈觀蓮〉、〈嘗菊〉、〈愛梅〉，《躍鯉記》之〈打擄〉、〈思母〉、〈送米〉，《香山記》之〈遊春〉、〈擋孤〉、〈大度〉、〈小度〉，《雙福壽》之〈下棋〉、〈回宮〉、〈綁子〉、〈上殿〉，《長生記》之〈王道士捉妖〉，《胭脂記》之〈郭華買胭脂〉，《六惡記》之〈打朝〉、〈扯袍〉、〈救瑞〉、〈詳事〉，《櫻桃記》之〈打櫻桃〉，《金丸記》之〈掇盒〉、〈拷寇〉，《蟠桃記》之〈八仙慶壽〉等。其中有些劇目是罕見的珍本，如《四友記》、《雙杯記》、《香球記》、《吐絨記》、《投唐記》、《祿袍記》和《三桂記》等。

青陽腔劇目，不少雖出於文人之作，但多數經過藝人改動。如《金貂記》，明祁彪佳《遠山堂曲品》載具品《白袍》和雜調《征遼》兩種，並指出後者「即刪改之《白袍記》，較原本更為可鄙」。《征遼》即九江青陽腔之祖本。又如《躍鯉記》，也非陳羆齋原本，而似與藝人顧覺宇改本相同。又如《金臺記》，明富春堂本無〈罵齊〉

一齣，九江青陽腔〈周氏罵齊〉係由《詞林一枝》補入。再如《金印記》，也與蘇復之及高一葦本不同，而是祁彪佳所指的「俗優」演出本。尤其是《雙杯記》，《古本戲曲叢刊》本和青陽腔本的關目全然不合。縱觀九江青陽腔傳統劇目，不少是由青陽腔藝人「改調歌之」，經過「俗化」而更適於舞臺演出。

(三)梆子腔系（以陝西秦腔為代表）

梆子腔由於源自黃土高原，風格粗獷，唱腔高亢圓潤，劇目非常繁多。以陝西秦腔而言，有五千多個，內容以反映歷史事件的悲劇、正劇居多，表現民間生活、婚姻愛情的劇目，也占一定比例。從現存劇目看，大型的傳統歷史劇，如列國、三國、水滸、楊家將、岳飛戲，占很大比重。其中三國戲二百零八個，《三國演義》的每一回都有幾本戲。楊家將戲八十五個，貫串表現從楊袞到楊文廣男女五代人的故事。其中具代表性的有《傳槍傳》、《七星廟》、《佘塘關》、《千秋廟》、《狀元媒》、《金沙灘》、《兩狼山》、《陳家谷》、《七郎打擂》、《李陵碑》、《天波府》、《箭頭會》、《永靖橋》、《告御狀》、《清官冊》、《審潘洪》、《破潼州》、《破洪州》、《董家嶺》、《二天門》、《鐵丘墳》、《奪三關》、《鋼鈴記》、《洪羊峪》、《楊排風》、《大破天門陣》、《穆柯寨》、《轅門斬子》、《三相國》、《牧虎關》、《蟬牌關》、《英雄業跡》、《女探母》、《三曹歸天》、《楊家將征遼》、《陰陽河》、《金山塔》、《雄天關》、《夜明珠》、《神州還願》、《楊文廣征西》、《呼朋倒擂》、《楊文廣打金國》、《龍鳳臺》、《竹子山》、《楊坤娥征西》、《太君征北》、《太君辭朝》等。其他影響較大的劇目有《回府刺字》、《草坡面理》和《法門寺》、《慶頂珠》、《串龍珠》、《明月珠》、《玉虎墜》（合稱「三珠一寺加一墜」）、《打鑾駕》、《打金枝》、《打鎮臺》、《破寧國》（俗稱「三打一破」）、《鍘美案》、《醉寫》、《乾坤嘯》、《合鳳裙》、《遊西湖》、《二進宮》等。此外，還有所謂「四山」（《劈華山》等）、「四柱」（《頂天柱》等）、「四袍」（《訪白袍》等）、「江湖十八本」（《金沙灘》等）、「中八本」（《清鳳亭》等）、「下十八」（《斬秦英》等）。

辛亥革命後，陝西易俗社的三十多位劇作家共編創了五百五十多個劇目。其中成就最大的是孫仁玉、范紫東、高培支、李桐軒、李約之五人。孫仁玉長於寫生活小戲，編寫劇目一百五十多種，如《櫃中緣》、《隔門賢》、《小姑賢》、《白先生看病》、《鎮臺念書》、《三回頭》、《將相和》、《若耶漢》、《青梅傳》、《雞大王》等，都具有強烈的生活氣息。范紫東以編寫大型歷史、傳奇劇著稱。一生創作秦腔劇目六十八種，輯為《待雨樓戲曲集》。影響大的有《軟玉屏》、《三滴血》、《新華夢》、《秋風秋雨》、《翰墨緣》、《春闈考試》、《大學衍義》、《伉儷會師》、《三知己》等。李桐軒的劇作也達六十多種，以《一字獄》和《戴寶珉》為代表作。李約之編寫劇目二十多種，《庚娘傳》、《韓寶英》、《仇大娘》影響最大。高培支寫了四十四種，《鴉片戰紀》成就最高。他如呂南仲的《雙錦衣》，李儀之的《李寄斬蛇》，樊仰山的《抗戰五部曲》，王伯明的《新胡塗判》，封至模的《還我河山》，都有一定影響。易俗社的劇目大多具有反帝反封建，提倡科學、民主、愛國的思想和強烈的時代精神，藝術上淳樸自然，清新。抗戰時期的作品，更多的是宣揚民族英雄主義。其他如三意社的《臥薪嘗膽》、《千里走單騎》、《雙淚痕》、《蘇武牧羊》，牖民社的《恢復撫雲十六州》、《安奉鐵路》，扶風的《打鹽局》等，也具有一定的思想內容。

(四) 皮黃腔系（以湖北漢劇為代表）

漢劇劇目近千個，主要演歷代演義及民間傳說故事。後期以演出折子戲為主，很多本戲逐漸失傳，現存傳統劇目共六百六十齣。粗略統計，二黃戲一百五十多齣，西皮戲三百三十多齣，兼唱西皮、二黃的約七十多齣，雜調小戲十多齣。

在嘉慶、道光年間見於《都門紀略》、《漢口竹枝詞》等史料記載的劇目，主要唱二黃的有《雙盡忠》、《兩狼山》、《瓊林宴》、《生死板》、《祭江》、《祭塔》、《二堂舍子》、《龍鳳閣》（即《太平春》，包括〈大保國〉、〈嘆皇陵〉、〈楊波修書〉、〈二進宮〉等折）、《清風亭》、《紅逼宮》、《琵琶詞》等。主要唱西皮的有《定軍山》、《四郎探母》、《賣馬當鐧》、《捉放曹》、《戰樊城》、《醉寫嚇蠻》、《讓成都》、《擊鼓罵曹》、《玉堂春》以及《探窯》等。清代在漢口刊行的《新鐫楚曲十種》所收《英雄志》、《祭風臺》、《李密降唐》、《臨潼鬥寶》、《青石嶺》等劇，其中，《祭風臺》與漢劇演出臺本相去不遠，足見均為早期代表性西皮戲。以上多數都是百年來常演不衰的劇目。

漢劇分行嚴格，日積月累，各行當都有一批在唱作上有一定特色的劇目，除以上已經提及的，還有：一末的《興漢圖》、《甘露寺》、《喬府求計》、《文公走雪》、《斬莫成》、《四進士》、《南天門》、《掃松》；二淨的《絕龍嶺》、《牧虎關》、《雁門關》、《齊王昏殿》；三生的《哭祖廟》、《刀劈三關》、《二王圖》（《賀后罵殿》，生、旦並重）、《法門寺》、《轅門斬子》、《紀信替死》；四旦的《宇宙鋒》、《二度梅》、《三娘教子》、《斬竇娥》、《春秋配》、《雷神洞》、《貴妃醉酒》；五丑的《打花鼓》（丑、貼並重）、《瘋僧掃秦》、《收痧蟲》、《審陶大》、《廣平府》、《秋江》（丑、貼並重）、《雙下山》（丑、貼並重）；六外的《六部審》、《醉歸殺山》、《大合銀牌》、《烹蒯劫》、《坐樓殺惜》、《打漁殺家》、《表功》；七小的《鳳儀亭》、《轅門射戟》、《討州戰蕩》、《奇雙會》（小生、四旦並重）；八貼的《賣畫殺舟》、《盜旗馬》、《打社神》、《花田錯》、《演火棍》、《鬧金階》、《審頭刺湯》；九夫的《望兒樓》、《斷后》；十雜的《咬臍造甲》、《馬武奪魁》、《打龍棚》、《紮高團灘》、《斬李虎》等。

漢劇舞臺上經常出現的歷史英雄人物有伍員、關羽、張飛、諸葛亮、黃忠、周瑜、秦瓊、尉遲敬德、穆桂英和其他楊家將、薛家將等。

以上四大腔系如以雅俗分，則崑腔屬雅，高腔、梆子、皮黃屬俗。雅之崑腔多襲歷代體製劇種之劇目，俗之其他三腔，高腔即弋陽腔，與梆子腔習性相近；皮黃腔又源生自梆子腔，因之劇目多袍帶戲，大抵改編自演義小說。蓋以四腔腔調雅俗不同，聲情各具特色，故取材亦有別。

(五)京　劇

京劇雖以皮黃為主要腔調，但由於形成於北京，經諸腔雜奏而後完成的多腔調劇種，且流播最為廣遠，所以其劇目題材內容，傳承四大腔系之外，亦自有獨特之面貌。

《戲考》可以說迨目前為止，京劇劇本的總集。《戲考》是繼《梨園集成》（一八八〇）之後的一個皮黃劇的總集，一名《顧曲指南》。共四〇冊，王大錯（又署健兒或吳下健兒，自號櫪老）述考，鈍根（姓不詳）編次，燧初（姓不詳）校訂（惟第六冊校訂者為振支）；正曲者先後有三位：自一至一五冊為張德福，自一六至三六冊為志強（姓不詳），自三七至四〇冊為志豪（姓不詳）；總其事者為上海中華圖書館編輯部，並由該館印刷、發行。《戲考》是分冊出版的，大約民國四年開始初版出書。民國十四年出齊。《戲考》編輯的體例是每冊前附名伶小影一〇頁（第一冊附一二頁），大部分是劇裝照，少數為便裝照，用銅版紙印。主要內容是劇本，每劇前是王大錯的述考，其中包括劇情說明、本事考證和短評。往往述考中還指出該劇精華之處和唱法，以及擅長該劇的演員，因此述考可以說是一系列生動的劇話。蒐羅五二三齣京劇劇本，大部分為京劇發展至最高峰時在上海各戲院及北方所上演的劇本，也收了一部分上海新編的劇目。

《戲考》所收劇目近六百目，其中京劇有目五二五。一九九〇年十二月上海書店影印再版，改題《戲考大全》。黃裳一九八九年十一月所寫的〈前言〉云：

戲曲與通俗文學的關係一直是十分緊密的。封建社會不入文藝之林的小調、唱本……一直是一種流傳極廣但不受士大夫重視的品種。它們大抵以粗陋的雕板、戔戔的篇幅、草率的印刷、低廉的定價出現在市場上，成為廣大市民階層的愛讀物。但也最易毀失，難以保存。傳世最古的元刊《古今雜劇》是這種出版物的前期標本。當它最初由書坊刻行時，可能也祇是一種兩種，並無一定的總體計劃。受到讀者的歡迎之後，才繼續刊行下去，有了今存的三十種。至於是否僅有此數，今天也無法確說。這可以看作此類劇本匯刊產生的一般規律。也正是由鈍根編輯、先由中華圖書館、後歸大東書局出版的《戲考》所走過的道路。

《戲考》是民國初年創刊的。我看到的第一冊是「民國四年十月十版」本，可見受讀者歡迎之一斑。全書四十冊，收長短劇目數百。主要是京劇，也間收少量的地方戲。就中以單折戲比重最大，也有些是全本戲。劇本的來源是通常舞臺上的演出本，也間有演員獨有的腳本。無論從數量和覆蓋面上看，都不失為一代有代表性的戲曲總集。它起著承先啟後的作用，大體反映了那個時代的舞臺風貌，保留了一大批舞臺腳本。它的受到戲劇家的重視，不是沒有理由的。

全書的體例是每戲先作介紹，繼以劇本。雖然編者思想失之陳舊，不脫當時劇評家的習氣，但也從一個側面反映了時代道德風尚，使讀者得以領略當時的評論尺度。

編者立足上海，力求反映京劇舞臺的全貌，自然也不能不有所側重。有些活躍在上海舞臺上的演員，都能留下名姓，從而保留了梅派京劇的早期史料，也是一種特色。所收劇本就有汪笑儂、馮子和、趙君玉的作品。所收梅蘭芳早期演出臺本，有《童女斬蛇》、《風流佳話》、《浣紗溪》、《天女散花》、《奔月》、《葬花》(所收為歐陽予倩本，並指出梅蘭芳本係出諸樊樊山的手筆)、《晴雯補裘》、《牢獄鴛鴦》等，這許多都是梅氏後期所不演，卻能借此得以一窺原狀，不失為珍貴的梨園史料了。[138]

黃裳的〈前言〉不止概括的介紹《戲考大全》的質性，而且畫龍點睛的舉出此書的要義和令人可注意的地方。

若就《戲考》所收劇目，以題材類型分類，則《戲考大全》卷末〈戲考分類目錄〉所分類別如下：

三國故事：空城計、打鼓罵曹（一名群臣宴）、捉放曹（一名中牟縣）、取成都、黃鶴樓、天水關（一名初出祁山）、七星燈、戰北原、柴桑口（一名孔明弔喪）、祭長江、白門樓、華容道、群英會（一名諸葛借箭）、逍遙津、轅門射戟、回荊州、連營寨、戰長沙、定軍山、孝義節、鳳鳴關、別宮、臨江會、陽平關、失街亭、鳳儀亭、長坂坡、濮陽城、戰宛城、薦諸葛、白馬坡（一名斬顏良）、趙顏借壽、洛陽橋、司馬逼宮、贈別挑袍、借趙雲、伐東吳、魯肅求計、鐵籠山、古城相會、南屏山（一名借東風）、獻西川、三氣周瑜、單刀赴會、水淹七軍、取南郡、三讓徐州、罵王朗、襄陽宴、斬貂蟬、金雁橋（一名擒張任）、連環計、甘露寺、冀州城、過五關、三顧茅廬、舌戰群儒、討荊州、麥城昇天、許田射鹿、贈袍賜馬、哭祖廟、關公顯聖、蘆花橋、木門道、六出祁山、受禪台、酣戰太史慈、滾鼓山、三結義、怒斬于神仙、詐歷城、桂陽城、雍涼關、安五路、徐母罵曹、七擒孟獲、葭萌關

目蓮故事：目蓮救母、滑油山、戲目蓮

白蛇故事：白狀元祭塔、白蛇傳、水漫金山寺、雙斷橋

一捧雪故事：莫成替主、雪杯圓、審頭刺湯

---

[138]《戲考大全》第一冊（上海：上海書店，一九九〇，據中華圖書館藏本影印），〈前言〉，頁二一三。

春秋戰國故事：黃金台（一名田單救主）、文昭關、八義圖、魚腸劍、浣紗記（一名子胥投吳）、孝感天、海潮珠（一名崔子弒君）、刺王僚、伍雷陣、伐子都、長亭會、戰樊城、完璧歸趙、燒棉山（一名介推逃隱）、摘纓會、將相和、擋幽王、興趙滅屠、浣溪紗、盤關、湘江會

西遊記故事：金錢豹、盜魂鈴、沙橋餞別、芭蕉扇、鬧天宮、倒廳門

楚漢故事：取滎陽（一名紀信替主）、蒯徹裝瘋、未央宮、張良辭朝、霸王別姬、博浪錐

漢光武故事：飛叉陣、劉秀走國、取洛陽、吳漢殺妻

楊家將故事：洪羊洞（一名孟良盜骨）、清官冊、李陵碑、四郎探母、黑風帕（一名牧虎關）、轅門斬子（一名白虎堂）、五台山、雁門關、八郎探母、破洪州、佘塘關、穆柯寨、燄火棍、雙龍會、太君辭朝

紅樓夢故事：黛玉焚稿、晴雯補裘、賈政訓子、晴雯撕扇、芙蓉誄、寶玉出家、寶蟾送酒、饅頭菴、黛玉葬花

五虎平西故事：延安關

薛平貴故事：彩樓配、探寒窰、五家坡、三擊掌、平貴回窰、迴龍閣、趕三關

二度梅故事：二度梅（一名杏元和番）、失金釵

隋唐故事：取帥印、雙投唐、羅成托夢、當鐧賣馬、羅成叫關、虹霓關、白良關、宮門帶、南陽關、賈家樓、鎖五龍（一名斬雄信）、臨潼山、罵楊廣、望兒樓、打登州、晉陽宮、選元戎、界牌關（一名盤腸大戰）

五代故事：飛龍山、沙陀國、雙觀星、太平橋、戰潼台、磨房產子、汴梁圖、珠簾寨

明末故事：煤山恨、別母亂箭、明末遺恨、山海關、道州城、寧武關

朱買臣故事：馬前潑水

水滸故事：烏龍院、慶頂珠（一名打魚殺家）、翠屏山、大名府、吳水關、鬧江州、獅子樓（一名武松殺嫂）、潯陽樓、秦淮河、丁甲山、武松打虎、戲叔、曾頭市、燕青打擂、青風寨、蜈蚣嶺、借茶活捉

金雀記故事：喬醋

施公案故事：連環套、落馬湖、惡虎村、羅四虎、八蠟廟、淮安府、殷家堡、茂州廟、義旗令（一名盜金牌）、洗浮山、河間府、北霸天

封神傳故事：朝歌恨、進妲己、碧游宮、斬妲己、渭水河

英烈傳故事：取金陵、白涼樓（一名興隆會）、遊武廟、智取北湖州

飛龍傳故事：斬黃袍、風雲會、高平關、下河東、雪夜訪普、打刀、困曹府、賀后罵殿、打桃園、鄭恩做親

岳傳故事：八大鎚（一名王佐斷臂）、岳家莊、請宋靈、泥馬渡康王、潞安州、瘋僧掃秦、風波亭、罵閻羅、挑華車、九龍山、岳母刺背

綠牡丹故事：宏碧緣

琵琶記故事：趙五娘、掃松下書

西廂記故事：拷紅

孽海記故事：思凡

包公故事：烏盆計（一名奇冤報）、探陰山（一名鬧五殿）、瓊林宴（一名打棍出箱）、斷太后、打龍袍、柳林池（一名三官堂）、雙包案、鍘美案、鍘包勉、打鑾駕、烏盆計上本、五花洞、黑驢告狀（瓊林宴後

本）、狸貓換太子

唐明皇故事：馬嵬坡、進蠻詩、貴妃醉酒

彭公案故事：普球山、三雅園

荊釵記故事：荊釵記

牡丹亭故事：遊園驚夢、春香鬧學

薛家將故事：雙獅圖（一名舉鼎觀畫）、獨木關（一名薛禮嘆月）、徐策跑城、金水橋、汾河灣（梆子）、法場換子、蘆花河（一名梨花斬子）、馬上緣、摩天嶺、汾河灣、鳳凰山（救駕）、鳳凰山、金光陣

七俠五義故事：花蝴蝶、銅網陣

雜齣：三娘教子、桑園寄子（一名黑水國）、硃砂痣、牧羊卷、打金枝、釣金龜、梅龍鎮、宇宙峰、紅鸞喜（一名棒打薄情郎）、桑園會（一名秋胡戲妻）、打嚴嵩、化子拾金、戰蒲關（一名殺妾犒軍）、富春樓、陰陽河、打花鼓、丑表功、南天門、盜宗卷、四進士、大保國、嘆宋靈、史孝全、女起解、玉堂春（一名三堂會審）、小放牛、遺翠花、新安驛、小上墳、天雷報、法門寺、六月雪、二進宮、御碑亭、雙搖會、胭脂虎、審李七、大劈棺（一名蝴蝶夢）、草橋關、九更天、狀元譜、寶蓮燈、花田錯、焚王宮、探親相罵、上天台、三疑計、羅鍋子搶親、櫧亮、董家山、打槓子、雲臺觀、紅梅閣、四杰村、紫霞宮、英傑烈（一名鐵弓緣）、紫荊樹、慶陽圖、趙家樓、拾玉鐲、大鋸缸、萬里尋夫、背娃入府、三上轎、郿鄔縣、苗善出家、三上殿、假金牌、張古董借妻、別妻、孝婦羹、排王讚、龍鳳呈祥、盤山、五人義、迷人館、頂花磚、雙鈴記、九龍杯、磐河戰、戲迷傳、採花趕府、青樓夢、送花樓會、鐵公雞、玉玲瓏、泗州城、天寶圖、雙合印、以德報怨、堂樓詳夢、喂藥、梅降雪、雙鎖山、金馬門、佛門點元、洗耳記、

老西嫖院、合鳳裙、東宮掃雪、胭脂判、三門街、戲牡丹、打沙鍋、看香頭、長生藥、童女斬蛇、九陽鐘、行路哭靈、賣胭脂、背凳、關王廟、木蘭從軍、妻黨同惡報、端午門、香妃恨、串珠記、十二紅、牢獄鴛鴦、閨房戲、蓮花塘、瑤池會、紅門寺、藍關雪、新四十八扯、黨人碑、白傳遺姬、斗牛宮、獨占花魁、蝴蝶盃、賣身投靠、鐵蓮花、訪棉花、算糧登殿、浣花溪、杜十娘、胭脂褶、失印救火、二姐逛廟、雙釘記、十八扯、烈女傳、賣絨花、青石山、馬鞍山、雙冠誥、殺狗勸妻、打麵缸、得意緣、鎖雲囊、雙沙河、查頭關、賣餑餑、烟鬼嘆、監酒令、拿高登、明月珠、送銀燈、洛陽橋、少華山、春秋配、日月圖、甘鳳池、血手印、審刺客（一名粉官樓）、御林郡、皮匠殺妻、戰太平、刺巴杰、玉門關、醫茶計、老黃請醫、白水灘、打櫻桃、除三害、錯殺奸、度白檢、烟花鏡、池水驛、殺子報、賓鐵劍、艾孝子、醋中醋、新三娘教子、慈孝圖、麻姑獻壽、大香山、翠花宮、天女散花、刀劈三關、嫦娥奔月、三字經、珍珠衫、三世修、鍾馗嫁妹、五雷報、販馬記（一名奇雙會）、戲烟緣、閻瑞生、萬花船（以上材料摘自鄭振鐸《中國文學研究》[139]）

由此可見：劇目以歷史故事為主，其「三國故事」有七八目，「春秋戰國故事」有二一目，「楊家將故事」有一五目，「隋唐故事」有一八目，「水滸故事」有一七目，「包公故事」有一四目，「薛家將故事」有一三目，尤為觀眾所喜聞樂見。而於此也可見，京劇「袍帶戲」所占的比例很重。這應當和京劇西皮、二黃源出高亢的西秦腔、梆子腔有頗為密切的關係。

然而京劇劇目，何止這區區數百，一九八九年六月北京中國戲劇出版社出版由曾白融所主編的《京劇劇目

[139]《戲考大全》第五冊，〈戲考分類目錄〉，頁一—六。

辭典》，收錄京劇劇目五三〇〇餘條，所收錄的劇目，其一九四九年以前者，完全收入；一九四九年至一九八四年間者，凡經公開上演或經影視播映過的，都「盡量收入」或「酌情收入」。劇目辭條排列，基本上以劇中故事發生的時代先後為序：上古、商、周秦（含春秋戰國）、兩漢、三國、兩晉南北朝、隋唐、五代、宋（含遼、金、西夏）、元、明、清、近代。其辭條內容包括：1.劇情提要所依據的劇本來源或資料來源；2.劇作者；3.劇情本事的出處（史料或說部）；4.劇本沿革，包括：雜劇、傳奇中的有關劇目及其與京劇劇本的關係，京劇劇本之最早著錄；5.首演或工此劇的演員；6.有無唱片行世；7.其他劇種有無類似劇目；8.本劇目的其他刊本。可見這是一部頗為體大思精的京劇劇目辭典。不止如此，它還把同一來源或同一主人公的劇目都排在一起，並依時序編列；例如宋代楊家將劇目、呼家將劇目、包公劇目均分別集中編排，這對於檢索研究均給予許多的便利。而即此五三〇〇餘條目，也已經令我們感受到，京劇是何等的盛行於當時舉國上下，其浩如煙海的劇目內容是何等的教人欣喜若狂！只是其近現代劇目只有二七八條，約占總數的二十分之一。

總觀京劇之劇目，內容依然是歷史與傳說故事為主要。其雜齣中雖然包含了許多地方小戲和家庭夫妻、男女情人的悲歡離合，但同樣可惜的是，因受制於政府律令，但演古人事，以當代時事為關目的，清代之前是很難看到的。

六、戲曲劇目題材可注意的三種現象

戲曲大戲，單一本事為諸多劇種所搬演並不稀奇，因為中國文化之精粹為全體所共享。而經典之作能被輾轉搬演，勢必與其藝術質性相輔相成，才能歷久不衰，百看不厭。跨腔系、跨劇種劇目之題材乃普遍的文化現象。而若以同一歷史人物事跡為劇目題材演於諸多劇種之中，則此歷史人物必有豐富的民間造型。而既經民間造型，則就史實按核而言，必然有「虛」、「實」的問題產生，因之戲曲劇目本事之虛實運用，也就成了可注意的現象。以下於論戲曲劇目本事之虛實外，對於劇目之跨劇種跨腔系現象，舉地方戲曲之《秦香蓮》為例；對於歷史人物之民間造型則舉孟姜女、關公、包公為例，以見其梗概。論述如下：

(一)跨腔系跨劇種劇目之題材呈現

「婚變戲」誠如上文所云，是南宋戲文的一大特色，其傳世劇目以《趙貞女》為代表，此劇至元末高明翻案改作《琵琶記》，成為名著。而明代公案小說〈秦氏還魂配世美〉，應是後來《秦香蓮》故事的胚胎。據此敷演為戲曲者有清代花部《賽琵琶》，其他如秦腔、晉劇、豫劇、評劇、川劇、越劇也都有《秦香蓮》的劇目。但劇目不一定叫《秦香蓮》。譬如《中國梆子戲劇目大辭典》所收《抱琵琶》，又名《三官堂》、《琵琶記》、《秦香蓮抱琵琶》、《琵琶詞》；《鍘美案》又名《鍘陳世美》、《秦香蓮》、《明公斷》；《京劇劇目辭典》中有關秦香蓮的劇目有《秦香蓮征番》一至四本、《闖宮》、《琵琶壽》、《香蓮帕》（即《琵琶壽》）、《宿廟》、《女審問》、《秦香蓮掛帥》（即《女審問》）、《界元關》（即《女審問》）、《柳林池》、《韓琪殺廟》（即《柳林池》）、《三官堂》（即《柳林池》）、《鍘美案》、《明公斷》（即《鍘美案》）、《不認前妻》（即《鍘美案》）、《秦香蓮》、《秦香蓮》（之二）等，數目雖多，但有些是同一劇的異名，有些是某一折子的名稱，其實可以大別為兩類：那就是《秦香蓮征番》和《秦香蓮》。此外，清末民初以來，有彈詞《陳世美不認前妻》、豫劇《秦香蓮後傳》、臺灣歌仔戲《青天難斷——陳世美與秦香蓮》。

及門丁肇琴教授，在時賢研究基礎下，對秦香蓮之相關劇作與文學作了更全面與深入之探討，獲得以下結論：

秦香蓮故事，以「秦氏」或「秦香蓮」為女主角的，至少就有〈秦氏還魂配世美〉、《賽琵琶》、《琵琶詞》、《鍘美案》、《秦香蓮征番》和《秦香蓮》等小說戲曲，往上甚至可以追溯到宋元戲文《趙貞女蔡二郎》和元末高明的名作《琵琶記》。在這漫長的演變過程中，從原本極簡單的「棄親背婦，為雷震死」情節，逐漸豐富成為「殺妻滅子，不孝不忠」的複雜內容；更由單純夫妻間的愛恨情仇，進展到皇權與平民之爭，甚至勞動包青天大人出來調停或審判。人物也從男女主角二人增加至十人左右，並且創造了婦孺皆知的典型人物——集負心漢大成的陳世美、堅強勇敢的婦女楷模秦香蓮以及不畏皇權伸張正義的包青天。

這種鐵三角的組合造就了《秦香蓮》一劇膾炙人口的地位，「當演出此劇，觀眾都要為秦香蓮傷心落淚，而對陳世美則咬牙切齒。有的觀眾甚至衝上臺去毆打扮演陳世美的演員。」[140]相聲段子〈鍘美案〉也說戲臺上太后把胳膊塞到鍘刀裡，「要鍘駙馬連我一起鍘」，引起一位觀眾不滿，他蹦到臺上直嚷：「包公，鍘！鍘！鍘！連這老婆兒一塊兒鍘，完事上法院，我去！」[141]雖稍嫌誇張，但也確實道出了觀眾的心聲。這不禁使我們要問：為什麼婚變戲那麼多，《秦香蓮》卻能如此動人肺腑，摧人肝腸？

從劇情上看，《秦香蓮》是千錘百鍊的結晶，它經歷多位民間藝人和文人的摸索、試練和修改，這可能從此劇的一再被翻案——高明將《趙貞女蔡二郎》的悲慘結局翻成一夫二妻大團圓的《琵琶記》，而花部《賽琵琶》又以改換人物姓名的方式重新譴責拋棄糟糠的負心漢，之後各種地方戲又有不同的版本出現——團圓或鍘美。

[140] 鄭傳寅：《中國戲曲文化概論》（臺北：志一出版社，一九九五），頁二三七。

[141] 此段子是由于連仲口述，收於馮丕異、劉英男主編：《中國傳統相聲大全》第四卷（北京：文化藝術出版社，一九九三），頁三四九—三五四。

最後才融合成這本情節緊湊，高潮迭起的京劇《秦香蓮》。雖然此劇一出，已使得大部分地方戲曲拋棄舊本依樣畫葫蘆，然而豫劇《秦香蓮後傳》和歌仔戲《青天難斷——陳世美與秦香蓮》的推出，卻也顯示現代人對此劇仍有濃厚的興趣，企圖以續補或改寫的方式做另一種翻案。

再就人物來說，最早的趙貞女是「貞女」，也就是守節的婦女；《琵琶記》裡的趙五娘是「孝婦賢妻」，孝親葬親一肩挑，千里尋夫不畏難，形象比趙貞女更突出；到了《賽琵琶》和《秦香蓮征番》，秦香蓮從拖著一雙兒女的「棄婦」，搖身一變成了「征番大將軍」，功業彪炳，不讓鬚眉，確實為女性同胞出了一口氣，但這種神勇的造型是拜神明所賜，並不是秦香蓮自己的真功夫。至於在《秦香蓮》裡，秦香蓮仍然是「棄婦」身分，卻能靠堅強的意志扭轉劣勢，爭取應有的權利。所以趙貞女或趙五娘都還是所謂的扁平人物，秦香蓮則已是圓形人物[142]，更能博得觀眾的認同。

再看看觀眾心理，我們知道悲劇的感人力量遠超過喜劇，而《秦香蓮》又是人倫大悲劇——夫不認妻，父不認子，妻子控告丈夫遺棄，皇親干預司法審判。觀眾在觀賞此劇時，很容易將自身的感情投射其中，這也就是學者所謂的「戲場乃是民眾的『精神中心』」[143]或「道德法庭」。人們在現實生活中所遭受的苦難和不平，都可以在看戲時得到抒發的滿足。大家對秦香蓮的遇人不淑，寄予無限的同情，甚至如有切膚之痛；對陳世美的心狠手辣、國太和皇姑的仗勢欺人，則痛心疾首憤恨難平；所以包公的出現是絕對必要的，因為只有這位青天大老爺才能還給秦香蓮一個公道！這也是婚變戲發展到後來會成為包公戲的重要原因[144]。

---

[142] 羅麗容認為秦香蓮是扁平人物，與丁肇琴認為是圓形人物筆者不同。詳見其〈秦香蓮與米蒂亞二劇女性形象之淺探〉，《東吳中文學報》第一期（一九九五年五月），頁三一八。

[143] 鄭傳寅：《中國戲曲文化概論》，頁三五八。

又陳培仲先生於《《秦香蓮》導讀》一文中提到：

《秦香蓮》是我國戲曲舞臺上廣泛上演的劇目，其覆蓋面幾乎遍及所有城鎮和鄉村。秦香蓮亦如穆桂英、花木蘭、白素貞、祝英臺等一樣，成為人民心目中美好的女性形象。在描繪《秦香蓮》的眾多劇本中，秦腔、河北梆子、評劇、滇劇、京劇等均各具風采，各有千秋。145

由上可見，同一題材的不同劇種和劇目，是可以各顯其特色和各極其致的。也因此戲曲劇目及其取材便會產生相因相襲的現象，周貽白先生有見於此，其《中國戲劇史長編・中國戲劇本事取材之沿襲》便費心費力的製成簡明的表格，用來呈現這種現象。周貽白先生說：

中國戲劇的取材，多數跳不出歷史故事的範圍，很少是專為戲劇這一體製聯繫到舞臺表演而獨出心裁來獨運機構，甚至同一故事，作而又作，不惜重翻舊案，蹈襲前人。如司馬相如、卓文君事，南戲有《司馬相如題橋記》及《卓文君》兩種；元劇有關漢卿之《升仙橋相如題柱》、孫仲章之《卓文君白頭吟》、范居中等之《鷫鸘裘》；明劇有朱權之《卓文君私奔相如》、孫柚之《琴心記》、楊柔勝之《綠綺記》、澹慧居士之《鳳求凰》；清劇有袁晉之《鷫鸘裘》、椿軒居士之《鳳凰琴》、朱鳳森之《才人福》、舒位之《卓女當壚》、黃燮清之《茂陵弦》，計十四種之多。又馮小青事，有徐翽之《春波影》、吳炳之《療妒羹》、陳季方之《情生文》、朱京藩之《風流院》、顧元標之《情夢俠》、張道之《梅花夢》、無名氏之《西

144 丁肇琴：〈談秦香蓮故事的發展〉，《世新大學人文社會學報》第二期（二〇〇〇年五月），頁九一－九三。

145 陳培仲：〈《秦香蓮》導讀〉，杜長勝主編：《中國地方戲曲劇目導讀》（北京：學苑出版社，二〇一〇），頁一〇七。

湖雪》，共七種。又「柳毅傳書」事，南戲有《柳毅洞庭龍女》；元劇尚仲賢之《洞庭湖柳毅傳書》；明傳奇有黃惟楫之《龍綃記》、許自昌之《橘浦記》；清劇有李漁之《蜃中樓》、何墉之《乘龍佳話》，共六種。又如「杜默哭項王廟」一事，本為僻典，而亦有沈自徵之《霸亭秋》、嵇永仁之《泥神廟》、尤侗之《鈞天樂》、張韜之《霸亭廟》等四種。至於其他同一題材而作兩三種形式寫出者，更數見不鮮。雖未必皆出有心雷同，自亦未脫窠臼。而雜劇沿襲南戲，傳奇復取材雜劇，皮黃劇更從雜劇傳奇而改編，在戲劇史的演進上，即憑這些劇本，也可以覘知其間的嬗變。這風氣直到近代還活躍著，中國戲劇不能更多的從現實生活取材，而只借歷史故事來藏褒寓貶，這對於中國戲劇而言，雖由此造成一種特殊的表演形式，但許多歷史人物，在舞臺上已成定型，如果仍舊在歷史故事上兜著圈子，則縱有新的形式，也將擺脫不了內容上的束縛。茲就著者所知，關於古今戲劇，其取材相同，或直接因襲者頗為不少。爰將各劇名目及作者姓名，列表如次，至於詳細說明，請俟來日。[146]

周先生對於戲曲劇目內容異代因襲的現象，無疑的提供了明確的觀照，而他又費心的製成表格以證其說（請見本論附錄）。而若論其所以如此之現象，上文已舉出伏滌修之看法；筆者亦有所見，其說見於本文之結論。

(二)戲曲劇目本事之「虛」與「實」

戲曲劇目本事以歷史人物或事蹟為題材者，有「虛」與「實」是很自然的事，可以說自古已然，於今為烈。兩岸電視臺經常改編歷史故事為連續劇，其諸多違背史實，弄得非驢非馬，頗受各界的批評。戲劇違背史

[146] 周貽白：《中國戲劇史長編》，頁六一四。

實，甚至將奸作忠，將善為惡，雖不是「於今為烈」，但可以說「自古已然」。譬如徐渭《南詞敘錄》於所載〈宋元舊篇〉《趙貞女蔡二郎》一劇下注云：

即舊（疑為蔡之誤）伯喈棄親背婦，為暴雷震死。里俗妄作也，實為戲文之首。[147]

伯喈就是東漢末年文史學家蔡邕的別字。根據舊戲文，則蔡邕是個不孝不義的人，他的下場是被「暴雷震死」。蔡邕地下有知，必然「暴跳如雷」。

陸游〈小舟遊近村捨舟步歸〉云：

斜陽古柳趙家莊，負鼓盲翁正作場；死後是非誰管得，滿村聽說蔡中郎。[148]

可見放翁對於伯喈死後千古，竟然被俗子無端誣衊，深致嘆息。後來高則誠改作《琵琶記》，特為標目「全忠全孝」，據說用意蓋「一洗伯喈之冤」。但其本事仍舊與史不符。誠如王伯良在其《曲律．雜論》中所說的「古戲不論事實，亦不論理之有無可否。」因為他們選取運用戲曲題材的方法是「於古人事多損益緣飾為之」，只是「尚存梗概」而已。王伯良，這位明代最偉大的劇論家，認為戲曲的本事應當「就實」，不應當「脫空杜撰」。所以他對當時「揑造無影響之事以欺婦人小兒」的劇作，斥為必是「優人及里巷小人所為」，因為那是「大雅之士」所「不屑為」[149]的。他這種觀點是否正確，另當別論；而他對於戲曲的本事已經提出「就實」的「實」和

[147]〔明〕徐渭：《南詞敘錄》，《中國古典戲曲論著集成》第三冊，頁二五〇。

[148]〔宋〕陸游：〈小舟遊近村捨舟步歸〉，《劍南詩稿》卷三三，收於錢仲聯校注：《陸游全集校注》第四冊（杭州：浙江教育出版社，二〇一一），頁三二七。

「脫空杜撰」的「虛」。

李笠翁《劇論》更有〈審虛實〉一節：

> 傳奇所用之事，或古、或今，有虛，有實，隨人拈取。古者，書籍所載，古人現成之事也；今者，耳目傳聞，當時僅見之事也；實者，就事敷陳，不假造作，有根有據之謂也；虛者，空中樓閣，隨意構成，無影無形之謂也。人謂：「古事多實，近事多虛。」予曰：「不然。傳奇無實，大半皆寓言耳。欲勸人為孝，則舉一孝子出名，但有一行可紀，則不必盡有其事，凡屬孝親所應有者，悉取而加之；亦猶紂之不善，不如是之甚也，一居下流，天下之惡皆歸焉。其餘表忠、表節，與種種勸人為善之劇，率同於此。若謂古事皆實，則《西廂》、《琵琶》，推為曲中之祖；鶯鶯果嫁君瑞乎？蔡邕之餓莩其親，五娘之幹蠱其夫，見於何書？果有實據乎？孟子云：「盡信書不如無書。」蓋指武成而言也。經史且然，矧雜劇乎？凡閱傳奇而必考其事從何來、人居何地者，皆說夢之痴人，可以不答者也。然作者秉筆，又不宜盡作是觀。若紀目前之事，無所考究，則非特事跡可以幻生，並其人之姓名，亦可以憑空捏造，是謂虛則虛到底也。若用往事為題，以一古人出名，則滿場腳色，皆用古人，捏一姓名不得；其人所行之事，又必本於載籍，班班可考，創一事實不得。非用古人姓字為難，使與滿場腳色同時共事之為難也；非查古人事實為難，使與本等情由貫串合一之為難也。予既謂「傳奇無實，大半寓言」，何以又云「姓名事實，必須有本」？要知古人填古事易，今人填古事難。古人填古事，猶之今人填今事，非其不慮人考，無可考也；傳至於今，則其人其事，觀者爛熟於胸中，欺之不得，罔之不能，所以必求可據，是謂實則實到底也。

149 〔明〕王驥德：《曲律》，《中國古典戲曲論著集成》第四冊，頁一四七。

> 若用一二古人作主，因無陪客，幻設姓名以代之，則虛不似虛，實不成實，詞家之醜態也。切忌犯之。[150]

可見笠翁所謂的「實」是指可考諸載籍的「事實」而言，所謂的「虛」是指憑藉今事敷演的「虛構」。他說「傳奇無實，大半皆寓言耳」，是正確的；至於他所主張的「虛則全虛，實則全實」，雖純粹就觀眾的心理而論，但事實上恐非戲曲運用虛實之道。

就我國戲曲而言，凡是本事有所憑藉的，無論其出諸史傳、雜說或耳聞、目睹，甚至於改編前人劇作，都算作「實」；而凡是「脫空杜撰」，或緣「實」所作的「渲染」，都算作「虛」。如此一來，我國戲曲運用虛實的方法則有：以實作實、以實作虛、以虛作實、以虛作虛等四種方式：

1. **以實作實**：就是戲曲根據史傳雜說改編，其關目情節、人物性情很忠實的依照原來敷演，幾不加點染。這類劇作雖然敷演容易，但不流於板滯者幾稀。例如明代劉兌《嬌紅記》雜劇係根據元人宋海洞《嬌紅傳》敷演而成，除了將悲劇改作喜劇，令金童玉女下凡的男女主腳婚配團圓、回歸仙界外，幾乎依樣畫葫蘆的把《嬌紅傳》的所有情節完全搬進去，甚至連小說中許許多多的詩詞也不肯捨棄。因之不但關目煩冗蕪雜，即排場亦平板無生氣；無論場上案頭，都教人困頓欲眠。傳奇如陸采《明珠記》根據薛調《無雙傳》，梁辰魚《浣紗記》根據趙曄《吳越春秋》，都不免「手段庸劣，斷非佳作」之譏。

2. **以實作虛**：就是戲曲雖根據史傳雜說改編，但其關目情節有所剪裁和點染，人物性情有所刻畫和誇張，由此而寄寓著作者所要表現的思想和旨趣。這一類作品在所謂「文人劇」中最多。因為一方面有所憑藉，一方

[150]〔清〕李漁著，汪巨榮、盧壽榮校注：《閒情偶寄》（上海：上海古籍出版社，二〇〇〇），〈詞曲部・結構第一・審虛實〉，頁二〇—二一。

面又可以酌意抒寫，所以易於結撰和發揮才情；也因此評價高的戲曲文學作品，往往見於此類。例如元人關漢卿《竇娥冤》雜劇乃是憑藉鄒衍「六月飛霜」和「東海孝婦」的故實，從而表現元代政治的黑暗、社會的混亂，以及人民呼天搶地的痛苦呼號；清初雜劇如吳偉業《臨春閣》、《通天臺》，王夫之《龍舟會》，陸世廉《西臺記》，土室遺民《鯁詩讖》；傳奇如吳偉業《秣陵春》，洪昇《長生殿》，孔尚任《桃花扇》；莫不假藉史傳雜說，以寓麥秀黍離之思。他們或指桑罵槐、批評人物，或蒼涼感嘆，以資勸懲，所以每多絃外之音。

3.以虛作實：就是戲曲是脫空杜撰的，但其內容和思想卻能表達人們的共同心靈和願望。此類劇作，長處在不受拘礙，可以自由抒發，馳騁才情；短處則在託空無所，耗時費力，如非資質俊拔，涵養功深的作家，很少不流於矯揉造作。例如關漢卿《救風塵》雜劇，純出機杼獨運，刻畫趙盼兒的機智，歌頌人間苦難相濟的情義；加以文詞本色自然，意境佳妙，所以感動了許多讀者，成為千古的名著。可是清末劉清韻的《天風引》雜劇，寫馬俊行商，舟遭颶風，天妃娘娘護持，吹送至羅剎國，為該國執戟郎知遇，延為上賓，並代製假面具，使同其國人之臉面，以便交通該國貴人。後馬受同官排擠，乃辭官，棄面具，感慨道：「想我生於文明之世，禮義之邦，視掇巍科如拾芥，躐高位如探囊。那知一經飄泊殊方，不特才華沒用，連面目亦不得守其常。」此劇雖出諸《聊齋誌異．羅剎海市》，但內容純出虛構，作者的用意很明顯，旨在諷刺滿清末年那些沒有民族氣節的洋奴；但因為才華短絀，處處顯得捉襟見肘，感人之力，自然不深。

4.以虛作虛：就是戲曲是脫空杜撰的，所要表現的也只是作者個人的空中樓閣。此類劇作未能植根於故實和群眾，所以如果不是成了曲高和寡的絕世之作，便是成為荒謬絕倫的下駟之品。例如明寧獻王朱權的《獨步大羅》雜劇，記呂純陽、張紫陽二仙奉東華帝君命，至匡阜南蠡西點化沖漠子。先鎖住心猿意馬，次去酒色財氣，再逐去三尸之蟲，更與一丹藥服之，教以養嬰兒姹女之理，又於渡頭點化之，然後同入大羅天，引見東華帝君諸仙。劇中的沖漠子，其實就是朱權晚年的自我寫照，而那些成仙了道的方法，也不過是他個人執迷的一派胡言而已。又如鄒兌金的《空堂話》雜劇，寫的是自言自語，內容無非是放志清虛，不問世事。其兄式金眉批云：「叔弟深入禪，即此文從妙悟中流出，筆墨俱化。」儘管其「逸氣高清，藻思雅韻。」最多只是案頭清供而已。

以上四類，就我國戲曲來說，自然以「以實作虛」一類占絕大多數，其他三類都屬少數。這和中國戲曲是以歌舞樂為美學基礎，以及戲曲的目的在於教化和娛樂有很密切的關係。因為戲曲本事有所憑藉，作者便可專注於文辭的修飾和排場的美化，同時也可以在思想情感上多所發抒，強化主題。倘若以虛作虛必然空泛無根，以實作實又嫌拘礙太甚，以虛作實又非人人為關漢卿、湯顯祖；所以「以實作虛」，不失為戲曲之道。

至於虛實之用，用實當以不扭曲其面目為原則。就史實來說，不必如清周樂清《補天石》雜劇，有意替古人補恨，於是《宴金臺》：燕太子丹終於滅亡暴秦；《定中原》：諸葛亮滅吳魏，蜀漢統一天下；《河梁歸》：李陵得自匈奴歸漢，遂滅匈奴；《琵琶語》：王昭君得自匈奴再歸漢宮；《紉蘭佩》：投汨羅江而死的屈原，又回生為楚王所重用；《紞如鼓》：晉鄧伯道失子復得團圓；《碎金牌》：秦檜伏誅，岳飛滅金立功；《波弋樂》：魏荀奉倩之妻不死，終得夫妻偕老。像這樣的「補恨」，雖然是庶民百姓心中之所願，但從藝術文學的觀點來看，實是畫蛇添足。就人物來說，赤壁之戰時的諸葛孔明不過二十八歲，就不必硬教他戴「三髭髯」、穿道袍，使他顯得「仙風道骨」；因為他其實是重法尚儒的政治家。我國戲曲雖然不講求名物制度、地理官爵，有時胡天胡地，荒唐可笑，譬如《元曲選》本的馬致遠《漢宮秋》，可以教王昭君投入黑龍江而死；但那是時代頹廢思想的感染，人們是可以視若無睹的。而若在科學昌明、民智發達的今日如法泡製，觀眾必然如芒刺在背，認為大受愚弄而憤然不平。所以用實之道也應當顧及時代背景。至於用虛，當以循其實而予以剪裁、點染、誇張、強化為是。戲曲成就的高下關鍵，就是在於能否善用其虛。譬如楊潮觀《吟風閣》短劇三十二種，除了要「借丹青舊劇，偶加渲染」，以「自家陶寫性中天」外，更重要的是要從「兒女淚，英雄血」中見出「百年事、千秋筆」，以「暮鼓晨鐘」來震撼世道人心。也因此其三十二劇，篇篇自然妥貼而臻奇妙，偉然自成風格。

總上所論，戲曲虛實之道，當循其實而善用其虛；斤斤於實，固然有傷引人入勝、騰挪變化之姿；去實大遠，亦必教人坐立不安，無從領受。而虛之為用，乃在明淨其實、強化其實。真正動人的劇作，絕非出以荒唐怪異，而是本乎人情物理；只當求於耳目之前，而非索諸見聞之外。也因此，「以實作虛」，當觀其剪裁點染之功；「以虛作實」，當視其揣摩人情之效。本事動人，然後主題思想才可以教人確實掌握，藝術造詣才可以教人真切感染。譬如孔尚任的《桃花扇》傳奇，於史事之剪裁點染俱極精當，以故能使人如置身易代之中，體驗其勝國遺民、麥秀黍離之思。又如關漢卿的《救風塵》雜劇，雖不能道其所本，但入情入理，引人逐勝，活生生的勾畫出青樓歌伎的遭遇和心境，使人如耳聞目睹，為俠義出自妓女而嘆息，為百無一用之書生而悲哀。今日的電視歷史連續劇，倘能選擇富於開展、光明的故實敷演，而善用其虛實，則庶幾可以免於公眾之譏了。

㈢歷史人物的戲曲造型

在戲曲中所呈現的歷史人物，由於受到廣大群眾的意識形態、思想理念情感的影響，其造型往往與歷史的真實面目產生很大的差異[151]。茲舉孟姜女、關公、包公三劇論述如下：

1.孟姜女與戲曲

[151] 筆者《俗文學概論》有〈三編：民族故事〉，論述孟姜女、王昭君、關公、包公等九個民族故事之衍變。（臺北：三民書局，二〇〇三），頁四〇九－六〇〇。

杞梁妻的事跡，始見於《左氏・襄公二十三年傳》。寫齊莊公攻打莒國，杞梁、華周（梁名殖，周名還）作先鋒，杞梁戰死，他的妻子不同意齊莊公郊弔。旨在表彰杞梁妻是位謹守禮節的人。時在西元前五五〇年[152]。過了二百年到戰國中期，《禮記・檀弓下》就說「其妻迎其柩於路而哭之哀」[153]，稍後的《孟子・告子下》更說「華周、杞梁之妻善哭其夫而變國俗」[154]。西漢劉向在其《說苑・立節》、〈善說〉[155]二篇和《列女傳》卷四〈貞節傳〉都說：杞梁妻哭而城為之崩。於是兩漢魏晉屢次傳聞其說。期間曹植卻說「杞妻哭死夫，梁山為之傾。」[156]李白也跟著說「梁山感杞妻，慟哭為之傾。」[157]唐末詩僧貫休〈杞梁妻〉則總結了「春秋時死於戰事的杞梁」而下開「秦時死於築城的范郎」的種種傳說。其故事是貫休將三國時樂府陳琳的〈飲馬長城窟行〉合流入於其〈杞梁妻〉之中。

杞梁妻北宋以前未知名姓，至南宋與朱熹同時之邵武士人假北宋孫奭之名作《孟子疏》，有云：

> 或云齊莊公襲莒，（杞梁）逐而死。其妻孟姜向城而哭，城為之崩。[158]

---

[152] 見楊伯峻編：《春秋左氏傳注》（北京：中華書局，一九八一），第三冊，頁一〇八四—一〇八五。

[153] 見陳澔注：《禮記》（上海：上海古籍出版社，一九八七），頁五八。

[154] 見謝冰瑩、李鍌、劉正浩、邱燮友編譯：《新譯四書讀本》（臺北：三民書局，一九七〇），頁四六五。

[155] 分見〔漢〕劉向撰，向宗魯校正：《說苑》（北京：中華書局，一九七八），卷四，頁八五；卷一一，頁二七二。

[156] 見〔清〕丁宴：《曹集詮評》（臺北：廣文書局，一九六二），卷五，無頁次。

[157] 見〔清〕王琦注：《李太白全集》（臺北：九思出版社，一九七九），頁二七五。

[158] 見〔漢〕趙岐注，舊題〔宋〕孫奭疏：《孟子注疏》，收入於《景印文淵閣四庫全書》第一九五冊（臺北：臺灣商務印書館，一九八三，據國立故宮博物院藏本影印），卷一二上，頁二七一。

其實「孟姜」二字屢見《詩經》，如〈鄘風・桑中〉：「云誰之思，美孟姜矣！」〈鄭風・有女同車〉：「彼美孟姜，洵美且都。」「彼美孟姜，德音不忘。」姚際恆《詩經通論》卷五云：

> 是必當時齊國有長女美而賢，故詩人多以「孟姜」稱之耳。[159]

可見「孟姜」原是「姜家大小姐」的意思，因為曾有姜家大小姐美麗賢慧，所以《詩經》的詩人屢屢用她來作為歌詠的對象，久而久之就成為「賢美之女」的符號。而自從這位邵武士人以民間傳說寫入，作為杞粱妻的姓名之後，就由符號的通俗又回歸到私名了。杞粱妻，既為齊人，又為賢女，更賦與美麗而名之為「孟姜」，料想也是庶民百姓的共同看法。

杞粱妻被名作「孟姜」以後，民間以她既為女性乃稱之為「孟姜女」，而「杞粱」本身，在各地民間傳說中，也有許多種寫法：范杞粱、范杞良、范希郎、范士郎、芑郎、犯粱、萬喜良、萬杞良、萬杞粱。其所以如此，乃因民間文學形近訛變，和音同音近訛變的情形很多。杞、犯、范三字都因為形近，杞、希、士、芑、喜五字都因為音近，范、犯、萬和粱、良、郎，都因為音同或音近，所以訛變出那許多種寫法，而即此亦可見其流行之久且廣。

唐代以後，故事核心由杞粱妻轉為「孟姜女」，其相關重要文獻如下：

(1)《同賢記》說燕人杞良避始皇築城之役，逃入孟超後園；孟超女仲姿浴於池中，仰見之，請為其妻。杞良辭之。她說：「女人之體不得再見丈夫。」就告知父親嫁他。夫妻禮畢，良回作所；主典怒其逃走，打殺之，

[159] 見〔清〕姚際恆：《詩經通論》（臺北：廣文書局，一九八八），卷五，頁一〇六。

築城內。仲姿既知，往，向城哭。死人白骨交横，不能辨別，乃刺指血滴白骨，云：「若是杞良骨者，血可流入。」瀝至良骸，血流逕入，便收歸葬之。

《同賢記》不知何人撰，見《琱玉集》引[160]，日本寫本《琱玉集》題天平十九年，即唐玄宗天寶六年（七四七），可見此書是盛唐以前人所作。而《同賢記》又在其前。

在這故事裡，杞梁之梁訛變為「良」，杞梁妻姓孟名仲姿，且有父親名超。杞梁是避役打殺，仲姿因之滴血認夫屍，而其時代則為秦朝，其地域則為燕。

唐寫本《文選集注》殘卷中曹植〈求通親親表〉就用和《同賢記》如出一轍的故事來注解表中「崩城隕霜」一語。

(2)敦煌遺書中有一首小曲，格律近【擣練子】，曲中稱杞梁為「犯梁」，稱其妻為「孟姜女」，又說「造得寒衣無人送，不免自家送征衣。長城路，實難行，……願身強健早還歸。」則又由「夫死哭城」而變為「尋夫送寒衣」，而孟姜女的名字也確定了。

(3)北宋真宗大中祥符中（一〇〇八－一〇一六），王夢徵作安肅縣（今河北省徐水縣）〈姜女廟記〉（一作〈孟姜女練衣塘碑刻〉），此碑於明穆宗隆慶間發現，為目前所知最早的孟姜女廟。北宋仁宗嘉祐中（一〇五六－一〇六三）同官縣（今陝西省同官縣）令宗諤重修孟姜女廟。可見北宋以後孟姜女人格日益偉大，民間已紛紛為她立廟。

(4)南宋初鄭樵《通志・樂略》云：「稗官之流，其理只在脣舌間，而其事亦有記載，虞舜之父，杞梁之妻，

[160] 見〔唐〕佚名輯：《琱玉集》，收入《續修四庫全書》（上海：上海古籍出版社，一九九七，據清光緒日本東京使署《古逸叢書》影刻日本舊鈔卷子本影印），頁三二〇。

於經傳所言者，數十言耳，彼則演成萬千言。」[161]據此可以推論南宋之時孟姜女故事有作為平話或小說者。

(5)南宋約與《通志》同時的《孟子疏》云：「或云齊莊公襲莒，（杞梁）逐而死。其妻孟姜向城而哭，城為之崩。」[162]則經中注疏亦引孟姜故事。

(6)南宋周煇著的《北轅錄》記淳熙四年（一一七七）賀金國生辰事，中云：「至雍丘縣，過范郎廟；其地名孟莊，廟塑孟姜女偶坐；配享者蒙恬將軍也。」[163]范郎即杞梁之訛變，已見前文。雍丘即西周時的杞國。

(7)元陶宗儀《輟耕錄》所載〈院本名目・打略拴搐〉中有《孟姜女》，這是孟姜女戲劇中最早的一本。明沈璟《南九宮譜》中引《孟姜女傳奇》二則。明徐渭《南詞敘錄・宋元舊篇》中有《孟姜女送寒衣》。元鍾嗣成《錄鬼簿》鄭廷玉有《孟姜女送寒衣》，但都已失傳。

(8)從明代中葉到末葉，一百八十年中，孟姜女廟紛紛而立，幾遍中國。她的墳墓有四處：一是同官，二是安肅，三是山海關，四是臨淄。

(9)從清代到現代：故事梗概已發展為：①查拿逃走，②花園遇見，③臨婚被捕，④辭邊送衣，⑤哭倒長城，⑥秦皇想娶她，她要求造墳造廟和御祭，⑦祭畢自殺，秦皇失意而歸。其劇目則遍布地方戲曲劇種與新編劇目

---

[161] 見〔宋〕鄭樵：《通志》，收入於《景印文淵閣四庫全書》第三七四冊（臺北：臺灣商務印書館，一九八三，據國立故宮博物院藏本影印），卷四九，頁一七。

[162] 見〔漢〕趙岐注，舊題〔宋〕孫奭疏：《孟子注疏》，收入於《景印文淵閣四庫全書》第一九五冊（臺北：臺灣商務印書館，一九八三，據國立故宮博物院藏本影印），卷一二上，頁二七一。

[163] 見〔宋〕周煇：《北轅錄》，收入於《原刻影印百部叢書集成》第一函（臺北：藝文印書館，一九六六，據明嘉靖陸楫輯清道光西山堂重刊陸氏儼山書院本影印），頁五上－五下。

中。

由以上這些資料和現象，可見宋代以後，孟姜女故事在民間流行，是何等的廣遠。

總結以上的論述，誠如鄭樵《通志・樂略》所云，見於史傳記載的「杞梁妻」，經稗官之流的唇舌傳播，即可由數十言，演為萬千言，而融入這萬千言之中的，其實無非是庶民百姓的心聲和願望，更有共同認定的思想和情感；也因此經由小說與戲曲所塑造出來的人物，自然是眾人皆認可的形貌。

杞梁妻的故事，原本不過是一位在哀痛之時，仍能以禮處事的齊將之妻，但齊人好哭調的習俗浸染杞梁妻為「善哭」之後，便不免引人有精誠格天的聯想，於是崩城之說滋生，由杞城、莒城而長城，時代乃不得不由春秋而秦始皇，而千古長城邊塞之苦自入其中；再經由民間文學形近音近訛變之例，杞梁終為萬喜良，其妻亦由無名而為孟姜女。凡此皆可見民族故事基型能觸發與孳乳展延的力量是何等的偉大[164]！

2. 關公與戲曲

又如關公本傳，見於陳壽《三國志》卷三十六《蜀書・關張馬黃趙傳第六》，與張飛、馬超、黃忠、趙雲等四位蜀國大將合傳。其餘事蹟，則散見於《魏書》：〈魏武帝紀〉、〈程昱傳〉、〈溫恢傳〉、〈劉奕傳〉、〈于禁傳〉、〈張遼傳〉、〈樂進傳〉、〈徐晃傳〉；《蜀書》：〈劉先主傳〉、〈諸葛亮傳〉；《吳書》：〈吳主傳〉、〈魯肅傳〉、〈呂蒙傳〉、〈甘寧傳〉、〈潘璋傳〉等，本傳與他傳間，有「互見」的效果，可看到較完整的關公形象。參照其他傳記，大約可知，史傳中的關公，有飄逸美髯，雄才武略，勇武無敵，義氣凜然；但個性剛烈而驕矜，是故防守荊州時，得罪東吳，部伍倒戈，又輕視東吳呂蒙，因此兵敗殉難。

164 以上參考顧頡剛編：《孟姜女故事研究集》（臺北：福祿圖書公司，一九六九）。

再就以關公事蹟為題材的戲曲來觀察：自元雜劇開始，已有以關公為主角的劇作。明清兩代的雜劇、傳奇以及地方戲，也產生相當可觀的作品。但由於《三國演義》的盛行，明清戲曲有很多都是以其內容為藍本，少數則承襲元雜劇，使原本散佚的故事內容得以流傳。

元雜劇中以關公為主角的「關公戲」，共計十種，存佚各半。其他相關劇本約有二十二本。其劇目為：《劉關張桃園三結義》、《張翼德大破杏林莊》、《關雲長單刀劈四寇》、《虎牢關三戰呂布》、《張翼德單戰呂布》、《張翼德三出小沛》、《莽張飛大鬧石榴園》、《關雲長千里獨行》、《劉玄德獨赴襄陽會》、《劉玄德醉走黃鶴樓》、《諸葛亮博望燒屯》、《走鳳雛龐統掠四郡》、《兩軍師隔江鬥智》、《關大王獨赴單刀會》、《壽亭侯怒斬關平》、《關張雙赴西蜀夢》、《關雲長大破蚩尤》、《關大王月下斬貂蟬》、《壽亭侯五關斬將》、《斬蔡陽》、《關雲長古城聚義》以及《關大王大破紅衣怪》等（後五種已佚）。

《關大王獨赴單刀會》為關漢卿所作，向稱佳作，對於關公形象的刻畫尤其獨到精湛。本劇共四折，末本。第一折主唱者為喬國老，藉其唱詞交代關公的英雄事蹟，說與魯肅知曉。第二折主唱者司馬徽，再次藉其唱詞強調關公的智謀與飲酒豪情，烘托其英雄形象。到第三折，關公才登場主唱，由於前二折之敷設，關公形象已相當宏偉，因此本折再寫出其自信與驕傲。本折中，曾出現關平為父親擔憂，但關公毫不畏懼，對著關平細數他當年過五關、斬六將、挑戰袍、斬蔡陽等光榮歷史。此即「訓子」之內容。第四折，主唱者仍為關公，在往東吳赴會的舟船上，關公面對浩瀚江河，不禁高唱蒼涼悲壯、激昂慷慨的曲辭，表現了他蒼勁豪放的胸懷。而接下來便是蜀吳盟會，關公縱放自如，處處搶得機先的表現，最後終於折服魯肅，使他放棄索回荊州之意。

明代的「關公戲」大約有四類：雜劇、傳奇、折子戲以及迎神賽社戲。

依《全明雜劇》所見，有周憲王朱有燉的《關雲長義勇辭金》，以及《慶冬至共享太平宴》；《全明傳奇》

中，關公曾出現在《古城記》、《草蘆記》等十二個劇本中。折子戲也有〈關公斬貂蟬〉、〈五（午）夜秉燭〉、〈獨行千里〉、〈古城聚會〉、〈單刀赴會〉等十多種。至於迎神賽社戲，則見於《山西潞城縣明代禮節傳簿》等資料，有《過五關》、《關大王獨行千里》、《關大王破蚩尤》、《戰呂布》、《古城聚義》等劇目。

明代戲曲演三國故事者，大體不出《三國演義》的內容，但像「過關斬貂」，就很可能是沿襲元雜劇《關大王月下斬貂蟬》的內容，使後人得以窺見這個被人遺忘或刪除的關公故事。貂蟬，史上無其人，但《三國演義》卻把呂布與貂蟬的愛情故事寫得傳神動人；關公斬貂蟬更屬子虛烏有之事，此劇演的是，關公平定呂布之亂後，見貂蟬之美貌而心生警惕，慨嘆美色誤人誤國，於是下令斬殺貂蟬。其主題約莫是在彰顯關公正義凜然，不近女色的剛正形象。此外，明傳奇也有取自民間傳說者，例如《古城記》第二十一齣〈服倉〉，演關公收服周倉事，但表現手法簡樸詼諧，以關公用捻蟻鬥智方法收服周倉，這是《三國演義》沒有的，應是取自民間傳說。

明代關公戲另一特點是，關公以神明的身分出現劇中。按，元雜劇《關雲長大戰蚩尤》即演關公成神後，和蚩尤神大戰，解決了乾旱問題。這個傳說起源於宋代，和山西解縣鹽池關廟的靈驗有關。明代關公信仰興盛，因此「關神」大量出現在戲曲中也是平常之事，但他並非主腳，只是作為點綴。據王安祈〈明代關公戲〉研究指出，明傳奇中的關公神格有四類：真君、佛門護法、三界伏魔大帝與四大天將，神格的紛雜不一，正反映了民間信仰的駁雜；而此中關公的神職也包含了懲戒不忠、保護善良、斬除妖怪等[165]。

容世誠〈論關公戲的驅邪意義〉也指出，關公戲和宗教儀式有密切關係。社戲、儺戲、地戲中的關公戲，其實都是「祭中有戲，戲中有祭」，藉由演出，進行除煞的儀式。這充分印證關公具有「伏魔大帝」的宗教神

165 王安祈：〈明代關公戲〉，收入於《明代戲曲五論》（臺北：大安出版社，一九九〇），頁一四一－二〇二。

威[166]。

清代戲曲中，乾隆初官製的宮廷大戲《鼎峙春秋》最為完備。依陳昭昭《從戲劇小說看關公形象之嬗變》之分析，本劇對關公形象之刻畫，側重其忠義勇武，個性幾乎完美無瑕，應和清廷藉崇奉關公，以達到「忠君尊上」的教化目的有關[167]。

清代關公戲的特點是，出了幾個擅長演關公的演員，例如程長庚、王鴻壽等京劇名腳，他們所扮演的關公都有唯妙唯肖、生動逼真的表情神態，令臺下的觀眾幾乎錯以為關公降臨。是故，近代演關公戲者，就有許多行規和禁忌，例如：扮演關公者，妝扮完畢，就必須正襟危坐，不隨便開口；同時，畫臉譜時，除了按照丹鳳眼、臥蠶眉、五綹鬚、紅臉的臉譜，還需在臉上點一顆痣，叫「破相」，以示並非真關公；在臺上演戲時，演關公者只能半張著眼睛，因為傳說關公張開眼睛就是要殺人了，為避免舞臺上弄假成真，所以有此禁忌；演出時，後臺必須收起吊掛戲服的繩索，因為相傳關公就是被「絆馬索」勾倒赤兔馬，所以才遇害的，因此有此忌諱。

從關公戲的演出，可以了解，關公在演員和觀眾心目中的神聖地位[168]。

3. 包公與戲曲

包公在歷史上是真有其人，姓包名拯，字希仁，北宋廬州合肥（今安徽省合肥市）人。真宗咸平二年（九九九）出生，仁宗天聖五年（一〇二七）進士及第。因為父母年老，不願離鄉，所以他遲至三十九歲才開始仕宦，曾在地方上擔任知縣、知州、知府，也在中央做過監察御史、知諫院、三司使等職。仁宗嘉祐七年（一〇

166 容世誠：〈論關公戲的驅邪意義〉，《漢學研究》八卷一期（一九九〇年六月），頁六〇九－六二四。

167 陳昭昭：《從戲劇小說看關公形象之嬗變》（臺北：輔仁大學中國文學所碩士論文，一九八六）。

168 以上參考洪淑苓：《關公民間造型之研究：以關公傳說為重心的考察》（臺北：臺大出版委員會，一九九五）。

六二），他在樞密副使的任上過世，享年六十四歲。包拯為官以清廉公正著稱，卒諡孝肅，民間則尊稱為包公。《宋史》卷三百十六有傳。門人張田編《孝肅包公奏議》十卷傳於後世。

歷史上的包公只破過三件案子：

> 有盜割人牛舌者，主來訴。拯曰：「第歸，殺而鬻之。」尋復有來告私殺牛者，拯曰：「何為割牛舌而又告之？」盜驚服。[169]
>
> 有訟貴臣逋物貨久不償者。公批狀，俾亟償。貴臣負□□□□□□□□□□□□□置對，貴臣窘甚，立償之。……嘗有二人飲酒，一能，一不能飲，能飲者袖有金數兩，恐其醉而遺也，納諸不能飲者，□□□□□□□□□□□□曰：「無之。」金主訟之。詰問，不服。公密遣吏持牒為匿金者自通取諸其家。家人謂事覺，即付於吏。俄而吏持金至，匿者大驚，乃伏。[170]

但民間盛傳包公「日審陽，夜斷陰」，神斷七十二件無頭案。大部分包公故事也都和判案有關，難怪胡適先生說包公是歷史上有福之人：

> 古來有許多精巧的折獄故事，或載在史書，或流傳民間，一般人不知他們的來歷，這些故事遂容易堆在一兩個人身上。在這偵探式的清官之中，民間的傳說不知怎樣選出了宋朝的包拯來做一個箭垛，把許多

[169] 見〔元〕脫脫等：《宋史》（臺北：鼎文書局，一九八〇），卷三一六〈列傳第七十五包拯傳〉，頁一〇三一五。

[170] 〔宋〕吳奎：〈包拯墓誌銘〉，詳見安徽省博物館：〈合肥東郊大興集北宋包拯家族墓群發掘報告書〉，又見孔繁敏：《包拯年譜》（合肥：黃山書社，一九八六），頁一三四－一三九。

折獄奇案都射在他身上。[171]

胡適先生這段話，說明了包公從歷史人物轉成民間文學中的人物是一種箭垛效應。事實上我們從《宋史・包拯傳》中可以發現包拯具有孝親、忠君、清廉、機智、剛正等特質，有關包公的許多故事基本上也就是朝著這些特質去發展。以下從戲曲方面來看一些例子。

包公雖然是個歷史人物，但他在中國戲曲的舞臺上卻也活躍了數百年，從宋元南戲、元雜劇、明清傳奇，以迄各種地方戲曲、現代電影、電視劇，處處都可以看見包公的蹤跡，包公受歡迎的程度可見一斑。此處就元雜劇、地方戲曲及京劇略作說明。

(1)元雜劇中的包公

元雜劇中現存的包公戲共有十種，它們是：關漢卿《包待制三勘蝴蝶夢》（簡稱《蝴蝶夢》）和《包待制智斬魯齋郎》（簡稱《魯齋郎》）、武漢臣《包待制智賺生金閣》（簡稱《生金閣》）、李潛夫《包待制智勘灰闌記》（簡稱《灰闌記》）、鄭廷玉《包待制智勘後庭花》（簡稱《後庭花》）、以及無名氏《包待制智賺合同文字》（簡稱《合同文字》）、《神奴兒大鬧開封府》（簡稱《神奴兒》）、《包待制陳州糶米》（簡稱《陳州糶米》）、《玎玎璫璫盆兒鬼》（簡稱《盆兒鬼》）、《王月英元夜留鞋記》（簡稱《留鞋記》）。這十本戲都是相當難審的案件，內容各異，包公處理的手法也不盡相同，如《魯齋郎》、《生金閣》、《陳州糶米》這三本戲，包公是極富熱誠地主動出擊，絕對不向惡勢力低頭。他竭盡所能找出權豪勢要的罪證，也處心積慮將他們繩之以法，有時還使用欺騙的手段或委曲自己向犯人示好，甚至喬裝為乞丐。像《蝴蝶夢》裡包公使用李代桃僵之計，用偷馬的趙頑驢代替

[171] 詳見《胡適文存》（臺北：遠東圖書公司，一九七一），第三集，卷五，頁四四一－四七二。

石和為葛彪償命，又如包公之所以能將魯齋郎斬首示眾，是他在給皇上的奏章上把「魯齋郎」動了手腳變成了「魚齊即」。《陳州糶米》中的包公，為了要訪查實情，竟一路幫妓女王粉蓮趕驢等皆是。

(2)地方戲曲中的包公

我國幅員廣大，方言各異，所滋生的戲曲種類繁多，根據一九六二年所作的調查統計，全國共有四百六十多個劇種，其中偶戲近百種，戲曲三百六十餘種。從現存各種地方戲的劇目來看，包公戲的數量委實不少，較受歡迎的包公故事如《秦香蓮》、《鍘包勉》、《審郭槐》、《烏盆記》、《釣金龜》等幾乎在各種地方戲曲都可以看到，丁肇琴《俗文學中的包公》第五章第三節介紹了十六種劇情不同的地方戲，可以參看。

(3)京劇中的包公

地方戲裡的包公戲已經不少了，京劇裡更多。曾白融主編的《京劇劇目辭典》中，內容涉及包公且有包公腳色的即有一百三十六本。這當中有小戲也有大戲，有像《鍘判官》(共八本)、《三俠五義》(共八本)那樣的連臺本戲，更有多達三十六本的巨製《狸貓換太子》，真是令人嘆為觀止。里仁書局和上海書局影印的《戲考》四十冊，搜羅了京劇劇本計五百二十三本，其中的包公戲有：(1)《烏盆記》(一名《奇冤報》，又名《定遠縣》)、(2)《探陰山》、(3)《斷太后》(一名《趙州橋》又名《天齊廟》)、(4)《打龍袍》、(5)《柳林池》(一名《韓琪殺廟》，又名《三官堂》)、(6)《雙包案》、(7)《鍘美案》、(8)《鍘包勉》、(9)《打鑾駕》、(10)《花蝴蝶》(一名《鴛鴦橋》，又名《盜玉馬》)、(11)《五花洞》(一名《三矮奇聞》)、(12)《黑驢告狀》(即《瓊林宴後本》)、(13)《狸貓換太子頭本》、(14)《狸貓換太子二本》、(15)《狸貓換太子三本》、(16)《狸貓換太子四本》。共計十六本，另石玲編的《平劇考》第二輯中《路遙知馬力》亦為包公戲。

以上十六本戲，經常演出的有《烏盆記》、《斷太后》、《打龍袍》、《柳林池》、《鍘美案》和《五花洞》等，其中《斷太后》和《打龍袍》經常合演，稱為《斷后龍袍》，而《柳林池》與《鍘美案》也是全本《秦香蓮》中最感人肺腑的部分。這些包公戲所要表達的並不盡相同，有的確實是極力凸顯包公正義的審判，但也有包公卻淪為配角，只是上臺發號施令一下而已的官員。

包拯是北宋著名的大臣，當時已被尊稱為「包公」。吳奎所撰的〈包拯墓誌銘〉一開頭就說：「宋有勁正之臣，曰『包公』。」包公立朝剛毅，不講人情，所以《宋史》本傳上說他：「笑比黃河清。」又說：「關節不到，有閻羅包老。」這樣一個嚴肅冷峻的人，竟成了我國俗文學中最閃亮的明星之一，真是饒有趣味的事。

民間對包公外型的認識基本上是一致的：黑臉、月牙兒、黑帽、黑蟒袍，這是戲臺上包公的裝扮，沒有人想去改變它。不論那一種戲裡的包公都是如此，連一再重拍的電視劇也不敢有半點違逆。黑臉雖然醜陋，卻代表包公天賦異稟，面黑心不黑。月牙兒雖只占額頭上的一丁點兒，但象徵著包公能下陰曹去判案，法力無邊。黑帽、黑蟒袍一方面和包公的黑臉搭配，另一方面也表示包公官位高隆，威武氣派。包公這副打扮早已深入人心，甚至還產生不少鬼魂向戲臺上的包公訴冤的傳說故事，使得至今飾演包公的演員畫月牙兒都不敢畫正。

至於民間賦予包公精神上的意義，主要還是在於包公的「鐵面無私」。綜觀我國歷朝歷代都是貪官汙吏多，清官賢臣少，所以包公忠貞骨鯁、鐵面無私的形象，就成了老百姓心目中的最高典範[172]。

以上所舉三例都可以看出縱使是歷史人物，民間也可以憑好惡和所知另作「造型」，使得人物產生很大的變化，但卻是廣大群眾共同認可的。而這其中實蘊含共同的民族意識、思想、理念和情感。也因此「歷史人物的民間造型」便成為一個可以不同開發的題目，我所指導的博碩士論文，以此為題的便有洪淑苓的《關公「民間

172 以上參考丁肇琴：《俗文學中包公形象之探討》（臺北：輔仁大學中國文學系博士論文，一九九七）。

造型」之研究——以關公傳說為重心的考察》、丁肇琴的《俗文學中包公形象之探討》、張谷良的《諸葛亮民間造型之研究》等等[173]。而民間所以用作「造型」的最大力量，莫過於「說唱」和「戲曲」，前者使其故事越來越趣味越豐富，後者則使其「造型」越來越鮮明而終歸於「典型」。所以就戲曲劇目內容而言，它也是值得我們重視探討的現象。

結論

總上所論可見戲曲小戲多取材自日常生活，鄉土氣息濃厚的平居瑣事；而大戲則因為可以運用曲折的故事反映政治、社會、家庭、人際的百態，自然會錯綜複雜。然而如就宏觀論之，實有伏滌修所舉之歷史素材劇、政治公案劇、宗教神魔劇、民間傳說劇、取材文人作品的改創劇、同題材劇作的翻新改創劇等六大類型，以及筆者所補充的家庭倫理劇、夫妻悲歡離合劇、男女愛情婚姻劇，以及少數的時事劇等四類型，總共十大類型。但因為大戲又有劇種之別各擅時代風騷，與時代之政治社會特殊背景而形成各自之風尚與特色。因之若就此觀點而論，則元代雜劇之公案劇、文士之發跡變泰劇、士人妓女之風情戀愛劇和度脫劇最能反映時代之現實。其次，南宋南曲戲文，由於當時士人躋身科舉，贅婿豪門容易，於拋棄糟糠之妻的婚變戲特多；而明清之傳奇、雜劇，由於禁令森嚴，淪為教化的工具，文人至多也只能用來抒懷寫抱；又由於崑山水磨調興起，音樂影響劇

---

173 洪淑苓：《關公「民間造型」之研究——以關公傳說為重心的考察》（臺北：國立臺灣大學中國文學研究所博士論文，一九九三）；丁肇琴：《俗文學中包公形象之探討》（臺北：輔仁大學中國文學系博士論文，一九九七）；張谷良：《諸葛亮民間造型之研究》（花蓮：國立東華大學中國語文學系博士論文，二〇〇五）。

情，導致十部傳奇九相思，多半為夫妻戀人的悲歡離合。降及有清之初，由於易代之際，而頗多故國黍離之悲；乾隆後之亂彈皮黃，由於梆子腔傳統之聲情高亢，於是征戰戲與袍帶戲出類拔萃。

但無論如何，戲曲的取材，誠如周貽白所言，始終跳不出歷史故事和傳說故事的範圍，作者很少專為戲曲而憑空結撰、獨運機杼。甚至於同一故事，作而又作，不惜重翻舊案，蹈襲前人。像這樣，宋元南戲沿襲宋雜劇，元雜劇沿襲宋元南戲，明傳奇復取材元雜劇，清代皮黃更從元雜劇、明傳奇而改編。其間雖在因襲之外，仍有所創新，但究竟不易脫略前人窠臼，尤其缺乏時代意義。戲曲題材之拘限於歷史和傳說故事，以及因襲改編前人劇作的緣故，除上文伏氏所舉外，筆者認為大概另具下列幾點原因：

第一，因為中國戲曲的美學基礎是詩歌、音樂和舞蹈，作者所最關心的是文辭的精湛，而演員則講求歌聲的動聽和身段的美妙，觀眾更由此而獲得賞心樂事的目的。如果觀眾對於劇中的情節早就了然，就可以把注意力集中在歌舞樂的聆賞上；反之，如果對於故事情節毫無所知，或是事件太新奇，那麼注意力便花費在情節的探索，因而對於歌舞樂的聆賞，自然鬆懈，如此便不能掌握中國戲曲所要表現的真諦。所以歷來劇作家都取材於膾炙人口的故事，這些故事都是代代相傳，尤其是透過說話人的口一再渲染講述，在人們的心目中已經是熟之又熟的了。因此所謂「歷史和傳說故事」，並不是直接取自史傳或載記，而是大都從說話人的「話本」剪裁而來的情節關目。

第二，中國戲曲既然不重視故事的創新，那麼改編前人劇本，在關目的布置和排場的處理上，以其有所憑藉，自然可以省下許多精力，便於專意文辭的表現。倘能再稍用心思，尤易於邁越前人。此等故事既已騰播於說話人之口，又歷久相傳於歌場之中，則新劇一出，庶民觀眾亦容易接受，其感染力也較深。

第三，取材歷史和傳說故事，可以逃避現實，可以任意添椒加料，逞其才思。就中國戲曲來觀察，元人雜劇的內容算是豐富的。根據羅錦堂《現存元人雜劇本事考》的分類，計得八類十六目。這八類中以上述的公案劇和良賤間之戀愛劇以及度脫劇最能反映當時人們的遭遇和讀書人的心理。可是劇作者究竟不敢將人民的痛苦呼號和人心的憤恨不平，直截了當的表現出來，因此只好朦朧其事，借古鑑今。他們對於政治社會的不滿，只是希企當代出現像包拯和錢可那樣的清官出來代他們申訴，替他們主持正道，但那到底是望梅止渴而已；於是等而下之的，便寄望於綠林好漢出來替他們誅惡鋤奸，甚至於只好以冥冥中的鬼神來報應了。文人在當代所受的壓迫更是曠古所未有，因此憤懣之情也最為激越，其中以馬致遠的《薦福碑》最為典型的代表。但是他還是不敢直斥當代，不敢以當代的現實事件來編撰。元代的文網尚不繁密，雜劇雖有意反映現實社會，而仍不得不藉歷史和傳說故事以掩人耳目，塞人口實，更何況文字獄頻頻興起的明清兩朝呢？因此，明代以後，戲曲的內容更加狹隘，從上文所引述顧起元《客座贅語》的〈國初榜文〉，以及此榜文的律令為《大清律例》所因襲，我們知道中國戲曲正式被宣判為傳播道德教化的工具，元人雜劇的豐富生命力幾乎被剝落淨盡，戲曲功能為之大為減弱；而在這種嚴刑峻法之下，六百年來的中國戲曲，焉能不從歷史和傳說故事中取材？

就因為喜慶娛樂之外，又加上了道德教化的宗旨，所以中國戲曲所要表現的，大抵不過是一些傳統的宗教信仰和儒家、道家思想。我們如果要從中發掘時代的意義和企圖尋覓人生內在外在的各種層面，假若不涉牽強附會的話，恐怕是往往要教人失望的。也因此西洋人的許多悲劇和喜劇理論，拿到中國戲曲裡來，就每每教人感到扞格不適了。

二〇一四年五月十三日校閱一過
二〇一四年十一月十九日二度校閱修改

附錄

周貽白《中國戲劇史長編》，〈中國戲劇本事取材之沿襲〉表格[174]

宋元南戲	元明雜劇	明清雜劇傳奇	皮黃劇	備　考
	摘星樓比干剖腹（元鮑天祐）	摘星樓（不著撰人）	摘星樓比干挖心	見梨園集成
	渡孟津武王伐紂（元趙文殷）		斬妲己	戲考第三十九冊
	潁考叔孝諫莊公（元李直夫）		掘地見母	高慶奎有此劇唱片
		扊扅記（明張鳳翼、端鏊俱有此目）	扊扅歌	梆子腔見京劇之變遷
	晉文公火燒介子推（元狄君厚）	禁烟記（明盧鶴江）	火燒綿山	戲考第十一冊
	楚莊王夜宴絕纓會（元白樸）	摘纓記（明筆花主人）	摘纓會	見慶昇平班戲目
趙氏孤兒報冤記	趙氏孤兒冤報冤（元紀君祥）	八義記（明徐元）	八義圖	戲考第二冊

174 周貽白：《中國戲劇史長編》（上海：上海書店出版社，二〇〇四），附錄〈中國戲劇本事取材之沿襲〉，頁六一四—六四一。此表格之引錄，已徵得周貽白先生公子北京傳媒大學周華斌教授之同意。謹此致謝。

續表

宋元南戲	元明雜劇	明清雜劇傳奇	皮黃劇	備考
	崔子弑齊君（元李子中）		海潮珠	見慶昇平班戲目，原唱梆子
	十八國臨潼鬥寶（明無名氏）	臨潼會（明無名氏）	臨潼會	見清內廷劇目（劇學月刊二卷五期）
	伍子胥棄子走樊城（元高文秀）		戰樊城	戲考第九冊
	采石渡漁父辭劍（元鄭廷玉）	蘆中人（清薛旦）	蘆中人	戲考第五冊
	說專諸伍員吹簫（元李壽卿）		魚腸劍	戲考第二冊
	孫武子教女兵（元周文質）		孫武子演陣	榮春社新排劇
浣紗女	浣紗女抱石投江（元吳昌齡）		浣紗計	與蘆中人原為一劇
楚昭王	楚昭王疏者下船（元鄭廷玉）	申包胥（清張國壽）	哭秦庭	高慶奎有此劇唱片
	會稽山越王嘗膽（元宮天挺）	浣紗記（明梁伯龍）	臥薪嘗膽	歐陽予倩編
	姑蘇台范蠡進西施（元關漢卿）	浣紗記	西施	梅蘭芳本
	陶朱公范蠡歸湖（元趙明道）	陶朱公五湖泛舟（明汪道昆）　浮西施（清徐石麒）	續浣紗	新排劇

續表

宋元南戲	元明雜劇	明清雜劇傳奇	皮黃劇	備考
	豫讓吞炭（元楊梓）		豫讓橋	秦腔改編高慶奎本
	龐涓夜走馬陵道（元無名氏）	七國記，一名天書記（明汪廷訥）	馬陵道	見內廷劇目
	凍蘇秦衣錦還鄉（元無名氏）	金印記（明蘇復之）	六國封相	原名雙義節，見梨園集成
	燕樂毅黃金台（元喬吉）	灌園記（明張鳳翼） 黃金台（清王香裔）	樂毅伐齊黃金台	即火牛陣前段
	田單復齊（元屈恭）	火牛陣（清周泉）	火牛陣	見梨園集成
	醜齊后無鹽破連環（元鄭光祖）		湘江會	見慶昇平班劇目，戲考第三十八冊
	保成公竟赴澠池會（元高文秀）	完璧記（明佚名）	澠池會　完璧歸趙	同上，戲考第十一冊
	相府門廉頗負荊（元高文秀）		將相和	戲考第二十二冊
	須賈誶范叔（元高文秀）	綈袍記（明佚名）　綈袍贈（清周杲）	贈綈袍	北平戲曲學校新排劇
		竊符記（明張鳳翼）	竊兵符	見內廷劇目
孟母三移	守貞節孟母三移（元明佚名）		孟母擇鄰	三慶班舊本
		易水寒（明葉憲祖） 易水歌（清薦山）	秦庭匕　荊軻	秦庭匕張冥飛編，荊軻歐陽予倩編
		合歡錘，一名雙錘記（明清看松主人）　博浪椎（明張公琬）	博浪椎	民國初年汪笑儂編

續表

宋元南戲	元明雜劇	明清雜劇傳奇	皮黃劇	備考
	羊角哀鬼戰荊軻（元明佚名）	金蘭誼（清無名氏）	盟中義	新排劇
	鼓盆歌莊子嘆骷髏（元李壽卿）	蝴蝶夢（明謝弘義）	敲骨求金　大劈棺	敲骨求金有劉鴻聲唱片，劈棺見戲考第五冊
秋胡戲妻	魯大夫秋胡戲妻（元尚仲賢）		桑園會	戲考第三冊
孟姜女送寒衣	孟姜女送寒衣（元鄭廷玉）	長城記（明佚名）　杞梁妻（清佚名）	孟姜女	戲考第十六冊
淮陰記	淮陰侯韓信乞食（元王仲文）　窮韓信登壇拜將（元武漢臣）	千金記（明沈泉）	楚漢爭	即取滎陽前段，包括鴻門宴、九里山等劇
	蕭何月夜追韓信（元金仁傑）	千金記（同上）	蕭何追韓信	新排劇
	霸王垓下別虞姬（元張時起）	千金記（同上）	霸王別姬	梅蘭芳本
	呂太后定計斬韓信（元李壽卿）		未央斬信	見慶昇平班劇目，戲考第十六冊
	滎陽城火燒紀信（元顧仲清）		取滎陽	戲考第四冊
	漢張良辭朝歸山（元王仲文）	赤松記（明佚名）	張良辭朝	戲考第十七冊
	隨何賺風魔蒯通（元無名氏）	翻千金（清佚名）	喜封侯	戲考第十六冊

續表

宋元南戲	元明雜劇	明清雜劇傳奇	皮黃劇	備考
	呂太后人彘戚夫人（元馬致遠）		魚藻宮	荀慧生本
	剮王莽（元明無名氏）		雲台觀	戲考第十四冊
朱買臣休妻錄	會稽山買臣負薪（元庾天錫） 朱太守風雪漁樵記（元無名氏）	爛柯山（清無名氏）	馬前潑水	汪笑儂編
司馬相如題橋記	升仙橋相如題柱（元關漢卿、屈恭均有此目）	題橋記（明陸濟之）		
卓文君	卓文君白頭吟（元孫仲章） 鷫鸘裘（元范居中等） 卓文君私奔相如（明朱權）	琴心記（明孫柚） 綠綺記（明楊柔勝） 鷫鸘裘（清袁晉） 鳳凰琴（椿軒居士） 才人福（朱鳳森）卓女當壚（舒位）茂陵弦（黃燮清） 鳳求凰（澹慧居士）	卓文君	尚小雲本
	張騫泛浮槎	博望訪星（清舒位） 銀漢槎（李文瀚）		
	忠義士班超投筆（元高文秀、鮑天祐均有此目）	投筆記（明邱濬）	玉門關	戲考第十三冊
	漢元帝哭昭君（元關漢卿） 破幽夢孤雁漢宮秋（元馬致遠） 昭君出塞（元張時起）	青冢記（明無名氏） 和戎記（明無名氏） 昭君出塞（明陳與郊） 昭君夢（清薛旦）	昭君出塞	尚小雲本

續表

宋元南戲	元明雜劇	明清雜劇傳奇	皮黃劇	備考
	持漢節蘇武還鄉（元周文質）	牧羊記（明無名氏）	蘇武牧羊	新排劇
	宣帝問張敞畫眉（元高文秀）	遠山戲（明汪道昆） 京兆眉（清南山逸史）	張敞畫眉	新排劇
	行孝道郭巨埋兒（明無名氏）		天賜金	內廷本曾載故宮周刊
	餓方朔（明孫源文）	偷桃記（明無名氏） 齊天樂（清薛旦） 歲星記（清李斗） 偷桃捉住東方朔（清楊潮觀）	瑤池會	戲考第三十一冊
韓壽	賈充宅韓壽偷香（元李子中）			
薛包	薛包認母（明無名氏）			
	孝烈女曹娥投江（元鮑天祐）		曹娥投江	新排劇
蔡二郎趙真女		琵琶記（元高明）	趙五娘	戲考第三十三冊
	劉晨阮肇誤入天台（明王子一）（元馬致遠、陳肅均有此目）	長生樂（明無名氏）	長生樂	戲考第二十七冊
	感天動地竇娥冤（元關漢卿）	金鎖記（明葉憲祖）	金鎖記	即六月雪，程硯秋新排全本
	劉關張桃園三結義（元明無名氏）		三結義	戲考第三十六冊

續表

宋元南戲	元明雜劇	明清雜劇傳奇	皮黃劇	備考
	虎牢關三戰呂布（元鄭光祖、武漢臣均有此目）	連環記（明王濟）	虎牢關	見慶昇平班戲目
貂蟬女	錦雲堂暗定連環計（元無名氏）	連環記（同上）	鳳儀亭	戲考第九冊
	老陶謙三讓徐州（元明無名氏）		三讓徐州	戲考第十六冊
	張翼德三出小沛（元明無名氏）		奪小沛	即轅門射戟前段，戲考第四冊
	白門斬呂布（元于伯淵）		白門樓	戲考第二冊
		射鹿記（無名氏）	許田射鹿	戲考第二十一冊
	勘吉平（元花李郎）	檜頭水（明清無名氏）	拷吉平	反西涼前段，弋腔
	關大王月下斬貂蟬（元明無名氏）		斬貂蟬	戲考第十七冊
	關雲長義勇辭金（明朱有燉）		掛印封金	即贈別挑袍，戲考第十九冊
	關雲長千里獨行（元明無名氏） 壽亭侯五關斬將（元明無名氏）		過五關	戲考第十九冊
	關雲長古城聚義（元明無名氏） 斬蔡陽（明佚名）	古城記（明無名氏）	古城相會	戲考第十五冊
劉先主跳檀溪	劉先主襄陽會（元高文秀）		襄陽宴	戲考第十七冊

續表

宋元南戲	元明雜劇	明清雜劇傳奇	皮黃劇	備考
	臥龍崗（元王曄）	草廬記（明無名氏）	三顧茅廬	戲考第十九冊
	諸葛亮博望燒屯（元無名氏）	草廬記（同上）	博望坡	見慶昇平班戲目
	諸葛亮掛印氣張飛（明無名氏）	草廬記（同上）	火燒新野	見內廷劇目
		赤壁記（明清無名氏）	舌戰群儒　借箭打蓋	見慶昇平班戲目
	七星壇諸葛祭風（元王仲文）	赤壁記（同上）	借東風	一名南屏山，戲考第十五冊
	周公瑾得志娶小喬（元明無名氏）		鳳凰台　二喬	見慶昇平班戲目，二喬為新排劇
	醉走黃鶴樓（元朱凱）		黃鶴樓	戲考第一冊
	兩軍師隔江鬥志（元無名氏）	錦囊記（清無名氏）	甘露寺	戲考第十八冊
		青鋼嘯（清無名氏）	反西涼、戰渭南	見慶昇平班戲目
	走鳳雛龐統掠四郡（元明無名氏）	四郡記（清無名氏）	取南郡	戲考第三十八冊第三十九冊
		西川圖（清無名氏）	獻西川、取雒城、過巴州、金雁橋、取城都、落鳳坡	見慶昇平班戲目及戲考第一第十五第十七等冊
關大王獨赴單刀會	關大王單刀會（元關漢卿）		單刀赴會	戲考第十六冊
	陽平關五馬破曹（元明無名氏）		陽平關	戲考第八冊

續表

宋元南戲	元明雜劇	明清雜劇傳奇	皮黃劇	備考
	蔡琰還朝（元金仁傑）	文姬入塞（明陳與郊） 中郎女（清南山逸史）	文姬歸漢	程硯秋本
甄皇后	陳思王悲生洛水（明汪道昆）	凌波影（清黃燮清）	洛神	梅蘭芳本
		七勝記（明紀振倫）	七擒孟獲	戲考第三十七冊
	諸葛亮秋風五丈原（元王仲文）	草廬記（明無名氏）	七星燈	戲考第一冊
	司馬昭復奪受禪台（元李壽卿）	櫓頭水（明清無名氏）	司馬逼宮	戲考第十三冊
	英烈士周處斬蛟（元庾天錫）	雙瑞記（明佚名）　蛟虎記（明黃伯羽）	除三害	戲考第十四冊
	鄧伯道棄子留侄（元李直夫）	鄧攸棄子抱侄（明無名氏）　百子圖（清無名氏）	桑園寄子	戲考第一冊
溫太真	溫太真玉鏡台（元關漢卿）	玉鏡台記（明朱鼎） 花筵賺（清范文若）	玉鏡台，一名花筵賺	程硯秋本
	金谷園綠珠墜樓（元關漢卿）	竹葉舟（明無名氏）	綠珠	徐碧雲本
王祥行孝	感天地王祥臥冰（元王仲文）	臥冰記（明無名氏）		
祝英台	祝英台死嫁梁山伯（元白樸）	訪友記（明無名氏）	雙蝴蝶	梆子腔
		荀灌娘圍城救父（清楊潮觀）	荀灌娘	荀慧生本

續表

宋元南戲	元明雜劇	明清雜劇傳奇	皮黃劇	備考
		雌木蘭（明徐渭）雙環記（鹿陽外史）	木蘭從軍	戲考第二十九冊
樂昌公主破鏡重圓	徐駙馬樂昌分鏡記（元沈和）	金鏡記（明無名氏）	樂昌公主	新排劇
		紅拂記（明張鳳翼） 風雲會（清許善長） 紅拂三傳（明凌初成）	紅拂傳	羅惇曧編程硯秋本
		瓦崗寨（清無名氏）	賈家樓	見慶昇平班戲目，戲考第十三冊
		麒麟閣（清李玉）	打登州	戲考第二十五冊
		虹霓關（清佚名）	虹霓關	清昆曲本，曾刊載北平國劇畫報
	介休縣敬德降唐（元關漢卿）	投唐記（明清無名氏）	白璧關、姜良川	見慶昇平班戲目及五十年來北平戲劇史材
	尉遲恭單鞭奪槊、三奪槊（元尚仲賢）	鞭打雄信（明無名氏）	御果園	見慶昇平班戲目
	小尉遲認父歸朝（元無名氏）		白良關	戲考第九冊
	尉遲恭鞭打李道煥（元鄭廷玉）	金貂記（明無名氏）		
		晉陽宮（清無名氏）	晉陽宮	見五十年來北平戲劇史材、戲考第二十七冊

續表

宋元南戲	元明雜劇	明清雜劇傳奇	皮黃劇	備考
	長安城四馬投唐（明無名氏）		雙帶箭，一名斷密澗	戲考第四冊
	褚遂良扯詔立東宮（元姚守中）		宮門帶	戲考第十冊
	跨海征東（元明無名氏）	定天山（清周淦）	龍門陣	見慶昇平班戲目
江流和尚		江流記（明無名氏）		
	唐三藏西天取經（元吳昌齡）	西遊記（明清無名氏） 昇平寶筏（清張照等）	西遊記各劇	見慶昇平班戲目及戲考各冊
	二郎神鎖齊天大聖（明無名氏）	安天會（清無名氏）	安天會	見五十年來北平戲劇史材、戲考第三十八冊
	劉泉進瓜（元楊顯之）	釣魚船（清張大復）	劉全進瓜	梆子腔
呂洞賓黃粱夢	黃粱夢（元馬致遠等）	黃粱夢境記（明蘇漢英）		
鬼子揭鉢	鬼子母揭鉢記（元吳昌齡）			
	唐明皇游月宮（元白樸）	長生殿（清洪昇）	游月宮	新排劇
	唐明皇七夕長生殿（明汪道昆）	長生殿（同上）	太真外傳、長恨歌	太真外傳、梅蘭芳本長恨歌，歐陽予倩編
馬踐楊妃	唐明皇秋夜梧桐雨（元白樸）	長生殿（同上）	馬嵬坡	戲考第十五冊
		驚鴻記（明吳世美）	上陽宮	一名梅妃，程硯秋本
	曲江池杜甫游春（元范康）	杜甫游春（明王九思）		

續表

宋元南戲	元明雜劇	明清雜劇傳奇	皮黃劇	備考
		滿床笏，一名十醋記（明無名氏）	滿床笏	見慶昇平班戲目
	韓湘子三度韓退之（元紀君祥）韓退之雪擁藍關記（元趙明道）	藍關記（明雲霞子）藍關雪（清車江英）藍關度（清王聖徵）度藍關（清綠綺主人）	藍關雪	戲考第三十二冊
磨勒盜紅綃	磨勒盜紅綃（明楊景言）	崑崙奴（明梅鼎祚）紅綃女手語情傳（明梁伯龍）	青門盜綃	尚小雲本
		黑白衛（清尤侗）	聶隱娘	程硯秋本
柳毅洞庭龍女	洞庭湖柳毅傳書（元尚仲賢）	橘浦記（明許自昌）龍綃記（明黃惟楫）蜃中樓（清李漁）乘龍佳話（清何墉）	乘龍會、龍女牧羊	皆新排劇
	玉簫女兩世姻緣（元喬吉）	玉環記（明楊勝）		
越娘背燈	鳳凰坡越娘背燈（元尚仲賢）			
	霸亭秋（明沈自徵）	泥神廟（清嵇永仁）鈞天樂（清尤侗）霸亭廟（清張韜）		
京娘怨燕子傳書	四不知月夜京娘怨（元彭伯威）	燕子箋（明阮大鋮）	燕子箋	程硯秋本

續表

宋元南戲	元明雜劇	明清雜劇傳奇	皮黃劇	備　考
		紅線女（明梁伯龍） 紅線記（明胡汝嘉）	紅線盜盒	梅蘭芳本
李亞仙	鄭元和風雪打瓦罐（元高文秀） 李亞仙花酒曲江池（元石君寶）	繡襦記（明鄭若庸）	烟花鏡	原為梆子腔，戲考第三十四冊
	江州司馬青衫淚（元馬致遠）	青衫記（明顧大典） 四弦秋（清蔣士銓） 琵琶行（清趙式曾）		
崔護覓水	崔護謁漿（元白樸、尚仲賢俱有此目）	桃花人面（明孟稱舜） 題門記（明無名氏） 登樓記（明清無名氏）	人面桃花	歐陽予倩編
		紫釵記（明湯顯祖）	李十郎	見國劇學會書目
	關盼盼春風燕子樓（元侯克中）	燕子樓（清陳烺） 燕子樓（清群玉山樵）	關盼盼	新排劇
		龍舟會（清王夫之）	貞女殲仇	一名謝小娥，尚小雲本
倩女離魂	迷青瑣倩女離魂（元鄭光祖） 棲鳳堂倩女離魂（元趙公輔）	離魂記（明無名氏）		
	裴航遇雲英（元庾天錫）	玉杵記（明楊之炯） 藍橋記（明龍膺）		
呂洞賓三醉岳陽樓	呂洞賓三醉岳陽（元馬致遠）	枕中記（明谷子敬） 長生記（明汪廷訥）	岳陽樓	梆子腔
	呂洞賓戲白牡丹（元明無名氏）	萬仙緣（明無名氏）	三戲白牡丹	戲考第二十七冊

續表

宋元南戲	元明雜劇	明清雜劇傳奇	皮黃劇	備考
崔鶯鶯西廂記	崔鶯鶯待月西廂記（元王德信）	南西廂（明李日華）南西廂（明陸天池）	紅娘	荀慧生本
	晉國公裴度還帶（元關漢卿）	還帶記（明沈采）		
章台柳	寄情韓翃章台柳（元鍾嗣成）	章台柳（明張四維）練囊記（明吳大震）		
		清風亭，一名合釵記（明秦鳴雷）	清風亭	一名天雷報，戲考第五冊
無雙傳、王仙客		明珠記（明陸采）	無雙傳	新排劇
	李克用箭射雙雕（元白樸）		珠帘寨	即沙陀國後段，戲考第五冊
	雁門關存孝打虎（元明無名氏）		飛虎山	戲考第四冊
	壓關樓疊掛午時牌（同上）		雅觀樓	亦沙陀國之一段
	狗家疃五虎困彥章（同上）		狗家疃	梆子腔
劉知遠白兔記	李三娘麻地捧印（元劉唐卿）	白兔記（明呂文）	五龍祚	尚小雲本
		英雄概（清葉時章）	英雄概	見國劇學會書目
	太華山陳摶高臥（元馬致遠）	蟠桃會（清佚名）	當華山	梆子腔

續表

宋元南戲	元明雜劇	明清雜劇傳奇	皮黃劇	備考
	宋太祖龍虎風雲會（元羅貫中）	金縢記（明佚名）	風雲會	一名雪夜訪普，戲考第二十一冊
趙普進梅諫	趙光普進梅諫（元王德信）			
	八大王開詔救忠臣（元明無名氏）	昭代簫韶（清內廷編）	昭代簫韶、楊家將	楊家將為舊本，昭代簫韶係新排
	昊天塔孟良盜骨殖（元朱凱）	昊天塔（清李玉）	洪洋洞	戲考第一冊
	謝金吾詐拆清風府（元王仲元）	三關記（明施鳳來）	天波樓、解焦贊、三岔口	見都門紀略
	楊六郎調兵破天陣（元明無名氏）		二天門	見慶昇平班戲目
	金水橋陳琳抱妝盒（元無名氏）	妝盒記（明無名氏） 金丸記（明姚茂良）	陳琳抱盒、拷寇承御	俱見慶昇平班戲目
	仁宗認母（元汪元亨）	正昭陽（清石子斐）	遇后、打龍袍	即天齊廟前後段，戲考第三冊
包待制判斷盆兒鬼	玎玎璫璫盆兒鬼（元無名氏）	斷烏盆（明佚名）	烏盆記	戲考第一冊第十三冊
	包待制智勘後庭花（元鄭廷玉）	桃符記（明沈璟）		
包待制陳州糶米	包待制陳州糶米（元陸登善）			新排劇
開封府神奴兒	神奴兒鬼鬧開封府（元無名氏）			

續表

宋元南戲	元明雜劇	明清雜劇傳奇	皮黃劇	備考
	㑳慅判官釘一釘（元花李郎）	包待制雙勘釘（明無名氏）雙釘案（清唐英）	雙釘記	戲考第八冊
		瓊林宴（清無名氏）	瓊林宴	戲考第三冊
	漢鍾離度脫藍采和（元明無名氏）	藍采和（明來集之）		
	蘇子瞻醉寫赤壁賦（元費唐臣）	赤壁游（明許潮）　游赤壁（清車江英）	東坡游湖	舊本
		眉山秀（清李玉）	賺文娟	程硯秋本
王十朋荊釵記		荊釵記（明柯丹邱）	荊釵記	戲考第三十二冊
負心王魁	海神廟王魁負桂英（元尚仲賢）	焚香記（明王玉峰）	活捉王魁	新排劇
柳耆卿花酒玩江樓	柳耆卿詩酒玩江樓（元戴善甫）			
		黨人碑（明無名氏）	黨人碑	汪笑儂編
馮京三元記		三元記（明沈受先）　天錫福（明無名氏）		
呂蒙正風雪破窯記	呂蒙正風雪破窯記（元關漢卿、王德信均有此目）	破窯記（明無名氏）	破窯記	川劇、湘劇
		寶劍記（明李開先）　靈寶刀（明陳與郊）	林冲夜奔	皮黃班仍唱昆腔，湘劇唱亂彈
	折擔兒武松打虎（元紅字李二）	義俠記（明沈璟）	武松打虎	仍唱昆腔

續表

宋元南戲	元明雜劇	明清雜劇傳奇	皮黃劇	備　考
	雙獻頭武松大報仇（元高文秀）	義俠記（同上）	獅子樓	戲考第十二冊
		十字坡（清唐英）	十字坡	原唱吹腔
		生辰綱（清無名氏）	七星聚、生辰綱	見內廷劇目
		水滸記（明許自昌）	烏龍院、鬧江州	戲考第一冊第十二冊
		清風寨（清朱佐朝或作盛際時）	清風寨	見慶昇平班戲目
	病楊雄（元紅字李二）	翠屏山（明沈自晉）	翠屏山	戲考第三冊
		雁翎甲（秋堂和尚）	巧連環	見慶昇平班戲目
	消災寺（宋公明復打祝家莊）（元明無名氏）	祝家莊（清無名氏）	石秀探莊	仍唱昆腔
		鴛鴦箋（清無名氏）	扈家莊	見慶昇平班戲目
	梁山七虎鬧銅台（元明無名氏）	元宵鬧（清朱佐朝） 聚星記（清張子賢） 鸞刀記（清無名氏）	玉麒麟，一名大名府	戲考第八冊
	張順水裡報冤（元明無名氏）		貪歡報	一名秦淮河，戲考第十四冊
	梁山泊李逵負荊（元康進之）		丁甲山	戲考第十四冊
		奪秋魁（清無名氏）	牟駝崗	一名槍挑小梁王，舊本梆子腔
	宋上皇三恨李師師（元屈恭）	少年游（清雲烟口客）		

續表

宋元南戲	元明雜劇	明清雜劇傳奇	皮黃劇	備考
	宋大將岳飛精忠（元明無名氏）	精忠記（明姚茂良） 精忠旗（明李梅實）	請宋靈、風波亭	戲考第十一冊第十七冊
		龍虎嘯（清無名氏）	牛頭山、岳家庄	戲考第九冊第十八冊
秦太師東窗事犯	秦太師東窗事犯（元金仁傑、孔文卿均有此目）	東窗記（明青霞）	瘋僧掃秦	戲考第十五冊
		雙烈記（明張四維） 麒麟罽（明陳與郊）	玉玲瓏、抗金兵、梁紅玉	戲考第二十一冊，抗金兵梅蘭芳本，梁紅玉歐陽予倩編
陶學士	陶學士醉寫風光好（元戴善甫）	郵亭記（明無名氏）		新排劇
		紅梅記（明周期俊）	紅梅閣	原為梆子腔
		分鞋記，一作易鞋記（明陸采）	生死恨	梅蘭芳本
		題園壁（清桂馥）	釵頭鳳	荀慧生本
		醉菩提（清張大復）	趙家樓	見慶昇平班戲目、戲考第十五冊
		洛陽礄（清李玉）　狀元香（清無名氏）	洛陽橋	戲考第十一冊
		西台記（清陸世廉） 冬青樹（清蔣士銓）	天文祥	舊本
	破陰陽八卦桃花女（元王曄）		桃花女鬥周公	新排劇

續表

宋元南戲	元明雜劇	明清雜劇傳奇	皮黃劇	備　考
蘇小卿月夜泛茶船	蘇小卿月夜泛茶船（元王德信）	雙卿記（明葉憲祖） 千里舟（清李玉）		
臨江驛崔君瑞天暮雪	臨江驛瀟湘夜雨（元楊顯之）	江天雪（明無名氏）	臨江驛	新排劇
	慶豐年五鬼鬧鍾馗（明無名氏）	天下樂（清張大復）		
風流王煥賀憐憐	逞風流王煥百花亭（元無名氏）			
	王翛然斷殺狗勸夫（元蕭天瑞）	殺狗記（明徐㽔）		
目蓮救母	行孝道目蓮救母（元明無名氏）	目蓮救母（明鄭之珍） 勸善金科（清張照等） 妙相記（明金懷玉）	目蓮救母	戲考第二冊
詩酒紅梨花	謝金蓮詩酒紅梨花（元張壽卿）	紅梨記（明徐復祚）	紅梨記	新排劇
	龐居士誤放來生債（元劉君錫）	一文錢（明徐復祚）	磨麵得金	即昆曲，羅夢改編
裴少俊墻頭馬上	鴛鴦簡墻頭馬上（元白樸）			
董秀英花月東墻記	董秀英花月東墻記（元白樸）			
	翠紅鄉兒女兩團圓（明楊景言）	銀牌記（明無名氏）	合銀牌	湘劇、漢劇

續表

宋元南戲	元明雜劇	明清雜劇傳奇	皮黃劇	備考
王瑞蘭閨怨拜月亭	閨怨佳人拜月亭（元關漢卿）	幽閨記（明佚名）	姊妹拜月、老黃請醫	見菊部群英及戲考第十三冊
宦門子弟錯立身	宦門子弟錯立身（元李直夫）			
王月英月下留鞋	王月英月下留鞋記（元曾瑞）	留鞋記（明徐霖）	賣胭脂	戲考第二十八冊，原為梆子腔
	月明和尚度柳翠（元李壽卿）	翠鄉一夢（明徐渭） 紅蓮案（清吳士科）		
賽金蓮	賽金蓮花月南樓記（明無名氏）			
鶯燕爭春詐妮子	詐妮子調風月（元關漢卿）			
	包待制三勘蝴蝶夢（元關漢卿）		藥茶計	戲考第十三冊
	韓翠蘋御水流紅葉（元白樸）	紅葉記（明祝長生）		
子父夢秋夜鑾城驛	子父夢秋夜鑾城驛（元鄭廷玉）			
	晢死生錦片嬌紅記（明金文質）	嬌紅記（明沈受先） 鴛鴦冢（明孟稱舜）	鴛鴦冢	程硯秋本
王公綽	賣兒女沒興王公綽（元鄭廷玉）			

續表

宋元南戲	元明雜劇	明清雜劇傳奇	皮黃劇	備考
看錢奴冤家債主	看錢奴冤家債主（元鄭廷玉）	狀元旗（清薛旦）		
曹伯明錯勘贓	曹伯明錯勘贓（元紀君祥）			
	散家財天賜老生兒（元武漢臣）		狀元譜	戲考第六冊
玉清庵	玉清庵錯送鴛鴦被（元無名氏）	鴛鴦被（清無名氏）		
賈雲華還魂記	賈雲華還魂記（明溧陽人）	墜釵記（明沈璟） 洒雪堂（明梅孝己）		
酷寒亭	蕭縣君風雪酷寒亭（元楊顯之）			
	泗州大聖淹水母（明須子壽）		泗州城	戲考第三十一冊
	相國寺公孫汗衫記（元張國賓）	合衫記（明沈璟）		
劉錫沉香太子	沉香太子劈華山（元張時起）		寶蓮燈	戲考第六冊
鄭將軍紅白蜘蛛	紅白蜘蛛（明楊景言）			
崔懷寶	崔懷寶月夜聞箏（元鄭光祖）			
	三田分樹（明楊景言）		紫荊樹	戲考第十五冊
劉文龍菱花鏡			小上墳	戲考第四冊

續表

宋元南戲	元明雜劇	明清雜劇傳奇	皮黃劇	備　考
		鉢中蓮（明無名氏）	大鋸缸	戲考第十六冊
		千里駒（清無名氏）	千里駒	尚小雲本
		清忠譜（清李玉）	五人義	戲考第十八冊
		虎符記（明張鳳翼）	戰太平	戲考第十三冊
	花前一笑（明孟稱舜）	花舫緣（明卓人月） 三笑姻緣（清佚名）	三笑姻緣，一名花舫緣	程硯秋本
		梅龍鎮（清唐英）	梅龍鎮	戲考第二冊
孟月梅寫恨錦香亭	孟月梅寫恨錦香亭（元王仲文）			
		破鏡圓，一名玉堂春（清無名氏）	玉堂春	戲考第五冊
		百花記（明清無名氏）	贈劍斬巴，今作女兒心	程硯秋本
		香山記（明二南里人） 海潮音（清張大復）	大香山	戲考第三十六冊
		混元盒（清無名氏）	混元盒	見五十年來北平戲劇史材、尚小雲本
		廬夜雨（明清無名氏） 雙合歡（清無名氏）	御碑亭	戲考第五冊
		鐵弓緣（清無名氏）	鐵弓緣	一名英傑烈，戲考第十五冊
		四異記（明沈璟） 碧玉串（明清無名氏）	日月圖	原為梆子腔，戲考第十二冊

續表

宋元南戲	元明雜劇	明清雜劇傳奇	皮黃劇	備考
		小河洲（清李蔭桂）	三難過其祖	見海上梨園新歷史
		風流棒（清萬樹）	風流棒	程硯秋本
		鴛鴦棒（清范文若） 金玉奴（清葉承宗）	鴻鸞禧	鴻一作紅，戲考第二冊
		十五貫（明清無名氏）	十五貫	崑曲改梆子
		雙珠記（明沈鯨）	雙珠記	新排劇
		霞箋記（明盧次楩）	跳驢子	跳一作跑，富連成社新排
		玉獅墜（清張堅）	玉獅墜	程硯秋本
		雙官誥（清陳二白）	雙官誥	尚小雲本
		團花鳳（明葉憲祖）	蘭陵女兒	同上
		溫涼盞（明無名氏）	背娃進府	戲考第十六冊
		百寶箱（明許彥深） 百寶箱（清梅窗主人）	杜十娘	戲考第八冊
		空谷香（清蔣士銓）	空谷香	尚小雲本
		香祖樓（同上）	香祖樓	新排劇
		長生像（清李玉）	鬼斷家私	梆子腔
		青石山（清無名氏）	青石山	見內廷劇目
		影梅庵（清彭劍南）	董小宛	新排劇
		玉容鏡（清無名氏）	玉容鏡	舊本見北平國劇學會書目
		聚寶盆（清無名氏） 天燧閣（同上）	沈萬三	見海上梨園新歷史

續表

宋元南戲	元明雜劇	明清雜劇傳奇	皮黃劇	備考
		一捧雪（清李玉）	一捧雪	戲考第十二冊
		二度梅（清石琰）	二度梅	戲考第二冊，一名杏元和番，五十年來北平戲劇史材、川劇、漢劇、豫劇、湘劇皆有此劇
		鳴鳳記（明王世貞） 忠愍記（清吳綺）	楊椒山	新排劇，北平戲曲學校本
		芝龕記（清董榕）　麻灘驛（清楊恩壽）	道州城、沈雲英	戲考第三十五冊
		芝龕記（同上）　女雲台（清許鴻磬）　蜀錦袍（清陳烺）	秦良玉	尚小雲本
		鐵冠圖（清曹寅）	明末遺恨	上海新舞台排，見海上梨園新歷史、戲考第二十二冊
		望湖亭（明沈自晉）	下河南	戲考第十四冊
		昇平樂（清陸雲士） 滄桑豔（清丁傳靖） 沖冠怒（韋章平）	陳圓圓	新排劇
		才人福（清沈起鳳）	才人福	祝枝山事，舊本改訂，見北平國劇學會書目
		占花魁（清李玉）	獨占花魁	戲考第七冊
		春燈謎（明阮大鋮）	春燈謎	梅蘭芳本

續表

宋元南戲	元明雜劇	明清雜劇傳奇	皮黃劇	備考
		芙蓉屏（明無名氏）	芙蓉屏	梆子腔
		櫻桃記（明史槃）	打櫻桃	原唱吹腔，戲考第十四冊
		雙修記（明葉憲祖）	劉香女	新排劇
		天緣記（清無名氏）	搖錢樹	一名張四姐下凡，原為弋腔，見慶昇平班戲目
		未央天（清無名氏）	九更天	戲考第六冊
		胭脂雪（清盛際時）	胭脂褶	戲考第八冊第九冊
		通天犀（清無名氏）	白水灘、通天犀	戲考第十三冊，又慶昇平班戲目
		九蓮燈（清無名氏）	審刺客	戲考第十三冊
		藏珠記（清無名氏）	藏珠記	舊本見北平國劇學會書目
		小金錢（同右）	小金錢	舊本見北平國劇學會書目
		春秋筆（清高奕）	春秋筆	新排劇
		武香球（清顧以恭、張仲芳）	武香球	見北平國劇學會書目
		胭脂舄（清李文瀚） 胭脂獄（清許善長）	胭脂判	戲考第二十六冊
		后倭袍（清佚名）	南天門	戲考第四冊
		盤陀山（清無名氏）	盤陀山	見北平國劇學會書目，昆曲另一本作澹台勉事

續表

宋元南戲	元明雜劇	明清雜劇傳奇	皮黃劇	備考
		乾坤鏡（清無名氏）	乾坤鏡	見北平國劇學會書目
		媲嫿封（清楊恩壽）	林四娘	尚小雲本
		紅樓夢（陳厚甫）　紅樓夢（仲雲澗）　紅樓夢散套（吳鎬）　醒石緣（萬榮恩）　三釵夢（許鴻磐）　十二釵（朱鳳森）　鴛鴦劍（佚名）　紅樓新曲（嚴保庸）　紅樓夢（花韵庵主）	太虛幻境（清逸居士編）其他取材紅樓夢各劇見戲考第十三第三十第三十一等冊	梅蘭芳、荀慧生俱有紅樓劇之演出，歐陽予倩亦編有饅頭庵、寶蟾送酒、鴛鴦劍等種
		絳綃記（清黃燮清）	西湖主	舊本重排，見五十年來北平戲劇史材
		風箏誤（清李漁）	風箏誤	梅蘭芳本
		雪中人（清蔣士銓）	雪中人	高慶奎有此劇
		意中緣（清李漁）	丹青引	荀慧生本
		麵缸笑（清唐英）	打麵缸	戲考第十冊

伍、腳色論

一、戲曲腳色概論

前言

由於戲曲之演員並非直接扮飾人物，而是通過充任腳色來扮飾，所以「腳色」與演員和人物之間，便形成緊密的關聯。「腳色」發展的結果，有所謂「六大綱行」，即生、旦、淨、末、丑、雜。綱行之下，又分若干類目，譬如皮黃旦行，齊如山《國劇藝術彙考》列有閨門旦、青衣、悲旦、小旦、花旦、花衫子、潑辣旦、貼、武旦、刀馬旦、彩旦、老旦、宮女等十三目❶。

對於腳色綱行類目的名義，明清以來的學者，已經費了許多心思和篇章在探索，但除了祝允明《猥談》謂「本金元闤闠談吐，所謂鶻伶聲嗽，今所謂市語也。」❷略得其原委外，其他皆因取道不正、誤入歧途，終致

❶ 齊如山：《國劇藝術彙考》，《齊如山全集》第六冊（臺北：聯經出版事業公司，一九七九），頁三七四四－三七六五。

❷〔明〕祝允明：《猥談》，收入俞為民、孫蓉蓉主編：《歷代曲話彙編・明代編》第一集（合肥：黃山書社，二〇〇

如瞎子摸象，不止無法得其「真象」，而且徒增許多紛擾。

那麼探討腳色之綱行類目名義，應如何入手才正確呢？這可以從古劇之腳色人物名目獲得啟示：唐參軍戲有參軍、蒼鶻；宋金雜劇院本有末、副末、副淨、引戲、裝孤、裝旦，亦有戲頭、酸、木大、卜、爺老、偌、徠等二十目；元雜劇有末、外末、駕末、外孤、小末、孤末、旦、外旦、小旦、老旦、淨、外淨，亦有駕、舍人、卒子、卜兒、夫人、梅香、孛老等二十七目；也就是說它們都是「專稱」與「俗稱」並用，而「專稱」實已「符號化」，「俗稱」則有如祝允明《猥談》所云，尚保持其為稱呼人物之「市井口語」。這種腳色專稱、俗稱並用的情形，直到京劇尚且如此。譬如正淨為符號化之專稱，而大花臉或黑頭或銅錘則為俗稱。

俗稱與專稱間，若考其遞變之關係，則起初只有俗稱稱劇中人物。此俗稱經由民間藝文之慣例，或經由「省文」、「形近」而訛變，或經由「音同」、「音近」而訛變，終於失去其本然而符號化；此符號化之稱，乃成為腳色生旦淨末丑雜，而為腳色之專稱。此經符號化而形成之「腳色」對演員和劇中人物，便產生象徵性的意義。因此若欲考腳色綱行之來源及其名義，其間啟示之方，實非經由俗文學「省文、形近而訛變」與「音同、音近而訛變」這兩把鑰匙不可；而其關鍵之切入點，則須先辨明其與「專稱」相對應之「俗稱」，然後乃不難迎刃而解。以下據此探討腳色名義之前，請先考釋「腳色」一詞之源由。

㈠釋「腳色」

「腳色」一詞始見於南宋理宗時趙升所撰的《朝野類要》卷三〈入仕〉，但那是指簡單的身家履歷或名銜之

九），頁二二一六。

意，有如科舉時代，應試者於殿試策上自敘出身後，所必須開列的三代「腳色」❸。又見於《永樂大典戲文三種・張協狀元》，此劇之時代錢南揚《宋金元戲劇搬演考》謂係屬南宋，其開場末色賓白有云：

> 以恁唱說諸宮調，何如把此話文敷演，後行腳色，力齊鼓兒，饒个饒攛，末泥色饒个踏場。❹

此所謂後行之「腳色」，顯然指戲劇之「腳色」而言。腳色之本義，究竟為「名銜」、「履歷」，或為戲劇之所謂「腳色」，已不可得而知。

至於戲曲「腳色」的意義，目前通行的辭書大抵解釋作「戲劇之演員」（如《辭海》），或「戲劇之各色演員」（如《國語大詞典》），並且說明「一作角色」。就我國戲曲的「腳色」來說，這樣的解釋不免含混籠統，未切精義之譏❺。

---

❸〔宋〕趙升編，王瑞來點校：《朝野類要》（北京：中華書局，二〇〇七），卷三〈入仕〉，〈腳色〉條云：「初入仕，必具鄉貫、戶頭、三代名銜、家口年齒、出身履歷。若注授轉官，則又加舉主，有無過犯。崇觀間即云『不係元祐黨籍』，紹興間即云『不係蔡京、童貫、朱勔、王黼等親屬』，召保官結罪，慶元間人加即『不是偽學』。近漸次除去。」（頁六七。又「腳色」一詞見於元明劇中者如石君寶《曲江池》第四折：「鄭府尹云：『分明是鄭元和一般模樣，他倒說不是。這也有甚麼難見處，張千！取他遞的腳色來我看。』張千云：『腳色在此。』……鄭府尹云：『……我看他腳色上寫道妻李氏，想就是那妓女了。』」楊柔勝《玉環記》第十齣〈皋謁延賞〉云：「生：『小生京兆至此，特來見你老爺，有一個腳色手本在此，敢勞與小生一遞。』」汪廷訥《獅吼記》第二十二齣〈攝對〉云：「末：『柳氏！你自供腳色。』旦：『婦人柳氏，年三十六歲，係湖廣簀州人，自嫁陳慥為妻，夫婦調和，並無過犯，不知大王爺拘到，有何問理？』」此中所謂「腳色」亦皆指身家履歷而言。

❹《張協狀元》，收於錢南揚：《永樂大典戲文三種校注》（臺北：華正書局，二〇〇三），頁四。

考戲劇之「腳色」，除《張協狀元》外，起初俱但稱「色」。如南宋吳自牧《夢粱錄》卷二十〈伎樂〉條所云宋雜劇中的末泥色、引戲色、副淨色、副末色❺；容與堂本《水滸傳》第八十二回教坊司承應中的戲色、末色、淨色❼；元末明初湯式《筆花集》之〈新建构欄教坊求贊〉般涉調【哨遍】套【二煞】中的付末色、付淨色、粧旦色、末泥色❽；又明寧獻王朱權《太和正音譜》云：

丹丘先生曰：雜劇院本，皆有正末、副末、狚、孤、靚、鴇、猱、捷譏、引戲九色之名。❾

可見由宋至明初，戲曲腳色大抵但稱「色」，「腳色」合稱為詞者甚少見。再考「色」之起源，蓋緣於宋教坊之

❺〔清〕黃旛綽：《梨園原・王大梁詳論角色》一條有云：「角色者，言其本角之物色也。」《中國古典戲曲論著集成》第九冊（北京：中國戲劇出版社，一九五九），頁一〇。〔清〕蕉畊道人《西崑片羽》：「戲劇一道……其喬飾劇中人物，登場表演者，統名之曰角色。」王氏以「本角之物色」釋「角色」，似已略得其義，但語焉不詳；而蕉畊道人則顯然亦以戲劇演員釋「角色」之義。

❻〔宋〕吳自牧：《夢粱錄》（杭州：浙江人民出版社，一九八〇），卷二十〈伎樂〉條，頁一九一―一九三。

❼〔元〕施耐庵、〔明〕羅貫中著：容與堂本《水滸傳》（臺北：建宏出版社，一九九四），第八十二回〈梁山泊分金大買市　宋公明全夥受招安〉，頁一二〇五。

❽〔元明〕湯式：《筆花集》，收入俞為民、孫蓉蓉編：《歷代曲話彙編・明代編》第一集（合肥：黃山書社，二〇〇九），頁二。

❾〔明〕朱權：《太和正音譜》，《中國古典戲曲論著集成》第三冊（北京：中國戲劇出版社，一九五九），頁五三。《太和正音譜》為明寧獻王朱權晚年門下客所編著，非出自朱權之手。筆者有〈《太和正音譜》的作者問題〉一文詳論之，收入拙著：《說戲曲》（臺北：聯經出版事業公司，一九七六），頁七五―九六。

十三部色。《夢粱錄・伎樂》條云：

> 散樂傳學教坊十三部，唯以雜劇為正色。舊教坊有篳篥部、大鼓部、拍板部。色有歌板色、琵琶色、箏色、方響色、笙色、龍笛色、頭管色、舞旋色、雜劇色、參軍等色。但色有色長、部有部頭。……其諸部諸色，分服紫、緋、綠三色寬衫，兩下各垂黃義襴。雜劇部皆諢裹，餘皆幞頭帽子。❿

宋末元初周密《武林舊事》卷四所載〈乾淳教坊樂部〉，亦列舉雜劇色、歌板色、拍板色、琵琶色、簫色、嵇琴色、箏色、笙色、觱篥色、笛色、方響色、杖鼓色、大鼓色等諸色藝人的姓名⓫。可見稱部稱色，原是表明教坊中各種伎樂的類別。《夢粱錄》前稱「雜劇色」，後云「雜劇部」，則部、色可以說沒有絕對分別的意義。而宋教坊十三部中，既然以「雜劇為正色」，則宋雜劇中由具有各種不同技藝之演員所扮飾的類型人物，自然亦以「色」稱之。所謂「末泥色、引戲色、副淨色、副末色」亦用以指其類別。也因為宋教坊的伎樂以「部色」分類，所以明王驥德《曲律》〈論部色第三十七〉和〈雜論第三十九下〉的〈嘗戲以傳奇配部色〉條⓬，以及清姚燮《今樂考證・緣起》中的〈部色〉條，其所云「部色」⓭，便都是戲劇「腳色」之義。

---

❿〔宋〕吳自牧：《夢粱錄》，卷二十〈伎樂〉條，頁一九一。

⓫〔宋〕周密：《武林舊事》，收入俞為民、孫蓉蓉編：《歷代曲話彙編・唐宋元編》（合肥：黃山書社，二〇〇五），〈乾淳教坊樂部〉，頁一四五—一五六。

⓬〔明〕王驥德：《曲律》，《中國古典戲曲論著集成》第四冊，頁一五九。

⓭〔清〕姚燮：《今樂考證》，《中國古典戲曲論著集成》第一〇冊（北京：中國戲劇出版社，一九五九），〈部色〉條，頁一〇—一五。

以「腳」作為戲劇「腳色」之義的，如元末夏伯和〈青樓集誌〉所云：

> 雜劇則有旦、末。旦本女人為之，名妝旦色；末本男子為之，名末泥。其餘供觀者，悉為之外腳。⑭

所謂「外腳」，蓋為元劇中習見之外末、外旦或外淨；則「腳」字之義，當指戲曲腳色無疑。又《曲律・雜論第三十九下》云：

> 嘗戲以傳奇配部色，則《西廂》如正旦，色聲俱絕，不可思議；……《浣紗》、《紅拂》等如老旦、貼生，看人原不苛責；其餘卑下諸戲，如雜腳備員，第可供把盞執旗而已。⑮

所謂「雜腳」，蓋為傳奇中習見之「雜」；則此處「腳」字之義，亦指戲曲腳色無疑。但「腳」字之涵義，既稱之為「外」為「雜」，應較「色」字為輕。

「腳」與「色」二字分稱，既然皆有戲曲腳色之義，則其合為一複詞，亦是自然之趨勢。「腳色」為詞，始見於《張協狀元》後，元明兩代未見其例，迄清康熙間李笠翁《閒情偶寄・詞曲部・格局第六》中乃又有「出腳色」一項⑯，乾隆間李斗《揚州畫舫錄》卷五〈城內蘇唱街老郎堂〉條亦有所謂「江湖十二腳色」之語⑰，

---

⑭〔元〕夏庭芝：《青樓集》，《中國古典戲曲論著集成》第二冊（北京：中國戲劇出版社，一九五九），頁七。

⑮〔明〕王驥德：《曲律》，《中國古典戲曲論著集成》第四冊，頁一五九。

⑯〔清〕李笠翁：《閒情偶寄》，《中國古典戲曲論著集成》第七冊（北京：中國戲劇出版社，一九五九），〈詞曲部・格局第六〉，頁六八。

⑰〔清〕李斗著，汪北平、涂雨公校訂：《揚州畫舫錄》（北京：中華書局，一九六〇），頁一二二。

則「腳色」一詞用為戲劇腳色之義，至有清一代乃習焉自然。民初王靜安先生《古劇腳色考》一書出，「腳色」二字為戲劇之名詞，更無疑義。至於或作「角色」，蓋「腳」、「角」音相同，為假借之故。但一般指名演員之所謂「名角」或「角覺」之「角」不可作「腳」，因為其名義源自宋代官府賣酒時，以群妓招攬，其列於排行之首者謂之「行首」，又稱之為「角妓」⑱，以其風流出眾也。

「腳色」一詞，就我國戲曲而言，迄無定說，欲明其確切之義，必先探求各門腳色命名之由、淵源流派，所代表之人物類型及其與劇藝之結合，然後才能有完整而清晰的概念和認識。

(二)各門腳色命名之由及其淵源

劇種不同，腳色的繁簡也隨之有異，譬如宋金雜劇院本只有末、淨二類，元雜劇則擴充為末、旦、淨三門，南戲傳奇又加上生、丑而成為五綱，到了皮黃，更有七行之稱，即：生、旦、淨、丑、流、武、上下手。嚴格說來，皮黃的流、武、上下手三行，和元雜劇、明清傳奇的「眾」、「雜」類似，都是指那些不入流的演員而言。因此，我國戲曲中的腳色，就其門類而言，不外乎生、旦、淨、末、丑、雜（眾）六綱，其孳乳繁衍，亦就此六綱而分派滋生。以下先探討此六綱命名之由及其淵源之端。

對於腳色命名之由，前人加以探討的已經很多，但異說紛紜，莫衷一是：《太和正音譜》、《堅瓠集》俱以禽獸名釋腳色，胡應麟《少室山房筆叢》謂腳色名義乃顛倒而無實，祝允明《猥談》以為本市井口語、不必深究，徐渭《南詞敘錄》、黃旛綽《梨園原・王大梁詳論角色》俱求之於字義，《懷鉛錄》則直從字音通轉而索之，

⑱ 見宋吳自牧《夢粱錄》卷十〈點檢所酒庫〉（頁八七—八八）、卷二十〈妓樂〉（頁一九二—一九三），杭州：浙江人民出版社，一九八〇。又見元施耐庵《水滸傳》卷七十二〈柴進簪花入禁院，李逵元夜鬧東京。〉

沈德符《顧曲雜言》、蔗畊道人《西崑片羽》更從古籍探其根源⑲。近人對於這一問題加以研究的也有不少人，譬如徐筱汀〈釋旦〉、〈釋末與淨〉，衛聚賢〈戲劇中角色——淨丑生旦的起源〉，吳曉鈴〈說旦〉，陳墨香〈說旦〉，王芥輿〈戲劇腳色得名之研究〉等都是研究腳色命名之由的論文⑳。專書如任訥《唐戲弄》、胡忌《宋金雜劇考》，也都闢置章節予以論述。凡此雖不乏可取之說，但支離怪誕、牽強附會者更所在皆有。蓋我國戲曲起於民間，託體卑俗，其形成又如長江大河之匯聚眾流以成其浩蕩之勢；而歷久年湮，其命名之由自是渺然難以追求。王靜安先生著《古劇腳色考》亦以為「不可究詰」。雖然，筆者不揣譾陋，敢於眾說之中取長去短，參以私見，而以上述之「兩把鑰匙」試圖對於腳色命名之由作較為合理之解釋。

1.生

徐渭《南詞敘錄》云：

> 生，即男子之稱。史有董生、魯生，樂府有劉生之屬。㉑

祝允明《猥談》亦謂「生即男子」。按陶宗儀《輟耕錄・院本名目》的「拴搐艷段」分目中有「四生屬」和「請

⑲ 詳見下一節〈前賢「腳色論」述評〉。

⑳ 徐筱汀：〈釋旦〉，《新中華》復刊三卷四期（一九四五年）。徐筱汀：〈釋末與淨〉，《新中華》復刊三卷四期（一九四五年三月）。衛聚賢：〈戲劇中角色——淨丑生旦的起源〉，《說文月刊》第一卷七期（一九三九年）。吳曉鈴：〈說旦〉，《國文月刊》第一卷第七、八期（一九四一年五、六月）。陳墨香：〈說旦〉，《劇學月刊》一卷四期（一九三二年四月）。王芥輿：〈戲劇腳色得名之研究〉，《劇學月刊》三卷六期（一九三四年六月）。

㉑ 〔明〕徐渭：《南詞敘錄》，《中國古典戲曲論著集成》第三冊，頁二四五。

生打納」二目㉒，元雜劇亦有李好古之《張生煮海》，其中之「生」當係男子之通稱無疑，腳色中之「生」，蓋亦取其義。

北宋釋文瑩《玉壺野史》卷十云：

> 韓熙載才名遠聞，四方載金帛，求為文章碑表，如李邕焉，俸入賞賚，倍於他等。畜聲樂四十餘人，闐檢無制。往往特出外齋，與賓客生旦雜處。後主屢欲相之，但患其疎簡。㉓

此段資料據《守山閣叢書》本。《知不足齋叢書》本亦載此條，其中「與賓客生旦雜處」句脫一「旦」字。又宋馬令《南唐書》卷二十二〈歸明傳〉內〈舒雅傳〉云：

> 熙載性懶不拘禮法，常與雅易服燕戲，猱雜侍婢，入末念酸，以為笑樂。㉔

參證二段資料，由「入末念酸」知為戲曲之搬演無疑，則韓熙載之「與賓客生旦雜處」之「生旦」必為演戲之優伶。又歐陽修《六一詩話》及《詩話總龜》引陶穀詩云：

> 尖簷帽子卑凡廝，短靿靴兒末厥生。㉕

㉒〔元〕陶宗儀：《南村輟耕錄》（北京：中華書局，一九九七），頁三〇六－三一二。

㉓〔宋〕釋文瑩：《玉壺野史》，《文淵閣四庫全書》第一〇三七冊（臺北：臺灣商務印書館，一九八三，據國立故宮博物院藏本影印），卷一〇，頁一一下－一二上，總頁三五三。

㉔〔宋〕馬令：《馬氏南唐書》，《文淵閣四庫全書》第四六四冊（臺北：臺灣商務印書館，一九八三，據國立故宮博物院藏本影印），卷二二，頁四下，總頁三五〇。

證以《水滸傳》第八十二回所載各色優人之服飾㉖，知「尖簷帽子」與「短勒靴兒」為當場優伶所服，則「皁凡廝」與「末厥生」為當場之腳色，而「皁凡」與「末厥」顯然係用以修飾「廝」與「生」。而「旦」既與「生」並舉，則亦為腳色之名。「生旦」之為腳色名目已見於五代北宋㉗。

我國現存之戲曲劇本中，以「生」為腳色名稱者，始見於《永樂大典南戲三種》。北雜劇中不止《元刊雜劇三十種》未有其目，即《元曲選》亦未之見；惟《孤本元明雜劇》中《莊周夢》中有「生扮莊子上」、《剪髮待賓》中有「生扮陶侃」之語，這兩本雜劇雖然署為元人所著，前者為史樟，後者為秦簡夫，但必經明人竄改無疑，其以生扮莊子、陶侃，顯然是受南戲傳奇的影響。因此我們不能據以為元雜劇有生之例，猶如不能據王實甫《西廂記》而謂張君瑞由生所扮。

2. 旦

「旦」的名義最為費解，故釋旦之說亦最為紛紛然。前人附會之釋姑不論，近人如王氏《腳色考》謂唐代之鹹淡為假婦人之始：「旦之音當由鹹淡之淡出。」徐筱汀〈釋旦〉謂與宋劇之「木笪人」有密切關係，任訥《唐戲弄》則求其源於漢桓寬《鹽鐵論・散不足第二十九》中之「胡妲」；而吳曉鈴〈說旦〉、王芥輿〈戲劇腳色得名之研究〉與周貽白《中國戲劇史》第二章〈中國戲劇的形成〉，均以為「旦」之本字為「姐」，而「妲」又為「姐」之訛。按吳、王、周三氏之說雖屬平易，然頗足發人深省。

㉕ 劉攽《中山詩話》亦引此詩，唯「末厥生」作「末厥兵」，王氏《腳色考》從之，故不言「生」。按《總龜》前集廿九云：「貢父（即劉攽）謂『末厥兵』，今謂『末厥生』，姑存之。」則作「生」或作「兵」，皆指人物身分而言。

㉖ 所載服飾詳下文。

㉗ 此段參考任訥《唐戲弄》。

《古劇腳色考》云：

> 旦名之所本雖不可知，然宋金之際，必呼婦人為旦，故宋雜劇有「裝旦」，裝旦之為假婦人，猶裝孤之為假官也。至於元人，猶目張奔兒為風流旦，李嬌兒為溫柔旦，此亦旦本妓女之稱之一證。㉘

又《太和正音譜》云：

> 狚，當場之妓曰狚。狚，猿之雌也；名曰猵狚，其性好淫，俗呼旦，非也。㉙

則《太和正音譜》事實上亦以為「旦」為當場之妓女。而「旦」之本為「姐」之訛，亦頗有跡象可尋。「姐」作為妓女之稱，由來已久。清代翟灝《通俗編》卷二十二〈婦女類・小姐〉條云：

> 繁欽〈與魏文帝牋〉，有史妠謇姐，注謂當時樂人；《開天遺事》寧王有樂妓寵姐，陶穀《清異錄》有平康妓瑩姐，《東坡集》有妓女楊姐。姐，特甚賤之稱。㉚

《金雀記》第十三齣〈喚妓〉，小淨扮妓女有「最苦是半夜三更，隔壁姐兒淫聲難聽」之白㉛，今人猶有「姐兒愛俏，鴇兒愛鈔」之語，故「姐」可作為妓女之稱無疑。「姐」之演變為「旦」，可能有兩個線索，一是訛作

㉘ 王國維：《王國維戲曲論文集》（臺北：里仁書局，一九九三），頁二七〇。

㉙〔明〕朱權：《太和正音譜》，《中國古典戲曲論著集成》第三冊，頁五三。

㉚〔清〕翟灝：《通俗編》（臺北：廣文書局，一九六八），卷二二，頁四〇。

㉛〔明〕無心子：《金雀記》，收入〔明〕毛晉編：《六十種曲》（北京：中華書局，一九五八），第八冊，頁二七。

「姐」，再省為「旦」；一是省作「且」，再訛作「旦」。二者皆有跡象可尋：按《元刊雜劇三十種》的《李太白貶夜郎》中之「駕旦」，《拜月亭》中之「小旦」，《任風子》中之「旦」、《魔合羅》中之「旦」，其「旦」字俱或作「且」字。考戲曲中時有省文之例，如《六十種曲》中沈采《千金記》、姚茂良《精忠記》、王世貞《鳴鳳記》、徐元《八義記》，其中之腳色「貼」，有時亦作「占」；其作「占」，顯然為「貼」之省文。故元刊雜劇之作「且」，蓋為「姐」字省文之遺，而又作「旦」，則當為「且」字形近之訛，後來以訛亂真，「旦」卻寖假而居正名。「且」既可形近訛作「旦」，則「姐」自亦可形近訛作「妲」；故宋金雜劇院本名目中，或作「妲」、或作「旦」。官本雜劇段數中稱「妲」者有「老孤遣妲」、「襤哮店休妲」、「偌賣妲長壽仙」、「雙賣妲」四目，稱旦者有「孤奪旦」、「雙旦降黃龍」二目；院本名目中稱「旦」者有「毛詩旦」、「老孤遣旦」、「纏三旦」、「禾哨旦」、「哮賣旦」、「貧富旦」、「偌賣旦」七目，而無作「妲」者。其中可注意者「老孤遣妲（旦）」、「偌賣妲（旦）」各有其目，而一作「妲」、一作「旦」，足證「妲」、「旦」無別。「官本雜劇段數」見於《武林舊事》，為南宋人周密所著㉜，「院本名目」見於《輟耕錄》，為元人陶宗儀所著㉝；前者所記為宋雜劇，後者所載為金元院本。雜劇、院本其實雖一，但有先後之別。金元院本名目中之無「妲」字，亦足見此時已由「妲」省作「旦」且為定局矣；而雜劇段數之或作「妲」、或作「旦」，蓋彼時已有省文之例矣㉞。

㉜〔宋〕周密：《武林舊事》，收入俞為民、孫蓉蓉編：《歷代曲話彙編．唐宋元編》，〈官本雜劇段數〉，頁一七六－一八一。

㉝〔元〕陶宗儀：《南村輟耕錄》，頁三〇六－三一六。

㉞此段釋旦乃綜合諸家之說貫串己見而成。其中元刊雜劇之「且」字，或可謂係「旦」字形近之誤，但俗文學中省文之例實多，如「么篇」之「么」，實由「後」字省為「幺」再訛為「么」；下文釋「卜兒」之「卜」與「淨丑」之「丑」亦

宋雜劇之「裝旦」，誠如靜安先生所云，為假扮婦人之義，則「旦」已不專指妓女，而延伸為婦女之稱。

《夢粱錄》卷一〈元宵〉條云：

> 官巷口、蘇家巷二十四家傀儡，衣裝鮮麗，細旦戴花朵肩珠翠冠兒，腰肢纖裊，宛若婦人。㉟

由傀儡之「細旦」、「宛若婦人」看來，則宋代以「旦」稱婦人無疑。《元刊雜劇三十種》鄭廷玉《冤家債主》次

然，故「旦」字由「妲」字省為「旦」，再訛為「旦」不無可能。又《金元戲曲方言考補遺》釋旦別有其說，云：「旦，即『但』之省，『但』是音調，故宋代歌者名但兒。宋代隊舞太清舞花心念致語云：『但兒等偶到塵寰，欲陳末藝。』柘枝舞致語云：『但兒等名參樂府，幼習舞容。』采蓮舞致語：『但兒等王京侍席。』章太炎《新方言》云：『《晉書·樂志》但歌四曲，不被管弦能但歌者，即謂之但。《淮南·說林訓》：使但吹竽。今傳奇有旦，本是但字，省作旦，古語流傳，訖元猶在。』《夢粱錄》云：『細旦戴花朵，肩珠翠冠兒，腰肢纖裊，宛若婦人。』《武林舊事》有雜扮人物：『魚得水（旦）、王壽春（旦），是宋代已省為旦矣。』按：宋代隊舞詞中之『但兒』，確為歌女之稱無疑。但若就此上溯《淮南·說林訓》之『但』，則其間無任何線索可循；《晉書·樂志》之『但歌』，猶言『徒歌』，不可同例而語。〈說林〉云：『使但吹竽，使氐厭竅，雖中節而不可聽。』高誘注：『但，古不知吹人。但，讀燕，言鉏同也。』王念孫以為『但』字為『伹』之誤，其義為『拙人』，而『氐』字為隸書『工』字之誤；俞樾引《文子·上德》篇『使倡吹竽，使工捻竅。』謂『但』、『氐』二字乃『倡』、『工』二字誤之。則宋隊舞中『但兒』之『但』乃偶然與《說林》誤字相合而已，不可謂古之歌者俱已稱『但』。」鄙意以為宋隊舞之「但兒」即元雜劇中習見之「旦兒」，為宋元之際對婦女之稱；「但」、「旦」未必有前後省文之關係，惟取其音同而已。蓋由「妲」字訛成之「妲」，宋代已為民間藝人誤讀為「ㄉㄢˋ」，故俗文學中乃有省文之「旦」，與音同之「但」字以相替代。

㉟〔宋〕吳自牧撰：《夢粱錄》，卷一〈元宵〉條，頁三。

折「正末藍扮同且兒徠兒上」，且兒（即旦兒）、徠兒並列，當為俗稱非腳色名，此即指周榮祖（正末扮）妻張氏，亦為婦女之義，猶如徠兒指周子長壽，為孩童之義。《元曲選》無名氏《陳州糶米》第三折「搽旦王粉蓮趕驢上」，下文則以「旦兒」稱王粉蓮，用指妓女之義。鄭廷玉《楚昭公》第三折，正末同芈旋、旦兒、徠兒慌上，「旦兒」指楚昭公夫人；張國賓《薛仁貴》楔子「正末扮孛老同卜兒、旦兒上」，孛老指仁貴父薛大伯、卜兒指薛母李氏、旦兒指薛妻柳氏；武漢臣《老生兒》楔子「正末扮劉從善同淨卜兒、丑張郎、旦兒、沖末引孫、搽旦小梅」上，首折「張郎同旦兒」上，淨扮之卜兒指劉母李氏、旦兒指張郎妻劉引章；無名氏《硃砂擔》楔子「沖末扮孛老同正末王文用、旦兒上」，旦兒指文用妻；馬致遠《岳陽樓》次折「柳改扮郭馬兒引旦兒上」，旦兒指郭妻賀臘梅；其他如馬致遠《黃粱夢》楔子之旦兒指高太尉妻翠娥、王實甫《麗堂春》第三折之旦兒指歌伎瓊英、宮大用《范張雞黍》次折之旦兒指張元伯妻、范子安《竹葉舟》第三折之旦兒指陳季卿妻鮑氏、鄭廷玉《忍字記》楔子之旦兒指劉均佐妻王氏、武漢臣《生金閣》之旦兒指郭成妻李幼奴。凡此皆以「旦兒」為口語，用為婦女之稱。關漢卿《望江亭中秋切鱠旦》、《擔水澆花旦》、尚仲賢《沒興花前秉燭旦》、楊顯之《跳神師婆旦》與無名氏《風雨像生貨郎旦》、《十樣配像生四國旦》、《鎮山夫人還牢旦》雜劇，劇名中所云之「旦」亦為婦女之義，且兼示此劇為「旦」腳主唱；切鱠旦指該劇女主腳譚記兒，貨郎旦指該劇女主腳張三姑，俱為保存市井口語之例。

「旦」字用為腳色之專稱，如前文所云已見於五代北宋，而《武林舊事》卷六〈諸色伎藝人・雜扮〉項下，魚得水、王壽春、自來俏三人名下均注有「旦」字㊱，當為腳色之稱。元雜劇中「旦」為腳色之專稱，為公認

㊱〔宋〕周密：《武林舊事》，收入俞為民、孫蓉蓉編：《歷代曲話彙編・唐宋元編》，〈諸色伎藝人・雜扮〉，頁一六九。

之事實，不煩舉例；即上文所云為市井口語之「旦兒」，元雜劇中亦頗有當作腳色用者，此例《元曲選》中如：吳昌齡《張天師》首折旦兒扮桃花仙、秦簡夫《東堂老》楔子旦兒扮翠哥、無名氏《合同文字》首折旦兒扮郭氏、楊文奎《兒女團圓》次折旦兒扮王氏，李壽卿《伍員吹簫》次折旦兒扮浣紗女、王仲文《救孝子》首折旦兒扮王春香、無名氏《漁樵記》次折旦兒扮劉家女、楊顯之《酷寒亭》首折旦兒扮蕭氏、賈仲名《金安壽》首折旦兒扮童氏、鄭德輝《㑳梅香》楔子旦兒扮小蠻、吳昌齡《東坡夢》次折旦兒扮梅、竹、桃、柳四友、無名氏《隔江鬥智》首折旦兒扮孫母、無名氏《度柳翠》楔子旦兒扮柳翠、無名氏《抱粧盒》次折旦兒扮寇承卿、康進之《李逵負荊》次折旦兒扮滿堂嬌、無名氏《連環記》次折旦兒扮貂蟬、無名氏《看錢奴》楔子旦兒扮張氏、關漢卿《望江亭》首折旦兒扮白姑姑、無名氏《馮玉蘭》首折旦兒扮田夫人，計十九劇。

亦有於一劇中之同一人物，前作「旦兒」後省為「旦」，或前作「旦」後衍為「旦兒」者，如：《元刊雜劇三十種》范康《竹葉舟》第三折前作旦兒而後作旦，《元曲選》岳伯川《鐵拐李》第三折前作旦而後作旦兒，無名氏《魯齋郎》楔子作旦為李四妻而四折作旦兒，張國賓《羅李郎》楔子作旦扮定奴而次折作旦兒。可見「旦兒」或「旦」，在這些劇本中沒有分別。由此也可以看出市井口語逐漸演變成為腳色專稱的現象。

總上所述，「旦」是由稱呼妓女的「姐兒」省為「且兒」（元刊本《看錢奴》次折即其例）或訛作「妲兒」；再由「且兒」訛為「旦兒」再省為「旦」（元刊本《竹葉舟》即其例）；或由「妲兒」省為「旦兒」再省為「旦」。「旦兒」是介於俗稱和腳色之間，故《元曲選》之用例兩者兼有。至若「旦」字除上舉切鱠旦、貨郎旦等七目，以及《魯齋郎》楔子作「外扮李四同旦、二徠上」以旦為李妻張氏，與「二徠」並列，且第四折作「旦兒」，有作為俗稱之嫌外，其餘皆為腳色之專稱無疑。也就是說由「姐兒」發展到「旦」之後，才成為定型的腳色專稱。

焦循《劇說》卷一引楊用修之語云：

《漢・郊祀志》優人為假飾伎女，蓋後世裝旦之始也；然未必如後世雜劇、戲文之為，緣其時郊祀皆奏樂章，未有歌曲耳。㊲

遍查《漢書・郊祀志》，成帝時匡衡但云「紫壇有文章采鏤之飾及玉、女樂」。並無優人為假飾伎女之事，楊用修蓋一時誤記，或別有所據。楊氏之意蓋謂男扮女妝即為「裝旦」；而以之演為歌舞雜劇者，亦實早見於《魏書・齊王芳紀》裴注所引之司馬師廢帝奏，稱帝使小優郭懷、袁信於廣望觀下作《遼東妖婦》。又崔令欽《教坊記》等書所記載之北齊「踏謠娘」，乃由「丈夫著婦人服」搬演；《隋書・音樂志》亦謂「(北周)宣帝即位，而廣召雜伎，……好令城市少年有容貌者，婦人服而歌舞。」段安節《樂府雜錄》謂「咸通以來，即有范傳康、上官唐卿、呂敬遷等三人弄假婦人。」唐無名氏《玉泉子真錄》謂崔公鉉在淮南以數僮衣婦人衣搬演諸戲，王翰亦有〈觀蠻童為伎之作〉一詩：

長裙錦帶還留客，廣額青娥亦效嚬。共惜不成金谷妓，虛令看殺玉車人。㊳

這位「蠻童」顯然也是「裝旦」，再由「留客」、「效嚬」觀之，當為戲劇之搬演，而非止於歌舞演出。由此看來，《武林舊事》卷四〈雜劇三甲〉所記「劉景長一甲八人」中的「裝旦孫子貴」㊴，其「裝旦」可以說源遠流

㊲〔清〕焦循著，韋明鏵點校：《劇說》，收入《焦循論曲三種》(揚州：廣陵書社，二〇〇八)，〈裝旦之始〉條，頁一六。

㊳《全唐詩》第五冊，北京：中華書局，一九九九。卷一五六，頁一六〇五。

長，只是當時或但稱「弄假婦人」而不稱作「裝旦」罷了。就現有的材料看來，「旦」的起源似乎是「男扮女妝」；但婦女演戲的記載也已見於唐代，如上文所謂的「踏謠娘」，崔令欽說「今則婦人為之，遂不呼『郎中』，但云『阿叔子』。」又薛能詩也有「此日楊花初似雪，女兒絃管弄參軍」之句，趙璘《因話錄》更謂「肅宗宴於宮中，女優有弄假官戲，其綠衣秉簡者，謂之參軍椿。」則不止演戲，更女扮男妝起來了。而到了元代《青樓集》中的妓女，各門腳色更無不擅長了。

根據吳自牧《夢粱錄》卷二十〈伎樂〉條❹❵、耐得翁《都城紀勝・瓦舍眾伎》條❹❶，以及陶宗儀《輟耕錄》卷二十五〈院本名目〉條，宋雜劇、金院本每一甲（即一個戲班）通常五人，所謂「裝旦」或「裝孤」乃臨時加入，非屬正色。但在宋金雜劇院本的散段「雜扮」，則顯然已經發展成為正式的腳色，因此在湯式《筆花集》中，〈新建构欄教坊求贊〉般涉調【哨遍】的【二煞】中便有「粧旦色舞態裊三眠楊柳」❹❷之語。而到了元雜劇、南戲，更成為劇中的女主腳了。

3. 淨

「淨」的名義也很費解，較為可信的有二說，其一是從聲韻上解釋，認為「淨」是「參軍」二字的促音；

---

❸❾〔宋〕周密：《武林舊事》，收入俞為民、孫蓉蓉編：《歷代曲話彙編・唐宋元編》，〈乾淳教坊樂部・雜劇三甲〉，頁一五七。

❹❵〔宋〕吳自牧：《夢粱錄》，卷二十〈伎樂〉條，頁一九一—一九三。

❹❶〔宋〕耐得翁：《都城紀勝》，收入俞為民、孫蓉蓉主編：《歷代曲話彙編・唐宋元編》（合肥：黃山書社，二〇〇六），〈瓦舍眾伎〉條，頁一一五。

❹❷〔元明〕湯式：《筆花集》，收入俞為民、孫蓉蓉編：《歷代曲話彙編・明代編》第一集，頁三。

其二是從同音假借兼取其義，認為「淨」是「靚」的假借字。

以「淨」為「參軍」二字促音，始於徐渭《南詞敘錄》所云：「淨，此字不可解。……予意：即古『參軍』二字，合而訛之耳。」43蔗畊道人《西崑片羽》亦謂：「淨之一字，詮定為參軍之促音，即二字促呼成音，反切而成一字之謂。」44靜安先生《古劇腳色考》亦云：「余疑淨即參軍之促音，參與淨為雙聲，軍與淨似疊韻；參軍之為淨，猶勃提之為披，邾屢之為鄒也。」45

以「淨」為「靚」之假借而兼取其義的是《太和正音譜》和《懷鉛錄》。《太和正音譜》云：「靚，付粉墨者謂之靚，獻笑供諂者也。古謂參軍。書語稱狐為田參軍，故付末稱蒼鶻者以能擊狐也。靚，粉白黛綠謂之靚，故曰粧靚色。呼為淨，非也。」46姚燮《今樂考證・緣起・部色》引《懷鉛錄》云：「古梨園傳粉墨者，謂之參軍，亦謂之靚。靚，音靜。《廣韻》：『靚，粧飾也。』今傳粉墨謂之淨，蓋『靚』之訛也。」47

可見學者對於「淨」的解釋儘管有所不同，但都一致認為是古之參軍。其說實本陶宗儀《輟耕錄》卷二十五〈院本名目〉條：

> 院本則五人：一曰副淨，古謂之參軍。一曰副末，古謂之蒼鶻。鶻能擊禽鳥，末可打副淨，故云。一曰引戲，一曰末泥，一曰孤裝。又謂之五花爨弄。48

---

43 〔明〕徐渭《南詞敘錄》，《中國古典戲曲論著集成》第三冊，頁二四五。

44 收錄於任二北撰：《新曲苑》第四冊（臺北：臺灣中華書局，一九七〇），頁九四三。

45 王國維：《唐宋大曲考》（臺北：藝文出版社，一九七五），頁九八。

46 〔明〕朱權：《太和正音譜》，《中國古典戲曲論著集成》第三冊，頁五三。

47 〔清〕姚燮：《今樂考證》，《中國古典戲曲論著集成》第一〇冊，頁一三。

吳自牧《夢粱錄》卷二十〈伎樂〉條云：

且謂雜劇中末泥為長，每一場四人或五人。……末泥色主張，引戲色分付，副淨色發喬，副末色打諢，或添一人名曰裝孤。㊾

誠如《輟耕錄・院本名目》條所云：「雜劇、院本其實一也。」㊿因此《夢粱錄》所記之宋雜劇搬演者與《輟耕錄》所記之金元院本搬演者相符。其主演者實止副淨與副末，裝孤（孤裝意同，即裝扮官員）只是偶然的加入，故不名以腳色而用俗稱。末泥的主張和引戲的分付，皆屬戲外性質，也就是末泥是劇團的團長，職在統籌全局；引戲是劇團的導演，職在導引演出；他們都不參加戲劇的搬演。宋金雜劇院本以副淨、副末為主演者，實是唐參軍戲參軍、蒼鶻之遺。按段安節《樂府雜錄・俳優》條云：

開元中，黃旛綽、張野狐弄參軍。始自後漢館陶令石躭，躭有贓犯，和帝惜其才，免罪。每宴樂，即令衣白夾衫，命優伶戲弄辱之，經年乃放。後為參軍，誤也。（談壘本此三語作「終年乃復，故為參軍。」）開元中有李仙鶴善此戲，明皇特授韶州同正參軍，以食其祿。是以陸鴻漸詞云「韶州參軍」，蓋由此也。51

---

48 〔元〕陶宗儀：《南村輟耕錄》，頁三〇六。

49 〔宋〕吳自牧：《夢粱錄》，卷二十〈伎樂〉條，頁一九一。

50 〔元〕陶宗儀：《南村輟耕錄》，頁三〇六。宋雜劇與金院本為直接傳承之劇種，但較進步之院本如院么，則與元雜劇頗為相近。詳見拙著：〈有關元雜劇的三個問題〉，收入《中國古典戲劇論集》（臺北：聯經出版事業公司，一九七五）。

51 〔唐〕段安節：《樂府雜錄》，《中國古典戲曲論著集成》第一冊（北京：中國戲劇出版社，一九五九），頁四九。

又《太平御覽》卷五百六十九引《趙書》云：

> 石勒參軍周延，為館陶令，斷官絹數萬匹，下獄，以八議，宥之。後每大會，使俳優著介幘，黃絹單衣。優問：「汝何官，在我輩中？」曰：「我本為館陶令。」斗數單衣曰：「正坐取是，入汝輩中。」以為笑。[52]

二說不同，但參軍戲為扮贓官被優伶侮辱調笑則一。唐明皇時黃旛綽、張野狐、李仙鶴皆善此戲，陸鴻漸並為李仙鶴撰詞，足見「弄參軍」在當時已相當普遍。不過「參軍」二字止為戲劇名而非腳色名。但上文所引趙璘《因話錄》謂：「肅宗宴於宮中，女優有弄假官戲，其綠衣秉簡者，謂之參軍樁。」王靜安謂：「似已為腳色之稱。」李商隱〈驕兒〉詩有云：「或謔張飛胡，或笑鄧艾吃。」又云：「忽復學參軍，按聲喚蒼鶻。」則參軍戲之演出者參軍之外，另有蒼鶻。姚寬《西溪叢話》卷下引《吳史》云：

> 徐知訓怙威驕淫，調謔王，無敬畏之心。嘗登樓狎戲，荷衣木簡，自號參軍；令王髽髻鶉衣為蒼頭以從。[53]

案《五代史．吳世家》云：

> 知訓為參軍，隆演鶉衣髽髻為蒼鶻。[54]

---

[52] 〔宋〕李昉等編：《太平御覽》（臺北：新興書局，一九五九），頁二五六三。

[53] 姚寬：《西溪叢話》（北京：中華書局，一九九三）卷下，頁九五。

則《吳史》所云之「蒼頭」，蓋為「蒼鶻」之誤。晚唐五代之參、鶻顯然已成為對立搬演，以資笑謔的腳色。而宋雜劇其實是唐參軍戲之遺，故其主要演員當是參軍與副淨相應，蒼鶻與副末相承。而宋雜劇但有「副淨、副末」，而不見「正淨、正末」，這是很奇怪的現象。雖然可以說「末泥」就是「正末」，但「正淨」呢？如果「末泥」就是「正末」，則此時的正末已不參加實際的戲劇演出；是否「正淨」也有類似的情形而隱沒其名呢？這使我們想起了宋雜劇中的「引戲色」，他的職務是「分付」。王靜安先生謂「《宋史・樂志》大樂有舞頭、引舞，戲頭、引戲，殆倣大樂為之。」按《東京夢華錄》卷九〈宰執親王宗室百官入內上壽〉條有云：

> 第四盞，如上儀舞畢，發譚子。參軍色執竹竿拂子，念致語口號，諸雜劇色打和；再作語，勾合大曲舞。……第五盞……參軍色執竹竿子作語，勾小兒隊舞。……樂部舉樂，小兒舞步進前，直叩殿陛。參軍色作語，問小兒班首近前，進口號，雜劇人皆打和畢，樂作，群舞合唱，且舞且唱，又唱破子畢，小兒班首入進致語。勾雜劇入場，一場兩段。……雜劇畢，參軍色作語，放小兒隊。……第七盞……參軍色作語，勾女童隊入場。……參軍色作語問隊，杖子頭者進口號，且舞且唱。……唱中腔畢，女童進致語，勾雜戲入場，亦一場兩段訖，參軍色作語，放女童隊。又群唱曲子，舞步出場。[55]

可見唐代參軍戲的參軍，到了宋代已經變成隊舞的指揮者，這大概就是《宋史・樂志》的所謂「引舞」。上面所引宋代內廷御宴，雜劇的演出似乎是小兒班首和女童杖子頭所勾引，但整個隊舞是受參軍色所指揮，且雜劇的一場兩段是夾於隊舞中演出，所以雜劇的演出，實際上應當也受參軍色的導引。也就是說，參軍色的身分，在

[54] 宋歐陽修撰，宋徐無黨注：《新五代史》（北京：中華書局，一九七四），卷六一〈吳世家・隆演〉，頁七五六。

[55] 〔宋〕孟元老：《東京夢華錄》，收入俞為民、孫蓉蓉主編：《歷代曲話彙編・唐宋元編》，頁一〇九－一一〇。

隊舞中是「引舞」，而在雜劇中便成了「引戲」；「引戲」是就其職務而命名的俗稱，若就腳色而論，則應當屬於「正淨」。參軍在唐代是戲劇的演出腳色，但在宋代則由劇中的主演跳到劇外的導演，也因此把演戲的任務交給他的副手，所謂「副淨」去擔任了。同理，蒼鶻在唐代也是戲劇的演出腳色，在宋代成了末泥色，也同樣跳到劇外擔任「主張」的任務，而把演戲的任務交由他的副手，所謂「副末」去擔任。這大概是宋金雜劇院本以「副淨、副末」主演的緣故吧㊺！

由以上可見「淨」與參軍的關係非常密切，而參軍的切音也確實和「淨」的聲韻很接近，所以「淨」應當是由「參軍」一語轉化而來。但鄙意以為在參軍和淨之間，還有一個過度的「靚」字。按黃山谷詞有【鼓笛令】四首，其第四句有云：

副靖傳語木大，鼓兒里且打一和。㊻

這四首詞的第一首下注明「戲詠打揭」，其後三首所詠的頗似某一種散樂的演出，則「副靖」即為「副淨」當無可疑。可見「淨」字的寫法，只要音同，字形並沒有一定。上引《太和正音譜》和《懷鉛錄》都認為「淨」是「靚」之誤。靚，《玉篇》釋為「裝飾」。《文選・上林賦》「靚粧刻飾」，注謂「粉白黛黑也」。按《水滸傳》第八十二回有一段說到御前搬演雜劇的情形，其敘及的腳色有裝外、戲色、末色、淨色、貼淨等五人，其描寫淨色和貼淨云：

㊺ 胡忌《宋金雜劇考》對於「引戲」亦有職司劇外導演之主張，但彼以為「引戲」即「外」色，與鄙說有別。

㊻ 〔宋〕黃庭堅著，馬興榮、祝振玉校注：《山谷詞校注》（上海：上海古籍出版社，二〇〇一），頁一六九。

第四個淨色的，語言動眾，顏色繁過。開呵公子笑盈腮，舉口王侯歡滿面。依院本填腔調曲，按格範打諢發科。

第五個貼淨的，忙中九伯，眼目張狂。隊額角塗一道明戧，匹面門搭兩色蛤粉。裹一頂油油膩膩舊頭巾，穿一領剌剌塌塌潑戲襖。吃六棒枒板不嫌疼，打兩杖麻鞭渾是耍。[58]

淨色的「顏色繁過」和貼淨（類同副淨，詳下文）的「隊額角」諸語，都和「裝飾」、「粉白黛黑」之義相合，所以鄙意以為「淨」應當是由參軍的促音「靚」同音假借而來的。又其描寫淨色有「開呵公子笑盈腮」一語，所謂「開呵」、「按呵」、「收呵」，皆為宋元伎藝演出時贊導之語，如上文所舉參軍色作語勾隊舞開場即為開呵，作語放隊即為收呵。又如《水滸傳》第五十一回白秀英說唱諸宮調，開始由她的父親白玉喬開呵，等到白秀英唱到務頭，白玉喬又按呵。可見「淨色」的職務是贊導，他「依院本填腔調曲，按格範打諢發科。」[59]也是一位戲劇導演所應做到的。即此益可證「淨色」等於「參軍色」，他的職務在雜劇的演出上是「引戲」；而「貼淨」則和「副末」演出對手戲，所以說「吃六棒枒板不嫌疼，打兩杖麻鞭渾是耍。」這裡所說的「淨色」就是上文所擬出的「正淨」，而「貼淨」即等於上文的「副淨」。

4. 末

[58] 〔元〕施耐庵、〔明〕羅貫中著：容與堂本《水滸傳》，第八十二回〈梁山泊分金大買市　宋公明全夥受招安〉，頁一二〇五。

[59] 〔元〕施耐庵、〔明〕羅貫中著：容與堂本《水滸傳》，第五十一回〈插翅虎枷打白秀英　美髯公誤失小衙內〉，頁七五六。

上文所引的馬令《南唐書》，說到韓熙載曾和舒雅易服蕪戲，「入末念酸」，以為笑樂。「入末念酸」的意思應當是擔任「末」腳，扮演書生，說出酸腐的話語。那麼「末」這個腳色在五代應當已經成立了。「末」的名義蓋由自謙之辭而來。《伍子胥變文》有「不恥下末愚夫，願請具陳心事」之語，《小孫屠》劇孫必達自稱「卑末」，又焦循《易餘曲錄》云：「今人名刺或稱晚生，或稱晚末、眷末，或稱眷生。」[60]可見「末」作為自謙之辭，由來已久。「末」在戲劇中皆扮演男性腳色，故其得名之由當與「生」同。宋金雜劇院本「末」作「末泥」，或省稱「末」，見《武林舊事》卷四〈乾淳教坊樂部・雜劇色〉[61]。《太和正音譜》謂：「末，……俗謂之末泥。」秦簡夫《東堂老》雜劇次折「正末同卜兒、小末尼上」，「小末尼」下文即作「小末」。元雜劇劇目，李致遠有《都孔目風雨還牢末》，吳昌齡有《貨郎末泥》（《元曲選》目，正名「泥」字作「尼」）；可見「末泥」即「末」，皆用為男子之稱，稱「末泥」，蓋為宋元口語，而「末」則為「末泥」之省，猶如「旦」為「旦兒」之簡稱。

而「末」之來源，實由唐參軍戲之「蒼鶻」，與「淨」之所以源自「參軍」取徑略同。「鶻」與「末」同屬入聲，於韻一為八點，一為七曷，屬鄰韻；可見其「音近」，猶如「參軍」之於「淨」。亦即「蒼鶻」之所以變作「末」，既取其義之為男子謙稱，亦兼其音之相近，理亦近似「參軍」之於「靚」，因而轉變為腳色之符號。

5. 丑

[60] 〔清〕焦循著，韋明鏵點校：《易餘曲錄》，收入《焦循論曲三種》，頁一九〇。

[61] 〔宋〕周密：《武林舊事》，收入俞為民、孫蓉蓉編：《歷代曲話彙編・唐宋元編》，〈乾淳教坊樂部・雜劇色〉，頁一四五。

說到「丑」的名義，很自然會使人想起「醜」字。徐渭《南詞敘錄》云：

> 丑，以粉墨塗面，其形甚醜。今省文作丑。[62]

《梨園原・王大梁詳論角色》亦云：

> 丑者，即醜字，言其醜陋匪人所及，撮科打諢，醜態百出，故曰丑。[63]

這是從腳色的扮相所作的解釋。但是「以粉墨塗面，其形甚醜。」並非「丑腳」所能獨占，即「撮科打諢，醜態百出」亦然。因為那也是「淨腳」的特質之一。所以以「醜」釋「丑」是有問題的。《劇說》卷一引《懷鉛錄》云：

> 《都城紀勝》：「雜扮，或雜旺，又名鈕元子，……」今之丑腳，蓋「鈕元子」之省文。（「鈕」當作「紐」）[64]

按《都城紀勝・瓦舍眾伎》條云：

> 雜扮，或名雜旺，又名紐元子，又名技和；乃雜劇之散段。在京師時，村人罕得入城，遂撰此端，多是

---

[62]〔明〕徐渭：《南詞敘錄》，《中國古典戲曲論著集成》（合肥：黃山書社，二〇〇八），第三冊，頁二四五。

[63]〔清〕黃旛綽：《梨園原》，《中國古典戲曲論著集成》第九冊，頁一〇。

[64]〔清〕焦循著，韋明鏵點校：《劇說》，收入《焦循論曲三種》，〈演戲以班名〉條，頁二五。

> 借裝為山東河北村人以資笑。今之打和鼓、撚梢子、散耍皆是也。[65]

又《夢粱錄》卷二十〈伎樂〉條云：

> 又有雜扮，或曰雜班，又名紐元子，又謂之拔和，即雜劇之後散段也。頃在汴京時，村落野夫，罕得入城，遂撰此端。多是借裝為山東、河北村叟，以資笑端。今士庶多以從省，筵會或社會，皆用融和坊、新街及下瓦子等處散樂家，女童裝末，加以弦索賺曲，祇應而已。[66]

這兩段資料中，有「雜旺」與「雜班」之別，「技和」與「拔和」之異。以意推測，「雜班」與「雜扮」音近，當從；又元刊《薛仁貴衣錦還鄉》第三折正末扮「拔禾」為莊稼人，則「拔和」當係「拔禾」，作「技和」乃形近之誤。胡忌《宋金雜劇考．雜扮研究》一節，認為雜班是「雜亂的戲班」的意思，因為它是「村落野夫」所撰，「借裝為山東、河北村叟，以資笑端」的，原不是正式的演出組織。而以通行的寫法「雜扮」而論，它應是扮演各色人物的稱謂。至於「紐元子」，他認為李嘯倉《宋元伎藝雜考》「有扭捏作態的意味」這個推論很可取；而「拔禾」正是「土老兒」的宋代鄉語，其地位猶相當於雜劇中的「孛老」。胡氏又進一步推論「雜扮」和「喬」的密切關係。「喬」字的含義在金元戲曲中不外滑稽虛偽的含義。而元代戲劇中有關「喬」的，例由淨色扮演。如《伊尹耕莘》雜劇第三折「淨陶去南領喬卒子上」，巾箱本《蔡伯喈琵琶記》第十七齣「淨扮喬孤末引道上」，又《伊尹耕莘》的「喬禮拜」、《劉弘嫁婢》的「喬遞書」，以及習見的「喬趨蹌」、「喬嘴臉」等動作的

---

65 〔宋〕耐得翁：《都城紀勝》，收入俞為民、孫蓉蓉主編：《歷代曲話彙編．唐宋元編》，〈瓦舍眾伎〉條，頁一一五。

66 〔宋〕吳自牧：《夢粱錄》，卷二十〈伎樂〉條，頁一九二。

表演人，也都是淨色充任的。接著胡氏又舉出雜班和散耍伎藝人有兼演雜劇中淨色的確證，於是下結論說：「雜扮據記載所及，應是北宋末期所形成的戲劇形式，當它和雜劇發生關係時，雜劇中早有淨色的地位了。那末這類類似淨色的名目，本有『紐元子』的別稱，後人就省稱為丑，理頗自然；或者混稱為副淨，有淨色之副的含義，也可通。」胡氏並舉出巾箱本《蔡伯喈琵琶記》第十六齣「丑扮里正上」的一段賓白，最後丑自己說：「小人也不是都官，小人也不是里正，休得錯打了平民。猜我是誰？我是搬戲的副淨。」證明「丑」就是「副淨」的實例。胡氏考證細密而翔實，其說是可以相信的。那麼「丑」應當就是扮演宋雜劇的散段「雜扮」的「紐元子」，由其「紐」省文而來的，它的實質和宋雜劇的「副淨」不殊，都是職司「發喬」的。也因此，直到現代的皮黃戲，也有人把「丑」歸入「淨行」而稱為「三花臉」的。

然而筆者又以為「紐元子」應本作「紐圓子」，形容「土風舞」圍著圓圈圈踏謠的樣子；此亦地方小戲共有的現象。宋代雜班因以「紐元子」為名，又以之為主演者之稱；其後又循俗文學省文訛變之例，省作「紐」，又省作「丑」。

「丑」作為腳色專稱，始見於南戲《張協狀元》中。《元刊雜劇三十種》無「丑」腳，《元曲選》則《漢宮秋》、《金錢記》、《陳州糶米》、《鴛鴦被》、《合汗衫》、《救風塵》、《東堂老》、《燕青博魚》、《楚昭公》、《薛仁貴》、《老生兒》、《硃砂擔》、《兒女團圓》、《神奴兒》、《謝金吾》、《岳陽樓》、《蝴蝶夢》、《伍員吹簫》、《勘頭巾》、《黑旋風》、《馬陵道》、《救孝友》、《黃粱夢》、《王粲登樓》、《昊天塔》、《青衫淚》、《范張雞黍》、《兩世姻緣》、《趙禮讓肥》、《酷寒亭》、《桃花女》、《竹葉舟》、《灰闌記》、《冤家債主》、《㑳梅香》、《單鞭奪槊》、《城南柳》、《東坡夢》、《留鞋記》、《隔江鬥智》、《魔合羅》、《盆兒鬼》、《對玉梳》、《竇娥冤》、《李逵負荊》、《羅李郎》、《還牢末》、《貨郎旦》、《碧桃花》、《馮玉蘭》等五十種俱用丑腳，正好占《元人百種曲》的一半。其中《冤家債主》、《老生兒》、《合汗衫》、《薛仁貴》、《魔合羅》、《范張雞黍》、《竹葉舟》等七種皆有元刊本而無丑腳。《元曲選》本《合汗衫》首折丑扮店小二，《薛仁貴》首折丑扮摩利支、第三折扮禾旦，《老生兒》首折丑扮興兒，《范張雞黍》首折丑扮賣酒的，《竹葉舟》楔子丑扮行童，《魔合羅》次折丑扮令史，凡此皆為《元曲選》本增出之人物，只有《冤家債主》首折丑所扮之福僧，可能即為元刊本之「俫」，而次折丑扮之胡子傳，又為元刊本所無。不止如此，即脈望館校古名家本《竇娥冤》，其第四折無丑扮飾任何人物，但《元曲選》本則以丑扮張千，同時又增出一個以丑扮的解子；又脈望館本《桃花女》次折淨扮媒婆，而《元曲選》則改由「丑」扮，《城南柳》楔子之酒保，息機、古名家、《柳枝集》諸本俱由外扮，而《元曲選》改由「丑」扮。由此看來，「丑」腳出現在元雜劇中，當係明人所羼入；因為元刊雜劇中的「淨」實兼含「丑」的性質。靜安先生說：「丑之名，雖見《元曲選》，然元以前諸書，絕不經見，或係明人羼入。」其實「丑」腳已見於南戲《張協狀元》之中，靜安先生或一時失察。

6. 雜（眾）

所謂「雜」，在劇中的地位即如王驥德《曲律》所說的「雜腳備員，第可供把盞執旗而已。」但它的名義應當由「雜當」一詞而來。《元曲選》中如《合汗衫》第三折、《忍字記》楔子、《冤家債主》首折淨丑所扮、《留鞋記》第四折之「雜當」皆是管雜事之人的意思，為市井口語；但如《青衫淚》第三折以「雜當」扮「地方」、《陳州糶米》首折以「雜」扮「百姓三人」、《鴛鴦被》次折以「雜」扮「巡更卒」，則已成為腳色之稱。當然「雜」是「雜當」的省略。

在元刊《薛仁貴》雜劇第四折有「眾外做撞末了」一語，《元曲選》本《謝天香》雜劇首折有「正旦同眾旦上云：今日新官上任，咱參見去來，你每小心在意者」之語，所謂「眾外」、「眾旦」都是好些個「外」腳、

「旦」腳的意思，原是用以形容多數。但是像《張天師》第四折之「正旦同眾上」、《蝴蝶夢》次折之「正旦同眾見官跪科」的「眾」字，前者雖然尚用以表示隨同桃花仙子一起上場的荷、菊、梅，後者雖然亦用以表示隨同王母一起見官的王大、王二、王三；但荷、菊、梅三人皆不標示以何種腳色扮演，因此這裡的「眾」字，實有發展為腳色的趨向，而到了明傳奇便正式成立了。如《幽閨記》第十五齣「淨引眾上」，第十九齣「眾綁生旦科」之「眾」雖所扮為軍卒，但已儼然為腳色之流了。

「雜」之性質如元刊雜劇之「外」，可以兼抱各門腳色；眾例扮軍卒、百姓等，如皮黃之上下手行。

7. 俗稱

我國戲曲於劇中人物的標示，一向腳色與俗稱並用，自宋元以來，無論那一劇種都是如此。以下將各劇種中習見之俗稱，為今所不易解者，作簡單之詮釋。

(1)戲頭：見《武林舊事》「雜劇三甲」[67]。胡忌謂「舞頭」為宋大樂舞旋頭段之演出者，則「戲頭」當為雜劇首段之演出者，亦即「豔段」之演出者。《水滸傳》第八十二回有「戲色」，其妝扮形象是：「繫離水犀角腰帶，裹紅花綠葉羅巾。黃衣襴長襯短鞠靴，彩袖襟密排山水樣。」[68]胡氏疑為即「戲頭」。按水滸所描述之「戲色」，即「引戲」，職司院本之開場導引。

(2)捷譏：見《太和正音譜》，湯式《筆花集》作「捷劇」[69]。孫楷第《捷譏引戲》文中說明捷譏即「節級」

[67]〔宋〕周密：《武林舊事》，收入俞為民、孫蓉蓉編：《歷代曲話彙編・唐宋元編》，〈乾淳教坊樂部・雜劇三甲〉，頁一五七－一五八。

[68]〔元〕施耐庵、〔明〕羅貫中著：容與堂本《水滸傳》，第八十二回〈梁山泊分金大買市　宋公明全夥受招安〉，頁一二〇五。

之訛，其「職務在於鋪關串目，當場導引啟發以成笑柄。」「以意度之，當時官吏既有捷譏之稱，則優伶之稱捷譏，必緣所扮官於捷譏得名。」《武林舊事・乾淳教坊樂部・雜劇色》有陳嘉祥（節級）、孫子昌（副末節級）⑩，胡忌謂當為雜劇色有節級官銜者。《玎玎璫璫盆兒鬼》雜劇【黃薔薇】曲：「俺這裡高聲叫有賊，慌走到街里，又無一個巡軍捷譏，著誰來共咱應對。」「巡軍捷譏」，顯然為官職之名，而周憲王《復落娼》雜劇【混江龍】曲：「捷譏的辦官員，穿靴戴帽；付淨的取歡笑，抹土搽灰。」則「捷譏」已成腳色，其性質有如宋雜劇的「裝孤」。

(3)孤：《太和正音譜》謂「當場粧官者」。其說甚是，驗之元人雜劇，無不然。靜安先生謂「孤之名或官之訛轉」。宋金雜劇院本名目有「思鄉早行孤」、「睡孤」、「喬託孤」、「計算孤」……等。湯式《筆花集》哨遍【二煞】有「粧孤的貌堂堂雄糾糾口吐虹霓氣」之語⑪。

(4)酸：雜劇院本名目中有「急慢酸」、「眼藥酸」、「麻皮酸」、「花酒酸」等甚多。胡應麟《少室山房筆叢》云：「世謂秀才為措大，元人以秀才為細酸。《倩女離魂》首折，末扮細酸為王文舉是也。」⑫按細酸之「細」有文弱儒雅之意。胡氏所引《倩女離魂》劇，今《元曲選》本無「細酸」二字；但周憲王《辰勾月》有「末扮

---

⑲〔元明〕湯式：《筆花集》，收入俞為民、孫蓉蓉編：《歷代曲話彙編・明代編》第一集，頁三。

⑩〔宋〕周密：《武林舊事》，收入俞為民、孫蓉蓉編：《歷代曲話彙編・唐宋元編》，〈乾淳教坊樂部・雜劇色〉，頁一四五。

⑪〔元明〕湯式：《筆花集》，收入俞為民、孫蓉蓉編：《歷代曲話彙編・明代編》第一集，頁三。

⑫〔明〕胡應麟：《少室山房筆叢》，〈細酸之稱〉條，收入俞為民、孫蓉蓉編：《歷代曲話彙編・明代編》第一集，頁六四四。

細酸上」之語，康海《王蘭卿》亦有「正旦唐巾，長衫改扮細酸上」之語。

(5)木大：山谷詞有「副靖傳語木大」之語，院本亦有「呆木大」之目。王靜安先生謂「木大」即唐之「癡大」，且引《朝野僉載》「散樂高崔嵬善弄癡大」語為證。木大、癡大，當指呆笨、魯愚一類的人物。

(6)卜兒：北雜劇和南戲文皆作老婦人之義。《金元戲曲方言考補遺》云：「老婦人『娘』之省。元刻本曲文娘皆作「姏」，後省為卜，又變作孛兒。金院本諸雜院本有『三偌一卜』，是此字由來已久。」胡忌謂「鴇兒在北曲雜劇和南戲中皆省作卜兒，多以老旦色扮演。」且引《盛世新聲》【醉太平】小令「老卜兒接了鴉青鈔」句為證。二說皆言之成理。元雜劇中卜兒例作俗稱，為老婦人之義；但如元刊雜劇《相國寺公孫汗衫記》第三折「正末引卜兒扮都子上」、《元曲選》本《竇娥冤》楔子「卜兒蔡婆上」，《梧桐葉》首折「卜兒扮老夫人」，其中之「卜兒」顯然已由俗稱而進入腳色的範圍。但是在元雜劇中逐漸形成腳色的「卜」，後來又被「老旦」所代替，因此明傳奇以後就銷聲匿跡了。

(7)邦老：焦循《易餘曲錄》云：「邦老之稱，一為《合汗衫》之陳虎，一為《盆兒鬼》之盆罐趙，一為《硃砂擔》之鐵旛竿白正，皆殺人賊，皆以淨扮之。然則邦老者，蓋惡人之目也。邦老即鮑老之轉聲。」[73] 靜安先生云：「金元之際，鮑老之名分化而為三，其扮盜賊者謂之邦老，扮老人者謂之孛老，扮老婦者謂之卜兒。皆鮑老一聲之轉，故為異名以相別耳。」胡忌以為鮑老係傀儡歌舞人物，其人物地位與三者皆不同；而認為邦老或為「幫老」之省文，有「那一幫人」的含義；「孛老」則為「拔禾」、「卜兒」即為「鴇兒」，已見上文。院本名目有「邦老家門」。

[73] 〔清〕焦循著，韋明鏵點校：《易餘曲錄》，收入《焦循論曲三種》，頁一九一。

(8)倈兒：或作徠兒，或省作倈、徠，元雜劇中習見，為孩童之義，男性、女性皆可。院本有「酸賣徠」之目。

(9)爺老：官本雜劇有「三爺老大明樂」、「病爺老劍器」二目。靜安先生認為「爺老」即「曳剌」，為走卒之義，其說甚是。馬致遠《薦福碑》雜劇、無名氏《怒斬關平》雜劇，皆有「曳剌」之名。

(10)駕：扮演帝王后妃者，見於元刊本《單刀會》、《元曲選》本《梧桐雨》。《青樓集》有所謂「駕頭雜劇」，即扮演帝王后妃之雜劇。

(11)張千：元雜劇中習見，例作官員侍從。

(12)梅香：元明戲劇中習見，例作丫環。

(13)祇候：元明戲劇中習見，例作衙役。

(14)胡子傳、柳隆卿：元雜劇中幫閒之小人，專門引人為非作歹，例由淨丑扮飾，如《冤家債主》、《殺狗勸夫》諸劇皆有之。

據筆者統計，宋金雜劇院本所用之俗稱有：引戲、戲頭、旦（妲）、孤、酸、木大、厥（撅）、卜、和（禾）、爺老、偌、哮、鄭、邦老、列良、都子、良頭、防送、徠、捷譏（捷劇）等二十目之多。元雜劇有：駕、舍人、卒子、老孤（孤）、卜兒、夫人、六兒、梅香、店家、媒人、使命、孛老、祇候人、尊子、旦兒、倈（倈兒）、女色、屠戶、婿、眾、窮民、侍婢、樂探、小駕、太后、張千、雜當等二十七目之多，其直用人物姓名者不在此數。宋元南戲有：后、虔、卜、婆、梅等五目。明清傳奇鮮用俗稱，惟梅香、院子、內侍、宮女間或見之；至如《邯鄲》、《南柯》之以官職或劇中人物姓名為稱者甚少。而清皮黃之俗稱又結合劇藝而為腳色專稱矣。

總上所論，可見腳色門類名義之由，誠如祝允明《猥談》所言「本金元闤闠談吐，所謂『鶻伶聲嗽』，今所謂市語也。」生、末之為男子通稱或謙稱，固為市井口語；即旦之為妲兒、淨之為參軍、丑之為紐元子，其間雖經形近、省文和音同、音近之訛變，轉折頗甚，迷其本來面目，但其原本為市語並循俗文學「訛變」之慣例，則一也。

(三)腳色的分化及其與劇藝的結合

隨著戲劇內容形式的由簡趨繁，由粗俗轉精雅，戲劇腳色亦因之而孳乳分化。其間又因劇種不同而名目有別，或含義有異，又因時空流轉而稱謂有殊。於是考其源流，明其變化之跡，前人如胡應麟《少室山房筆叢》、王驥德《曲律》、焦循《易餘曲錄》、黃旛綽〈謝阿蠻論戲始末〉等俱已注意及此。惜其所論粗疏，非止未得其實，尤有貽誤後人之虞。譬如王驥德以裝孤為旦，以砌末為腳色名；焦循割裂「孤裝又謂之五花爨弄」成句，乃有「孤裝、爨弄混而為一」之論；謝阿蠻謂唐明皇時已有「正角八名」。凡此皆一覽而知其謬誤不實。雖然，焦氏就元雜劇以求元雜劇分化之現象，則頗足供吾人參考之資。晚近學者如王靜安《古劇腳色考》、青木正兒《中國近世戲曲史》、周貽白《中國戲劇史》亦皆鉤勒腳色分化之現象，但止於腳色名目間之關係異同，而未及腳色名目之含義，諸如其扮飾之人物類型，劇中地位，以及專擅之技藝，故所論間有未盡其實，而罅漏尤多。蓋腳色名目不同，其所象徵之人物類型和性情則有別，其所表示之劇中地位與所專擅之劇藝亦有殊。論腳色之分化而不顧慮及此，必不能得其分化之理。以下且以腳色之門類與劇種為綱領，論腳色之分化及其所象徵之意義。

1. 生行

南戲	生
傳奇	生、小生
崑曲	老生、冠生、小生
皮黃	鬚生（唱工、作派）、武生（長靠、短打）、武老生（長靠、短打） 紅生（一名紅淨）、小生（扇子生、雉尾生、唱工小生）

以上南戲生行腳色係根據《永樂大典戲文三種》及巾箱本《琵琶記》所輯錄，傳奇係根據《六十種曲》、崑曲係根據王季烈《螾廬曲談》、皮黃係根據徐慕雲《梨園影事》。下文論及其他門類腳色亦同，不再說明。

生行在南戲中只有「生」一種，為劇中男主腳，年紀為青年，但人品每有缺失，如《張協狀元》之張協係見利忘義之徒，《小孫屠》中之孫必達為不悌之兄，《錯立身》之完顏壽馬為浪蕩子弟，但《琵琶記》之蔡邕則為忠正儒雅之秀士，已為明傳奇之典型。傳奇分生行為生、小生二目，係以其在劇中地位而分，也就是說，生為男主腳，小生為次要男主腳，與其年輩無關。明傳奇的「生」大抵以溫厚儒雅或秀俊風流為類型，其年輩大抵為青年，如《繡襦記》之鄭元和、《還魂記》之柳夢梅、《琴心記》之司馬相如、《懷香記》之韓壽皆是；而明傳奇如《精忠記》之岳飛、清傳奇如《長生殿》之唐明皇、《冬青樹》之文天祥則已為老年或壯年。小生如《浣紗記》之越王句踐，而生則為范蠡；《玉合記》中之李王孫，則為生韓君平之岳父。足見小生決非年輩低。傳奇中，生必與旦配，小生必與小旦相配。如《拜月亭》之蔣世隆（生）配王瑞蘭（旦），陀滿興福（小生）配蔣瑞蓮（小旦）；《彩毫記》之李白（生）配許湘娥（旦），唐明皇（小生）配楊貴妃（小旦）。《曲律・雜論第三十九下》云：

嘗戲以傳奇配部色……《琵琶》如正生，或峨冠博帶，或敝巾敗衫，俱嘖嘖動人。……《浣紗》、《紅拂》

等如老旦、貼生，看人原不苛責。[74]

所云「正生」即「生」，「正」字示其主腳之地位，生所扮演之身分或為高官厚爵的官場人物，或為窮酸困苦的落拓士子均可，但扮相演技卻要嘖嘖動人。所謂「貼生」，傳奇中未見，意味當如「貼旦」，即貼加之生腳，地位次於「正生」，或即同於「小生」；因其為次要腳色，故看人原不苛責其技藝。

明嘉靖以後，崑曲勃興，至清乾隆轉衰，風行宇內二百餘年，乾隆間李斗《揚州畫舫錄》所記載之崑班，已自有其腳色系統，即所謂「江湖十二腳色」。其中生行包括老生、正生二目，「小生」雖不在「十二腳色」之內，但見於所記洪班腳色中，故其生行實際含老生、正生、小生三目[75]。王季烈《螾廬曲談》之「冠生」，蓋以其戴冠為名，其地位或即「正生」。所謂「老生」、「小生」顯然以年輩分。黃南丁〈新樂府人物誌〉記載民國十八年崑曲傳習所的各門腳色，其中分為小生、老生兩種，小生又分巾生、官生、黑衣、鞋皮、雉尾五目，老生又分外、生、末三目。所謂的「生」大概就是「正生」，但他是屬於「老生」類；傳奇屬於「末」的「外」、「末」，他也併入「老生」類。而「小生」的分目尤其紛煩。黃氏云：

小生以唱官生為尤貴，因為官生的嗓子甚高，唱巾生的怕夠不上。老生與外亦不一致。[76]

黃氏又說老生的「嗓子要恰好夠用，說白要沉著有勁，做工要老到，入情入理。」「老外的嗓子較老生稍闊，比

[74] 〔明〕王驥德：《曲律》，《中國古典戲曲論著集成》第四冊，頁一五九。

[75] 〔清〕李斗著，汪北平、涂雨公校訂：《揚州畫舫錄》，頁一二二。

[76] 黃南丁：〈新樂府人物誌〉，《戲劇月刊》第一卷第一一號（一九二九年五月），頁二一。

白面稍蒼。」其餘黃氏未作說明。按齊如山先生《國劇藝術彙考》第十章〈腳色名詞〉中，列舉崑班中小生，分作以下數目，並作說明：

扇子生：如〈佳期〉中的張君瑞、〈琴挑〉中的潘必正，《游園驚夢》中的柳夢梅，都是這一種。扮此腳者，須精神活潑，身段柔和，舉止文雅，話白輕脆，方為合格。

巾生：與扇子生並沒有什麼分別，因為此腳戴高方巾、文生巾，所以名曰巾生。手持摺扇者，便名曰扇子生，不持扇子者，便名曰巾生。兩者如果必要分析時，則巾生之動作，又較為溫文及靜穆，不及持扇者之活潑。

紗帽生：如《香祖樓》傳奇中之仲文，《茂陵絃》傳奇中之司馬相如，《陽關》中之李益等等都是，因其頭戴紗帽也。這種腳色、話白、動作都比扇子生莊重，唱腔之韻味，也稍有分別。

冠生：也寫為官生。性質與紗帽生大致相同。不過據老輩說，扮演太子或小王者，均可名曰冠生，因其戴有龍之冠也。而不能叫作紗帽生。

雉尾生：因其頭上總插雉尾，故特有此名。如《轅門射戟》中之呂布、《監酒令》中之朱虛侯等都是。扮此者須舉止靈活健捷，唱白均須堅脆爽利，倒不需要多好武功。[77]

齊氏說這五個名詞都是崑班中口頭說的，劇本中是看不到的。換句話說，那都是崑班中的「行話」，而不是標示在劇本中的正式腳色。可是「行話」的傳播既廣且遠，無形中也逐漸成為戲劇腳色了。這五個腳色名詞顯

[77] 齊如山：《國劇藝術彙考》，《齊如山全集》第六冊，頁三七四〇－三七四二。

然是由扮飾的特徵而命名的，扮飾不同，其技藝也隨之有別。黃氏所云的「黑衣生」，曾舉「拾柴潑粥的呂蒙正」為代表，則「黑衣生」當指身著黑衣扮演落拓書生的腳色；至於「鞋皮」，或即「紗帽生」，蓋緣其所著之靴而稱之。

皮黃之生行，徐氏謂唱工鬚生如《碰碑》之楊繼業，作派鬚生如《四進士》之宋士杰。長靠武生如《長板坡》之趙雲，短打武生如《四杰村》之余千。長靠武老生如《定軍山》之黃忠，短打武老生如《八蠟廟》之褚彪。紅生如《古城會》之關公。小生類中之扇子生重作工、表情，如《拾玉鐲》之傅朋；雉尾生重武工、作、白，如《黃鶴樓》、《蘆花蕩》之周瑜；唱工小生重唱工，如《叫關》之羅成。又云：「生角多飾為忠臣、孝子、賢相、學者，或儒將、俠士等，其唱、作、念、白、武工、身段，皆須精到，方可謂之全材。百年來僅一京劇鼻祖程長庚，堪當之而無愧。」《國劇藝術彙考》對於皮黃生行列舉老生（又分正生、做工老生、靠把老生三目）、小生（又分扇子生、巾生、紗帽生、冠生、武小生、娃娃生六目）、武生（又分長袍、短打二目）、紅生。其中所謂「扇子生、巾生、紗帽生、冠生、雉尾生」皆襲自崑班。齊氏釋各類腳色如下：

老生：梆子亦有此名，俗又叫作鬍子生、鬚生，但戲界人則沒有這種說法。現在皮黃班中，凡中年以上的正人君子，都用老生扮演。

正生：皮黃中的正生就是老生，凡扮演皇帝，或專重唱工的戲，都算是正生戲。嗓音須正當，歌唱要規矩，要莊重宏亮，方為合格。比方《金水橋》、《讓成都》、《大登殿》、《打金枝》等戲都是這一種。演這種戲的人，不但身段要莊重，連唱腔也要規矩平正，最忌諱伶巧花梢。

紅生：亦正生之一。所以名曰紅生，是因為關羽的戲而來。十之八九唱嗩吶腔，且都是翻高唱，所以難唱。《青石山》的關羽,《龍虎鬪》的宋太祖,《采石磯》的徐達等,或紅臉,或不紅臉,都算紅生戲。俗名叫紅頭,也叫作紅淨。

做工老生:很像崑曲中之外,……關於忠僕的戲最多,如《一捧雪》之莫成、《戰蒲關》之劉忠;其唱工、做工,均須蒼老練達;也叫作衰派老生。

靠把老生:梆子叫武鬚子生,皮黃中都由老生兼任。其話白要清脆,唱工要靈活,身段把子要敏捷方妥,與專能打者不同。

小生:扇子生等四目已見前文。

武小生:與雉尾生確係一種,不過崑班名曰雉尾生,皮黃名曰武小生;如《八大錘》之陸文龍,《九龍山》之楊再興是,與武生身段有別。

娃娃生:凡戴都子頭之人,則小生、娃娃生俱可演,若戴孩兒髮者,則必須由娃娃生扮演,唱腔與小生不同。

武生:可以兼演武老生或淨腳的戲。其動作須穩練大方,聲音更須響亮有力,雍容華貴更是不可少,戲界稱為長袍武生,俗語稱作靠把武生。

短打武生:穿打衣、打褲等短衣服,有別於長靠;動作必須矯健靈活,唱白也要爽脆。78

2. 旦行

78 齊如山:《國劇藝術彙考》,《齊如山全集》第六冊,頁三七三八—三七四〇、三七四二—三七四四。

宋雜劇	旦
南戲	旦、貼（占）
元雜劇	(1)正旦、外旦、小旦、老旦（元刊本，下同） (2)正旦、副旦、貼旦、小旦、外旦、大旦、二旦、老旦、旦兒、駕旦、搽旦、色旦、魂旦、眾旦、林旦、岳旦（《元曲選》本，下同）
傳奇	旦、貼（占）、小旦、小貼、老旦、老貼
崑曲	正旦、貼旦、老旦、作旦、刺殺旦、閨門旦
皮黃	青衣（正旦）、花旦、花衫、老旦、彩旦（丑旦）、刀馬旦、閨門旦、玩笑旦、潑辣旦、武旦、貼旦

以上旦行腳色，宋雜劇係根據《武林舊事》，元雜劇(1)類係根據《元刊雜劇三十種》，(2)類係根據《元曲選》。下文論及其他門類腳色亦同，不再說明。

在宋雜劇中尚有所謂「裝旦」，誠如上文所云那只是俗稱，非屬腳色；但是見於《武林舊事》卷六〈諸色伎藝人・雜扮〉者項下的「旦」[79]，則顯然是腳色無疑。那或許是和「紐元子」演對手戲的，可能類似「禾旦」的性質。

南戲旦行衍為二目，「旦」為劇中女主腳，《小孫屠》扮妓女李瓊梅，為淫蕩之婦；《張協狀元》扮貧女；《錯立身》扮女優王金榜；其年輩雖為少女，但性行未必端莊；至《琵琶記》以扮趙五娘，才奠立嫺雅莊重的典型。另一目「貼」見於《張協狀元》與《琵琶記》：《張協狀元》僅見於劇末下場詩，與淨合念「梓州重合鸞鳳偶」一語，殆即劇中之「占」，「占」為「貼」之省，又作「后」，此「后」用指王樞密女勝花，何以稱作「后」，未得其解；當為「占」之形近訛誤。《琵琶記》以貼扮牛丞相女。其地位均次於「旦」。其義蓋如徐渭

[79] 〔宋〕周密：《武林舊事》，收入俞為民、孫蓉蓉編：《歷代曲話彙編・唐宋元編》，〈諸色伎藝人・雜扮〉，頁一六九。

《南詞敘錄》所云：「貼，旦之外貼一旦也。」

元雜劇「旦行」腳色，元刊本止四目，《元曲選》有十六目；一方面是因為《元曲選》為不刪節的全本，二方面是因為《元曲選》顯然有明人增飾的筆墨，所以《元曲選》的名目較元刊本多了許多。元雜劇以「正旦」為女主腳，往往省作「旦」，不省者元刊本止《調風月》一種。它的主要意義是與「末」腳同負主唱的任務，如果劇本由他主唱，便叫「旦本」。因此「旦」腳在元雜劇中，其所扮飾的人物便很複雜，如《調風月》扮侍妾燕燕、《鴛鴦被》扮李府尹之女李玉英、《謝天香》扮妓女謝天香、《張天師》扮桂花仙子又扮嬤嬤、《蝴蝶夢》扮王婆婆、《紅梨花》扮妓女謝金蓮又扮賣花三婆、《㑳梅香》扮丫環樊素、《望江亭》扮寡婦譚記兒。元刊本有「外旦」者，則無「小旦」；有「小旦」者，亦無「外旦」。所謂「外旦」，緣徐文長之意，即「旦之外又一旦」，其例有如「外末、外淨」；所謂「小旦」，當如「外旦」，亦為表示次於正旦之意。《元曲選》之「小旦」如《梧桐葉》扮正旦李雲英妹，《薛仁貴》大旦扮薛妻柳氏、小旦扮英國公女為薛次妻，已有年輩大小之意；至於《魯齋郎》以小旦扮李嬌兒與李俫（喜童）並為孩童，又一小旦扮張玉姐與張俫（金郎）亦並為孩童，則顯然為年輩輕幼之意。「大旦」除與「小旦」對舉之外，如《冤家債主》、《凍蘇秦》皆與「二旦」並稱，以之為妯娌；「二旦」又與搽旦對舉，如《合同文字》、《兒女團圓》，亦以為妯娌，而以搽旦為長，二旦為幼，則「二旦」之意與年輩有關，類如小旦；「大旦」亦有與「俫旦」扮為妯娌者，如《神奴兒》，而以「大旦」為長，則「大旦」之命義乃取其年輩。「貼旦」見《碧桃花》扮徐端夫人、《玉壺春》扮妓女陳玉英、《魯齋郎》扮張珪妻李氏，三劇皆有明人所作之嫌。「老旦」例扮老婦人，取其年輩老邁之義。旦兒為介於俗稱與腳色間之名詞，已見前論。「駕旦」見《梧桐雨》扮楊貴妃，「駕」取其帝王后妃之義，《青樓集》有「駕頭雜劇」，即扮演帝王后妃之雜劇。「搽旦」例扮品行不端之婦女，如《陳州糶米》之王粉蓮為妓女、《張天師》之封姨、《燕青博魚》與

《神奴兒》之王臘梅、《秋胡戲妻》之羅大戶妻、《合同文字》之楊氏、《黑旋風》之郭念兒等皆為惡婦，《金線池》、《劉行首》俱扮鴇母，按《灰闌記》第一折搽旦扮馬員外妻，其上場詩云：

> 我這嘴臉實是欠，人人讚我能嬌艷；只用一盆淨水洗下來，倒也開的胭脂花粉店。[80]

按《青樓集》有「花旦雜劇」，元人謂妓以墨點破其面謂之花旦，殆即「搽旦」之流。「色旦」惟見《陳摶高臥》，扮美女，則取其顏色姣好之義；「魂旦」惟見《倩女離魂》，扮倩女之離魂，蓋以正旦戴魂帕，故云。「眾旦」已見前文。「林旦」見《劉行首》，扮林員外妻；「岳旦」見《鐵拐李》，扮岳孔目妻；此以姓氏見義。「副旦」惟見貨郎旦扮張三姑，主唱二三四三折。可見《元曲選》「旦行」孳乳殊甚。

傳奇之「旦」大抵皆扮演與「生」相配之女主腳，以知書達禮、貞淑義烈為典型；「小旦」為次於「旦」之主要女腳色，例扮年輕婦女，而與「小生」相配。傳奇中用「正旦」者絕少，蓋以「旦」為「正旦」之義；但如《彩毫記》即以正旦扮李白妻許湘雲，又以扮嫦娥。而《金蓮記》以旦扮東坡妻王氏，又以「正旦」扮夢巫，反以「正旦」為配腳，則為少數之例外。《曲律・雜論第三十九下》云：

> 嘗戲以傳奇配部色，則《西廂》如正旦，色聲俱絕，不可思議；……《還魂》、「二夢」如新出小旦，妖冶風流，令人魂銷腸斷，第未免有誤字錯步。[81]

[80] 〔元〕李潛夫：《包待制智賺灰闌記》，收入〔明〕臧懋循：《元曲選》第三冊（北京：中華書局，一九八九），頁一一〇八。

[81] 〔明〕王驥德：《曲律》，《中國古典戲曲論著集成》第四冊，頁一五九。

「正旦」要「色聲俱絕」，可見要扮相好、演技佳、唱工獨到；而「小旦」之「妖冶風流」，則動作要輕佻活潑，非年輕女子不可。以年輩論，「旦」固可為少女，如《繡襦記》之李亞仙、《綠牡丹》之車靜芳、《還魂記》之杜麗娘；亦可為中年婦女，如《尋親記》之周羽妻郭氏、《鳴鳳記》之鄒應龍妻、《三元記》之馮商妻。而「小旦」就劇中地位言，雖為次於「旦」之女腳色，但就年輩言，則與「老旦」對稱，如《精忠記》扮岳飛女、《浣紗記》扮旦趙文姝義妹魚惠蘭、《金蓮記》扮東坡侍妾朝雲、《四喜記》扮教坊妓董青霞等皆為年輕女子。小旦因主扮年輕女子，故有時亦可飾為青年男子，如《運甓記》扮陶侃之子陶洪，而《千金記》之飾演沛公劉邦則為較特出之例子。「貼旦」可省作「貼」或「占」，已見前文。就劇中地位而言，大抵為對於旦而居於配腳，如《殺狗記》中妾迎春之對於正妻楊月真，《八義記》中侍女春來之對公主，《南西廂》紅娘之對鶯鶯，皆扮年輕女子；但如《浣紗記》之越王夫人對西施，《繡襦記》之養母對妓女李亞仙，《千金記》之韓信岳母對韓信妻高氏，則扮老婦，故「貼旦」不可以年輩論。「小貼」見《三元記》扮金氏之母，《曇花記》扮房太尉女房瓊瑤，蓋亦取副中又副之義，與年輩無關；即如《邯鄲記》之以「老貼」扮妓女鍋邊秀，亦與年輩無關，「老」字蓋取「醜」意。

崑曲「旦行」，李斗所謂的「江湖十二腳色」舉「老旦、正旦、小旦、貼旦」四目。又云：

> 小旦謂之閨門旦；貼旦謂之風月旦，又名作旦，兼跳打謂之武小旦。[82]

據此則所謂「閨門旦」云云，乃「小旦」等之俗稱；「作旦」乃「貼旦」俗稱之又名，王季烈分為二目，恐怕

---

[82] 〔清〕李斗著，汪北平、涂雨公校訂：《揚州畫舫錄》，頁一二四。

有誤。見於〈新樂府人物誌〉者有「五旦、六旦、正旦、作旦、刺殺旦」五目，並云：

五旦即閨門旦，演五旦的人面貌須貞靜幽雅，舉止應端正莊重，發音要婉轉沉著，表情必細膩周到。……（如）《牡丹亭》的杜麗娘、《西樓記》的穆素徽、《長生殿》的楊太真、《販馬記》的李桂枝。……總之，五旦須得一靜字，方為入化。……六旦的戲難在要八面靈活，唱做表情，應有一稱天真爛漫的神氣，而於眼風一層，又為六旦唯一的表情身段，當嬌小，舉止須稚氣，方算合格。83

對於「刺殺旦」黃氏認為嗓音要夠，同時應兼具跌撲的功夫。所謂「五旦」、「六旦」乃劇界行話，蓋就腳色之排列秩序而名。

皮黃之「旦行」，徐慕雲於《中國戲劇史》中〈旦之類別〉云：

青衣（小嗓）重唱工、念、白，如《祭江》之孫尚香。花旦（小嗓）重作工、說白，如《胭脂虎》之石中玉。花衫（小嗓）重唱、作、念、白，兼擅花旦、青衣，如全本《玉堂春》之蘇三。刀馬旦（小嗓）重唱、白、武工，如《穆柯寨》之穆桂英。閨門旦（小嗓）重作、白，飾為未婚少女，如《梅龍鎮》之李鳳姐。玩笑旦（小嗓）重作、白，善嬉戲，如《打櫻桃》之平兒。潑辣旦（小嗓）重作、白，擅潑辣狠毒，如《雙釘計》之白金蓮。貼旦（小嗓）重作、白，為正旦之輔，崑班常用此名，如《西廂記》之紅娘。刺殺旦（小嗓）重作、白、跌撲工夫，崑班當用此名，如《刺虎》之費貞娥。武旦（小嗓）重武工、出手，如《泗洲城》之水怪。老旦（本嗓）重唱、白，飾為老婦人，如《釣金龜》之康氏。彩旦（本

83 黃南丁：〈新樂府人物誌〉，《戲劇月刊》第一卷第一一號（一九二九年五月），頁二一—二三。

嗓）重說白，擅詼諧，如《法門寺》之劉媒婆。

旦之種類雖多，但大別之亦不過青衣、花旦、老旦、彩旦、武旦數種而已。老旦、武旦皆係專工，彩旦多由丑角兼演，餘者恆由一人兼飾並演，十九皆歸併於花衫一類矣。……曩年旦角，能唱者多不能作，能作者亦每不能唱。今則青衫、花旦、刀馬、閨門、玩笑、潑辣等行，一人無不能之。故今日業旦者，亦均自號曰某某花衫，蓋即謂花旦與青衫兼擅之意也。84

齊氏《國劇藝術彙考》所舉之皮黃旦行腳色有閨門旦、青衣、悲旦、小旦、花旦、花衫子、潑辣旦、貼、武旦、刀馬旦、彩旦、老旦、宮女丫環等十三目，並云：

閨門旦：這是戲界中的口頭名詞。飾演閨中少女，如《御碑亭》中的妹妹，《鴻鸞禧》中的金玉奴。這也是兩抱的戲，凡唱工多的歸青衣兼演，作工多或活潑些的就歸花旦兼演。但有一個要點，即閨門旦的戲要舉止端莊靜雅，唱工要秀韻悠揚，方為合格。

青衣：又名青衫子。按性情說，青衣就是正旦，就是閨門旦。因為百餘年來，聰明貌美的人都去學花旦戲，所以正旦戲中只賸幾齣，如《三娘教子》、《桑園會》、《硃砂痣》、《探陰山》、《賣糕乾》等呆呆板板穿青褶子的戲歸了青衣，所以皮黃就利用梆子腔中青衫子的名詞，簡言之曰青衣。青衣要有好嗓子，又要有好作工，例演中年婦人。

悲旦：有一些演青衣的旦腳，短於作工、扮像稍差，只是嗓子好，只能演歌唱戲見長，如《賣餑餑》、

84 徐慕雲：《中國戲劇史》（上海：上海古籍出版社，二〇〇八），頁一七四－一七五。

《探陰山》、《斬竇娥》、《戰太平》、《孝感天》等只有苦的悲情，沒有其他表情，所以又起了這個名詞，然而尚不夠獨立一派。

小旦：戲界中人把閨門旦、花旦統名之曰小旦，劇本中也恆見此二字。

花旦：因其所穿衣服華麗，動作輕佻活潑，故名花旦。如《玉堂春》、《穆柯寨》、《花田錯》、《樊江關》、《雁門關》等都是花旦正戲。

花衫子：因為一般人把傳奇中的正旦，誤認為是現在的青衣，可是《牡丹亭》中的杜麗娘、《風箏誤》中的詹叔娟，《會審》中的玉堂春、《彩樓配》中的王寶釧、《打金枝》中的公主等等人物，說他們是青衣，他們都不穿青褶子；說他們是花旦，但舉止都很穩重，而衣服卻相當華麗，所以特名之曰「花衫子」，簡稱「花衫」。

潑辣旦：演這路戲唱白須犀利有力，作工可想而知。潑辣的結果難免有刺殺的情節，故又名刺殺旦，而其原因經過，則不外淫浪，故又有浪旦之名。如《十二紅》、《海慧寺》、《殺子報》等是其正戲。

貼：現在戲班中的習慣，多以為貼就是花旦，所以寫作劇本的人，凡遇花旦，還有寫作貼字的。

武旦：凡帶打的旦腳都算是武旦，如花碧蓮、郝四玉、鮑金玉、張桂蘭等都是它的正戲。

刀馬旦：咸豐同治以後，戲界以只有打把子，沒有表情，沒有歌唱的戲，都算是武旦戲；把子以外，有作工或唱工的戲，都算是刀馬旦的戲。刀馬旦之名來自梆子腔。

彩旦：梆子腔始有此名。如《八蠟廟》的小老媽，《春秋配》的後娘、《浣紗記》的東施都是彩旦戲。凡彩旦戲都歸丑、花旦兼演，和刀馬旦一樣，都是兩抱着的戲。

老旦：扮演年老的婦人，性質名稱，數百年來都是如此。

宮女丫環：此類腳色之來源大致是：徒弟自幼學旦腳，倒嗓之後，嗓子沒回來，或有嗓而不會唱，只好做那既無唱工、又無動作的宮女丫環，所以俗名就叫作「跑宮女丫環的」，簡言之曰「宮女丫環」。其實這是「雜旦」的性質。[85]

3. 淨行

宋雜劇	副淨（次淨、付淨、副靖）
南戲	淨
元雜劇	(1)淨、外淨、二淨
	(2)副淨、董淨、薛淨、胡淨、柳淨、高淨
傳奇	淨、副淨（付淨）、大淨、中淨、小淨
崑曲	正淨、白淨、副淨
皮黃	正淨、副淨、武淨

宋金雜劇院本雖然看不到「正淨」之名，但其實即為「引戲」，已見前論。副淨之「副」又作「付」，見湯式《筆花集》般涉調【耍孩兒】套【二煞】「付淨色腆囂龐、張怪臉、發喬科、冷諢、立木形骸與世違」[86]，所述付淨色之特質與《水滸傳》之「貼淨」相近。又作「次」，見《武林舊事》，其義並同[87]。作「付」，取其

[85] 齊如山：《國劇藝術彙考》，《齊如山全集》第六冊，頁三七四五－三七六三。

[86] 〔元明〕湯式：《筆花集》，收入俞為民、孫蓉蓉編：《歷代曲話彙編．明代編》第一集，頁三。

[87] 〔宋〕周密：《武林舊事》，收入俞為民、孫蓉蓉編：《歷代曲話彙編．唐宋元編》，〈乾淳教坊樂部．雜劇色〉，頁一四五。

音，作「次」、「貼」，取其義。「淨」又作「靖」，見山谷詞，取其音同。

南戲但有淨而無副淨，《永樂大典戲文三種》及《琵琶記》皆用此腳，扮演各等閒雜人物，如《小孫屠》扮幫閒、媒婆、朱令史、王婆、禁子等，《琵琶記》扮蔡婆、老姥姥、媒婆、書生、社長、長老、侍從、書童、瘋子、拐兒等，往往與末演滑稽之對手戲，猶有宋金雜劇院本之遺風。

元雜劇之「淨行」淪為閒雜腳色，情形與南戲同，緣故是戲劇發展的結果，已不再像宋金雜劇院本之以滑稽為主。元刊本「外淨」，惟見於《冤家債主》，其義與「外旦」、「外末」同，即淨之外又一淨之意；用表劇中地位次於淨。「二淨」見於《霍光鬼諫》、《王粲登樓》二劇，其義亦與「二旦」同，亦用表劇中地位次於淨。《元曲選》之「外」已專為「外末」之稱，而「副淨」只見於《竇娥冤》扮張驢兒；「高淨」見《百花亭》扮高常彬，「胡淨」、「柳淨」見《冤家債主》扮胡子傳、柳隆卿，「董淨」、「薛淨」見《灰闌記》扮解子二人，為冠以姓氏以資鑑別，如「林旦」、「岳旦」者然。淨在元雜劇中或扮演奸邪人物，或扮演滑稽之市井小民。前者如《漢宮秋》之毛延壽、《陳州糶米》之劉衙內與小衙內、《合汗衫》之陳虎等；後者如《東堂老》之揚州奴、《曲江池》之趙大戶、《來生債》之行錢等。亦有扮演老婦人者，如《合汗衫》之趙氏、《老生兒》之李氏。

傳奇中之「淨」，其嗓音腔調、舉止動作逐漸有其特色，照例扮作反派人物之主腳，如《浣紗記》之吳王、《千金記》之項羽、《精忠記》之兀朮、《鳴鳳記》之嚴嵩等。「副淨」為「淨」之次腳，亦作「付淨」，如《鳴鳳記》扮嚴嵩子世蕃，前作「副淨」而第三十一齣作「付淨」。淨亦有扮為閒雜人物者，如《南西廂》扮春郎、法聰、《千金記》扮老倉官、《精忠記》扮裁縫師等；副淨仍有扮老嫗丫環者，如《琴心記》扮丫環、《鸞鎞記》扮老婦為李補闕妻。「大淨」見《玉簪記》扮王公子，「中淨」見《金雀記》扮侍女紅霞、《蕉帕記》扮乞兒，「小淨」見《玉簪記》扮王師姑、琴心扮王八、《紅梨記》扮王黼、《西樓記》扮趙伯將；所謂「大淨」、「中淨」、「小淨」皆同劇中另有「淨」腳，足見亦副於「淨」之義，並無年輩或身分之含義。《曲律・雜論第三十九下》云：

> 《荊釵》、《破窰》等如淨，不繫物色，然不可廢。[88]

可見淨色在傳奇中雖非重要腳色，但自有其作用，所扮之人物並無一定。

崑曲之「淨行」，李斗分作大面、二面、三面，蓋以俗稱，且將丑（三面）併入其中[89]。黃南丁〈新樂府人物誌〉但分大面、白面二目，並云：

> 大面的嗓子在崑曲中為最難，因既高又闊，真所謂黃鍾、大呂之音。[90]

蓋大面即正淨，二面即副淨；白面即「白淨」，則專演奸雄有如曹操者，以其塗飾白粉也。

皮黃之「淨行」，徐慕雲於《中國戲劇史》中「淨之類別」云：

> 淨部雖僅正淨、副淨、武淨三門，然以其命名起於塗面之故，因而塗面之「丑」亦有「小花面」之稱焉。正淨又名銅錘，據云係得名於《二進宮》徐彥昭手抱銅錘之故。又梆子班中因包龍圖而塗黑色，且包戲亦如徐彥昭之偏重唱工，因而凡專唱工之花臉，又恆以「黑頭」呼之。其專長在於唱工之繁重，態度之

[88] 〔明〕王驥德：《曲律》，《中國古典戲曲論著集成》第四冊，頁一五九。

[89] 〔清〕李斗著，汪北平、涂雨公校訂：《揚州畫舫錄》，頁一二二。

[90] 黃南丁：〈新樂府人物誌〉，《戲劇月刊》第一卷第一一號（一九二九年五月），頁六。

沉毅，故嗓音首須嘹亮宏碩，當得黃鍾、大呂之稱者方能合格。至正淨所扮之人，非王侯即將相，氣魄自應磅礴也。

副淨所扮之人，不似正淨僅扮忠良之單純，奸相權臣、悍將梟帥、土豪惡霸，與夫巨盜兇寇，均有其份。故首須將各人之個性、身份加以揣摩分別清楚，而後始能恰到好處。至其做工之繁難，工架之大方，念白之爽辣，神態之猛烈，勾臉之精緻，尤非指重唱工之正淨及專尚打武之武淨所可比擬。故淨部當以此為最難云。

武淨以摔打慓悍為主，神態須活潑，武工須矯健，方有可觀。武淨之正戲，為數本甚寥寥，自《拿高登》、《鐵籠山》、《四平山》、《九江口》、《通天犀》、《別姬》諸劇為武生兼演後，武淨無用武之地矣。紅淨似專為關雲長、趙玄郎、李克用而設，實則仍以關戲為多。業此者須文武兼長，崑徽並擅，方能見佳。此外尤須具正淨之穆肅威儀，副淨之神妙做派，武淨之穩練武工，然後方能勝任。[91]

齊氏《國劇藝術彙考》皮黃之淨行有紅淨、銅錘花臉、大花臉、架子花臉、二花臉、三花臉等六目[92]。所謂銅錘花臉、大花臉、架子花臉，俱為「正淨」之俗稱。

4. 末行

宋雜劇	末（末泥）、副末（次末）
南戲	末、外

[91] 徐慕雲：《中國戲劇史》，頁一七八－一七九。

[92] 齊如山：《國劇藝術彙考》，《齊如山全集》第六冊，頁三七六五－三七七一。

元雜劇	(1)正末、外末、駕末、外孤、小末、孤末、眾外 (2)正末、沖末、外、小末（小末泥）、副末
傳奇	末、副末（付末）、小末、外、小外
崑曲	末、外
皮黃	併入生行

宋雜劇之末行雖有末、副末二目，但「末」已成劇外之「主張」，已見前論。「次末」見《武林舊事・乾淳教坊樂部・雜劇色》93。歐陽修〈與梅聖俞〉書簡云：

正如雜劇人，上名下韻不來，須勾副末接續爾。94

可見副淨、副末對口演出之情況。張炎【蝶戀花】〈題末色褚伴良寫真〉云：

濟楚衣裳眉目秀，活脫梨園，子弟家聲舊。諢砌隨機開笑口，筵前戲諫從來有。　戛玉敲金裁錦繡，引得傳情，惱得嬌娥瘦。離合悲歡成正偶，明珠一顆盤中走。95

這首詞的前半闋正說明宋金雜劇院本中「副末」與「副淨」打諢諷諫的任務，而後半闋則說明與旦腳合演的情

93 〔宋〕周密：《武林舊事》，收入俞為民、孫蓉蓉編：《歷代曲話彙編・唐宋元編》，〈乾淳教坊樂部・雜劇色〉，頁一四五。

94 〔宋〕歐陽永叔：《歐陽修全集》（上海：上海中央書店，一九三六），第六冊，〈書簡卷六〉，頁一四二。

95 〔宋〕張炎：《山中白雲詞》（臺北：商務印書館，一九六八），頁一一七。

形，已經有元雜劇「軟末泥」的韻味了。由此也可以看出末色在宋元之際的變化。《水滸傳》第八十二回云：

> 第三個末色的：裹結絡毬頭帽子，著笆役疊勝羅衫。最先來提掇甚分明。念幾段雜文真罕有。說的是敲金擊玉敘家風，唱的是風花雪月梨園樂。[96]

看句意，似指劇中各方面的情景，尤其「提掇」一語，更與「末泥色主張」相合。《筆花集》般涉調【耍孩兒】套【二煞】云：

> 付末色說前朝、論後代、演長篇、歌短句、江河口頰隨機變。……末泥色歌喉撒一串珍珠。[97]

此「付末」與「付淨」並敘，當為宋金雜劇院本之主演者「付末」，而「末泥色」與「粧旦色」同說[98]，則當為元雜劇之主唱者「正末」。蓋當時劇場搬演乃如杜仁傑〈莊家不識勾欄〉般涉調【耍孩兒】套所云：「前截兒院本《調風月》，背後么末敷演《劉耍和》。」[99]所謂「么末」乃元雜劇之俗稱[100]；亦即金元之際，院本、雜劇同

---

96 〔元〕施耐庵、〔明〕羅貫中著：容與堂本《水滸傳》，第八十二回〈梁山泊分金大買市　宋公明全夥受招安〉，頁一二〇五。

97 〔元明〕湯式：《筆花集》，收入俞為民、孫蓉蓉編：《歷代曲話彙編・明代編》第一集（合肥：黃山書社，二〇〇九），頁三。

98 粧旦原為宋雜劇臨時性之腳色，取其扮飾婦女之義，僅為「俗稱」，而《筆花集》既名之以「色」，則已為腳色之稱，亦即與「末」對待之「旦」色。

99 〔金元〕杜仁傑：〈莊家不識勾欄〉，曾永義編撰：《蒙元的新詩——元人散曲》（臺北：時報文化出版公司，一九九九

時間雜演出。張炎【蝶戀花】所云蓋亦因此之故。

南戲之「末」俱用作開場，儼然有劇團團長之尊，蓋即宋金雜劇院本末泥為長之意。亦扮演劇中閒雜之男性人物，如《小孫屠》扮孫必達之友與孫必達之弟必貴；《琵琶記》扮張廣才、院子、小黃門、站官、首領官、書生、五戒等人物。「外」蓋即「外末」之省，《錯立身》扮完顏壽馬之父、《琵琶記》扮蔡公、牛丞相、山神，皆以之飾演老漢。

元雜劇之「正末」或省稱「末」，元刊本如《追韓信》、《博望燒屯》、《紫雲庭》皆然。「正末」、「正旦」並為元雜劇之男女主腳，劇本由「正末」主唱，即稱「末本」。因此「正末」在劇中所扮飾之人物很複雜，與其年輩、身分、性情無關，但為獨唱全劇者，即由「正末」扮演。如元刊本《單刀會》首折扮喬國老、次折扮司馬德操、第三四折扮關羽，《冤家債主》首折扮增福神、次折扮周榮祖、第三四折扮莊老，《任風子》扮任屠，《汗衫記》扮員外，《薛仁貴》首折扮杜如晦、第二四折扮孛老、第三折扮拔禾，《貶夜郎》扮李白，《介子推》第一至三折扮介子推、第四折扮樵夫，《東窗事犯》楔子與首折扮岳飛、次折扮呆行者、第二楔子與第四折扮虞候何宗立、第三折扮岳飛魂。再如《元曲選》《漢宮秋》扮漢元帝，《陳州糶米》首折扮張古、第二至四折扮包拯，《玉鏡臺》扮溫嶠，《玉壺春》扮李斌，《李逵負荊》扮李逵等等，可以說包括了傳奇、皮黃中的各行男腳色。「外末」義如「外旦」、「外淨」，即末之外又一末的意思，為次於末的男腳色。元雜劇往往省作「外」，故「外」逐漸成為「外末」的專稱，元刊本如《單刀會》、《調風月》、《遇上皇》、《陳摶高臥》等等皆然；至《元曲選》則但有「外」而無「外末」，而如《救風塵》之宋引章必稱「外旦」，可見已經定型。其所扮飾之人物，如《漢

八），頁一八二。

100 詳見拙文：〈有關元雜劇的三個問題〉，收入《中國古典戲劇論集》（臺北：聯經出版事業公司，一九七五）。

宮秋》扮尚書、《玉鏡臺》扮王府尹、《殺狗記》扮孤、《合汗衫》扮長老、《謝天香》扮錢大尹、《陳州糶米》扮劉衙內、《虎頭牌》扮使命和經歷與曳刺，《鴛鴦被》與《救風塵》則扮書生張瑞卿和安秀實，可見人物之內涵還是多方面的，但顯然有趨向老漢或官員的意味。《水滸傳》第八十二回云：

> 頭一個裝外的：黑漆幞頭，有如明鏡；描花羅襴，儼若生成。雖不比持公守正，亦能辨律呂宮商。[101]

所描寫的大概是扮演官吏的外色，此「外」當即元雜劇腳色而非院本腳色。「駕末」如「駕旦」，即扮演帝王之「末」，見元刊本《單刀會》。「外孤」即以「外末」扮官吏之意，見元刊本《調風月》。「孤末」同「外孤」，見《紫雲庭》。「小末」見元刊本《冤家債主》與《老生兒》，不明所指；《元曲選》見《桃花女》扮石留住年二十歲、《合汗衫》扮陳豹年十八、《抱粧盒》扮太子時為少年、《看錢奴》扮賈長壽為賈仁之子年二十、《貨郎旦》扮春郎為李彥和之子年十三、《東堂老》作「小末泥」扮李瑞卿之子。「小末」為「小末泥」之省稱，對「末」而言蓋有年輩之別，故例扮青少年。「副末」只見《元曲選》《碧桃花》扮張道南、《灰闌記》扮馬員外、《王粲登樓》扮許達、《蝴蝶夢》扮地方；蓋副末為宋金雜劇院本之主演者，至元雜劇由於戲劇內容、性質不同，故轉為次要腳色，而元雜劇主演者「正末」之副腳已由「外」所居，故「副末」又退而居其次矣。因此，元刊本不見「副末」，《元曲選》亦寥寥可數。「沖末」亦但見於《元曲選》，其作為開場者有《梧桐雨》等六十劇，有如傳奇之「副末」。蓋元雜劇之搬演形式，至明代因受南戲傳奇之影響，故亦用「末」色開場，所謂「沖末」蓋即專指沖場之末。李漁《笠翁劇論》謂「沖場者，人未上而我先上也。」[102]但亦有用為扮飾劇中人物而不作沖場

---

[101] 〔元〕施耐庵、〔明〕羅貫中著：容與堂本《水滸傳》，第八十二回〈梁山泊分金大買市　宋公明全夥受招安〉，頁一二〇五。

用者，如《竇娥冤》之竇天章、《灰闌記》之張琳、《范張雞黍》之孔仲山等，則「沖末」又似有「充末」即充當末色之意，為配腳性質，有如「外末」。「眾外」但見元刊本《薛仁貴》，表示好幾個「外末」的意思。

傳奇的「末」色主要用來開場，也扮演劇中一些次要的閒雜人物。開場大多書作「末」，《六十種曲》本以副末開場者僅見《琵琶記》、《幽閨記》、《運甓記》等三種，由於《琵琶記》第一齣的齣目作「副末開場」，故開場便似乎為副末之職，但巾箱本《琵琶記》但作「末」，可見傳奇開場例為末色之職，「末」自可包括末或副末，為類稱而非分目之稱。末所扮飾之人物如《浣紗記》扮文種、公孫聖、季桓子、內臣等，《香囊記》扮秀才、黃門、官員、賓客等，《千金記》扮仙人、頭目、張良等。「副末」如《鳴鳳記》扮院子、公人等，又作「付末」，同劇另有開場之「末」扮羅龍文等；《琴心記》扮司吏等，《飛丸記》亦作「付末」，扮解子；傳奇中已少見。「小末」但見《彩毫記》扮高力士、《金蓮記》扮蘇邁，其意義對於「末」但有輕重、主輔之分而無年輩之別。「外」如《浣紗記》扮伍員、堂候官，《千金記》扮仙人、項梁、蕭何等，《八義記》扮趙盾，《三元記》扮解子、徐曉山、風水先生等，《玉環記》扮張延賞，皆有趨於飾演老漢之性質；但《精忠記》第十齣扮書生，《玉簪記》扮張玉湖則為年輕人。「小外」，《浣紗記》扮宦官、王駱駿，《琴心記》扮楊得意，《金蓮記》扮黃門，《精忠記》扮岳雲之友，《鳴鳳記》扮郭希顏，《雙珠記》扮陳時策，《曇花記》扮邢和璞，《彩毫記》扮郭子儀；可見「小外」與「小生」類似，為「外」之副腳，並無年輩之義。崑曲的末、外，〈新樂府人物誌〉云：

> 老外的嗓子較老生稍闊，比白面稍蒼。[103]

---

102 〔清〕李笠翁：《閒情偶寄》，《中國古典戲曲論著集成》第七冊，〈詞曲部・格局第六〉，頁六七。

103 黃南丁：〈新樂府人物誌〉，《戲劇月刊》第一卷第一一號（一九二九年五月），頁五。

《國劇藝術彙考》云：

現在觀眾的普通心理，都管戲中的老家院叫作外，或年歲極高的人員也叫外。總之是凡戴白鬚者，都叫作老外；戴黑鬚者，則名曰生或末。[104]

所以〈新樂府人物誌〉有「老生分外、生、末」之語[105]。蓋崑曲中以外扮白髯老生，以老生、末扮黑髯，而老生為主，末為老生之副。至皮黃蓋亦沿崑曲之舊，但又將末、外併入生行之中，而不另存名義，故皮黃無「末行」。

5. 丑行

劇種	丑行
南戲	丑
元雜劇	丑、劉丑、張丑（見《元曲選》）
傳奇	丑、小丑
崑曲	丑
皮黃	文丑、武丑

南戲丑腳止見於《張協狀元》和《琵琶記》，《張協狀元》飾圓夢先生、小娘子等，《琵琶記》扮惜春、媒婆、書生、里正、李旺、縣官、侍從、書童、瘋子、丐子、小二等，皆為市井或滑稽不正經人物。

元雜劇應當沒有「丑」腳，已見前論。《元曲選》所見的「丑」腳，如《陳州糶米》扮楊金吾、《鴛鴦被》

104 齊如山：《國劇藝術彙考》，《齊如山全集》第六冊，頁三七七五－三七七六。

105 黃南丁：〈新樂府人物誌〉，《戲劇月刊》第一卷第一一號（一九二九年五月），頁一。

扮道姑、《合汗衫》扮店小二、《救風塵》扮小閒、《兒女團圓》扮王獸醫、《神奴兒》扮外郎、《謝金吾》扮謝吾，由於是明人所羼入，故其所扮飾之人物性質與傳奇相同，亦與南戲類似；蓋「丑」為南曲系統之腳色，若在北曲系統當屬之「副淨」或「外淨」。

傳奇之「丑」，如《浣紗記》扮伯嚭、東施、公伯寮等，《千金記》扮小廝、王二、小軍等，《尋親記》扮保正、老漢黃德等，《鳴鳳記》扮趙文華、太監等，所扮人物性質與南戲相近。「丑」若扮反面人物，皆不屬其中之主腳，亦即非最奸最惡之人，如《浣紗記》以淨扮吳王夫差，丑扮伯嚭；《玉環記》中以淨扮包知永，丑扮試官。《元曲選》亦然，如《陳州糶米》以淨扮劉衙內、小衙內，丑扮楊金吾；《金錢記》淨扮王正，丑扮馬求。「小丑」見《琴心記》扮皂隸頭張虎、《青衫記》扮家僮玲瓏、《曇花記》扮綽消丸，而同劇皆另有「丑」腳。可見「小丑」為「丑」之副，有如「小生」、「小外」、「小淨」者然。《曲律・雜論第三十九下》云：

> 嘗戲以傳奇配部色，……拜月如小丑，時得一二調笑語，令人絕倒。[106]

崑曲之丑，〈新樂府人物誌〉謂「丑分付、丑」，蓋以副淨屬丑行，並云：

> 崑曲之付，求佳甚難。發音須陰沉，行動又要溫文，而稍帶奸形。大致崑曲中有名為斯文或豪貴，其實是奸刁之徒，或者地棍之溫雅者，家門都屬於付，像《西樓記》的趙伯將、《連環記》的曹操、〈磨斧〉的假林沖，都是付的角色。……小丑，姚傳湄專演文丑，如《漁家樂》的萬家春、《風箏》的醜小姐，都

可見傳奇之丑腳旨在滑稽。

---

106 〔明〕王驥德：《曲律》，《中國古典戲曲論著集成》第四冊，頁一五九。

甚出色。華傳浩長於武丑，〈說窮羊肚〉中的張驢兒之母，〈下山〉之僧色空，亦尚可觀。107

可見「丑」在崑曲中，實際上已分「文丑」、「武丑」。

皮黃之「丑行」，《國劇藝術彙考》有文丑、方巾丑、小花臉、丑婆子、武丑、開口跳等名目108。按徐慕雲《中國戲劇史》中「丑之類別」云：

唱、念、作、白，如《群英會》之蔣幹。

園》之陶洪。丑旦（一名彩旦），重唱、念、作、詼諧、京白，如《探親相罵》之鄉家太太。方巾丑，重

文丑，重作、念、京白，如《法門寺》之賈貴。武丑（一名開口跳），重京白、武技、作派，如《打瓜

丑角在戲劇中未必盡屬壞人，如酒保、樵夫、更夫、解差等文丑是。至武丑中之楊香武、朱光祖等，亦均足智多謀，義俠豪邁之士也。總之凡為丑角者，類多動作滑稽，口齒伶俐，且須京白爽脆，善操各地方言，如此始可謂為丑角全才。此外如彩旦一角，雖名曰旦，然旦行多不扮演。如《法門寺》之劉媒婆，《巴駱和》之九奶奶，分為俊扮、丑扮兩種。俊扮時仍由旦角偶串外，十九均由丑角兼飾，故亦稱曰丑旦也。又有時劇中因某角過多時，亦往往由丑角飾一不甚重要之配角。如《取成都》之王累，……派一丑角扮演王累矣。是亦劇中恆有之事，不足為怪。蓋丑角雖位於生、旦、淨、丑四行之末，但其責任實較他行為重要十倍。良以生、旦、淨三者，只能各擅其所習之劇，而丑則博學多能，須兼曉各角劇詞。後臺規例非丑先開臉，他角不敢動筆者，蓋亦尊崇丑角之意也。聞之老伶工云：曩年班規，各角在後臺

107 黃南丁：〈新樂府人物誌〉，《戲劇月刊》第一卷第一一號（一九二九年五月），頁五－六。

108 齊如山：《國劇藝術彙考》，《齊如山全集》第六冊，頁三七七七－三七八一。

時，皆有一定之坐處，……各有定所，不得互相侵佔，以免紊亂。惟飾丑角者獨可隨意亂坐，不受此種限制也。或謂唐玄宗時（一云後唐莊宗），寵幸優伶，酷好戲劇，嘗命群臣演劇後宮。諸大臣恐在君前失禮，皆不敢飾演丑角。明皇察知眾意，遂慨然由己充任，偕群臣歌舞盡歡。明皇之出此，固不失其風流天子之本性，然而丑角之身分，乃竟以此而特尊矣。[109]

《國劇藝術彙考》釋「方巾丑」云：

與文丑本沒有什麼分別，不過因他戴方巾，故又創了這樣一個名詞。如《刺梁》中之萬家春、《群英會》中之蔣幹、《雙搖會》中之文街坊，以至《審頭》之湯勤等等都是。方巾丑、文丑兩種，與他丑兩樣的地方，就是這兩種須說中州韻之白，其他則說京白。

又釋「丑婆子」云：

這個名詞，後來才有，乃丑腳扮演婦人之名稱，如《鐵弓緣》、《探親》、《辛安驛》等等都是丑婆子的戲，與彩旦似乎不同，然也可以說是常常相混；與丑丫環則大有分別了。[110]

則方巾丑其實是文丑的一種俗稱，以其頭戴方巾之故；而丑婆子、丑丫環則又以所扮人物之身分年輩而分，其實是丑旦的分支。

[109] 徐慕雲：《中國戲劇史》，頁一八一－一八二。

[110] 以上兩段引文見齊如山：《國劇藝術彙考》，《齊如山全集》第六冊，頁三七七九、三七八〇。

6. 雜、眾

雜、眾之由俗稱形成腳色專稱，及其所扮飾之人物，前文已詳。因為從前戲班，演員不過十幾人，生、旦、淨、末、丑各有專行，各門腳色如果不敷應用時，則由雜充任，所以雜都是兼抱性質，所扮人物無論男女老幼、忠奸善惡都有。皮黃中的所謂「零碎腳」、「掃邊的腳」大概類似「雜」的性質；而所謂「流行」、「武行」、「上下行」則有點近似傳奇中的「眾」，因為他們都是成群結隊上場的。《國劇藝術彙考》對於這「三行」有很精當的說明：

流行，普通名曰龍套，又叫作打旗的。即是戲中兩旁所站打旗當兵之人，以四人為一堂，每一戲班，有兩堂四堂不等。這種腳色，不能唱，不能說，不能打，只會打旗，所以在前四行內，都不能歸納。可是也很重要，凡有龍套的戲，都是龍套在前頭走，倘他走錯，其他的人也得跟著走，可以全臺混亂。所以每逢排一齣新戲，龍套中之頭目，必跟著排演。戲班中約此行人，向來歸他的頭目人包辦，即名曰龍套頭，所有龍套，都歸他管理。小科班中則自己訓練龍套，不特約此行。在戲界私下有時歸生行，在戲中則不要。

武行，也叫作打英雄的。凡武戲中兩旁站的打手、嘍囉等等，差不多都是這行，不但文戲中用不著，在武戲中也沒有多少事，不過打幾套連環而已。連環者，是甲方一人把乙方的一人打下去，乙方又把甲方打下去，如此循環不已，故曰連環。這行人有時勾臉，有時不勾，有時掛鬚，有時不掛，有時裝男，有時扮女，既不能唱，又不能作，不能歸攏他是某行，所以只曰武行。這行人最初當然也是學生旦淨丑各行，但因天才不夠，或倒嗓之後，不能再行演唱，則只好歸到這行，以謀生活。有時也可以歸其最初所學的行道，但有一部份，自學徒之時，就沒有準行，蓋因天才不夠也。上下手，又名跟頭匠。如《連環套》、隨黃天霸的四個車夫，就算上手，隨竇爾敦的四個嘍囉，便算下手。總之無論何戲，跟政府方面的軍隊，四個穿黃褲襖，戴黃老虎帽的，就是上手。跟反政府方面，穿青褲襖，戴青老虎帽的，就是下手。他們不會唱，不會作，不會打，也不當龍套，只管翻筋斗，故又名曰跟頭匠。這行人從前與戲班之人為兩事，他們歸掌儀司所管，即名曰筋斗人。前清宮中，每逢演戲，便由昇平署與掌儀司去公文，調這行人來應用，因他們不屬昇平署所管也，一直到清朝末年，還是如此。[111]

(四) 一些可注意的現象

從上文對於我國古典戲劇中各門腳色淵源、名義的考述及其分化衍派的說明，大約可以獲致以下數點結論：

1. 由於戲劇內容藝術的由簡趨繁，腳色的類別名目也隨著孳乳複雜起來。唐參軍戲只有二色，宋金雜劇院本衍為「五花」；元雜劇則有三綱十三目（以元刊本為準）。宋元南戲為五類七目，明傳奇則演為六門二十目，至於清皮黃更有七行三十三目。

2. 腳色之孳乳而複雜，約有四條線索可循：其一由其地位分，以資鑑別其在該行中之輕重：如傳奇之生、小生，旦、貼旦，末、副末、小末、小外，淨、副淨，丑、小丑；元雜劇之正旦、外旦，正末、外末，淨、外淨、二淨；崑曲之正淨、副淨。其二用以說明所扮飾人物之身分或性情：如《元曲選》之老旦、小旦、大旦、

[111] 齊如山：《國劇藝術彙考》，《齊如山全集》第六冊，頁三七八二－三七八三。

二旦、駕旦、搽旦、色旦、魂旦、林旦、岳旦、董淨、薛淨、胡淨、柳淨、高淨，元刊本之駕末、外孤、孤末，傳奇之老旦，崑曲之老生、小生、老旦、作旦、刺殺旦、閨門旦，皮黃之鬚生、武生、武老生、小生、花旦、老旦、閨門旦、刀馬旦、玩笑旦、潑辣旦、武旦、文丑、武丑。其三再由其所專精之技藝分：如皮黃之唱工鬚生、作派鬚生、長靠武生、短打武生、長靠武老生、短打武老生、唱工小生。其四由所扮飾之特徵分：如崑曲之冠生、巾生、黑衣、鞋皮、雉尾，皮黃之扇子生、雉尾生、紅生、青衣、花衫、彩旦。以上可見：元雜劇、明傳奇腳色分化之理是由前面兩條線索，皮黃則兼具後面三條線索。而到了崑曲、皮黃，無論其分化之理如何，事實上腳色皆與其技藝密切結合。

3. 腳色之分化孳乳所以系統不純、易致紛歧的緣故，約有二端：其一是劇作者對於腳色的運用，其名目雖然大部分取諸傳統和約定俗成者，但偶然為了劇情的需要，也會出自一己的創意。譬如《三笑姻緣》傳奇第二齣以「花生」扮周文彬，《玉龍球》傳奇以「貝」扮韓國夫人；前者蓋因周文彬雖屬生腳，但性情有如「花旦」之輕佻活潑，故特立此一名目；後者乃因同劇以占扮銀瓶，以旦扮郭定金、以正旦扮富氏，又把小旦等名詞都用完，所以只好把「貼」字寫左邊的一半提出，成了「貝」字，作為與「占」字對立之意。其他如「粉旦」僅見於《伏虎韜》傳奇，「后」（應是「占」之形近訛誤）僅見於南戲《張協狀元》，以及前文提到的一些較為罕見的腳色名目，諸如「大淨」、「中淨」、「薛淨」、「董淨」等都是同樣的情形。其二是劇界對於腳色有他們的「行話」，觀眾也有他們的俗稱。所以劇本中的「小生」，在他們的口裡，卻有「巾生」、「冠生」、「扇子生」、「紗帽生」、「雉尾生」的不同；而一個「正淨」也有大花臉、大面、黑頭、銅錘等等不同的稱呼；明明是一個「小旦」，而你稱他「五旦」，我呼他「閨門旦」，他又叫他「花旦」；其間的命義各自不同，彼此又沒有真正溝通統屬，所以名目自然繁多，甚至於已教人感到紛歧煩瑣了。

4.腳色綱行之命義皆緣俗稱，如生、末為男子之通稱與謙稱。旦由姐兒訛為妲兒（或省為旦兒），再省為旦兒（對旦兒而言，則為訛），更省為旦；淨為參軍之促音為靚，再轉為靖或淨而定型為淨；丑為紐元子之紐的省文；雜為雜當之省稱；旦、淨、丑的形成雖然繁複曲折，大失本來面目，但論其根源之姐兒、參軍、紐元子則皆為俗稱。而其由俗稱符號化變為腳色專稱之理路，不外緣俗文學形近、省文與音同、音近之訛變而來。

5.宋雜劇以至清皮黃，皆腳色專稱與俗稱並用。俗稱或出自市井口語，或出自劇界行話；前者如孤、孛老、鴇兒、邦老、徠兒等，後者如引戲、戲頭、花臉、銅鎚、黑頭、開口跳、龍套、打英雄的、跟頭匠等。市井口語演變為腳色者，除上述腳色之六綱外，其他如卜兒、旦兒，則介於腳色與俗稱之間，旦兒終於形成旦，卜兒則未臻完成而致湮滅。大致說來，劇本中不書明腳色，直以官職、身分或人物姓名為稱者，多半皆非重要人物，如宮女、內侍、軍卒、外郎、尚書等。但如湯顯祖《紫簫記》全以人名為稱，《邯鄲記》、《南柯記》亦大量運用官名、人名，則是較為特出的例子。

6.由於劇種不同，其主要腳色亦因之而異，如：宋金雜劇院本由副淨、副末主演，元雜劇則正末、正旦，南戲傳奇則生、旦；皮黃早期由老生當家，後來則以花衫為貴。

7.由於劇種不同，名目相同之腳色所涵蓋之意義亦因之而異。如：元雜劇之末、旦但為主唱之男女主腳，故由其所扮飾之人物類型觀之，實包括傳奇、皮黃中之各種腳色。傳奇之生，在皮黃中可能為老生或小生。同一「小旦」元雜劇之元刊本與《元曲選》有別；同一「小生」，明傳奇與清皮黃意義各殊。同一「末」色，而宋雜劇、明傳奇，職司有異。「老旦」、「老貼」同用一「老」而含義不同；「小末」、「小淨」、「小外」同用一「小」，而亦不可相提並論。

8.腳色雖由劇種之轉變而孳乳，亦有因之而湮滅者，如：宋金雜劇院本之副淨、副末不見於元刊雜劇，而改為外淨、外末；元刊雜劇之外淨、外旦、外末，明傳奇皆不見；傳奇之外、末，至皮黃而併入生行。亦有由次要而不定型之腳色發展成為獨立之腳色者，如「外」腳，《元曲選》已成為「外末」之專稱，明傳奇逐漸趨向老生之義，至崑曲則定型為白髯老者矣。

9. 由金元院本與元雜劇、崑曲與皮黃，皆曾同時並演，所以其間的腳色便有兩跨的現象。譬如上文所引的張炎【蝶戀花】〈題末色褚伴良寫真〉，褚伴良顯然是一位既演院本、又演雜劇的末色；皮黃中所謂「文武崑亂不擋的腳」也是這種情形。也因此，前人記述腳色，便往往院本、雜劇，崑曲、皮黃相混或相襲。譬如《太和正音譜》云：

> 丹丘先生曰：雜劇、院本，皆有正末、副末、狚、孤、靚、鴇、猱、捷譏、引戲九色之名。[112]

姑不論其所記之腳色是否果然為院本、雜劇中所有，而其混院本、雜劇之腳色為一談，則是顯然的事實。又崑曲中之冠生、閨門旦、白淨、雉尾生、大面等腳色名目，也是為皮黃所混用而相襲的。

10. 戲劇演進的結果，舞臺的主宰者由劇作家而轉入演員身上，故皮黃的演員必須兼備歌唱家、舞蹈家、音樂家三位一體的身分，才能算是成功的演員。所以皮黃的演員有所謂「六場通透之腳」與「文武崑亂不擋的腳」，亦即皮黃的演員是兼擅劇場中的各項技能和具備各門腳色的藝術造詣的人，也因此皮黃的腳色便有兼抱的現象。例如花旦可以兼抱刀馬旦，只要演花旦兼擅武功即可。老生可以兼抱作工和靠把，只要他是文武全才。

11. 演員所扮飾的人物，其性別不必與演員相同，也就是男可以女妝，女可以男妝，這是人所共知的事實，

[112] 〔明〕朱權：《太和正音譜》，《中國古典戲曲論著集成》第三冊，頁五三。

筆者有〈男扮女妝與女扮男妝〉一文，收入拙著《說戲曲》一書，專門討論這個問題。而戲劇之門類，生、末照例扮演男性，旦照例扮演女性；淨、丑在雜劇、傳奇中男女不分，可是到了皮黃，淨行又變成男性的腳色了。明清以後的「小旦」因為轉為扮飾少女的腳色，而白面書生與少女的形貌氣質很接近，所以有些劇作家也用小旦扮飾書生型的少男，此點上文已言及。

說到這裡，似乎可以給我國戲曲中的所謂「腳色」下個定義，那就是：中國戲曲的「腳色」只是一種符號，必須通過演員對於劇中人物的扮飾才能顯現出來。它對於劇中人物來說，是象徵其所具備的類型和性質；對於演員來說，是說明其所應具備的藝術造詣和在劇團中的地位。所以光以「演員」釋「腳色」，難免粗疏之譏。

(五)餘論——腳色的運用

有關中國戲曲腳色的問題，其根本而重要者已見前文，這裡附帶說明腳色運用的問題。注意到腳色運用之現象的，只有焦循《易餘曲錄》；注意到腳色運用之方法的，也只有王季烈《螾廬曲談》和張師清徽《明清傳奇導論》。焦氏云：

> 丑淨外三色，名與今同。乃《碧桃花》外扮薩真人，外又扮馬趙溫關天將，是同場有五外；《陳州糶米》外扮韓魏公、呂夷簡；《爭報恩》外扮趙通判，外又扮孤；《楚昭王疏者下船》外扮孫武子、伍子胥；《小尉遲認父歸朝》外扮徐茂公、房元齡，皆同場有二外；《謝金吾詐拆清風府》外扮焦贊、孟良、岳勝，是同場有三外；《百花亭》二淨扮張小員外、馬舍上；《殺狗勸夫》、《東堂老》並二淨扮柳隆卿、胡子傳；《合汗衫》淨扮卜兒，淨扮陳虎；《陳州糶米》淨扮劉衙內、淨扮小衙內，皆同場有二淨。副

淨之名見《竇娥冤》之張驢兒。

《牆頭馬上》沖末扮裴尚書引老旦扮夫人上，第二折夫人同老旦上嬤嬤上，是同場有二老旦；《蝴蝶夢》外引沖末扮王大、王二，《范張雞黍》正末扮范巨卿，同沖末扮孔仲仙、張元伯，是當場有二沖末；《桃花女》小末扮石留住，又小末扮增福，第四折石留住、增福同場，是當場有二小末；《陳州糶米》丑扮楊金吾，又二丑扮二斗子，是同場有三丑。

其末旦淨丑之外，又有孤、倈兒、孛老、邦老、卜兒等目。《貨郎旦》沖末扮孤，《殺狗勸夫》外扮孤，《勘頭巾》淨扮孤，扮孤者無一定也。《金線池》搽旦扮卜兒，《秋胡戲妻》、《王粲登樓》並老旦扮卜兒，《合汗衫》淨扮卜兒，是扮卜兒者無一定也。《貨郎旦》淨扮孛老，《瀟湘雨》外扮孛老，《薛仁貴榮歸故里》正末扮孛老，《硃砂擔》沖末扮孛老，是扮孛老者無一定也；蓋孤者官也，卜兒者婦人之老者也，孛老者男子之老者也。倈兒多不言何色扮之，惟《貨郎旦》李春郎前稱倈兒，後稱小末，則前以小末扮倈兒，蓋倈兒者，扮為兒童狀也。春郎前幼，當扮為兒童，故稱倈兒，後已作官，則稱小末耳。邦老之稱，一為《合汗衫》之陳虎，一為《盆兒鬼》之盆罐趙，一為《硃砂擔》之鐵旛竿白正，皆殺人賊，皆以淨扮之。然則邦老者，蓋惡人之目也。113

焦氏這段話的主旨有兩點：一是丑淨外三色，一場中有同腳二人以上；二是同樣身分的人物，可以由不同的腳色扮演。焦氏根據的資料是《元曲選》，所以有「丑」腳出現。他所舉出的這兩點現象都很容易解釋：第一，淨、丑、外皆非主腳，戲劇內容較複雜，所需之腳色自然較多，而所添增之人物必是次要閒雜者流，其由次要

113 〔清〕焦循著，韋明鏵點校：《易餘曲錄》，收入《焦循論曲三種》，頁一九〇－一九一。

腳色扮演是自然的事，此時腳色之分化孳乳尚趕不上劇中人物的增加，既無相應之腳色扮飾，便只好以另外同名目之腳色飾之，因此一場之中便出現兩個以上同名目的腳色。第二，同樣身分的人物，其性情涵養、忠奸善惡並不同，而腳色既有象徵人物類型、性質之含義，自然會用不同的腳色來扮飾同一身分的人物，使之同中見異。

王季烈《螾廬曲談》卷二云：

崑曲角色，總稱之曰生旦淨丑，然生有老生、冠生、小生，旦有老旦、正旦、刺殺旦、作旦、閨門旦、貼旦，淨有正淨、白淨、副淨，惟丑則一耳。此外尚有外及末，總計有十五門角色。一部傳奇中，最好各門角色俱備，而又不宜重複。惟欲角色全備猶易，欲不重複甚難。則於劇中主要之人避去重複，配角不妨重複，然在一折內，仍須避去重複也。

一部傳奇中所派之角色，必須各門俱備，而又不宜重複者，一以均演者之勞逸，一以新觀者之耳目。……故作傳奇者，即須將分配角色之道，豫為布置妥貼，一如今日所謂排戲者之任。若第一折生唱，第二折旦唱，則第三折必須用闊口或同場熱鬧之劇。若慢曲長套二三折之後，必須間以過場短劇，或丑淨所演之諧劇。歷來傳奇，於此事最為考究者，厥惟《長生殿》。《長生殿》全本五十折，其選擇宮調、分配角色、布置劇情，務使離合悲歡，錯綜參伍，搬演者無勞不均之慮，觀聽者覺層出不窮之妙，自來傳奇排場之勝，無過於此。[114]

---

[114] 王季烈：《螾廬曲談》（臺北：商務印書館，一九七一），頁二七。

可見均勞逸、避重複、娛觀聽是王氏對於腳色運用的主要見解，這種見解可以說是確當不易之論。但王氏之論未盡詳密，故張清徽師於其《明清傳奇導論》中，特以〈傳奇的分腳和分場〉一章發揮王氏的緒論，主旨略謂：腳色之分配，關係排場之組合，原則上必須使用勻稱；尤應注意到腳色之特質，關目之輕重，然後選調設詞，使其粗細相稱、情景相合。至此，有關傳奇腳色運用之理論才算完備。而皮黃腳色之運用原則與方法，則似乎猶有待於專家學者之探討了。

二、前賢「腳色論」述評

上一節〈戲曲腳色概論〉，對於前賢有關腳色的論述文字，只取其可資發明的，其餘皆略而不錄。當時為了避免行文枝蔓，現在覺得另有予以輯錄並略加按語的必要。因為這樣可以看出前賢腳色論的概況，同時也可以見其得失。對於拙文來說，一則可以互補有無，二則也可以見筆者去取之道。

所謂「前賢」，乃指清代以前的學者。近人論著，因為篇幅過長，暫不予述評。

縱觀「前賢」對於「腳色」的論述，主要從以下三個方向探討：一是解釋腳色命名的由來，二是論證腳色的源流，三是說明腳色的扮相所具備的技藝。

㈠腳色命名的由來

解釋腳色命名之由來的，可以大別為五個類型：一是以禽獸名釋腳色，如《太和正音譜》、《堅瓠集》；二是認為腳色名義乃顛倒而無實，如《少室山房筆叢》；三是以為腳色之名本市井口語，不必探求，如《猥談》；

四是從腳色名目的音義予以探求，如《南詞敘錄》、《梨園原》、《懷鉛錄》；五是從古籍探其根源，如《顧曲雜言》、《西崑片羽》。茲分類引述其語，並略加按語。

1. 以禽獸名釋腳色

《太和正音譜》云：

丹丘先生曰：「雜劇院本，皆有正末、副末、狚、孤、靚、鴇、猱、捷譏、引戲九色之名。」孰不知其名亦有所出。予今書於譜內，以遺後之好事焉。……

正末：當場男子謂之「末」。末，指事也；俗謂之「末泥」。

付末：古謂「蒼鶻」，故可以撲「靚」者。「靚」謂狐也；如鶻之可以擊狐，故「付末」執榼瓜以撲「靚」是也。

狚：當場之妓曰「狚」。「狚」，猿之雌也；名曰「猵狚」，其性好淫，俗呼「旦」，非也。

孤：當場粧官者。

靚：付粉墨者謂之「靚」，獻笑供諂者也。古謂「參軍」。書語稱狐為「田參軍」，故「付末」稱「蒼鶻」者以能擊狐也。靚，粉白黛綠謂之「靚妝」，故曰「妝靚色」。呼為「淨」，非也。

鴇：妓女之老者曰「鴇」。鴇似雁而大，無後趾，虎文；喜淫而無厭，諸鳥求之即就，俗呼為「獨豹」。今人稱鶬者是也。

猱：妓女總稱謂之「猱」。猱，猿屬，貪獸也。喜食虎肝腦。虎見而愛之，負其背，而取虱遺其首，即死；求其腦肝腸而食之。古人取喻虎，譬如少年喜而愛其色，彼如猱也，誘而貪其財，故至子弟喪身敗業是也。

捷譏：古謂之「滑稽」。院本中便捷譏謔者是也。俳優稱為「樂官」。

引戲：院本中「狚」也。[115]

姚燮《今樂考證》引翟灝云：

> 《堅瓠集》謂：「《樂記・注》：『優俳雜戲，如獼猴之狀。』乃知生，狌也；旦，狚也，《莊子》：『猨猵狚以為雌』；淨，猙也，《廣韻》：『似豹，一角，五尾』；丑，狃也，《廣韻》：『犬性驕』；謂俳優如獸，所謂『獶雜子女』也。」[116]

按：《太和正音譜》所舉的「九色之名」乃揉雜院本和雜劇的腳色。杜善夫〈莊家不識勾欄〉般涉調【耍孩兒】套有云：「前截兒院本《調風月》，背後么末敷演《劉耍和》。」[117]所云「么末」即元雜劇在金元之際的俗稱。可見杜氏述元代演劇情況乃院本、雜劇同臺前後場並演，故《正音譜》述腳色有院本、雜劇揉雜之現象。所紀「九色」，只有正末、付末、狚（旦）、靚（淨）四色是腳色專稱，其餘孤、鴇、猱、捷譏、引戲，皆為俗稱，並未發展成為正式腳色。因為我國戲曲皆腳色專稱與俗稱並用，自宋雜劇以迄清皮黃莫不如此，故「九色」之名亦兩相混雜。所云「末，指事也；俗謂之末泥。」蓋本《夢粱錄》卷二十〈伎樂〉條所云「末泥色主張」[118]

---

115 〔明〕朱權：《太和正音譜》，《中國古典戲曲論著集成》第三冊，頁五三—五四。

116 〔清〕姚燮：《今樂考證》，《中國古典戲曲論著集成》第一〇冊，頁一四。

117 〔金元〕杜仁傑：〈莊家不識勾欄〉，曾永義編撰：《蒙元的新詩——元人散曲》，頁一八二。

而來。「靚」古稱參軍；付末古稱蒼鶻，可以撲靚；則本陶宗儀《輟耕錄》卷二十五〈院本名目〉條之語[119]。「鴇、猱」列為腳色俗稱，僅見《太和正音譜》。「孤」為當場粧官者，驗之元雜劇誠然。「捷譏」，湯式《筆花集》作捷劇[120]，當是音近異寫。孫楷第〈捷譏引戲〉文中說明捷譏率「節級」之訛，其「職務在于鋪關串目，當場導引啟發以成笑柄。」按周憲王《誠齋雜劇・復落娼》【混江龍】曲云：「捷譏的辦官員，穿靴戴帽；付淨的取歡笑，抹土搽灰。」則已由俗稱轉為腳色專稱。至於以「引戲」為「院本中狚」，蓋宋雜劇參軍色執竹竿以勾遣隊舞演戲出，實為「引戲色」，於腳色專稱，即「參軍」之促音而成之「淨」；但至院本已改由妝旦色職司其事，故云。其與《堅瓠集》皆以禽獸名釋腳色，蓋緣對於伶人之輕視，難免偏見，自然不足為憑。《正音譜》解釋腳色，惟一可以發人深省的是「付粉墨者謂之靚」，以「靚」代「淨」，使我們想到唐代的「參軍」色變到宋代，可能取與其切音相近的「靚」字，並且兼取其義，以見此腳色扮飾之特徵，後來又由「靚」而訛成同音之「靖」與「淨」字。

2. 腳色名義顛倒而無實

此說僅見胡應麟《少室山房筆叢》：

凡傳奇以戲文為稱也。亡往而非戲也。故其事欲謬悠而亡根也。其名欲顛倒而亡實也。反是而求其當焉，非戲也。故曲欲熟而命以生也，婦宜夜而命以旦也，開場始事而命以末也，塗污不潔而命以淨也，凡此

118 〔宋〕吳自牧：《夢粱錄》，卷二十〈伎樂〉條，頁一九一。

119 〔元〕陶宗儀：《南村輟耕錄》，頁三〇六－三一六。

120 〔元明〕湯式：《筆花集》，收入俞為民、孫蓉蓉編：《歷代曲話彙編・明代編》第一集，頁三。

咸以顛倒其名也。

其小注云：

古無外與丑，蓋丑即副淨，外即副末也。[121]

按：胡氏之說巧黠詭辯，殊無根據；其所謂「末」亦僅能釋南戲傳奇之現象，而與元雜劇無涉。他對於「外」與「丑」無法用「顛倒而亡實」的準則附會，便只好以「古無外與丑」作遁辭。

3. 腳色之名本市語

此說僅見祝允明《猥談》：

生、淨、旦、末等名，有謂反其事而稱，又或托之唐莊宗，皆謬云也。此本金元闤闠談吐，所謂鶻伶聲嗽，今所謂市語也。生即男子，旦曰粧旦色，淨曰淨兒，末曰末泥，孤乃官人，即其土音，何義理之有！《太和譜》略言之，詞曲中用土語何限，亦有聚為書者，一覽可知。[122]

按：祝氏之說除「生即男子」、「孤乃官人」為得其實義外，其餘旦、淨、末泥皆嫌草率，於腳色名義其實未作詮釋。但是他說「此本金元闤闠談吐，所謂鶻伶聲嗽，今所謂市語也。」對於腳色名目的根源卻說得很中肯，

[121]〔明〕胡應麟：《少室山房筆叢》，〈戲文非實〉條，收入俞為民、孫蓉蓉編：《歷代曲話彙編・明代編》第一集，頁六四二。

[122]〔明〕祝允明：《猥談》，收入俞為民、孫蓉蓉主編：《歷代曲話彙編・明代編》第一集，頁二二六。

這是我們探索腳色命名由來的重要線索。不過若因此即謂「即其土音，何義理之有」，則又嫌含混輕忽，欠缺進一步研究的精神。

4. 腳色名義直從其音義求之

徐渭《南詞敘錄》云：

生：即男子之稱。史有董生、魯生，樂府有劉生之屬。

旦：宋伎上場，皆以樂器之類置籃中，擔之以出，號曰「花擔」。今陝西猶然。後省文為「旦」。或曰：「小獸能殺虎，如伎以小物害人也。」未必然。

外：生之外又一生也，或謂之小生。外旦、小外，後人益之。

貼：旦之外貼一旦也。

丑：以粉墨塗面，其形甚醜。今省文作「丑」。

淨：此字不可解。或曰：「其面不淨，故反言之。」予意：即古「參軍」二字，合而訛之耳。優中最尊。其手皮帽，有兩手形，因明皇奉黃旛綽首而起。

末：優中之少者為之，故居其末。手執搕爪。起於後唐莊宗。古謂之蒼鶻，言能擊物也。北劇不然：生曰末泥，亦曰正末；外曰孛老；末曰外；淨曰倈，亦曰淨，亦曰邦老；老旦曰卜兒（外兒也。省文作卜）；其它或直稱名。[123]

[123]〔明〕徐渭：《南詞敘錄》，《中國古典戲曲論著集成》第三冊，頁二四五－二四六。

《梨園原・王大梁詳論角色》條云：

角色者，言其本角之物色也。生者，主也，凡一劇由主而起，一軼之事在其主終始，故曰生。旦者，乃於寅刻之先，以男扮女，是男非男，似女非女，見時不能分，因其扮粧時在天甫黎明，故曰旦。丑者，即醜字，言其醜陋匪人所及，撮科打諢，醜態百出，故曰丑。淨者，靜也，言其鬧中取靜，靜中取鬧，故曰淨。外者，以外姓人有尊崇之色者，故曰外。老旦，其所司母、姑、乳婆，亦應於黎明扮粧，老少雖不同，以其男女則一也，故曰老旦。末者，道始末也，先出場述其家門，言其始末，故曰末。小生或作主之子姪，或作良朋故舊，或作少年英雄，或作浪蕩子弟，故曰小生。小旦或作侍妾，或養女，或娼妓，或不貞之婦，故曰小旦。貼旦，即副旦也。凡男女角色，既粧何等人，即當作何等人自居。喜、怒、哀、樂、離、合、悲、歡，皆須出於己衷，則能使看者觸目動情，始為現身說法，可以化善懲惡，非取其虛戈作戲，為嬉戲也。[124]

姚燮《今樂考證・緣起・部色》論引王棠云：

《懷鉛錄》云：「古梨園傳粉墨者，謂之參軍，亦謂之靚。靚，音靜。《廣韻》：『靚，粧飾也。』今傳粉墨謂之淨，蓋『靚』之訛也。扮婦人謂之『狚』，音『旦』，又音『達』，又與『獺』通。《南華經》云：『猨猵狚以為妻。』東廣微云：『猨以獺為婦。』蓋喻婦人意，遂省作『旦』也。蒼鶻謂之『末』者，末，北方國名。《周禮》：『四夷之樂有韎』，〈東都賦〉云：『傑□兜離，罔不畢集。』蓋優人作外國粧

---

124 〔清〕黃旛綽：《梨園原》，《中國古典戲曲論著集成》第九冊，頁一〇—一一。

東者也。一曰『末泥』，蓋倡家隱語，如爆炭、崖公之類，省作末。……今之丑腳，蓋鈕元子之省文。」[125]

按：徐氏釋生、貼、外，蓋得其實。唯「外」，《元刊雜劇三十種》有外末、外旦、外淨，可見「外」原來不單主「末」，更不單主「生」，但《元曲選》之「外」，則本就「外末」而言，徐氏因為以傳奇之「生」，擬雜劇之「末」，故云「外：生之外又一生也。」「外」之地位，在傳奇之中雖有逐漸成為扮飾老漢腳色的趨向，但有時亦扮飾青年男子，其情形有如小生所扮飾之人物老少均可，稱「外」，稱「小生」，俱就對「正生」而言，也就是他們在「生行」中的地位都是次於「正生」的，所以徐氏乃有外「或謂之小生」之語，這句話雖然理或可通，但其實「小生」是對「正生」而言，而「外」原來則是對「正末」而言的。又徐氏以「淨」為「古『參軍』二字，合而訛之耳」，此說為蔗畊道人《西崑片羽》與王國維《古劇腳色考》所取，就「淨」得名之由，實予我們以很大的啟示，而皆原本徐渭《南詞敘錄》之說。至其釋旦、丑、末之說，皆難於教人首肯。如以「花擔」之「擔」（担）字省文為「旦」，則無以釋《武林舊事．官本雜劇》中之「妲」了；以其形甚醜屬「丑」，則「粉墨塗面」，醜之又甚者尚有「淨」，「末」為優中之少者，更非事實。而「外曰孛老；末曰外……」諸語更混亂腳色之專稱與劇中人物之身分為一談。凡此皆不足供吾人採擷。

王大梁「詳論」之「角色」名義，更極盡牽強附會之能事，略而不觀可也。

《懷鉛錄》所論，以「靚」釋「淨」為可取，已見前文；又以「丑」為「鈕（應作紐）元子」之省文，蓋得其實。按耐得翁《都城紀勝．瓦舍眾伎》條云：

---

125 〔清〕姚燮：《今樂考證》，《中國古典戲曲論著集成》第一〇冊，頁一一三。

雜扮，或名雜旺，又名紐元子，又名技和；乃雜劇之散段。在京師時，村人罕得入城，遂撰此端，多是借裝為山東河北村人以資笑。[126]

《夢粱錄》卷二十〈伎樂〉條大致相同[127]，《都城紀勝》所云「雜旺」當作「雜班」，「技和」當作「拔和」。今人胡忌《宋金雜劇考》「雜扮研究」，考釋「丑」當為「紐元子」之「紐」的省文。至於《懷鉛錄》之釋「旦」、「末」，亦以附會為多，難於教人信服。

5. 從古籍探尋腳色名義之由

沈德符《顧曲雜言》云：

自北劇興，名男為正末，女曰旦兒。相傳入於南劇，雖稍有更易，而旦之名不改，竟不曉何義。今觀《遼史・樂志》：「大樂有七聲，謂之七旦。」凡一旦，管一調，如正宮、越調、大食、中呂之屬。此外又有四旦二十八調，不用黍律，以琵琶叶之。按此即今九宮譜之始。所謂旦，乃司樂之總名，以故金、元相傳，遂命歌妓領之，因以作雜劇。流傳至今，旦皆以娼女充之，無則以優之少者假扮，漸遠而失其真耳。大食，今曲譜中訛作大石，因有小石調配之，非其初矣。元人云：「雜劇中用四人：曰末泥色，主；引戲，分付；曰副淨色，發喬；曰副末色，主打諢；又或一人裝孤老。」而旦獨無管色，益知旦為管調，如教坊之部頭、色長矣。[128]

[126] 〔宋〕耐得翁：《都城紀勝》，收入俞為民、孫蓉蓉主編：《歷代曲話彙編・唐宋元編》，〈瓦舍眾伎〉條，頁一一五。

[127] 〔宋〕吳自牧：《夢粱錄》，卷二十〈伎樂〉條，頁一九二。

[128] 〔明〕沈德符：《顧曲雜言》，《中國古典戲曲論著集成》第四冊，頁二一六。

任訥《曲海揚波》卷六引蕉畊道人《西崑片羽》云：

以崑曲論，角色名目繁多，然大別之，曰末、曰淨、曰生、曰旦、曰丑。而末有副末，淨有副淨，生有老生、官生、巾生、二生，旦有老旦、正旦、搽旦、小旦、貼旦，而丑則一耳。然細究此種名目，何所取義，以及昉自何時，而談者輒數典忘祖，間一二點者，故作滑稽遁辭，藉以塞人詰質之門。其言曰：劇中角色之名目，其取義適皆相反（義案：指胡應麟之說）。……此等註釋，絕無根據，識者固早知命名之初，決無如此譾陋。分明不學無術之徒，乘雅樂之淪亡，故作無稽之言，藉以欺世耳。不才以讀書獵涉所得，詮釋各種角色名目之訓詁，或較諸上述無稽之言，稍為有當。

按宋元當日開演戲劇時，往往以各種雜劇競技，及魚龍曼衍之舞，相間並作。在演劇之先，必有競舞，備作各種邊塞胡人、珍禽奇獸，怪誕謔浪舞態。迨及舞罷，則繼以演劇，而以舞末劇前，例有一種人物，喬裝出場，說明演劇旨趣，此種角色，名之曰舞末，或稱末泥。又稱末尼。故末者，舞末也。換言之，即劇頭也。蓋藉此角色，引起以下演劇情節之謂也。明人因之，故作長篇傳奇、院本時，開頭必有末角上場，說明演那朝故事，那本傳奇。其所以如此者，蓋藉以表明所演情節，係取古人實事而譜之，並非憑空杜撰也。

淨字為參軍二字之別音。或曰：「二人相爭之謂也，故字應從二、從爭。」按古時有參軍戲，又稱弄參軍，其戲始於唐代。當時有漢館陶令石耽，有贓，應議罪。然和帝惜其才，欲免之，每屆宴樂，令耽衣白衣，命優人侮弄以辱之。期年，乃釋。後耽授參軍職，故稱是戲為弄參軍。而後世每逢此等之謔浪遊戲，而劇中人喬裝假官，做作癡呆，以受人侮弄，而取悅觀者之劇，統名之曰參軍戲。而參軍之對手腳色，則為蒼鶻，其義蓋為官吏之從人，即蒼頭也。演劇時，參軍主裝呆，蒼鶻主打諢，猶後世副淨與小丑，配搭而成趣劇也。故淨之一字，詮定為參軍之促音，即二字促呼成音，反切而成一字之謂。迨及後世，因蒼鶻為參軍之副，故稱副淨。一說謂由二人相爭論，引出打諢發笑之語，以娛觀者。然非貫通前說，則後說仍難使人索解也。

生為劇中正派男子之通稱，而以年齡之長幼為別。然在元人當時雜劇中，角色只有孤而無生。蓋孤者，裝孤之簡稱，其意蓋表明帝王卿相自況之語，往往稱孤道寡。而裝孤者，由伶人喬裝帝王卿相，以出演於場上耳。久而久之，漸知孤字之稱謂，殊不足以包括諸種男角，而以生字代之。蓋士人由求學而至入仕，而位列三臺卿相，無不出於科舉一途，即武人亦有武科。故推究劇中人之本分，凡正派男子，其出身無非生也。漸至帝王，亦以生角充之。因是裝孤二字，遂不復見於今日矣。[129]

按：王國維《古劇腳色考》謂沈氏釋旦之說「全無根據，其覽解《遼志》，又大可驚異也。《遼志》所謂婆陀力旦、雞識旦、沙識旦、沙侯加濫旦者，皆聲之名，猶言宮聲、商聲、角聲、羽聲也。楊氏謂為司樂之總名，殊屬杜撰。且旦之名，豈獨始見于《遼志》而已。《隋書‧音樂志》已有之。《隋志》云：蘇祇婆父在西域，稱為知音，代相傳習，調有七種，以其七調，勘校七聲，冥若合符。一曰婆陁力，華言平聲，即宮聲也。（中略）就此七調，又有五旦之名，旦作七調，以華言譯之，旦者則謂均也。其聲亦應黃鍾、大簇、林鍾、南呂、姑洗，五均已外，七律更無調聲。以此觀之，則《遼志》所謂旦，即《隋志》所謂聲。《隋志》之旦，以律呂緯之，隋唐以來之蕪樂二十八調是也。此點雖異，而其以旦統調則所同也。核此二解，都非司樂之名；即使旦之名果出

129 任二北撰：《曲海揚波》，收於《新曲苑》第四冊，頁九四一－九四三。

于遼，則或由婦人之聲多用四旦中之某旦，而婆陀力旦、雞識旦之名，本為雅言，伶人所不能解，故後略稱旦耳。此想像之說，或較楊說為通。」靜安先生批駁之語乃針對楊恩壽《詞餘叢話》卷一之說，而楊氏之說其實襲自沈氏。

萑帎道人以「舞末」釋「末」，與靜安先生「末泥之名，亦當自『舞末』出」同。按「末」之名，頗疑為宋元市語男子之謙稱，《伍子胥變文》所云：「不恥下末愚夫，願請具陳心事。」南戲《小孫屠》孫必達自稱「卑末」。焦循《易餘曲錄》：「今人名刺或稱晚生，或稱晚末、眷末，或稱眷生。」蓋「末」之得名有如「生」之為男子通稱，「舞末」之說恐不免牽強比附之病。其釋「淨」所言弄參軍乃據段安節《樂府雜錄》，以「淨」為「參軍」之切音，乃本徐渭之說。所謂「二人相爭論」諸話，純屬望文生義，自然「難使人索解」。又以「孤」釋「生」，亦為附會之餘，殊無可取。

(二)腳色的源流

隨著戲曲內容形式的由簡趨繁，戲曲腳色亦因之而分化孳乳。其間又因劇種不同而名目有別，又因時空流轉而稱謂有殊。於是考求源流，明其變化之述，如陶宗儀、胡應麟、王驥德、李斗、焦循、謝阿蠻等，俱已注意及此。茲引述其語如下，並略加按語。

吳自牧《夢粱錄》卷二十〈伎樂〉條云：

且謂雜劇末泥為長，每一場四人或五人。先做尋常熟事一段，名曰「艷段」。次做正雜劇、通名兩段。末泥色主張，引戲色分付，副淨色發喬，副末色打諢。或添一人，名曰「裝孤」。先吹曲，破斷送，謂之

「把色」。❿130（《都城紀勝・瓦舍眾伎》與此同）

陶宗儀《輟耕錄》卷二十五〈院本名目〉條云：

院本則五人：一曰副淨，古謂之參軍。一曰副末，古謂之蒼鶻。鶻能擊禽鳥，末可打副淨，故云。一曰引戲，一曰末泥，一曰孤裝。又謂之五花爨弄。或曰：宋徽宗見爨國人來朝，衣裝鞋履巾裹，傅粉墨，舉動如此，使優人效之以為戲。又有焰段，亦院本之意，但差簡耳。取其如火焰，易明而易滅也。其間副淨有散說，有道念，有筋斗，有科泛，教坊色長魏、武、劉三人鼎新編輯，魏長於念誦，武長於筋斗，劉長於科泛，至今樂人皆宗之。131

周密《武林舊事》卷四〈雜劇三甲〉：

劉景長一甲八人：

戲頭：李泉現　引戲：吳興祐　次淨：茆山重、侯諒、周泰　副末：王喜　裝旦：孫子貴

蓋門慶進香一甲五人：

戲頭：孫子貴　引戲：吳興祐　次淨：侯諒　副末：王喜

內中祗應一甲五人：

戲頭：孫子貴　引戲：潘浪賢　次淨：劉衮　副末：劉信

130 〔宋〕吳自牧：《夢粱錄》，卷二十〈伎樂〉條，頁一九一。

131 〔元〕陶宗儀：《南村輟耕錄》，頁三〇六。

潘浪賢一甲五人：

戲頭：孫子貴　引戲：郭名顯　次淨：周泰　副末：成貴[132]

按：吳氏所云為宋雜劇腳色，陶氏所云為金元院本腳色。誠如陶氏所云「雜劇、院本，其實一也」，故其腳色相同。陶氏以副淨為唐參軍戲之參軍，副末為蒼鶻，蓋就其實質而言；其實參軍至宋雜劇已職司「分付」，蒼鶻則為「主張」；也就是說其任務已由劇內之搬演至劇外之導演與籌劃，因之將其演戲之任務交由其副手之所謂「副淨」、「副末」者擔任。也因此頗疑參軍變到宋雜劇應是「正淨」色，因為其職務是導演性質的「分付」，故名之為「引戲」，而蒼鶻則變為「正末」色，蓋為劇團之團長，統籌全局，故云「主張」。〈雜劇三甲〉中之甲長蓋即「末泥」，所謂劉景長諸人是也。「戲頭」有如「舞頭」，乃雜劇頭段即「豔段」之表演者，說見胡忌《宋金雜劇考》。

胡應麟《少室山房筆叢》云：

今優伶輩呼子弟，大率八人為朋。生、旦、淨、丑、副亦如之。（外即副末，丑即副淨。）元院本止五人，故有五花之目。一曰副淨，古之參軍也；一曰副末，又名蒼鶻，可擊群鳥，猶副末可打副淨；一曰末泥；一曰孤裝；見陶氏《輟耕錄》，而無所謂生、旦者，蓋院本與雜劇不同也。元雜劇旦有數色：所謂裝旦，即正旦也，小旦，即今副旦也。以墨點破其面，謂之花旦，今惟淨、丑為之。而元時名妓，咸以此取稱。（如荊堅堅、孔千金、顧山山、天然秀、珠簾秀、李嬌兒。）又妓李嬌兒為溫

---

[132]〔宋〕周密：《武林舊事》，收入俞為民、孫蓉蓉編：《歷代曲話彙編・唐宋元編》，〈乾淳教坊樂部・雜劇三甲〉，頁一五七－一五八。

柔旦，張奔兒為風流旦，蓋勝國雜劇，裝旦多婦人為之也。（元花旦必與今淨丑迥別，故人多為之。末尼、孤裝未知類今何色。當續考之。）

又云：

宋世雜劇名號，惟《武林舊事》足徵。每一甲有八人者，有五人者。八人者有戲頭，有引戲，有次淨，有副末，有裝旦。五人者第有前四色，而無裝旦，蓋旦之色目，自宋已有之而未盛。至元雜劇多用妓樂，而變態紛紛矣。以今憶之，所謂戲頭即生也，引戲即末也，副末即外也，副淨、裝旦，即與今淨、旦同。蓋雜劇即傳奇具體，但短局未舒耳。元院本無生、旦者，院本僅供調笑，如唐弄參軍之類，與歌曲無大相關也。

又云：

楊用修云：「《漢・郊祀志》：『優人為假飾妓女。』蓋後世裝旦之始也。」然未必如後世雜劇、戲文之為，緣其時郊祀，皆奏樂章，未有歌曲耳。

又云：

元雜劇中末，即今戲文中生也。考鄭德輝《倩女》、關漢卿《竇娥》，皆以末為生。此外又有中末，蓋即今之外耳。然則《青樓集》所稱末泥即生無疑。今《西廂記》以張珙為生，當是國初所改。或元末《琵琶》等南戲出而易此名。觀關氏所撰諸雜劇《緋衣夢》等，悉不立生名。他可例矣，《青樓集》又有駕頭，恐即引戲之稱，俟考。

又云：

> 世謂秀才為措大，元人以秀才為細酸。《倩女離魂》首折，末扮細酸為王文舉是也。「細酸」字面僅見此，今俗尚有此稱。[133]

按：胡氏將元雜劇腳色與傳奇腳色比擬，「裝旦」為宋雜劇臨時加入之腳色，胡氏誤屬元雜劇，元雜劇即已稱「正旦」，為全劇之女主腳，若劇本由其主唱，則稱「旦本」，其劇中地位固與明傳奇相同，但所扮飾人物則元雜劇無身分、年輩之拘，而明傳奇則必與「生」腳相配，以知書達禮、賢淑義烈為典型；故元雜劇與明傳奇之「正旦」名稱雖同，但其間因劇種有別，其腳色所涵蓋之意義已經有所差異，胡氏不明此理，因之其所謂「戲頭即生也，引戲即末也，副末即外也，副淨、裝旦，與今淨、旦同。」「元雜劇中末，即今戲文中生也。」「中末，蓋即今之外耳。」凡此皆自誤而誤人，勇於比附。而其以元雜劇之「小旦」為明傳奇之「副旦」，若以《元刊雜劇》衡量，則所言蓋得其實；因為《元刊雜劇》之「小旦」，其地位與「外旦」同，皆對「正旦」而言，並無年輩大小之義，只是《六十種曲》中並無「副旦」之名；《六十種曲》中對「旦」而言者皆作「小旦」或「貼」。又其所云「以墨點破其面，謂之花旦。」見《青樓集》，實即《元曲選》習見之「搽旦」。按《灰闌記》第一折搽旦扮馬員外妻，其上場詩云：

---

[133]〔明〕胡應麟：《少室山房筆叢》，〈宋元戲曲腳色明〉、〈踏搖娘之流變〉、〈末與生〉、〈世酸之稱〉條，收入俞為民、孫蓉蓉編：《歷代曲話彙編・明代編》第一集，頁六四二—六四五。

我這嘴臉實是欠，人人讚我能嬌艷；只用一盆淨水洗下來，倒也開的胭脂花粉店。[134]

這樣的妝扮正和皮黃的「綵旦」不殊。元雜劇不止「裝旦多婦女為之」，其他腳色也大多數由「婦女為之」，因為當時樂戶中的妓女，實是雜劇的主要演員。胡氏所云「中末」蓋即「沖末」，《元曲選》例以此腳作「沖場」之用，所謂「沖場」，李漁《笠翁劇論》謂「人未上而我先上也」。又所引楊用修之語，遍查《漢書・郊祀志》，成帝時，匡衡但去「紫壇有文章采鏤之飾及玉、女樂」。並無優人為假飾妓女之事。優人假飾妓女，即所謂「男扮女妝」，對此，筆者有專文論及[135]。又其所謂秀才為措大、細酸，蓋得其實，但《元曲選》本《倩女離魂》劇，並無細酸之語，倒是宋金雜劇院本名目中諸如「秀才下酸擂」、「急慢酸」、「眼藥酸」、「麻皮酸」、「花酒酸」、「酸孤旦」等名目甚多。又其所云「今《西廂記》以張珙為生，當是國初所改。」亦得其實，因為「生」腳無論元刊本或《元曲選》本之元雜劇皆未見其目，《孤本元明雜劇》中《莊周夢》所云「生扮莊子上」，《剪髮待賓》所云「生扮陶侃」，當如《西廂記》之例，為明人所改易。

王驥德《曲律・論部色第三十七》云：

今南戲副淨同上（義案：「上」指其上文所引宋雜劇之副淨），而末泥即生，裝孤即旦，引戲則末也。……又按：元雜劇中，名色不同，末則有正末、副末、沖末（即副末）、砌末、小末，旦則有正旦、副旦、貼旦（即副旦）、搽旦、外旦、小旦、旦兒（即小旦）、卜旦——亦曰卜兒（即老旦）。又有外，有孤

[134] 〔元〕李潛夫：《包待制智賺灰闌記》，收入〔明〕臧懋循：《元曲選》第三冊（北京：中華書局，一九八九），頁一一〇八。

[135] 曾永義：〈男扮女妝與女扮男妝〉，《說戲曲》（臺北：聯經事業出版有限公司，一九七六），頁三一－四六。

（裝官者），有細酸（亦裝生者），有孛老（即老雜）。小廝曰「徠」，從人曰「祗從」，雜腳曰「雜當」，裝賊曰「邦老」。凡廝役，皆曰「張千」；有二人，則曰「李萬」。凡婢皆曰「梅香」。凡酒保皆曰「店小二」。今之南戲，則有正生、貼生（或小生）、正旦、貼旦、老旦、小旦、外、末、淨、丑（即中淨）、小丑（即小淨），共十二人，或十一人，與古小異。古孤以裝官，《夢遊錄》所謂裝孤即旦，非也。又丹丘以狚、狐、鴇、猱並列，即「孤」當亦是「狐」字之誤耳。[136]

按：王氏釋腳色俗稱之義，除「小廝曰徠」當易作「孩童曰徠」外，其餘皆可取，以「丑即中淨」、「小丑即小淨」，亦得其實；但所謂「末泥即生，裝孤即旦，引戲則末也」、「旦兒即小旦」，其病有如胡應麟。「旦兒」在《元曲選》中乃介於腳色與俗稱之間，其例有如卜兒，未可遽作「即小旦」，又元雜劇中亦未見「卜旦」之名。其所云《夢遊錄》即《夢粱錄》，遍查該書並無「裝孤即旦」之語，未審王氏何所據而云然？其他以「貼旦即副旦」、「沖末即副末」，若就該行腳色之地位而論，皆得其實；至於以「砌末」為腳色名目，則王氏之誤殊甚矣。「砌末」為元雜劇劇中所用之物件，猶今所謂「道具」，此乃眾所周知之事實。

焦循《易餘曲錄》云：

元人曲止正旦、正末唱，餘不唱。其為正旦、正末者，必取義夫貞婦、忠臣孝子、厚德有道之人。他如宵小市井，不得而干之。

又云：

---

136 〔明〕王驥德：《曲律》，《中國古典戲曲論著集成》第四冊，頁一四二－一四三。

生旦淨丑，元曲無生之稱，末即生也。今人名剌或稱晚生，或稱晚末、眷末，或稱眷生。然則生與末通稱，為元人之遺歟？元曲有正末，又有沖末、副末、小末。《任風子》劇中沖末扮馬丹陽、正末扮任屠；《碧桃花》沖末扮張珪、副末扮張道南；《貨郎旦》沖末扮李彥和、小末扮李春郎是也。小末亦稱小末尼，《東堂老》正末同小末尼上是也。沖末又稱二末，《神奴兒》沖末扮李德義，後稱李德義為二末是也。旦有正旦、老旦、大旦、小旦、貼旦、色旦、搽旦、外旦、旦兒諸名。《中秋切鱠旦》正旦扮譚記兒、旦兒扮白姑姑；《碧桃花》老旦扮張珪夫人、正旦扮碧桃、貼旦扮徐端夫人；《張天師夜斷辰句月》搽旦扮封姨、旦兒扮桃花仙、正旦扮桂花仙；《救風塵》外旦扮宋引章；《貨郎旦》外旦扮張玉娥；《玉壺春》貼旦扮陳玉英；《神奴兒》大旦扮陳氏；《陳摶高臥》鄭恩引色旦上；《誤入桃源》小旦上云「小妾是桃源仙子侍從的」是也。有單稱「旦」者，《抱妝盒》正旦扮李美人、旦扮劉皇后、旦兒扮寇承御；《倩女離魂》旦扮夫人、正旦扮倩女是也。

丑淨外三色，名與今同。乃《碧桃花》外扮薩真人，外又扮馬趙溫關天將，是同場有五外；《陳州糶米》外扮韓魏公、呂夷簡；《爭報恩》外扮趙通判，外又扮孤；《楚昭王疏者下船》外扮孫武子、伍子胥；《小尉遲認父歸朝》外扮徐茂公、房玄齡，皆同場有二外；《謝金吾詐拆清風府》外扮焦贊、孟良、岳勝，是同場有三外；《百花亭》二淨扮張小員外、馬舍上；《殺狗勸夫》、《東堂老》並二淨扮柳隆卿、胡子傳；《合汗衫》淨扮卜兒，淨扮陳虎；《陳州糶米》淨扮劉衙內、淨扮小衙內，皆同場有二淨。副淨之名見《竇娥冤》之張驢兒。

《牆頭馬上》沖末扮裴尚書引老旦扮夫人上，第二折夫人同老旦上嬤嬤上，是同場有二老旦；《蝴蝶夢》外引沖末扮王大、王二；《范張雞黍》正末扮范巨卿，同沖末扮孔仲仙、張元伯，是當場有二沖末；《桃花女》小末扮石留住，又小末扮增福，第四折石留住、增福同場，是當場有二小末；《陳州糶米》丑扮楊金吾，又二丑扮二斗子，是同場有三丑。

其末旦淨丑之外，又有孤、倈兒、孛老、邦老、卜兒等目。《貨郎旦》沖末扮孤，《殺狗勸夫》外扮孤，《勘頭巾》淨扮孤，扮孤者無一定也。《金線池》搽旦扮卜兒，《秋胡戲妻》、《王粲登樓》並老旦扮卜兒，《合汗衫》淨扮卜兒，是扮卜兒者無一定也。《貨郎旦》淨扮孛老，《瀟湘雨》外扮孛老，《薛仁貴榮歸故里》正末扮孛老，《硃砂擔》沖末扮孛老，是扮孛老者無一定也；蓋孤者官也，卜兒者婦人之老者也，孛老者男子之老者也。倈兒多不言何色扮之，惟《貨郎旦》李春郎前稱倈兒，後稱小末，則前以小末扮倈兒，蓋倈兒者，扮為兒童狀也。春郎前幼，當扮為兒童，故稱倈兒，後已作官，則稱小末耳。邦老之稱，一為《合汗衫》之陳虎，一為《盆兒鬼》之盆罐趙，一為《硃砂擔》之鐵旛竿白正，皆殺人賊，皆以淨扮之。然則邦老者，蓋惡人之目也。邦老即鮑老之轉聲。（頁一九〇—一九一）

又云：

周密《武林舊事》所載官本雜劇之名，有所謂「爨」者，如《鍾馗爨》、《天下太平爨》之類。有所謂「孤」者，如《思鄉早行孤》、《迓鼓孤》之類。有所謂「妲」者，如《襤哮店休妲》、《老姑遺妲》之類。有所謂「酸」者，如《襤哮負酸》、《眼藥酸》之類。

按《輟耕錄》云，孤裝又謂之「五花爨弄」，或曰宋徽宗見爨國人來朝，衣裝鞋履巾，裹傅粉墨，舉動如此，使優人效之以為戲，然則「爨」與「孤」裝為一。然所載孤、酸、旦等名，屬諸雜大小院本，而諸雜院爨，別為一類，有所謂《三跳澗爨》、《開山五花爨》、《變二郎爨》等目。考元人劇中，其題目正名有云《還牢末》者，則正末當場也。有云《貨郎旦》者，則正旦當場也。《錄鬼簿》：關漢卿有《擔水澆花旦》、《中秋切鱠旦》，吳昌齡有《貨郎末泥》，尚仲賢有《沒興花前秉燭旦》，楊顯之有《跳神師婆旦》，其義亦同。孤謂官，酸謂秀士，旦即旦兒。蓋宋時以裝官者為孤，以傅粉墨者為爨。元以傅粉墨者裝官，故孤裝、爨弄，混而為一。究之，官不必皆傅粉墨，故孤、爨仍分兩目。觀其為鍾馗，為二郎變，則不特傅粉墨，并傅五采，故稱「五花爨」。今優人以五采塗面，為鬼神魔魅，及武士賊寇者，皆爨也。凡稱酸，謂以正末扮秀士當場也。至有云《酸孤旦》者，則三色當場。有云《雙旦降黃龍》者，則兩旦當場。其稱爨者，則以五采塗面，倬刀夾棒相打鬧也。137

按：焦氏就元雜劇劇本以求元雜劇腳色分化及運用之現象，頗足供吾人參考之資，其所云「《還牢末》者，則正末當場也」諸語，亦得其實；至於以元雜劇之「末」為明傳奇之「生」，其誤已見前論。尤有甚者乃割裂「孤裝又謂之五花爨弄」成句，以致有「孤裝、爨弄混而為一」之論。所謂五花乃指副淨、副末、引戲、末泥、孤裝等「五色」甚明，非如所之「五采」也。「爨弄」，猶言「搬演」；因院本乃由此「五色」搬演，故云。

李斗《揚州畫舫錄》云：

小旦謂之閨門旦，貼旦謂之風月旦，又名作旦，兼跳打謂之武小旦。

又云：

137 以上見〔清〕焦循著，韋明鏵點校：《易餘曲錄》，收入《焦循論曲三種》，〈元人曲止正旦、正末唱〉、〈元曲腳色考〉、〈雜劇名稱考〉，頁一八八－一九一。

洪班副末二人：俞宏源及其子增德；老生二人：劉亮彩、王明山；老外二人：周維柏、楊仲文；小生三人：沈明遠、陳漢昭、施調梅；大面二人：王炳文、奚松年；二面二人：陸正華、王國祥；三面二人：滕蒼洲、周宏儒；老旦二人：施永康、管洪聲；正旦二人：徐耀文及其徒王順泉；小旦則金德輝、朱治東、周仲蓮及許殿章、陳蘭芳、孫起鳳、季賦琴、范際元諸人。

又云：

梨園以副末開場，為領班；副末以下老生、正生、老外、大面、二面、三面七人，謂之男腳色；老旦、正旦、小旦、貼旦四人，謂之女腳色；打諢一人，謂之雜。此江湖十二腳色，元院本舊制也。

又云：

凡花部腳色，以旦丑、跳蟲為重，武小生，大花面次之。若外末不分門，統謂之男腳色。老旦、正旦不分門，統謂之女腳色。丑以科諢見長，所扮備極局騙俗態，拙婦騃男，商賈刁賴，楚咻齊語，聞者絕倒。

又云：

本地亂彈以旦為正色，丑為間色，正色必聯間色為侶，謂之搭夥。跳蟲又丑中最貴者也，以頭委地，翹首跳道及錘錭之屬。張天奇、岑賡峽、郝天、郝三皆其最也。138

138 〔清〕李斗著，汪北平、涂雨公校訂：《揚州畫舫錄》，頁一二二、一二四、一二八－一二九、一三二、一三三。

黃旛綽等所著《梨園原・謝阿蠻論戲始末》條云：

> 戲者，以虛中生戈。漢陳平刻木人禦城退白登事，後為之效，名曰「傀儡」。至唐明皇，選良家子弟，於梨園中演習戲文，分為生、旦、淨、末、丑、外、小旦、小生，此八名為正，而後增付淨、作旦、貼旦、老旦，共十二人為全角，餘皆供侍從者。現身說法，表揚忠、孝、節、義，才子、佳人，離、合、悲、歡，揚善、懲惡，此亦大美事也。至宋、元則尤盛矣。[139]

按：李氏所紀為乾隆間崑曲、花部之腳色，自足供吾人參考取材之資。其所云「江湖十二腳色」、即當時崑班之腳色，應增列「小生」一目，因其所紀洪班腳色之中明有「小生三人」，至於以此「十二腳色」為「元院本舊制」，其誤猶如謝氏以生、旦等「八名為正」，為唐明皇梨園中所有，皆屬無根之談。

㈢腳色的扮相與技藝

腳色不同，則扮相有別，技藝亦殊。上文所錄《夢粱錄》、《輟耕錄》皆已紀其所司：李斗之紀花部諸腳色，亦已略言其所具之專長。此外如《水滸傳》、《筆花集》則載其扮飾與技藝，王驥德《曲律》更論傳奇部色之特質，凡此皆為前文所不及，茲引錄如後。

容與堂本《水滸傳》第八十二回云：

> 方當酒進五巡，正是湯陳三獻。教坊司鳳鸞韶舞，禮樂司排長伶官。朝鬼門道，分明開說：

139 〔清〕黃旛綽：《梨園原》，《中國古典戲曲論著集成》第九冊，頁一〇。

頭一箇裝外的：黑漆幞頭，有如明鏡；描花羅襴，儼若生成。雖不比持公守正，亦能辨律呂宮商。第二箇戲色的：繫離水犀角腰帶，裹紅花綠葉羅巾，黃衣襴長襯短靿靴，彩袖襟密排山水樣。第三箇末色的：裹結絡毬頭帽子，着箆役疊勝羅衫。最先來提掇甚分明。念幾段雜文真罕有。說的是敲金擊玉敘家風，唱的是風花雪月梨園樂。第四箇淨色的：語言動眾，顏色繁過。開呵公子笑盈腮，舉口王侯歡滿面。依院本填腔調曲，按格範打諢發科。第五箇貼淨的：忙中九伯，眼目張狂。隊額角塗一道明戧，匹面門搭兩色蛤粉。裹一頂油油膩膩舊頭巾，穿一領刺刺塌塌潑戲襖。吃六棒枒板不嫌疼，打兩杖麻鞭渾是耍。這五人引領著六十四回隊舞優人，百二十名散做樂工。搬演雜劇，裝孤打攛，箇箇青巾桶帽，人人紅帶花袍。吹龍笛，擊鼉鼓，聲震雲霄。彈錦瑟，撫銀箏，韻驚魚鳥。悠悠音調繞梁飛，濟濟舞衣翻月影。吊百戲眾口諠譁，縱諧語齊聲喝采。裝扮的是太平年萬國來朝，雍熙世八仙慶壽。搬演的是玄宗夢游廣寒殿，狄青夜奪崑崙關。也有神仙道侶，亦有孝子順孫。觀之者真可堅其心志；聽之者足以養其性情。[140]

湯式《筆花集．新建构欄教坊求贊》般涉調【哨遍】套【二煞】云：

捷劇每善滑稽能戲設，引戲每叶宮商解禮儀，妝孤的貌堂堂雄雄，口吐虹霓氣。付末色說前朝、論後代、演長篇、歌短句、江河口頰隨機變。付淨色腆囂龐張怪臉發喬科□冷諢立木形骸與世違。要棵每未東風

140 〔元〕施耐庵、〔明〕羅貫中著：容與堂本《水滸傳》，第八十二回〈梁山泊分金大買市　宋公明全夥受招安〉，頁一二〇五。

先報花消息。妝旦色舞態裊三眠楊柳，末泥色歌喉撒一串珍珠。

又【一煞】云：

王孫每意懸懸懷揣著賞金，郎君每眼巴巴安排著慶賞□。跳龍門題雁塔懸羊頭踏豹尾一箇箇皆隨喜，扎磾的亞著肩疊著脊傾著囊倒著產大拚白雪銀雙鎰，妝孤的爭著頭鼓著腦舒著眉睜著眼看春風玉一團。權當箇門山日，名揚北冀，聲播南陲。[141]

王驥德《曲律・雜論第三十九下》云：

嘗戲以傳奇配部色，則《西廂》如正旦，色聲俱絕，不可思議；《琵琶》如正生，或峨冠博帶，或敝巾敗衫，俱嘖嘖動人；《拜月》如小丑，時得一二調笑語，令人絕倒；《還魂》、「二夢」如新出小旦，妖冶風流，令人魂銷腸斷，第未免有誤字錯步；《荊釵》、《破窯》等如淨，不繫物色，然不可廢；吳江諸傳如老教師登場，板眼場步，略無破綻，然不能使人喝采。《浣紗》、《紅拂》等如老旦、貼生，看人原不苛責；其餘卑下諸戲，如雜腳備員，第可供把盞執旗而已。[142]

按：《水滸傳》所紀蓋為元代雜劇、院本之腳色。其中淨色的「顏色繁過」和貼淨（同副淨或次淨、付淨）的「隊額角」諸語，都和「靚」字的意義相合，所以鄙意以為「淨」應當是由參軍的促音而取其音近的「靚」字

141 〔元明〕湯式：《筆花集》，收入俞為民、孫蓉蓉編：《歷代曲話彙編・明代編》第一集，頁三。

142 〔明〕王驥德：《曲律》，《中國古典戲曲論著集成》第四冊，頁一五九。

同音假借而來。又其描寫淨色有「開呵公子笑盈腮」一語，所謂「開呵」、「按呵」、「收呵」，皆為宋元伎藝演出時贊導之語，則「淨色」的職務為贊導，他「依院本填腔調曲，按格範打諢發科。」也是一位戲劇導演者所應做到的。即此益可證「淨色」即「引戲」。而末色所謂「最先來提掇甚分明」，亦有臨場「主張」的意味。《筆花集》付淨色以前蓋為院本腳色，粧旦色（以其男扮女妝，故云）與末泥色並舉，當為元雜劇腳色，要㮣則不知所指。王驥德雖「戲以傳奇配部色（所云部色即腳色）」，但其實已說明各種腳色所含之特質。其中「貼生」之目，不見於《六十種曲》，蓋為次於「正生」之義，有如「貼旦」為「正旦」之副。

腳色之技藝，由於戲劇演進，分工漸細，譬如皮黃中旦行有青衣、花旦、花衫、老旦、彩旦、刀馬旦、閨門旦、玩笑旦、潑辣旦、武旦、丑婆子、宮女丫環諸目，因其技藝各殊，故名目亦別；也就是說戲劇發展的結果，戲劇為舞臺上的演員所主宰，腳色的孳乳分目更加細密，其與技藝之結合亦加謹嚴。因此近人如黃南丁之評論崑班演員、徐慕雲之解說皮黃之生、旦、淨、丑，以及齊如山《國劇藝術彙考》之論皮黃腳色，便皆著重其所應具備之技藝。

(四)餘　言

前賢之「腳色論」略如上述，其得失亦已見按語之中。關於腳色尚有一個很重要的問題，那就是腳色的運用。腳色運用得宜，可以使戲曲冷熱兼濟、演員勞逸均衡；蓋戲曲之分場，實與分腳一事有極其密切之關係。可是論之者不見於前賢，焦循所述，僅略及現象而已。近人則王季烈《螾廬曲談》始倡其說，張清徽師有感於此，於其《明清傳奇導論》中，特以〈傳奇的分腳和分場〉一章發揮王氏緒論，主旨略謂：腳色之分配，關係排場之組合，原則上必須使用勻稱；尤應注意腳色之特質，然後選調設詞，使其粗細相稱，情景相合。

因為腳色命名之由代古年湮，以致異說紛紜，頗難索解，所以近人對於此一問題加以研究的亦頗有其人，譬如徐筱汀〈釋旦〉、〈釋末與淨〉，衛聚賢〈戲劇中角色——淨丑生旦的起源〉，吳曉鈴〈說旦〉，陳墨香〈說旦〉，王芥輿〈戲劇腳色得名之研究〉等，都是研究腳色命名之由的論文。專書如任訥《唐戲弄》、胡忌《宋金雜劇考》、青木正兒《中國近世戲曲史》、周貽白《中國戲劇史》，也都闢置章節予以論述。凡此雖不乏可取之說，但支離怪誕、牽強附會之論，亦所在皆有，由於其卷帙浩繁，非本文所能容，故暫不予論評。

陸、戲曲結構論

前言

大凡具有形象者必有其結構。就平面之文學而言，散文、小說、詩詞曲、戲曲，由於其體類不同，若論其結構，則必有其同屬文學之共性，但亦必有其各自體類所產生之特性。也因此戲曲之結構必與散文、小說、詩詞曲有所不同。

綜觀元明清曲論家之論戲曲結構者，其所用術語，直以「結構」論述者，為數不多；而以「情節」、「關目」為數最多；進而有「章法」、「格局」、「間架」、「過搭」、「排置」、「局段」、「布局」、「局面」、「練局」、「構局」等等與情節關目相關涉而彼此近似但卻有進一步開展其指涉的詞語。而另有所謂「排場」一詞之開端於蒙元，推衍於明清，發皇而完成於今世。

至於時賢之論戲曲結構，誠如及門李惠綿教授於《戲曲批評概念史考論》中所言，大約有以下三類：

一是從敘述文學的角度研究古典戲曲的結構章法和描寫技巧，這類論文相當可觀。二是以古典劇論為依據，並借鑑西方戲劇理論技巧，探索古典戲曲結構規律和基本原理，李曉《比較研究：古劇結構原理》❶開展這樣的研究方法。三是分析古典劇論中以結構美學作為批評、欣賞、創作的理論。前二者的審美對象在戲曲作品，後者的研究客體在戲曲批評理論。而古典結構論，是戲曲批評中一個很重要、很普遍的論題，因此相較於關目論、章法論、戲劇學史、戲劇創作學史或專家理論研究等專著中，必然有章節論述。此外，格局論，歷來關於這方面研究相當可觀，以古典戲曲結構論為單篇論文者更是不勝枚舉。而臺灣寫成學位論文者有侯雲舒《明清戲曲理論之結構概念研究》❷。期刊論文與學位論文之篇幅當然不可相提並論；不過論述的材料都含括元明清三代，可視為古典結構論的濃縮版與擴大版，對此論題之研究實有相當貢獻。由於前人多將「結構」與「關目、格局、布局、構局」等相關術語視為同實異名，因此選取的材料也就沒有區分，大都混而為一。❸

可見近人論戲曲結構或者拘限於敘述文學的章法和技巧，或者迷亂於元明清曲家之批評術語，或者借助西方理論，也就是說幾於各行其是，而未能顧及戲曲之體製規律就戲劇而言，為中國所獨有，且未能兼顧戲曲之為文學與藝術之綜合體，因之周延性有所不足，不免偏差而難得戲曲結構之真諦。

筆者認為論戲曲之結構，當逕從「戲曲」求之，其觀點與理論亦直從歷代曲論探討即可，而無須借助西方。因為中國戲曲與西方戲劇在體質上畢竟有很大的差別，而「戲曲之結構」實有外在與內在之分而同時並存。外

❶ 李曉：《比較研究：古劇結構原理》（北京：中國戲劇出版社，一九八九）。

❷ 侯雲舒：《明清戲曲理論之結構概念研究》（高雄：國立中山大學中國文學研究所碩士論文，一九九三）。

❸ 李惠綿：《戲曲批評概念史考論》（臺北：國家出版社，二〇〇九年十一月），頁四六三—四六五。

在結構制約內在結構，也就是說外在結構的既定體製規律對內在結構的實質內涵，必產生互動的關聯和影響。戲曲的外在結構，筆者認為即戲曲劇種的體製規律；內在結構即由關目而布局而逐次發展，至民國許之衡、王季烈、張師清徽乃克完成的所謂「排場」。元明清三代以至民國的戲曲結構論，主體是指內在結構論發展完成史。而體製規律的外在結構論，止見明人王驥德和清人李漁稍事涉及，至民國則王國維、業師鄭騫先生、錢南揚三家，乃逕以「結構」指稱戲曲之外在結構；至筆者更以劇種之「體製規律」來說明戲曲之外在結構，而劇種之外在結構乃趨於完成。也因此，戲曲劇種之分類，乃有所謂「體製劇種」。

可見論戲曲之「結構」必兼具其內外在乃能完備；而學者對於戲曲內外結構之認知，元明清以來，實有其演進之歷程。因之，本文乃敢於重新論述戲曲之結構。首先說明「結構」一詞之本義與引申義。進而說明戲曲之外在結構，實緣其本義而論；內在結構實由其引申義而說。然後分別論說外在結構與內在結構古今學者以及筆者認知上之演進歷程。外在結構由過搭格局而結構形式而體製規律，內在結構由情節關目而章法布局而排場處理。也就是說外在結構指戲曲劇種固定的體製規律，內在結構指劇作家所呈現的戲曲排場藝術。

(一)「結構」之名義

那麼「結構」一詞的本義和引申義究竟如何呢？

「結構」的本義，應指建築物構造的式樣。如漢王延壽〈魯靈光殿賦〉：

於是詳察其棟宇，觀其結構。❹

❹ 〔梁〕蕭統：《文選》（卷十一，第十七頁上，臺北：正中書局，一九七一），頁一五四。

後來也引申用指詩文書畫中各部分的配搭和排列。如晉衛夫人〈筆陣圖〉：

> 結構圓備如篆法，飄颺洒落如章草。❺

又如《朱子語類》卷九四：

> 此《論》、《孟》較分曉精深，結構得密。❻

從以上「結構」的引文，可見「指建築物構造式樣」的「結構」，應就其「外在」而言，它有制約建築物內部設施的功能；「指詩文書畫中各部分的配搭和排列」，應偏向「內在」而論，它呈現作品藝術成就的高低。而戲曲既為綜合的文學和藝術，由其文學和藝術的質性觀察，其「結構」自然以內在為主要；但由於其綜合性，則必有所以呈現的固定載體，亦即體製規律，則其外在結構亦不能免。若此，則戲曲之內外結構，固為表裡，亦如唇齒相依。

(二)明清曲家逕以「結構」論戲曲者

而明清曲家逕以「結構」一詞論戲曲者有：

(1)明徐復祚（一五六〇—約一六三〇）《曲論》以「結構」一詞批評王驥德劇作：

---

❺〔唐〕張彥遠：《法書要錄》，卷之一（瀋陽：遼寧教育出版社，一九九八年三月），頁四。

❻〔宋〕黎靖德編：《朱子語類》，卷九四（北京：中華書局，一九九四年三月），頁二三八九。

《題紅》，王伯良驥德作。伯良，屠長卿之友。長卿深許可之，謂：「事固奇矣，詞亦斐然。」今觀其詞，使事嚮於禹金，風格不及伯起，其在季孟之間乎？獨其結構如摶沙，開闔照應，了無線索，每於緊處散緩，是又大不如伯起者也。❼

其所謂「結構」由「開闔照應，了無線索，每於緊處散緩」諸語，可見指的是關目情節的布置。

(2)明袁宏道（一五六八—一六一〇）之論湯顯祖「臨川四夢」：

詞家最忌逐齣填去，漫無結構。《紫釵》、《南柯》、《邯鄲》都犯此，所以詞雖峻潔，格欠玲瓏，若《還魂》庶幾無遺憾乎！❽

其所謂「結構」，由「逐齣填去」觀之，實指齣與齣之間關目情節布置的章法。

(3)明祁彪佳（一六〇二—一六四五）《遠山堂曲品》之論諸劇作：

《百　花》：內傳元時安西謀逆，江女右花、江生六雲以被擒為內應；而安西之百花郡主，卒與六雲偕合巹。結構亦新，但意味尚淺。❾

《長　生》：汪鹺使奉呂祖惟謹，一日忽夢若以玄解授之者，乃敘其入道成仙，以至顯化濟世之事，井

❼〔明〕徐復祚：《曲論》，收入《中國古典戲曲論著集成》第四冊（北京：中國戲劇出版社，一九八二），頁二三八。

❽語見《沈際飛評點牡丹亭還魂記．集諸家評語》，轉引自陳竹《中國古代劇作學史》（武漢：武漢出版社，一九九九），頁二五八。

❾〔明〕祁彪佳：《遠山堂曲品》，《中國古典戲曲論著集成》第六冊（北京：中國戲劇出版社，一九八二），頁三〇。

然有條，詞亦濃厚可味；但於結構之法，不無稍疏。❿

《夢磊》：文景昭富貴姻緣，俱得之於石，故夢中白玉蟾以「磊」字授之，其中結構，一何多奇也！但劉以司農而夜送女於文生旅邸，與《檀扇》之以甥女私慰凌生，皆非近情之事。⓫

《紅絲》：郭代公之生平，《四義》傳之鄙而雜。此以採絲為婚姻之始，驅虜為功名之終，結構殊恰。詞有新創之【五色絲】、【桃葉歌】、【鳳樓十二重】等調。在許君工於音律，必有當於抗墜掩抑、頂疊關轉之法。⓬

《弄珠樓》：輕描淡染，不欲一境落於平實。但姓名之錯認，創於《拜月》，遂多為不善曲者所襲。無功今之作手，何不別尋結構耶？⓭

《不丈夫》：此記與《冰山》最早出，韻調雖訛，結構少勝；但四諫官頭緒不清；且楊氏一家，何必盡死？⓮

《扊扅》：吾以為別有結構，為百里奚寫照一耳；若只此敘述，何須學邯鄲之步！⓯

---

❿〔明〕祁彪佳：《遠山堂曲品》，收入《中國古典戲曲論著集成》第六冊（北京：中國戲劇出版社，一九八二），頁三四。

⓫〔明〕祁彪佳：《遠山堂曲品》，頁四五。

⓬〔明〕祁彪佳：《遠山堂曲品》，頁五四。

⓭〔明〕祁彪佳：《遠山堂曲品》，頁六一。

⓮〔明〕祁彪佳：《遠山堂曲品》，頁七七。

⓯〔明〕祁彪佳：《遠山堂曲品》，頁九八。

> 《玉　釵》：何文秀初為遊冶少年，後來備嘗諸苦。寫至情境真切處，令人悚然而起。若於結搆處數以新詞，當成佳傳。[16]

其「結構」皆作「結搆」，由其前後文觀之，如「江女右花、江生六雲以被擒為內應；而安西之百花郡主，卒與六雲偕合巹」、「汪鹺使奉呂祖惟謹，一日忽夢若以玄解授之者，乃敘其入道成仙」、「文景昭富貴姻緣，俱得之於石，故夢中白玉蟾以『磊』字授之」、「以採絲為婚姻之始，驅虜為功名之終」、「姓名之錯認，創於拜月」、「只此敘述，何須學邯鄲之步」等，可見亦皆指劇中關目情節的安排。

(4)戲曲論中首重「結構」的是清李漁（一六一〇—一六八〇年）《笠翁曲論》（見於《閒情偶寄・詞曲部》），他說：

> 至於「結構」二字，則在引商刻羽之先，拈韻抽毫之始。如造物之賦形，當其精血初凝，胞胎未就，先為制定全形，使點血而具五官百骸之勢。倘先無成局，而由頂及踵，逐段滋生，則人之一身，當有無數斷續之痕，而血氣為之中阻矣。[17]工師之建宅亦然，基址初平，間架未立，先籌何處建廳，何方開戶，棟需何木，梁用何材，必俟成局了然，始可揮斤運斧。倘造成一架，而後再籌一架，則便於前者不便於後，勢必改而就之，未成先毀，猶之築舍道旁，兼數宅之匠資，不足供一廳一堂之用矣。故作傳奇者，不宜卒急拈毫。袖手於前，始能疾書於後。[18]

[16]〔明〕祁彪佳：《遠山堂曲品》，頁一〇〇。

[17]〔清〕李漁：《閒情偶寄》，收入《中國古典戲曲論著集成》第七冊（北京：中國戲劇出版社，一九八二），頁一〇。

笠翁在其〈結構〉下分〈戒諷刺〉、〈立主腦〉、〈脫窠臼〉、〈密針線〉、〈減頭緒〉、〈戒荒唐〉、〈審虛實〉等七款。鄙意以為這「七款」而由「結構」統攝，恐怕頗有可議。因為：〈戒荒唐〉、〈審虛實〉二項，其實是屬於戲曲素材的範圍；〈戒諷刺〉一項，則和戲曲的主題有關。其他〈立主腦〉、〈脫窠臼〉、〈密針線〉、〈減頭緒〉四項，都屬於戲曲關目布置的問題，其〈格局第六〉中的〈小收煞〉、〈大收煞〉二項，按理應當置於〈結構第一〉之下，因為那也是屬於關目布置的項目。可見笠翁的所謂「結構」，主要指的還是關目情節的布置手法。至其以「工師之建宅」喻結構，實緣王驥德論「章法」之進一步發揮。

以上所舉四家都用「結構」作為術語論戲曲，其中徐復祚、祁彪佳都是指「關目情節」的布置。袁宏道進一步涉及齣與齣間關目情節布置的章法，到了清代李漁更舉「結構」為戲曲第一要義，他以七款來說明其所謂「結構」，但七款中無可議者止〈立主腦〉、〈脫窠臼〉、〈密針線〉、〈減頭緒〉四項，他的見解雖精闢透徹，但追根究柢，這四款也只是有關布置「關目情節」的詳密發揮。也就是說，明清曲家論曲，對於戲曲「結構」的考究，事實上只在「關目情節」。也就是說尚僅及於「結構」本義中之局部，亦即戲曲內在結構的根本部分。

可見論戲曲結構，不能迷亂於名實，當從前人論述之實質內涵爬梳資料，以建構戲曲內外在結構的演進歷程。

⑱ 同上注。

一、前賢之「戲曲外在結構論」

(一)明清曲家

戲曲的外在結構，亦必因戲曲劇種之不同而有別。清代以前，論者很少也很簡單。只有明人王驥德和清人李漁略事論及。

1. 王驥德

王驥德（約一五六〇—一六二三）著有《曲律》，其中關涉「戲曲外在結構」之因素者大都簡單而瑣碎。有《曲律・論劇戲第三十》：

> 劇之與戲，南北故自異體。北劇僅一人唱，南戲則各唱。一人唱則意可舒展，而有才者得盡其春容之致；各人唱則格有所拘，律有所限。即有才者，不能恣肆於三尺之外也。⑲

這段話從歌唱方面，亦即北劇一人獨唱，南戲各人皆可唱，約略涉及南戲北劇體製規律之異同，也說到因此其內在結構藝術所受到的影響。其〈論劇戲〉又云：

> 又用宮調，須稱事之悲歡苦樂，如遊賞則用仙呂、雙調等類；哀怨則用商調、越調等類，以調合情，容

⑲ 〔明〕王驥德：《曲律》，收入《中國古典戲曲論著集成》第四冊（北京：中國戲劇出版社，一九八二），頁一三七。

易感動得人。[20]

可見王氏基本上亦認為宮調有其聲情，應與劇情相合；他的聲情說顯然與芝菴之說有別，只是他舉例並不完整。又其〈論過搭第二十二〉：

過搭之法，雜見古人詞曲中，須各宮各調，自相為次。又須看其腔之粗細，板之緊慢；前調尾與後調首要相配叶，前調板與後調板要相連屬。[21]

此段在說明宮調聯套，曲牌前後有其次序，大抵細慢之曲在前，粗快之曲在後；又前曲調尾與銜接之後曲調首，其板眼也要相連屬。凡此皆有其一定之規律。

又其〈論套數第二十四〉云：

套數之曲，元人謂之「樂府」，與古之辭賦，今之時義，同一機軸。有起有止，有開有闔。須先定下間架，立下主意，排下曲調，然後遣句，然後成章。切忌湊插，切忌將就。務如常山之蛇，首尾相應，又如鮫人之錦，不著一絲紕纇。意新語俊，字響調圓，增減一調不得，顛倒一調不得，有規有矩，有色有聲，眾美具矣。[22]

[20] 〔明〕王驥德：《曲律》，頁一三七。
[21] 〔明〕王驥德：《曲律》，頁一二八。
[22] 〔明〕王驥德：《曲律》，頁一三二。

此段又進一步發揮套數創作的法則和技巧，也算屬於戲曲外在結構的聯套規律。

又其〈論引子第三十一〉云：

引子，須以自己之腎腸，代他人之口脗。蓋一人登場，必有幾句緊要說話，我設以身處其地，模寫其似，卻調停句法，點檢字面，使一折之事頭，先以數語該括盡之，勿晦勿泛，此是上諦。㉓

揣摩王氏之意，蓋謂引子須貼切人物之身分與心志方是上諦之作。

又其〈論過曲第三十二〉云：

過曲體有兩途：大曲宜施文藻，然忌太深；小曲宜用本色，然忌太俚。須奏之場上，不論士人閨婦，以及村童野老，無不通曉，始稱通方。最要落韻穩當。㉔

王氏所謂「大曲」蓋指「細曲」，「小曲」蓋指「粗曲」。他既不主張曲文太深，也不主張太俚；無論何種人，總要使之「耳聞即曉」。

又其〈論尾聲第三十三〉云：

尾聲以結束一篇之曲，須是愈著精神，末句更得一極俊語收之，方妙。凡北曲煞尾，定佳。作南曲者，只是潦草收場，徒取完局，所以戲曲中絕無佳者，以不知此竅耳。㉕

㉓〔明〕王驥德：《曲律》，頁一三八。

㉔〔明〕王驥德：《曲律》，頁一三八－一三九。

元人喬吉論曲有「鳳頭、豬肚、豹尾」之語，尾聲如「豹尾」，故如王氏所云「須是愈著精神，末句更得一極俊語收之」。

其〈論賓白第三十四〉云：

賓白，亦曰「說白」。有「定場白」，初出場時，以四六飾句者是也。有「對口白」，各人散語是也。定場白稍露才華，然不可深晦。《紫簫》諸白，皆絕好四六，惜人不能識；《琵琶》黃門白，只是尋常話頭，略加貫串，人人曉得，所以至今不廢。對口白須明白簡質，用不得太文字；凡用之、乎、者、也，俱非當家。《浣紗》純是四六，寧不厭人！又凡「者」字，惟北劇有之，今人用在南曲白中，大非體也。句字長短平仄，須調停得好，令情意宛轉，音調鏗鏘，雖不是曲，卻要美聽。諸戲曲之工者，白未必佳，其難不下於曲。《玉玦》諸白，潔淨文雅，又不深晦，與曲不同，只稍欠波瀾。大要多則取厭，少則不達，蘇長公有言：「行乎其所當行，止乎其所不得不止」，則作白之法也。[26]

王氏指出賓白有「定場白」與「對口白」之別，且不厭其煩的舉例說明其作法。但其實賓白的內涵不止如此，詳下文。

又其〈論插科第三十五〉云：

插科打諢，須作得極巧，又下得恰好。如善說笑話者，不動聲色，而令人絕倒，方妙。大略曲冷不鬧場

---

[25] 〔明〕王驥德：《曲律》，頁一三九。

[26] 〔明〕王驥德：《曲律》，頁一四〇—一四一。

處，得淨丑間插一科，可博人哄堂，亦是劇戲眼目。若略涉安排勉強，使人肌上生栗，不如安靜過去。[27]

「科諢」是劇場醒睡靈丹，王氏說出了它的效用。

又其〈論部色第三十七〉云：

> 《夢遊錄》云：「今教坊開場，先引一段尋常事，名曰『豔段』，次正雜劇，為兩段。末泥色主張，引戲色分付，副淨色發喬，副末色打諢；又或添一人裝孤。其次（當作「吹」）曲破斷送者，謂之『把香（當作「色」）』。」《輟耕錄》云：「傳奇出於唐，宋有戲曲。金有院本、雜劇。院本，一人曰『副淨』，為『參軍』；一曰『副末』，謂之『蒼鶻』；鶻能擊眾鳥，末可打副淨，故云。一曰引戲，一曰末泥，一曰裝孤。又謂之『五花爨弄』。」今南戲副淨同上，而末泥即生，裝孤即旦，引戲即末也。一說：曲貴熟而曰「生」，婦宜夜而曰「旦」，末先出而曰「末」，淨喧鬧而曰「淨」，反言之也；其貼則旦之佐，丑則淨之副，外則末之餘，明矣。按：丹丘先生謂雜劇、院本有正末、副末、狚、孤、靚、鴇、猱、捷譏、引戲九色之名。又謂唐為傳奇，宋為戲文，金時院本、雜劇合而為一，元分為二。雜劇者，雜戲也。院本者，行院之本也。又按：元雜劇中，名色不同，末則有正末、副末、沖末（即副末）、砌末、小末，旦則有正旦、副旦、貼旦（即副旦）、茶（當作搽）旦、外旦、小旦、旦兒（即小旦）。卜旦——亦曰卜兒（即老旦）。又有外，有孤（裝官者），有細酸（亦裝生者），有孛老（即老雜）。小廝曰「徠」，從人曰「祗從」，雜腳曰「雜當」，裝賊曰「邦老」。凡廝役，皆曰「張千」；有二人，則曰「李萬」。凡婢皆曰「梅

[27] 〔明〕王驥德：《曲律》，頁一四一。

香」。凡酒保皆曰「店小二」。今之南戲，則有正生、貼生（或小生）、正旦、貼旦、老旦、小旦、外、末、淨、丑（即中淨）、小丑（即小淨），共十二人，或十一人，與古小異。古孤以裝官，《夢遊錄》所謂裝孤即旦，非也。又丹丘以狚、狐、鴇、猱並列，即「孤」當亦是「狐」字之誤耳。嘗見元劇本，有於卷首列所用部色名目，並署其冠服、器械，曰某人冠某冠，服某衣，執某器，是詳；然其所謂冠服，器械名色，今皆不可復識矣。㉘

由王氏引錄文獻論其所謂之「部色」，實即今日所謂之「腳色」。可見腳色之名義，彼時已混沌難明。筆者有〈前賢「腳色論」述詳〉、〈中國古典戲劇腳色概說〉㉙評論其事。

由以上明人王驥德《曲律》所涉及之「戲曲外在結構論」，已有南戲北劇之唱法，曲牌聯套過搭法，南曲套中引子、過曲、尾聲三種類型之曲牌，以及賓白、科諢和部色。他在論述時，雖沒有「戲曲外在結構」之意識，但因其為不可缺少之構成元素，故為王氏所顧及。綜觀王氏之論述內容，偏向於創作經驗之講求，而忽略其在結構上所須講求之法則。

2. 李漁

到了清代李漁著有《閒情偶寄》，其中〈詞曲部〉與〈演習部〉，是專門論述其戲曲藝術的心得。其〈詞曲

㉘〔明〕王驥德：《曲律》，頁一四三－一四七。

㉙見筆者：〈前賢「腳色論」述詳〉，原載《中華文化復興月刊》十卷三期。〈中國古典戲劇腳色概說〉，原載《國立編譯館館刊》六卷一期，俱收入拙著：《說俗文學》（臺北：聯經出版社，一九八〇年四月），頁二九七－三二三與頁二三三－二九五。

部〉三卷，含「結構」、「詞采」、「音律」、「賓白」、「科諢」、「格局」六目；〈演習部〉二卷，含「選劇」、「變調」、「授詞」、「教白」、「脫套」五目。其卷一有〈結構第一〉七款，卷三有〈格局第六〉五款，其所謂「結構」主要為本文所謂的「內在結構」，而「格局」乃實為本文所謂之「外在結構」。其「格局」云：

傳奇格局，有一定而不可移者，有可仍可改，聽人自為政者。開場用末，沖場用生；開場數語，包括通篇，沖場一齣，蘊釀全部，此一定不可移者。開手宜靜不宜喧，終場忌冷不忌熱，生旦合為夫婦，外與老旦，非充父母，即作翁姑，此常格也。然遇情事變更，勢難仍舊，不得不通融兌換而用之，諸如此類，皆其可仍、可改，聽人為政者也。㉚

由這段話可見笠翁所謂「傳奇格局」包括「沖場」、「生旦合為夫婦」、「外與老旦，非充父母，即作翁姑」；此三事即為「傳奇之常格」，但這種常格，若遇情事變更，也可以隨之轉移。而他又在〈格局第六〉下，列「家門」、「沖場」、「出腳色」、「小收煞」、「大收煞」五款，作為「格局」不可移的五要目，茲節取其說如下：

(1)家門：開場數語，謂之「家門」。……未說家門，先有一上場小曲，如【西江月】、【蝶戀花】之類，總無成格，聽人拈取。此曲向來不切本，止是勸人對酒忘憂、逢場作戲諸套語。予謂詞曲中開場一折，即古文之冒頭，時文之破題，務使開門見山，不當借帽覆頂。

(2)沖場：開場第二折，謂之「沖場」。沖場者，人未上而我先上也。必用一悠長引子。引子唱完，繼以詩

㉚〔清〕李漁：《閒情偶寄》，收入《中國古典戲曲論著集成》第七冊（北京：中國戲劇出版社，一九八二），頁六四－六五。

詞及四六排語，謂之「定場白」。

(3)出腳色：本傳中有名腳色，不宜出之太遲。如生為一家，旦為一家，生之父母隨生而出，旦之父母隨旦而出，以其一部之主，餘皆客也。雖不定在一出二出，然不得出四五折之後。太遲則先有他腳色上場，觀者反認為主，及見後來人，勢必反認為客矣。即淨丑腳色之關乎全部者，亦不宜出之太遲。

(4)小收煞：上半部之末齣，暫攝情形，略收鑼鼓，名為「小收煞」。宜緊忌寬，宜熱忌冷。

(5)大收煞：全本收場，名為「大收煞」。此折之難，在無包括之痕，而有團圓之趣。㉛

揣摩李漁所以將這五款用「格局」來統攝的緣故，蓋以為一部傳奇中，這五種現象，其實已成了傳奇外在必須遵守的五種體製規律，因之可以視之為傳奇的「外在結構」。

但事實上，笠翁論傳奇的「外在結構」不止於此。其卷三〈詞曲部〉之〈賓白第四〉八款、〈科諢第五〉四款，以及卷二〈詞曲部・音律第三〉九款中之「凜遵曲譜」也都屬於「外在結構」的範圍。

其論「凜遵曲譜」云：

曲譜者，填詞之粉本，猶婦人刺繡之花樣也。……曲譜則愈舊愈佳，稍稍趨新，則以毫厘之差而成千里之謬。情事新奇百出，文章變化無窮，總不出譜內刊成之定格。是束縛文人，而使有才不得自展者，曲譜是也；私厚詞人，而使有才得以獨展者，亦曲譜是也。㉜

㉛ 上述五段文字皆見於〔清〕李漁：《閒情偶寄》收入《中國古典戲曲論著集成》第七冊（北京：中國戲劇出版社，一九八二），頁六五－六九。

㉜ 〔清〕李漁：《閒情偶寄》，頁三八。

曲譜示宮調屬下之各曲牌格律。合乎格律之曲牌，乃具聲情之性格，乃能與詞情相得益彰。所以曲牌及其聯套可以說是戲曲「外在結構」之重要基礎。

其〈賓白第四〉云：

> 曲之有白，就文字論之，則猶經、文之於傳、註；就物理論之，則如棟、梁之於榱、桷；就人身論之，則如肢、體之於血、脈，非但不可相輕，且覺稍有不稱，即因此賤彼，竟作無用觀者。故知賓白一道，當與曲文等視，有最得意之曲文，即當有最得意之賓白，但使筆酣墨飽，其勢自能相生。常有因得一句好白，而引起無限曲情，又有因填一首好詞，而生出無窮話柄者。是文與文自相觸發，我止樂觀厥成，無所容其思議。㉝

曲白間情境相生，如血脈相連，實無輕重之別。因之笠翁認為好的賓白要具備八個條件：「聲務鏗鏘」、「語求肖似」、「詞別繁簡」、「字分南北」、「文貴精潔」、「意取尖新」、「少用方言」、「時防漏孔」，茲據其說，簡述如下：

> 「聲務鏗鏘」：賓白之學，首務鏗鏘。一句聱牙，俾聽者耳中生棘；數言清亮，使觀者倦處生神。世人但以音韻二字用之曲中，不知賓白之文，更宜調聲協律。世人但知四六之句平間仄，仄間平，非可混施疊用，不知散體之文亦復如是。……能以作四六平仄之法，用於賓白之中，則字字鏗鏘，人人樂聽，有「金聲擲地」之評矣。

㉝ 李漁：《閒情偶寄》，頁五一－五二。

「語求肖似」：填詞一家，則惟恐其蓄而不言，言之不盡。是則是矣，須知暢所欲言亦非易事。言者，心之聲也，欲代此一人立言，先宜代此一人立心，若非夢往神遊，何謂設身處地？無論立心端正者，我當設身處地，代生端正之想；即遇立心邪辟者，我亦當舍經從權，暫為邪辟之思。務使心曲隱微，隨口唾出，說一人，肖一人，勿使雷同，弗使浮泛，若《水滸傳》之敘事，吳道子之寫生，斯稱此道中之絕技。果能若此，即欲不傳，其可得乎？

「詞別繁簡」：文字短長，視其人之筆性。筆性遒勁者，不能強之使長；筆性縱肆者，不能縮之使短。文患不能長，又患其可以不長而必欲使之長。如其能長而又使人不可刪逸，則雖為賓白中之古風《史》《漢》，亦何患哉？

「字分南北」：北曲有北音之字，南曲有南音之字，如南音自呼為「我」，呼人為「你」，北音呼人為「您」，自呼為「俺」為「咱」之類是也。世人但知曲內宜分，烏知白隨曲轉，不應兩截。此一折之曲為南，則此一折之白悉用南音之字；此一折之曲為北，則此一折之白悉用北音之字。……此論為全套南曲、全套北曲者言之，南北相間，如《新水令》、《步步嬌》之類，則在所不拘。

「文貴精潔」：白不厭多之說，前論極詳，而此復言潔淨。潔淨者，簡省之別名也。潔則忌多，減始能淨，二說不無相悖乎？曰：不然。多而不覺其多者，多即是潔；少而尚病其多者，少亦近蕪。予所謂多，謂不可刪逸之多，非唱沙作米、強鳧變鶴之多也。作賓白者，意則期多，字惟求少，愛雖難割，嗜亦宜專。

「意取尖新」：「纖巧」二字，行文之大忌也，處處皆然，而獨不戒於傳奇一種。傳奇之為道也，愈纖愈密，愈巧愈精。詞人忌在「老實」，「老實」二字，即「纖巧」之仇家敵國也。然「纖巧」二字，為文人鄙賤已久，言之似不中聽，易以「尖新」二字，則似變瑕成瑜。其實「尖新」即是「纖巧」，猶之暮四朝三，未嘗稍異。同一話也，以「尖新」出之，則令人眉揚目展，有如聞所未聞；以「老實」出之，則令人意懶心灰，有如聽所不必聽。白有「尖新」之文，文有「尖新」之句，句有「尖新」之字，則列之案頭，不觀則已，觀則欲罷不能；奏之場上，不聽則已，聽則求歸不得。「尤物」足以移人，「尖新」二字，即文中之「尤物」也。

「少用方言」：凡作傳奇，不宜頻用方言，令人不解。近日填詞家，見花面登場，悉作姑蘇口吻，遂以此為成律，每作淨丑之白，即用方言，不知此等聲音，止能通於吳越，過此以往，則聽者茫然。傳奇天下之書，豈僅為吳越而設？至於他處方言，雖云入曲者少，亦視填詞者所生之地。如湯若士生於江右，即當規避江右之方言，粲花主人吳石渠生於陽羨，即當規避陽羨之方言。蓋生此一方，未免為一方所囿。有明是方言，而我不知其為方言，及入他境，對人言之而人不解，始知其為方言者。諸如此類，易地皆然。欲作傳奇，不可不存桑弧蓬矢之志。

「時防漏孔」：一部傳奇之賓白，自始至終，奚啻千言萬語。多言多失，保無前是後非，有呼不應，自相矛盾之病乎？如《玉簪記》之陳妙常，道姑也，非尼僧也，其白云「姑娘在禪堂打坐」，其曲云「從今孽債染緇衣」，「禪堂」、「緇衣」皆尼僧字面，而用入道家，有是理乎？諸如此類者，不能枚舉。34

又其〈科諢第五〉云：

插科打諢，填詞之末技也，然欲雅俗同歡，智愚共賞，則當全在此處留神。文字佳，情節佳，而科諢不佳，非特俗人怕看，即雅人韻士，亦有瞌睡之時。作傳奇者，全要善驅睡魔，睡魔一至，則後乎此者雖有〈鈞天〉之樂，〈霓裳羽衣〉之舞，皆付之不見不聞，如對泥人作揖，土佛談經矣。㉟

笠翁又認為科諢實「乃看戲之人參湯也。養精益神，使人不倦，全在於此，可作小道觀乎？」因此他又舉出「戒淫褻、忌俗惡、重關係、貴自然」四個款項來作為要件，茲據其說，簡述如下：

「戒淫褻」：觀文中花面插科，動及淫邪之事，有房中道不出口之話，公然道之戲場者。無論雅人塞耳，正士低頭，惟恐惡聲之汙聽，且防男女同觀，共聞褻語，未必不開窺竊之門，鄭聲宜放，正為此也。不知科諢之設，止為發笑，人間戲語盡多，何必專談欲事？即談欲事，亦有「善戲謔兮，不為虐兮」之法，何必以口代筆，畫出一幅春意圖，始為善談欲事者哉？人問：「善談欲事，當用何法，請言一二以概之。」予曰：「如說口頭俗語，人盡知之者，則說半句，留半句，或說一句，留一句，令人自思。則欲事不掛齒頰，而與說出相同，此一法也。如講最褻之話慮人觸耳者，則借他事喻之，言雖在此，意實在彼，人盡了解，則欲事未入耳中，實與聽見無異，此又一法也。得此二法，則無處不可類推矣。」

㉞ 上述八段引文，錄自李漁：《閒情偶寄》，頁五二－六一。

㉟ 李漁：《閒情偶寄》，頁六一。

> 「忌俗惡」：諢之妙，在於近俗，而所忌者，又在於太俗。不俗則類腐儒之談，太俗即非文人之筆。吾於近劇中，取其俗而不俗者，《還魂》而外，則有《粲花五種》，皆文人最妙之筆也。
>
> 「重關係」：科諢二字，不止為花面而設，通場腳色皆不可少。生旦有生旦之科諢，外末有外末之科諢，淨丑之科諢則其分內事也。然為淨丑之科諢易，為生旦外末之科諢難。雅中帶俗，又於俗中見雅；活處寓板，即於板處證活。此等雖難，猶是詞客優為之事。所難者，要有關係。關係維何？曰：於嘻笑灰諧之處，包含絕大文章；使忠孝節義之心，得此愈顯。如老萊子之舞斑衣，簡雍之說淫具，東方朔之笑彭祖面長，此皆古人中之善於插科打諢者也。作傳奇者，苟能取法於此，是科諢非科諢，乃引人入道之方便法門耳。
>
> 「貴自然」：科諢雖不可少，然非有意為之。如必欲於某折之中，插入某科諢一段，或預設某科諢一段，插入某折之中，則是覓妓追歡，尋人賣笑，其為笑也不真，其為樂也亦甚苦矣。妙在水到渠成，天機自露。「我本無心說笑話，誰知笑話逼人來」，斯為科諢之妙境耳。[36]

笠翁對於傳奇之「外在結構」，雖然其所謂「格局」但舉家門、沖場、出腳色、小收煞、大收煞五項，未盡周延；此外相關傳奇之外在結構者，也僅止於「賓白」、「科諢」和曲譜中「曲牌」格律三事，但對此，他從創作經驗中娓娓道來，則給我們許多中肯的言語。

(二)民國戲曲三鉅子

---

[36] 上述四段引文，錄自李漁：《閒情偶寄》，頁六二—六四。

到了民國，戲曲界中的三鉅子王國維、錢南揚、鄭騫，始視「結構」一詞為戲曲的外在結構。

1.王國維

王國維《宋元戲曲史》有第七章〈古劇之結構〉與第十一章〈元劇之結構〉二章。

其所謂「古劇」指宋金雜劇院本。其所論「結構」為宋金雜劇院本之四段：豔段、正雜劇二段、散段，及其腳色：末泥色、引戲色、副淨色、副末色、裝孤、裝旦。

其〈古劇之結構〉云：

宋金以前雜劇院本，今無一存。又自其目觀之，其結構與後世戲劇迥異，故謂之古劇。古劇者，非盡純正之劇，而兼有競技遊戲在其中，既如前二章所述矣。蓋古人雜劇，非瓦舍所演，則於讌集用之。瓦舍所演者，技藝甚多，不止雜劇一種；而讌集時所以娛耳目者，雜劇之外，亦尚有種種技藝。觀《宋史・樂志》、《東京夢華錄》、《夢粱錄》、《武林舊事》所載天子大宴禮節可知。即以雜劇言，其種類亦不一。正雜劇之前，有豔段，其後散段謂之雜扮（見第六章），二者皆較正雜劇為簡易。此種簡易之劇，當以滑稽戲競技遊戲充之，故此等亦時冒雜劇之名，此在後世猶然。明顧起元《客座贅語》謂：「南都萬曆以前，大席則用教坊打院本，乃北曲四大套者。中間錯以撮墊圈，舞觀音，或百丈旗，或跳隊。」明代且然，則宋金固不足怪。但其相異者，則明代競技等錯在正劇之中間，而宋金則在其前後耳。至正雜劇之數，每次所演，亦復不多。《東京夢華錄》謂：「雜劇入場，一場兩段。」《夢粱錄》亦云：「次做正雜劇，通名兩段。」《武林舊事》（卷一）所載：「天基聖節排當樂次」，亦皇帝初坐，進雜劇二段，再坐，復進二段。此可以例其餘矣。

腳色之名，在唐時只有參軍、蒼鶻，至宋而其名稍繁。《夢粱錄》（卷二十）云：「雜劇中末泥為長，每一場四人或五人。（中略）末泥色主張，引戲色分付，副淨色發喬，副末色打諢。或添一人，名曰裝孤。」《輟耕錄》（卷二十五）所述略同。唯《武林舊事》（卷一）所載：「乾淳教坊樂部」中，雜劇三甲，一甲或八人或五人。其所列腳色五，則有戲頭而無末泥，有裝旦而無裝孤，而引戲、副淨、副末三色則同，唯副淨則謂之次淨耳。《夢粱錄》云：「雜劇中末泥為長。」則末泥或即戲頭；然戲頭、引戲，實出古舞中之舞頭、引舞，（唐王建〈宮詞〉：「舞頭先拍第三聲」，又：「每過舞頭分兩向」，則舞頭唐時已有之。《宋史・樂志》有引舞，亦謂之引舞頭。《樂府雜錄・傀儡》條有引歌舞者郭郎，則引舞亦始於唐也。）則末泥亦當出於古舞中之舞末。《東京夢華錄》（卷九）云：「舞旋多是雷中慶，（中略）舞曲破擷前一遍，舞者入場，至歇拍，一人入場，對舞數拍，前舞者退，獨後舞者終其曲，謂之舞末。」末之名當出於此。又長言之則為末泥也。淨者，參軍之促音，宋代演劇時，參軍色手執竹竿子以句之（見《東京夢華錄》卷九），亦如唐代協律郎之舉麾樂作，偃麾樂止相似，故參軍亦謂之竹竿子。由是觀之，則末泥色以主張為職，參軍色以指麾為職，不親在搬演之列。故宋戲劇中淨、末二色，反不如副淨、副末之著也。唐之參軍、蒼鶻，至宋而為副淨、副末二色。夫上既言淨為參軍之促音，茲何故復以副淨為參軍也？曰：副淨本淨之副，故宋人亦謂之參軍。《夢華錄》中執竹竿子之參軍，當為淨；而第二章滑稽劇中所屢見之參軍，則副淨也。此說有征乎？曰：《輟耕錄》云：「副淨古謂之參軍，副末古謂之蒼鶻，鶻能擊禽鳥，末可打副淨。」此說以第二章所引《夷堅志》（丁集卷四）、《桯史》（卷七）、《齊東野語》（卷十三）諸事證之，無乎不合。則參軍之為副淨，當可信也。故淨與末，始見於宋末諸書；而副淨與副末，則北宋人著述中已見之。黃山谷【鼓笛令】詞云：「副靖傳語木大，鼓兒裡且打一和。」《王直方詩話》（《苕溪漁隱叢話》前集卷二十引）載：「歐陽公致梅聖俞簡云：『正如雜劇人，上名下韻不來，須副末接續。』」凡宋滑稽劇中，與參軍相對待者，雖不言其為何色，其實皆為副末。此出於唐代參軍與蒼鶻之關係，其來已古。而《夢粱錄》所謂末泥色主張，引戲色分付，副淨色發喬，副末色打諢，此四語實能道盡宋代腳色之職分也。主張、分付，皆編排命令之事，故其自身不復演劇。發喬者，蓋喬作愚謬之態，以供嘲諷；而打諢，則益發揮之以成一笑柄也。試細玩第二章所載滑稽劇，無在不可見發喬、打諢二者之關係。至他種雜劇，雖不知如何，然謂副淨、副末二色，為古劇中最重之腳色，無不可也。至裝孤、裝旦二語，亦有可尋味者，元人腳色中有孤有旦，其實二者非腳色之名。孤者，當時官吏之稱；旦者，婦女之稱。其假作官吏婦女者，謂之裝孤、裝旦則可；若徑謂之孤與旦，則已過矣。孤者，當以帝王官吏自稱孤寡，故謂之孤；旦與妲不知其義。然《青樓集》謂張奔兒為風流旦，李嬌兒為溫柔旦，則旦疑為宋元倡伎之稱。優伶本非官吏，又非婦人，故其假作官吏婦人者，謂之裝孤、裝旦也。

要之：宋雜劇、金院本二目所現之人物，若妲、若旦、若徠，則示其男女及年齒；若孤、若酸、若爺老、若邦老，則示其職業及位置；若厥、若偌，則示其性情舉止（其解均見拙著《古劇腳色考》）；若哮、若鄭、若和，雖不解其義，亦當有所指示。然此等皆有某腳色以扮之，而其自身非腳色之名，則可信也。宋雜劇、金院本二目中，多被以歌曲。當時歌者與演者，果一人否，亦所當考也。滑稽劇之言語，必由演者自言之；至自唱歌曲與否，則當視此時已有代言體之戲曲否以為斷。若僅有敘事體之曲，則當如第四章所載史浩《劍舞》，歌唱與動作，分為二事也。

綜上所述者觀之，則唐代僅有歌舞劇及滑稽劇，至宋、金二代而始有純粹演故事之劇。故雖謂真正之戲劇，起於宋代，無不可也。然宋金演劇之結構，雖略如上，而其本則無一存。故當日已有代言體之戲曲否，已不可知。而論真正之戲曲，不能不從元雜劇始也。37

靜安先生對於「古劇之結構」的考述，今日看來，已經有以下諸端可以商榷：

其一，「古劇者，非盡純正之劇，而兼有競技遊戲在其中。」若就廣義之宋金雜劇院本而言，此言不差；但若就狹義已躋身為宮廷十三部色「正色」之宋金雜劇院本而言，它們雖然也有流入民間之現象，但基本上是屬於宮廷官府的優伶小戲。宋雜劇的「正雜劇」是唐代參軍戲的嫡裔，金院本則易名為正院本，又衍生為「院么」和「院爨」。

其二，「正雜劇之前，有豔段，其後散段謂之雜扮，二者皆較正雜劇為簡易。此種簡易之劇，當以滑稽戲競技遊戲充之。」按宋雜劇體製之發展：北宋宮廷中止於由唐參軍戲發展而來之正雜劇兩段，南宋時始加豔段於前；其所謂「散段」又名「雜班」，又名「紐元子」，止行於民間；終兩宋未在宮廷演出過。金元間人杜仁傑般涉調【耍孩兒】〈莊家不識勾欄〉，其【四煞】、【三煞】二曲寫的正是由引戲導引的豔段演出，【二煞】、【一煞】是院爨《調風月》的正式搬演。宋金雜劇院本段數在宮廷宴會樂次中，確實與音樂、舞蹈、雜技、傀儡戲間隔交叉演出，所以宋金雜劇院本四段，嚴格說來是各自獨立的「小戲群」，這種穿插樂舞雜技的演出模式，到了四折的元人北曲雜劇，尚且如此。顧起元《客座贅語》所述明代萬曆以前北曲雜劇的演出，猶然保留這種遺緒。

其三，謂宋金雜劇院本是否為代言體之戲曲，由於劇本不存，已不可知。其實代言體之戲曲小戲，早見於屈原時代之荊楚《九歌》，即唐參軍戲之為代言體亦甚為明顯，何況宋金之雜劇院本！

37 王國維：《王國維戲曲論文集》（臺北：里仁書局，一九九三年九月），頁七七—八〇。

以上筆者有〈先秦至五代「戲劇」與「戲曲小戲」劇目考述〉㊳、〈參軍戲及其演化之探討〉㊴、〈論說「五花爨弄」〉㊵詳論其事。

至於靜安先生所考述參軍戲、宋金雜劇院本腳色之名目及其演化，則因未能掌握腳色名目實出諸市井口語，其符號化之現象實由省文、形近、音同、音近之訛變而產生；其符號化之腳色專稱與保持市井口語之人物俗稱，自古以來皆並行運用。

若就唐參軍戲、宋金雜劇院本之腳色名目而言，則：

參軍為參軍戲之主腳，至宋代名參軍色，執竹竿子引舞或引戲，因名「竹竿子」或「引戲」，皆為俗稱，其後由「參軍」合音而作「靚」（艶）、靖、淨」三字，「靚」本義為「粉白黛綠」，形容「參軍」之扮相。其義難明，乃訛變以同音之「淨」字行於世。淨實為「竹竿子」又稱「引戲」，為戲曲之導演，乃將演戲之任務交由其副手，所謂「副淨」者擔任；所以宋金雜劇院本便以「副淨」為主要腳色。

參軍戲作為「參軍」對手演出的「蒼鶻」，「鶻」與「末」兩字鄰韻音近，乃由參軍戲俗稱之「蒼鶻」，轉而為宋雜劇符號性專稱之「末」，又取義為男子之卑下謙稱，以副所扮演人物之質性。「末」又作「末泥」，不過加一詞尾「泥」字，實為正末，於宋雜劇之任務為「主張」，儼然為劇團團長，因將與副淨演對手戲之任務，交由其副手所謂「副末」者擔任。

㊳ 見筆者：〈先秦至五代「戲劇」與「戲曲小戲」劇目考述〉，《臺大文史哲學報》，第五九期（二〇〇三年十一月），頁二一五—二六六。

㊴ 見筆者：〈參軍戲及其演化之探討〉，《臺大中文學報》，第二期（一九八八年十一月），頁二三五—二二六。

㊵ 見筆者：〈論說「五花爨弄」〉，臺大外文系《中外文學》，第二三卷，第四期（一九九四年九月），頁二一五—二四三。

其他「裝孤」為扮飾官員，「裝旦」為扮飾婦女，「紐元子」為「紐圓子」之訛變，本為形容地方小戲攜手繞圈踏舞之表演形式。後來作為其演出劇種，進而為主腳之代稱。「孤」始終保持俗稱；「旦」則由「姐兒」而「姐」而「妲」而「旦」，通過省文訛變與形近訛變而定型於符號化之腳色專稱「旦」。「紐元子」則省為「紐」，又省為「丑」，同樣定型為符號化之腳色專稱。

筆者有〈中國古典戲劇腳色概說〉41詳論其事。

其次靜安先生之論〈元劇之結構〉云：

元劇以一宮調之曲一套為一折。普通雜劇，大抵四折，或加楔子。案《說文》(六)：「楔，櫼也。」今木工於兩木間有不固處，則斫木札入之，謂之楔子，亦謂之櫼。雜劇之楔子亦然。四折之外，意有未盡，則以楔子足之。昔人謂北曲之楔子，即南曲之引子，其實不然。元劇楔子，或在前，或在各折之間，大抵用仙呂【賞花時】或【端正好】二曲。唯《西廂記》第二劇中之楔子，則用正宮【端正好】全套，與一折等，其實亦楔子也。除楔子計之，仍為四折。唯紀君祥之《趙氏孤兒》，則有五折，又有楔子。此為元劇變例。又張時起之《賽花月秋千記》，今雖不存，然據《錄鬼簿》所紀，則有六折。此外無聞焉。若《西廂記》之二十折，則自五劇構成，合之為一，分之則仍為五。此在元劇中亦非僅見之作。如吳昌齡之《西遊記》，其書至國初尚存，其著錄於《也是園書目》者云四卷，見於曹寅《楝亭書目》者云六卷。明凌濛初〈西廂序〉云：「吳昌齡《西遊記》有六本」，則每本為一卷矣。凌氏又云：「王實甫《破窯記》、《麗春園》、《販茶船》、《進梅諫》、《于公高門》，各有二本。關漢卿《破窯記》、《澆花旦》，亦有二

---

41 見筆者：〈中國古典戲劇腳色概說〉，《國立編譯館館刊》，第六卷，第一期（一九七七年六月），頁一三五－一六五。

本。」此必與《西廂記》同一體例。此外《錄鬼簿》所載：如李文蔚有《謝安東山高臥》，下注云：「趙公輔次本」，而於趙公輔之《晉謝安東山高臥》下，則注云：「次本」；武漢臣有《虎牢關三戰呂布》，下注云：「鄭德輝次本」，而於鄭德輝此劇下，則注云：「次本」。蓋李武二人作前本，而趙鄭續之，以成一全體者也。餘如武漢臣之《曹伯明錯勘贓》，尚仲賢之《崔護謁漿》，趙子祥之《太祖夜斬石守信》、《風月害夫人》，趙文殷之《宦門子弟錯立身》，金仁傑之《蔡琰還朝》，皆注「次本」。雖不言所續何人，當亦續《西廂記》之類。然此不過增多劇數，而每劇之以四折為率，則固無甚出入也。

雜劇之為物，合動作、言語、歌唱三者而成。故元劇對此三者，各有其相當之物。其紀動作者，曰科；紀言語者，曰賓、曰白；紀所歌唱者，曰曲。元劇中所紀動作，皆以科字終。後人與白並舉，謂之科白，其實自為二事。《輟耕錄》紀金人院本，謂教坊「魏、武、劉三人，鼎新編輯，魏長於念誦，武長於筋斗，劉長於科泛。」科泛或即指動作而言也。賓白，則余所見周憲王自刊雜劇，每劇題目下，即有全賓字樣。明姜南《抱璞簡記》（《續說郛》卷十九）曰：「北曲中有全賓全白。兩人相說曰賓，一人自說曰白。」則賓白又有別矣。臧氏〈元曲選序〉云：「或謂元取士有填詞科，（中略）主司所定題目外，止曲名及韻耳。其賓白，則演劇時伶人自為之，故多鄙俚蹈襲之語。」填詞取士說之妄，今不必辨。至謂賓白為伶人自為，其說亦頗難通。元劇之詞，大抵曲白相生。苟不兼作白，則曲亦無從作，此最易明之理也。今就其存者言之，則《元曲選》中百種，無不有白，此猶可諉為明人之作也。然白中所用之語，如馬致遠《薦福碑》劇中之「曳剌」，鄭光祖《王粲登樓》劇中之「點湯」，一為遼金人語，一為宋人語，明人已無此語，必為當時之作無疑。至《元刊雜劇三十種》，則有曲無白者誠多；然其與《元曲選》複出者，字句亦略相同，而有曲白相生之妙，恐坊間刊刻時，刪去其白，如今日坊刊腳本然。蓋白則人人皆知，而曲則聽者不能盡解。此種刊本，當為供觀劇者之便故也。且元劇中賓白，鄙俚蹈襲者固多；然其傑作如《老生兒》等，其妙處全在於白。苟去其白，則其曲全無意味。欲強分為二人之作，安可得也。且周憲王時代，去元未遠，觀其所自刊雜劇，曲白俱全。則元劇亦當如此。愈以知臧說不足信矣。

元劇每折唱者，止限一人，若末，若旦；他色則有白無唱，若唱，則限於楔子中，至四折中之唱者，則非末若旦不可。而末若旦所扮者，不必皆為劇中主要之人物；苟劇中主要之人物於此折不唱，則亦退居他色，而以末若旦扮唱者，此一定之例也。然亦有出於例外者，如關漢卿之《蝴蝶夢》第三折，則旦之外，倈兒亦唱；尚仲賢之《氣英布》第四折，則正末扮探子唱，又扮英布唱；張國賓之《薛仁貴》第三折，則丑扮禾旦上唱，正末復扮伴哥唱；范子安之《竹葉舟》第三折，則首列禦寇唱，次正末唱。然《氣英布》劇探子所唱，已至尾聲，故元刊本及《雍熙樂府》所選，皆至尾聲而止，後三曲或後人所加。《蝴蝶夢》、《薛仁貴》中，倈及丑所唱者，既非本宮之曲，且刊本中皆低一格，明非曲。《竹葉舟》中，列禦寇所唱，明曰道情，至下【端正好】曲，乃入正劇。蓋但以供點綴之用，不足破元劇之例也。唯《西廂記》第一、第四、第五劇之第四折，皆以二人唱，今《西廂》只有明人所刊，其為原本如此，抑由後人竄入，則不可考矣。

元劇腳色中，除末、旦主唱，為當場正色外，則有淨有丑。而末、旦二色，支派彌繁。今舉其見於元劇者，則末有外末、沖末、二末、小末，旦有老旦、大旦、小旦、旦倈、色旦、搽旦、外旦、貼旦等。《青樓集》云：「凡妓以墨點破其面為花旦」，元劇中之色旦、搽旦，殆即是也。元劇有外旦、外末，而又有外；外則或扮男，或扮女，當為外末、外旦之省。外末、外旦之省為外，猶貼旦之後省為貼也。案《宋史・職官志》：「凡直館院則謂之館職，以他官兼者謂之貼職。」又《武林舊事》（卷四）〈乾淳教坊樂部〉，有「衙前」，有「和顧」，而和顧人中，如朱和、蔣寧、王原全下，皆注云「次貼衙前」，意當與貼職之貼同，即謂非衙前而充衙前（衙前謂臨安府樂人）也。然則曰沖、曰外、曰貼，均係一義，謂於正色之外，又加某色，以充之也。此外見於元劇者，以年齡言，則有若孛老、卜兒、倈兒，以地位職業言，則有若孤、細酸、伴哥、禾旦、曳剌、邦老，皆有某色以扮之，而其身則非腳色之名，與宋金之腳色無異也。

元劇中歌者與演者之為一人，固不待言。毛西河《詞話》，獨創異說，以為演者不唱，唱者不演。然《元曲選》各劇，明云末唱、旦唱，《元刊雜劇》亦云「正末開」或「正末放」，則為旦、末自唱可知。且毛氏「連廂」之說，元明人著述中從未見之，疑其言猶蹈明人杜撰之習。即有此事，亦不過演劇中之一派，而不足以概元劇也。

演劇時所用之物，謂之砌末。焦理堂《易餘籥錄》（卷十七）曰：「《輟耕錄》有諸雜砌之目，不知所謂。按元曲《殺狗勸夫》，祗從取砌末上，謂所埋之死狗也；《貨郎旦》外旦取砌末付淨科，謂金銀財寶也。《梧桐雨》正末引宮娥挑燈拿砌末上，謂七夕乞巧筵所設物也。《陳摶高臥》外扮使臣引卒子捧砌末上，謂詔書纁帛也。《冤家債主》和尚交砌末科，謂銀也。《誤入桃源》正末扮劉晨，外扮阮肇帶砌末上，謂行李包裹或采藥器具也。又淨扮劉德引沙三、王留等將砌末上，謂春社中羊酒紙錢之屬也。」余謂焦氏之解砌末是也。然以之與雜砌相牽合，則頗不然。雜砌之解，已見上文，似與砌末無涉。砌末之語，雖始見元劇，必為古語。案宋無名氏《續墨客揮犀》（卷七）云：「問今州郡有公宴，將作曲，伶人呼細末將來，此是何義？對曰：凡御宴進樂，先以弦聲發之，然後眾樂和之，故號絲抹將來。今所在起曲，遂先之以竹聲，不唯訛其名，亦失其實矣。」又張表臣《珊瑚鉤詩話》（卷二）亦云：「始作樂必曰絲末將來，亦唐以來如是。」余疑砌末或為細末之訛。蓋絲抹一語，既訛為細末，其義已亡，而其語獨存，遂誤視為將某物來之意，因以指演劇時所用之物耳。[42]

靜安先生對於「元劇之結構」已論及每本四折、四套曲、楔子、科白、腳色、一人獨唱，歌者演者為一人，砌末，及其相關之考釋，但未論及題目正名，四段不同宮調，首段幾為仙呂，末段幾為雙調，二三段大抵為南呂、正宮、中呂。每套一韻到底，四套協不同韻部，以及散場曲等。

而靜安先生論述中又可為商榷者如下：

其一，靜安先生謂紀君祥《趙氏孤兒》有五折，為元劇變例；此見於《元曲選》本與《酹江集》本，而《元刊雜劇三十種》本則為四折。可見第五折為明人添加。

其二，今王實甫《西廂記》二十折，明人所作手腳頗多，未能作為元劇體例，詳見鄭師因百（騫）〈《西廂記》作者新考〉[43]。

其三，所論「二本」或「次本」，並非如舊說「續《西廂記》」之類，亦即接續前一本作第二本；而是謂相同劇目者有兩本，如關漢卿、王實甫皆有《破窯記》者然；其「次本」亦謂其次又有同一劇目之作。王實甫《麗春園》今有《古名家雜劇》本、《元曲選》本、《酹江集》本，一本四折劇情已足，何來接續之作？而亦未見有其續作。

其四，謂「其紀動作者，曰科。」又云：「科泛或即指動作而言。」未及對「科泛」探本溯源。筆者有〈從

---

[42] 王國維：《王國維戲曲論文集》（臺北：里仁書局，一九九三年九月），頁一一七—一二二。

[43] 鄭騫：《龍淵述學》（臺北：大安出版社，一九九二年十二月），頁一四五—二一四。

格範、開呵、穿關說到程式〉[44]，大意謂「格範」為宋元語詞，言可依循之典範，用於戲曲演出，如「教坊格範」，即指宮廷中的表演模式，「格範」如同今之所謂「程式」。但「格範」二字在俗文化中，因「格」、「科」音近形近，「範」與「泛」同音，因訛變而作「科泛」，省文為「科」；以致泯滅其本義。由此可見戲曲表演的程式性，早見於宋金雜劇與金元北曲雜劇。

其五，論元劇末本、旦本獨唱之例外，其所云俫、丑。《竹葉舟》列禦寇所唱實為「插曲」；《氣英布》末折後三曲實為「散場曲」，鄭師因百有〈論元雜劇散場〉[45]。又所舉正末改扮不因人物諸劇，人物雖不同而腳色則一，不違背元劇正末、正旦獨唱之體例。而元劇之搬演，折間插入爨弄雜技吹打，並不妨礙其改扮。對此，筆者有〈元人雜劇的搬演〉[46]論之。

其六，所舉北劇腳色名目，已混入明人添加。譬如《元曲選》所見之丑腳，皆為元刊本所無。元刊本之北劇腳色名目有：正旦、外旦、小旦、老旦、淨、外淨、二淨；正末、外末、駕末、外孤、小末、孤末、眾外。

其七，毛西河《詞話》所謂「演者不唱，唱者不演。」果然如所云是「杜撰」，筆者有〈「連廂」小考〉[47]論之。

其八，謂「余疑砌末或為細末之訛。蓋絲抹一語，既訛為細末，其義已亡，而其語獨存，遂誤視為將某物來之意，因以指演劇時所用之物耳。」按「絲抹」誤作「細末」為音近訛變，但何以轉義為「砌末」，則靜安先

[44] 見筆者：〈從格範、開呵、穿關說到程式〉（北京：中國藝術研究院），《戲劇研究》，第六八期，頁九三－一〇六。

[45] 鄭騫：〈論元雜劇散場〉，《景午叢編》上集（臺北：中華書局，一九七二年一月初版），頁一九九－二〇四。

[46] 見筆者：〈元人雜劇的搬演〉，《幼獅月刊》，第四五卷，第五期（一九七七年五月），頁二一－三三。

[47] 見筆者：〈「連廂」小考〉，《臺灣戲專學刊》，第七期（二〇〇三年七月），頁九－二四。

生亦但作揣測，非有憑證。鄙意以為「砌末」之「砌」當與「雜砌」、「諢砌」之「砌」同義。各種滑稽詼諧的小型表演謂之「雜砌」，令人發笑的滑稽詼諧的話語或表演謂之「諢砌」，而末作詞尾，含有細瑣物之義，則「砌末」指演出滑稽戲所需要之物件。因為戲曲源於小戲，而小戲無不為滑稽詼諧之演出，乃引申其義，而以演戲時所需之道具稱「砌末」。

2. 錢南揚

錢南揚《戲文概論．形式第五》分為〈結構〉與〈格律〉二章；前者又分作「題目」、「段落」、「開場與場次」三節，後者又分作「宮調」、「曲牌上——引子、衝場曲」、「曲牌中——過曲」、「曲牌下——尾聲」、「套數」五節。茲敘其要如下：

(1)題目

戲文前面有韻語四句，用來總括戲情的大綱，叫做「題目」。如《錯立身》的題目云：

衝州撞府妝旦色　走南投北俏郎君

戾家行院學踏爨　宦門子弟錯立身

另《小孫屠》與影鈔元本《琵琶記》之題目亦皆作七言四句，且末句又都是戲名。題目是用來作廣告的，是寫在「花碌碌紙榜」上的。到了明中葉，「題目」被取消，卻用在副末念完開場詞後作為下場詩。

(2)段落

後世戲曲一段稱「一齣」或「一折」，「齣」亦作「出」。「出」始見《景德傳燈錄》卷十四記中唐和尚藥山與雲巖問答。「折」的涵義，金、元人與明人不同。金元人以腳色上下一場為「一折」，明人則以演完一套曲為

「一折」。《青藤山人路史》謂「齣」當是「齝」之誤，其說不足信。

「出」、「折」起源雖早，但宋元戲文中從來沒有用過。

(3)開場與場次

戲文在正戲之前，先由副末報告劇情，不在正戲之內。因為戲文沒有出目，不知在宋、元時代叫做什麼。明人一般稱之為「開場」或「家門」，現在姑以「開場」稱之。一般用詞兩闋，如《小孫屠》的開場云：

(末白)【滿庭芳】白髮相催，青春不再，勸君莫羨精神。賞心樂事，乘興莫因循。浮世落花流水，鎮長是會少離頻。須知道，轉頭吉夢，誰是百年人？　雍容弦誦罷，試追搜古傳，往事閑憑。□□□□□，□□□□。想像梨園格範，編撰出樂府新聲。喧嘩靜，佇看歡笑，和氣藹陽春。

後行子弟，不知敷演甚傳奇？(眾應)《遭盆吊沒興小孫屠》(再白)

【滿庭芳】昔日孫家，雙名必達。花朝行樂春風。瓊梅李氏，賣酒亭上幸相逢。從此娉為夫婦，兄弟謀苦不相從。因往外，瓊梅水性，再續舊情濃。　暗去梅香首級，潛奔它處，夫主勞籠。陷兄弟必貴，盆吊死郊中，幸得天教再活，逢嫂婦說破狂蹤。三見鬼，一齊擒住，迢斷在開封。(末下)

《琵琶記》的開場云：

(末上白)【水調歌頭】秋燈明翠幕，夜案覽芸編。今來古往，其間故事幾多般。少甚佳人才子，也有神仙幽怪，瑣碎不堪觀。正是不關風化體，縱好也徒然。　論傳奇，樂人易，動人難。知音君子，這般另作眼兒看。休論插科打諢，也不尋宮數調，只看子孝共妻賢。正是：驊騮方獨步，萬馬敢爭先！

【沁園春】趙女姿容，蔡邕文業，兩月夫妻。奈朝廷黃榜，遍招賢士；高堂嚴命，強赴春闈。一舉鼇頭，再婚牛氏，利綰名牽竟不歸。饑荒歲，雙親俱喪，此際實堪悲。　堪悲趙女支持，剪下香雲送舅姑。把麻裙包土，築成墳墓；琵琶寫怨，徑往京畿。孝矣伯喈，賢哉牛氏，書館相逢最慘淒。重廬墓，一夫二婦，旌表門閭。

兩劇都是第一闋渾寫大意，第二闋敘述戲情。也有僅用一闋的，就是直截了當敘說戲情，把渾寫大意的一闋省去。如《錯立身》的開場云：

（末白）【鷓鴣天】完顏壽馬住西京，風流慷慨煞惺惺。因迷散樂王金榜，致使爹爹捍離門。　為路岐，戀佳人，金珠使盡沒分文。賢每雅靜看敷演：《宦門子弟錯立身》。

這些方式，一直沿用到明、清而不變㊽。

開場之後，從第二齣起才是正戲。一本戲文一般都在三十齣以上，場次的安排當然按照劇情的發展而定。但也有幾條規律：必須照顧到腳色勞逸平均，如主角與配角相間隔，或男主角與女主角相間隔；必須注意到熱鬧場面與冷靜場面相間隔；主角和比較重要的配角，應在開頭幾齣內儘先登場㊾。

(4)宮調

我國古代樂律有黃鐘、大呂等十二律，樂音有宮、商、角等七音。與西樂之發明雖不相沿襲，因其合乎數

㊽ 錢南揚：《戲文概論》（臺北：里仁書局，二〇〇〇），頁二一二—二一四。

㊾ 錢南揚：《戲文概論》，頁二一七—二一八。

理之自然，故能中西一致㊿。

古人把十二律和七音相乘，得八十四宮調。凡十二律與宮相乘者叫做「宮」，與商、角、徵、羽、變、閏相乘者叫做「調」。實則宮之與調，自宋、元以來已不甚區別，不如統名之為「宮調」，說話比較方便[51]。隋、唐燕樂所用者僅二十八宮調，只占八十四宮調的三分之一。戲曲宮調出於燕樂，然自宋、元以來，還隨時在淘汰精簡，南曲方面僅知有十三宮調，北曲方面僅知有十七宮調，而實際應用的，南、北曲都僅九宮調而已[52]。亦即僅黃鐘宮、正宮、仙呂宮、南呂宮、中呂宮、大石調、商調、越調、雙調。

宮調的作用有二：一，規定笛色的高下；二，標志聲情的哀樂。然一個宮調，統屬許多曲牌，曲牌的性質在隨時發展變化。不但從現在看來，同一宮調中的曲牌，笛色、聲情很不一致；即在古代，各宮調之間往往可以互相通借[53]。

講到聲情，南北曲是一致的。即芝菴《唱論》之仙呂「清新綿邈」、雙調「健捷激裊」等；但若細析之，不但每套各有其性質，且每曲也各有其性質，決不能用四字概括其全宮調。

(5)引子、衝場曲

一個宮調純屬若干曲牌。南曲曲牌分引子（古稱「慢詞」）、過曲（古稱「近詞」）、尾聲三類。凡腳色上場，一般先唱引子，然後唱過曲。凡引子一般都是乾唱，不用笛和，所以不拘宮調，字句可以簡省。不必全填，都

㊿ 錢南揚：《戲文概論》，頁二二一。

[51] 錢南揚：《戲文概論》，頁二二二。

[52] 錢南揚：《戲文概論》，頁二二二。

[53] 錢南揚：《戲文概論》，頁二二七。

是散板，比較緩慢。但男女主腳初次上場引子必須全填，以表鄭重。一人只用一引子，不能同時用兩引；而數人卻可合用一引子。引子又可作尾聲用，亦可省減辭句，一般都是用在戲文情節悲哀之際。

腳色上場，不一定用引子，在某些情況下，可以不用引子：一，用過曲代替引子；二，用上場詩代替引子；三，某些過曲，習慣在它前面可以不用引子。第一，用過曲代替引子，性質與引子同，但它的本身究竟不是引子，所以稱之為「衝場曲」[54]。衝場曲大半都是粗曲，不用笛和；甚至有板無腔。不入套數，故也可不拘宮調。不但可以不拘宮調，而且可以不論南北[55]。

用北曲衝場，一般以武裝戲為多。衝場粗曲都為淨丑所用，末也間用之；生旦所用衝場曲，都屬可粗可細之曲。第二，用上場詩代替引子，大部分都是配角上場所用，末用得比較多。第三，過曲如為細曲，不能用作衝場曲。

凡上述種種規律，明清傳奇仍都沿襲不變，然習用曲牌，則頗有不同。即就引子作尾聲而言，戲文中有【臨江仙】、【鷓鴣天】、【滿江紅】、【粉蝶兒】、【胡搗練】、【哭相思】等；而傳奇只限於【臨江仙】、【鷓鴣天】、【哭相思】三調。

(6)過曲

過曲，古稱「近詞」，大概到了元朝才有過曲的名稱。為什麼稱為「過曲」？無考。有人說：一套曲子，前有引子，後有尾聲，過曲介乎二者之間。謂由引子過度到尾聲，故稱「過曲」。我們曉得戲曲的重心在過曲，倘照這樣解釋，則過曲僅作過度之用，縮小了它的重要性，顯然是不對的。

---

[54] 錢南揚：《戲文概論》，頁二三七。

[55] 錢南揚：《戲文概論》，頁二三九。

凡過曲性質有粗細，粗曲專供淨丑用，生旦萬不宜用；不入套數，又稱非套數曲。細曲專供生旦訴情之用；可粗可細之曲一般都可用；二者都入套數，又稱套數曲。在實際運用中，戲文比明、清傳奇寬。如《福馬郎》、《四邊靜》、《光光乍》、《吳小四》、《金錢花》、《水底魚兒》、《鏵鍬兒》等，在傳奇中都是粗曲56。但在戲文中卻都有生旦歌唱之例。可見這些曲調原是可粗可細之曲，在傳奇中才把它們降為粗曲。

過曲節奏有緩急，粗曲往往乾念，有板無眼；細曲一板三眼，又有贈板。故最緩；可粗可細之曲，或一板三眼，或一板一眼，一般不用贈板。就聯套方式而言，前者宜緩，後者宜急。

過曲聲情有哀樂，以配合劇情悲歡離合。

過曲配搭有宜聯用、宜專用、可兼用、宜疊用、不宜疊用等之區別。「宜聯用」者，言其曲牌必須與其他曲牌相聯成套；如【紅衫兒】必須與【醉太平】聯用，不能單獨使用。「宜專用」者，言其一曲牌由本身疊用若干支即可成套，不能與其他曲牌聯合成套。而「宜疊用」者，實為「專用曲」；「不宜疊用」者，實為「聯用曲」。但此等曲牌，戲文、傳奇並不一致。

(7)尾聲

一般格律都今嚴於古，獨尾聲不然。古代尾聲，一宮調有一宮調式樣，十分繁多。《九宮正始》就列舉十三調之尾聲，但其所列舉與《曲律》卷三〈論尾聲〉所論頗有出入。

尾聲格式雖多，然實際運用並不覺得怎樣繁雜。一本戲文，過場短戲約占半數，凡過場戲概不用尾聲；就是長套正戲，凡遇專用的曲牌及某些聯套曲牌之後，往往習慣可以不用尾聲；所以一本戲文段落雖多，而用尾

56 錢南揚：《戲文概論》，頁二四一。

聲的並不多[57]。自明代以後，尾聲漸趨簡化，對其規律已不甚了了；重曲律如沈璟，亦不能免俗。北曲尾聲，更其繁多，《北詞廣正譜》可見。

(8) 套數

戲曲聯套形成，由短而長，不斷發展。早期戲文如《張協狀元》但用引子加賓白者不乏其例，但在《琵琶記》中已不復存在。

《張協狀元》和《錯立身》短套多而長套少；但《小孫屠》和《琵琶記》較之要長得多。

一般戲文也用北曲，必有主曲，聲情哀樂，完全視劇情而定。其他曲牌，一般都是普通性質，其哀樂隨主曲而變化。傳奇尚沿襲此等法則。

以上錢氏《戲文概論》由八方面論戲文「形式」，其所謂「形式」雖多屬其外在結構之體製規律，而錢氏皆能將其例外者舉出說明；但其論戲文聯套主曲聲情與劇情之闔合，則實質上已涉及戲文之內在結構，亦即排場之類型矣。

二〇一三年八月二十九日晨

3. 鄭師因百（騫）

先師鄭因百（騫）先生《景午叢編．元雜劇的結構》[58]云：

[57] 錢南揚：《戲文概論》，頁二五〇。

[58] 鄭騫：《景午叢編》（臺北：中華書局，一九七二年一月初版）。

元劇的每一個單位叫作一本。這是古代戲劇專用名詞，南宋官本雜劇、元人雜劇、明清傳奇，都以本稱。直到現在，皮黃及各種地方戲還是如此。但若用普通字眼稱元劇單位為一種亦無不可，不像皮黃戲只能說全本《落馬湖》不能說全種《落馬湖》。

元劇每本各有名目，如尋常所知《漢宮秋》、《梧桐雨》之類。但這只是他們的簡題，並非全名。簡題的來源是這樣的：元劇每本都有所謂「題目、正名」或者各一句或各兩句，每句字數不拘，但必須一律以六言、七言、八言者為多，題目在前，正名在後。例如《漢宮秋》的題目、正名是這樣兩句：

題目　沈黑江明妃青塚恨
正名　破幽夢孤雁漢宮秋

《梧桐雨》的題目、正名是這樣四句：

題目　安祿山反叛兵戈舉
　　　陳玄禮拆散鸞凰侶
正名　楊貴妃曉日荔枝香
　　　唐明皇秋夜梧桐雨

如用四句，總是這樣押韻的多。題目、正名照例寫在全劇後面；同時又把那一句正名或二句之中的後一句寫在劇的前面，這個沒有專詞，姑且杜撰一個叫作「總題」吧。「總題」既有六七個字以上，當然可以按文義語氣讀作兩段，節取其中比較切實具體的一段，就成為這本劇的「簡題」。如上所舉「破幽夢孤雁

「漢宮秋」是總題，「漢宮秋」是個簡題。如果總題各段分兩相等，這個劇本就可能有兩個簡題，如「硃砂擔滴水浮漚記」，又叫「硃砂擔」，又叫「浮漚記」。題目、正名雖是兩個名詞，其性質作用卻是一樣，所以有少數劇本只有題目而無正名，或只有正名而無題目，明中葉以後新出的雜劇，則又將題目、正名合稱正目。足見兩者是一而二，二而一了。

每本雜劇，照例分作四段，每段叫作一折。每折包括曲子一套及若干賓白：對話叫作賓，獨白叫作白，曲子由主角獨唱，賓白則由主角及配角分別念說，當然在唱曲念白之外還要有動作，這種叫作科。每折綜合曲、白、科三者表演故事的一個段落，四折聯貫，表演完整個故事。如果四折表演不完，穿插不起來，可以另加小段，名曰楔子，以補四折之不足；楔子的本義即是作木工時填補縫隙的小木頭。楔子普通只用一個，放在第一折之前；把楔子放在折與折之間或用兩個楔子的都居少數。楔子也有曲和賓白，但曲子不用成套，只用一兩支，而且照例用仙呂【賞花時】，或【端正好】。如果四折加楔子還不夠用，則可以再作一本（四折）或若干本，也就是若干個四折。如《西廂記》有五本共二十折，《西遊記》有六本共二十四折。

四折之曲四套，全部要用北曲，所以又叫作北雜劇。只有插曲可以用南曲。賈仲名撰《昇仙夢》用南北合套，因為賈是元末明初人，那時雜劇規律已因南戲之盛而被破壞。這四套曲宮調韻部都不許重複，也就是說：某折用了南呂宮，其餘任何一折都不能再用南呂宮，某折用了江陽韻，其餘任何一折都不能再用江陽韻。依照元人慣例，第一折必用仙呂宮，第二折常用南呂宮或正宮，第三折常用中呂宮，第四折常用雙調；其餘宮調，除第一折外，各折可以斟酌使用，視劇情而定。這是音樂的關係，宮調即是現在唱戲所謂調門，西洋音樂所謂調子。宮調錯置或重複，即是調子的高低錯置或重複，唱出來便不和諧了。

不許重韻當然也是求聲調上的變化調劑。

第一折前部總是虛寫的居多，由劇中人自敘身世懷抱，作者也可以乘機發牢騷罵罵人。元劇作者都是憤世嫉俗，他們作劇常是借他人酒杯澆胸中塊壘。第一折後部多半寫故事的開端，很少把重要劇情放在第一折的——當然無此道理。二三兩折才是故事的發展；尤其第三折，多數作者把全劇最高峰放在這裡。第四折則是收束全劇，有些劇本到此已成弩末，只填三五支曲的短套便終場了。元劇中情文並茂的曲子多在第三折，這是全劇的中心極峰；動人的警句多在第一折前部，這是作者性情襟抱寄託之處。

元劇不是獨角戲而是由主角配角合演，但全劇所有的曲子則要由一個人唱，其餘各角，只能說白不能唱曲，在唱的方面真是獨角戲了，這位獨唱家（以下稱之為主唱者）所扮飾的劇中人卻不一定是一個人，換句話說他所扮飾的不一定是劇中主要人物而是各折中開口唱曲的人物，主要人物在某折中不唱而仍須出場，改由他角扮飾。例如《漢宮秋》、《梧桐雨》，固然始終由主唱者扮飾漢元帝、唐明皇；像《單刀會》主要人物是關羽，而主唱者則分飾喬國老（第一折）、司馬德操（第二折）、關羽（第三、四折）。不過，主唱者雖不限定扮飾同一個人，卻必須是同性，不能此折扮男，下折扮女。在元劇中，主唱的男人由正末扮，主唱的女人由正旦扮，所以元劇有「末本」、「旦本」之分。現存元劇，末本占多數，約合總數五分之四弱，旦本只合五分之一強。上文所謂男人女人，乃指劇中人的性別，並非伶人的性別。元朝戲班裡，男人總是作配角、場面或管雜務，主唱的人多半是女性，這該是唐宋歌妓的遺風，她們在唐唱詩及樂府，在宋唱詞，在元唱曲，進而粉墨登場唱起戲來了。上述規矩限於四折裏邊，楔子並不受此限制。楔子雖也是一人獨唱，這個人卻不一定與四折中的唱者同其性別。如《竇娥冤》是旦本，楔子卻由末扮竇娥之父竇天章唱。

第四折唱完以後，可以再加一小段，用來完成劇情或另起餘波。這一小段也和其他諸折一樣，有曲有白，仍由正末或正旦唱曲，其餘角色說白。這一段只用曲一至三支，曲調是有一定的：一支則用雙調【水仙子】，兩支則用雙調【沽美酒】、【太平令】或仙呂【後庭花】、【柳葉兒】，三支則用雙調【側磚兒】、【竹枝歌】、【水仙子】。這幾支曲，與第四折所用宮調異同均可，但必須換韻。元劇是否每本都有這一段，已無從詳考。現存劇本中，只有《單刀會》、《東窗事犯》、《氣英布》、《倩女離魂》四劇有之。一定不是每劇全有，否則不能只剩下這一些。這一段不知叫甚麼名稱？其性質結構同楔子差不多，但與楔子似不能混為一談。第一，楔子都是放在第一折前或折與折之間，此則在劇尾。第二，楔子例用的曲調與此全異。第三，楔子可以用其他角色唱，此則必須正末或正旦。第四，臧懋循編刊《元曲選》，楔子都分別標明，《氣英布》、《倩女離魂》兩劇這一段都未標明是楔子。李玄玉的《北詞廣正譜》，明說《倩女離魂》劇後的【金山玉】、【竹枝歌】、【水仙子】三曲作散場用。也許這一段叫作散場吧？但又不像個名堂，只好存疑俟考了。還有一點補充：同一劇的不同刊本，這一段或有或無，例如元刊本《單刀會》有這一段，《孤本元明雜劇》無之，《元曲選》本《氣英布》有這一段，元刊本無之。從這上也可看出這一段不像楔子那樣重要。

在任何一折套曲的中間或是前後，可以插入曲子一兩支，這個沒有專名，借用現代語名之為插曲。這一兩支插曲，不必與本套同宮調韻部，反而是不同的居多。不定用北曲；有時用南曲；有時用不入調的山歌小曲。插曲都是「打諢」性質，其詞句都是無理取鬧，詼諧滑稽的：大都由丑、淨或搽旦唱，正旦向不唱插曲，正末偶爾來唱，也還是「打諢」，無關正經。以上所說是插曲的一種。還有一種插曲，或在劇中唱道情以勸世覺迷，如《竹葉舟》第四折套曲前列禦寇所唱，或為劇中穿插歌舞場面所唱的舞曲，如

《金安壽》第一折眾歌兒所唱，及第四折八仙所唱。這種插曲語氣都很正經，也不限定只用一兩支曲，也不一定由一個人唱，打諢的插曲比較常見，道情或舞曲比較少見，而且是元劇末期的產物。劇中插入歌舞場面始於元末，入明而盛，合唱也是元末以後的風氣。

上文述元劇結構大致已畢，以下就上文所留若干問題加以解釋。

第一，折字的意義即是段落或節次之意，不必求之過深；明人或寫作摺，也還是此意。最初所謂一折並不限於包括一套曲子及若干賓白；任何一場一段，即使無曲文而只有賓白，都可以叫作一折。劇本則首尾銜接，所謂四折及楔子都不分開。不過全本之中必須包括曲子四套而已。《元刊雜劇三十種》及明初朱有燉自刻的雜劇《誠齋樂府》，都是如此。在這些劇本裡，全劇銜接不分，而常見有「一折」字樣，都是小的段落，合計起來，那個劇本也不止四折。這是折字的本義，元劇最初的形式。照現在的樣子分成四折而其中的小折不再標明，恐怕是明中葉以後的事，因為晚至嘉靖戊午刊本的《雜劇十段錦》還是不分。既分四折以後，「折」字的意義就此固定為必須有曲全套的一段，其本義及元劇最初形式則為人所忽略了。

第二，元劇何以必須分為四折？這個問題向來沒有確切答案。大概是上演時間及伶人精力的問題。元劇一本要演多大時間？現已無從查考。若就近年演唱元劇單折如北詐、學舌之類的時間勉強推測，大約演唱四折加上各折之間的雜耍，正好是多半個下午吧。這是演一場戲的標準時間，過則太長，不及又太短。古今唱法不同，這當然只是臆測之詞。若夫伶人的精力，則無論如何唱法，四大套曲子總算夠多，過此就不免精疲力盡了。一人獨唱的辦法，限制了元劇的長度，使他止於四折。三折、兩折則實在太短，那時的戲場，隨時都有人來去，演劇的時間如果太短，不等後幾批聽眾來就散場了。固然可以把一本短劇演兩次，總不如四折團圓更有吸引力。日本青木正兒氏說：元劇的四折或係源於南宋官本雜劇的四段。其說不能成立，因為青木把官本雜劇的段數弄錯了。我認為官本雜劇只有兩段或三段；這不是幾句話所能說清的，容另文詳述。

第三，四折一人獨唱，有時還要改扮不同人物，怎麼忙得過來？固然兩折之間可以穿插旁人的戲，但有時主角的戲是銜接的，又當如何？原來元劇四折並不是一氣演完，折與折之間還夾演旁的雜耍；這樣主角就有休息和改扮的時間。此說見於臧懋循改本《玉茗堂四夢》的眉批。民國初年東北各埠演戲還有此遺風，如演八本《楊家將》，開場演前四本，中間換演他劇，然後再演後四本。不知旁處有沒有這種情形？近年恐怕在那裏都不多見了。

第四，元代每一個戲班子裡是否只有一個正末一個正旦，現在還沒有定論。如果有兩個人以上，他們可以輪流替換，一人獨唱之說便須推翻，既無定論，只好仍從舊說。

第五，本文所說各種規矩，有些是有例外的，雖然例外的作品很少，總還是提出來好。

(1)題目正名

沒有題目正名的，有元刊本《西蜀夢》、《拜月亭》、《楚昭王》、《陳摶高臥》、《魔合羅》、《貶夜郎》、《介子推》、《范張雞黍》，《孤本元明雜劇》本《哭存孝》、《黃鶴樓》、《雲窗夢》共十一種。其中《西蜀夢》至《介子推》七種，都是因為劇文恰到頁尾，為了省一板，偷工減料，而把題目正名刪去未刻，《元刊雜劇》本來是很簡率的坊本。《雲窗夢》則原本殘缺不到尾，有無題目正名無從知道。所以，無故沒有題目正名的只有《范張雞黍》、《哭存孝》、《黃鶴樓》三種；但《元曲選》本《范張雞黍》有題目正名，《錄鬼簿》著錄此三劇全有正名。可知元劇必有題目正名，毫無例外，只有刻本偶有刪漏而已。不以正名為總題而以題目為總題的有《元曲選》本《誶范叔》、《隔江鬭智》兩種。以正名為總題而取題目中字為簡題的有《元曲選》本《金安壽》一種。總題與正名文字小異的有元刊本《鐵拐李》，《元曲選》本《魔合羅》、《灰闌記》、《後庭花》、《麗春堂》，《新續古名家雜劇》本《風雲會》、《誤入桃源》，《孤本元明雜劇》本《剪髮待賓》、《莊周夢》、《昇仙夢》共十種。

(2)折數

現存元劇一百六七十種，其中只有《趙氏孤兒》、《五侯宴》、《東牆記》、《降桑椹》四種各有五折。但元刊本《趙氏孤兒》原只四折，《元曲選》本有五折，而第五折文字風格與前大異，情節亦嫌蛇足，顯然是後人加上去的；《五侯宴》等三種是否元人舊作大有問題，我在〈元劇作者質疑〉文中曾論到《東牆記》至少不是白樸原本。《錄鬼簿》著錄張時起撰《賽花月秋千記》，特別注明六折，《舊鈔本錄鬼簿》則無此注，《秋千記》已亡無從考查。《錄鬼簿》著錄雜劇五百餘種，只此一種注明折數，可見四折之數甚少例外。

(3)楔子

用曲及第一折宮調　元劇有楔子的凡一百零五本，不用【賞花時】或【端正好】的只有三本；《崔府君》用仙呂【憶王孫】，《雙獻功》用越調【金蕉葉】，《村樂堂》用雙調【新水令】。第一折不用仙呂宮的只有三本，《西廂記》第五本用商調，《雙獻功》用正宮，《燕青博魚》用大石調。《嬌紅記》第二本用中呂，不在此數，因為作者劉兌是元明之間人，《嬌紅記》一般視為明代雜劇。

(4)獨唱及末本旦本

只有《貨郎旦》，正旦唱一折，副旦唱三折，《張生煮海》，旦唱三折，末唱一折，《生金閣》，末唱三折，旦唱一折，是例外之作。《西廂記》有時一折之中旦末合唱，此劇有明人竄改之處，須當別論。《東牆記》中也有旦末合唱，此劇根本不是白樸舊本。《昇仙夢》旦末合唱，則因為作者賈仲名至永樂時猶存，前文已提到過。

綜觀上述元劇例外之作寥寥可數，規矩之謹嚴，可以概見，其所以如此，一來因為前有所承，由來已久，養成了習慣，二則由於古人偏於保守的習性。而這些規矩都是自繩自縛，沒罪找枷扛的；所以僅流行於元代一朝，結構比較自由合理的南戲傳奇興起以後，不久便取而代之。[59]

可見鄭師〈元雜劇的結構〉所述要義是：

(1)元劇每單位叫一本。

(2)每本有所謂「題目、正名」。每本分四段，每段叫一折。每折綜合曲、白、科演故事一段落，四折聯貫，表演完整故事。四折外可加「楔子」，每置於開首，以補不足。

(3)四折用北曲四套，首折必用仙呂宮，次折常用南呂宮或正宮，三折常用中呂宮，四折常用雙調。四折宮調不許重覆，韻部不可相同。

(4)元劇四折由末或旦獨唱，但可改扮人物，所以有「末本」、「旦本」之分。末本約占五分之四弱，旦本約占五分之一強。楔子可由其他腳色歌唱。

(5)第四折之後可再加一小段，用作完成劇情或另起餘波，有曲有白，仍由末或旦唱，但必須換韻，可稱之為「散場」；其用曲一支至三支，一支用雙調【水仙子】，二支用雙調【沽美酒】、【太平令】或仙呂【後庭花】、

59 鄭騫：《景午叢編》上冊（臺北：中華書局，一九七二年一月），頁一九〇－一九七。

【柳葉兒】，三支則用雙調【側磚兒】、【竹枝歌】、【水仙子】。

(6)任何一折套曲的中間或前後，可以插入曲子一兩支，可以謂之「插曲」。插曲可用南曲或北曲或山歌小調，旨在滑稽詼諧，由淨或搽旦唱。

以上鄭師對於元劇的「外在結構」論述極為周詳。而在文中鄭師有一段話，即論說元劇四折敘述模式那一段，則已涉及元劇的內在結構。

另外，鄭師還在文中解釋元劇所存在的五個問題，筆者略作補充如下：

第一，有關元劇「折」字的意義。

《太和正音譜》卷下的「樂府」，即曲譜部分，其所引用作為格式之曲，皆注明來源。其中錄有鄭德輝《倩女離魂》第四折黃鐘【水仙子】等元雜劇與明初雜劇四十七劇九十支曲[60]，也就是其出於雜劇之曲，俱明注其

[60] 所錄的四十七劇九十支曲是：黃鐘【水仙子】和【尾聲】俱為鄭德輝《倩女離魂》第四折；正宮【端正好】、【滾繡球】、【煞】、【煞尾】為費唐臣《貶黃州》第二折；【倘秀才】為尚仲賢《歸去來兮》第四折；【伴讀書】、【蠻姑兒】、【芙蓉花】為白仁甫《梧桐雨》第四折；【笑和尚】為無名氏《鴛鴦被》第二折；【白鶴子】為鮑吉甫《尸諫衛靈公》第四折；【貨郎兒】為無名氏《貨郎旦》第四折；【窮河西】為無名氏《罟罟旦》第三折；【啄木兒煞】為谷子敬《城南柳》第二折；大石調【六國朝】、【歸塞北】、【卜金錢】、【怨別離】、【雁過南樓】、【催花樂】、【淨瓶兒】、【玉翼蟬煞】為花李郎《黃粱夢》第三折；【念奴嬌】、【喜秋風】為鄭德輝《翰林風月》第二折；仙呂【點絳唇】、【混江龍】、【油葫蘆】、【天下樂】、【哪吒令】為喬夢符《金錢記》頭折；【寄生草】為費唐臣《貶黃州》頭折；【六么序】為無名氏《夢天台》頭折；【醉中天】、【雁兒落】、【賺煞尾】為馬致遠《黃粱夢》頭折；【醉扶歸】為鄭德輝《王粲登樓》頭折；【憶王孫】為馬致遠《岳陽樓》頭折；【玉花秋】為花李郎《釘一釘》頭折；中呂【叫聲】、【鮑老兒】、【古鮑老】、【紅芍藥】為白仁甫《梧桐雨》第二折；【迎仙客】為王伯成《貶夜郎》第

劇名和折數。尤其在越調【拙魯速】下更注王實甫《西廂記》第三折，【小絡絲娘】下更注王實甫《西廂記》第十七折[61]；可見雜劇分折此時已經習焉自然，而對於「折」的觀念，也已經和我們現在完全一樣。不止如此，對於像《西廂記》那樣的連本雜劇，其分折的方式也已經首尾銜接，近似傳奇的分齣方式了。這是個很可注意

二折；【石榴花】為無名氏《心猿意馬》第三折；【柳青眼】為白仁甫《流紅葉》第三折；南呂【牧羊關】、【菩薩梁州】、【玄鶴鳴】、【烏夜啼】、【紅芍藥】為馬致遠《陳摶高臥》第二折；【賀新郎】為無名氏《藍關記》第三折；【梧桐樹】為馬致遠《岳陽樓》第二折；【草池春】為高文秀《謁魯肅》第二折；【煞】為范子安《竹葉舟》第三折；雙調【新水令】、【梅花酒】為范子安《竹葉舟》第二折；【駐馬聽】為無名氏《風雲會》第四折；【五供養】為王實甫《麗春堂》第四折；【鎮江迴】為無名氏《勘吉平》第三折；【滴滴金】為谷子敬《城南柳》第四折；【漢江秋】為康進之《黑旋風負荊》第四折；【小將軍】為秦簡夫《趙禮讓肥》第四折；【慶豐年】為無名氏《火燒阿房宮》第三折；【太清歌】為尚仲賢《越娘背燈》第四折；【秋蓮曲】為無名氏《連環記》第四折；【掛玉鉤序】為王仲文《五丈原》第四折；【荊山玉】為賈仲名《度金童玉女》第四折；【收尾】為馬致遠《誤入桃源》第四折；【離亭宴煞】為王實甫《麗春堂》第四折；越調【聖藥王】為無名氏《赤壁賦》第三折；【麻郎兒】、【東原樂】、【絡絲娘】、【綿答絮】為王實甫《麗春堂》第三折；【送遠行】為鄭德輝《月夜聞箏》第二折；【拙魯速】為王實甫《西廂記》第三折；【雪裡梅】為周仲彬《蘇武還鄉》第二折；【古竹馬】為陳孝甫《誤入長安》第三折；【眉兒彎】為無名氏《豫讓吞炭》第三折；【酒旗兒】為白仁甫《流紅葉》第三折；【青山口】為無名氏《伯道棄子》第二折；【三臺印】、【煞】為無名氏《赤壁賦》第三折；【耍三臺】為無名氏《敬德不伏老》第三折；【小絡絲娘】為王實甫《西廂記》第十七折；商調【集賢賓】、【上京馬】、【金菊香】為喬夢符《兩世姻緣》第二折；【掛金索】為無名氏《夢天台》第二折；【雙雁兒】為無名氏《水裡報冤》第二折。見〔明〕朱權（一三七八－一四四八）：《太和正音譜》，收入《中國古典戲曲論著集成》（北京：中國戲劇出版社，一九八二年四刷），第三冊，頁六五－一九七。

[61] 同前注，頁一七八、一八五。

的現象。

又《錄鬼簿》天一閣本於〈李時中略傳〉後有賈仲明補挽詞【凌波仙】云：

> 元貞書會李時中，馬致遠、花李郎、紅字公，四高賢合捻《黃粱夢》，東籬翁頭折冤，第二折商調相從，第三折大石調，第四折是正宮，都一般愁霧悲風。[62]

由以上明初的兩段資料，可見北曲雜劇起碼在明初已具一本分作四折的現象。而每折包括一套曲子及若干賓白和科範，這是我們現在所認定的「折」的意義。但是最初所謂的「折」並非如此，劇中任何一場或一段，即使沒有曲文，而只有賓白或科範，都可以叫作一折。劇本則首尾銜接，所謂四折及楔子都不分開，只是全本之中必須包括四套曲子而已。《元刊雜劇三十種》及明宣德間金陵積德堂原刻本劉兌《金童玉女嬌紅記》，宣德、正統間周藩原刻本朱有燉《誠齋雜劇》，都是如此。在這些劇本裡，全劇銜接不分，而常見的「一折」字樣[63]，都是代表劇中的一個小段落，因此合計起來，一個劇本不止四折。這應當是「折」的本義，元雜劇的最初形式。而照現在的樣子分成四折，其中的「小折」不再標明，究竟起於何時，則迄無定論。

周憲王朱有燉《誠齋雜劇》三十一種，作得最早的是永樂二年（一四〇四）八月的《辰勾月》，最晚的是正統四年（一四三九）二月的《靈芝獻壽》和《海棠仙》；三十一種既然都不分折，則似乎雜劇分折的風氣應當始於正統之後；但是嘉靖戊午（三十七，西元一五五八）刊本的《雜劇十段錦》還是不分折，而弘治十一年

---

62 〔元〕鍾嗣成：《錄鬼簿》，收入《中國古典戲曲論著集成》第二冊，頁二〇四。

63 如元刊本關漢卿《關大王單刀會》第三折有「淨開一折」、「關舍人上開一折」之語。《詐妮子調風月》首折亦有「老孤正末一折」、「正末卜兒一折」之語。見《元刊雜劇三十種》（上海：商務印書館，一九五八），上冊，無頁碼。

（一四九八）金臺岳氏家刻《奇妙全相注釋西廂記》本則分五卷，每卷一本，每本又分四折。所以很難執一以概其餘。

我們對於北曲雜劇中的「折」，或許這樣說明比較合適：「折」原本指的是《元刊雜劇三十種》的「小折」，為任何演出形式的一個小段落、小排場，後來因為北曲雜劇事實上一本含四套北曲四個大段落，而劇本又採取「全賓」刊行，便刪去「元刊本式」中的「小折」，而把此「折」用來稱呼四個大段落的每一個段落。這樣的情況，在明嘉靖以前還不穩定，直到明萬曆間才成為規律。因為萬曆刊刻的劇本很多，沒有不明標第一折到第四折的。

「折」字又可寫作「摺」，都可用來取代南曲戲文和傳奇的「齣」。《金瓶梅》中凡講到演劇總是用「摺」或「段」。如：

下邊樂工呈上揭帖，到劉、薛二內相席前，揀定一段《韓湘子度陳半街升仙會雜劇》。纔唱得一摺，只聽喝道之聲漸近。[64]

西門慶道：「花公公，學生這裡還預備著一起戲子，唱與老公公聽。」薛內相問：「是那裡戲子？」西門慶道：「是一班海鹽戲子。」……子弟鼓板响動，遞上關目揭帖。兩位內相看了一回，揀了一段《劉知遠紅袍記》。唱了還未幾摺，心下不耐煩。[65]

[64] 〔明〕蘭陵笑笑生著，陶慕寧校訂，寧宗一審定：《金瓶梅詞話》（北京：人民文學出版社，二〇〇〇），第五八回〈懷妬忌金蓮打秋菊　乞臘肉磨鏡叟訴冤〉，頁七八九。

其中稱「段」較古，當係沿宋雜劇四段：豔段、正雜劇二段、散段之稱，宋雜劇四段為四個獨立的小戲合成的「小戲群」，所以「段」在此用來指稱獨立完整的本戲劇目；稱「摺」當係仿元雜劇一本四折之折。按「摺」作名詞本指折疊而成之紙冊，封面封底都用厚紙，若加詞尾則稱「摺子」；因之古今有帳摺、奏摺、存摺、簽名摺之稱。「摺」與「折」又因其音同義近而「折」筆畫簡省，故每取代「摺」字，以致「摺」、「折」混用不辨。

一九八六年在山西運城縣元代百姓墓葬中發現民間雜劇演出壁畫[66]，其所繪五人中，左側第一人頭戴黑色無腳幞頭，身穿橙紅色圓領窄袖長衫，束紅色板帶，兩手攤開「摺子」。戴申〈析子戲的形成始末〉(上)（見《戲曲藝術》二〇〇一年第二期，頁三〇），謂其右端「摺子」首頁有「風雪奇」楷書三字，內頁草書若干行字跡。並謂這「摺子」就是「戲折子」或稱「掌記」。按「掌記」見錢南揚《永樂大典戲文三種校注・宦門子弟錯立身》第五齣：

【賞花時】（旦唱）憔悴容顏只為你，每日在書房攻甚詩書！（生）閑話且休提，你把這時行的傳奇，（旦白）看掌記。（生連唱）你重頭與我再溫習。（旦白）你直待要唱曲，相公知道，不是要處。（生）不妨，你帶得掌記來，敷演一番。[67]

又其第十齣云：

[65] 同前注，第六四回〈玉簫跪央潘金蓮　合衛官祭富室娘〉，頁九〇四－九〇五。

[66] 見廖奔：《中國戲劇圖史》（鄭州：河南教育出版社，一九九六），圖二－二九八，頁一九二。

[67] 錢南揚：《永樂大典戲文三種校注・宦門子弟錯立身》（臺北：華正書局，一九七三），頁二三一。

（末白）都不招別的，只招寫掌記的。（生唱）

【麻郎兒】我能添插更疾，一管筆如飛。真字能抄掌記，更壓著御京書會。[68]

又見《太平樂府》卷九高安道〈嗓淡行院〉【哨遍】散套：

【三煞】粧旦不抹颩，蠢身軀似水牛。……帶冠梳梗挺著塵脖項，恰掌記光舒著黑指頭。[69]

又見《雍熙樂府》卷十七〈風流客人〉：

鶯花市販本，風月店調箏，懷揣掌記入花門，似茶塩鈔引。[70]

又周密《武林舊事》卷六〈小經紀〉條記「他處所無者」的零碎買賣一百七十八種，其中「掌記冊兒」與「班朝錄」、「選官圖」等並列[71]。

從以上資料判讀「掌記」的意義，《錯立身》所云可見「時行的傳奇」是寫在「掌記」上的，而「掌記」是由人用筆抄寫，抄寫時可以添油加醋（添插），當時的御京書會是著名的掌記抄寫場所。再由〈嗓淡行院〉和〈風流客人〉所云，「掌記」是可以拿在手上或揣入懷裡，可以料想它的大小有如「袖珍」一般，方便攜帶，也

---

[68] 同前注，頁二四四。

[69] 〔元〕楊朝英輯：《朝野新聲太平樂府》（臺北：臺灣商務印書館，一九六八），卷九，高安道〈嗓淡行院〉【哨遍】散套，頁七六，總頁八三。

[70] 〔明〕郭勛輯：《雍熙樂府‧風流客人》（臺北：臺灣商務印書館，一九八一），卷一七，頁9b，總頁六七九。

[71] 〔宋〕周密：《武林舊事》，收入《東京夢華錄》（外四種）（臺北：大立出版社，一九八〇），卷六，頁四五〇。

方便演員在排練時「溫習」。又由《武林舊事》所記可見，「掌記」可以折疊成冊，運城元代民間雜劇壁畫正可以印證，而且它可以買賣。「至於掌記之所以需人抄寫，也許由於勾欄的營生以新奇相號召，新劇作脫稿，尚無印本，優人志在先得，故競相傳抄，而以『一筆如飛』自詡。」[72]

就因為「掌記冊兒」可袖於懷裡、可置於掌上，所以它可書寫得上的內容必然不是整個劇本，就北曲雜劇而言，不是一本四折，而是一個段落，也就是一個「摺（折）子」，若就其詞彙結構而論，不過在「摺（折）」字下加詞尾「子」，使之成為帶詞尾的複詞「摺（折）」子，這應當是「折子戲」、「折子」命義的來源。後來由於南曲戲文在明代由分段落而逐漸分出，「出」字又改成「齣」字，「齣」字也可以在其下加一詞尾「頭」，使之成為如陸萼庭所云帶詞尾之複詞「齣頭」，其結構命義實與「折子」相同。更從而標上段落的內容提要而有「齣目」，南曲戲文又經北曲化、文士化、崑山水磨調化而蛻變為「傳奇」，「齣目」成為必備的「體製」[73]。後來又由於戲文、傳奇動輒數十齣，頗冗長難演，乃有取其菁華之數齣而為「串演本戲」或單齣或片段（一個排場）演出者而為「折子戲」；而由於南戲傳奇之「一齣」近於北劇之「一折」，所以北劇之「折子」也被南戲傳奇所通用。於是浸假而將經舞臺化求精求進演出單折或單齣，乃至一個排場的戲曲稱之為「折子戲」或「齣頭戲」，但由於說「齣頭戲」的人不多，「折子戲」便廣為通行了。這應當是「折子戲」成為戲曲名詞的來龍去脈。

第二，有關元劇之四折，鄭師不贊成日人青木正兒「源於南宋官本雜劇的四段」之說。鄭師亦未曾為文論述反對理由。而筆者則緣青木正兒之說有進一步之論證，請詳下文。

[72] 引文見馮沅君：《古劇說彙・古劇四考跋》（上海：商務印書館，一九三七），頁五三。

[73] 見拙作：〈再探戲文和傳奇的分野及其質變過程〉，《臺大中文學報》第二〇期（二〇〇四年六月），頁八七－一三〇；又收入拙著：《戲曲與歌劇》（臺北：國家出版社，二〇〇四），頁七九－一三三。

第三，有關元劇戲班只有一個正末，筆者持肯定態度，請詳下文。

第四，有關「題目正名」，對此，筆者於〈有關元人雜劇搬演的四個問題〉74中，特以「題目、正名之分別與關係及其作用」一節詳加討論，詳下文。

二、筆者之「戲曲外在結構論」

筆者對戲曲之外在結構，在前人論述基礎下，已有《地方戲曲概論》75、〈元雜劇體製規律的淵源與形成〉76和〈宋元南曲戲文之體製、規律與唱法〉77、〈再探戲文和傳奇的分野及其質變過程〉78等論及，茲撮其要從而分小戲劇種、北曲雜劇、南曲戲文、傳奇與南雜劇四節論述如下：

戲曲是指中國的傳統戲曲，就藝術類型而言，有偶人演的偶戲和人演的小戲、大戲。這裡要討論的是指小

---

74 見筆者：〈有關元人雜劇搬演的四個問題〉，臺大外文系：《中外文學》，第十三卷，第二期（一九八四年九月），頁二九－五九。

75 見筆者：《地方戲曲概論》（臺北：三民書局，二〇一一年十一月）。

76 見筆者：〈元雜劇體製規律的淵源與形成〉，《臺大中文學報》，第三期（一九八九年十二月），頁二〇三－二五二。

77 見筆者：〈宋元南曲戲文之體製、規律與唱法〉，臺灣戲曲學院：《戲曲學報》第三期（二〇〇八年六月），頁三五－七二。

78 見筆者：〈再探戲文和傳奇的分野及其質變過程〉，臺大中文系：《臺大中文學報》，第二十期（二〇〇四年六月），頁八七－一三〇。

戲、大戲的體製規律。

小戲是戲曲的雛型，晚明以前的稱古代小戲，其後的稱近現代小戲。

大戲是發展完成的戲曲，包含宋元南曲戲文，金元北曲雜劇，明清傳奇、南雜劇、短劇，清代以來的地方大戲。

小戲未有明顯之體製規律，若以歌曲分，有歌謠體、雜曲體、歌謠雜曲綜合體。

大戲有明顯之體製規律，以音樂分，亦有詞曲系曲牌體、詩讚系板腔體。詞曲系曲牌體所形成的戲曲劇種，在體製規律上有明顯的差別，謂之「體製劇種」，有金元北曲雜劇、宋元南曲戲文、明清傳奇、明清雜劇。而詩讚系板腔體所形成的戲曲劇種，謂之「腔調劇種」，以方言腔調為主體，其「詩讚」，詩為七言，音節以四三為正，三四為變；讚為十言，音節以三三四為正，三四三為變，上下兩句為單元，上句協仄聲韻，下句協平聲韻。分場演出，場數不定，端視劇情之需要。因之論戲曲之體製規律，實以體製劇種為主要。

以下分別論述之。先簡述未有明顯之體製規律之小戲，再說具備體製規律之大戲。

(一)小戲劇種

1.古代之小戲

古代小戲，從文獻探索，其合乎戲曲雛型，「演員合歌舞以代言體演故事」之「儺儀小戲」，則始見《楚辭・九歌》。著者考察《九歌》，則〈東皇太一〉、〈雲中君〉、〈少司命〉、〈河伯〉等四篇皆以巫代言歌舞；〈湘君〉、〈湘夫人〉、〈大司命〉、〈東君〉、〈山鬼〉、〈國殤〉等六篇皆以巫覡代言對口歌舞。《九歌》所祭之神鬼，如所祭者為男性，則由覡扮尸而以巫祭之；如為女性，則由巫扮尸而以覡祭之。《九歌》諸神鬼，只有〈湘夫人〉和

〈山鬼〉屬女性。由其唱詞觀之，為「騷體」。這樣的「小戲」是以「巫覡妝扮歌舞」為主要元素運用代言演故事，在原始宗教的祭祀場合孕育而形成，又以其合諸小戲十篇演於沅湘之野，故可稱之為「小戲群」[79]。

其次，在廣場奏技、百藝競陳的情況下，也會孕育出小戲。首見西漢「角觝戲」中的《東海黃公》。從張衡〈西京賦〉和葛洪的《西京雜記》[80]，可知《東海黃公》表演時，有兩個演員，老人黃公用絳繒束髮，手拿赤金刀，踏著「禹步」，他的對手必須扮成虎形。他們的「搏鬥」雖然深合「角觝」之義，但已非著重以實力角勝負，而是充分表演舞蹈的趣味，其結果是黃公為白虎所殺，則已頗具故事之性質。再從〈西京賦〉中「赤刀粵祝」一語看來，老人必是手持赤刀，口中念念有詞，很可能有賓白或歌唱。總結起來說：《東海黃公》的表演，已具演員妝扮，合歌舞以代言演故事。這樣的形式，可以說就是戲曲的「雛型」，也就是故事和表演均屬簡單的「小戲」[81]。

其三，在宮廷演出之戲曲，有可能為「小戲」者，首推蜀漢之《慈潛訟鬩》[82]，已具「參軍戲」的實質；次為曹魏之《遼東妖婦》，見《三國志．魏書．齊王紀》裴松之注引司馬師〈廢帝奏〉[83]。而盛行於唐代的「參

---

[79] 《九歌》其他篇章是否也可以如同〈山鬼〉視之為小戲，請俟之他日，作詳密之考述。

[80] 〔晉〕葛洪著：《西京雜記》（臺北：臺灣商務印書館，一九七九），頁一〇。

[81] 首先提及《東海黃公》重要性的是周貽白《中國戲劇發展史》，但他對「戲劇」、「戲曲」的觀念與筆者有所不同。董每戡《說劇．說武戲》謂《東海黃公》已具備故事情節、穿關、化裝、砌末等戲劇要素。詳見《說劇》（北京：北京人民出版社，一九八三），頁八六－八九。

[82] 〔晉〕陳壽：《三國志．蜀書》，卷四十二〈許慈傳〉（北京：中華書局，一九九七），頁一〇二二－一〇二三。

[83] 〔晉〕陳壽：《三國志．魏書》：「日延小優郭懷、袁信等，於建始芙蓉殿前，裸袒遊戲。……又於廣望觀上，使懷、

軍戲」，可說是典型的「宮廷小戲」。

參軍戲若論其表演型式，當如段安節《樂府雜錄‧俳優》[84]所云之始於東漢和帝；而若論其名稱，則當如見於《太平御覽》卷五六九〈倡優門〉引《趙書》[85]之所記，當定於後趙石勒。

經著者考察，「參軍戲」是上承漢代角觝遺風所發展出來的宮廷優戲。唐代以前戲弄贓官為主要內容，唐代以後因參軍官多以名族子弟充任，因之戲中不再扮飾贓官，而發展為「假官戲」，其主演之「假官之長」，謂之「參軍樁」，他的扮飾一般是「綠衣秉簡」，頭裏透羅額、足登皺文靴，臉面可以「俊扮」，也可以「墨塗」，大概是依所扮人物而定。與「參軍」演出的對手，有時只有一個人，中唐以後，這個對手叫「蒼鶻」，他的扮相可

信等於觀下作《遼東妖婦》。嬉褻過度，道路行人掩目。」（北京：中華書局，一九九七），頁一二九。

[84] 開元中，黃旛綽、張野狐弄參軍。始自後漢館陶令石躭。躭有贓犯，和帝惜其才，免罪。每宴樂，即令衣白夾衫，命優伶戲弄辱之，經年乃放。後為參軍，誤也。開元中有李仙鶴善此戲，明皇特授韶州同正參軍，以食其祿，是以陸鴻漸撰詞云「韶州參軍」，蓋由此也。武宗朝有曹叔度、劉泉水，鹹淡最妙。咸通以來，即有范傳康、上官唐卿、呂敬遷等三人。《中國古典戲曲論著集成》於「武宗朝有曹叔度、劉泉水」下注云：「此下舊衍『鹹淡最妙』四字，據《文獻通考》刪。」為求文意完整，今再補入。詳見前揭書，第一冊（北京：中國戲劇出版社，一九五九年七月），頁四九。

[85] 石勒參軍周延，為館陶令，斷官絹數百匹，下獄，以八議宥之。後每大會，使俳優著介幘，黃絹單衣。優問：「汝何官，在我輩中？」曰：「我本為館陶令。」斗數單衣，曰：「正坐取是，故入汝輩中。」以為笑。

唐虞世南《北堂書鈔》卷一一二所引略同，唐歐陽詢《藝文類聚》引《趙書》：「石勒參軍周雅為館陶令，盜官絹數百疋，下獄。後每設大會，使與俳兒著介幘，絹單衣。優問：『汝為何官，在我俳中？』曰：『本館陶令，計二十。』數單衣，曰：『政坐耳，是故入輩中。』以為大笑。」《十六國春秋》載此事，略同《趙書》，唯「數百匹」作「八百匹」；「汝為何官」作「延為何官」；「我」作「吾」；「曰」作「延曰」，無「斗數」至「取是」九字。

以是「鶉衣髽髻」；而參軍有時也與群優合演，但未知在這「群優」中是否也有一位主要的對手叫「蒼鶻」。唐代「參軍」在戲中最多只充作被調謔的對象，被戲侮的情況則沒有；倒是他的對手往往成了被他戲侮的對象。參軍戲的旨趣有純以滑稽為笑樂的，也有寓諷刺匡正於滑稽的，仍有先秦優伶的餘韻。參軍戲起碼在五代時已吸收了北朝以來的「弄癡」，這種情況下，參軍戲的演出對手就叫「木大」，於是參軍戲中的「鹹淡」的對比就更加明顯。參軍戲的演出，固然以散說、科汎為主，但也配合音樂歌舞演出，這應當是經常的而非止於偶然。參軍戲的演員不只可以男扮女妝，也可以女扮男妝；其演出場合本來是宮廷宴會的御前承應，後來也在官府宴會演出，有的大官貴人更以家僮為家樂；而在元稹廉問浙東的時候（文宗朝，約大和初，八二七年），參軍戲就已流入民間了；也許是受到民間戲曲的滋養，參軍戲在表演藝術上不再止於硬努眼眶、作揖唱喏和歌舞，而像劉采春那樣優秀的演員，表演時是很講究言辭的雅措風流、身段的低迴秀媚和歌聲的嘹亮徹雲的。這樣的參軍戲已具備妝扮、代言、賓白、音樂、歌唱、舞蹈、身段等戲曲條件，只是故事性還很薄弱，往往止於一時一地的應景演出而已。然而開元間陸羽既然已為參軍戲編劇，則其演出必有一定的內容和程序可以依循，應當不止於即興式的滑稽唱念而已。

其後宋金雜劇院本可以說是唐參軍戲的嫡派與發展。而南戲北劇中插入性的院本和融入性的插科打諢，可以說是唐參軍戲的變化應用，至於曲藝「相聲」，則可以說是唐參軍戲的蛻變與轉型了。

其四，在鄉土演出的戲曲，西漢有所謂「歌戲」，可能是文獻上最早出現的「鄉土小戲」。見西漢末劉歆〈與揚雄求方言書〉86。至唐代而有「踏謠娘」，見唐崔令欽《教坊記・踏謠娘》87。

86 見《劉子駿集》：「詔問三代周秦軒車使者，遒人使者，以歲八月巡路，求代語、僮謠、歌戲，欲得其最目。因從事郝隆取之有日，篇中但有其目，無見文者。」收入〔明〕張溥輯：《漢魏六朝百三名家集》（臺北：文津出版社，一九七經著者考察，綜觀「踏謠娘」的發展情形，大概有前後兩個階段：

前一階段在北齊，是河北的地方戲。特色為男扮女妝，主題在表現醉酒的丈夫和受委屈的妻子之間的爭執，大約分兩場，首場妻子「行歌」，次場夫妻毆鬥，以此引發觀眾的笑樂。這時的劇名叫「踏謠娘」，男主腳叫「郎中」。

後一階段在盛唐以後或更早的初唐，特色為婦女主演，情節加上「典庫」，可能指妻子典當沽酒，因此人物也增加一位管理當鋪的人，情節增多為三場，可能重在詼諧調笑，甚至涉及淫蕩，所以旨趣大異。這時的男主腳改稱「阿叔子」，劇名有的還叫「踏謠娘」，有的則訛變為「踏搖娘」，而通行的名稱是「談容娘」。「談容」可能也是由「踏謠」音轉訛變過來的，如果勉強解釋的話，那麼「談」指賓白歌唱，「容」指姿態動作，同樣是描摹其表演的語詞。此時的「談容娘」不止流行民間，而且也進入宮廷。

任半塘把「踏謠娘」看作「全能劇」，指演故事，而兼備音樂、歌唱、舞蹈、表演、說白五種伎藝[88]。

上面所考述的四種小戲曲目，是就其孕育場所所作的分類，其劇目，則是由文獻中爬梳出來的。就「地方

九年八月初版），頁八。

[87] 北齊有人姓蘇，鮑鼻。實不仕，而自號為「郎中」。嗜飲，酗酒，每醉，輒毆其妻。妻銜悲，訴於鄰里。時人弄之：丈夫著婦人衣，徐步入場行歌。每一疊，旁人齊聲和之，云：「踏謠，和來！踏謠娘苦！和來！」以其且步且歌，故謂之「踏謠」；以其稱冤，故言「苦」。及其夫至，則作毆鬥之狀，以為笑樂。今則婦人為之，遂不呼「郎中」，但云「阿叔子」；調弄又加典庫，全失舊旨。或呼為「談容娘」，又非。詳見俞為民、孫蓉蓉編：《歷代曲話彙編・新編中國古典戲曲論著集成・唐宋元編》（合肥：黃山書社，二〇〇九），頁一一。

[88] 見任半塘：《唐戲弄》（臺北：漢京文化事業有限公司，一九八五年九月），頁一三〇〇—一三〇一。

戲曲」的概念而言，儺儀小戲、雜技小戲、鄉土小戲，固然可以在古代地方小戲的範圍之內，就是宮廷（含官府）小戲也有許多流入民間的跡象，其在民間演出，實質上也可以納入古代地方戲曲之中。若此，可見戲曲乃至地方戲曲可以因時因地源生於各種不同場合，也可以隨時隨地因某種緣故而消滅。至於源生時代，若就文獻而言，則儺儀小戲見於戰國末年，迄今約兩千四百年；雜技小戲見於漢武帝，迄今約兩千一百四十年；宮廷小戲見於曹魏，迄今約一千七百八十年；鄉土小戲見於西漢，迄今約兩千二百年。其中以儺儀小戲最早，也難怪有人主張戲曲源生於宗教，其實應當說在宗教場合孕育滋生的戲曲最早。

到了宋遼金，有雜劇院本。經著者考察，其自唐參軍戲發展而來的情況是：宋金乃至於遼，都有所謂「雜劇」，「雜劇」有廣狹二義，廣義的「雜劇」與漢代「角觝」、東漢六朝「百戲」、隋唐「雜戲」不殊，都是各種技藝的總稱，而「雜劇」之名，已始見於晚唐李文饒文集。狹義的「雜劇」，在宋教坊十三部色中已居為「正色」，從其演出內容考察，其所謂「正雜劇」，正是唐參軍戲的嫡派，只是在宮廷和官府演出時，根據所見資料則偏向於寓諷諫於滑稽，而幾無純為滑稽笑樂的；至其演出方式，由於五代後唐優人敬新磨之批天子頰而發展為宋代「撲」的演出特色。雜劇和參軍戲一樣，都由宮廷官府流入民間，又由民間流入宮廷官府，因而豐富了演出內容，由官本雜劇段數可以看出這種現象，由田野考古資料可以印證這種情形。其中河南滎陽北宋墓石棺線刻雜劇圖[89]寫實了民間雜劇的搬演，而宋蘇漢臣的《五瑞圖》兒童雜劇[90]則是宮廷雜劇的寫照。

金遼雜劇與宋人雜劇不殊，金雜劇改稱院本，由《輟耕錄》之始見記載推之，應是晚期的事。因之元初院本與金院本乃一脈相承。田野考古資料中山西稷山馬村八號金墓雜劇磚雕[91]與元初宋德方墓[92]，其雕磚人物與

[89] 廖奔：《中國戲劇圖史》（北京：人民文學出版社，二〇一二年十一月），圖五六，頁四九。

[90] 廖奔：《中國戲劇圖史》，圖一一一，頁九一。

宋雜劇人物大抵可以相呼應；由此可以證明《輟耕錄》所云「院本、雜劇，其實一也。」而院本名目多至六百九十種，其「正院本」當如「正雜劇」，為參軍戲之嫡派。而雜劇之「豔段」與「散段」，則是以「正雜劇二段」為基礎所吸收之「小戲」。因之完整之宋金雜劇四段，其實是個「小戲群」，它對參軍戲來說，首先將其直接承襲之主體「正雜劇」擴充為兩段，然後再吸收民間之雜技小戲為前後兩段，形成整體雖為四段，而四段其實各自獨立的「小戲群」。金院本雖然與宋雜劇大抵一致，但也有它的進一步發展，其所謂之「院么」，正是已達到元雜劇前身的境地。筆者以為，侯馬董墓舞臺陶俑93，可能就是一場「院么」的演出。

參軍戲為首的參軍叫作「參軍樁」，可見不止一位「參軍」，中唐以後，和參軍演對手戲的叫「蒼鶻」。到了宋雜劇，如宋江少虞《皇朝類苑》卷六四引張師正《倦游雜錄》94，記仁宗景祐末軍伶人雜劇；洪邁《夷堅志》丁集卷四95，記徽宗崇寧初內廷雜劇；宋岳珂《桯史》卷七96，記高宗紹興十五年教坊雜劇；宋岳珂《桯史》

91 廖奔：《中國戲劇圖史》，圖一〇七，頁八七。

92 山西省文物管理委員會、山西考古研究所：〈山西芮城永樂宮舊址宋德方、潘德沖和呂祖墓發掘簡報〉，《考古》，一九六〇年八期，頁二二。徐苹方：〈關於宋德方和潘德沖墓的幾個問題〉，《考古》，一九六〇年八期，頁四二。

93 廖奔：《中國戲劇圖史》，頁一〇一。

94 景祐末（宋仁宗景祐四年，一〇三七），詔以鄭州為奉寧軍，蔡州為淮康軍。范雍自侍郎領淮康，節鉞鎮延安。時羌人旅拒戍邊之卒，延安為盛。有內臣盧押班者為鈐轄，心常輕范。一日，軍府開宴，有軍伶人雜劇。參軍稱：「夢得一黃瓜，長丈餘，是何祥也？」一伶賀曰：「黃瓜上有刺，必作黃州刺史。」一伶批其頰曰：「若夢鎮府蘿蔔，須作蔡州節度使？」范疑盧所教，即取一伶杖背，黥為城旦。

95 俳優侏儒，周技之下且賤者；然亦能因戲語而箴諷時政，有合於古蒙誦工諫之義，世目為雜劇者是已。崇寧初（徽宗，一一〇二），斥遠元祐忠賢，禁錮學術，凡偶涉其時所為所行，無論大小，一切不得志。伶者對御為戲：推一參軍作宰

卷十97，記孝宗淳熙間官府宴會雜劇；宋周密《齊東野語》卷十三98，記內宴雜劇；皆有「參軍」主演之語，

相，據坐，宣揚朝政之美。一僧乞給公據游方，視其戒牒，則元祐三年者，立塗毀之，而加以冠巾。道士失亡度牒，聞被載時亦元祐也，剝其衣服，使為民。一士以元祐五年獲薦，當免舉，禮部不為引用，來自言，即押送所屬屏斥。已而，主管宅庫者附耳語曰：「今日在左藏庫，請相公料錢一千貫，盡是元祐錢，合取鈞旨。」其人俯首久之，曰：「從後門搬入去。」副者舉所挺杖其背，曰：「你做到宰相，元來也只要錢。」是時至尊亦解顏。

96 秦檜以紹興十五年（高宗，一一四五）四月丙子朔賜第望仙橋；丁丑，賜銀絹萬匹兩，錢千萬，彩千縑。有詔：「就第賜燕，假以教坊優伶。」宰執咸與，中席，優長誦致語，退。有參軍者，前，褒檜功德。一伶以荷葉交椅從之。諧語雜至，賓歡既洽。參軍方拱揖謝，將就椅，忽墜其幞頭。乃總髮為髻，如行伍之巾；後有大巾鐶，為雙疊勝。伶指而問曰：「此何鐶？」曰：「二勝鐶。」伶遽以朴擊其首曰：「爾但坐太師交椅，請取銀絹例物，此鐶掉腦後，可也！」一坐失色。檜怒，明日，下伶於獄，有死者。於是語禁始益繁。

97 淳熙間（孝宗，一一四七－一一八九），胡給事元質既新貢院。嗣歲庚子（七年，西元一一八〇），適大比，乃侈其事。命供帳考校者，悉倍前規。鵠袍入試，茗卒饋漿，公庖繼肉。坐案寬潔，執事恪敬。誾誾於於，以鬯於文，士論大愜。會初場試題，出《孟子》「舜聞善若決江河」，而以「聞善而行，沛然莫禦」為韻。士既案矣，蜀俗敬長，而尚先達；每在廣場，不廢請益焉。晡後，忽一老儒擿禮部韻示諸生，謂「沛」字惟十四泰有之，一為「顛沛」，一為「沛邑」，注無「沛決」之義。惟它有「霈」字，乃從「雨」為可疑。眾曰：「是！」哄然叩簾請。出題者偶假寐，有少年出酬之，漫不經意。擅云：「禮部韻注義既非，增一『雨』頭無害也。」揖而退，如言以登於卷。坐遠於簾者或不聞知，乃仍用前字。於是試者用「霈」、「沛」各半。明日，將試《論語》，籍籍傳：凡用「沛」字者皆窘，復叩簾。出題者初不知昨夕之對，應曰「如字」。廷中大讙，侵不可制，譟而入曰：「試官誤我三年，利害不細！」簾前闈木如拱，皆折。或入於房，執考校者一人，毆之。考校者惶遽，急曰：「有『雨』頭也得，無『雨』頭也得。」或又咎其誤，曰：「第二場更不敢也。」蓋一時祈脫之辭。移時，稍定，試司申：「鼓噪場屋。」胡以不稱於禮遇也，怒，物色為首者，盡繫獄，韋

尤其洪邁《夷堅志》丁集卷四，更云「推一參軍作宰相」，亦可證演出之「參軍」非止一人。凡此皆可見宋雜劇之正雜劇實際上是承襲參軍戲而來，直到南宋淳熙以後，甚至於理宗度宗間戴表元〈齊東野語序〉作於元世祖至元二十八年（一二九一），時周密六十歲，其所記內宴雜劇當為其親聞時事，時在理宗、度宗間。主演者尚稱之為「參軍」。而吳自牧《夢粱錄》成於度宗咸淳十年（一二七四），其卷二十〈伎樂〉條已記載雜劇腳色有「末泥色、引戲色、副淨色、副末色、裝孤」，可見雜劇在南宋中葉前後，其腳色已逐漸由俗稱演變為專稱，其末泥、副淨、副末，皆為腳色專稱，而引戲、裝孤，乃至《武林舊事》所云之戲頭、裝旦，則仍保持俗稱。雜劇之所以有「副淨」而無「正淨」，乃因為「正淨」實為參軍戲之「參軍樁」。而「參軍樁」起碼在《東京夢華錄》成書之際，亦即宣和間，已經退出演出而成為與「雜劇色」並列的教坊十三部色中的「參軍色」，作為樂舞和雜劇的導演；因之，雜劇之主演者乃由參軍樁之其他副手「參軍」擔任，而「淨」既為「參軍」之合音，故「參

布益不平。既拆號，例宴主司以勞。還畢三爵，優伶序進。有儒服立於前者，一人旁揖之，相與詫博洽，辨古今，岸然不相下。因各求挑試所誦憶。其一問：「漢四百載名宰相凡幾？」儒服以蕭曹而下枚數之，無遺，群優咸贊其能。乃曰：「漢相，吾言之矣；敢問唐三百載，名將帥何人也？」旁揖者亦詘指英、衛，以及季葉，曰：「張巡、許遠、田萬春。」儒服奮起，爭曰：「巡、遠是也；萬春之姓雷，歷考史牒，未有以雷為田者。」揖者不服，撐拒滕口。俄一綠衣參軍，自稱教授，前據几，二人敬質疑，曰：「是故雷姓。」揖者大詬，袒裼奮拳，教授遽作恐懼狀，曰：「有『雨』頭也得，無『雨』頭也得。」坐中方失色，知其諷己也。忽優有黃衣者，持令旗，躍出稠人中，曰：「制置大學給事臺旨：試官在座，爾輩安得無禮！」群優亟斂容趨下，喏曰：「第二場更不敢也！」夾皆笑，席客大慚。明日，遁去，遂釋繫者。故意其為郡士所使，錄優而詰之，杖而出諸境。然其語盛傳至今。

98 女官吳知古用事，人皆側目。內宴日，參軍肆筵，張樂，胥輩請僉文書，參軍怒曰：「我方聽觱篥，可少緩。」請至三四，其答如前。胥擊其首曰：「甚事不被觱篥壞了！」蓋是俗呼黃冠為「觱篥」也。

軍椿」之副手，乃稱為「副淨」；而參軍椿若在樂舞中導演，則俗稱「引舞」；若在雜劇中導演，則俗稱「引戲」。所以雜劇中的「引戲」乃是實質上的「正淨」。而宋金雜劇院本之腳色所以增加的緣故，一方面是應付戲曲內容的自然演進，一方面恐怕也是自參軍戲以來，參軍有時與「群優」同演而非止與蒼鶻演對手戲的緣故。

2. 近代地方小戲之先驅

而到了宋代，堪稱近代地方小戲之先驅者有：宋金之「爨體」、「雜扮」和明代之「過錦戲」，玆簡述如下：

(1)宋金「爨體」

宋周密《武林舊事・官本雜劇段數》中，以「爨」為名目的有四十三本，在元陶宗儀《輟耕錄》卷二十五〈院本名目〉中〈諸雜院爨〉下，以「爨」為名目的有二十一本，其演出方式也是「詠歌踏舞」，正和踏謠娘的「踏謠」或「踏歌」相同。

(2)宋金雜扮

吳自牧《夢粱錄》卷二十〈伎樂〉條有云：

> 又有雜扮，或曰「雜班」，又名「紐元子」，又謂之「拔和」，即雜劇之後散段也。頃在汴京時，村落野夫，罕得入城，遂撰此端。多是借裝為山東、河北村叟，以資笑端。[99]

耐得翁《都城紀勝・瓦舍眾伎》亦有相近之記載[100]。《宋元伎藝雜考》對於「紐元子」的解釋是：

---

99 見〔宋〕吳自牧：《夢粱錄》，收入〔清〕鮑廷博輯：《知不足齋叢書》（臺北：興中書局，一九六四，據上海古書流通處影印本縮印），第一二冊，卷二〇，頁九。

100 〔宋〕灌圃耐得翁：《都城紀勝》，收入《東京夢華錄》（外四種）（北京：文化藝術出版社，一九八八年八月第一版），

「紐」即舞蹈之意。「元子」大約就是「圓子」；現在稱湯圓，也還有叫做湯元的。所謂「紐元子」也恐怕就是扭成一團的意思，再不然就是如前舉之例所說，有扭捏作態的意味，許多人湊在一起來裝腔作勢的扭動。[101]

由今日山西朔縣秧歌又叫「梆紐子」，可證李氏之說言之成理；若此，則這樣的「雜扮」和「踏謠娘」就有以下幾點相似：其一，都是表演鄉土人情；其二，踏謠娘的搖頓其身與紐元子的扭捏作態，以及踏謠娘的眾人一齊且步且歌與紐元子的許多人湊在一起來裝腔作勢的扭動，都應當有「踏歌」的意味；其三，踏謠娘目的在「以為笑樂」，紐元子也在「以資笑」。它們的近似不是偶然的，應當有深厚的文化傳承。

(3)明代過錦戲

明代有一流入宮廷的民間小戲群，叫「過錦戲」。這種務在滑稽的「小戲」，明代就叫做「過錦戲」。呂毖《明宮史》卷二〈鐘鼓司〉有云：

> 過錦之戲，約有百回，每回十餘人不拘。濃淡相間，雅俗並陳，全在結局有趣，如說笑話之類，又如雜劇故事之類，各有引旗一對，鑼鼓送上。所裝扮者，備極世間騙局俗態，并閨閣、拙婦、騃男及市井商匠、刁賴詞訟、雜耍把戲等項，皆其承應。[102]

頁八六。

[101] 李嘯倉：《宋元伎藝雜考》（上海：上海出版社，一九五三年十一月第一版），頁四〇。

[102] 〔明〕呂毖：《明宮史》，收入《四庫全書珍本》五集（臺北：商務印書館，一九七四年初版），第一一一冊，卷二，頁一八。

像這樣的「過錦戲」豈不是上承「踏謠娘」、「雜扮」，下開清代秧歌、花鼓、採茶、花燈的近代地方小戲。

3. 近現代之地方小戲

《綴白裘》共選六十三齣地方戲曲。由於這六十三齣地方戲曲劇本刊行於乾隆間，可以說是現在地方戲曲的前身，其所呈現的現象，也正是地方戲曲早期的情況。據筆者觀察：

就劇情內容而言，頗多與近代小戲不殊，如《小妹子》、《買胭脂》、《探親》、《過關》、《上街》、《連廂》、《別妻》、《磨房》、《串戲》、《打麵缸》等，亦即以鄉土生活瑣事，傳達鄉土之情懷。但也有以歷史人物、水滸故事來敷衍的連齣戲曲，如《賞雪》、《落店》、《偷雞》；小戲也有以多出串戲的小戲群，如《借妻》、《回門》、《月城》、《堂斷》、《看燈》、《鬧燈》、《搶甥》、《瞎混》。凡此應當是小戲的進一步發展，為邁向大戲的過渡。而像《鬧店》等九齣，《淤泥河》等八齣則儼然可以做一臺地方大戲來看待了。

從音樂曲牌來看，有南北曲牌雜綴，或更與小曲雜綴者，有小曲重頭或又加其他小曲者，有將腔調視為曲牌獨用、疊用、聯用或與南北曲牌或與小曲雜綴者。但也有全齣只有賓白而無曲牌者。

至於其標名腔調者有西秦腔、梆子腔、秦腔、亂彈腔、西調、吹腔（吹調）、高腔、京腔等八種名稱。其中「西調」應是梆子腔一種以陝西地方雜曲小調作為載體的曲牌體。

而近代的小戲更無不形成於鄉土，考察其根源，則有歌舞、曲藝、雜技、宗教活動、偶戲、多元因素等六條線索可以追尋。其中以鄉土歌舞最為主要。

鄉土歌舞是指滋生於鄉土的山歌俚謠雜曲小調和舞蹈，即所謂「踏歌」或「踏謠」，以此而加上簡單的情節和妝扮，以代言體搬演，便形成鄉土小戲。由鄉土歌舞所形成的小戲，往往以花鼓戲、秧歌戲、花燈戲、採茶戲作為共名，腳色以二小（小丑、小旦）或三小（小生、小旦、小丑）為主，劇目大多反映鄉土生活的片段，偏重歌舞，並以手帕、傘、扇為主要道具，每每男扮女裝，除地為場作為表演之所。

其次以曲藝為基礎所形成的小戲。所謂曲藝是指各種說唱藝術的總稱，以帶有表演動作的說唱來敘述故事、塑造人物、表達思想情感、反映社會生活。曲本體裁有韻散文兼用者，是為說唱故事；有純為韻文者，是為唱故事；有單用散文者，是為說故事。前二者才是真正的曲藝，才能作為發展形成戲曲的基礎。根據粗略的調查，中國曲藝至少有三百餘種。其中有一變而為小戲者，有一變而為大戲者；一變而為小戲者體製簡短，反之，具有豐富音樂和曲折故事者則一變而為大戲。

其一變而為小戲者，如無錫灘簧、越調小歌班、浙江湖州小戲、洋琴戲（有河南、蘇北、徐州、山東、膠東等地）。

由雜技發展形成的小戲。雜技在西漢稱為「角觝戲」，東漢以後又稱「百戲」或「散樂」，內容非常廣泛，包括各種特技如扛鼎、吞刀、吐火等，以及形形色色妝扮人物的樂舞，如神仙、動物、高蹺等。由於雜技含有化妝表演，所以也會演進成為戲曲，但為數不多。如閩南宋江戲、河北武安落子、祈縣武秧歌。

另外如祈縣秧歌、翼城秧歌、隊戲、竹馬戲、貴兒戲等，也都是以雜技為基礎所形成的小戲。

由迎神賽會的宗教儀式所發展形成的小戲。這類小戲的根源，應當是「驅儺」，《周禮》有方相氏，殷商大墓也發現方相氏面具[103]。《論語・鄉黨》篇早就有「鄉人儺」[104]的話語，《後漢書・禮儀志》[105]、唐段安節《樂

[103] 現藏於臺北中研院史語所。

[104] 《論語・鄉黨》篇：「鄉人儺，朝服而立於阼階。」孔安國注曰：「儺，驅逐疫鬼也。恐驚先祖，故朝服，立廟之阼階也。」見〔清〕阮元校勘：《十三經注疏》第八冊（臺北：藝文印書館，一九八九），頁九〇。

[105] 〔宋〕范曄：《後漢書・禮儀志中・大儺》：「先臘一日，大儺，謂之逐疫。」（北京：中華書局，一九九七），頁三一

府雜錄》106、《唐書・職官志》107、《唐六典》108等也都有「大儺」或「驅儺」的記載。這種古代在臘月舉行，用來驅鬼逐疫的「儺」，它的儀式正是通過歌舞來表現的。儺舞由四人主演，表演者頭戴面具和冠，金色四目，身穿熊皮，手執戈盾，口中發出「儺儺」之聲，稱為「方相」；又有十二人朱髮畫衣，手執數尺長鞭，甩動作響，直高呼各種專吃惡鬼、猛獸之神名，稱為「十二神舞」，此外有小兒五百人的隊舞，舞時有音樂伴奏。

像這樣的儺舞，後來逐漸向娛樂方面轉變，有的就發展成為戲曲，稱為「儺戲」。譬如：安徽貴池、青陽一帶農民業餘班社的「儺戲」109，表演動作反覆而誇張，唱儺腔，用大鑼、鈸、鼓伴奏，有「舞傘」、「打赤鳥」、「五星齊會」、「拜年」等數十齣小戲110。

總上所論，可見歷代小戲與近代地方小戲，由於係屬「戲曲雛型」，形式自然短小，體製自然簡單；但無論

二七。

106 〔唐〕段安節：《樂府雜錄・驅儺》：「用方相四人，戴冠及面具，黃金為四目，衣熊裘，執戈揚盾，作『儺』、『儺』之聲，以除逐也」，詳見俞為民、孫蓉蓉編：《歷代曲話彙編・新編中國古典戲曲論著集成・唐宋元編》（合肥：黃山書社，二〇〇九），頁二二一。

107 〔後晉〕劉昫等撰：《舊唐書・職官三・內侍省》：「歲大儺，則監其出入。」又〈職官三・太常寺〉：「大儺，則帥鼓角以助侲子唱之。」（北京：中華書局，一九九七），頁一八七〇、一八七七。

108 《唐六典》卷四：「凡五禮之儀……三曰軍禮，其儀二十有三。」注云：「二十二曰大儺，二十三曰諸州縣儺。」詳見〔唐〕張九齡著，朱永嘉、蕭木注譯：《新譯唐六典》（臺北：三民書局，二〇〇二），頁一五八一。

109 見《中國戲曲志・安徽卷・儺戲》條（北京：中國 ISBN 中心，一九九三），頁九五－九六；又參見《中國戲曲劇種大辭典》「貴池儺戲」條，頁九五－九六。

110 見筆者：《地方戲曲概論》（臺北：三民書局，二〇一一年十一月），頁二一九－二三四。

如何，也已自具規模，並從而展現其各自之藝術特色。

(二)北曲雜劇

筆者有〈元雜劇體製規律的淵源與形成〉[111]，錄其大要如下：

金元北曲雜劇體製規律非常謹嚴，細繹這謹嚴的體製規律，其所包含的必要因素有四段、總題題目正名、四套不同宮調的北曲、一人獨唱全劇、賓白、科範、腳色等七項，另有可有可無的次要因素楔子、插曲、散場等三項，總計十項構成因素。這十項構成因素都有其根源，也有其在根源的基礎上進一步的發展。北曲雜劇一本四折，而事實上原來是首尾連貫的，只因為一本包含四套不同宮調的北曲，所以也就有明顯的段落。「折」的意義原來也只是指一個片段的演出而言，如此一本中就不止四折。以「四折」代替「四段」而作明顯的劃分，應當始於元末明初，直到明萬曆間才整齊畫一而成為體製。

1.四折

若論北曲雜劇四折的根源，則應當來自宋金雜劇院本豔段、正雜劇二段、散段一共「四段」。北曲雜劇四折雖然故事連貫，但搬演時並非一氣演完，而是每折間要參合「爨弄隊舞吹打」，也因此事實上是一折一折獨立演出的，是夾著樂舞百戲輪番上場的，而這種搬演方式，正是宋金雜劇院本的「遺規」。也就是說，北曲雜劇繼承了宋金雜劇院本四段獨立演出夾雜樂舞百戲的形式，而在這四段的基礎上進一步發展，將故事貫串，一氣呵成。然而四折關目情節的結構大抵採取起承轉合的程序，則尚未擺脫宋金雜劇院本以豔段為引首，以散段為收束，

[111] 見筆者：〈元雜劇體製規律的淵源與形成〉，《臺大中文學報》，三期（一九八九年十二月），頁二〇三—二五二。收入拙著：《參軍戲與元雜劇》（臺北：聯經出版公司，一九九二），頁一五五—二二一。

以正雜劇二段為主體的影響。因為北曲雜劇的重點還是在二三折，而首折止是故事端緒，末折又往往草草收場。而據實際演出，四折正好一個下午可以演完，則四折的體製也有其實際的需要。

北曲雜劇四折之外又有「楔子」和「散場」，都用以補劇情之不足。楔子多數置於卷首用作「引場」，亦有置於折間用作「過場」，而散場必置於劇末用作收場。對於它們的根源似乎也可以從宋金雜劇院本中求得。那就是「楔子」原是「豔段」在形式上的遺留，它們同是作為短小的開首導引；而楔子又進一步發展，把豔段的獨立性化除，使之與其後的四折血脈相關。而折間的楔子，則應當是卷首楔子更進一步的運用，因為「引場」與「過場」雖因所處地位不同而產生功能的些微差異，但其對主體「正場」（北曲雜劇四折可視為四個正場）的填補性質則不殊。

如果「楔子」是對宋金雜劇院本「豔段」在形式上的規模作進一步的發展和運用，那麼「散場」對「散段」也有相同的情況，亦即在形式上，「散場」規模了「散段」之作為戲曲結束的末尾，由於非主體，所以體製短小；在進一步的發展和運用上，散場雖在規律上獨立於第四折之外，但劇情則與前文血脈相連，不像「散段」雖作為末段而仍為獨立之小戲。

2.四套北曲

其次說到四套北曲，每一套皆由宮調、曲牌構成套式。宮調是由十二律和七聲旋宮所形成，原有八十四調，隋唐只存二十八調，金元又剩十七調，而北曲雜劇實際使用的只有五宮四調，即仙呂、南呂、中呂、黃鐘、正宮等五宮與大石調、雙調、商調、越調等四調，每個宮調都有所屬的聲情，如仙呂「清新綿邈」、雙調「健捷激裊」、南呂宮「感嘆悲傷」、正宮「惆悵雄壯」、中呂宮「高下閃賺」。

雖然芝菴之「宮調聲情說」，學者爭論不休，但不可輕易否定。北曲曲牌約有三百三十五調，考其來源，則有大曲、唐宋詞、諸宮調、宋代舊曲，以及胡曲番曲和金代俚曲，當然也有時代歌謠小調。散曲與劇曲有時可以通用，有時則有分野，不容假藉。

北曲雜劇套式基本上是由宮調或管色相同的曲牌按照一定的板眼形式聯合而形成的。有首曲、正曲和尾聲。此種結構「三部曲」，其實淵源有自；在樂府為豔、解、趨（或亂），在大曲為散序、排遍、入破，而並時之南曲則為引子、過曲、尾聲。

再就北曲雜劇套式觀察，約有七式：其一為一般單曲聯接，有首曲有尾聲，此從宋鼓吹曲與纏令而來。其二為參用兩曲循環相間的手法，此為宋纏令帶纏達之結構形式。其三，「么篇」用曲變體之連用，此即鼓子詞同調重頭之規模。其四，結尾前煞曲變體的連用，此為保存大曲入破長篇尾聲的痕跡。其五，以隔尾作為套數中間劇情轉變的關鍵，此為南呂套中之特殊現象，前世樂曲未見其例。其六，一曲著重運用，此亦為鼓子詞之變化運用。蓋鼓子詞為同調重頭，如間入數曲異調，而保留多數之同調重頭，即成此式。其七，轉調【貨郎兒】，此由【貨郎兒】犯調；亦即【貨郎兒】保留首尾，插入一至三支其他樂曲所形成的新曲。

由此可見元劇套式大抵有所淵源傳承，也可見其對前代樂曲之廣汲博取。而七種套式中，實以一般單曲聯用，有首曲有尾聲之所謂「纏令」者最為習見；「纏令」固為唱賺之基礎，實亦諸宮調套式之根本；可見纏令，尤其諸宮調套式對北曲雜劇套式所產生的影響。

而芝菴《唱論》對於北曲曲牌的聯合，謂「有子母調，有姑舅兄弟。」子母調是指北曲中兩支相依存的曲牌，姑舅兄弟則指三支以上相依存的曲牌，它們是對獨立的「隻曲」而言的。也因此它們其實自成單元，可以組成一個排場。北曲聯套和這樣的「曲組」有密切的關係。俞為民《曲體研究》[112]列舉各宮調常用曲組和隻曲如下：

黃鐘宮曲組：

(1)【醉花陰】、【喜遷鶯】、【出隊子】

(2)【刮地風】、【四門子】、【古水仙子】

(3)【塞雁兒】、【神仗兒】、【節節高犯】、【掛金索】、【柳葉兒】

隻曲：【晝夜樂】、【人月圓】、【紅衲襖】、【賀聖朝】

正宮曲組：

(1)【端正好】、【滾繡球】、【倘秀才】

(2)【脫布衫】、【小梁州】

(3)【白鶴子】、【么篇】

隻曲：【叨叨令】、【呆骨朵】、【芙蓉花】、【伴讀書】、【雙鴛鴦】、【蠻姑兒】、【塞鴻秋】

仙呂調曲組：

(1)【點絳唇】、【混江龍】、【油葫蘆】、【天下樂】

(2)【哪吒令】、【鵲踏枝】、【寄生草】

(3)【村裏迓鼓】、【元和令】、【上馬嬌】

(4)【勝葫蘆】、【么篇】

(5)【後庭花】、【柳葉兒】

112 俞為民：《曲體研究》（北京：中華書局，二〇〇六年六月），頁一九五－一九八。

(6)【醉中天】(或【醉扶歸】)、【金盞兒】

隻曲：【游四門】、【賞花時】、【六么序】

南呂調曲組：

(1)【一枝花】、【梁州第七】

(2)【哭皇天】、【烏夜啼】

(3)【罵玉郎】、【感皇恩】、【採茶歌】

(4)【紅芍藥】、【菩薩梁州】

(5)【側磚兒】、【竹枝歌】

隻曲：【牧羊關】、【賀新郎】、【絮蝦蟆】、【鬥蝦蟆】、【水仙子】、【梧桐樹】、【四塊玉】、【叫聲】、【清江引】

中呂宮曲組：

(1)【粉蝶兒】、【醉春風】、【迎仙客】

(2)【石榴花】、【鬥鵪鶉】

(3)【快活三】、【朝天子】

(4)【十二月】、【堯民歌】

(5)【上小樓】、【么篇】

隻曲：【紅繡鞋】、【滿庭芳】、【普天樂】

商調曲組：

(1)【集賢賓】、【逍遙樂】、【金菊香】

(2)【醋葫蘆】、【么篇】

隻曲：【望遠行】、【河西後庭花】、【賀聖朝】、【上京馬】、【二郎神】

越調曲組：

(1)【鬥鵪鶉】、【紫花兒序】

(2)【調笑令】、【禿廝兒】、【聖藥王】

(3)【小桃紅】、【鬼三臺】

(4)【麻郎兒】、【么篇】

(5)【耍三臺】、【么篇】

隻曲：【憑欄人】、【糖多令】、【天淨沙】

雙調曲組：

(1)【新水令】、【駐馬聽】

(2)【雁兒落】、【得勝令】

(3)【沽美酒】、【太平令】

(4)【川撥棹】、【七兄弟】、【梅花酒】、【收江南】

(5)【甜水令】、【折桂令】

隻曲：【風入松】、【水仙子】

俞氏又云：「北曲在串聯曲組、隻曲、尾聲組成套曲時，有著五種不同的組合形式。」

(1)曲組、隻曲、尾聲的組合。如：《東堂老》第三折：中呂【粉蝶兒】—【醉春風】—【叫聲】—【剔銀燈】—【蔓青菜】—【紅繡鞋】—【滿庭芳】—【尾煞】

(2)曲組與曲組、尾聲的組合。如：《單刀會》第一折：仙呂【點絳唇】—【混江龍】—【油葫蘆】—【天下樂】—【醉中天】—【金盞兒】—【尾】

(3)曲組與隻曲的組合。如：《襄陽會》第四折：雙調【新水令】—【雁兒落】—【得勝令】—【沽美酒】—【太平令】

(4)曲組與曲組的組合。如：《三戰呂布》第四折：正宮【端正好】—【滾繡球】—【倘秀才】—【脫布衫】—【小梁州】—【么篇】

(5)隻曲與隻曲的組合。如：《圯橋進履》第四折：雙調【新水令】—【沉醉東風】—【水仙子】

可見北曲雜劇聯套的歷程是由隻曲、曲組為基礎而構成套數的。

3.題目正名

總題、題目、正名三者，總題在劇本的首尾，大抵皆擇取題目正名中的末句而來。題目正名本止作「題目」，為劇本之綱領，原是在雜劇結束時用作宣念，演出前用作「花招」上的廣告詞。後來為點出劇名，即劇本的正式名稱，乃加注「正名」二字；「正名」本止加在末句，此由作為劇名之「總題」幾乎皆取自末句可知；其後為求其勻稱，於是將「題目」、「正名」所統攝之語句使之相等；「題目」、「正名」所統攝之語句既然相等，於是其輕重相稱，別無軒輊；再其後因有強調「正名」者，於是泯除「題目」，而止以「正名」出現。到了明代，「題目」、「正名」在北曲雜劇體製規律中，成為習慣口語，於是有的根本視為一物而連書為「題目正名」，甚至於有的乾脆省作「正目」了。

若論「題目」之根源，當係搬演傀儡時之「宣白題目」或說唱之「繳題目」；而南戲之置於卷首，則有如傀儡；北曲雜劇之置於卷末，則有如說唱。

4.獨唱、賓白、科諢

北曲雜劇一本四折，不止是「一腳獨唱」，而且是「一人獨唱」；這正是繼承唐代俗講、宋代隊舞、陶真和諸宮調的傳統；但北曲雜劇將敘述改為代言，因而唱辭可為對話之代用，可表白劇中人物之心意，可表明事態，可用以描寫四周之景象，其作用有所發展，較原本為多。

與曲辭血肉相關的「賓白」，就其有韻無韻分，有「散白」與「韻白」兩大類。散白包括獨白、對白、分白、同白、重白、帶白、插白、旁白、內白、外呈答等十種；韻白包括詩對的賓白、順口溜之類的賓白、詩讚詞的賓白等三種；有此十三種賓白，使得北曲雜劇產生機趣活潑的特色，而其中之「獨白」、「旁白」、「對白」，以及詩讚詞之「韻白」，都可以從說唱文學中找到根源。

與賓白合稱為「科白」的「科範」，在北曲雜劇中大抵包括作工、武功、歌舞、音響、檢場等五個類型；其中自以「作工」最為主要，此為正末、正旦主唱腳色所必須修為；而淨腳則繼承宋金雜劇院本之遺風在於「發喬」與「打諢」。

5.腳色

北曲雜劇腳色，俗稱之外，其專稱者有末、旦、淨、雜四門，《元曲選》所見之「丑」，為明人增入，並非本然。由於劇情之需要，末又分化為正末、外末、駕末、外孤、小末、孤末等，旦又分化為正旦、外旦、小旦、老旦等，淨又分化為淨、外淨等；其分化之原理，一者由其地位分，以資鑑別其在該行中之輕重，一者用以說明所扮飾人物之身分或性質。

北曲雜劇腳色固然繼承宋金雜劇院本之末、淨、裝旦而來，但由於劇種不同，其主要腳色亦因之有異，譬如宋金雜劇院本由副淨、副末主演，北曲雜劇則由正末、正旦主演；又由於劇種不同，名目相同之腳色所涵蓋之意義亦因之而異，譬如宋金雜劇院本之淨、末為職司「發喬」與「打諢」，扮飾男性人物腳色，裝旦則為臨時性之腳色，由男性喬裝女性；而北曲雜劇之正末、正旦則俱為主唱之劇中男女性人物，故由其所扮飾之人物類型觀之，實包括傳奇、皮黃中之各門腳色；而北曲雜劇之「淨」則除扮飾滑稽詼諧之人物外，又有進一步發展，即性別兼男女，而性情有趨向奸邪者。

6. 插曲

北曲雜劇除四套北曲與可有可無之楔子曲、散場曲之外，尚有所謂「插曲」，插曲多為時調小曲，大抵為淨腳打諢時所歌唱，用作調劑場面；此實為宋金雜劇院本歌唱隻曲小調之遺留。

由以上構成北曲雜劇體製規律的十個因素看來，固然皆有其深厚的淵源，但也都有向上的發展。也因此，使得北曲雜劇能以「大戲」的姿態光耀中國的劇壇。

(三)南曲戲文

筆者有〈宋元南曲戲文之體製、格律與唱法〉[113]，錄其大要如下：

宋元南曲戲文之體製規律未如金元北曲雜劇之穩定，其體製可由題目與開場、段落兩方面說明，格律可由宮調、曲牌、套數三方面探討，唱法可由獨唱、接唱、接合唱、同唱等四方面見之。

---

[113] 見筆者〈宋元南曲戲文之體製、格律與唱法〉，收入拙著：《戲曲之雅俗、折子、流派》（臺北：國家出版社，二〇〇九年二月），頁二四五－二九三。原載：《戲曲學報》第三期（臺北：臺灣戲曲學院，二〇〇八年六月），頁三五－七二。

1. 體製

(1)題目與開場

戲文一開頭有韻語四句，用來總括劇情大意，叫做「題目」，其後末色上場念詞兩闋。如《小孫屠》首揭「題目」四句：「李瓊梅設計麗春園，孫必達相會成夫婦；朱邦傑識法明犯法；遭盆吊沒興小孫屠。」其後末色上場念【滿庭芳】以虛籠大意，接著問：「後行子弟不知敷演甚傳奇？」眾應：「《遭盆吊沒興小孫屠》。」乃再念【滿庭芳】以檃括本事，然後下場[114]。

《張協狀元》開首亦「題目」四句：「張秀才應舉往長安，王貧女古廟受饑寒。呆小二村□調風月，莽強人大鬧五雞山。」其後末色上場念【水調歌頭】兩闋，前者虛籠大意，後者作為劇場開呵。緊接其後，說唱諸宮調【鳳時春】、【小重山】、【浪淘沙】、【犯思園】、【遶池游】五曲以演述《張協狀元》部分情事，乃曰：「似恁唱說諸宮調，何如把此話文敷演，後行腳色，力齊鼓兒，饒個攛掇；末泥色饒個踏場。」於是生腳上場，與場內人問答，斷送【燭影搖紅】，正戲才從此開始[115]。

《宦門子弟錯立身》開首題目四句：「衝州撞府粧旦色，走南投北俏郎君；戾家行院學踏爨，宦門子弟錯立身。」其後末色上場念【鷓鴣天】以檃括本事，生腳緊接上場，正戲開始[116]。

由以上戲文三種可見：《張協狀元》的開場最為複雜，混合諸宮調說唱、樂器演奏與舞蹈，以及劇場開呵。此劇可推斷為南宋戲文[117]，可能保持戲文早期形式。《宦門子弟》最為簡單，蓋為省略之作，而《小孫屠》開場

[114] 錢南揚：《永樂大典戲文三種校注》（臺北：華正書局，一九八〇），頁二五七—二五八。

[115] 錢南揚：《永樂大典戲文三種校注》，頁一一—一三。

[116] 錢南揚：《永樂大典戲文三種校注》，頁二一九。

形式，則為元明南戲所取法。按陸貽典影鈔《元本琵琶記》卷首開場作：

極富極貴牛丞相
施仁施義張廣才
有貞有烈趙貞女
全忠全孝蔡伯喈

（末上白）

【水調歌頭】秋燈明翠幕，夜案覽芸編。今來古往，其間故事幾多般。少甚佳人才子，也有神仙幽怪，瑣碎不堪觀。正是不關風化體，縱好也徒然。　論傳奇，樂人易，動人難。知音君子，這般另做眼兒看。休論插科打諢，也不尋宮數調，只看子孝與妻賢。驊騮方獨步，萬馬敢爭先。

【沁園春】趙女姿容，蔡邕文業，兩月夫妻。奈朝廷黃榜，遍招賢士；高堂嚴命，強赴春闈。一舉鰲頭，再婚牛氏，利綰名牽竟不歸。饑荒歲，雙親俱喪，此際實堪悲。　堪悲趙女支持，剪下香雲送舅姑。羅裙包土，築成墳墓；琵琶寫怨，竟往京畿。孝矣伯偕，賢哉牛氏，書館相逢最慘悽。重廬墓，一夫二婦，旌表耀門閭。[118]

比起《小孫屠》來，只缺少「題目」二字和詞兩闋用異調。明嘉靖蘇州坊刻本《新刊巾箱蔡伯喈琵琶記》尚且如此，但自虎林容與堂刻本《李卓吾先生批評琵琶記》以下，則將四句題目移在【沁園春】之後，作為末色下

[117] 錢南揚：《永樂大典戲文三種校注·前言》（一九八〇年九月），頁一。

[118] 錢南揚：《元本琵琶記校注》（上海：上海古籍出版社，一九八〇），頁一－二。

場詩，從此反成為傳奇定格。這「題目」字句，也應當寫在作為廣告用的「花招兒」上。

(2)**段落**

南曲戲文和北曲雜劇，原來都不分出，即不分出（齣）也不分折（摺），前者如最早的抄本《永樂大典戲文三種》和陸貽典影鈔本《琵琶記》，後者如最早的刊本《元刊雜劇三十種》都是如此。明中葉以後，作為戲文段落之稱的「出」、「齣」、「折」、「摺」四字皆可應用。如楊梓《敬德不伏老》、《金瓶梅詞話》俱作「摺」，嘉靖本《寶劍記》、萬曆富春堂本《白蛇記》俱作「出」，嘉靖巾箱本《琵琶記》、影鈔嘉靖本《荊釵記》俱作「齣」，明世德堂本《拜月亭》、富春堂本《白兔記》、《草廬記》俱作「折」。宋釋道原《景德傳燈錄》卷十四記藥山與雲巖問答云：

> 藥山乃又問：「聞汝解弄獅子，是否？」師曰：「是。」曰：「弄得幾出？」師曰：「弄得六出。」曰：「我亦弄得。」師曰：「和尚弄得幾出？」曰：「我弄得一出。」[119]

弄獅子即唐戲之《西涼伎》，藥山、雲巖皆中唐和尚，可見戲曲一段稱一出由來已久，蓋《教坊記》稱演員上場為「出隊」、「出舞」或「出戲」，南曲戲文腳色上場亦稱「出」，如《張協狀元》「丑走出唱」（第五段）、「生挑查里出唱」（第五段）、「末做客出唱」蓋演員出場至進場演戲一段，故稱「一出」[120]。「齣」最後取代「出」、「折」、「摺」而定於一尊，蓋在明嘉靖以後南曲戲文蛻變為傳奇之後。

北曲雜劇一本固定四個段落，即四折；南曲戲文一本所含段落不固定，錢南揚《永樂大典戲文三種校注》

---

119 釋道原：《景德傳燈錄》，收入《四部叢刊》三編子部第四一五冊（臺北：臺灣商務印書館，一九六六），頁一五。

120 錢南揚：《戲文概論》（上海：上海古籍出版社，一九八一年三月），頁一六八—一六九。

分《張協狀元》五十三齣，《宦門子弟錯立身》為殘本分十四齣，《小孫屠》分二十一齣。又錢南揚注《琵琶記》分卷上二十段，卷下二十二段，全本合四十二段。一般以三十段上下為多。至明祁彪佳《遠山堂劇品》始以十一折以內為短篇之「雜劇」，《遠山堂曲品》始以十二折以上為長篇之「傳奇」；但此時其實已打破了南北曲和南戲北劇的藩籬。

南曲戲文之「宮調」，馮旭〈九宮正始序〉與鈕少雅〈九宮正始自序〉謂以元天曆間（一三二八－一三三〇）《九宮譜》和《十三調譜》為最早，《九宮正始》即據此二譜增訂而成。錢南揚謂「《十三調譜》應遠在《九宮譜》之前」，理由是：「《十三調譜》尚無引子、過曲之名，稱引子曰慢詞，稱過曲曰近詞，直用宋詞名稱。」「曲牌歸宮與宋詞合。」「《十三調譜》有所謂六攝者，明人已不能解。」「宮調隨時在淘汰精簡，十三與九，又減少了四個宮調。」因此錢氏認為：「《九宮譜》既是元朝的曲譜，則《十三調譜》自應出於南宋人之手無疑。」[121]

《十三調譜》收有十五個宮調：黃鐘、正宮、大石、仙呂、中呂、南呂、商調、越調、雙調、羽調、道宮、般涉、小石、商黃、高平。其中「商黃」為合商調與黃鐘而成，高平與各宮調皆可出入，二者無專屬之曲牌，故去之而為「十三調」。此「十三調」皆用俗名而非古名。

《九宮譜》則收有十個宮調：黃鐘、正宮、大石、仙呂、中呂、南呂、商調、越調、雙調、仙呂入雙調，即減去《十三調譜》中曲牌很少之羽調、道宮、般涉、小石，而增加仙呂入雙調。仙呂入雙調可說屬於雙調之中，故清人曲譜如《南詞定律》、《九宮大成》等都把它刪去。此亦因之稱「九宮」。宮調的作用，錢南揚《戲文

[121] 錢南揚：《戲文概論》，頁一七九。

概論》說有二，「一規定笛色高下，二標志聲情哀樂。」施德玉教授在我「戲曲史專題」課上講演時謂宮調標示調式、調高、調性，所云調高即錢氏之笛色高下，調性即錢氏之聲情哀樂；而調式則為錢氏所不及。所謂調式即曲中結音落腳相同，如同為五，即徵調式，同為六，即羽調式。而誠如錢氏所云：「一個宮調統屬許多曲牌，曲牌的性質在隨時發展變化。不但從現在看來，同一宮調中的曲牌，笛色、聲情很不一致；即在古代，各宮調之間往往可以互相通借。」如《十三調譜》中，黃鐘與商調、羽調出入；正宮與大石、中呂出入；仙呂與羽調互用，又與南呂、道宮出入……等十三宮調莫不如此。「可見古代宮調的界限原不十分嚴格，可以靈活運用；再加曲牌的發展變化，到後來宮調就漸失去它的統轄作用。」「本來同一宮調應笛色相同，而現在卻一般都在兩調以上了。」譬如南曲黃鐘凡字調與六字調，正宮、大石、仙呂、中呂俱小工調與尺字調，北曲黃鐘凡字調、六字調與正工調，正宮小工調與尺字調，仙呂小工調、凡字調、正工調與尺字調。「這種笛色分配法，僅據崑山腔而言，因崑山腔之前，宮譜不傳，無法知道。[122]」則宮調到後來既難於統轄曲牌，又難以完全制約笛色，其音樂上之意義自然逐漸減輕，也難怪終於會產生曲牌體崩解為板腔體的現象。

2. 格律

(1) 曲牌

靜安先生《宋元戲曲考》中第十四章〈南戲之淵源及時代〉考查戲文曲牌之出於古曲者，唐宋大曲有二十四，唐宋詞有一百九十，金諸宮調有十三，南宋唱賺有十，同於元雜劇曲名者有十三，可知其出於古者有十八[123]，此外自為時曲。南曲曲牌後來亦有宮調統攝，所以在每一個宮調下，含有所屬之曲牌若干。每一曲牌的

[122] 錢南揚：《戲文概論》，頁一八三－一八五。

[123] 王國維：《宋元戲曲史》，收入《王國維戲曲論著》（臺北：純真出版社，一九八二），頁一一七－一二一。

內涵，大約有以下八個因素：

①正字律：一個調子本格正字的總數。

②正句律：一個調子本格所具有的句數。

③長短律：即每句之音節數，如三音節即三言，五音節即五言等。

④音節單雙律：一個調子本格所具有的句子，同時含有意義和音節兩種形式。意義形式是意象語和情趣語的結構方式，用以傳達詞情；音節形式為音步停頓的方式，用以傳達聲情。音節形式有單雙二式，如三言作二一，四言作一三，五言作二三，六言作三三，七言作四三，皆為單式；如三言作一二，四言作二二，五言作三二，六言作二二二，七言作三四，皆為雙式。單式音節「健捷激裊」，雙式音節「平穩舒徐」。

⑤平仄聲調律：就是每個句子的平仄格式，平聲中有時別陰陽，仄聲中有時分上去入。

⑥協韻律：就是何處要押韻，何處可押可不押，何處不可押韻，甚至於何句必須藏韻。兩韻之間的音節數稱「韻長」，可因攤破方式不同，而改變句長。如韻長十言，可攤破為五、五或三、七或七、三，其音節形式必須相同為單式音節；如其音節形式必作雙式，則可攤為四、六或六、四。

⑦對偶律：曲中往往逢雙對偶，所謂「逢雙」就是相鄰的兩句、三句或數句的字數和句式相同，往往就會對偶，但這不是必然的現象。

⑧句法律：指句中特殊的聲、韻、詞、句之語法。

這八個因素也就是構成曲牌譜律的基礎，由此而曲調的主腔韻味、板式疏密、音調高低，乃有一定的準則，而曲牌適合某種意境和傳達某種聲情的「性格」也由此建立。普通每一支曲子中有時正字之外，還含有襯字、增字、帶白等其他因素，必須辨明清楚才能掌握曲牌中準確的語言旋律。

南曲曲牌有引子（古稱「慢詞」）、過曲（古稱「近詞」）、尾聲三類，北曲亦有首曲、正曲、煞尾三類。此論南曲，北曲已見前文。

性格穩定後的「引子」一般都是乾唱，不用笛和，所以可不拘宮調，可以簡省句數，不必全填；蓋以其散板乾唱難於美聽，故以簡省為宜。但戲文發展至傳奇，則第二齣生腳上場，必須全引，以籠罩劇情正式開展之氣象。

一人上場只能用一引子，但一支引子可供一至數人上場使用，一齣戲中至多用三次引子；引子有時也可用作尾聲，也可以減省句數；一般都用在情節悲哀之時。

腳色上場不一定用引子，可用上場詩代替，可用帶有引子性質的沖場曲代替，這類「沖場曲」一般是「粗曲」，不用笛和，甚至有板無腔，不入套數，故可不拘宮調，也可不拘南北。沖場粗曲多為淨丑所用，末也間用之；生旦所用沖場曲多屬可粗可細之曲。至於以上場詩代引子，多半為配腳如淨末丑上場所用，末色尤多。

上述引子之種種規律，明清傳奇亦相沿襲，然習用曲牌，頗不相同。即如拿引子作尾聲來說，戲文有【臨江仙】、【鷓鴣天】、【滿江紅】、【粉蝶兒】、【胡搗練】、【哭相思】等；而傳奇中只限於【臨江仙】、【鷓鴣天】、【哭相思】三調，且【哭相思】一調簡直已被作尾聲而不再用作引子了。

但是早期戲文卻多有引曲、過曲不分的情形。譬如《張協狀元》第七齣單用仙呂引子【望遠行】，第九齣將雙調引子【胡搗練】作過曲用；第二十三齣旦出場唱雙調過曲【福清歌】，卻接唱南呂引子【虞美人】。《小孫屠》第十六齣單用南呂引子【臨江仙】，《錯立身》第三齣單用南呂引子【梁州令】，《荊釵記》影鈔本第十七齣用【點絳唇】、【步蟾宮】二引而無過曲；《白兔記》富春堂本第十九齣單用引子【齊天樂】，第五齣末上場單唱【菊花新】，《拜月亭》世德堂本第二十四齣淨單唱【臨江仙】組場。也許這些被後世歸為「引子」的曲牌，在早期戲文性格未定，尚有「過曲」的作用也未可知。

「過曲」之名大概到元朝才有，蓋取其由引子過度到尾聲之意。而其「過度」如人之生命歷程，生死為始終，歷程為重要，故云。

過曲有粗細，粗曲有板無眼，往往乾念快速不耐聽，細曲一板三眼，則曲折緩慢耐唱耐聽，其間則為可粗可細一板一眼之曲。在明清傳奇，粗曲專供淨丑之用，如【福馬郎】、【四邊靜】、【光光乍】、【吳小四】、【金錢花】、【水底魚兒】、【鋒鍬兒】等，但戲文中則可用作生旦之曲，如《張協狀元》第二十七齣引子【卜算子】後用粗曲正宮【福馬郎】由貼、末唱。《小孫屠》第五齣生唱【光光乍】，《金釵記》第六十二齣外唱【雙勸酒】，《白兔記》汲古閣本第二十七齣生唱【雙勸酒】，《白兔記》富春堂本第十五、五十一齣生、旦唱【金錢花】、第四齣生唱【普賢歌】，《殺狗記》第二十五齣旦唱【光光乍】、第二十八齣生唱【普賢歌】，以上皆粗曲而為生旦等腳色所唱。可能這些傳奇中的「粗曲」，在戲文時代尚屬「一板一眼」可粗可細之曲，所以可以施諸生旦系腳色之口。同樣的情況，淨丑在戲文中也可以唱傳奇中的細曲，譬如《趙氏孤兒》第二十三齣南呂【節節高】由淨丑唱，《白兔記》成化本第八齣淨丑唱中呂【石榴花】，《白兔記》汲古閣本第二十三齣淨丑唱【步步嬌】、【三月海棠】、【紅衲襖】，《白兔記》富春堂本第三十一齣淨唱【玉交枝】四支，第二十三齣淨丑唱【懶畫眉】等，可能傳奇中的這些細曲，在戲文中尚屬粗曲，故可以施諸淨丑之口。

(2) 曲牌之聚眾成群

同宮調或管色相同之曲牌，按照其板眼音程可以相聯成套。所以套數可以說是以宮調、曲牌和板眼為基礎，嚴密的擴大了曲牌的長度和範圍。但在聯套之組織規律趨於嚴密之前，曲之「聚眾成群」由簡單而繁複，已自有其方，有以下諸歷程：

①重頭：即一曲反覆使用，如宋代鼓子詞；如民歌，【四季相思】、【五更調】、【十二月調】。又南北曲用此法者亦多，南曲稱「前腔」，北曲稱「么篇」。詞牌、曲牌之重頭，如開首數句（即韻長）變化者，則稱換頭；其為南曲稱「前腔換頭」，其為北曲稱「么篇換頭」。

②重頭變奏：如唐宋大曲【梁州】，即以【梁州】一調反覆使用，而以散序、排遍、入破「三部曲」變化其音樂形態，散序為散板的器樂曲，排遍為有板有眼的歌唱曲，入破為節奏加快的舞曲，不僅音樂內容有變奏，速度也不相同。

③子母調：即兩曲交互反覆使用，如北曲正宮【滾繡球】、【倘秀才】二曲循環交替，如南曲【風入松】必帶【急三鎗】等。此與西洋音樂的迴旋曲有異曲同工之妙。

④帶過曲：結合二至三支曲牌固定連用，形成一新的曲調。見於元人散曲，其曲牌間或曰「帶」，或曰「過」，或曰「兼」，如【雁兒落帶得勝令】、【十二月過堯民歌】、【醉高歌兼攤破喜春來】等，其形式有三種：其一，同宮帶過，如【雁兒落】帶【得勝令】；其二，異宮帶過，如正宮【叨叨令】帶雙調【折桂令】；其三，南北曲帶過，如南【楚江情】帶北【金字經】，北【紅繡鞋】帶南【紅繡鞋】等。

⑤民歌小調雜綴：即依情節需要擇取不同的曲調運用，彼此不依宮調或管色相同與板眼相接之基本聯套規律，所以曲調之間各自獨立，如《長生殿》第十五齣〈進果〉用正宮過曲【柳穿魚】、雙調過曲【撼動山】、正宮過曲【十棒鼓】、雙調過曲【蛾郎兒】、黃鐘過曲【小引】、羽調【急急令】、南呂過曲【恁麻郎】三支，皆為各宮調之小曲。

⑥聯套：有南曲聯套，北曲聯套，即同宮調或管色相同之曲牌，按照音樂曲式板眼銜接的原則，聯綴成一套緊密結合的大型樂曲。諸宮調音樂大多已屬於聯套形式。就北套而言，前有首曲，中有正曲，末有尾曲；就南

套而言，有引子、過曲、尾聲。南套之套式有以下四種：其一，引子、過曲、尾聲三者俱備；其二，無引子有過曲有尾聲；其三，有引子、過曲無尾聲；其四，但有過曲，無引子與尾聲。

⑦合套：即南套與北套合用，一北一南或一南一北交相遞進。其結構規範較嚴謹，例如構成合套中的南曲與北曲必須同一宮調，每個套曲多以兩個調式為主等。合套的形式有以下三種：其一，由各不相重的北曲與南曲交替出現；其二，在一套北曲中，反覆插入同一南曲曲牌；其三，在一套北曲中，插入幾支不同的南曲曲牌等。南戲如《宦門子弟錯立身》，散曲如沈和的《瀟湘八景》都曾使用南北合套，明清時應用更廣。

⑧集曲：即採用若干支曲牌，各摘取其中的若干樂句，重新組成一支新的曲牌。因此集曲乃是多首曲調的綜合，為南曲中較為普遍運用的一種曲調變化方法。例如【山桃紅】是【下山虎】與【小桃紅】二曲集成。音樂曲式上，集曲的曲牌應是宮調相同或管色相同。其次集曲的首數句和末數句，必須是原曲的首數句和末數句，集曲的中間各句較為靈活，可依音樂的邏輯性、和協性與完整性而加以安排。

⑨犯調：犯調有三種意義，其一為轉宮（調高）、轉調（調式）之意，即一曲的音階形式轉換調門或樂曲轉換樂句調式性格，使人有耳目一新或不同的感受。其二指的是南曲中之「集曲」或北曲中之「借宮」。其三為南曲中狹義之犯調，即一支曲保留首尾，中間插入其他同宮調或同管色（調高）的幾支曲，結合成為一支新曲，插入一支稱「一犯」，插入二支即「二犯」，普通不超過「三犯」。為我國傳統音樂中豐富曲調變化的方法[124]。

這九種曲牌「聚眾成群」的方式，就南曲而言，戲文中如《張協狀元》以重頭、雜綴為主，異調聯套為次；《宦門子弟錯立身》與《小孫屠》、《荊釵記》、《白兔記》已見合套，《琵琶記》以下始見集曲犯調。

---

[124] 施德玉：《中國地方小戲音樂之探討》（臺北：學海出版社，二〇〇〇年三月），頁三－四。

上文說過曲牌有「性格」，因此過曲就配搭成套而言，有宜於與他曲配搭成套而可疊用者，如【紅衫兒】；有宜於本身重頭疊用成套而不宜與他曲聯套者，如【祝英臺近】；有兩者皆可者，如【鎖南枝】；有宜於與他曲配搭成套而本身不宜疊用者，如【一撮棹】。又由於曲牌隨時空而有所變化，所以戲文曲牌配搭成套的基本原理，雖然也被傳奇所繼承，但卻會發生現象的變異。譬如【江兒水】戲文如《張協狀元》第十齣和《錯立身》都專用成套，但傳奇則轉為與他曲相聯成套。至於「尾聲」，傳奇固定而簡單，不因宮調不同而差別，皆為三句七言十二拍，因謂之【十二紅】。但戲文則一宮調有一宮調之式樣，名目因之亦殊異。《九宮正始》十三調尾聲之名目如下：

黃鍾【喜無窮煞】、正宮【不絕令煞】、大石【尚輕圓煞】、仙呂【情未斷煞】、中呂【三句兒煞】、南呂【尚按節拍煞】、商調【尚逸梁煞】、越調【有餘情煞】、雙調【煞】、羽調【情未斷煞】、道宮【尚按節拍煞】、般涉【尚如縷煞】、小石【好收因煞】。[125]

此外，尚有【雙煞】、【本音煞】、【就煞】、【隨煞】、【和煞】、【長相憶煞】、【墜飛塵煞】、【凝行雲煞】、【借音煞】等名目，可見其繁複。所幸尾聲格式雖多，但過場短戲不用尾聲，重頭疊用的套數不用尾聲，所以尾聲被用的機會不多，譬如《張協狀元》五十二齣中，用尾聲的只有第十四、二十兩齣；《宦門子弟錯立身》十四齣中用尾聲的僅第五、九、十三共三齣；《小孫屠》通本無尾聲；《琵琶記》四十二齣中，用尾聲的僅第二、七、九、二十一、二十七、三十六、四十二共七齣。

[125] 徐子宣：《九宮正始》，收入《善本戲曲叢刊》（臺北：學生書局，一九八四）。

由以上之論述舉例，可見曲牌之「性格」在早期戲文並未定型，而至元末之《琵琶記》可以確定已有粗曲、細曲之別，所以以上所舉，未有《琵琶記》之例。再就《琵琶》而言，汲古閣本第四齣〈蔡公逼試〉用南呂【一剪梅】－【宜春令】四支、【繡帶兒】二支－【太師引】二支－【三學士】四支，此為後世所襲用之「熟套」，但陸貽典鈔本則【宜春令】原只用三支，其第四支原用粗曲【吳小四】，其故正因此曲由淨扮蔡婆所唱，高則誠蓋斤斤於粗細之別，所以不用細曲【宜春令】而改用粗曲【吳小四】；而即此也見南曲之粗細，在高則誠《琵琶記》已趨穩定[126]。

南曲粗細穩定之後，曲牌乃有所謂「性格」，細曲所表現的「性格」較明顯，粗曲則往往因詞境而定。如戲文中的【山花子】、【錦堂月】、【念奴嬌序】等的聲情屬歡樂排場，【山坡羊】、【三仙橋】、【山桃紅】等則屬悲哀情調；這種「性格」由戲文到傳奇沿襲不變。

3. 套式

南曲套式若就引子、過曲、尾聲三者結構而言，如上所述，有四種形式：

(1)引子（一支至二支）、過曲（一支至若干支）、尾聲（一支）。
(2)引子、過曲。
(3)過曲、尾聲。
(4)過曲。

可見聯套之主體在過曲，其套式也建立在過曲間聯綴的形式。其聯套之法，凡宮調或管色相同之曲板眼可以互

[126] 許子漢：《明傳奇排場三要素發展歷程之研究》（臺北：臺大出版委員會，一九九九），頁一八三－一八五。

相銜接者皆可聯綴成套，其方式就以上所云曲牌應用之「性格」來分，有異調聯用與一調單用兩大類。

異調聯用即用不同曲牌聯為一套，又有以下六種情形：

其一為前文提及之雜綴，「雜綴」之名是著者所創，意即隨意取用曲牌以演出一段情節，其間無須考慮宮調、管色與板眼之協同與連接之規律。這種情形其實談不上「聯套」，也產生不了「套式」，但卻存在於早期之戲文與現代之地方戲中，如《荔鏡記》戲文第六齣〈五娘賞燈〉混用中呂、南呂、仙呂三宮而雜入「里巷歌謠」之【水車歌】，第二十二齣〈梳妝意懶〉雜用商調、仙呂、中呂、南呂四調，而皆與劇情轉換之「移宮換調」無關。《荔鏡記》戲文雖然為明宣正、化治間作品，但由於出諸泉潮，所保留戲文之原始面貌不下於《永樂大典戲文三種》，這是很可注意之現象。即就《張協狀元》而言，其第八齣【生查子】、【復襄陽】二支、【福州歌】四支，除南呂引子【生查子】外，其他二曲明顯為地方小曲，正合徐渭《南詞敘錄》所謂初起之戲文「其曲，則宋人詞而益以里巷歌謠，不協宮調，故士夫罕有留意者。」又如其第九齣之套式：正宮引子【七娘子】、正宮過曲【普天樂】、仙呂過曲【涼草蟲】、雙調引子【胡搗練】三支、南呂引子【臨江仙】、仙呂引子【糖多令】、仙呂過曲【油核桃】四支，共用正宮、雙調、南呂、仙呂四調，且南呂【臨江仙】之前為一場演「張協被劫」，而用三支引子。類此不煩枚舉。又如長沙花鼓戲《劉海砍樵》運用【採蓮船調】、【八板子】、【西湖調】、【三流】、【梢腔】、【十字調】二支、【比古調】、【望朗調】等八支小曲組成；又如上文所舉《長生殿》第十五齣〈進果〉也還運用這種「雜綴」形式。

這種「雜綴」的形式，在《張協狀元》開場時所唱的〈諸宮調張協狀元〉用五支曲調構成，考諸曲譜，其所屬宮調如下：

仙呂引子【鳳時春】（協齊微）、雙調引子【小重山】（協江陽）、越調引子【浪淘沙】（協寒山）、【犯思園】（協蕭豪，不見曲譜，中呂引子有【思園春】，疑為其犯調）、商調引子【遶池游】（協魚模），則顯然此五曲係雜綴而成，可作「雜綴」最早之例子。

其二為循環聯用，即二或三支曲牌按序輪用或不固定雜用，但只限於此二三支曲牌。若論其來源，則是宋樂曲之「纏達」。傳奇兩曲循環者頗多，而見於戲文者僅如影鈔本《荊釵記》第四十一齣【下山虎】、【亭前柳】，第三十二齣【風入松】、【急三鎗】（亦見於《殺狗》第十八齣）；三曲循環者為數不多，見於戲文僅《趙氏孤兒》第五齣【畫眉序】、【滴溜子】、【神仗兒】一例。其為北曲雜劇，則鄭師因百（騫）《北曲套式彙錄詳解》謂仙呂宮「【金盞兒】、【醉中天】、【後庭花】三曲可迎互循環[127]。」又謂正宮「【滾繡毬】、【倘秀才】兩調常循環使用，可多至四五次，是為正宮套之特點。」而「《正音譜》於【滾繡毬】、【倘秀才】兩調名下均有註云：『亦作子母調』。」

「纏達」在北宋原稱「傳踏」或「轉踏」，由一詩一詞構成；南宋以後將詩易作詞，由兩詞迎互循環，乃謂之「纏達」。在戲文中，如《荊釵記》汲古閣本第十八齣聯套作：

【破陣子】、【四朝元】、七絕、【四朝元】、七絕、【尾聲】、七絕、【四朝元】、七絕、【四朝元】、七絕。

其三為截取大曲自「入破」至「出破」這段「曲破」作為套曲。據史浩〈採蓮〉大曲「壽鄉詞」，其「曲破」結構是：

127 鄭騫：《北曲套式彙錄詳解》（臺北：藝文印書館，一九七三年四月），頁四一。

【入破】、【袞遍】、【實催】、【袞】、【歇拍】、【煞袞】。[128]

而《張協狀元》第十六齣中間一場套數作：

【菊花新】、【後袞】、【歇拍】、【終袞】。

此套顯然截取「曲破」末三曲而外加【菊花新】一曲，【菊花新】亦為宋曲，故相聯為用。

又陸氏影鈔元刊本《琵琶記》第十五段演〈丹陛陳情〉一場，套數作：

【入破第一】、【破第二】、【袞第三】、【歇拍】、【中袞第四】、【煞尾】、【出破】。

較諸【採蓮】曲破多【破第二】、【出破】二曲而少【實催】一曲，也許它是保存【曲破】更完整的形式。

又《南九宮十三調曲譜》、《南曲九宮正始》、《南詞定律》等引錄戲文《董秀英花月東牆記》、《賽金蓮》兩套佚曲，前者後者皆作：

越調近詞 【入破】、【破第二】、【袞第三】、【歇拍】、【中袞第四】、【煞】、【出破】。

顯然是沿襲《琵琶記》而來。這種沿襲大曲曲破的套數，從現存戲文與傳奇看來，極其罕見；其故雖然那是「舞遍」，但總以其「重頭變奏」，音樂變化不大，所以鮮能適應戲曲排場。

128 史浩：《鄮峰真隱大曲》，收入朱祖謀校輯：《彊村叢書》第三冊（臺北：廣文書局，一九七〇），卷一，頁一八七一－一八七四。

其四為依宮調、管色、板眼規矩的一般聯用，其表象形式與「雜綴」不殊，但在規矩之中會逐漸形成傳承的固定「套式」。而若論其來源，則為宋樂曲之「纏令」。宋樂曲「纏令」，南宋陳元靚《事林廣記・遏雲要訣》中收錄〈圓裏圓賺〉一套：

中呂引子【紫蘇丸】、【縷縷金】、【好孩兒】、【大夫娘】、【好孩兒】、【賺】、【越恁好】、【鶻打兔】、【尾聲】。

首有引子，後有尾聲，中為過曲，可見已係完成之「套數」，可視為纏令之祖，茲舉各宮調中最被習用的「套式」如下：

(1)黃鐘宮

【引】、【畫眉序】四支、【滴溜子】、【鮑老催】、【滴滴金】、【鮑老催】、【雙聲子】、【尾聲】（有陸鈔本《琵琶記》第十八齣等七十六例）。

(2)仙呂宮

【桂枝香】二支、【大迓鼓】二支（有元鈔本《琵琶記》第十四齣等十六例）。

(3)正宮

【四邊靜】四支、【福馬郎】二支（陸鈔本《琵琶記》第三十二齣等十七例）。

(4)中呂宮

【粉孩兒】、【福馬郎】、【紅芍藥】、【耍孩兒】、【會河陽】、【縷縷金】、【越恁好】、【紅繡鞋】、【尾聲】（世德堂本《拜月》第二十九齣等二十四例）。

(5)南呂宮

【引】、【梁州序】四支、【節節高】二支、【尾聲】（陸鈔本《琵琶記》第二十一齣等一一五例）。

(6)大石調

【引】、【念奴嬌序】四支、【古輪臺】二支、【尾聲】（陸鈔本《琵琶記》第二十七齣等二十二例）。

(7)小石調

【引】、【漁燈兒】、【漁家燈】、【錦漁燈】、【錦上花】、【錦中拍】、【錦後拍】、【尾】（【漁家燈】、【錦漁燈】二支可無，有多例於其後接【罵玉郎帶上小樓】，有李日華《南調西廂》第十七齣等十三例）。

(8)越調

【引】、【小桃紅】、【下山虎】、【蠻牌令】、【尾聲】（汲古閣本《白兔記》第六齣等四十九例）。

(9)商調

【引】、【集賢賓】二支、【琥珀貓兒墜】二支、【尾聲】（汲古閣本《拜月亭》第三十六齣等十七例）。

(10)雙調

【引】、【錦堂月】四支、【醉翁子】二支、【僥僥令】二支、【尾聲】（影鈔本《荊釵記》第四齣等八十例）。

其五一調單用者，又分兩類，一為疊用前腔，一為獨用一曲。

疊用前腔者即上文所謂單調重頭，唐宋大曲即一曲調之反覆使用，其間則濟以變奏。又若唐代民間【五更轉】亦然；宋代鼓子詞，如趙令畤重複商調【蝶戀花】十二支演《會真記》，歐陽修以【采桑子】十一支詠西湖，又有〈十二月鼓子詞〉以【漁家傲】十二支詠之；又無名氏〈九張機〉亦重疊九曲。可見其源流綿長。

單曲疊用者如：

(1)仙呂

【一封書】二支（《錯立身》第二齣等十九例）。

(2)正宮

【引】、【玉芙蓉】二支（影鈔本《荊釵記》第二齣等三十五例）。

(3)中呂

【引】、【駐馬聽】二支（富春堂本《白兔記》第六齣等五十例）。

(4)南呂

【引】、【三樂士】二支（影鈔本《荊釵記》第五齣等十三例）。

(5)越調

【引】、【祝英臺】二支（陸鈔本《琵琶記》第三齣等二十七例）。

(6)商調

【引】、【高陽臺】四支、【尾聲】（陸鈔本《琵琶記》第十二齣等四十例）。

(7)雙調

【鎖南枝】四支（《黃尋親》第二十五齣等四十六例）。

其次單用一曲者，多為大型集曲，以其一調中實集多曲而成，足以應付完整場面之用，故不必疊用前腔，如【雁魚錦】、【九疑山】、【巫山十二峰】、【十樣錦】等，此種聯套方式戲文僅見於：

(1)正宮

【引】、【雁魚錦】（陸鈔本、汲古閣本《琵琶記》第二十三齣、第二十四齣、影鈔本、汲古閣本《荊釵記》第二十九齣、第二十七齣等十七例）。

(2)南呂

【引】、【鎖窗郎】二支（陸鈔本、汲古閣本《琵琶記》第十一齣、第十二齣等三十二例）。

(3)商調

【引】、【鶯集御林春】四支、【四犯黃鶯兒】四支、【尾聲】（世德堂本、汲古閣本《拜月亭》第三十五齣、第三十二齣等十二例）。

(4)雙調

【二犯江兒水】二支（富春堂本《白兔記》第二十齣等五例）。

其六南北合套者，戲文僅見於：

(1)仙呂宮

【引】、【北賞花時】、【南排歌】、【北哪吒令】、【南排歌】、【北鵲踏枝】、【南樂安神】、【北六么序】、【尾聲】（僅《錯立身》第五齣一例）。

(2)雙調

【引】、【北新水令】、【南步步嬌】、【北折桂令】、【南江兒水】、【北雁兒落帶得勝令】、【南園林好】、【北收江南】、【南僥僥令】、【北沽美酒帶太平令】、【尾聲】（影鈔本、汲古閣本《荊釵記》同第三十五齣、汲古閣本《白兔記》第四齣等一二三例）。

按元鍾嗣成《錄鬼簿・沈和》條云：

和字和甫，杭州人。能詞翰，善談謔。天性風流，兼明音律。以南北調合腔，自和甫始，如《瀟湘八景》、《歡喜冤家》等曲，極為工巧。[129]

《瀟湘八景》今存，其套式為：

北仙呂【賞花時】、【南排歌】、【北哪吒令】、【南排歌】、【北鵲踏枝】、【南挂枝香】、【北寄生草】、【南安樂神】、【北六么序】、【南尾聲】。

通套協魚模韻。其實合套並非創自沈和甫，元初杜仁傑【集賢賓】合套為最早，其套式為：

北商調【集賢賓】、【南集賢賓】、【北鳳鸞吟】、【南門雙雞】、【北節節高】、【南耍鮑老】、【北四門子】、【南尾聲】。

通套協支思韻。另外元代早期作家像王實甫、貫雲石也都有合套，顯示在元世祖至元八年大一統以後，南北曲快速的合流。

綜觀以上戲文聯套而作為「套式」者，《永樂大典戲文》極為少數，但《琵琶記》與《荊釵記》均有全本百分之五十左右之套數成為明以後傳承之「套式」，足見戲文之曲牌性格至《琵琶》、《荊釵》始趨穩定，也因此二

[129] 鍾嗣成：《錄鬼簿》，收入《中國古典戲曲論著集成》第二冊（北京：中國戲劇出版社，一九五九），頁一二一。

記堪為後世「傳奇」之祖。

戲文的套數論其長短，顯然由短而長不斷發展。如《張協》第七齣生唱仙呂引子【望遠行】、第二十二齣生唱黃鐘引子【女冠子】、第三十一齣生唱仙呂引子【似娘兒】、第三十四齣生唱中呂引子【青玉案】、【太師引】；《錯立身》第三齣外唱正宮引子【梁州令】、第七齣外唱大石慢詞【西地錦】（【西地錦】又入黃鐘引子），皆由單一引子組場；又如《張協》第二十二齣生唱南呂過曲【女冠子】、第三十六齣生唱南呂過曲【太師引】；《錯立身》生唱仙呂入雙調過曲【江兒水】；皆由一支過曲組成。由引子組場在傳奇不合規律；由一支過曲組場，在傳奇中不獨立成齣，至多作為一齣之引場；但在「諸宮調」中，這兩種情形皆習見，顯示戲文係襲自「諸宮調」。

戲文套數用曲之多少，短套比長套多，一般都在三五曲，譬如《張協》，第二齣至第八齣依次是四、三、四、七、三、一、七曲；《錯立身》一劇，除第五、八（佚）、十、十二齣外，分別是四、一、六、二、一、五、一、六、四曲。但也有長套，如《張協》第九齣十二曲、第十齣十七曲、第十二齣十三曲、第十四齣十一曲、第十六齣十八曲、第二十齣十七曲、第二十七齣十八曲、第四十一齣十四曲、第四十五齣十二曲、第五十三齣十二曲，五十三齣中有十齣超過十曲；《錯立身》第五齣十三曲、第十二齣十五曲，十四齣中有二齣超過十曲；《小孫屠》亦然，其二十一齣中超過十曲者僅第三齣十五曲、第八齣十四曲、第九齣十九曲、第十齣十三曲、第二十一齣十二曲，共五齣超過十曲。

戲文原本不用北曲，但元代北曲盛行，戲文自然有逐漸「北曲化」的趨向。譬如南宋戲文《張協狀元》中無北曲，但元代戲文的《錯立身》第十二齣就用了這樣的套數：

北越調【鬥鵪鶉】、【紫花兒序】、雙調引子【四國朝】、中呂過曲【駐雲飛】四支、北越調【金蕉葉】、【鬼三臺】、【調笑令】、【聖藥王】、【麻郎兒】、【么篇】、【天淨沙】、【尾聲】。

則本齣在北越調【鬥鵪鶉】套中，插入以【四國朝】為引子，由中呂過曲【駐雲飛】四支組成之南曲套數。其間各居排場，北越調【鬥鵪鶉】、【紫花兒序】二支由生引場，其後南套生旦相見，北越調【金蕉葉】以下，生見末說其所具之戲曲修為。似此北套中插入南套在雜劇中如明周憲王朱有燉《神仙會》皆作插曲而實各自成套，傳奇中南北曲混用，照例北曲、南曲各自在前或在後，而無互相包容之例。又如《小孫屠》第九齣：

正宮引子【梁州令】旦、商調過曲【梧桐樹】旦、【前腔】旦、北雙調【新水令】旦、【南風入松】旦、【北折桂令】旦、【南風入松】旦、【北水仙子】旦、【南犯衮】旦、【北雁兒落】旦、【南風入松】旦、【北得勝令】旦、【南風入松】旦、中呂過曲【石榴花】旦、【前腔】淨、【駐馬聽】生、【前腔】末、【前腔】旦、【前腔】旦、【前腔】生。

此齣前後兩排場各用一套南曲，中間用合套為主場，旦不止獨唱前場南套、主場合套，還與淨末生分唱後場南套，這在傳奇中是不可能有的；傳奇照例在合套中一人獨唱北曲，南曲則由其他腳色獨唱或分唱。

4. 唱法

戲文在歌唱方面，不像北曲雜劇限於一人，而是各種腳色都可以演唱，其歌唱方式，青木正兒《中國近世戲曲史・南北曲之分歧》謂有「獨唱」，為一人唱畢一曲；「接唱」，為他人承一人唱後而唱，換言之，以二人以上分唱一曲也；「合唱」，為一曲之上幾句甲唱之，下兩三句則甲乙合唱，復由乙唱同腔異辭之上幾句，而由甲乙合唱與前曲相同之下兩三句。三人以上時亦準此。而合唱之處，反覆用同一文句之點，猶如西洋樂之合唱。此外有併用「接唱」、「合唱」者，名之為「接合唱」，南戲之複唱法，概可以此五種包括之。

對於戲文中習用的「合唱」，葉德均《戲曲小說叢考・明代南戲五大腔調及其支流》謂係源於勞動歌[130]。漢劉安《淮南子・道應篇》云：「今夫舉大木者，前呼『邪許』，後亦應之，此舉重勸力之歌也。」[131]又明王三聘《古今事物考》卷七〈戲樂卷・打號〉條亦云：「今人舉重，出力者曰『人倡』，則為號頭，眾皆和之，曰『打號』，蓋始自七國之時矣。」[132]這類勞動歌都是用一人唱、眾人和的方式，秧歌也是如此。這種幫合唱的方式，是早期戲文的特色。

總而言之，戲文既為傳奇之先聲，其間自有源流相承：如戲文曲牌之承襲古曲再傳與傳奇；戲文套式之或襲自鼓子詞、纏達、大曲、纏令等形式，再傳與傳奇。又自有演進與發展：如戲文套數受北曲影響而逐漸穩定而終於成為「套式」，所謂「後出轉精」也是必然的趨勢。而其唱法的多樣性也才是戲曲藝術應選擇的路途。

(四)傳奇與南雜劇

1. 傳奇對戲文之質變

本人一再論述戲文經「三化」而蛻變為傳奇。戲文與傳奇在體製上有以下之「質變」：

130 葉德均：《戲曲小說叢考》（北京：中華書局，一九七九），頁三〇。

131 劉安撰，高誘注：《淮南子》，收入《中國子學名著集成》雜家子部（臺北：中國子學名著集成編輯基金會，一九八七），卷十二，頁四〇九－四一〇。

132 王三聘：《古今事物考》（臺北：廣文書局，一九七二），頁一六三。

(1)戲文腳色止生旦淨末丑外貼七色，以生旦為男女主腳，早期生旦扮飾人物正反面尚未固定，如《張協狀元》、《小孫屠》之生腳，皆非正派人物。傳奇增小生、老旦、小旦、副淨、副末、小丑、雜等為十四色，生旦人物類型已正面而穩定。

(2)南戲分齣不明顯，傳奇分齣清楚且有齣目。傳奇之出、折、摺、齣統一作「齣」。

(3)早期的戲文開場形式複雜，以南宋時作品《張協狀元》為例，首有題目四句，次有末色吟誦【水調歌頭】、【滿庭芳】兩闋詞，再次以諸宮調介紹劇情大要。最後有末色踏場。逮及元代，開場形式簡化，《宦門子弟錯立身》一劇首有題目四句，其次末念【鷓鴣天】說明劇情大要；《小孫屠》一劇則首有題目四句，其後末念【滿庭芳】表達創作旨趣，次與後行應答，引出劇目，最後念【滿庭芳】介紹劇情大要。大體而論，明代南戲傳奇的開場形式主要沿襲《宦門子弟錯立身》與《小孫屠》而來，尤以後者為多，唯傳奇將南戲的起首四句題目移為末色下場詩，傳奇開場之完成遂成為正生出場之前，必以副末開場：略述全書大意，謂之家門，可作為第一折，亦可不入各折之內，所填者必為詞而非曲，普通兩首，其一虛詞，隨意揮灑；其二敘述通部關鍵大要。

(4)南戲不分上下本，傳奇上下本均衡。傳奇第二齣為正戲開始，例由生腳主場，吟全引，念定場詩詞，以駢體四六文自報家門。排場屬大場。其上本結束為小收煞，全本結束稱大收煞，皆配用大場。重要腳色人物必於前十齣出齊。

(5)戲文主腳為一生一旦，發展為二生一旦，至傳奇而嬗變為二生二旦（生旦、小生小旦相對映）。

(6)戲文聯套由雜綴、一般異調聯套、重頭成套，到南北曲合腔，至傳奇而合套與純北套已成為制式之規律。

(7)戲文曲牌由不穩定性，到《琵琶記》、《荊釵記》始趨穩定，然後逐漸各具性格；至傳奇蓋性格已定。因之：

①南曲板式，各有一定。某曲應若干板，某處應下板，皆有定程，不可移易。如此曲為十六板，歌者欲其和緩美聽，則可加贈板式。增為三十二板，蓋贈者增也，但只許增一倍，不許增過於倍，或不及倍。有贈板之曲，例應在前；無贈板之曲，例應在後；此為南曲第一關鍵。蓋歌者初唱時，第一、二、三支曲，宜取和緩，必有贈板，其後則漸緊促，概無贈板矣。此為傳奇每折一定之例。傳奇文律並美者，以《長生殿》為第一，通部句法四聲排場，毫無舛誤，且不重複用一曲牌（同折者不論）。所用無不妥貼，可謂體大思精之作。

②傳奇第一折，必是正生上起。生者全書之主，開場之白，謂之定場白，多用駢語。第二折多是正旦上。然因劇情之變化，亦可以不拘，但重要人物，多在前數折登場。

③傳奇每齣之末，多有下場詩，明人喜用集句，此為文人使才鬥能，實無此必要。然套曲若無尾聲，則宜用下場詩。

④齣目明人或用四字，或用二字，二字較便。

⑤傳奇末齣例用大團圓收場，蓋演戲多為吉慶，故以大團圓應景。

2. 南戲北劇體製規律之比較

大抵說來，南戲傳奇之體製規律較之北劇，有以下九點明顯差別：

其一，北劇「題目正名」在劇末散場之後，南戲在開場之前，傳奇移置家門之後。

其二，北劇無「家門」，南戲「家門」未定，傳奇趨於固定。

其三，北劇一人獨唱全劇，南戲傳奇任唱方式多端。

其四，北劇先白後唱，表白多而賓白少；南戲傳奇先唱後白，表白少而賓白多。

其五，北劇末較旦為重，南戲傳奇以生為主，生旦相配，輕重漸趨一致。

其六，北劇腳色止末、旦、淨、外四種，南戲有生、旦、外、貼、丑、淨、末七色，傳奇或增小生、老旦而為九色，至清乾隆間，李斗《揚州畫舫錄》而有「江湖十二腳色」，即再將「淨」分大面、二面，將「丑」改稱「三面」，又增「小旦」、「雜」，或有又增小丑、副末而為十四色者。

其七，北劇無下場詩，南戲傳奇段落處必有下場詩。

其八，北劇一本限定四折；南戲傳奇短者十二齣，長者達數十齣乃至二百四十齣。

其九，北劇限北曲，一折一宮調，一套曲一韻部；南戲以南曲為主，可用雜綴或合套；傳奇亦以南曲為主，但可用北套與合套或合腔。若移宮換調則可換韻。

由此可見南戲傳奇在藝術上較靈活自由，但每每失諸冗長。

3. 南雜劇

筆者著有《明雜劇概論》[133]，明代雜劇大略可以分作三個時期，即憲宗成化以前（一三六八－一四八七）一百二十年間為初期，孝宗弘治以迄世宗嘉靖（一四八八－一五六六）約八十年間為中期，穆宗隆慶以至明亡（一五六七－一六四四）約八十年間為後期。

初期雜劇有許多是無名氏的作品，它們的時代未能確定，學者大都認為係屬元明間作品，茲從之，而列之於寧獻王朱權之前。另外教坊劇十餘種，其中有些可以認定係成化作品，而《五龍朝聖》一劇更有「嘉靖年海

---

[133] 見筆者《明雜劇概論》有多種版本，最早者為嘉新水泥版，一九七九年；其次為臺北縣學海出版社，一九八七年初版，一九九九年四月二版、二〇一一年臺北花木蘭版、二〇一三年北京商務版。

宴河清」之句，似乎可以認為是嘉靖中作品。但此種教坊劇，歷朝相傳，伶人因時制宜，將原本略予更改，即可應用，因此它們確實的著作年代還是很難斷定。不過，它們是嘉靖以前的作品是可以斷言的。所以我們姑且將它歸入初期，而列之於周憲王朱有燉之後。至於祁氏《劇品》中所著錄的作品，有些作家生平無可考，有些根本是無名氏，傅惜華《明雜劇全目》大抵把它歸入後期，從它們的體製看來，大概「雖不中亦不遠」，所以也只好將它們列入後期。

就明雜劇之體製而言：

甲、初期雜劇一百六十八本，其中：

(1)遵守元人成規者，末本一百二，旦本三十三，計一百三十五，約占八〇・四六％。

(2)改變元人科範者，三十三本，約占一九・五四％。又可分作以下數個小類：

①四折北曲而非一角色獨唱者，末旦雙本七，雙旦本一，眾旦本一，眾唱本七，計十六本。

②五折北曲由一角色獨唱者，末本八，旦本二，計十本。

③五折北曲而非一角色獨唱者，二末本二，眾旦本二，末旦本一，眾唱本一，計六本。

④四折俱用合套者，一本。

乙、中期雜劇二十八本，其中：

(1)遵守元人成規者，末本四，旦本二，計六本，約占二一・四三％。

(2)改變元人科範者二十本，約占七八・五七％。又可分為以下數個小類：

①四折北曲末旦雙唱者一本。

②四折北曲淨末旦三唱者一本。

③五折北曲末獨唱者一本。
④五折南曲眾唱者一本。
⑤二折北曲眾唱者一本。
⑥二折合套眾唱者一本。
⑦一折北曲末獨唱者一本。
⑧一折北曲眾唱者三本。
⑨一折合套生北旦南者一本。
⑩一折南曲眾唱者五本。
⑪一折南北眾唱者六本。

丙、後期雜劇二百三十五本，其中現存者九十九本，散佚者一百三十六本。現存而著者未見者十本，亦歸入散佚類。故下面統計之百分比以現存八十九本為準。

現存八十九本中：

(1)遵守元人成規者，末本五，旦本四，計九本，占一〇・一一%。

(2)改變元人科範者，八十本，占八九・八九%。

再就所知見之後期雜劇二百三十五本，作各項統計：本期改變元人科範之情形極為繁瑣，故分折數、曲類、唱法三方面統計之。

(1)折數

①一折七十六本。

②二折九本。
③三折八本。
④四折八十本。
⑤五折十一本。
⑥六折十八本。
⑦七折十二本。
⑧八折十六本。
⑨九折四本。
⑩十一折一本。

(2)曲類

①北曲八十四本。
②南曲六十七本。
③南北六十本。
④南合八本。
⑤合套三本。
⑥南北合二本。

(3)唱法

①末獨唱者二十一本(含生在內)。

②旦獨唱者四本。

③末旦雙唱者七本（含生旦、生老旦在內）。

④生北旦南者一本。

⑤外、生雙唱者一本。

⑥生、末、小生三唱者一本。

⑦生北眾南者一本。

⑧眾旦唱者二本。

⑨眾唱者三十七本。

以上純用北曲者約占三五・七四％，純用南曲者約占二八・五一％，南北曲兼用者約占三五・七五％。

總計有明一代現存雜劇，遵守元人成規者，末本一百一十，旦本三十九，共一百四十九本。用北曲而改變元人科範者七十一本。純用南曲者三十三本。南北曲合用者三十本，其中純用合套者六，南北合腔者十三，南合兼用者九，南北合兼用者二。若以折數計，則一折者三十六，二折者八，三折者三，四折者百九十一，五折者二十二，六折者八，七折者八，八折者六，九折者二。若合散佚雜劇計之，則一折者九十二，二折者十一，三折者八，四折者二百四十，五折者二十九，六折者八，七折者十二，八折者十六，九折者四，十一折者一。純用北曲者二百六十五，純用南曲者七十三，南北曲合用者九十三。此外，關於明雜劇的體製，尚有下列幾點值得注意：

(1)北劇中重用宮調者有：《紅蓮債》（二、四兩折俱用雙調）、《魚兒佛》（一、三兩折俱用仙呂宮）、《花舫緣》（一、四兩折俱用雙調）、《花前一笑》（一、五兩折俱用雙調）等四本。按元雜劇僅李直夫《虎頭牌》二、三兩折同用雙調。

(2)北劇首折不用仙呂宮者有：《嬌紅記》（次本用中呂）、《再生緣》（越調）、《英雄成敗》（盛明本用黃鐘）、《紅蓮債》（越調）、《魚兒佛》（中呂）、《眼兒媚》（雙調）、《桃花人面》（雙調）、《花舫緣》（雙調）、《春波影》（雙調）等九本。按元雜劇首折不用仙呂宮者有《燕青博魚》用大石、《雙獻功》用正宮、《西廂》第五本用商調。

(3)北劇楔子所用曲變易常規者有：《村樂堂》【新水令】、《團花鳳》【普天樂】、《悟真如》、《煙花夢》二本俱用【三轉賞花時】、《義勇辭金》【後庭花帶過柳葉兒】、《錯轉輪》【清江引】五支、《醉新豐》【端正好】、【賞花時】、【么篇】、【八聲甘州】等七本。按元劇楔子用曲變易常規者為《崔府君》用【憶王孫】、《雙獻功》用【金蕉葉帶么篇】、《西廂》次本用正宮【端正好】全套。

(4)一折由兩套北曲構成者有：《狂鼓史》（仙呂、中呂）、《罵座記》（正宮、雙調）等二本。

(5)北劇開場用傳奇家門形式者有：《洞天玄記》、《歌代獻》、《桃花人面》、《英雄成敗》、《錯轉輪》等五本。

(6)南劇開場用家門者有：《高唐夢》、《五湖遊》、《遠山戲》、《洛水悲》、《四艷記》、《三義記》、《廣陵月》、《帝妃春遊》、《蕉鹿夢》、《逍遙遊》、《死裡逃生》、《蘇門嘯》十二本。

(7)合數劇為一劇者有：《四聲猿》、《泰和記》、《大雅堂雜劇》、《漁陽三弄》、《十孝記》、《四艷記》、《小雅四紀》、《蘇門嘯》、《陌花軒雜劇》等九種。

(8)北劇重用韻部者有：《西遊記》第三本、《勘金環》、《風月南牢記》、《洞天玄記》、《曲江池》、《鬱輪袍》、《餓方朔》（四折俱家麻）等七本。

(9)北劇混用韻部者有：《女姑姑》、《貧富興衰》、《苦海回頭》、《雌木蘭》、《桃源三訪》、《春波影》、《紅蓮債》等七本。

⑽般涉【耍孩兒帶煞曲】成套單用者有：《狂鼓史》、《雌木蘭》、《有情癡》、《錯轉輪》等四本。

⑾北曲套式零亂者有：《洞天玄記》、《狂鼓史》、《翠鄉夢》、《英雄成敗》、《寫風情》、《崑崙奴》、《錯轉輪》等七本。

⑿北曲套前以隻曲為引場者有：《仙官慶會》、《得騶虞》、《義勇辭金》、《錯轉輪》、《桃花人面》、《北邙說法》等六本。

⒀北曲套後有散場曲者有：《仙官慶會》(【後庭花】、【柳葉兒】)、《豹子和尚》(【窮河西】、【煞】)、《義勇辭金》(【後庭花帶過柳葉兒】)等三本。散場之說見鄭因百師《景午叢編》上冊。

⒁套中夾套者有：《神仙會》(北夾南)、《王蘭卿》(北夾北)等二本。

⒂一套分作三折者有：《秦廷筑》一本。

⒃劇中演劇者有：《嬌紅記》、《八仙慶壽》、《復落娼》、《義犬記》、《同甲會》、《真傀儡》、《酒懂》(見青木正兒《中國近世戲曲史》134)等七本。

由以上對明雜劇體製的統計歸納，可見初期之北曲雜劇，像寧獻王、周憲王餘勢猶存，所以其時完全遵守元人成規者尚八〇%，其餘也只是些微的變化。到了中期，由於前七子的復古運動籠罩文壇，雜劇也間接受到影響，所以像王九思、康海、陳沂等都能恪守元人規律。但是嘉靖間，南曲諸腔已經普遍流行，北雜劇受到很大的威脅。楊慎《詞品》卷一云：

---

134 青木正兒：《中國近世戲曲史》(臺灣：商務印書館，一九八八)。

《南史》，蔡仲熊曰：「吾音本在中土，故氣韻調平；東南土氣偏詖，故不能感動木石。」斯誠公言也。近世北曲，雖皆鄭衛之音，然猶古者總章北里之韻，梨園教坊之調，是可證也。近日多尚海鹽南曲，士夫稟心房之精，從婉孌之習者，風靡如一，甚者北土亦移而從之。更數十年，北曲亦失傳矣。白樂天詩：「吳越聲邪無法用，莫教偷入管絃中。」東坡詩：「好把鸞黃記宮樣，莫教絃管作蠻聲。」[135]

何良俊《四友齋叢說》說他家小鬟能記五十餘曲，而散套不過四五段，其餘皆金元人雜劇詞，為南京教坊人所不能知，因而深為正德時樂工老頓所賞[136]。由這些跡象都可以看出北曲在明中葉已經走下坡。蓋人情喜新厭舊，北曲流行至此幾將三百年，人們的感受已覺得「老態龍鍾」，同時北曲嚴整的規律也實在是一種束縛，因此像徐渭、許潮、馮惟敏、李開先、汪道昆等都繼誠齋之後，對元人科範大量破壞。其破壞之跡象，較之明初期雜劇尤甚。它的眾唱本增多，折數有少至一折的，有一折中用兩套北曲的，有數劇合成一劇的，有開場用南戲家門形式的，也有用北隻曲組場成劇的，汪道昆、徐渭、許潮等甚至更用南曲來創作了。這一期的雜劇現存不過二十七本，而改變元人科範的花樣卻如此之多，這不正可以看出，北雜劇此時已經走上衰亡的道路嗎？汪道昆諸人用南曲創作雜劇，即所謂「南雜劇」。王驥德在《曲律》中說：

予昔譜《男后》劇，曲用北調，而白不純用北體，為南人設也。已為《離魂》，并用南調。鬱藍生謂自爾作祖，當一變劇體，既遂有相繼以南詞作劇者。後為穆孝功作《救友》。又於燕中作《雙鬟》，及《招魂》二劇，悉用南體，知北劇之不復行於今日也。[137]

---

[135] 〔明〕楊慎：《詞品》（北京：人民文學出版社，一九六〇），頁六。

[136] 〔明〕何良俊：《四友齋叢說》（北京：中華書局，一九五九），頁三三七。

可見王氏以南雜劇的創始人自居。其實，雜劇用南曲決不自王氏始。徐渭的《女狀元》據王氏說是晚年之作，雖用南曲尚在《離魂》之後。王氏為徐氏弟子，料想不敢掠乃師之美。但現存的許潮《太和記》、汪道昆《大雅堂》四種俱較王氏為早，許氏為嘉靖十三年（一五三四）舉人，汪氏生於嘉靖四年（一五二五），成進士在嘉靖二十六年（一五四七），卒於萬曆二十一年（一五九三）。王氏〈曲律自序〉為萬曆庚戌（三十八年，西元一六一〇），其間距許氏中舉人已七十七年，距汪氏成進士已六十四年，當時王氏年齡雖不可考，但據《曲律》毛以燧跋，謂其卒於天啟癸亥（三年，西元一六二三）[138]。假定王氏享壽七十六歲，則汪氏成進士時王氏剛出生，更無論許氏中舉人之時。故許、汪二氏是不可能以王氏《離魂》為法來創作南雜劇的。王氏《曲律》云：「世所謂才士之曲，如王弇州（世貞）、汪南溟（道昆）、屠赤水（隆）輩，皆非當行。僅一湯海若（顯祖）稱射鵰手，而音律復不諧，曲豈易事哉！[139]」然則王氏固曾讀過《大雅堂》四種（汪氏所作僅此），其「已為《離魂》並用南調」，也許還是受了汪氏的啟示（此段參酌周貽白之說）[140]。但是，或許伯良和鬱藍生認為不僅用南曲而

---

137 〔明〕王驥德：《曲律》，收入中國戲曲研究院編：《中國古典戲曲論著集成》第四冊（北京：中國戲劇出版社，一九五九），頁一七九。

138 及門李惠綿考訂王驥德生於嘉靖三十六年（一五五七）至四十年（一五六一）之間，見於李惠綿：《王驥德曲律研究》（臺北：臺大出版委員會，一九九二），頁四五—五六。

139 王驥德：《曲律》，頁一六五。及門李惠綿教授《王驥德曲論研究》考訂王氏生卒年為：約生於明嘉靖庚申三十九年（一五六〇）前後，卒於天啓癸亥秋冬至甲子季春之間（一六二三—二四），享年約六十餘歲。見所著頁二五九〈王驥德年表初編〉，臺北：臺大出版委員會，一九九二年。

140 周貽白：《中國戲劇史長編》（北京：人民出版社，一九六〇），頁二六二、二六三。

且必須四折，才算是南雜劇，因為它是從北曲四折「一變」過來的。否則，像成弘間的沈采《四節記》不早是「南雜劇」的合集了嗎？若果如此，王氏自然夠資格「作祖」，因為據祁彪佳《遠山堂劇品》，他的《倩女離魂》、《兩旦雙鬟》都是「南四折」，祁氏且謂「南曲向無四出作劇者，自方諸與一二同志創之。」則我們對於伯良自居「作祖」，也不必譏其狂妄了。

及至後期，無論雜劇、傳奇都呈現非常蓬勃的氣象，絕大部分的作家和作品都集中在這個時期。這時期的雜劇作家有八十餘家，作品有兩百餘種，現存者有百餘種。「專業」作家在這時期又多起來，像沈璟、王伯良、呂天成、葉憲祖等都是。所以造成這樣興盛的原因是戲曲已經取得了文學正式的地位，政府的禁令也已經逐漸鬆懈，尤其是崑曲駕諸腔而上之，風靡全國，戲曲音樂達到最高的造詣。也因此，中期即見衰微的北曲，這時更是沒落了。北曲到了這種地步，所以有些作家像汪廷訥、王驥德、王澹、陳與郊、徐復祚、葉憲祖、程士廉、車任遠、傅一臣等便轉而從事南雜劇的創作了。然而這時候的北雜劇作者仍復不少，像桑紹良《獨樂園》、梅鼎祚《崑崙奴》、淩濛初《虬髯翁》、葉小紈《鴛鴦夢》俱完全遵守元人韻度。像王衡、陳汝元、湛然、沈自徵、孟稱舜、卓人月、徐士俊、祁麟佳等雖破壞元人規矩，但仍是以北曲創作。也就是說這時期南北雜劇的作者勢均力敵。而何以在模古的風氣之下，大部分的北劇作家仍舊破壞格律呢？那是因為雜劇南化既深，無法擋住其滲透的力量。這就好像南戲傳奇自北雜劇的王國中成長出來，也無法摒除其影響一樣。南北曲既然如此交化，所以像徐復祚《一文錢》、王應遴《逍遙遊》、淩濛初《鬧元宵》、傅一臣《賢翁激壻》、《死生讎報》等等在一劇中便都南北曲兼用。這種情形在初期僅見賈仲明《昇仙夢》用四折合套，中期也只有徐渭《翠鄉夢》用二折合套和許潮《太和記》八種中有六種其一折中用合腔。而到了這時，「南北」、「南合」、「南北合」的情形便比比皆是了。也就是如果折數較多的，便以南曲為主而偶雜北曲或合套，折數少至一二折的，便純用北曲，或南曲，或合套、合腔，其家門形式及演唱方法則往往與傳奇不殊。雜劇的體製這時真是混亂已極。於是學者有所謂「南雜劇」與「短劇」之稱。

「南雜劇」這一名詞，出自胡文煥的《群音類選》。筆者認為其界說有廣狹二義。狹義的南雜劇，是指每本四折，全用南曲，王驥德所謂「自我作祖」的劇體，其形式和元人北雜劇正是南北相反。廣義的南雜劇，則指凡用南曲填詞，或以南曲為主而偶雜北曲、合套，折數在十一折之內任取長短的劇體。因為這樣的劇體和傳奇只是長短的不同而已，應當也是屬於南北曲交化後的南曲範圍，所以仍可稱之為南雜劇。

「短劇」這一名詞，大概始於盧前的《明清戲曲史》，他說：「曲有場上之曲，有案頭之曲，短劇雖未必盡能登諸場上，然置諸案頭，亦足供文士吟詠。無論何種文體之興，其作也簡，其畢也鉅。雜劇之起為四折，終而至于有數十齣之傳奇；物極必反，繁者亦必日益就簡；短劇之作，良有以也。[141]」從他這段話，我們對於短劇的定義還是很模糊。大抵說來，短劇也有廣狹二義：廣義的短劇是與傳奇相對待而言的，亦即上文所說的廣義的南雜劇，因為它較之傳奇，只是長短的不同而已。狹義的短劇，則專指折數在三折以下的雜劇，因為它比起一般觀念中四折的雜劇是更為短小了。

筆者亦著有《清代雜劇概論》，曾就所知見之清代雜劇，就其折數、曲類等項作成統計如下：

(1)折數

①一折者一百一十五本。

②二折者七本。

[141] 盧前：《明清戲曲史》（臺北：臺灣商務印書館，一九七一），頁八八。

③三折者二本。

④四折者三十九本。

⑤五折者三本。

⑥六折者十二本。

⑦八折者十三本。

⑧九折者一本。

⑨十折者六本。

⑩十一折者一本。

⑪十二折者六本。

⑫十三折者一本。

⑬十四折者二本。

(2)曲類

①北曲者五十八本。

②南曲者九十本。

③合套者六本。

④南北曲者四十五本。

⑤南合者十七本。

⑥南北合者四本。

⑦無曲牌者一本。

(3)遵守元人科範者：二本。

由此可見清代雜劇絕大多數是名符其實的「短劇」，而元人謹嚴的規律，也幾乎無人顧及了。

三、戲曲之「內在結構論」

而若論戲曲的內在結構之演進完成，則綜觀古今，約有三部曲：其一，元明清曲家多數以「關目情節」及其布置為結構；其二，引申為「章法布局」；其三，建構為「排場」。但「排場」之論述，至民初許之衡、王季烈而初見理論，至先師張清徽（敬）而始趨完成。論者所用術語雖未必如此循序漸進，即同時並用、雜用者亦時時有之；但若以理論之逐次完成而言，則此三部曲應可予以概括。但又由於「章法布局」實由「關目情節」之布置引申而來，故合而論之；許、王、張之立說亦有前承後繼、逐次發展之現象，故一併探討。而至筆者，始以「排場」分析「戲曲之內在結構」，因就元雜劇、明清傳奇、清京劇舉例說明，以供讀者參考。最後歸結到諸劇種外在結構對內在結構之制約，所產生的種種現象。

(一)戲曲內在結構之奠基：「關目情節」到「章法布局」

1.以「關目」、「情節」、「情節關目」論述者

《元刊雜劇三十種》中有十八種的「總題」作「新編關目」或「新刊關目」。如《新刊關目閨怨佳人拜月亭》、《大都新編關目公孫汗衫記》。

元鍾嗣成（約一二七九—約一三六〇）《錄鬼簿》，於李壽卿雜劇《辜負李無雙》下注：「與《遠波亭》關目同。」明指《李無雙》與《遠波亭》兩劇的情節大要相同。

又明初賈仲明補《錄鬼簿》【凌波仙】弔詞亦從「關目」評論元劇：

(1)鄭廷玉：《因禍致福》關目冷。

(2)武漢臣：《老生兒》關目真。

(3)王仲文：《不認屍》關目佳。

(4)費唐臣：《漢韋賢》關目輝光。

(5)姚守中：布關串目高吟詠。

(6)王伯成：《貶夜郎》關目風騷。

(7)陳寧甫：《兩黑功》錦繡風流傳，關目奇，曲調鮮。[142]

賈氏雖用很簡單的話語冷、真、佳、輝光、風騷、奇來說明諸劇關目的成就，但其「布關串目」一語，則透露運用「關目」的手法在「布串」。所謂「布串」即關目之布置全劇能夠得體與關目之串合能夠前後照映。

由以上所述及的「關目」考其名義，則「關」為「關鍵」，為門鎖開閉之緊要處，「目」為「眼目」，為五官靈魂之窗。「關目」合為同義複詞，意旨「最重要的情節」，也就是下文馮夢龍序《楚江情》所云：「最要緊關目」和李漁《密針線》中「大關節目」的旨意與簡稱。但從《元刊雜劇》所謂之「新編關目」看來，又有泛用

142 謝伯陽編：《全明散曲》（山東：齊魯書社，一九九四），頁一七三、一七五、一七八—一七九、一八一、一八六。

作「情節」的意思。也因此明清以後曲家便常有將「關目」、「情節」混用或合用的情形。

其後明清曲家便每以「關目」間以「情節」或「關目情節」合用評論傳奇，錄之如下：

(1)〔明〕李贄（一五二七－一六〇二）

《琵琶記·臨妝感嘆》：「填詞太富貴，不像窮秀才人家，且與後面沒關目也。」[143]《幽閨記》第八齣「此齣似淡，亦無關目，然亦自少不得。全在不費力氣，妙至此乎！」第二十六齣「此齣關目妙極」、第二十八齣「曲與關目之妙」、第三十六齣「此齣大少關目」[144]。其〈拜月亭序〉云：

> 此記關目極好，說得好，曲亦好，真元人手筆也。首似散漫，終致奇絕。以配《西廂》，不妨相追逐也，自當與天地相終始！……。詳試讀之，當使人有兄兄妹妹、義夫節婦之思焉。蘭比崔重名，尤為閒雅，事出無奈，猶聆對天盟誓，願終始不相背負，可謂貞正之極矣。興福投竄林莽，知恩報恩，自是常理。而卒結以良緣，許之歸妹，興福為妹丈，世隆為妻兄，無德不酬，無恩不答。天之報施善人，又何其巧歟！[145]

---

[143] 〔元〕高明撰，〔明〕李贄批點：《李卓吾先生批評琵琶記》，收於《古本戲曲叢刊》初集（上海：商務印書館，一九五四，影印長樂鄭氏藏明容與堂刊本），卷上第九齣〈臨妝感嘆〉，頁 34a「眉批」。

[144] 〔元〕施惠撰，〔明〕李贄批點：《李卓吾先生批評幽閨記》，收於《古本戲曲叢刊》初集（上海：商務印書館，一九五四，影印長樂鄭氏藏明容與堂刊本），卷上第八齣〈少不知愁〉，頁 21b「眉批」；卷下第二十六齣〈皇華悲遇〉，頁 28b「總批」；卷下第二十八齣〈兄弟彈冠〉，頁 32a「齣批」；卷下第三十六齣〈推就紅絲〉，頁 46b「總批」。

[145] 〔明〕李贄：《焚書》（臺北：漢京文化事業有限公司，一九八四），卷四〈雜述〉，頁一九三－一九五。

其評《紅拂》：

此記關目好，曲好，白好，事好。樂昌破鏡重合，紅拂智眼無雙，虬髯棄家入海，越公並遣雙妓，皆可師可法，可敬可羨。孰謂傳奇不可以興，不可以觀，不可以群，不可以怨乎？[146]

可見李贄每以關目之好、妙來肯定劇本，以關目之無、少、沒來否定劇作。

(2)〔明〕臧懋循（一五五〇—一六二〇）《元曲選・序二》：

宇內貴賤、妍媸、幽明、離合之故，奚啻千百其狀。而填詞者必須人習其方言，事肖其本色，境無旁溢，語無外假。此則關目緊湊之難。[147]

(3)〔明〕陳繼儒（一五五八—一六三九）

其《幽閨記》總評：

關目、曲都近自然，委是天造，豈曰人工！妙在悲歡離合起伏照應，線索在手，弄調如意。興福遇蔣，一奇也，即伏下賊案逢迎，文武並賢；曠野兄妹離而夫妻合，即伏下關目緣由，商店夫妻離而父子合，驛舍而子母夫妻俱合，又應前曠野之離；商店兄弟合又起下文武團圓，夫妻兄妹，總成奇逢。結局豈曰人力，天合也，命曰「天合記」。[148]

---

146 同上注，頁一九三—一九五。

147 〔明〕臧懋循著，王學奇主編：《元曲選校注》（石家莊：河北教育出版社，一九九四），頁一一。

其對《幽閨記》各齣之點評，亦用「關目極妙」(二六)、「關目奇妙」(三二)。對《玉簪記》各齣之評點亦用「關目甚好」(八)、「關目好」(二四)。

(4)〔明〕王驥德(約一五六〇—一六二三)《曲律・雜論》：

(選劇)若其妍媸差等，吾友吳郡毛允遂每種列為關目、曲、白三則，自一至十，各以分數等之，功令犁然，錙銖畢析。149

(5)〔明〕徐復祚(一五六〇—約一六三〇)《曲論》：

《荊釵》以情節關目勝。

梁伯龍作《浣紗記》，無論其關目散緩，無骨無筋，全無收攝，即其詞亦出口便俗，一過後便不耐再咀。150

(6)〔明〕馮夢龍(一五七四—一六四六)《墨憨齋定本傳奇》：

《雙雄記・序》：「戲曲中情節可觀。」

148 〔明〕陳繼儒評：《鼎鐫陳眉公先生批評幽閨記》(明師儉堂刻本，北京圖書館藏)，引自李昌集：《中國古代曲學史》(上海：華東師範大學出版社，一九九七)，頁五〇七。

149 〔明〕王驥德：《曲律》，《中國古典戲曲論著集成》第四冊，頁一七〇。

150 〔明〕徐復祚：《曲論》，《中國古典戲曲論著集成》第四冊，頁二三九。

《楚江情・序》：「觀劇須於閒處著眼，〈買駿〉一折似冷，而梅花胡同之有寓。馬之能致千里，叔夜貞侯之才名，色色點破，為後來張本，此最要緊關目。」

《楚江情・觀燈感嘆》批：一部關目在此數句。

《楚江情・錦帆空泊》批：情節周密。

《萬事足・筵中治妒》批：此折與三十三折乃全部精神結穴處。

《邯鄲夢》總評：通記極苦、極樂、極癡、極醒，描摹盡興，而點綴處亦復熱鬧。關目甚緊，吾無間然。

《永團圓・都府挜婚》批：原本三人相見，全無一語，殊少情節，須如此點綴，前後血脈貫通。

《洒雪堂》總評：是記情節關鎖，緊密無痕。151

(7)〔明〕呂天成（約一五八〇—約一六一八），其《曲品》卷下敘其舅祖孫鑛所謂之「南劇十要」，其一「事佳」，其二清河郡本作「關目好」，他本作「悅目」。而呂氏論傳奇，卻但用「情節」而不及「關目」。如：

《繡襦》：情節亦新。

《龍泉》：情節正大，而局不緊。

《雙珠》：情節極苦，串合最巧。

《蕉帕》：情節局段能於舊處翻新，板處作活，真擅巧思而新人耳目者。152

---

151 〔明〕馮夢龍：《墨憨齋定本傳奇》（南京：江蘇古籍出版社，一九九三），第十二冊，頁四八〇、九三五、九四〇、九八〇、六七四、一一七五、一四四六、八二三。

152 〔明〕呂天成：《曲品》，收於《歷代曲話彙編・明代編》（合肥：黃山書社，二〇〇九），頁一五三、一一七、一三七、

(8)〔明〕祁彪佳（一六〇二—一六四五）《遠山堂曲品》、《遠山堂劇品》：

《團花鳳》：其事彷彿《鴛衾》，而符女之認鳳釵，關目更妙。

《同心記》：姑嫂奸事，《四異》、《雙事》已極其致。此劇粗具情節。

《四異》：惟談本虛初聘於巫，後娶於賈，係是增出，以多具其關目耳。

《想當然》：劉一春事，本之《覓蓮傳》，此於離合關目，亦未盡洽。

《旗亭記》：鋪敘關目，猶欠婉轉。

《合衫》：其事絕與《芙蓉屏》相肖，但此羅衫會合處，關目稍繁耳。

《合屏》：《芙蓉屏》之記崔俊臣也，簡而雋，此少遜也。惟此關目更自委婉。[153]

(9)〔清〕李漁（一六一〇—一六八〇）《笠翁曲論》：

傳奇一事也，其中義理分為三項：曲也，白也，穿插聯絡之關目也。元人所長者止居其一，曲是也，白與關目皆其所短。[154]

其〈結構第一〉中之〈立主腦〉、〈脫窠臼〉、〈密針線〉、〈減頭緒〉四款如前文所云，正是其論述關目布置的方

一二八。

[153] 〔明〕祁彪佳：《遠山堂劇品》，收於《歷代曲話彙編・明代編》，頁六四三、六七二、五四〇、五四四、五五八、五八六、五九〇。

[154] 〔清〕李漁：《閒情偶寄》，《中國古典戲曲論著集成》第七冊，頁一七。

法和藝術。

⑽〔清〕梁廷枏（一七九六—一八六一）《曲話》：

《琵琶記》：（論笠翁之補作一折）「必執今之關目以論元曲，則有改不勝改者矣。」

《傷梅香》：如一本小《西廂》，前後關目，插科、打諢，皆一一照本模擬。

《城南柳》：馬致遠之《岳陽樓》，即谷子敬之《城南柳》，不惟事蹟相似，即其中關目線索，亦大同小異，彼此可以移換。

《焚香記・寄書》折：關目與《荊釵記》大段雷同……當是有意剿襲而為之。

《浣紗記》：第十三折之【虞美人】，第十五折之【浪淘沙引】，皆竊古人名詞，改易數字。雖與本曲情節相同，按之原詞，究多勉強。其十三折〈羈囚石室〉，以間一曲為一日，關目尤欠分明也。

萬樹：紅友關目，於極細極碎處皆能穿鑿照應。[155]

以上單用「關目」一詞論劇的有李贄、陳繼儒、臧懋循、王驥德、梁廷枏五家，分別用沒、無、好、妙，妙、奇妙、好、甚好，妙、奇，勝、散緩，來形容其關目之前後、線索、雷同、穿插照應。單用「情節」一詞的只有呂天成，用新、苦來形容。並用「關目」、「情節」的有馮夢龍、祁彪佳：馮氏以可觀、周密、甚緊、殊少、點綴、血脈貫通形容「情節」；祁氏以粗具形容「情節」，以更妙、離合、鋪敘、多具、稍繁、委婉形容「關目」。其合用「情節關目」的只有徐復祚，以勝來形容。

[155] 〔清〕梁廷枏：《曲話》，《中國古典戲曲論著集成》第八冊（北京：中國戲劇出版社，一九八二），頁二六八、二六二、二五八、二七七、二七二。

其中馮氏的「血脈貫通」、「關鎖緊密」和梁廷枏的「穿鑿照應」，都已明白說明情節關目布置的手法，實為李漁「密針線」的先聲。而呂天成「情節局段」也向所謂「章法格局」靠攏。

2.以「章法」、「布局」、「局段」論述者

上文敘及呂天成之「情節局段」，雖然也重在情節布置的手法，但既言「局段」，則已顧及情節之全面布置，可以說已具進境。下面再引相關曲家論述並作說明：

(1)〔明〕徐復祚（一五六〇—約一六三〇）《曲論》：

> 《紅拂》……本虯髯客而作，借其增出徐德言合鏡一段，遂成兩家門，頭腦太多。
>
> 《彩霞》出一優師所作，曲雖俚，然間架步驟，亦自可觀。[156]

從「兩家門」、「頭腦太多」、「間架步驟」這些話語，可見徐氏評論劇本最重視的是關目的布置。

(2)〔明〕凌濛初（一五八〇—一六四四）《譚曲雜劄》：

> 戲曲搭架，亦是要事，不妥則全傳可憎矣。舊戲無扭捏巧造之弊，稍有牽強，略附神鬼作用而已，故都大雅可觀；今世愈造愈幻，假托寓言，明明看破無論，即真實一事，翻弄作烏有子虛。總之，人情所不近，人理所必無，世法既自不通，鬼謀亦所不料，兼以照管不來，動犯駁議，演者手忙腳亂，觀者眼暗頭昏，大可笑也。沈伯英構造極多，最喜以奇事舊聞，不論數種，扭合一家，更名易姓，改頭換面，而又才不足以運棹布置，掣衿露肘，茫無頭緒，尤為可怪。環翠堂好道自命，本本有無無居士一折，堪為

156 〔明〕徐復祚：《曲論》，《中國古典戲曲論著集成》第四冊，頁二三七、二四〇。

齒冷；裒集故實，編造亦多，草草苟完，鼠朴自貴，總未成家，亦不足道。157

凌氏批評徐復祚《紅梨記》謂「排置停勻調妥」，正是他所要講究的結構原則；他認為劇作內容無論虛實都應當要合情合理，如果扭捏巧造，就要搭架不妥而使全劇可笑可憎了。可見凌氏也是著眼於關目布置的。

(3)〔明〕呂天成（約一五八〇—約一六一八）《曲品》：

《琵琶》：串插甚合局段，苦樂相錯，具見體裁。可師可法，而不可及也。

《明珠》：布局運思，是詞壇一大將也。

《祝髮》：布置安插，段段恰好。

《浣紗》：羅織富麗，局面甚大，第恨不能謹嚴。中有可減處，當一刪耳。

《錦箋》：此記鍊局遣詞，機鋒甚迅，巧警會心。

《紈扇》：局段未見謹嚴。

《雙環》：串插可觀，此是傳奇法。158

呂氏所云「局段」、「布局」、「鍊局」、「串插」都是指傳奇情節布置安插的技法；「局面」則指情節布置後所呈現的整體現象。

157 〔明〕凌濛初：《譚曲雜劄》，《中國古典戲曲論著集成》第四冊，頁二五八。

158 〔明〕呂天成：《曲品》，《中國古典戲曲論著集成》第六冊（北京：中國戲劇出版社，一九八二），頁二二四、二三一、二三二、二三八、二三九、二四三。

(4)〔明〕祁彪佳（一六〇二—一六四五）《遠山堂曲品》、《遠山堂劇品》評所見傳奇四百六十六種、雜劇二百四十二種，分為妙雅逸豔能具六品，其中所品如：

《中流記》：傳耿公強項立節，而點綴崔魏諸事，俱歸之耿公，方得傳奇聯貫之法；覺他人傳時事者，不無散漫矣。

《軒轅記》：意調若一覽易盡，而構局之妙，令人且驚且疑，漸入佳境，所謂深味之而無窮也。

《翡翠鈿》：邇來詞人，每喜多其轉折，以見頓挫抑揚之趣。不知轉折太多，令觀者索一解未盡，更索一解，便不得自然之致矣。

《玉丸記》：作南傳奇者，構局為難，曲白次之。此記局既散漫，且詞不達意。

《賜劍記》：以李將軍如松為生，所傳止寧夏哱賊一事，頭緒紛如，全不識構局之法，安得以暢達許之。159

祁氏所謂的「構局」，由「傳奇聯貫之法」、「轉折頓挫抑揚」、「頭緒紛如」諸語看來，還是偏向於關目布置而言，於「排場」之義，止得其一偏而已。

(5)〔明〕王驥德（約一五六〇—一六二三）《曲律・論章法第十六》：

作曲，猶造宮室者然。工師之作室也，必先定規式，自前門而廳、而堂、而樓，或三進、或五進、或七進，又自兩廂而及軒寮，以至廩庾、庖湢、藩垣、苑榭之類，前後、左右、高低、遠近、尺寸無不了然

159 〔明〕祁彪佳：《遠山堂曲品》、《遠山堂劇品》，《中國古典戲曲論著集成》第六冊，頁三八、五八、一〇二、一〇五。

胸中，而後可施斤斧。作曲者，亦必先分段數，以何意起，何意接，何意作中段敷衍，何意作後段收煞，整整在目，而後可施結撰。此法，從古之為文、為辭賦、為歌詩者皆然；於曲，則在劇戲，其事頭原有步驟；作套數曲，遂絕不聞有知此竅者，只漫然隨調，逐句湊泊，掇拾為之，非不聞得一二好語，顛倒零碎，終是不成格局。[160]

王氏所謂「章法」雖針對「作套數曲」而言，但誠如他所云：「此法從古之為文、為辭賦、為歌詩者皆然。」然而於「南劇北曲」又何嘗不然。又由此條前呼後應觀之，其所云「章法」，亦即如前文所云，正是其所謂之「格局」。而王氏論「章法」之「猶造宮室者然」，實為清人李漁論「結構」之先聲。

(6)〔清〕金聖嘆（一六〇八－一六六一）《評點西廂記》：

金聖嘆〈示顧祖頌、孫聞、韓寶昶、魏雲〉：

詩與文雖是兩樣體，卻是一樣法。一樣法者，起承轉合也。[161]

綜觀金聖嘆論《西廂記》之敘事脈絡，同樣是詩文那樣的「起承轉合」四部曲。其「起合」指《西廂記》故事情節之開始與結束，他又譬之如生花生葉之「生」，如掃花掃葉之「掃」。而以〈驚豔〉為生，以〈哭宴〉為掃。其「承」指《西廂記》故事情節之開展。又譬之如此來，如彼來，而以〈借廂〉為張生「此來」，〈酬韻〉

[160] 〔明〕王驥德：《曲律》，《中國古典戲曲論著集成》第四冊，頁一二三。

[161] 〔清〕金聖嘆：〈示顧祖頌、孫聞、韓寶昶、魏雲〉，《貫華堂選批唐才子詩集》（臺北：廣文書局，一九八二），頁二一六。

為鶯鶯「彼來」。其「轉」指《西廂記》故事情節的轉折與衝突，又包括「三漸」、「二近」、「三縱」、「兩不得不然」和「實寫」諸說。「三漸」又謂之「三得」：〈鬧齋〉第一漸，鶯鶯始得見張生也；〈寺警〉第二漸，鶯鶯始得與張生相關也；〈後候〉第三漸，鶯鶯始得而許張生定情也。漸者，慢慢變化轉移之意；得者，因其逐漸變化前進而使人物之間有更深層之進展。鶯鶯與張生由「相見」而「相關」而「定情」，正是三漸、三得之推展。「二近」是〈請宴〉和〈前候〉；「三縱」是〈賴婚〉、〈賴簡〉、〈拷艷〉。所謂「近」指「幾幾乎如將得之，終於不得」；「縱」指「幾幾乎如將失之，終於不失」。「兩不得不然」是〈鬧簡〉和〈琴心〉，所謂「不得不然」就是不得不如此，這是情節進展與人物塑造的結合。情感波折，歷經波瀾起伏之後，必須有個結穴處，即是〈酬簡〉，稱曰「實寫」：

> 實寫者，一部大書，無數文字，七曲八折，千頭萬緒，至此而一齊結穴。如泉水之畢赴大海，如群真之咸會天闕，如萬方捷書齊到甘泉，……。如後文〈酬簡〉之一篇是也。[162]

可見金聖嘆論關目之布置，以起承轉合為四部曲，而其間針線之穿插照應又十分的細密。

(7)〔清〕毛聲山（生卒不詳，康熙間人）評點《第七才子書琵琶記‧總論》：

> 《西廂》純用北曲，每折自始至末，止是一人所唱，則其章法次第，井然不亂，尤易易耳。若《琵琶》則純用南曲，每套必用眾人分唱，而其章法次第，亦自井然不亂。若出一口，真大難事。

---

162 〔清〕金聖嘆批點：《貫華堂綉像第六才子西廂記》，《不登大雅文庫珍本戲曲叢刊（一）》（北京：學苑出版社，二〇〇三，據清康熙四十七年蘇州博雅堂刻本影印），頁一一二。

文章有步驟不可失，次序不可闕者。如〈牛氏規奴〉為〈金閨愁配〉張本，〈金閨愁配〉為〈幾言諫父〉張本；〈臨妝感嘆〉為〈勉食姑嫜〉張本，〈勉食姑嫜〉為〈糟糠自饜〉張本。若無〈才俊登程〉，則杏園之思家為單薄；若無〈激怒當朝〉，則〈陳情之不許〉為突然；若無〈再報佳期〉，則〈強效鸞凰〉為無序；若無〈丞相教女〉，則〈聽女迎親〉為無根；若無〈路途勞頓〉，則〈寺中遺像〉為急遽；若無〈孝婦題真〉，則〈書館悲逢〉為無本。總之，才子作文，一氣貫注，增之不成文字，減之亦不成文字。[163]

可見毛聲山所說的「章法次第」和「文章步驟」，就戲曲而言，所指的也是「情節布置」之方法與藝術。

以上七家所舉之頭腦、間架步驟（徐復祚）、搭架、排置（淩濛初）、局段、布局、局面、鍊局、串插（呂天成）、構局、聯貫之法、頭緒、轉折頓挫抑揚（祁彪佳）、章法、格局（王驥德）、起承轉合（金聖嘆）、章法、次第、文章步驟（毛聲山）指的都是全劇關目情節布置的方法和藝術。

(二)戲曲「內在結構論」之完成：「排場」觀念和理論之建立

而戲曲的內在結構，必須以上文所述情節關目的章法布局為骨幹，再配搭其他元素，使之成為呈現表演藝術有機體的所謂「排場」，然後才算真正完成。

1. 清代以前所見之「排場」

(1)宋元所見之「排場」

[163] 〔清〕毛聲山評點：《第七才子書琵琶記》，侯百朋編：《琵琶記資料匯編》（北京：書目文獻出版社，一九八九），頁二八〇、二八四－二八五。

「排場」一詞已見於宋代。范成大〈王辰天中節因懷去年捧御杯殿上〉詩：

去歲排場德壽宮，薰風披拂酒鱗紅。[164]

又元脫脫等《宋史・禮志・嘉禮四・宴饗》：

凡大宴，有司預於殿庭設山禮排場，為群僊隊仗，六番進貢，九龍五鳳之狀。[165]

可見「排場」原是擺設鋪張場面的意思。

元代的「排場」則名義有所引申，見於以下文獻：

關漢卿《謝天香》第二折【牧羊關】一曲有云：

相公名譽傳天下，妾身樂籍在教坊。量妾身則是箇妓女排場，相公是當代名儒，妾身則好去待賓客供些優唱……[166]

這裡的「排場」顯然是指「身分」而言，看似與戲曲無涉，但其實與謝天香之為妓女必須供些優唱有關。又鍾嗣成《錄鬼簿》為鮑天祐【淩波仙】挽曲：

---

[164] 傅璇琮等主編：《全宋詩》（北京：北京大學出版社，一九九一－一九九九）。

[165] 〔元〕脫脫等撰：《新校本宋史并附編三種》（臺北：鼎文書局，一九八〇），頁二六八三。

[166] 〔元〕關漢卿：《謝天香》，《元曲選》（臺北：中華書局，一九六八），頁一四八。

平生詞翰在宮商，兩字推敲付錦囊。聳吟肩有似風魔狀，苦勞心嘔斷腸，視榮華總是乾忙。談音律，論教坊，唯先生占斷排場。[167]

這裡的「排場」顯然指戲曲演出時「鋪排的場面」，但「占斷排場」，則引申為「其所撰戲曲在劇場上演出，無人能比。」元高安道〈嗓淡行院〉般涉【哨遍】套描述元代劇場演出的情況，其【七煞】云：

坐排場眾女流，樂床上似獸頭，欒睃來報是些十分醜。一個個青布裙緊緊的兜著奄老，皂紗片深深的裹著額樓。棚上下把郎君溜，喝破子把腔兒莽誕，打訛的將納老胡彪。[168]

此曲描寫樂床上女伶「坐排場」時的衣著形態及清唱情形。再看元商衟南呂【一枝花】套〈嘆秀英〉，其【梁州第七】有云：

為歧路剗地波波。忍恥包羞排場上坐。念詩執板，打和開呵。[169]

又元睢玄明般涉【耍孩兒】套〈詠鼓〉，其【二煞】有云：

排場上表子偷睛望，恨不得街上行人將手拖。[170]

---

167 （元）鍾嗣成：《錄鬼簿》，《中國古典戲曲論著集成》第二冊（北京：中國戲劇出版社，一九八二），頁一二二。

168 （元）高安道：〈嗓淡行院〉，《全元散曲》（臺北：臺灣中華書局，一九八六年九月），頁一一一一。

169 商衟南呂【一枝花】套〈嘆秀英〉，《全元散曲》（臺北：臺灣中華書局，一九八六年九月），頁一九。

170 隋樹森：《全元散曲》（遼寧：遼寧人民出版社，二〇〇〇），頁五五〇。

由此三段資料，可見元代的女伶和妓女簡直是一而二、二而一，她們「坐排場」時要念詩執板、打和開呵，因為不是正式演出，所以有「閒情」向臺下的郎君或街上的行人「拋媚眼」。

又元無名氏仙呂【點絳唇】套〈贈妓〉，其【後庭花】一曲有「喚官身無了期，做排場抵暮歸」之語[171]，元無名氏《藍采和》雜劇演漢鍾離度脫樂人藍采和，當漢鍾離往樂床上坐時，正末藍采和說：「這個先生你去那神樓上或腰棚上看去，這裡是婦人做排場的，不是你坐處。[172]」又其次折【梁州】云：

【梁州】直吃的簌簌的紅輪西墜，焱焱的玉兔東生。常言五十而後知天命，我年過半百，諸事曾經。人有靈性，鳥有飛騰，常言道蠢動含靈，做場處誰敢消停。（云）咱行院打識水勢（唱）俺、俺、俺做場處見景生情，你、你、你上高處捨身拚命，咱、咱、咱但去處奪利爭名。若逢，對棚，怎生來妝點的排場盛，倚仗著粉鼻凹五七並，依著這書會社恩官求些好本令。（云）君子務本，本立而道生。（唱）那的愁甚麼前程。[173]

又其第三折【倘秀才】下旦云：

你回家去收拾勾闌做幾場戲，俺家盤纏，你再出來。[174]

---

[171] 隋樹森：《全元散曲》，頁一七九八。

[172] 隋樹森：《元曲選外編》（北京：中華書局，一九五九），頁九七一。

[173] 隋樹森：《元曲選外編》，頁九七四。

[174] 同上注，頁九七七。

又其第四折【七兄弟】：

那時我對敵，不是我說嘴。我著他笑嘻嘻，將衣服花帽全新置，舊么麼院本我須知，同場本事我般般會。[175]

其所云「做排場」也就是「做場處」的「做場」，即指藝能的表演。《雍熙樂府．贈歌妓》云：

楊柳細腰肢嫋娜，櫻桃小檀口些娘，畫堂深別是風光，叢林中獨占排場：歌一聲嬌滴滴皓齒歌，金縷似流鶯窗外玎璫。彈一曲嫩纖纖尖指彈，銀箏勝鐵馬簷間驟響。舞一遍俏盈盈細腰舞，舞霓裳若蝴蝶花底飛揚。[176]

可見「做場」是包括歌舞彈等多種演出。由此也可見所謂「做排場」，元人指的是舞臺上演出時所表現的情況；也因此如果碰到「對棚」和別的劇團打對臺時，就要特別「粧點的排場盛」。「排場」可以盛，也可見正指其演出時的情況既要講究而且熱鬧。細繹「排場」一詞的結構形式，「場」即劇場，指表演區無疑。「排」如果作動詞，則指「安排」而言，「排場」即安排場面，戲曲的表現有各種不同的場面，必須安排妥貼方可；而「排」似乎也可作形容詞，即有如陳列而出的，則「排場」為陳列而出的場面；也因此，如果女伶坐在樂床上「念詩執板，打和開呵」便叫「坐排場」，如果起而歌舞彈唱便叫「做排場」。至於所謂「同場本事」，指的應當就是和其他的演員在同一場面的搭配演出。「做場」、「排場」、「同場」的詞彙結構都屬子句，因此可以把它們當作名詞來

[175] 同上注，頁九八〇。

[176] 〔明〕郭勛編：《雍熙樂府》（臺北：臺灣商務印書館，一九八一），卷九，頁三六五。

看待。

由元代所謂「排場」之諸名義中，可注意的是鍾嗣成以「占斷排場」來稱讚鮑天祐的雜劇，又此〈贈歌妓〉一曲，以「獨占排場」在揄揚歌伎技藝之精湛無與倫比，實開以「排場」評論戲曲之端倪。細繹其義，實已指在場面上的整體演出表現。

(2)**明代所見之「排場」**

明代之「排場」，見於以下文獻：

元末明初賈仲明（約一三四三—約一四二二）增補本《錄鬼簿》【淩波仙】曲挽趙子祥：

一時人物出元貞，擊壤謳歌賀太平。傳奇樂府時新令，錦排場、起玉京。177

又臧懋循（一五五〇—一六二〇）《元曲選・序二》曰：

關漢卿輩爭挾長技自見，至躬踐排場，面敷粉墨，以為我家生活，偶倡優而不辭者，或西晉竹林諸賢托杯酒自放之意，予不敢知。178

又呂天成（約一五八〇—約一六一八年）《曲品》評葉桐柏（憲祖）《四豔》：

選勝地，按節氣，賞名花，取珍物，而分扮麗人，可謂極排場之致矣。詞調俊逸，姿態橫生，密約幽情，

177 〔明〕賈仲明：增補本《錄鬼簿》，《校訂錄鬼簿三種》（鄭州：中州古籍出版社，一九九一），頁一四五。
178 〔明〕臧懋循著，王學奇主編：《元曲選校注》，頁一一。

宛宛如見，卻令老顛沒法耳。[179]

又祁彪佳（一六〇二—一六四五）《遠山堂曲品》：

〈王元壽〈異夢〉〉此曲排場轉宕，詞中往往排沙見金，自是詞壇作手。

〈月榭主人〈釵釧〉〉此曲詞調朗徹，儘有本色，是熟於科諢排場者。儘有〈賊殺侍婢〉一段，今稍易之矣。

〈戴之龍〈玉蝶〉〉此必作以諷刺人者，當與之熟講排場，令深曉科諢之法，方可令此君填曲。[180]

又祁彪佳《遠山堂劇品》：

《十長生》每折即一齊列出排場，尚有板實之議。然構詞之工，幾能化雕鏤為淡遠矣。詞中必點綴十物，各還以切貼之語，此北詞之定式也。[181]

於此且回顧上文，徐復祚、呂天成、祁彪佳三家，既皆以「關目」或「關目情節」論述，又皆以「局段」、「構局」等論關目情節布置之技法；而於此更論以「排場」。可見在他們心目中，戲曲之內在結構，實經由關目、構局、排場，然後才完成。上所云之「錦排場」、「獨占排場」、「躬踐排場」、「極排場之致」、「排場轉宕」、「熟於

[179] 〔明〕呂天成：《曲品》，《中國古典戲曲論著集成》第六冊，頁二三四。

[180] 〔明〕祁彪佳：《遠山堂曲品》，《中國古典戲曲論著集成》第六冊，頁四一、五五、一〇一。

[181] 〔明〕祁彪佳：《遠山堂劇品》，《中國古典戲曲論著集成》第六冊，頁一五〇。

科諢排場」、「熟講排場」、「列出排場」，均可見其「排場」之名義皆承襲鍾嗣成《錄鬼簿》，亦即指戲曲的演出在舞臺上的整體表現藝術，而「排場轉宕」一語，似乎已注意到演出時排場有轉換之現象。即此亦可見，明人已習慣用「排場」來作為評論戲曲演藝的術語。

(3)清代所見之「排場」

到了清代康熙間，「排場」已成為戲曲創作的要件。洪昇（一六四五—一七〇四）《長生殿・例言》云：

> 憶與嚴十定隅坐皋園，談及開元、天寶間事，偶感李白之遇，作《沉香亭》傳奇。尋客燕台，亡友毛玉斯謂排場近熟，因去李白，入李泌輔肅宗中興，更名《舞霓裳》，優伶皆久習之。後又念情之所鍾，在帝王家罕有。馬嵬之變，已違夙誓；而唐人有玉妃歸蓬萊仙院，明皇遊月宮之說，因合用之，專寫釵合情緣，以《長生殿》題名，諸同人頗賞之。[182]

孔尚任（一六四八—一七一八）《桃花扇・凡例》云：

> 排場有起伏轉折，俱獨闢境界；突如而來，倏然而去，令觀者不能預擬其局面。凡局面可擬者，即厭套也。[183]

洪昇所謂的「排場」，從上下文推敲，大概偏向於「關目情節」，但亦應兼指舞臺總體呈現；孔尚任則顯然指舞臺上所表現的「局面境界」而言。又王正祥〈新訂十二律京腔譜凡例〉第二十二條，亦有「排場局勢」之語[184]，

[182] 〔清〕洪昇：《長生殿》，收入曾永義編注：《中國古典戲劇選注》（臺北：國家出版社，二〇〇七），頁五一〇。

[183] 〔清〕孔尚任：《桃花扇》（臺北：里仁書局，一九九六），頁一三—一四。

與孔氏意義相同。

又金兆燕（一七一八－一七八九）《旗亭記‧凡例》：

傳奇之難，不難於填詞，而難於結構。生旦必無雙之選，波瀾有自然之妙，串插要無痕跡，前後須有照應，腳色並令擅長，場面毋過冷淡，將圓更生文情，收煞毫無剩義，具茲數美，乃克雅俗共賞。[185]

金氏所云「結構」雖然還以布置關目為主，但已與「場面冷熱」共論，則實已趨於戲曲內在結構「排場」之要義。

又降而至咸同間，曲論家如梁廷枏、楊恩壽，始以「排場」來衡量劇作的優劣。梁廷枏（一七九六－一八六一）《曲話》云：

吳昌齡《風花雪月》一劇……布局排場，更能濃淡疏密相間而出。

《桃花扇》以餘韻折作結……脫盡團圓俗套。乃顧天石改作《南桃花扇》，使生旦當場團圓，雖其排場可快一時之耳目，然較之原作，孰劣孰優，識者自能辨之。[186]

---

[184]〔清〕王正祥：《新訂十二律京腔譜》，收於《歷代曲話彙編‧清代編》第二集（合肥：黃山書社，二〇〇九），頁三四。

[185]〔清〕金兆燕：《旗亭記》，收於《傅惜華藏古典戲曲珍本叢刊》第四一冊（北京：學苑出版社，二〇一〇，據清乾隆寫刻本影印），頁一六，總頁二四。

[186]〔清〕梁廷枏：《曲話》，《中國古典戲曲論著集成》第八冊，卷二，頁二五七、卷三，頁二七一。

楊恩壽（約一八六二年前後在世）《詞餘叢話》云：

> 笠翁《十種曲》……位置、腳色之工，開合、排場之妙，科白、打諢之宛轉入神，不獨時賢罕與頡頏，即元明人亦所不及，宜其享重名也。
>
> （陳厚甫《紅樓夢》傳奇）儘多蘊藉風流、悱惻纏綿之作，惜排場未盡善也。[187]
>
> 《琵琶記》……無論其詞之工拙也，即排場關目，亦多疏漏荒唐。[188]

細繹楊氏所謂「排場」關目和梁氏所謂「布局排場」，則楊近於洪而梁近於孔。

2. 民國許、王、吳三家之「排場說」

(1) 許之衡（一八七七－一九三五）

民國以來論戲曲尤重「排場」，而首先對排場加以論述的，則是許之衡的《曲律易知》。他認為「劇情既萬有不齊，則運用之變化千端，自不能賅括悉盡。」於是他將劇情分為歡樂、悲哀、遊覽、行動、訴情、過場短劇、急遽短劇、武裝短劇等八類，每類各舉若干傳奇套數為例。可見許氏認為構成排場的要素是劇情和套數，其劇情即前人所謂之關目情節，但他較諸前人更進一步講求劇情和音樂的配置關係，亦即套數的建構和運用要與劇情相得益彰。他又論到「排場變動」，他說：

[187] 〔清〕楊恩壽：《詞餘叢話》，《中國古典戲曲論著集成》第九冊（北京：中國戲劇出版社，一九八二），卷二，頁二六五、卷三，頁二七一。

[188] 〔清〕楊恩壽：《續詞餘叢話》，《中國古典戲曲論著集成》第九冊，卷二，頁三〇八。

傳奇之排場……為所最難明者，惟排場變動之際乎！以曲律言，排場變動，則換宮換韻自無妨。……如《長生殿・埋玉》折：【粉孩兒】至【紅繡鞋】一套為縊妃埋玉，乃中呂用家麻韻；後接【朝元令】為扈從繞行，乃雙調用廉纖韻。……一望而知其排場之變動，所換宮調曲牌，最恰好者也。亦有換宮而不換韻者，如〈尸解〉折；正宮【雁魚錦】一套用尤侯韻，下換南呂【香柳娘】數支亦用尤侯韻；前者妃魂自嘆，後者〈尸解〉正文。此排場變動，換宮而不換韻者也。……排場一事最為繁難，大抵因劇情之變動而定所用之曲牌。如前述《長生殿・埋玉》折【粉孩兒】一套之下接以【朝元令】，因扈從繞行故用此曲；蓋【朝元令】乃繞場曲也。若劇情與此異者，照此譜填則誤矣。……蓋排場合宜，則有贈板在前無贈板在後之例，固可顛倒，即管色不同、宮調不一亦可變通。若排場不明，則雖按古人合律之曲照填，在彼為極合宜，在我為大不合者，比比而是。蓋每支曲牌均各有其性質，不知其性質，即不能運用排場；亂次以濟固非，膠柱鼓瑟亦非也。[189]

可見許氏認為排場變動取決於劇情轉移，劇情轉移也就是古人關目布置的技法，而劇情的表現則依存於聯套的配搭和曲牌的性質，因此許氏勸人欲明排場，則應「先將悲喜文武粗細之曲分別清晰」。他對戲曲內在結構「排場」的論述，可以說開啟了新境界。

(2)**王季烈**（一八七三－一九五二）

王季烈繼許氏之後，也在《螾廬曲談》專立一章〈論劇情與排場〉，他說：

[189] 〔清〕許之衡：《曲律易知》（臺北：郁氏印獎會影印，一九七九，據壬戌（民國二年，一九一三）十二月飲流齋刊本影印），卷六，頁一三三。

悲歡離合謂之劇情，演劇者之上下動作謂之排場；欲作傳奇，此二事最須留意。……作傳奇者，情節奇矣，詞藻麗矣，不合宮調則不能付之歌喉；宮調合矣音節諧矣，不講排場則不能演之氍毹。[190]

從其語意，可見他認為悲歡離合的劇情，即古人所謂的關目情節；它與使之呈現在舞臺上的「排場」是創作傳奇最主要的兩件事，而「排場」關鍵所在，則在於其建構之得體與否，其重要性超出宮調音節之合諧。由此可見，他也講「排場變動」，也講排場與劇情、與樂曲的關係，他將南曲曲情分為歡樂、遊覽、悲哀、幽怨、行動、訴情六門外加普通、武劇、過場短劇、文靜短劇四類，每門類各舉套數若干為例，雖與許氏略有出入，但大致不差。可見許、王二氏對於「排場」的看法基本上是相同的，只是王氏給「劇情」和「排場」下了簡要的定義，同時更進一步照顧到排場與腳色的關係，他說：

一部傳奇中所派之腳色，必須各門俱備，而又不宜重複者，一以均演者之勞逸，一以新觀者之耳目。[191]

又說：

（就曲情分類之南曲套數）：其中訴情一類皆屬細膩熨貼情致纏綿之曲，且多係大套長曲，一部傳奇中主要之折宜用此種套數，宜於生（謂小生）旦所唱；歡樂一類，宜於同唱；游覽及行動二類，亦多宜於同唱；悲哀幽怨二類，則多宜於旦唱，小生唱亦可用之；至生淨（此生謂老生，淨謂大面）遇哀劇，以用北曲為宜，如北南呂之各套最適於闊口（即生淨外之總稱）悲劇之用，總之闊口所唱，北詞居多，南

[190] 〔清〕王季烈：《螾廬曲談》（上海：商務印書館，一九二八），卷二〈論作曲．論劇情與排場〉，頁二三下－二四上。

[191] 同上注，頁二七下。

詞僅十之二三，蓋南曲柔靡，少雄壯之音，故不適生淨之口脗也；過場短劇，俗謂之過脈戲，曲雖不多，然非此則情節不貫、線索不聯，為傳奇中所決不可少，宜用短曲急曲而決不可用長套之慢曲，此外尚有粗曲如〈普賢歌〉、〈光光乍〉之類，則限於丑淨（此淨謂二面、白面）所唱。[192]

即此可知王氏「排場」的構成建立在劇情、曲情、腳色三個基礎之上，而劇情取決於關目，曲情依存於套數，所以也可以說是建立在關目、套數和腳色三個基礎之上。

王氏對於整部傳奇的「排場」觀念，可以從他對於《長生殿》的評論看出來，《曲談》卷二〈論作曲〉第四章〈論劇情與排場〉云：

> 《長生殿》全部傳奇共五十折，除第一折傳概為上場照例文章外，共計四十九折，不特曲牌通體不重複，而前一折之宮調與後一折之宮調，前一折之主要角色與後一折之主要角色決不重複，……其選擇宮調、分配角色、布置劇情，務使離合悲歡，錯綜參伍，搬演者無勞逸不均之慮，觀聽者覺層出不窮之妙。自來傳奇排場之勝，無過於此。[193]

可見王氏認為一部傳奇的排場「務使離合悲歡、錯綜參伍」，其方法是選擇宮調、分配腳色、布置劇情都要使之不重複，而三者之間更要密切融合，了無枝梧之病；如此，搬演者才無勞逸不均之慮，觀聽者覺層出不窮之妙。

(3)**吳梅**（一八八四－一九三九）

[192] 同上注，頁二二六。

[193] 同上注，頁二二八－二三〇。

與許、王二氏同時的吳梅，雖然未及專論排場，但在其《詞餘講義》與《顧曲麈談》二書中，對於「排場」的重要性則再三致意，譬如在《顧曲麈談》第二章〈製曲・結構宜謹嚴〉一節中說：

填詞者在引商刻羽之先、拈韻抽毫之始，須將全部綱領布置妥帖，何處可加饒折，何處可設節目，角色分配如何可以匀稱，排場冷熱可以調劑，通盤籌算，總以脈絡分明、事實離奇為要。[194]

這一段話也見於《詞餘講義》中，他提出「排場冷熱」應當調劑的看法。他批評劇作也常以排場為著眼點，如：「即論舊劇，元明以來從無死後還魂之事，《玉簫女兩世姻緣》亦是隔世，自湯若士杜麗娘後，頓使排場一新。」（見《詞餘講義》「脱窠臼」一節）[195]又如：「李笠翁《十種曲》，傳播詞場久矣，其科白排場之工，為當世詞人所共認。」（見《顧曲麈談》第四章〈談曲〉）[196]因為他認為「填詞一道，文人下筆，欲詞采富麗，則恢恢乎游刃有餘；而欲排場嶄新，則難之又難。」（見《詞餘講義》「脱窠臼」一節）[197]

其後戲曲史家如日人青木正兒《中國近世戲曲史》也以「排場」為評騭劇作優劣的要素，而周貽白《中國戲曲發展史》更為宋元南戲的「曲調與排場」和元代雜劇的「排場及其演出」（論及腳色、歌唱、賓白、穿關、砌末、勾欄等）別立專節論述，惜其所謂「排場」旨趣未盡明確。

3.張師清徽（一九一二—一九九七）之「傳奇分場說」

[194] 吳梅：《顧曲麈談》（上海：上海古籍出版社，二〇〇〇），頁五三、五四。

[195] 吳梅：《曲學通論》（即《詞餘講義》）（上海：商務印書館，一九三五），頁二四。

[196] 吳梅：《顧曲麈談》，頁一一七。

[197] 吳梅：《曲學通論》，頁二四。

（1）「傳奇分場說」之要點

許、王二氏對於傳奇「排場」建立較為具體清晰的概念之後，進一步探討此問題，而獲得深入明確結論的，則是張師清徽（敬）先生的「傳奇分場說」。清徽師在所著《明清傳奇導論》[198]第四編〈劇藝綜合的檢討〉中特立一章為〈傳奇分場的研究〉，又在〈南曲聯套述例〉[199]一文中專立一節為〈傳奇組場與聯套的關係〉。綜合提要清徽師的說法如下：

傳奇之分場，即分別其「排場」類型，若以關目分量為依據，則有大場、正場、短場、過場之分，若以表現形式為基準，則有文場、武場、文武全場、鬧場、同場、群戲之別，後者其實依存於前者之中。所謂「同場」是指多數腳色在同一場面而唱作有顯著軒輊者，反之則謂之「群戲」。

大場必須在關目情節、曲文賓白、腳色人物、場景裝置、唱作搬演上，為全劇最出色的組合；正場則以關目具重要性、腳色為主腳、副主腳為要件；短場則介於正場與過場之間，關目不輕不重，唱作總以具有小品情味為依歸；過場則止具起承連絡之作用，又有普通過場、半過場與大過場之別，大過場因其上場人物眾多，半過場以其同時具有填空性質與開展趨勢，普通過場簡單至止用三兩支曲子或全用賓白即可。

因為分場的重點，不只是關目情節，還要顧到腳色唱作的分量和音樂的配搭，所以以下諸事應當列入考究：

其一，喜怒哀樂的劇情與套數的配搭應用適切合宜，套數就聲情分大抵有快樂、訴情、苦情、行動遊覽、行動過場、普通文場等六類。

---

[198] 張敬：《明清傳奇導論》（臺北：華正書局，一九八五）。

[199] 張敬：〈南曲聯套述例〉，原載《臺大文史哲學報》第一五期（一九六六年八月），頁三四五—三九五；收入《清徽學術論文集》（臺北：華正書局，一九九三），頁一—六六。

其二，假若悲喜不同的情緒必須同現一場時，則套數以相對倍差變聲而易其用，則可以濟其窮。

其三，如遇劇情變化而又必須就一套曲牌以盡其用時，亦可用三種變聲法來加以應付，即一是將套內前後曲牌改變笛色，一是在各正曲之間插用集曲，一是全部採用集曲。

其四，套數之組成當配合腳色之聲口與身分，如主曲與主腳相違失，則全套與場面必立起衝突。

其五，大場、正場、短場、過場各有其相應之套數，當配搭得宜，免生扞格之弊。

其六，一齣之中排場如變化，則普通用移宮換羽之法或間用集曲來應付，而要使之層次分明、轉變得宜。

其七，引子具有導引聲情、劇情和腳色的作用，尾聲具有結束分場的功能；傳奇套式雖未必具備引子與尾聲，而運用取捨得宜，亦有助於場面的生發。

其八，傳奇最後一場稱為結穴，通常結穴都在故事收束的最後一幕，就是故事劇情隨結穴聲律而結束，其常格套式和普通大場的安排無甚差別。

以上是清徽師「傳奇分場說」的要義，由此可以歸納出清徽師「分場」的基礎是建立在以下五點之上：

①關目情節的輕重。

②腳色人物的主從。

③套數聲情的配搭。

④科介表演的繁簡。

⑤穿關砌末的運用。

這五點較之王氏《曲談》所敘及的「排場」觀念多出兩個基礎，雖然多出的這兩個基礎，清徽師未及細論，但就所涉及之層面而言，實屬難能可貴，因為它們都是襯托與表現「排場」氣氛情調的要素，譬如《長生殿・舞盤》一齣，有這樣的科介表演和穿關砌末：

場上設翠盤，旦花冠、白繡袍、瓔珞、錦雲肩、翠袖、大紅裙，老貼同淨副淨扮鄭觀音、謝阿蠻，各舞衣白袍、執五彩霓旌、孔雀扇密遮旦簇上翠盤介。樂止，旌扇開，旦立盤中舞，老、貼、淨、副淨唱，丑跪捧鼓，生上坐擊鼓，眾在內打細十番合介。[200]

如此豈不將這齣「群戲歡樂同場」的氣氛情調襯托表現得更加明顯。因之「科介表演的繁簡」和「穿關砌末的運用」也應當都是構成排場的要素。

(2)「傳奇分場說」之創發

而清徽師用力最多且最有創發的是：探討套式與排場的關係和從關目分量與表現形式分辨排場的類型，前者在許、王二氏的基礎上有更為深入和完善的見解，後者則是前人所未及的理論。也因此，清徽師能將王氏所謂的排場名稱諸如《長生殿》第十六齣至二十齣等五齣戲之為「歡樂細曲」、「雄壯北曲」、「幽怨細曲」、「纏綿南北曲」、「健捷北曲」易為「群戲同場」、「武場」、「文細正場」、「南北正場」、「北口正場」，使之清楚顯示「排場」類型的輕重和特點。而鄙意以為，如果清徽師能進一步將套式曲情之為喜怒哀樂也注入「排場」類型的命名之中，則似乎更能充分說明「排場」所具有的情調氣氛。據此，則以上五齣戲之「排場」名稱似可書作「群戲歡樂同場」、「雄壯北口武場」、「幽怨文細正場」、「纏綿南北正場」、「健捷北口正場」。

清徽師對於「傳奇的分腳和分場」的關係也比王氏《曲談》更為深入和周到，她特立一章來說明這個問題。

[200] 〔清〕洪昇：《長生殿》，收入曾永義編注：《中國古典戲劇選注》，頁六一七。

除了笠翁「出腳色」的原則和王氏「均勞逸」的觀念之外，清徽師更說：

> 腳色的分配，有關場面的組合，在原則上必須使用勻稱。尤其要注意的是主角和第一副主角並不限於生旦，總是看故事的主旨和分科的特質而定。如《鳴鳳記》是屬於斥奸罵讒一科的，假使用巾生和閨門旦分飾楊椒山夫婦，那就大錯了。《宵光劍》的林沖，假使派以武小生，而《翠屏山》的石秀卻派以武正生，那便是顛倒冠裳，怎樣也不合身分。由於唱詞的粗細是跟腳色走的，所以腳色的身分一錯，選調選詞，粗細便失去了標準。〈山亭〉（《虎囊彈》）裏的魯智深，是以頭陀身分出現，所以唱【寄生草】很配合，假使是強盜腳色，便屬不類。又如《水滸記》中，歌場俗傳的〈借茶〉、〈活捉〉，旦丑兩角若照風花雪月演出，以致文縐縐的大唱【梁州新郎】、【漁燈兒】、【錦漁燈】一必文靜細膩的曲子，以俊雅的詞情聲韻來配合傖俗的動作，自然是不倫不類，令人無從去欣賞詞章的韻致了。[201]

關於中國戲曲的所謂「腳色」，筆者曾給它下了這樣的定義，那就是：中國戲曲的「腳色」只是一種符號，必須通過演員對於劇中人物的扮飾才能顯現出來；它對於劇中人物來說，是象徵其所具備的類型和性質，對於演員來說，是說明其所應具備的藝術造詣和在劇團中的地位[202]。所以劇中人物的類型和性質，自然影響到腳色的分派，如果分派不合適，也自然影響到聲口與表演；如此一來，就要弄亂了排場；也因此，清徽師於此再三舉例說明。

(3)「傳奇分場說」之排場處理

---

[201] 張敬：《明清傳奇導論》，頁一三四－一三五。

[202] 見筆者：〈中國古典戲劇腳色概說〉，《說俗文學》（臺北：聯經出版事業公司，一九八四），頁二九一－二九三。

至於整部傳奇的排場處理，雖然如上文所云，王氏《曲談》已注意到選擇宮調、分配腳色、布置劇情都要使之不重複，但未及具體的說明如何配搭聯貫不同的排場類型，而清徽師對此則有精到的說明：

第一，各場面目不可重複。正場與大場必須相間配用，但正場次數必多於大場。

第二，全部傳奇，只規定幾個大場，插用的位置或隔幾個正場插一個大場，或在最後結束全戲階段中連用兩三個大場，以抓緊觀眾的注意力，凡此都看故事發展的關鍵而定，未可拘於一格。

第三，無論大場和正場，或文或武，或鬧或靜，或唱或作的特色，都不可以連場不變。

第四，各場的場面，必須與故事關目的分量扣得緊湊，扣得妥貼。假使不是重大情節，或不強調熱鬧的場面，決不可以配組大場；沒有佳勝的詞章和名曲，亦不可濫組大場。

傳奇的大場有如最高潮，正場有如高潮，過場有如平潮，因為「文似看山不喜平」，所以傳奇的排場處理，自然要使之得宜，達成錯綜起伏之致，以收觀聽入勝之效。大抵正場為全劇骨幹，而大場、過場乃至於短場、同場，則斟酌情況安插，如此再求其連場切忌雷同，則庶幾可以得其三昧矣。

四、筆者對「排場」理論之運用

以上對於文獻所見的「排場」和明清以來曲論家與「排場」相關的概念和說法做了概括的論述。即此，如果給「排場」下個明確的定義，鄙意以為：所謂「排場」是指中國戲曲的腳色在「場上」所表演的一個段落，它是以關目情節的輕重為基礎，再調配適當的腳色、安排相稱的套式、穿戴合適的穿關，通過演員唱作念打而展現出來。就關目情節的高低潮以及其對主題表現所關涉的程度而分，有大場、正場、短場、過場四種類型；

就表現形式的類型而言，有文場、武場、文武全場、同場、群戲之別；就所顯現的戲劇氣氛而言則有歡樂、遊覽、悲哀、幽怨、行動、訴情等六種情調；後二者其實是依存於前者之中。因之標示「排場」當斟酌這三種狀況，然後方能充分的描述出該排場的特質。據此「排場」觀念來驗證歷代主流劇種，則可見所謂「排場」其實是元雜劇，明清傳奇乃至京劇的內在結構，以下請從元雜劇開始，作簡要之說明：

(一)元雜劇之「排場」

元人雖有「坐排場」與「做排場」的戲界行話，鍾嗣成也有「占斷排場」的話語，但大抵習焉不察，未暇顧及排場與戲曲結構和搬演的關係。首先說到元雜劇排場的是王季烈《螾廬曲談》，其卷二第四章云：

> 元雜劇排場皆呆板且拙率，蓋元時演劇情形與今不同，唱者司唱，演者司演，司唱者與司琵琶司笙司笛之人並列於坐，而以末泥旦兒并雜色人等入勾欄搬演，隨唱詞作舉止，如唱「參了答薩」，則末泥祇揖；「只將花笑撚」，則旦兒撚花之類。[203]

王氏所以認為元雜劇排場呆板拙率的原因，主要是因為元時演劇的形式；但是王氏所謂的元劇搬演形式其實抄自毛奇齡的《西河詞話》，而毛氏明明說那是「連廂詞」的演出情形，而且還仿作了兩本，一是「賣嫁連廂」，一是「放偷連廂」；未知何故，吳氏《麈談》和王氏《曲談》竟異口同聲的將它轉嫁元雜劇，以致貽誤許多人[204]。

203 〔清〕王季烈：《螾廬曲談》，卷二〈論作曲・論劇情與排場〉，頁三三。

204 見筆者：〈「連廂」小考〉，《臺灣戲專學刊》七期（二〇〇三年七月），頁九－一四。

元雜劇的搬演形式，筆者另有專文[205]，此不更贅；而元雜劇之應論其排場，則筆者早在〈評騭中國古典戲劇的態度和方法〉一文中即已述及：

傳奇分場較為明晰可循，而元雜劇每折由一套北曲加上賓白和科汎組成，則向來無人注意其排場。其實元雜劇每折皆包含若干場次，仔細考按，條理脈絡還是很清楚。譬如關漢卿的《救風塵》雜劇，首折分七場、次折分五場、三折分三場、四折分四場；每折皆有主場，主場用曲最多。大抵必須連用之諸曲皆自成一場，不司唱之腳色則以賓白組場。明白元雜劇分場之情形，也可以幫助我們了解其結構之謹嚴與否。[206]

其後筆者於《中國古典戲曲選注》一書中，於所選注之元人雜劇九種中，皆說明其排場轉折承接之情形。譬如於《單刀會》次折云：

論本折之排場，大致有三：開首司馬德操以【端正好】、【滾繡毬】二曲述其修行辦道、幽哉自如之生活，是為引場；其次魯肅來訪，迄於【尾聲】，總為關羽寫照，是為主場；司馬德操下場後，另有道童與魯肅賓白及道童所唱曲【隔尾】一支，言語詼諧，餘波為煞，是為收場。按此段散場為元刊本所無，當為明人所增。[207]

---

[205] 見筆者：〈元人雜劇的搬演〉，原載《幼獅月刊》四五卷五期，收入《說俗文學》（臺北：聯經出版社，一九八〇），頁三四七－三八四。

[206] 見筆者：〈評騭中國古典戲劇的態度與方法〉，《說戲曲》（臺北：聯經出版社，一九七六），頁九－一二。

又如《竇娥冤》第三折云：

此折為本劇最高潮，亦為主題所在，極寫竇娥之「冤」之「憤」。開首直入刑場，不似前二折以次要腳色賓白引場，但以鑼鼓肅殺場面，竇娥一出場更無言語，惟將滿腔悲憤，呼天搶地，盡從肺腑深處噴激而出，以故【滾繡毬】一曲如萬丈波濤、排山倒海，其聲情詞情正胳合正宮之「惆悵雄壯」。【叨叨令】以上三曲寫竇娥前往法場；以下借用中呂【快活三】、【鮑老兒】曲以寫婆媳生離死別，氣氛為之一轉，嗚咽低迴，如泣如訴，而竇娥善良的孝思，於此倍教人同情。其後般涉【耍孩兒】及其【煞曲】，亦屬借宮，古名家本無此數曲，略嫌草率；《元曲選》本增此數曲，以敷演竇娥臨刑前所發出的三個誓願，場面甚為緊張激越而感人。[208]

由這兩個例子不難看出元雜劇的「排場」其實還是很清晰的，因為中國戲曲內在組織結構的基本單位就是「排場」，儘管唐宋金元四代從廣場演出發展到舞基、舞亭，乃至於固定的勾欄或舞樓演出，而其戲曲之進行為連續性之「排場」則一，「排場」必自成段落，也是中國戲曲的基本原理。

近人徐扶明有《元代雜劇藝術》一書，出版於一九八一年，其第六章〈場子〉即專論元雜劇的排場。他也說到元雜劇應當「分場」：

當一場戲開始，場上只是個空場子，等到劇中人物陸續登場，展開活動，才出現了劇中所規定的戲曲情

[207] 見筆者：《中國古典戲曲選注》（臺北：國家出版社，一九八三），頁二七。

[208] 見筆者：《中國古典戲曲選注》，頁七九。

景，直到他們之間的衝突告一段落，都先後下場了，場上沒有留一個劇中人物，暫時又是個空場子。到這時，這場戲才算收場。比如《救風塵》第四折，共有三場戲：第一場以周舍、店小二追趕趙盼兒而「同下」收場；第二場以周舍扯著趙盼兒、宋引章去打官司而「同下」收場；第三場以鄭州知府李光弼對此案作判而劇終。可是這三場戲的分場其共同之處，就是每次劇中人物都下場了，場上暫時又是一個空場子，因此，使得場與場之間有一個很短的間斷空隙，顯示出戲曲情節發展的階段性，也就可以把前後兩場，清楚的劃分開來。[209]

以腳色全部下場為基準，雖是分場方法之一，但非絕對基準；因為「排場轉移」即可分場，亦即關目情節在人事時地有所變更之際，即可以此「分場」。然而徐氏對於《救風塵》第三折排場的分析正好其基準亦合乎「人、事」之變更，所以才會有與筆者相同的結果：都是三個排場。而筆者已注意到元劇排場有諸如引場、主場、散場等輕重之分，徐氏於此則尚未顧及。

(二)明清傳奇之「排場」

對於明清傳奇的「排場」，王氏《曲談》已舉例評述：他認為明人傳奇排場最善者首推《浣紗記》，如其〈歌舞〉一折【好姐姐】二支之後，各繫以【二犯江兒水】北曲一支，蓋【風入松慢】與【好姐姐】各二支自成南仙呂一套，而【二犯江兒水】則為演習歌舞所唱之曲，故宜另用北詞以清界限，且【二犯江兒水】最宜於且行且唱，故用之歌舞之際，尤為適合。又〈寄子〉一折，首用羽調【勝如花】二支，中用中呂【泣顏回】二支，

---

[209] 徐扶明：《元代雜劇藝術》（上海：上海文藝出版社，一九八一），頁一五〇。

末用大石【催拍】二支，正宮【一撮棹】一支，於一折之中用四種宮調，蓋【勝如花】為宜於行動之過場曲，【泣顏回】為訴情曲，而【催拍帶一撮棹】為宜於離別用之悲哀曲，適與此折之前後三段劇情相合也。又〈打圍〉折之正宮南北合套為「浣紗」所創之格，用之眾人行動上下紛繁之劇最為相宜，自《浣紗》而後，若《鈞天樂》之水巡、《風箏誤》之堅壘，沿用者極多。

而「玉茗四夢」的排場，王氏則認為「排場俱欠斟酌」，其中《邯鄲》、《南柯》稍善，《紫釵》最不妥洽。因為《紫釵》為《紫簫》之改本，若士只顧存其曲文，遂至雜糅重疊，曲多而劇情反不得要領，今日《紫釵》中只有〈折柳陽關〉一折登之劇場，其餘均無人唱演，蓋實不能演也。譬如〈釵圓〉一折，原本共有引子四支、過曲十六支、【不是路】四支、【尾聲】及【哭相思】三支，如此長劇，南曲中實所罕覯，雖非一人所唱，而其中慢曲居多，實無銅喉鐵舌以歌之；因此王氏在集成曲譜中將前半完全刪去，僅留商調一套，而前半劇情另填【二郎神慢】二支來包括，王氏說如此一來「方合套數格式，歌者亦可勝任矣。此非輕議古人好為妄作，實於搬演之道，不得不如此耳。」

對於清人傳奇，王氏認為《長生殿》之外，若藏園、笠翁所著諸傳奇，其排場亦俱布置妥貼，而笠翁於劇中關目尤善騰挪。如《風箏誤》之〈驚醜〉折，韓生與詹氏長女先在暗裡相逢，故有一篇長白盤詰詹女才學；待奶娘持燈上，始悉其貌之醜惡，於是詹女才貌兩無足取，為韓生所詳悉矣！若韓生先見其貌而後詰其才學，則於情理便不合。又〈詫美〉一折，詹氏次女以扇掩面，既合閨女新婚嬌羞身分，又使韓生不得覿其面，遂疑其為前次所見醜婦而不肯與同床；直至柳夫人令其再認一認，始疑團盡釋，歡然成婚；假令詹女不掩面，則韓生一入洞房即知其非醜婦，而一套仙呂曲子俱無從著筆矣。又〈茶園〉一折，柳梅二氏及詹氏二女之爭論，全由驚醜舊事破露而起，若使戚生在場，何以為情，乃戚生云：「你看他娘兒兩個唧唧噥噥指著我娘子，怕是看荷花之事發作了。」於是戚生自欲避去，而以後諸人之爭論可無所顧忌矣。王氏云：「凡此皆善於騰挪之處，惟善於騰挪，而後情節離奇、意境超妙，排場亦因之妥貼也。」

可見王氏論明清傳奇排場，若加上前文所引述之論《長生殿》來觀察，則是從關目、套數和腳色三方面來論述的，而這三方面也正是王氏心目中構成排場的基礎。

張師清徽在《明清傳奇導論．分場研究》[210]一章中就《幽閨》、《琵琶》、《浣紗》、《還魂》、《長生殿》五部明清傳奇，依齣列舉其排場名目，作綜合之觀察，最後作結論說：「《幽閨》是認真的，《琵琶》場次沉悶，《浣紗》穿插得宜，《還魂》文細場面過多。」對於《長生殿》和藏園、笠翁諸傳奇，清徽師的意見和王氏大抵相同。

在〈南曲聯套述例〉[211]一文中，清徽師對於傳奇排場的分析說明每每有極為深入而圓到的見解，譬如《還魂記》第五十五齣〈圓駕〉，清徽師說：此齣〈圓駕〉，係以群戲圓場，用北【醉花陰】南【畫眉序】合套為骨幹，以加重生旦唱作，但為求場面紛華，故前加用北引兩支，配以嗩吶，使朝廷莊嚴富麗氣氛十分透足。又恐北引增多，厭人聆賞，故加長白於其間，引白前冠以集唐詩句，使黃門有表演機會，引白後再疊接【點絳唇】、去嗩吶，以調節聆賞，再加較長對白，一方面使副腳有機會表演動作，另方面導引高潮場面。進入【醉花陰】主套後，便即縮簡對白，使支支曲牌緊接唱出，以求唱作緊湊，場面火熾；末雙聲子北尾聲之省用夾白，緊接聯唱，所以求得暢洩高潮戛然而止之境；正是作劇者之著意安排，不宜放過之處。清徽師說：「從此實例，可

[210] 張敬：《明清傳奇導論》，頁一〇九－一三一。

[211] 原載於《臺大文史哲學報》第一五期（一九六六年八月），頁三四五－三九五；收入《清徽學術論文集》（臺北：華正書局，一九九三），頁一－一六六。

以領悟曲套形式不是機械性的，怎樣用法，還賴慧心。」而這「慧心」在於觸發劇作者之技法涵養，使之臻於靈妙。

又如《鳴鳳記》第十齣〈流徙分徙〉的套式是：

【霜天曉角】、【哭相思】、【尾犯序】二支、【黃鶯兒】二支、【貓兒墜】二支、【棹角兒】三支、【尾聲】。

清徽師說：【尾犯序】疊支可成套，【黃鶯兒】、【貓兒墜】亦可加【尾】成套，【棹角兒】可疊支成套，故此齣實三小套組成。【尾犯序】表追思，是靜態的；【黃鶯兒】、【貓兒墜】表祭奠，是行動的；【棹角兒】表祈求，是彼此表示希望而兼動態性質的。悲傷冀勸之情，各有層次，只好以零碎套式分別表達。若場面太短而套式零碎，終非至善，為求混一局面，且彌補【黃鶯兒】、【貓兒墜】後闕遺【尾聲】之失，（此處若用【尾聲】，將使場面更形支離，故省【尾】不用。）故在【棹角兒】後加一總【尾】，總【尾】者不僅和其中某一曲套相關，並與各套均有呼應。凡總【尾】，不宜專以一宮所屬尾格為考慮基礎，必須利用翻譜作通叶打算，此處之【尾】，係用雙調【尾】，雙調為搭配宮調，只需笛色相同，各宮均可借用。

由清徽師以上之分析，可知傳奇排場真是千變萬化，而其運用是否得宜，則在於作者之學養與劇場經驗之融會與掌握了。

筆者對於明清傳奇之排場亦稍事涉獵，而尤其留意其創設與因襲，茲以公認排場最妥貼之《長生殿》為基準舉數例以作說明。

《長生殿》次齣〈定情〉之套式與腳色如下：

大石引子【東風第一枝】生、【玉樓春】旦—二宮女、大石過曲【念奴嬌序】生—合、【前腔（換頭）】旦—合、【前腔（換頭）】宮女—合、【前腔（換頭）】內侍—合、中呂過曲【古輪臺】生—旦、【前腔（換頭）】合【餘文】生—合、越調近詞【綿搭絮】生、【前腔】旦、七言四句下場詩。

此齣緊在家門之後，雖係次齣，實是全劇首幕，故照例以大正場應之，藉資聳人耳目。生腳首先上場，謂之「沖場」，必念較長之「全引」，此用大石引子【東風第一枝】；接念定場詩詞，此用五律一首；再念定場白自報家門，多用駢文。其他腳色上場可不用「全引」，此用大石引子【玉樓春】即半引，【玉樓春】全調八句，此用四句，故云。引子必須合乎身分，表達心志。

南曲套數結構，由曲類言有引子、過曲、尾聲，三者具備固可成套數，有引子、過曲而無尾聲，有過曲、尾聲而無引子，或僅過曲，亦皆可成套，其規律未如北曲之嚴謹。引子宜以三支內為度，其宮調可與過曲不同；尾聲僅一支，不可如北曲之用煞曲有多至十餘者。

本齣計用套數三而三換排場：首以大石引子二支、過曲【念奴嬌序】四支協江陽韻寫冊妃宴飲，四曲由生、旦、宮女、內侍分唱、合唱，音調高亢，宜構成堂皇紛華之歡樂場面。其次中呂【古輪臺】二曲加【尾聲】協江陽不換韻，則轉入賞月而引起睡情，排場至此實可結束，但〈釵盒〉乃本傳始終作合處，故於進宮更衣之後，特移宮換羽以越調過曲【綿搭絮】二支協桓歡韻點出「定情」之意，劇場截此二曲演之，謂之〈賜盒〉，由此〈釵盒〉定情，乃埋伏下文許多關目。由此觀之，劇情推展或轉變，則排場亦隨之改變，排場改變，則音樂韻協亦可隨之轉移。本齣出場腳色有生旦男女主腳，亦有丑與內侍、宮女各二人，各有演唱，但以生主場，旦為副，用曲三套，且為全劇極重要之關目，氣氛歡樂，故為「群戲歡樂大正場」。「大正場」為全劇最高潮之一，一部傳奇必有幾個大正場調配其間。

本齣聯套之特色為重疊隻曲以成套數，故可省略尾聲。隻曲有自成格局之特質，故【古輪臺】二曲，前者由生旦接唱以演階前玩月，後者由同場腳色合唱以演行歸西宮。而此大石套曲實源自《琵琶記‧中秋望月》，始以【古輪臺】二曲置【念奴嬌序】之下，此後諸家倣效，遂成一慣例，如《紫釵‧巧夕驚秋》、《金蓮‧湖賞》、《浣紗‧採蓮》、《四喜‧他鄉遇故》、《燕子樓‧亂月》等皆然。其排場皆演宴遊歡樂之情。唯《運甓‧新亭灑泣》因感山河之易，略顯哀怨而已。《琵琶》於【古輪臺】二曲不換排場，而《浣紗‧採蓮》述夫差（淨）與西施（旦）湖上採蓮，【念奴嬌】四曲由淨、旦各間唱二支，【古輪臺】二曲改換排場，首支由眾宮女執花行唱，淨旦接唱，次支由內侍以花燭引淨旦入洞房，其間之轉折處，正與《長生殿》近似，即此可見《長生殿》作者師法之所由自。按【古輪臺】二曲既屬中呂，於大石【念奴嬌序】四曲而言為「移宮換羽」，排場自應隨之轉移為是。又曲界有「男怕唱【武陵花】，女怕唱【綿搭絮】」之語，蓋以【武陵花】高亢之極，生腳難於運腔，而【綿搭絮】低迴之至，旦腳難於出口；故云。

北雜劇唱法，止末或旦獨唱；南戲傳奇則各門腳色俱可唱曲，其唱法則有獨唱、接唱、對唱、輪唱、同唱、合唱、接合唱等，以故舞臺藝術乃趨向進步而成熟。接唱為接續某腳色唱同一曲之餘文，對唱為兩腳色相間為唱，輪唱為同場腳色輪流唱曲，同唱為兩三腳色齊唱一曲，合唱為同場腳色齊唱一曲，接合唱為同場腳色齊唱曲尾餘文。以本齣為例，則【念奴嬌】四支由生、旦、宮女、內侍輪唱，而每曲曲尾則由生旦宮女內侍等同場腳色接合唱；【古輪臺】首曲由生旦接唱；次曲由同場腳色同唱；【綿搭絮】二曲則由生旦對唱。

又如第三齣〈賄權〉之套式與腳色如下：

正宮引子【破陣子】淨、正宮過曲【錦纏道】淨、仙呂引子【鵲橋仙】副淨、仙呂過曲【解三酲】淨、【前腔（換頭）】副淨、七言四句下場詩。

安祿山與楊國忠為本劇反面正副主腳，用此表現安史之亂之政治背景，若以明皇楊妃之死生至情為全劇主脈，則此為用以襯托之支脈，故特於〈定情〉之後，〈春睡〉之前，以一齣寫其關係之始。此時楊尊安卑，勾畫失路奸雄與得意權臣嘴臉，唯妙唯肖。

本齣於關目則安楊關係之始，於腳色則反面正副主腳，故於排場屬「正場」，而淨、副淨皆為「粗口」，情調氣氛係屬悲壯，故可謂之「粗口悲壯正場」。其前半由正宮一引一過曲協車遮韻組場，【錦纏道】之音調至為悲壯，施於安祿山（淨）之口，以表奸雄失路之苦，頗為合宜。若《西樓・戴月》折用為小生、小旦之敘情，未免失之。下半由仙呂一引二過曲協先天韻組場，【解三酲】音調頗優美，分由安祿山、楊國忠主唱，以表哀憐與機變之情，雖出自粗口，亦差能委曲婉轉；唯不若《琵琶・書館悲逢》之出於伯喈（生）、《茂陵絃・閨顰》之施於文君（旦），更顯幽怨柔遠而已。

又如第五齣〈禊遊〉之套式與腳色如下：

雙調引子【賀聖朝】丑、【前腔】淨、仙呂入雙調【夜行船序】合、【前腔（換頭）】合、【黑麻序（換頭）】淨、【前腔（換頭）】副淨－合、【錦衣香】合、【漿水令】合、【尾聲】貼、七言四句下場詩。

本齣寫曲江春遊，高力士（丑）、安祿山（淨）、王孫（副淨、外）、公子（末）、三國夫人（老旦、貼、雜）、楊國忠（副淨）、村姑（淨）、醜女（丑）、賣花娘子（老旦）、舍人（小生）等雜沓上下，幾如滿地散錢，而以「春遊」貫之，線索自相牽綴。吳舒鳧論文謂尤妙在措注三國夫人，一意轉折：先從高力士、安祿山白中引出三國夫人，王孫、公子於首曲亦然。次曲三國夫人登場，三曲祿山窺探，四曲國忠瞋阻，五曲略作轉折，寫村姑輩尋拾簪履，總為三國夫人形容佚麗，六曲三國夫人再見，結尾又歸重虢國，起下〈旁訝〉、〈倖恩〉諸折，雖滿紙春光撩亂，而渲花染柳，分晰不爽，直覺筆有化工。

就關目之安排與主題的映襯來說，本齣具有以下兩點意義：

第一，《長生殿》之主脈在敷演明皇貴妃之至情。本齣在〈春睡〉之後，極寫「姊妹兄弟皆列土，可憐光彩生門戶。」以見貴妃之寵愛方殷，而明皇、貴妃自始至終不出場，則為映襯之筆。

第二，《長生殿》的支脈為政治社會的變遷與亂離。本齣主寫楊家之奢華，順筆帶出安祿山恢復官爵，眼中已無楊國忠，而與第三齣安楊一尊一卑〈賄權〉之際，已不可同日而語。兩者照映，即見政情之變遷。若就血脈針線之穿插而言，則本齣上承第三齣〈賄權〉、第四齣〈春睡〉，而下啟第六齣〈旁訝〉與第七齣〈倖恩〉。

本齣出盡各門次要腳色，多採同唱方式，生旦不出場，無主演之腳色，排場變動迅速，所敷演者非劇本之主脈關目，故可視之為「群戲熱鬧大過場」。其聯套仿自《蕉帕・鬧婚》折，〈鬧婚〉寫龍驤（生）與弱妹（旦）成婚，親友祝賀，排場極為熱鬧。【錦衣香】以下，弱妹之父奉命出征，排場轉趨行動；本齣與之頗為近似。此後《伏虎韜・結案》，《鴛鴦絲・完聚》，以及《花萼吟・春郊》皆效之。〈春郊〉更直從《長生殿》而來。

又如第九齣〈復召〉之套式與腳色如下：

南呂引子【虞美人】生、南呂過曲【十樣錦】生－丑－生－旦、【尾聲】生、七言四句下場詩。

本齣緊承前折〈獻髮〉，以集曲一支加引子、尾聲成套。因【十樣錦】係集合十曲而成，本身具有套數之作用，故其間排場三轉：【浣溪沙】以上寫明皇思念貴妃，百無聊賴，無端洩怒於內侍。其下寫力士獻髮，明皇見而悲泣。至【雙聲子】之後乃敘貴妃復召，點明題旨。本齣協齊微韻，引子【虞美人】用詞調之半，兩句一韻，故首二句協蕭豪韻。其寫明皇心情，描摹細膩，宛然可睹，正與前折之寫貴妃悔罪，相為映襯。由此以見深情厚意實存於帝王后妃之間。力士獻髮，伺機而作，亦極自然，要言不煩，亦可見作者之巧於關目。吳舒鳧眉批云：「貴妃寵冠六宮，豈意忽遭擯斥；及其出居府第，又豈意即奉賜環（還）；一日之間，一宮之中，一人之身，而榮枯頓易。凡世間一切升沉，禍生於不察，釁出於不虞，俱是如此。」則本齣復有發人深省之絃外音。

本齣套式始於《運甓・盧山會合》折。《長生殿》之後又有《文星榜・露情》折與《鴛鴦縧・露情》折，皆用以組「文細正場」。

又如第十五齣〈進果〉之套式與腳色如下：

正宮過曲【柳穿魚】末、雙調過曲【撼動山】副淨、正宮過曲【十棒鼓】外、雙調過曲【蛾郎兒】小生、淨、黃鐘過曲【小引】丑、羽調過曲【急急令】末、南呂過曲【恁麻郎】末—副淨—丑、【前腔】副淨—末—合、【前腔】丑、七言四句下場詩。

本齣集合各宮調小曲、各門副腳色，非快板即乾唱。每曲換韻換排場，計用寒山、監咸、魚模、庚青、蕭豪、尤侯六韻部，演為「匆遽過場」。吳舒鳧論文云：「此折極寫貢使之勞、驛騷之苦，並傷殘人命、蹂躪田禾，以見一騎紅塵，足為千古炯戒。」故以貢使三上，田夫、瞎子、驛卒穿插其間，關目雖紛雜而不厭其煩，其運筆離合極為巧妙。又此折置於〈偷曲〉與〈舞盤〉之間，將宮廷之歡樂與民間之疾苦互為映襯，作者之用意極為明顯。又此折之小曲，《長生殿》諸刊本皆不注明宮調，此據曲譜補注。

又如第二十八齣〈罵賊〉之套式與腳色如下：

仙呂【村裏迓鼓】外、【元和令】外、【上馬嬌】外、【勝葫蘆】外、中呂引子【遶紅樓】淨、中呂過曲【尾犯序】淨－四偽官、【前腔（換頭）】合、【前腔（換頭）】外、【撲燈蛾】外、【尾聲】四偽官、七言四句下場詩。

本齣遙承〈陷關〉折，而與〈埋玉〉折、〈獻飯〉折映襯，為作者寄意所在，特以表揚雷海青之忠烈。海青以一樂工而敢於詈賊擊賊，則滿朝文武寧不羞愧！上半場北曲四支協監咸韻，激昂慷慨，由老生之聲口唱來，已先予人以壯烈之聲。此下中呂南套，【尾犯序】聲調頗高亢不和，前二曲用以歌詠偽朝，非但無富麗堂皇之感，實已顯淒厲之音；第三曲再由海青幽咽唱出，則「真個是人愁鬼怨」矣。【撲燈蛾】二曲亦悲壯高亢，頗能表現海青之憤怒與死事之慘。而其痛詆祿山、嘲弄奸臣賊子，若考查作者生平思想，則其指桑罵槐之意，甚為明顯。

按一齣中合用南北曲，如間錯有秩一南一北者，謂之合套；而似本齣先北曲數支未成套數而即再接以南套，在《永樂大典》戲文已見其例，《紅梨記》末齣〈報復團圓〉亦以北曲四支引場而接以南套，此無以名之，姑名之曰「合腔」。本齣曲兼南北，腳色俱為粗口，情調雄壯，關目用以表彰忠烈，是為「南北雄壯正場」。

以上舉例包括群戲歡樂大正場、粗口悲壯正場、群戲熱鬧大過場、文細正場、匆遽過場、南北雄壯正場，雖尚未足以包羅傳奇形式，但據此蓋亦可以舉一反三、觸類旁通了。

(三)京劇之「排場」

京劇的段落區分不稱「折」或「齣」，而逕稱為「場」。只要有一名腳色登場，便是一場的開始；臺上所有的腳色都下場，即為此場之結束。分場的基礎，與「音樂」無關，「情節」也無必然影響，王季烈所謂的「腳色之上下」才是具有決定性的因素。因此元雜劇一折或明清傳奇一齣多場的情形在京劇中是不存在的。而京劇各場的劇幅也有極大的差距，例如《八義圖》（又名《搜孤救孤》）中的一場：

（生程嬰上白）天有不測風雲，人有旦夕禍福。卑人程嬰昔為趙家門客，駙馬不知身犯何罪，打入天牢，不免報與公主知道便了。（下）[212]

這段只一個人物，沒有唱，情節也簡單，但由於是以程嬰之上下場為終始，所以雖僅需一二分鐘即可表演完也可稱為一場，而「三堂會審」唱足九十分鐘也只是一場而已。不受音樂限制的分場觀念，給予編劇者在篇幅調配上極大的自由，因而京劇中「贅場」之多，最教人詬病。有許多場次其實只為交代一些微不足道的情節，甚或只為了介紹某人出場而已，但編劇者卻往往濫用分場自由的權利，而忽略了整體結構的嚴整。

明傳奇一齣中，雖也有情節單薄的情形，如開始數齣往往用「慶壽」、「賞春」之類的情節來一一介紹人物登場，但其組成以音樂為主要基礎，所以儘管其情節無關緊要，但至少有幾支曲子足資聆賞，但京劇則不同，如老本《陸文龍》（又名《八大槌》）的第一場：

（八龍套引四將押糧車上）

212 張伯謹編：《國劇大成》（臺北：國防部總政治作戰部振興國劇研究發展委員會，一九六九－一九七二），第一集，頁二七一。

元慶：俺何元慶。

正芳：俺嚴正芳。

狄雷：俺狄雷。

岳雲：俺岳雲。

元慶：眾位將軍請了。

眾將：請了。

元慶：奉了元師將令，催押糧草，回營交令，眾將官！

眾將：有。

元慶：催軍前往（同下）[213]

這場戲非但談不上什麼「情節」，也沒有任何「表演藝術」可供觀賞，其目的只在介紹岳雲、狄雷等人物給觀眾認識罷了。這類場次的出現，對於整體結構之精簡而言，無疑是有所妨礙的，但京劇中這種情形卻是屢見不鮮！因而使得京劇的節奏冗長緩慢。直至近年京劇創新之風大盛之後，編劇者才有意識的致力於場次之濃縮與情節之集中，如王安祈教授的《陸文龍》由原來（包括灑安州在內）的二十一場精刪為七場，而俞大綱先生所編的《王魁負桂英》更能以六場交待完整故事。可見京劇的編劇者已能體會戲曲的「結構」必須以「排場」為基礎；也就是說在「情節」之外仍需兼顧「表演」，純粹交待故事而沒有表演可觀的場面，都已逐漸被淘汰了。

如上文所云，傳奇分場若以關目分量為依據，有大場、正場、短場、過場之分；若以表現形式為基準，有

213 王大錯述考，鈍根編次，燧初校訂：《戲考》（臺北：里仁書局，一九八〇），第七冊，總頁一〇〇七。

文場、武場、文武全場、鬧場、同場、群戲之別。這些名詞在京劇中並未完全沿襲過來，一般習稱的是：某場為「文戲」，某場為「武戲」，某場為「主戲」，某場為「群戲」，某場為「過場」；雖然系統不清楚，但基本上與傳奇分場的內涵仍是相應的。譬如前舉《八義圖》及《陸文龍》的場次均為「過場」；又如《西施》第二十四場：

（西內唱倒板）水殿風來秋氣緊，（上唱迴龍）月照宮門第幾層。十二欄杆俱凭盡。獨步虛廊夜沉沉。紅顏空有亡國恨，何年再會眼中人。（白）我西施自從到了吳宮，吳王十分寵愛。朝朝侍宴，夜夜笙歌。那吳王已是沉迷酒色，不理朝綱，把當年英氣消磨過半。想我越國被吳王破滅，越王身為囚虜。男為人臣，女為人妾。這是我國臣民莫大之恥。幸得范大夫用盡智謀，將我獻於吳王。吳王見喜，已將越王釋放回國。君臣上下立志圖強，將來定有報仇雪恨之日。只是我身為女子，忍辱事仇。在此假作歡容。強捱歲月，到後來不知怎生結果。那范大夫言道，報仇重任都在我西施一人身上，不得不盡力而為。前日吳王聽信伯嚭之言，領兵伐齊去了。今夜月明如水，夜色清涼，思念國仇，不能安寢。為此來在響屧廊前閒步一回，思前想彼，好不悶殺人也。（唱南梆子）想當日苧蘿村春風吹遍，每日裏浣紗去何等清閒。偶遇那范大夫溪邊相見。他勸我國家事報仇為先。因此上到吳宮承歡侍宴，原不是圖寵愛列屋爭妍。思想起我家鄉何時回轉，不由人心內痛珠淚漣漣（白）我一人在此，閒步多時，身子困倦，更不免回到後殿歌息便了。（唱）遠望著長空中參橫斗轉，我得上銀床且去安眠。（下）[214]

[214] 胡菊人編：《戲考大全》（臺北：宏業書局，一九四七），頁一二七八－一二七九。

此場雖然所用腳色不多、情節也簡單，但西施有大段「二黃倒板轉迴龍、三眼」和「南梆子」的唱腔，是全劇表演中最菁華的部分，所以仍可稱之為「文細正場」；再如《鎖五龍》第十場：

（淨內唱西皮倒板）大砲一聲綁帳外，（四大鎧淨上唱原板）不由得豪傑笑開懷。單人獨馬唐營踹，只殺得兒郎苦悲哀。遍他荒郊血成海，尸骨堆山無有葬埋。小唐童被某（轉流水板）把膽嚇壞，二次被擒也應該。今生再不能把節改，要報仇二十年投胎某再來。（四龍套王子徐羅程同上吹打祭介王子白）看酒來。（唱搖板）一盃酒兒滿滿釃，尊聲將軍聽言來。王今奉你一斗酒。願你轉世早投胎。（淨唱搖板）唐童假意把我待，花言巧語說開懷。我與你冤仇難分解，報仇還要再投胎。（徐唱）一杯水酒盃中釃。叫聲五弟聽明白。今日被擒是天意，且莫埋怨愚兄來。（淨唱）徐勣休得巧言蓋，陰陽八卦你安排。結義情由你忘懷，你是一個人面獸心懷。（羅唱搖板）人來看過杯中賽，尊一聲五哥聽開懷。我今奉你一斗酒，願你魂靈到天台。（淨白）住口。（唱緊板）見羅成，把我的牙咬壞，大罵無義小奴才。自從與你來結拜，同心起義巧安排。你到洛陽將某拜，某家接你到家來。我為你招軍把兵帶，我為你修蓋瓦樓臺。我為你屯糧把馬買，我為你化費許多財。我為你東床招駙馬，我為你受了許多災。你忘恩無義良心敗。管叫你亂箭穿身，死無有葬埋。（羅怒砍打介程勸介唱流水板）一杯酒兒滿滿釃，尊一聲五哥聽明白。你今飲了杯中酒，管叫你靈魂赴天台。（淨白）赴天台。好，酒來。（程唱）二杯酒兒杯中釃，小弟言來聽開懷。你若飲了二杯酒，保你陰靈到蓬萊。（淨唱流水板）到蓬萊，看酒來。（程唱流水板）三盃酒，捧上來，我與五哥同心懷。你今連飲三杯酒，將他一個一個俱把刀開。把我丟開。（淨白）把你丟開好呀。（唱）這幾句話兒，真爽快，叫咬金把酒斟上來。（飲酒介唱搖板）滿營將官俱都在，為何不見棟梁材。問一聲秦二哥今何在，哭一聲秦二哥，叫一聲好漢兄呀。（哭洒頭）嗳嗳嗳呀，我的好漢哥呀。賈家樓曾結拜，惟有你我同心懷。我今飲了三斗酒，叫唐童快把刀來開。（王子白）尉遲恭聽令。（尉白）在。（王子白）命你將雄信斬首。（尉白）得令。來，擊鼓。（斬介上龍形小童持繩綁龍下王子白）後帳備宴，與眾卿賀功。（下）（完）[215]

此場演淨腳所扮單雄信被斬，登場人物雖多，但以淨腳為主，淨腳有大段西皮唱腔，堪稱「粗口正場」。再看《龍鳳呈祥》中「甘露寺」一場：

（甘露寺老和尚上）貧僧法空。今日吳國太前來燒香，僧人們，伺候了。國太駕到。接駕。（四宮女四龍套太監眾朝官孫權國老吳后同上際香介）（國太）國老，這般時侯為何不見劉備。（喬）現在館驛。（國太）快快有請。（喬）遵旨。有請劉皇叔。（劉趙同上）（劉）捨身探虎穴。（趙）大膽入龍潭。（劉）國太在上，受劉備大禮參拜。（國太）不拜罷。（劉）那有不拜之禮。（拜介）（國太）國老。（喬）臣在。（國太）本后眼目昏花，觀看劉備的相貌，待我下位來，仔細觀看。（下位看介笑介）哈哈哈哈，我看劉備，生得龍眉鳳目，兩耳垂肩，雙手過膝，真有帝皇之相。真乃我之佳婿也。（孫權氣介聯彈）（唱二簧倒板）甘露寺內齊觀看，（朵頭介）只見那佛殿之上起香煙。喜氣相逢大家有緣。（劉唱原板）吳國太如王母端坐在佛殿。（國太接唱）你把那家鄉居處，歷代宗譜，細說一番。（劉接唱）家住在樓桑村涿州小縣。（喬唱）他本是靖帝後，當今皇叔一奇男。（劉唱）備我實實的不敢當。（喬唱）老朽盡知何必太謙。（孫唱）

[215]《戲考大全》第二冊（上海：上海書店，一九九〇），頁七八四－七八五。

老伯父，你何必將他誇讚。（喬唱）尊皇叔，你進前有話對你言。他本是江東的吳侯，他名叫孫權。（劉唱）備我是少來問安。（國太唱）叫皇兒向前去把禮來見。（喬唱）吳國太傳旨意還不向前。（孫唱）無奈何還一禮。（過板）國老你真真討厭。（喬唱）兩國和好禮當先。（國太唱）這員將，名和姓家住在那縣。（趙唱）姓趙名雲，家住在常山。（孫唱）原來是趙子龍。（劉唱）他渾身是膽。想當年，他在那長板坡救阿斗，殺曹兵七進七出，人不卸甲，馬不離鞍。血染戰袍，（過板）可算得將中魁元。（趙唱）長板坡與曹兵幾次交戰，三將軍威名顯當陽橋嚇曹瞞。我主爺洪福齊天。（國太唱）久聞得關雲長威名震顯，在徐州曾失散。（過板）為什麼降順曹瞞。（劉）都只為曹孟德兵百萬，張文遠巧能言約三事。困土山在曹營一十二年。（喬唱）這件事又是我親眼得見，他二弟關美髯，在曹營上馬金下馬銀，美女十名他不貪。封金掛印辭曹瞞，保定皇嫂過五關斬六將擂鼓三通斬蔡陽。在那古城邊他兄弟又得團圓。（國太唱）見劉備好相貌甚是體面，只見他龍眉鳳目兩耳垂肩。（喬唱）劉玄德這相貌可趁了國太的心願。（國太唱）他與我尚香兒天配良緣。（趙唱）請主公快向前把岳母拜見。（劉唱）有劉備走向前雙膝跪地，平川情岳母如拜泰山。（孫唱）這劉備年紀老有什麼好看，他本是織蓆賣履一派胡言，我小妹許配他有何體面。（國太唱）為娘我心已定不必阻攔。（喬唱）適才間少千歲，你道我討厭。吳國太心已定，你不必多言，你就站在一邊。（賈華上唱）眾將官，你與我安排弓箭。（劉唱）又聽得殺聲起，所為那般。（趙唱）趙子龍拔寶劍。（喬同唱過板）我二人廊下觀看。（望門介）（趙唱）原來是刀斧手埋伏兩邊。（劉唱）遵國太，這埋伏是何意見。要害我快說明，死在面前。（國太唱）甘露寺本是那清淨地，為什麼吵鬧喧嘩響聲連天。（叫散）（趙唱）有埋伏在兩邊。（劉唱）嚇得我膽戰心寒。（喬唱）請國太把旨傳。（國太唱）回頭來我問孫權。（孫唱）娘休要聽他言。（國太）這時候叫人。（同唱）為難。（劉叫頭白）哎呀！國太呀！兩廊埋伏，分明要害我劉備，快快搭救兒臣性命。（哭介）（國太）呀。孫權，我來問你。甘露寺兩廊埋伏，何人主謀。（孫）這個，兒臣不知。（國太）還敢隱瞞為娘麼？（孫）母就不必動怒，此乃呂範一人之故耳。（國太）喚呂範來見。（喬）國太有旨，宣呂範進見。（呂範上白）領旨，參見國太。（國太）嘟！甘露寺兩廂埋伏，可是你的主謀。（呂）乃是賈華。（孫）呀。母后，此乃是一句假話。（國太）乃是假話。（喬）國太，不是說的假話。乃是我朝中有一個人，名字叫賈華，他要殺劉備。（國太）好大膽的狗頭，敢殺我婿。叫他前來。（喬）國太有旨，賈華進見。（賈華上白）參見國太。（國太）嘟，大膽的狗頭。要殺劉備，那裡容得，推出斬了。（賈）皇叔，快快講情。（劉）啟奏國太，斬了此人，與婚姻不利。（國太）敢是與他講情。（劉）國太開恩。（國太）還不謝過皇叔。（賈）謝皇叔講情。（劉）還不謝過國太開恩。（賈）謝國太開恩。（國太）還不滾了出去。（賈華下）（喬）呀，國太。早早完婚，以安皇叔之心。（國太）皇兒，我將劉備，交付與你，擇一吉日完婚。若有人傷損他汗毛半點，為娘碰死你的目前。（孫）遵命。（國太）擺駕回宮。（吳國太下）（孫）快快喚賈華前來。（賈華上白）參見吳侯。（孫）命你二次去殺劉備。（賈）這一下，嚇了我一褲子的屎，我可不敢去了。（孫）滾了出去。（賈）唉，劉備是東吳招親，你們是拿我開心。（下）（孫）快快報與公瑾知曉便了。（同下）[216]

此場登場人物有吳國太（老旦）、孫權（花臉）、劉備（老生）、喬玄（老生）、趙雲（武生）、賈華（小丑）、呂範（老生）及龍套宮女等，不僅腳色眾多，而且各有重要表演，情節也居全劇之關鍵，排場紛華熱鬧，可稱之為「群戲大場」。可見京劇的「場」仍與傳奇「排場」相應。

---

[216] 胡菊人編：《戲考大全》，頁一一一一一三。

結論：戲曲內外結構之互動

說到這裡我們已經可以這麼強調，戲曲雖然是文學藝術的一環，也有文學藝術的共性結構；但戲曲畢竟是綜合文學和藝術的有機體，所以它的結構自然不能為一般單一文學或藝術所範疇。也就是說：戲曲不止有外在結構，更有內在結構。外在結構即劇種的「體製規律」；內在結構實為劇種的「排場」。其外在結構又因劇種不同而有所差異，譬如詞曲系曲牌體之與詩讚系板腔體，便有很大差別；曲牌體中，金元北曲雜劇、宋元南曲戲文、明清傳奇、明清南雜劇又各自有所分別；但由於戲文與傳奇一脈相承，變異不大，所以可以併為一談。戲曲內在結構藝術性之高低，實端賴劇作家手法。而每一劇種之外在結構對其內在結構制約下所呈現之藝術內涵，又各有其特色。可見論戲曲結構是不能不內外兼顧的。

然而自古以來，學者對於戲曲結構，或者以偏概全，或者理念混淆，均難以窺其全貌，即使名家如李漁、碩學如王國維亦不能免俗。以致其論外在結構者惟明人王驥德、清人李漁以及近人王國維、鄭師因百與錢南揚，而王氏僅及套曲，李氏但及格局五款，王氏只論古劇與元劇，鄭師亦惟及元劇，錢氏則述南曲戲文。而其論內在結構者，家數縱使屈指難數，然而大多數亦只在情節、關目、關目情節幾個術語中打轉；或有體悟到戲曲情節關目應全面講究其布置之藝術手法，如李漁之〈立主腦〉、〈脫窠臼〉、〈密針線〉、〈減頭緒〉堪稱最為精密者，然而此外幾乎亦皆在頭腦、間架、搭架、排置、局段、布局、局面、鍊局、局段、構局、章法等不清不楚的概念中自我糾纏。所幸鍾嗣成、賈仲明始用「排場」評賞雜劇，明人呂天成、凌濛初、祁彪佳繼之以評傳奇，清人洪昇、孔尚任、金兆燕、梁廷柟、楊恩壽等又推波助瀾，及至民國許之衡、王季烈、張師清徽（敬）而理論底於完成。筆者更敢以「排場」論戲曲之內在結構。而所謂「排場」，誠如上文所云，是指中國戲曲的腳色在「場上」所表演的一個段落，它是以關目情節的輕重為基礎，再調配適當的腳色、安排相稱的套式、穿戴合適的穿關，通過演員唱作念打而展現出來。就關目情節的高低潮以及其對主題表現所關涉的程度而分，有大場、正場、短場、過場四種類型；就表現形式的類型而言，有文場、武場、文武全場、同場、群戲之別；就所顯現的戲曲氣氛而言則有歡樂、遊覽、悲哀、幽怨、行動、訴情等六種情調；後二者其實是依存於前者之中。因之標示「排場」當斟酌這三種狀況，然後方能充分的描述出該排場的特質。

而由此也可見「排場」是由關目、腳色、套式、穿關、表演五個因素構成的有機體，它是戲曲劇目演出時的一個單元，這單元的面貌和情味，可以大大小小、形形色色，總以吸引觀眾聆賞為依歸。所以必須安排創設數個乃至許多如此這般的單元乃成為整體的戲曲演出。也因此說，戲曲的「內在結構」在「排場」。

就因為中國戲曲是以分場的方式連續演出，所以其藝術也就形成非寫實而為虛擬象徵性的特質，也惟有這樣特質的戲曲才能搬演宇宙間的萬事萬物和自由自在的時空流轉。譬如《西廂記》第一本第一折扮張生的正末在場上走來走去唱著「隨喜了上方佛殿，早來到下方僧院，行過廂房近西，法堂北鐘樓前面，遊了洞房，登了寶塔，將迴廊繞遍，數了羅漢，參了菩薩，拜了聖賢。」隨著演員運用虛擬、象徵、程式的唱作，於是時間不停的推移，空間一個接一個的轉換，假如運用寫實布景，如何應付得來？當然，這種虛擬象徵程式的手法是要透過腳色的上下，並配合其歌舞樂渾融無間的表演，以啟發觀眾的想像力，然後才能傳達出來的。

而戲曲之結構既有內外之分，本身又是一錯綜複雜之有機體，外在結構既為體製規律，內在結構既主要出自劇作家手法之「排場」，則內在結構必受外在結構之制約而產生影響，也是必然的事。以下就北曲雜劇、南雜劇、南戲傳奇來觀察其外在結構對內在結構制約所產生的影響：

(一)北曲雜劇

從構成元劇體製規律的十個因素看來，固然皆有其深厚的淵源，但也都有向上的發展；也因此，使得元劇能以「大戲」的姿態光耀中國劇壇[217]。但也由於元劇的外在結構體製規律相當謹嚴，對於劇作的內在結構「排場」便產生了以下幾點影響：

第一，由於限定四折，於是關目的安排和推展，便形成了起承轉合的刻板形式；也就是說，劇情的發展是採取單線展延式的，沒有逆轉也沒有懸宕。

第二，由於限定一人獨唱，作者筆力因而只能集中此人，其他腳色遂無從表現，有時劇中主要人物卻不任唱，而改由其他次要人物，因而顯得本末倒置，喧賓奪主；又有時為湊足套式，只好唱些不必要的曲文，不止因之有拖沓蛇足之感，而且也教人昏昏欲睡。北曲雜劇的搬演，雖然折間插入其他技藝，主唱者可以休息，但四大套北曲出自一人之口，單調之外，亦覺氣力難支。而且不連續搬演，也使全劇氣脈間歇。

第三，元劇宮調雖或各具聲情，但套式變動不大；雖然由於唱辭不同，語言旋律可以變化，但總不免刻板之失。大抵說來，元劇這樣的戲曲形式事實上是以詞曲系為主，以詩讚系為輔的說唱文學，將敘述體改作代言體，發展而完成的劇種，由於傳統包袱太重，受到說唱文學藝術的影響太深，所以其結構、排場實在不易生動，只能以文字見長；因而其戲曲表演藝術之提升與發展，實有待於明清傳奇。

(二)南雜劇

明清南雜劇有廣狹二義，筆者對於「南雜劇」取其廣義，南雜劇體製較傳奇為短小，同時偶爾運用或兼用

---

[217] 見前揭文，拙作：〈元雜劇體製規律的淵源與形成〉。

北曲，這兩點無疑是北曲雜劇的遺跡；而其運用南曲或北曲而採分唱、合唱以及家門形式，則顯然是南戲傳奇的現象；因此，後期的南雜劇，其實是南北曲的混血兒。它改進了北曲雜劇限定四折四套北曲和末或旦獨唱的刻板形式，而代以南戲傳奇排場聯套的諸多變化，以調劑冷熱，並給予各腳色均可任唱的自由。對於長短，它既不受四折的限制，也不採取傳奇式的冗長，它僅依照劇情的需要而在最多十一折之限內任意長短。所以南雜劇可以說是改良後最進步的戲曲形式，周憲王對於戲曲藝術的改進，也在這裡得到支持和發展，這樣的戲曲形式才真正是有明一代的特有產物，我們若說到明雜劇，實在應當以南雜劇為代表才是[218]。

(三)傳奇

傳奇一方面是北曲雜劇和南曲戲文的混血兒，另一方面也是戲文提升發展的結果，所以它可以說是在因應性很大的外在結構下最具藝術性的戲曲，也可以說是戲曲大戲的代表劇種。

傳奇的外在結構，雖然也講究宮調、曲牌、聯套、唱法，但不像北曲雜劇那樣的刻板，由於其外在結構以「齣」為單元，而必須回應內在結構的需求，因此劇作家便可在基本規律下，發揮自家的藝術修為去建構排場，而排場的主要基礎，即在於關目情節的布置章法。

因為傳奇一般長度在三、四十齣，長的往往多達五、六十齣，所以傳奇關目布置要達到埋伏照應、緊湊嚴密並非容易；由此而建構的排場要能夠冷熱兼濟、變化得宜而使腳色勞逸均衡尤其困難。所以傳奇之內在結構如《長生殿》之「無懈可擊」者，百不得其一；卻是往往因為其數十齣之緣故而顯得冗長，即使湯氏《紫釵》、

[218] 筆者有《明雜劇概論》（臺北：嘉新水泥公司，一九七一）。筆者近年新編崑劇劇本《梁祝》、《孟姜女》、《李香君》、《楊妃夢》、《魏良輔》、《蔡文姬》、《韓非・李斯・秦始皇》，為配合現代劇場演出時間在兩個半小時以內，便都採用南雜劇的體製規律。

《牡丹》二夢亦不能免。

傳奇由戲文發展而來，其發展過程中自有質變，其明顯者，傳奇之體製規律終於謹嚴而固定，亦自然影響其內在結構。譬如傳奇分上下本，分齣清楚，上本結束謂之「小收煞」，下本總結之「大收煞」；上下本關目排場應均衡對應。又譬如傳奇主角，由一生一旦而二生一旦而二生二旦，關目排場之布置處理必有調適。又譬如傳奇曲牌性格穩定，套式規範成立，於排場之處理雖趨向類型化，但由於品類繁多，取資有餘，反能助成藝術之提升。又譬如由於「大小收煞」必為傳奇之大關節目，故必以「大場」應之，尤其劇末「大收煞」為全篇關合處，幾乎例用「大團圓」收場。

而也因為傳奇腳色較諸北劇之四種、南戲之七色可多至十數色，所以藝術分工越細，可扮飾之人物越多，所可搬演之劇情越趨複雜，藝術也自然向上提升。又由於南戲傳奇歌唱之方式多端，有獨唱、對唱、輪唱、合唱、接唱、接合唱等，加上曲牌有南北，聯套有南北分套、合腔、合套皆可運用，所以在戲曲上較諸北劇一腳色末或旦之一人獨唱，自然更為靈活而機趣品味層出不窮。

而如果就詞曲系曲牌體的大戲劇種傳奇和詩讚系板腔體的大戲劇種京劇來比較，那麼由於詞曲系曲牌體大戲劇種之傳奇崑劇體製規律相當整飭，曲牌的制約非常嚴格，所以崑劇演員的唱腔自我發揮的空間很少，而詩讚系板腔體大戲之皮黃京劇體製規律非常簡單，以七言十言、上下對句為單元，上仄韻下平韻，加上分場明顯，時空轉換自由，所以京劇演員可以自我發揮的空間很大；也因此崑劇演員不能像京劇演員那樣創發形成流派藝術，自然也無以開宗立派。然而也因為崑劇的內在結構處理排場的精緻度比起京劇高得多，所以崑劇也才能成為最優雅的文學和最精緻藝術的綜合體，使京劇難以望其項背。

二〇一二年十一月十四日下午四點半定稿

柒、戲曲語言論

引言

凡文學必由語言構成，文學可以說就是語言藝術。戲曲固是文學的一環，但它又是藝術的一種；而其文學實為綜合的文學，其藝術實為綜合的藝術。戲曲文學在韻文學中可謂極其韻致，在表演藝術中亦綜其精粹。然而戲曲重在表演，表演重在歌唱，而歌唱則根源於語言。因之語言亦必為戲曲文學、藝術之主體。也因此，若論戲曲文學之批評與藝術之講究，莫不從戲曲語言入手。

戲曲語言之作為語言，其基礎與一般語言並沒有分別：都由字成詞，由詞成句，由句成文；只是其「文」被稱作「曲詞」或「曲文」而已。然而由於其字、詞、句所構成之「曲」，皆嚴守聲韻，務使其聲情、詞情相得益彰，其間可以伸縮變化的程度較諸同為韻文學的詩詞又大得多；所以論曲者就非從其語言說起不可，然後才能進一步觀照說明戲曲語言所具有的特殊質性、成分、結構、運用和從中產生的韻致與風格。

也因此，本文首先論述字音之要素「聲」與「韻」，及其組合布置之原理與產生之「聲情現象」。次論累字成詞之複詞結構，由其形式種類以見其與「聲情」關係密切者，及其所產生之「聲情現象」；進而論句中之三種形式：音節形式、意義形式，與合音義以見工巧之「對偶」；並從中觀察其對「聲情現象」所產生之影響及其詞彙組織所產生之「詞情」技巧與現象。

有以上之論述說明為前提，乃能進入戲曲語言本身之探討與詮釋。戲曲語言之為歌詞者，有詞曲系與詩讚系之別，詩讚系之載體為簡單、齊言所形成之七言十言句，詞曲系則為變化繁複之長短句所形成之曲牌，因又論述曲牌建構要素以見其「聲情現象」之由粗而精，並及其可以掌握之格律變化之原理與曲譜之錯誤示範。但由於其中密切關係「歌樂」，因之將此論題歸入〈戲曲歌樂論〉中，在此則予以省略，讀者鑑之！

對於戲曲語言格律論述完成之後，乃又深入戲曲語言所屬質性之類型在戲曲歌詞中之運用，首先回顧元明清周德清、顧瑛、王驥德、李漁四家對此所作之主張，並及於其他曲話家用以評論戲曲所用之術語，然後舉例說明南北戲曲語言之特色及其對戲曲文學之影響與產生之現象。

此外，元代曲家每以「語言」為基準，論述曲文之風格；明人更以之論「當行本色」，進而論「《琵琶》、《拜月》之優劣」、「南北曲之異同」，萬曆間乃有「湯、沈冰炭說」，從而開啟「戲曲流派」之論。對此，本人已有〈從明人「當行本色」論說評騭戲曲之態度與方法〉與〈散曲、戲曲「流派說」之溯源、建構與檢討〉二文詳論其事。本文不予更贅。

以下請緣此觀念一一論述。

一、語言之字詞句式

戲曲語言必須經由字而詞而句才算完成。

㈠字　音

1.字音之內在要素

凡漢字皆具形音義三要素，字形作為字音、字義的載體，音表聲情，意表詞情。而我國文字是單形體、語言是單音節，所以是一字一音。音有元音（又稱母音、韻母）、輔音（又稱子音、聲母）、聲調，有發音部位、發音方法。

元音指聲帶顫動，氣流在口腔的通路上不受到阻礙而發出的聲音，如國語語音的 a、o、e、i、u。

輔音指發音時，氣流通路有阻礙的音，如國語語音的 b、t、s、m、l 等。

聲調是指音波運行的方式，由其高低升降而古代有平上去入，現在國語有陰平陽平上去。

發音部位是指發輔音時，發音器官形成阻礙的部分。如 b、p、m 的發音部位是雙唇，f 是下唇和上齒。按發音部位，輔音分雙唇音、唇齒音、舌尖音、舌面音、舌根音、捲舌音等。若就元音而言，則有舌面前、中、後。

發音方法是指發輔音時，構成阻礙和除去阻礙的方式。如 b、p、m 發音部位都是雙唇，它們的分別就在發音方法不同：b 是不送氣的塞音，p 是送氣的塞音，m 是鼻音。按發音方法，輔音分塞音、擦音、塞擦音、鼻音、邊音、清音、濁音、送氣音、不送氣音等。若就元音而言則有開、齊、合、撮，而形成高、半高、不高不低、半低、低等五個層次。人類的發音器官，主要是喉頭、聲帶、口腔和鼻腔。

字音就是以此而形成，譬如「天」字，就國語而言，音作 tiān，即由聲母送氣的舌尖清塞音「t」、介音舌面前高元音「i」、主要元音舌面前低元音「a」、韻尾舌尖鼻音「n」、平聲調「－」等五個元素構成。其必備者為元音和聲調，其餘聲母、介音、韻尾三元素則可有可無。而這五個元素，如果時空不同往往會發生變異，尤其「音隨地轉」，地域產生的音變比古今音變要來得大而明顯，何況同音同調，各地又有音質和調質的不同。清劉禧延《中州切音譜贅論．江陽韻》條云：

弋陽土音，於寒山、桓歡、先天韻中字，或混入此韻。如關、官作「光」；丹、端作「當」；班、般作「幫」；蠻、瞞作「茫」；蘭、鸞作「郎」；山作「傷」，音似「桑」；安作「映」；難作「囊」；完作「王」；年作匿杭切之類。明人傳奇中，盛行如《鳴鳳記》用韻，亦且混此土音，而並雜入他韻。❶

可見如以《中原音韻》為標準，那麼弋陽腔的寒山、桓歡、先天三韻中的某些字，便會和江陽韻混用。也因此，魏良輔《南詞引正》要說「北曲與南曲大相懸絕，無南腔南字者佳。」意思是告誡人北曲是用北方的語音腔調，不可雜入南方的語音腔調。明人王世貞《曲藻》嘲笑李開先所作《寶劍》、《登壇》二記，也是因為他雜用山東方言，必須吳中教師隨字改妥方可❷。明人范文若《夢花酣．自序》裡批評湯顯祖「未免拗折人嗓子」，其原因之一是「多宜黃土音」❸。元人虞集《中原音韻．序》云：

---

❶〔清〕劉禧延：《中州切音譜贅論》，收於任仲敏編：《新曲苑》第六冊第三六種（北京：中華書局，一九四〇，據聚珍仿宋版印行），頁六。

❷〔明〕王世貞：《曲藻》，《中國古典戲曲論著集成》第四冊（北京：中國戲劇出版社，一九五九），頁三六，云：「北人自王、康後，惟山東李伯華。……所為南劇《寶劍》、《登壇記》，亦是改其鄉前輩之作。二記余見之，尚在《拜月》、《荊釵》之下耳，而自負不淺。一日問余：『何如《琵琶記》乎？』余謂：『公辭之美，不必言。第令吳中教師十人唱過，隨唱字改妥，乃可傳耳。』李怫然不樂罷。」

五方言語又復不類，吳楚傷於輕浮，燕冀失於重濁，秦隴去聲為入，梁益平聲似去，河北河東取韻尤遠；吳人呼「饒」為「堯」，讀「武」為「姥」，說「如」近「魚」，切「珍」為「丁心」之類，正音豈不誤哉！❹

可見方言腔調各有其特質，字音每有歧異。所以王驥德在其《曲律》卷二〈論須識字第十二〉裡，但認為「蓋四方土音不同，其呼字亦異，故須本之中州。」❺也就是說在方言歧異、各地殊音的情況下，應當以「中州」音，亦即開封、洛陽、鄭州一帶的語音為標準。

我國字音的內在構成元素雖有必備的元音、聲調和可有可無的介音、韻尾和聲母，但它作為語言發出聲音來，便和任何語言一樣，一個字音就又包含了音長、音高、音強、音色等四個構成因素。音色取決於發音器官的特質，因人而異；音長起於音波震動時間的久暫，久生長音，暫生短音；音高起於音波震動的快慢，快則音高，慢則音低；音強起於音波震動幅度的大小，大就強，小就弱。另外，就中國語言來說，還有「聲調」不可忽略。所以中國語言每發一字音就含有長短、高低、強弱、平仄和音色等五個因素。這五個因素的交替運作就會產生語言旋律。然而一字一音無論如何是單薄的，難於產生豐富的語言旋律；所以必須累字成詞，累詞成句，累句成章，累章成篇，然後不止其內容思想和情趣才能表達豐富，而且由於字詞章句的累增，其間的語言旋律，

---

❸〔明〕范文若：《夢花酣》，《全明傳奇》第一〇五冊（臺北：天一出版社，一九八五），〈夢花酣序〉，頁一。

❹〔元〕周德清：《中原音韻》，《中國古典戲曲論著集成》第一冊（北京：中國戲劇出版社，一九五九），〈前序〉，頁一七三。

❺〔明〕王驥德：《曲律》，《中國古典戲曲論著集成》第四冊，頁一一九。

也就變化多端、騰挪有致起來。

2.字音之聲調及其組合

字音中漢字特有的聲調分平上去入四聲，拿它發聲的方法和現象來觀察，具有三項特質：其一，有平與不平兩類，平為平聲，不平即仄，含上去入三聲；其二，有長短之別，平上去三聲為長音，入聲為短音；其三，有強弱之分，上去入三聲屬強，平聲屬弱。

就因為四聲具有這樣的三個特質，所以四聲間的組合，由其音波運行時升降幅度大小的變化和發聲時無礙與阻塞的長短異同，便會產生不同的旋律感。所以唐代的近體詩，其所講求的平仄律，基本上只是運用聲調的平與不平，使之產生抑揚曲直的旋律感。但仄聲中的上去入三聲，其升降幅度其實頗為懸殊，併為一類，不免粗疏。所以謹嚴的詩人，便在仄聲中又講究上去入的調配，有所謂「四聲遞換」❻。而杜甫「晚節漸於詩律細」❼，除了在恪守格律中更求精緻外，也從突破格律中更求精緻。崔顥和李白也都擅長於此。

就因為四聲各具特質，不止關係聲情，而且兼顧詞情，所以詩以後的詞曲便明白的規定某句某字該上該去該入，而四聲的精緻便也完全納入體製格律的範疇。凡是這些嚴守四聲的句子，都是音律最諧美，足以表現該詞調該曲調特色的地方，即所謂「務頭」，高明的作家都能在此施以警句，使之達到聲情詞情穩稱的地步。

這裡要特別說明的是，就曲的聲調來說，南曲尚保有四聲，北曲則入聲消失，但平聲分陰陽。也就是說北

---

❻ 曾永義：〈舊詩的體製規律及其原理〉，《國文天地》第一四、一五期，收入拙著：《詩歌與戲曲》（臺北：聯經出版事業公司，一九八八），頁四九－七七。這裡取其大要，但對平仄律原理已有所修正。

❼ 〔唐〕杜甫：〈遣悶戲呈路十九曹長〉，孫通海、王海燕編輯：《全唐詩》（北京：中華書局，一九九九），卷二三四，頁二五八三。

曲的聲調是：陰平、陽平、上、去「四聲」，這「四聲」和唐詩宋詞南曲的「四聲」不完全相同，然而卻和今日國語的四聲完全相同。保存唐宋「平聲」不升不降之特質的，事實上只是「陰平」，「陽平」已有升揚之趨勢；而「入聲」則分派到平上去三聲中，已自然消失，所以北曲中已無逼促之調。

四聲自從齊梁以來，在中國韻文學上便有舉足輕重的地位，詞曲尤其重視。譬如元人周德清《中原音韻・正語作詞起例》云：

> 夫平仄者，平者平聲，仄者上、去聲也。如云「上」者必要上，「去」者必要去；「上去」者必要上去；「去上」者，必要去上；「仄仄」者，上去、去上皆可。上上、去去，若得迴避尤妙；若是造句且熟，亦無害。❽

又云：

> 【點絳唇】首句韻腳必用陰字，試以「天地玄黃」為句歌之，則歌「黃」字為「荒」字，非也；若以「宇宙洪荒」為句，協矣。蓋「荒」字屬於陰，「黃」字屬陽也。❾

由周氏這兩段話看來，足見元曲講究聲調的地方，不止該上不能用去、該去不能用上，上去的配合顛倒不得，即陰陽亦不可假藉，否則語言旋律與音樂旋律不能相合，便會影響腔調的純正。

對此，王驥德在《曲律・論平仄第五》說得更詳細，他說：

❽ 〔元〕周德清：《中原音韻》，《中國古典戲曲論著集成》第一冊，頁二三七。

❾ 同上注，頁二三五。

今之平仄，韻書所謂四聲也。……四聲者，平上去入也。平謂之平，上去入總謂之仄。曲有宜於平者，而平有陰陽；有宜於仄者，而仄有上去入。乖其法，則曰「拗嗓」。蓋平聲聲尚含蓄，上聲促而未舒，去聲往而不返，入聲則逼側而調不得自轉矣。故均一仄也，上自為上，去自為去，獨入聲可出入互用。北音重濁，故北曲無入聲，轉派入平上去三聲，而南曲不然。詞隱謂入可代平，為獨洩造化之秘。又欲令作南曲者，悉遵《中原音韻》，入聲亦止許代平，餘以上去相間，不知南曲與北曲正自不同，北則入無正音，故派入平上去之三聲，且各有所屬，不得假借；南則入聲自有正音，又施於平上去之三聲，無所不可。大抵詞曲之有入聲，正如藥中甘草，一遇缺乏，或平上去三聲字面不妥，無可奈何之際，得一入聲，便可通融打諢過去，是故可作平，可作上，可作去；而其作平也，可作陰，又可作陽，不得以北音為拘；此則世之唱者由而不知，而論者又未敢拈而筆之紙上故耳。其用法：則宜平不得用仄，宜仄不得用平，宜上不得用去，宜去不得用上，宜上去不得用去上，宜去上不得用上去。上上、去去，不得疊用；單句不得連用四平、四上、四去、四入，雙句合一不合二，合三不合四。押韻有宜平而亦可用仄者，有宜仄而亦可用平者，有宜平不得已而以上聲代之者。韻腳不宜多用入聲代平上去字。一調中有數句連用仄聲者，宜一上一去間用。詞隱謂：遇去聲當高唱，遇上聲當低唱，平聲、入聲，又當斟酌其高低，不可令混。或又謂：平有提音，上有頓音，去有送音。蓋大略平去入啟口便是其字，而獨上聲字，須從平聲起音，漸揭而重以轉入，此自然之理。至調其清濁，叶其高下，使律呂相宣，金石錯應，此握管者之責，故作詞第一喫緊義也。⑩

⑩〔明〕王驥德：《曲律》，《中國古典戲曲論著集成》第四冊，頁一〇五－一〇六。

王氏這一大段話可以說把平仄四聲在南北曲中運用的要義大大的發揮。他提出運用不得當就會「拗嗓」，也說明了四聲各自的特質，可以和《康熙字典》卷首教人分辨四聲「平聲平道莫低昂，上聲高呼猛烈強，去聲分明哀遠道，入聲短促急收藏」⑪相發明。而入聲之所以可以派入三聲，乃因為袪除其韻尾之故，譬如「集合」、「特質」、「北極」三詞皆為入聲構成，而分別收雙唇清塞音韻尾「p」、舌尖清塞音韻尾「t」、喉塞音韻尾「k」，一旦袪除，則集、合、質、極四字派入陽平聲，北字派入上聲，特字派入去聲。而沈璟（詞隱）與王氏既然都主張南北曲「悉遵《中原音韻》」，未知又何以有「入聲正如藥中甘草」之說。又其說「上上」不得疊用，乃因上聲曲折頗甚，疊用必致變調，變調則走音，譬如「李總統」三字，如不將「總」字改為陽平聲，則無人能以連用三上發聲。而兩去聲疊用並無此問題，只是聲情較強烈而已，其實疊用何妨。又其說單句不能同聲四疊用，乃因所顯現之聲調特質過分強烈且毫無變化之故；若雙句可合一合三用同聲調而不可合二合四之故，乃因第一三兩字不在音步點上，可以同平仄；若第二四兩字，則在音步點上，必須平仄相反。至其說韻腳四聲之法，以及引詞隱說明歌唱四聲之道，皆可見其聲律三昧，足供吾人參考；而所謂「調其清濁，叶其高下，使律呂相宣，金石錯應」，則是「腔調」，亦即語言旋律與音樂旋律相得益彰的妙境，而這分修為則是製曲者所必備，亦即其根基首在於對四聲平仄認識與運用的能力，則四聲平仄之重要，於此蓋可見矣！

王氏不止暢論「四聲平仄」，對聲調之「陰陽」也有他獨到的見解，其《曲律・論陰陽第六》云：

> 古之論曲者曰：聲分平仄，字別陰陽。陰陽之說，北曲《中原音韻》論之甚詳；南曲則久廢不講，其法亦淹沒不傳矣。近孫比部始發其義，蓋得之其諸父大司馬月峰先生者。夫自五聲之有清濁也，清則輕揚，

⑪〔清〕康熙間張玉書等奉敕編撰：《康熙字典》（臺北：啟明書局，一九六一，據殿刻銅版影印），頁三一。

濁則沈鬱。周氏以清者為陰，濁者為陽，故於北曲中，凡揭起字皆曰陽，抑下字皆曰陰；而南曲正爾相反。南曲凡清聲字皆揭而起，凡濁聲字皆抑而下。今借其所謂陰陽二字而言，則曲之篇章句字，既播之聲音，必高下抑揚，參差相錯，引如貫珠，而後可入律呂，可和管絃。倘宜揭也而或用陰字，則聲必欺字；宜抑也而或用陽字，則字必欺聲。陰陽一欺，則調必不和。欲詘調以就字，則聲非其聲；欲易字以就調，則字非其字矣！毋論聽者迕耳，抑亦歌者棘喉。⓬

「陰陽」不可「相欺」，相欺則調必不和，以致聲非其聲、字非其字，其道理與四聲平仄實際相同，對於腔調語言旋律之重要性不言可喻，只是何以南曲之陰陽正好和北曲相反，是否正如上文所云，因地域不同而調質有別乃至於「相反」呢？對此，筆者不敏，請留待「知音」論定。

3. 字音之韻及其韻協布置

南朝梁劉勰《文心雕龍．聲律》所云：「異音相從謂之和，同音相應謂之韻。」范文瀾注：「同音相應謂之韻，指句末所用之韻。」⓭則韻協是運用韻母相同，前後複沓的原理，把易於散漫的音聲，藉著韻的迴響來收束、呼應和貫串，它連續的一呼一應，自然產生規律的節奏；它好比貫珠的串子，有了它，才能將顆顆晶瑩溫潤的珍珠，貫串成一串價值連城的寶物；它又好像竹子的節，將平行的纖維素收束成經耐風霜的長竿，而其嬝娜搖曳的清姿，完全依賴那環節的維繫。也因此，如果該押的韻不押，或韻部混用，便成了詩詞曲家大忌。周德清《中原音韻．正語作詞起例》云：

⓬〔明〕王驥德：《曲律》，《中國古典戲曲論著集成》第四冊，頁一〇七。

⓭〔梁〕劉勰著，〔清〕范文瀾注：《文心雕龍註》（臺北：臺灣開明書店，一九五八），頁一五。

《廣韻》入聲緝至乏，《中原音韻》無合口，派入三聲亦然。切不可開合同押。《陽春白雪集・水仙子》：「壽陽宮額得魁名，南浦西湖分外清，橫斜疏影窗間印，惹詩人說到今。萬花中先綻瓊英。自古詩人，愛騎驢踏雪，尋凍在前村。」開合同押，用了三韻，大可笑焉。詞之法度全不知，妄亂編集板行，其不知恥者如是，作者緊戒。⑭

因為儘管韻部庚青、真文、侵尋三韻相近，但畢竟收音有 ŋ、n、m 之不同，就會影響了迴響的美感，所以古人以此為忌。

作詩協韻必須四聲分押，亦即平聲韻和平聲韻押，上去入三聲也一樣。詞曲則不盡如此。南曲平聲押平聲，上去聲同押；北曲是三聲通押，即平上去三聲的韻字可以押在一起。詞則平聲、入聲獨用，上去兩聲合用、獨用均可，有時平聲也可以和上去押在一起；又有平仄換協之例，即某幾句協平聲韻，某幾句協仄聲韻，平仄聲則彼此不必協韻。南曲起初隨口取協，有如歌謠，後來規矩大致與詞相同，而平上去三聲通押的情形遠較詞為多，則又近於北曲。至於詩讚系大抵兩句為一單元，上句仄聲韻下句協平聲韻。

韻協對於韻文學腔調語言旋律的影響，除了其本身的迴響作用外，韻腳的聲調和音質亦有所關聯。聲調如前文所述，韻部聲情則如王驥德《曲律・雜論第三十九上》所云：

凡曲之調，聲各不同……至各韻為聲，亦各不同。如東鍾之洪，江陽、皆來、蕭豪之響，歌戈、家麻之和，韻之最美聽者。寒山、桓歡、先天之雅，庚青之清，尤侯之幽，次之。齊微之弱，魚模之混，真文

⑭〔元〕周德清：《中原音韻》，《中國古典戲曲論著集成》第一冊，頁二一二。

之緩，車遮之用雜入聲，又次之。支思之萎而不振，聽之令人不爽。至侵尋、監咸、廉纖，開之則非其字，閉之則不宜口吻，勿多用可也。⓯

王氏之說自有其道理，但韻部聲情其實受到整體詞情的影響頗大，很難用一兩個形容詞加以範疇。不過如能就詞情而選韻，自可使聲情詞情更加相得益彰。

韻腳對語言旋律的影響，應以其疏密與轉變為主要。

所謂「疏密」是指韻腳的布置有均勻與疏密之分，大抵隔句押韻的可視為均勻，數句才押韻語言長度較長者為疏，句句押韻語言長度較短尤其是所謂「短柱韻」的可視為密。因為韻腳於聲情有收束與呼應之功能，其與非韻腳間之交互作用，有如人體之呼吸；故用韻均勻的一鬆一緊，節奏之疾徐較為合度；用韻過疏的與用韻過密的，鬆緊兩相懸殊，故或較緩慢，或較快速。較緩慢或較快速的情形習見於詞曲，因為詩只有極少數是句押韻或三句押韻，通常都是隔句押韻。

近體詩和曲都限於一韻到底，古體詩和詞都可以轉韻。一韻到底的，聲情較單純，轉韻越多，聲情越變化曲折。因為韻腳本身各有音質，一韻到底的，始終以此音質迴響，聲情自然單純；而如果轉換韻協，尤其數句即轉換而多次，聲情自然隨之變化曲折而快速。李白樂府詩最擅長運用轉韻以見其豪縱悲涼、澎湃跌宕；詞中【虞美人】一調亦是明顯的例子。

韻協由於有收縮迴響聲音的作用，也是「韻文學」與「散文學」最大分野的基礎，所以失韻固然絕對不可，混韻亦是忌諱。如前文所舉周德清《中原音韻・正語作詞起例》所云：【水仙子】一曲，名、清、英三字韻屬

⓯〔明〕王驥德：《曲律》，《中國古典戲曲論著集成》第四冊，頁一五三－一五四。

「庚青」，印、人、村三字韻屬「真文」，而「今」字韻屬「侵尋」，所以周氏笑他混用三韻；又「庚青」、「真文」為開口韻，「侵尋」為合口韻，所以周氏也笑他開合同押⑯。也因此王驥德《曲律‧論曲禁第二十三》也以「重韻、借韻、犯韻」⑰為誡。「重韻」即用同一字重複為韻腳，如此聲情沒有變化；「借韻」即鄰韻通押，如支思押齊微；「犯韻」指句中字與韻腳同韻部，如此則因韻字收縮迴響的作用會使句子語氣斷裂，但作為格律的「句中藏韻」如【點絳唇】首句七字，於第四字藏韻則不在此限，因為它反而成為此句聲情的「特色」。

(二) 複詞

單形體單音節的漢字，由於同音字太多，如果不用複音節構成複詞，在語言達意上便有頗多的窒礙，譬如「尸」這個音，「獅」、「師」語意大不相同，如果不說成「獅子」、「老師」便難於傳達清楚的語意。這也是我們介紹姓名時，必須要說成「曾國藩的曾」、「永久的永」、「禮義廉恥的義」的緣故，否則不知道要被誤作多少種寫法。

詞雖然有一個字的單詞，如山、水、花、鳥；也有超過三個字的複詞，如小李子、促織兒等加詞頭和詞尾的複合詞；和一些擬音的複詞，如不列顛、俄羅斯、顛不剌；以及一般四個字的成語，如光陰似箭、一柱擎天、駟馬難追，但它們既然號稱「語」，就已經不是一般的「複詞」。

1. 複詞之結構

一般的複詞是指雙音節，也就是兩個字構成的複詞。這和中國語言以雙音節為音步常態有密切的關係。

---

⑯ 〔元〕周德清：《中原音韻》，《中國古典戲曲論著集成》第一冊，頁二一二。

⑰ 〔明〕王驥德：《曲律》，《中國古典戲曲論著集成》第四冊，頁一二九。

複詞結構以字音、字義為基礎。

(1)以字義為基礎所構成的複詞，有以下形式：

組合式複詞

即兩字中下字為主體，上字為修飾語，彼此有主從關係。如藍天、白雲、青山、綠水、紅花等便是adj＋N的組合，好吃、快跑、猛打、不捨、先看等為adv＋V的組合，都好、餓扁、但不、勉強、真好等為adv＋adj的組合。也就是說凡兩字作形容詞、名詞，或副詞、動詞，或副詞、形容詞而彼此有輕重主從關係的組合，都屬於組合式複詞。

組合式合義複詞

但是如大門、滄洲、桂魄、青樓、飛機、火車、飛碟、台端、閣下、天顏、朱容、梨園等，其命意都已不再是字面上賓主組合的意思，而是已形成另有新指涉的內涵，已為公眾語言所習用。譬如「大門」不再是大的門，而是指建築物最外面的門口；「滄洲」不是滄水中的沙洲，而是隱居之地的代稱；「桂魄」不是指桂樹的魂魄，而是月光的代稱；「青樓」並非是青色的樓閣，而是指歌妓的居處；「飛機」不是飛行機器的通稱，而是指人們所共同認知的特殊型體和功能的飛行機器，它與同樣可以飛行的火箭、太空梭等並不一樣。也就是複詞雖是賓主關係組合，但已失去原義而將賓主兩字合成轉為新命義的，即稱作組合式合義複詞。

同義式複詞

同義式複詞由兩個字義相同或相近的單字所構成，如美麗、偉大、快速、思想、芳馨、戲劇、矇瞽、典範、歡娛、歌謠、建構、流播、產生、細微、嚴謹、拘泥等。這還是因為單字語義有時難明，加上一同義或義近的單詞構成複詞，語義就容易明白。譬如說「她很麗」、「她很有思」、「她閱讀很速」、「人格偉」、「花木馨」，皆不知所云；但說成「她很美麗」、「她很有思想」、「她閱讀很快速」、「人格偉大」、「花木芳馨」，語義就一清二楚了。

同義式合義複詞

但是像「風月」、「花柳」、「臺閣」、「士夫」、「江湖」、「巡撫」、「宰相」等詞，雖彼此字義相類似，但一般用語已失去其字面原義，而合成轉化為「男女浪漫戀情」、「男人因狎妓而得的疾病」、「政府之中樞」、「知識分子」、「流浪漂泊之所」等新義，凡此謂之「同義式合義複詞」。

反義式複詞

對同義式複詞而言，反義式複詞即是由兩個字義相反或大抵相反的單字所構成的複詞，如是非、淄素、雅俗、善惡、美醜、盛衰、勝敗、生死等。這樣的複詞都保留字義正反兩面的意義，彼此對映，使語義明白清楚。

反義式合義複詞

但是像「為人處事要懂得尺寸」、「臺北到北京遠近如何」、「此人輕重如何」、「一切歸諸造化」、「定要見個高下」等，其中「尺寸」、「遠近」、「輕重」、「造化」、「高下」都已經合為一體而轉變為「分際」、「距離」、「分量」、「自然」、「輸贏」等新義，凡此則謂之為「反義式合義複詞」。

反義式偏義複詞

在反義式複詞中又有一類，如「兄弟」、「異同」、「去來」、「增損」等都只取其一半之意義，另一半則不取；亦即以上諸詞但為「弟」、「異」、「去」、「損」之義。如「兄弟來到貴寶地」、「其間有何異同」、「去來吳興」、「有所增損」者然。

子句式複詞

子句構成的複詞又有兩類，其一為主語述語構成者，如山青、水碧、鳥語、花香；其二為動詞受詞構成者，如讀書、愛國、穿衣、戴帽等。

子句式合義複詞

有些動賓結構的子句式複詞，已轉變字面意義而引申為另一新義，如掛勾、翻身、解頤、知縣、平章、啟顏、下第、拔禾（農夫）、沖州撞府（流浪各地）、待詔（閒職官名，引申為妓女）、駕崩（皇帝死亡）、物化（死亡）等。

(2)以字音為基礎所構成的複詞，有以下形式：

以雙聲所構成的複詞

凡字音聲母相同者所構成的複詞稱「雙聲詞」，因其聲母相同，字頭順溜，易於造成語言旋律之流暢。如芬芳、淒清、千秋、積極、卑鄙、批評等。

以疊韻所構成的複詞

凡字音韻母相同者所構成的複詞稱「疊韻詞」，因其韻母相同，字尾呼應，易於造成語言旋律之舒緩美聽。如天邊、清平、窈窕、纏綿、蕭條等。

雙聲疊韻詞的運用，早見於《詩經》、《楚辭》，以及兩漢、魏晉的詩歌。初唐近體詩流行以後，更加受到注意。盛唐老杜尤精此道，神明變化，益增聲韻之美。清人周春著有《杜詩雙聲疊韻譜括略》，茲據周著舉杜詩中一些雙聲疊韻的對句，以為例證。凡字右有・・符號者為雙聲，有。。符號者為疊韻：

甲、古詩

差池上舟楫，窈窕入雲漢。（疊韻對疊韻，雙聲對雙聲）

早行石上水，暮宿天邊樹。（雙聲對疊韻）

三年笛裏關山月，萬國兵前草木風。（疊韻、雙聲錯綜對）

乙、律詩

聯翩匍匐禮，意氣死生親。（疊韻對疊韻，雙聲對雙聲）

臨老羈孤極，傷時會合疏。（雙聲對雙聲）

鼓角緣邊郡，川原欲夜時。（雙聲對疊韻）

十年蹴踘將雛遠，萬里鞦韆習俗同。（疊韻對雙聲，雙聲對雙聲）

悵望千秋一灑淚，蕭條異代不同時。（疊韻、雙聲錯綜對）[18]

像這些詩句所運用的雙聲疊韻，都非常自然，錯落有致，所以益增聲韻之美。

以疊字衍聲所構成的複詞

疊字則字音重複，重複之字音有如詞尾，聲情輕快，因而產生活潑舒暢之語言旋律。元曲喜用此類複詞，清梁廷柟《曲話》錄有詞例一兩百，如響丁丁、冷清清、虛飄飄、撲騰騰、氣昂昂等等[19]。

因為疊字衍聲的次一音節有如帶詞尾的複詞，雖在文字上為一單字，但在音節上則附屬前者，就長度而言，止有半音節，而且發聲要較為輕微；也因此疊字詞和帶詞尾的複詞其音節要比兩個異字所構成的複詞來得輕而

[18] 詳見〔清〕周春：《杜詩雙聲疊韻譜括略》（北京：中華書局，一九八五，據《藝海珠塵》本影印）。

[19] 〔清〕梁廷柟：《曲話》，《中國古典戲曲論著集成》第八冊（北京：中國戲劇出版社，一九五九），頁二八六。

短。例如杜甫〈登高〉一首在開頭兩句「風急天高猿嘯哀，渚清沙白鳥飛迴」之後，緊接「無邊落木蕭蕭下，不盡長江滾滾來」⑳，運用「蕭蕭」和「滾滾」兩個疊字詞，借助其快速的節奏強化了秋日空曠悲涼的意味，前半首所顯現的意象情趣，其氣勢也因此奔騰雄渾起來。再如〈曲江二首〉之一的「穿花蛺蝶深深見，點水蜻蜓款款飛。」㉑更借助了「深深」和「款款」的輕快節奏，將蛺蝶和蜻蜓的穿花和點水寫得鮮活之極。李清照著名的【聲聲慢】詞，開首連用七組疊字衍聲複詞「尋尋覓覓，冷冷清清，悽悽慘慘戚戚。」㉒將本來是三句音節雙式、節奏應屬緩慢的句子，變得一層逼進一層逐漸加速起來，而且一氣呵成，把她那沉鬱在胸中的悲秋情緒勃勃然迸發出來。再看喬吉的一支【天淨沙】：「鶯鶯燕燕春春，花花柳柳真真，事事風風韻韻，嬌嬌嫩嫩，停停當當人人。」㉓這支曲子共五句，每句都屬雙式音節，如果運用異字複詞有如馬致遠「枯藤老樹昏鴉」，則聲情一波三折，舒徐款緩；但由於喬氏寫的是春光明媚、郊遊踏青，意屬輕快愉悅，所以全用疊字詞填成，於是聲情、詞情就渾然如一。

帶詞頭的衍聲複詞

因單字單詞語意往往不明，因在其上加一有聲但無義而約定俗成的字音以構成複詞，從而促成其語意清楚。如老師、老王、老李、老虎、老鼠之「老」皆有音無義，「老」絕不是年輩大的意思。其他如小紅、小趙，阿義、阿扁，有唐、有清，打諢、打和、打從等亦然。

⑳《全唐詩》，卷二二七，頁二四六八。
㉑《全唐詩》，卷二二五，頁二四一三。
㉒唐圭璋編：《全宋詞》，頁九三二。
㉓隋樹森編：《全元散曲》，頁五九二。

帶詞尾的衍聲複詞

因單字單詞語意往往不明，因在其下加一有聲但無義而約定俗成的字音以構成複詞，從而促成其語意清楚；有的更因其位居詞尾，又為不具意義之虛字，就使聲情顯得輕快而美聽。前者如軀老（身體）、睩老（眼睛）、邦老（強盜）、恍然、哄然、驀然；後者如車兒、馬兒，桌子、獅子，穿著、跑著，好的、壞的，忽地、悠地等。

狀聲的衍聲複詞

有的複詞純粹用來形容某種聲響，如淅瀝為細雨聲、嘩啦為水聲或不經意的喧囂，轔轔為車行聲、唧唧為蟲鳴聲、啁哳為鳥叫聲。元曲運用狀聲詞特別繁多，如白樸《梧桐雨》末折【笑和尚】：「疏剌剌刷落葉被西風掃，忽魯魯風閃得銀燈爆。廝琅琅鳴殿鐸，撲簌簌動朱箔，吉丁當玉馬兒向檐間鬧。」㉔便用一系列的狀聲詞把落葉聲、風聲、鳴鐸聲、朱箔聲、鐵馬擺動聲，寫得活靈活現，可視可聞。

純粹衍聲的複詞

此為標音性的名詞，用指大自然之生物，如促織、蟋蟀、蝴蝶、鳳凰、鸚鵡等。

以上複詞結構含從字義組合九種類型和從字音組合七種類型，共十六種類型，是筆者從漢語複詞結構觀照所得的大致現象。就戲曲文學而言，亦不出此。

2.複詞的聲調結構

但韻文學無不講究語言旋律，尤其是優美的語言旋律，戲曲既為韻文學之極致，更非講究不可。也因此，

㉔〔元〕白樸：《梧桐雨》，收入〔明〕臧懋循輯：《元曲選》第一冊（北京：中華書局，一九八九），頁三六二。

複詞的聲調組合，及其緣字音而構成的複詞類型，便也成為韻文學講究語言旋律的重要基礎。

緣字音所構成的複詞類型，其於聲情之作用，已附論於前文，這裡單論複詞的聲調結構。

平上去入四聲所產生的三種特質：有長短之別、平與不平（仄、側）之別、強弱之別，已見於前論。以下且先舉出複詞聲調組合的現象：

卑官（平平）、卑鄙（平上）、卑劣（平去）、卑職（平入）。保鏢（上平）、保管（上上）、保護（上去）、保結（上入）。被單（去平）、被酒（去上）、被動（去去）、被服（去入）。北方（入平）、北里（入上）、北面（入去）、北極（入入）。

以上是最簡單的聲調組合，而已可見：平平，有平舒之感；入入，有激促之感；去去，有直切之感；而上上連用，則由於其升降幅度在短小的語言長度裡，曲折變化過甚，人們的發聲器官無法連續的將其正確聲調傳達出來，所以必須將其上字變調為平，乃能相屬成詞的讀出來；也因此，上上連用，便成了韻文學的忌諱，王驥德《曲律》更明舉「上上疊用」為「曲禁四十條」之一㉕。至於不同聲調的組合：大抵鄰近的兩個聲調，如平上、上平、上去、去上、去入、入去比較和諧，而尤以上去、去上最為美聽，故詞曲中聲情詞情最佳處的所謂「務頭」，往往施之。不相鄰的兩個聲調，如平去、平入、去平、入平，則顯得率切；上入、入上，由於上聲先抑後揚的特質，故尚稱諧美。

(三)句式

㉕〔明〕王驥德：《曲律》，《中國古典戲曲論著集成》第四冊，頁一二九。

累字成詞，累詞成句。就韻文學而言，每個句子都具有完整的語義，所以韻文學之語句，其末字不在韻腳上的，為一個詞情的完成點。其在韻腳上的，則兼具聲情的完成點，尤為重要。

中國語言的特質是單音節，亦即一個字一個音節，以此類推，二字句的語言長度就是二音節，三字句就是三音節，四字句就是四音節，五字句就是五音節，六字句就是六音節，七字句就是七音節。韻文學一個句子的音節數，大抵不超過七音節。凡是超過七音節的句子，其間若不是夾有帶白或襯字的話，就非「攤破」不可。譬如南唐中主李璟有一闋詞叫【攤破浣溪沙】：

> 菡萏香銷翠葉殘，西風愁起綠波間。（還與）韶光（共）憔悴、不堪看。　細雨夢回雞塞遠，小樓吹徹玉笙寒。（多少）淚珠（何）限恨、倚闌干。㉖

如果我們把括弧中的字當作「襯字」，那麼上下兩半闋的末兩句應當作「還與韶光共憔悴不堪看」、「多少淚珠何限恨倚闌干」，也就是它們的本格正字「韶光憔悴不堪看」、「淚珠限恨倚闌干」只是七字七音節；但是在這闋詞裡，括弧中的字事實上已經侵入句中而成為正字，是為「增字」，亦即其音節的輕重分量和正字占有同等的地位，於是句子的長度增為十字句十音節；然而由於過長，非語勢所能一氣貫下，所以必須「攤破」為兩句。這闋詞就是採取七、三的攤破形式，而分作「還與韶光共憔悴、不堪看」、「多少淚珠何限恨、倚闌干」。所以論韻文學的句子長度，只要從一言到七言即可。

一言的句子，可以偶然出現，但不能構成韻文學的基本形式。因為這種單音節的句子，內容貧乏、節奏逼

㉖〔南唐〕李璟：【攤破浣溪沙】，王仲聞校訂：《南唐二主詞校訂》（北京：中華書局，二〇一三），頁一七。

促，毫無「韻味」可言。二言為基本形式的，相傳有【古孝子歌】（一作【彈歌】）：「斷竹，續竹；飛土，逐肉」，它的句子長度仍舊極為短小，本身自成一個語氣上的頓，同樣沒有「韻致」可言。但是三言以上至七言的句子，隨著語言長度的累增，其間音節的騰挪，就益加多姿多韻起來。這是有關音節形成的問題，留待下文討論。

韻文學的語言長度應當指韻間的音節而言。因為「韻」是散聲的收束，絕然成為一個語言的段落；所以句句押韻的，它的語言長度便只是該句的音節數；隔句押韻的，便是兩句的音節數，以此類推，三句四句亦然。明白了這個道理，那麼也就更加可以明白何以上文談到韻腳布置時，說到韻密者大抵節奏較緊湊，韻疏者則較弛緩的緣故了。

韻文學增加語言長度的方法，可以說就是加襯字。普通都以為「襯字」只有曲中才有，事實上詩詞照樣有很明顯的「遺跡」。譬如漢武帝時李延年〈李夫人歌〉「寧不知傾國與傾城」句中的「寧不知」三字，唐李白〈將進酒〉：「君不見黃河之水天上來，奔流到海不復回」[27]中的「君不見」三字。像這樣附加「襯字」的詩多半是樂府詩，事實上就是古曲子。而詞中如「攤破」較原調多出的字，如柳永【八聲甘州】「對瀟瀟暮雨灑江天，一番洗清秋。漸霜風淒慘，關河冷落，殘照當樓」[28]中的「對」、「漸」即是所謂的「領調字」，應當也屬襯字的範圍。至於曲中加襯，那就顯而易見，比比皆是了。例如王實甫《西廂記》正宮【叨叨令】曲：

見安排著車兒馬兒不由人熬熬煎煎的氣。有甚心情將花兒靨兒打扮的嬌嬌滴滴的媚。準備著被兒單枕兒冷則索昏昏

[27] 〔唐〕李白：〈將進酒〉，《全唐詩》，卷一六二，頁一六八四。

[28] 唐圭璋編：《全宋詞》（北京：中華書局，一九九八），頁四三。

沈沈的睡。從今後衫兒袖兒都抆做重重疊疊的淚。㉙

所謂「襯字」是在不妨礙腔格節拍的情形下，於本格正字之外所添加的若干字，因其較之本格正字，只占陪襯、襯托的地位，故稱襯字。上舉【叨叨令】曲是加襯字比較顯著的例子，其首四句正字總共才二十八字，襯字則有四十字，幾為正字的二倍。我們如果去掉襯字，光朗讀正字，則殊覺平板無生氣；但加上襯字之後，則莽爽之氣拂拂然生於齒牙之間，其意義明白顯豁、曲折詳盡，而韻致尤其生動活潑、嬝娜多姿。若推究其故，則襯字多用意義較輕、音節較快的虛字以作轉折、聯續、形容、輔佐之用，故能使凝鍊含蓄的句意化開，變成耳聞即曉的話語；同時它又加長了原有的語言長度，使語勢波浪起伏，造成流利爽快或頓挫曲折的情致。

使曲子的語言長度增加的，除了襯字之外，尚有其他幾種因素。如關漢卿南呂【一枝花】〈不伏老〉套之【尾曲】：

「我是箇蒸不爛、煮不熟、捶不扁、炒不爆」響噹噹一粒銅豌豆。〔恁子弟每〕「誰教你、鑽入他、鋤不斷、斫不下、解不開、頓不脫、」慢騰騰千層錦套頭。「我翫的是梁園月，飲的是東京酒。賞的是洛陽花，攀的是章臺柳。我也會圍棋、會蹴踘、會打圍、會插科、會歌舞、會吹彈、會嚥作、會吟詩、會雙陸。你便是落了我牙、歪了我嘴、瘸了我腿、折了我手，〔天賜與我〕這幾般兒歹症候，尚兀自不肯休。則除是閻王親自喚，神鬼自來勾，三魂歸地府，七魄喪冥幽。」〔天哪！〕那其間（攙）不向煙花兒路上走。㉚

㉙〔元〕王實甫著，王季思校注：《西廂記》（臺北：里仁書局，二〇〇〇），第四本第三折〈長亭送別〉，頁一六一。

㉚隋樹森編：《全元散曲》（北京：中華書局，二〇〇〇），頁一七三。

這支曲子的本格正字、正句只有七言三句，不過二十一字，而累增成數倍長的曲子，其中實包括了襯字、帶白、增句等三種其他成分。凡不加括弧而獨占一行的字都屬正字，小字為襯字，加「　」符號的是「滾」，無韻的是「滾白」，有韻的是「滾唱」，都屬「增句」。加〔　〕符號的是「夾白」，其中「天哪！」一語，即夾白中的「帶白」。加（　）符號的是「增字」。讀增句時要用「滾白嘓板」的方式，讀帶白時要拖長語氣辭或流露感嘆語氣，如此再加讀正字、襯字時自然顯現的輕重長短，則其旋律感較之原曲格律，就要豐富得多了。

1. 音節形式

而一個語言長度中的句子，則同時含有兩種形式，一種是意義形式，一種是音節形式。意義形式是句中意象語和情趣語的組合方式，意象語為名詞及其修飾語，此外為情趣語。對於意象情趣語的組合方式必須認識清楚，然後對其所要表達的思想情感，才能有正確的體悟；這是欣賞韻文學的意境美首先要弄清楚的。音節形式則是句中音步停頓的方式，停頓的時間尚有久暫之別，必須掌握分明，然後韻文學的旋律感才能正確的傳達；這是欣賞韻文學音樂美第一要弄清楚的。意義形式和音節形式，有些是兩相疊合的；但大多數是頗為分歧的。如果彼此糾纏不清，則不止或傷意境美或傷音樂美，甚至於產生極大的誤解而不自知。為此，請先辨明意義形式與音節形式。

五言詩和七言詩的音節形式只有一種頓法，亦即五言組分時為二三，細分時為二二一；七言組分時為四三，細分時為二二二一。這種形式符合語言先抑後揚的通則，屬於順讀，音感顯得流利。試舉任何一首五七言詩來誦讀，莫不如此。而以《詩經》為代表的四言詩，如〈秦風・蒹葭〉的首章：

蒹葭蒼蒼，白露為霜。所謂伊人，在水一方。

> 溯洄從之，道阻且長；溯游從之，宛在水中央。㉛

其中所有的四言句莫不作二二頓法，而唯一的五言句「宛在、水中央」非作二三頓法不可。可見四言詩的音節形式也只有一種，那就是平分兩截，作為二二的形式。這種形式音感顯得平穩。再看詞曲，二言句太過逼促，不可再分，請從三言至七言句來觀察：

三言：

①二一：狡兔、死，走狗、烹；高鳥、盡，良弓、藏；敵國、破，謀臣、亡。（《史記・淮陰侯列傳》）㉜

②一二：轉、朱閣，低、綺戶，照、無眠。（蘇軾【水調歌頭】）㉝

四言：

①一三：揾、英雄淚。繫、斜陽纜。（辛棄疾【水龍吟】）㉞

②二二：翠羽、搖風。寒珠、泣露。（貫雲石【蟾宮曲】）

五言：

㉛〔漢〕鄭玄箋，〔唐〕孔穎達疏：《毛詩正義》，收於〔清〕阮元校刻：《十三經注疏》（北京：中華書局，一九八〇），上冊，卷六－四，頁一〇四，總頁三七二。

㉜〔日〕瀧川龜太郎：《史記會注考證》（臺北：大安出版社，一九九八），〈淮陰侯列傳第三十二〉，頁三六，總頁一〇四五。

㉝〔宋〕蘇軾：《東坡樂府》（上海：上海古籍出版社，一九七九），頁六。

㉞〔宋〕辛棄疾，鄧廣銘箋注：《稼軒詞編年箋注增訂本》（上海：上海古籍出版社，一九九八），【水龍吟】〈登建康賞心亭〉，頁三四；【水龍吟】〈過南劍雙溪樓〉，頁三三七。

①二三：殷勤、紅葉詩。冷淡、黃花市。（喬吉【雁兒落過得勝令】）

②三二：對人嬌、杏花。撲人飛、柳花。（白樸【慶東原】）

六言：

①三三：長醉後、方何礙。不醒時、有甚思。（白樸【寄生草】）

②二二二：蔬圃、蓮池、藥闌。石田、茅屋、柴關。（張養浩【沉醉東風】）

七言：

①二二三：朝吟、暮醉、兩相宜。花落、花開、總不知。（孫周卿【水仙子】）

②三二二：楚天秋、萬頃、煙霞。（丘士元【折桂令】）

占清高、總是、虛名。（鍾嗣成【淩波仙】）㉟

由以上所舉的例子看來，每種各有兩種音節形式：第一種形式的最末一個音節都是單數，第二種形式的最末一個音節都是雙數。鄭師因百（騫）先生在〈論北曲之襯字與增字〉一文中謂前者為「單式」，後者為「雙式」。並云：

> 單式雙式二者聲響不同，或為健捷激裊，或為平穩舒徐。……詩中五言七言皆用單式，古風拗句偶可通融或故意出奇，近體如用雙式即為失律。詞曲諸調如僅照全句字數填寫而單雙互誤，則一句有失而通篇音節全亂。㊱

㉟ 貫雲石【蟾宮曲】至鍾嗣成【淩波仙】，見隋樹森編：《全元散曲》，頁三六七、六三三、二〇一、四一四、一九三、一〇六五、一三一五、一三六三。

可見音節形式對於詞曲的「旋律」很重要。而這裡要補充說明的有三點：

第一，何以單雙式只取決於最末一個音節。上文說過，韻文學的語言長度以韻為單位，如果這一韻間包含兩個句子，例如：

莊生曉夢迷蝴蝶，望帝春心託杜鵑。（李商隱〈錦瑟〉）[37]

飛鏡無根誰繫，姮娥不嫁誰留。（辛棄疾【木蘭花慢】）[38]

霜天沙漠，鷓鴣風裏欲偏斜。（白樸【駐馬聽】）[39]

當我們讀上例時，由於最末一字「鵑」、「留」、「斜」是韻腳，在聲情上與上下文呼應，對本段又作收束，故停頓的時間最長；其次「蝶」、「繫」、「漠」雖非韻腳，但為句末字，在意義上實已自成段落，語氣自然要歇息，所以停頓的時間也要較句間的「音步」長些。停頓的時間越長，對旋律的影響越大，也因此決定音節的單雙式取於最末音節。

第二，三言句雖然可以成為詩的基本形式，其音節仔細觀察，也有二一與一二之別，但由於句子長度畢竟短小，所以三個音節間往往緊密結合，也就是說，它的音步或停頓是不很明顯的，因此在論音節形式時往往把它看作一個單式單位，不再分析。例如歐陽炯的一闋【三字令】：

---

36 鄭師因百（騫）：〈論北曲之襯字與增字〉，《幼獅學誌》第一一卷第二期（一九七三年六月），頁一｜一七。

37 〔唐〕李商隱著，葉蔥奇疏注：《李商隱詩集疏注》（北京：人民文學出版社，一九九八），頁一。

38 〔宋〕辛棄疾，鄧廣銘箋注：《稼軒詞編年箋注增訂本》，頁四〇八。

39 隋樹森編：《全元散曲》，頁一九九。

春欲盡，日遲遲，牡丹時。羅幌卷，繡簾垂。彩牋書，紅粉淚，兩心知。　人不在，燕空歸，負佳期。香燼落，枕函欹。月分明，花澹薄，惹相思。[40]

上下半闋格律相同，論理其地位相同的句子，音節形式也應當相同，但上半闋的「牡丹時」為二一，而下半闋的「負佳期」為一二；上半闋的「紅粉淚，兩心知」也和下半闋的「花澹薄，惹相思」單雙式相反。可見三字句一般是被看作自成單位的，這也是我們分析四言作一三、二二，五言作二三、三二，六言作三三、二二二，七言作二二三、三二二的緣故。

第三，音步的停頓處自然形成音節的縫隙，首句的開頭為音節將啟，各句的開頭不是上文的句末就是韻腳，其音節縫隙最大，故詞曲加襯字多半在句子的開頭。其次七言句粗分為四三、三四，六言句為三三、二二二，五言句為二三、三二，四言句為一三、二二，亦即將句子分為大抵相等的兩截，其間之音節亦有相當之縫隙，故亦於此處加襯字；至於上述音節段落，「四」可細分為「二二」，「三」可細分為「二一」，其音節縫隙更為狹小，雖亦可於此加襯字，但已屬少數，尤其「三」之為「二一」其在句末者更是少之又少。為清眉目，故以起首的兩七言句為例，以符號標示如下：

○○○○	*○○*(句)*，	*○○*○○	*○○*(韻)*。
1　4	3　5　2	2　4	3　5　1

上例有「*」號者皆為音節縫隙，其阿拉伯數字即表示其縫隙大小之等級，數字越小者，縫隙越大，可加之襯字越多；數字越大者，縫隙越小，可加之襯字越少。而由此亦可見，以七言為例，其第一二字間、第三四字間、

[40]〔後蜀〕歐陽炯：【三字令】，趙崇祚編：《花間集》（鄭州：中州古籍出版社，一九九〇），頁三二一。

第五六字間絕不可加襯字，因為其間沒有音節縫隙。但是帶詞尾和疊字衍聲的複詞有如上文所舉的《西廂記》正宮【叨叨令】中的「車兒馬兒」、「熬熬煎煎」等則為例外，因為詞尾本身即為附加成分，與該詞不可分離，而疊字衍聲複詞的下字，事實上等於詞尾。

總上所論，韻文學的句子形式含有意義形式和音節形式兩種。意義形式為意象情趣的組合，在詩中由於音節形式單純不變，故意義形式要求變化，結構才靈動活潑，才不致於犯上「合掌」刻板的毛病。

由以上可見韻文學之音節有單、雙二式，單式健捷激裊，雙式平穩舒徐；以人的行走來比喻：單式猶如獨足，故動作跳躍；雙式猶如雙足，故動作平穩。句式單雙的配合，是詞曲以音步停頓之長短快慢見旋律之抑揚頓挫的要素。一調如純用單式句，則節奏顯得流利快速；如純用雙式句，則節奏顯得平穩緩慢；單雙式配合均勻，則節奏屈伸變化，韻致諧美。兩調字數如果相近，則單式句多者節奏較快；雙式句多者節奏較緩。純用單式句者，如柳永【蝶戀花】、蔣捷【虞美人】為詞調，曲調如張可久【四塊玉】：

> 曉夢雲，殘妝粉。一點芳心怨王孫，十年不寄平安信。綠水濱，碧草春，紅杏村。[41]

【蝶戀花】、【虞美人】各有一句九字句，攤破為四五的形式，音節頓法為二二二三，仍屬單式句；攤破的絕對法則是不能改變原有的音節形式，這就好像增字之後，儘管語言長度加長，仍要保持原來的單式或雙式一樣。【蝶戀花】其餘的句子都是四三形式的七言句，【虞美人】其餘的五言句作二三，七言句作四三；也就是它們都同屬純為單式句的調子，所以節奏頗為流利明快。而【四塊玉】一曲，除了兩個四三的七字句外，都是三字

41 隋樹森編：《全元散曲》，頁九二〇。

句，語言長度短小，且是明顯的單式句，所以節奏更加跳動輕快。其次純用雙式句者，詞調如張炎【聲聲慢】：

穿花省路，傍竹尋鄰，如何故隱都荒。問取堤邊，因甚減卻垂楊。消磨縱然未盡，滿煙波、添了斜陽。空、歎息，又翻成、無限，杜老淒涼。　一舸清風何處，把秦山、晉水，分貯詩囊。髮已飄飄，休問歲晚空江。松陵試招舊隱，怕白鷗、猶識清狂。漸、遡遠，望并州、卻是故鄉。㊷

曲調如盧摯【折桂令】：

笑征西、伏櫪悲吟。才鼎足功成，銅爵春深。軟勒歌殘，無愁夢斷，明月西沈。算只有、韓家晝錦，對家山、輝映來今。喬木空林，幾度西風，感慨登臨。㊸

張炎這闋詞，其雙數字之句固然都作雙式音節，而單數字之句亦皆作雙式音節，所以通調節奏自然是「聲聲慢」；【折挂令】十一句中，八句四字句皆作二二雙式，其餘三句七言，亦皆作三四雙式，故能以「平穩舒徐」的聲情見無限的感慨蒼涼。

詞曲中純用單式或雙式音節的調子其實不多見，大多數是單雙式配合使用。例如蘇軾【水調歌頭】：

明月幾時有？把酒問青天。不知天上宮闕，今夕是何年？我欲乘風歸去，惟恐瓊樓玉宇，高處不勝寒。起舞弄清影，何似在人間。　轉、朱閣，低、綺戶，照、無眠。不應有恨，何事長向別時圓。人有悲歡

㊷ 唐圭璋編：《全宋詞》，頁三四八六。

㊸ 隋樹森編：《全元散曲》，頁一一二一。

離合，月有陰晴圓缺，此事古難全。但願人長久，千里共嬋娟。[44]

又如周密【玉京秋】：

煙水闊。高林弄殘照，晚蜩淒切。碧碪度韻，銀牀飄葉。衣濕桐陰露冷，采涼花、時賦秋雪。歎、輕別。一襟幽事，砌蛩能說。　客思吟商還怯。怨歌長、瓊壺暗缺。翠扇恩疏，紅衣香褪，翻成消歇。玉骨西風，恨最恨、閒卻新涼時節。楚簫咽，誰倚西樓淡月。[45]

這兩闋詞，【水調歌頭】上片九句，其中雙式三句、單式六句；下片十句，其中雙式六句、單式四句；所以上片的節奏顯得比下片快。但通闋十九句，雙式九句、單式十句，單雙互相錯落，故全調聲情抑揚有致。【玉京秋】上片十句，雙式八句，單式二句；下片九句，僅一句單式；故雖協短促之入聲韻，但聲情較【水調歌頭】要緩慢得多。

詩的音節雖然四言純為雙式，五七言純為單式，但古詩中的雜言體則可以單雙配合有如詞曲，茲舉李白古風〈遠別離〉為例：

遠別離，古有皇英之二女。乃在洞庭之南，瀟湘之浦。海水直下萬里深，誰人不言此離苦。日慘慘兮雲冥冥，猩猩啼煙兮鬼嘯雨。我縱言之將何補。皇穹竊恐、不照余之忠誠，雲一作雷憑憑兮欲吼怒。堯舜當之亦禪禹。君失臣兮龍為魚，權歸臣兮鼠變虎。或言一作云堯幽囚，舜野死。九疑聯綿皆相似，重瞳孤墳

[44] 〔宋〕蘇軾：《東坡樂府》，頁六。

[45] 唐圭璋編：《全宋詞》，頁三二六九－三二七〇。

竟何一作誰是，帝子泣兮綠雲間，隨風波兮去無還。慟哭兮遠望，見蒼梧之深山。蒼梧山崩湘水絕，竹上之淚乃可滅。[46]

這首詩論句法有散文、有騷體、有詩體，論句子長度有三言、四言、五言、六言、七言、八言、十言，真是達到了錯綜複雜的程度，所以聲情也變化多端，將李白憂國憂君一肚皮無可奈何的悲哀跌宕縱橫的流露出來。其開首四句運用散文句法，就音節而言則為雙式，聲情有逐漸累積而致雄厚之感，而緊接其後乃連用兩句七言單式，則頗有千里一瀉直下之勢。這種情形就好像加拿大的尼加拉瓜瀑布，其聲勢之所以浩大，乃因上游有款款蘊積而致深厚之水源，至其千仞懸崖一傾直奔的緣故。其後所運用之騷體句法，由於其「兮」字的特殊效用，更使聲情迴盪纏綿其間。李白的樂府古風就因為善於變化語言旋律，所以顯得格外豪縱不羈。

2. 意義形式

上文說過韻文學句中的意義形式和音節形式是同時存在的，雖然它們的結構形式有時會相同，但往往差別很大。譬如五七言詩的音節形式只有二三（二二一）和四三（二二二一）一種，其意義結構形式雖然基本上與一般語句不殊，有以下三種形式：

(1)主語＋述語 (S+P)，如：山青 (N+adj)、花落 (N+V)

(2)主語＋動詞＋受詞 (S+V+O)，如：我讀書 (N+V+N)

(3)主語＋動詞＋受詞＋補詞 (S+V+O+C)，如：他給我錢 (N+V+N+N)

但由於韻文學凝練的語句，可以省去主語、述語，且其主語、述語、動詞、受詞可以出諸複詞、子句，或疊用

[46] 見《全唐詩》，卷一六二，頁一六八二。

複詞，甚至出諸語句，因而顯得結構形式變化多端，韻文學的多義性和情境意趣的複雜性，也藉此顯現出來。尤其是詩，一般拘束在四言、五言、七言，其音節形式既已固定，則只能在意義形式上求其變化，而這也是詩人藝術之功力和技巧所要講求的。譬如：

五言：

①二三：清新庾開府，俊逸鮑參軍。（杜甫〈春日懷李白〉）

②二二一：明月松間照，清泉石上流。（王維〈山居秋暝〉）

③二一二：春風對青冢，白日落梁州。（張喬〈書邊事〉）

④三二：渚雲低暗度，關月冷相隨。（崔塗〈孤雁〉）

⑤一四：地猶鄹氏邑，宅即魯王宮。（唐玄宗〈經鄒魯祭孔子而嘆之〉）

⑥四一：雲霞出海曙，梅柳渡江春。（杜審言〈和晉陵陸丞早春遊望〉）

七言：

①四三：巫峽啼猿數行淚，衡陽歸雁幾封書。（高適〈送李少府貶峽中王少府貶長沙〉）

②四一二：萬里寒光生積雪，三邊曙色動危旌。（祖詠〈望薊門〉）

③二五：非關宋玉有微辭，卻是襄王夢覺遲。（李商隱〈有感〉）

④五二：永夜角聲悲自語，中天月色好誰看。（杜甫〈宿府〉）

⑤一三三：家住秦城鄰漢苑，心隨明月到胡天。（皇甫冉〈春思〉）

⑥三一三：嶺樹重遮千里目，江流曲似九迴腸。（柳宗元〈登柳州城樓寄漳汀封連四州〉）

⑦六一：河山北枕秦關險，驛路西連漢畤平。（崔顥〈行經華陰〉）

⑧一六：身無彩鳳雙飛翼，心有靈犀一點通。（李商隱〈無題二首〉）㊼

以上所舉的都是五七言律詩的對偶句，以其對偶，更加可以看出句中意象語和情趣語的組合方式。五七言詩的音節形式只有一種頓法，即五言粗分時是二三，細分時是二二一；七言粗分時是四三，細分時是二二二一；但其意象形式卻有多種不同的結構法。其中的第一式固然與音節形式相合，但其餘顯然有差別。足見音節形式和意義形式雖同在句中，然而卻要分辨清楚。

其五言「清新庾開府，俊逸鮑參軍」，如作「清新之庾開府，俊逸之鮑參軍」解，形式表象就和五言詩之二三相同。但就語法結構而言，此二句是省略主語「詩人」及其動詞「有」，清新和俊逸是詩人的修飾語，庾開府和鮑參軍是動詞「有」的受詞。即兩句應作「詩人有清新的庾開府，有俊逸的鮑參軍」。圖式如下：

A	S	V	O			
	（詩人）	（有）	清新	庾開府，	俊逸	鮑參軍
	X	X	adj	N	adj	N

其「明月松間照，清泉石上流」，是「明月照松間，清泉流石上」的倒裝句：即明月、清泉為主語，照、流為動詞，松間、石上為受詞。但倒裝句法以後，省略半自動詞「於」，而成為「明月於松間照，清泉於石上流」。「明月於松間」、「清泉於石上」子句作主語，「照」和「流」作述語，就強化了「照」和「流」的動感意義。圖式如下：

㊼《全唐詩》，頁二四〇〇、一二七六、七三六二、七八三八、三〇、七三二一、二二三三一、一三三五、六二四六、二四八四、二八二六、三九四六、一三三九、六二一三。

其「春風對青冢，白日落梁州」，是明顯的語法結構：主語＋動詞＋受詞。於是詩眼在「對」在「落」。圖式如下：

B		
S		P
S 明月	V （於）	O 松間	照

C		
S	V	O
春風	對	青冢

其「渚雲低暗度，關月冷相隨」，句式是「渚雲低而暗度，關月冷而相隨」，是省略前置主語的複合句，亦即渚雲、關月為主語，低、冷為述語；而暗度和相隨這兩個述語又省略前置之主語渚雲和關月。兩句原本應作「渚雲低而渚雲暗度，關月冷而關月相隨」。於是詩眼在「度」在「隨」。圖式如下：

D			
S	P	（S）	P
渚雲	低	（渚雲）	暗度

其「地猶鄒氏邑，宅即魯王宮」，語法明顯為主語「地」、「宅」＋半自動詞「猶」、「即」＋受詞「鄒氏邑」、「魯王宮」。於是詩眼在「地」在「宅」。圖式如下：

E		
S	V	O
地	猶	鄒氏邑

其「雲霞出海曙，梅柳渡江春」，可以以「雲霞出而海曙，梅柳渡而江春」和「雲霞出海而曙，梅柳渡江而

春」兩種不同語法解釋。前者雲霞、梅柳為主語，出、渡為述語，海曙和江春又為主述語法結構的句子；如此就成了複合句；後者則「雲霞出海」和「梅柳渡江」以子句作主語，而以「曙」和「春」作其述語，就強化了「曙」和「春」給人眼目一亮的醒豁。於是詩眼在「出」在「曙」在「渡」在「春」。圖式如下：

F1	S	P	S	P
	雲霞	出	海	曙

F2	S	P
	雲霞 出 海 S V O	曙

其七言「巫峽啼猿數行淚，衡陽歸雁幾封書」，以「巫峽啼猿」、「衡陽歸雁」作主語，「數行淚」和「幾封書」做述語，表面上和七言詩音節形式之四三（二二二一）就算相合。圖式如下：

G	S	P
	巫峽 啼猿 adj N	數行 淚 adj N

其「萬里寒光生積雪，三邊曙色動危旌」，句法明顯為主語（萬里寒光、三邊曙色）+動詞（生、動）+受詞（積雪、危旌）。於是詩眼在「生」在「動」。圖式如下：

H	S	V	O
	萬里寒光 adj N	生	積雪

其「非關宋玉有微辭，卻是襄王夢覺遲」，語法省略主語「此事」，「非關」、「卻是」為帶副詞修飾之組合式詞組動詞，「宋玉有微辭」、「襄王夢覺遲」為兩個句子，作為受詞。但「宋玉有微辭」是主語（宋玉）＋半自動詞（有）＋受詞（微辭）的句式，而「襄王夢覺遲」則是主語（襄王夢覺）＋述語（遲）的句式。「襄王夢覺」又為主語（襄王夢）＋述語（覺）所構成的子句作為主語，其下之「遲」又作為其述語，所以嚴格說來，此上下兩句之整體語法雖相同，但內在結構並不完全相同，就不能算是嚴絲合縫的工對。圖式如下：

I1		
(S)	V	O
（此事）	非關 adv V	宋玉 有 微辭 S V O

I2		
(S)	V	O
（此事）	卻是 adv V	襄王夢覺 遲 S P （S＋P） P 襄王 夢覺 遲 S P (S＋P)＋P

其「永夜角聲悲自語，中天月色好誰看」，語法結構為「永夜角聲悲」、「中天月色好」為子句式之主語，「自語」、「誰看」，亦以子句式作為述語。而此主語和述語又各為一主述結構之子句，亦即「永夜角聲」、「中天月色」為主語，「悲」、「好」為述語；「自」、「誰」亦各為主語，「語」、「看」各為述語。於是詩眼在「悲」在「好」，但亦可將「永夜角聲」作「悲」和「自語」兩個述語的主語，則就成了一個複合句了。圖式如下：

J1	
S	P
永夜角聲（S） 悲（P）	自（S） 語（P）

J2			
S	P	(S)	P
永夜角聲	悲	（永夜角聲）	自語

其「家住秦城鄰漢苑，心隨明月到胡天」，語法結構為「家」、「心」為全句之主語，「住秦城」、「鄰漢苑」、「隨明月」、「到胡天」皆為動賓結構，即動詞＋受詞，而於「鄰」之上省作為主語之「家」，於「到」之上省作為主語之「心」。亦即上下兩句皆為主語＋動詞＋受詞之複合句。於是詩眼在「家」在「心」。圖式如下：

K					
S	V	O	(S)	V	O
家	住	秦城	（家）	鄰	漢苑

其「嶺樹重遮千里目，江流曲似九迴腸」兩句，皆以子句「嶺樹重」（主語「嶺樹」＋述語「重」）、「江流曲」（主語「江流」＋述語「曲」）為主語，而以「遮」、「似」為動詞，「千里目」、「九迴腸」為受詞。圖式如下：

L		
S	V	O
嶺樹（S） 重（P）	遮	千里目

其「河山北枕秦關險，驛路西連漢畤平」兩句，各以「險」、「平」為述語，而各以子句「河山（主語）＋北枕（複合動詞）＋秦關（受詞）」、「驛路（主語）＋西連（複合動詞）＋漢畤（受詞）」為主語。於是詩眼在

「險」在「平」。圖式如下：

M			
S			P
S	adv＋V	O	
河山	北枕	秦關	險

其「身無彩鳳雙飛翼，心有靈犀一點通」兩句，以「身」、「心」為主語，「無」、「有」為動詞，其後為受詞，即「彩鳳雙飛翼」（「彩鳳雙飛」為子句主述結構，作「翼」之修飾語）、「靈犀一點通」（「靈犀一點」為子句主述結構，作「通」之修飾語）。於是「身」、「心」為詩眼。但「彩鳳雙飛」之「雙飛」又作為「彩鳳」這個主語的述語，其本身又實為「S（雙）P（飛）」的子句結構；而「一點」雖然表面上與「雙飛」對偶，但「一點」只是「adj＋N」的複詞，若此，就不算是極工整的對偶了。圖式如下：

N				
S	V	O		
身	無	adj		N
		S	P	
		彩鳳	雙飛	翼

由以上諸例，可見韻文學句中之意義結構形式誠如上文所言，雖然不出上舉之三種基本類型，但由於其主語、述語、受詞俱可出諸複詞和子句，表面看來就變化多端了，詩人也以此見其組織之匠心才情，如果意義形式一律不變，則詩句結構便合掌板滯，這是詩家要避忌的。

而意義形式的組合，有時也有見仁見智，難分是非的情形發生，譬如上舉的「明月松間照」、「雲霞出海曙」、「永夜角聲悲自語」俱是，又如李白〈渡荊門送別〉中的頷聯「山隨平野盡，江入大荒流」如果分作「一四」，則重在山和江形貌的描寫；如果分作「四一」，則重在山和江氣勢的生發。又如杜甫〈登高〉中的三四句「無邊落木蕭蕭下，不盡長江滾滾來」如果作「二五」，則重在原野的空曠和長江的綿延；如果作「四三」，則重在落木的淒切和長江的浩蕩；如果作「六一」，則重在落木飄零與長江流動的迫人之感。它們在感受上雖有輕重之別，但基本的意義是沒有差訛的。可是如果被音節形式所牽滯，而忽略意義形式的存在，那麼便要產生很大的誤解。譬如杜甫〈戲為六絕句〉其一：

> 縱使盧王操翰墨，劣於漢魏近〈風〉〈騷〉。龍文虎脊皆君馭，歷塊過都見爾曹。[48]

這首詩是在評論初唐四傑，其中第二句如果按照音節形式解作「四三」，那麼意思就成了：「初唐四傑的詩比漢魏詩拙劣，但格調卻接近〈國風〉〈離騷〉。」這種解法表面看來好像沒什麼不對，其實文理不通；因為格調接近〈國風〉〈離騷〉的詩，絕不會比漢魏詩來得拙劣，所以它自然不是杜甫的意思。杜甫的意思在意義形式上應當解作「二五」，亦即「初唐四傑的詩比起那接近〈風〉〈騷〉格調的漢魏詩要來得差些」，如此與首句才能條貫，與下文也自然呼應。

音節形式有時會混淆意義形式，同樣的，意義形式有時也會泯沒音節形式。譬如：越調【禿廝兒】末三句，周德清〈贈小玉帶〉套作：

> 不負我，贈新詩，新詞。[49]

---

[48] 《全唐詩》，卷二二七，頁二四五四。

[49] 隋樹森編：《全元散曲》，頁一三四六。

《西廂記》第四本第二折作：

何須你，一一問，緣由。㊿

再如越調【調笑令】首二句，王子一散套作：

得寬，且盤桓。51

《西廂記》第四本第二折作：

你繡幃裏，效綢繆。52

以上諸例，如果就意義形式而言，都可以合併為一句，那麼在節奏上必然喪失原有的特質。而易導人誤入歧途的，莫過於《堯山堂外紀》題為馬致遠所作的一支【天淨沙】：

枯藤老樹昏鴉，小橋流水人家，古道西風瘦馬。夕陽西下，斷腸人在天涯。53

這支曲子的前面四句，音節形式和意義形式正好相合，都是兩字一頓，沒什麼問題；而末句若就意義形式來觀

㊿〔元〕王實甫著，王季思校注：《西廂記》，頁一五三。

51 謝伯陽編《全明散曲》未收，引自鄭師因百（騫）：《北曲新譜》（臺北：藝文印書館，二〇〇八），頁二五二。

52〔元〕王實甫著，王季思校注：《西廂記》，頁一五二。

53 隋樹森編：《全元散曲》，頁二四二。

察，則有二四和三三兩種析法，其基本意義無甚分別，但偏於三三的人較多，於是此句在有些選本甚至於教科書裡，便被分作兩句，成為「斷腸人，在天涯」的斷句法。然而這是絕對錯誤的。其致誤的緣由便是因意義形式而泯沒音節形式。我曾經就《全元散曲》加以考察，作【天淨沙】的含無名氏計有十五家八十五曲，其末句除了四曲可以疑似為三三句式外，其餘八十一曲毫無疑問，皆作二二二句式，如白樸一支近似馬氏的曲子：

孤村落日殘霞，輕煙老樹寒鴉，一點飛鴻影下。青山綠水，白草紅葉黃花。54

此曲的「白草紅葉黃花」，一看即知非讀作「白草、紅葉、黃花」不可；下文將引述到的喬吉之曲，作「停停當當人人」，更是明顯的二二二句式。再觀察疑似為三三句式的四曲：吳西逸所作四支，其中三支皆作二二二句式，只有一支作「斷腸人倚西樓」；張可久作十四支，只有二支作「紫簫人倚瑤臺」、「探梅人過溪橋」；其句法皆與「斷腸人在天涯」相似，就音節形式而言，自然都應當斷作：「斷腸、人倚、西樓」、「紫簫、人倚、瑤臺」、「探梅、人過、溪橋」。其非讀作三三不可的，只有周德清的一支「女兒港、到如今」；周氏共作兩支，另一支作「小舟來販茶茶」，雖可讀作二二二，但亦容易教人誤作三三，看來周氏是誤用了音節形式。可見音節形式和意義形式是要分辨清楚，絕不可混淆的。

詩之五七言意義形式變化多端有如上述。詞曲之意義形式與音節形式亦不相侔者為多。詞曲之音節有單雙，已見上文。其意義形式各舉一例以概其餘。蘇軾【水調歌頭】：

(1)明月幾時有：音節形式為二三單式，意義形式兩解：其一為二三，以「明月」之詞組為主語，「幾時有」

54 隋樹森編：《全元散曲》，頁一九七。

之子句（幾時（S）+有（P））為述語。其二為四一，以「明月幾時」省「是」之子句（S+V+O）為主語，「有」作述語。

⑵把酒問青天：音節形式為二三單式，意義形式為二一二，亦即以省主詞「我」之子句「把酒」（V+O）為本句主語，「問」為動詞，詞組「青天」為受詞。

⑶不知天上宮闕：音節形式為二二二雙式，意義形式為二四，亦即以省略之「我」為主詞，詞組式之動詞「不知」為動詞，複合式詞組「天上宮闕」為受詞。

⑷今夕是何年：音節形式為二三單式，意義形式為二一二，亦即以詞組「今夕」為主詞，「是」為動詞，詞組「何年」為受詞。

⑸我欲乘風歸去：音節形式為二二二雙式，意義形式為一五，亦即以「我」為主語，「欲」為動詞，「乘風歸去」之子句為受詞。但亦可解為四二，則以「我欲乘風」之子句為主語，「歸去」為述語。其「欲乘」為詞組式動詞。亦可解為兩複合句，即「我欲乘風，（而）歸去」或「我欲乘風，（欲）歸去」，其「（欲）歸去」亦作「我」之述語。

⑹惟恐瓊樓玉宇：音節形式為二二二雙式，意義形式為二四，亦即主詞「我」省略，詞組「惟恐」為動詞，複合式詞組「瓊樓玉宇」為受詞。

⑺高處不勝寒：音節形式為二三單式，意義形式亦為二三，即以詞組「高處」為主語，子句「不勝寒」（不勝（V）+寒（O））為述語。而「高處」實為「我於高處」之省略，而「我於高處」實為「S+V+O」之子句。

⑻起舞弄清影：音節形式為二三單式，意義形式為二三，此為省略主詞「我」之複合句，即含有兩句，其一為「我（S）+起（V）+舞（O）」，其二為「我（S）+弄（V）+清影（O）」。

(9)何似在人間：音節形式為二三單式，意義形式為三二，省主詞「我」，「何似在」為複合式動詞，「人間」為受詞。

(10)轉朱閣，低綺戶，照無眠：三句對偶，音節形式皆為一二雙式，意義形式亦皆一二，同為省主詞「月」，「轉」、「低」、「照」皆動詞；「朱閣」、「綺戶」皆受詞，「無眠」省其所修飾而用作「照」受詞之「我」。

(11)不應有恨：音節形式為二二雙式，意義形式為三一，省主詞「月」，「不應有」為複合式動詞（即以「不應」修飾「有」），「恨」為受詞。

(12)何事長向別時圓：音節形式為四三單式，意義形式為二五，為複合句，上下省略主詞「月」，即「(月)何事」為主述結構之句，「(月)長向別時圓」為動賓結構之句，其「長向」為複合動詞，「別時圓」為複合受詞。

(13)人有悲歡離合，月有陰晴圓缺：二句對偶，音節形式為二二二雙式，意義形式為一五，以「人」、「月」為主詞，「有」為動詞，「悲歡離合」、「陰晴圓缺」為複合受詞。

(14)此事古難全：音節形式為二三單式，意義形式亦為二三。「此事」為主語，「古難全」為複合述語（「古」修飾「難全」，「難」修飾「全」）。

(15)但願人長久：音節形式為二三單式，意義形式亦為二三，省主詞「我」，「但願」為複合動詞，「人長久」為主述結構子句（主語「人」，述語「長久」）作受詞。

(16)千里共嬋娟：音節形式為二三單式，意義形式亦為二三，為複合句，省主詞「你我」和半自動詞「於」，全句應為：「你我於千里，你我共嬋娟」，「共」為動詞，「嬋娟」（月亮）為受詞。

再就署馬致遠曲之【天淨沙】：

⑴枯藤老樹昏鴉，小橋流水人家，古道西風瘦馬：三句鼎足對，音節形式為二二二雙式，意義形式為四二，三句均省主詞「我」和動詞「見」，各以「昏鴉」、「人家」、「瘦馬」為受詞，又各以「枯藤老樹」、「小橋流水」、「古道西風」複合詞修飾其各自之受詞。

⑵夕陽西下：音節形式為二二雙式，意義形式有兩種：其一為主述結構，即「夕陽」為主語，「西下」為述語；其二為「夕陽西（而）下」，則為複合句，即「夕陽西（而夕陽）下」，以時間前後為序的兩個子句。

⑶斷腸人在天涯：音節形式為二二三雙式，意義形式亦有二：其一為三三，以子句「斷腸」修飾「人」作主語，「在」為動詞，「天涯」為受詞。其二為二四，即「（人）斷腸，人在天涯」的因果關係複合句，上句省主語「人」，子句「斷腸」為述語；下句「人」為主詞，「在」為動詞，「天涯」為受詞。

由以上詞、曲之例，亦可概見其音節形式和意義形式往往不相合，是要分辨清楚的。

3. 對偶

而韻文學中同時講究音節形式和意義形式緊密結合的精緻語言就是對偶。

曲論中論對偶者見於周德清《中原音韻・作詞十法》之「對耦」，但言「逢雙必對，自然之理，人皆知之。」其實「逢雙必對」雖為曲中之常理，但未必盡是如此；他又舉「扇面對」、「重疊對」、「救尾對」三種對偶類型[55]，但對偶形式何止三種而已。又見於王驥德《曲律・論對偶第二十》：

> 凡曲遇有對偶處，得對方見整齊，方見富麗。有兩句對，如「簾幕風柔、庭闈晝永」，及「惟願取百歲椿萱、長似他三春花柳」類。有三句對，如【蝶戀花】「鳳棲梧鸞停竹」類。有四句對，如「亂荒荒不豊

[55] 〔元〕周德清：《中原音韻》，《中國古典戲曲論著集成》第一冊，頁二三六。

稔的年歲」四段相對類。有隔句對，如「郎多福」及「娘介福」兩段相對類。有疊對，如「翠減祥鸞羅幌」二句一對，下「楚館雲閒」二句又一對，下「目斷天涯雲山遠」二句又一對類。有兩韻對，如「春花明彩袖，春酒滿金甌」類。有隔調對，如「書生愚見」二調，各末二句相對類。當對不對，謂之草率；不當對而對，謂之矯強。對句須要字字的確，斤兩相稱方好。[56]

所舉對偶類型亦未盡周延。

對偶也稱對仗，是中國文學單音節單形體所產生的文學特色。《文心雕龍．麗辭》云：

造化賦形，支體必雙；神理為用，事不孤立。夫心生文辭，運裁百慮，高下相須，自然成對。[57]

所以在中國古籍中，運用對偶已屬常見。考對偶的運用，則義先於音，然後音義兼顧。其層次大約有以下六個等級：

第一，意義分量相等。

第二，語言長度相同、詞性相同。

第三，平仄相反。

第四，名詞類別相近。

第五，名詞類別相同。

[56]〔明〕王驥德：《曲律》，《中國古典戲曲論著集成》第四冊，頁一二六。

[57]〔梁〕劉勰著，范文瀾注：《文心雕龍註》（北京：人民文學出版社，二〇〇〇），頁五八八。

第六，詞句結構形式相同。

以上六個等級，在後之等級俱包含前面等級之條件，也就是說等級越高，對偶越工整。大抵說來第一級止見於散文，第二級為一般對偶。第三級就詩而言則為近體詩律詩之基本條件，稱之為「寬對」；其後第四第五則越趨工整，稱之為「鄰對」與「工對」。

對偶的工整程度則依存於名詞類別與詞句的構成形式兩方面。就名詞的分類而言，有天文、時令、地理、地名、宮室、器物、衣飾、飲食、文事、草木、鳥獸蟲魚、形體、人事、人倫、人名、史事、方位、數字、顏色、干支等二十類；就詞句的構成形式而言，有疊字、聯綿字、雙聲、疊韻、巧變、流水、錯綜、倒裝、疑問、問答、句中自對、隔句互對、借義、借音、借字面等十五種。例如杜甫〈曲江〉中的兩句：

穿花蛺蝶深深見，點水蜻蜓款款飛。[58]

就平仄而言，「平平仄仄平平仄，仄仄平平仄仄平。」正好相反。就詞性而言，穿對點、見對飛都是動詞；花對水，蛺蝶對蜻蜓都是名詞；深深對款款則是副詞。可見這兩句已符合律詩對偶的條件。再進一步觀察：則花屬名詞類中的「草木」，而水屬「地理」，為「寬對」；蛺蝶與蜻蜓同屬「鳥獸蟲魚」類，為工對；深深與款款在詞彙構成形式上同屬疊字衍聲複詞。如此就整個句子說來，可以算是第五級的「工對」。

對偶的運用，除了可以增加韻文學的形式美之外，也可以使意義產生凝重平穩的效果。

「工對」所依存的兩個要件，名詞類別相同容易辨識，但詞句結構形式相同較難，茲舉例說明如下：

---

[58] 〔唐〕杜甫著；〔清〕楊倫箋注：《杜詩鏡銓》，卷四，頁一八一。

(1)**疊字詞**：即單詞之重疊成為複詞。除上文「款款」、「深深」之外，再舉劉廉詩〈春晝醉眠〉為例：

處處落花春寂寂，時時中酒病懨懨。[59]

「處處」與「寂寂」，分別與「時時」、「懨懨」對偶；其本身又各自首尾「自對」，尤顯工整。疊字在意義上是靠其複沓的聲情來強化，而其聲情實由「衍聲」，因此其所疊之字有如「詞尾」，使聲情產生輕快的效果。

(2)**雙聲詞**：即複詞之聲母相同。如四川青城山天師洞西客堂對聯：

百卉橫縱、輕煙蔥翠。
群峰上下、佳氣紛敷。

「蔥翠」為雙聲複詞，「紛敷」亦然。

(3)**疊韻詞**：即複詞之韻母相同。如四川成都望江樓對聯：

漢水接蒼茫、看滾滾江濤、流不盡雲影天光、萬里朝宗東入海。
錦城通咫尺、聽紛紛絲管、送來些鳥聲花氣、四時佳興此登樓。

「蒼茫」、「咫尺」皆為疊韻複詞。雙聲因聲母相同，疊韻因韻母相同，在聲情上都有特殊效果，大抵前者順溜，後者穩諧。

---

[59] 《全唐詩》，卷七六六，頁八七八三。

(4)聯綿詞：兩字聯綴成義者曰聯綿詞。以上所舉之疊字詞、雙聲詞、疊韻詞皆屬之，另外還有一種如鸚鵡、淹留等，舉杜甫詩句為例：

五更鼓角聲悲壯，三峽星河影動搖。（杜甫〈閣夜〉）[60]

「悲壯」與「動搖」即為聯綿詞之對偶。

以上屬於複詞結構形式相同之對偶，以下則屬於句子特殊結構相同之對偶。

(5)巧變對：即兩句各間用相同之字，並使之成為本句自對和隔句互對。如鄭谷詩句：

帆去帆來風浩渺，花開花謝春悲涼。（鄭谷〈石城〉）[61]

上下兩句各兩用「帆」字、「花」字，上句之「去」、「來」自對，下句之「開」、「謝」自對，而上下兩句又是「去」與「開」、「來」與「謝」互對。

(6)流水對：即兩句意義上下一氣，像流水不斷一般。如以下這些詩中聯句：

江客不堪頻北望，塞鴻何事向南飛。（劉長卿〈登潤州萬歲樓〉）

當君懷歸日，是妾斷腸時。（李白〈春思〉）

承恩不在貌，教妾若為容。（杜荀鶴〈春宮怨〉）[62]

---

[60]《全唐詩》，卷二二九，頁二四九七。

[61]《全唐詩》，卷六七六，頁七八〇五。

「流水對」大抵在意義上都有前後的因果關係。

(7)錯綜對：即上下句各字是交股相對，而不是平行相對。這種對偶是因為要調適平仄而採取的形式。如以下詩句：

春殘葉密花枝少，睡起茶多酒盞疏。（王安石〈晚春〉）

裙拖六幅湘江水，鬢聳巫山一段雲。（李群玉〈同鄭相並歌姬小飲戲贈〉）63

前例上句「密」對下句「疏」，又上句「少」對下句「多」；後例「六幅」對「一段」，「湘江」對「巫山」。它們如果使之平行相對，便不合平仄格式。

(8)倒裝句：即故意顛倒文法與邏輯上之順序，使之意象鮮明、平仄和諧。如杜甫詩句：

香稻啄餘鸚鵡粒，碧梧棲老鳳凰枝。（杜甫〈秋興八首〉之八）64

此對如順言當作「鸚鵡啄餘香稻粒，鳳凰棲老碧梧枝。」可是如此一來，「香稻」所象徵的物產豐富與「碧梧」所象徵的景物華美便為之減弱。

(9)疑問對：即上下兩句全是疑問句。如盧綸詩句：

62 《全唐詩》，頁一五七五、一七一二、七九九五。

63 〔宋〕王安石著，〔宋〕李壁箋注，李之亮校點補箋：《王荊文公詩箋注》（上海：上海古籍出版社，二〇一〇），頁一三三四。〔唐〕李群玉：〈同鄭相並歌姬小飲戲贈〉，《全唐詩》，卷五六九，頁六六五七。

64 《全唐詩》，卷二三〇，頁二五一〇。

家在夢中何日到？春來江上幾人還？（盧綸〈長安春望〉）[65]

⑽**問答句**：即上句問，下句答。如朱灣詩句：

四面雲山誰作主？數家烟火自為鄰。（朱灣〈尋隱者韋九山人於東溪草堂〉）[66]

⑾**句中對**：即句中自對，上下句也同時成對。如以下詩句：

孤雲獨鳥川光暮，萬井千山一氣秋。（李嘉祐〈同皇甫冉登重玄閣〉）

草木盡能酬雨露，榮枯安敢問乾坤。（王維〈重酬苑郎中〉）

能文好飲老蕭郎，身似浮雲鬢似霜。（白居易〈送蕭處士遊黔南〉）[67]

第一例上句「孤雲」、「獨鳥」、「川光」（「川」須看成「三」，此為借形，詳下文），自相對偶，下句「萬井」、「千山」、「一氣」亦然；而其上下句又互相平行對偶。第二例則「草木」對「雨露」，「榮枯」對「乾坤」，而上下又相對。第三例則「能文」對「好飲」，「身似浮雲」對「鬢似霜」，此例是比較寬鬆和特殊的對偶。

⑿**隔句對**：即第一句對第三句、第二句對第四句。例如：

昔年共照松溪影，松折溪荒僧已無。今日重思錦城事，雪銷花謝夢何殊。（鄭谷〈將之瀘郡旅次遂州遇裴

[65] 《全唐詩》，卷二七九，頁三一六九。

[66] 《全唐詩》，卷三〇六，頁三四七八。

[67] 《全唐詩》，卷二〇七，頁二一六三；卷一二八，頁一二九六－一二九七；卷四四一，頁四九三九。

晤員外謫居於此話舊淒涼因寄二首〉之二）

縹緲巫山女，歸來七八年。殷勤湘水曲，留在十三絃。（白居易〈夜聞箏中彈瀟湘送神曲感舊〉）68

詩句所以可作隔句互對，是因為以「韻」為一個「語長」，亦即韻腳出現之前的音節數或字數。如上例前者可看作十四言之聯對，後者可視為十言之聯對，若此，則詩之「隔句」對，等於對聯之「平行」對。

⒀**借音對**：即借同音之字以對偶。例如：

廚人具雞黍，稚子摘楊梅。（孟浩然〈裴司士員司戶見尋〉）

寄身且喜滄洲近，顧影無如白髮何。（劉長卿〈江州重別薛六柳八二員外〉）69

前例之「楊」借作「羊」，與「雞」即屬鳥獸類之工對；後例之「滄」借作「蒼」，與「白」即屬顏色類之工對。

⒁**借義對**：即借文字之本義以對偶。如杜甫詩：

酒債尋常行處有，人生七十古來稀。（杜甫〈曲江二首〉之二）70

「尋常」分開來看：八尺為尋，兩尋為常，皆為數目字，故可和「七十」作工整之對偶。再如清光緒間，北京流傳這樣一副對聯：

68 《全唐詩》，卷六七六，頁七八〇四；卷四五八，頁五二二六。

69 《全唐詩》，卷一六〇，頁一六五四；卷一五一，頁一五六四。

70 《全唐詩》，卷二二五，頁二四一三。

宰相合肥天下瘦。
司農常熟世間荒。

那時的宰相李鴻章是合肥人，人稱「李合肥」，當過同治、光緒皇帝師傅的翁同龢是常熟人，那時官戶部尚書，故稱「司農」。此聯以「合肥」作「理當肥胖」，以「常熟」作「經常豐收」解釋，皆借地名「合肥」和「常熟」的字面意義以嘲諷朝廷。

借義有時也會擴展到語義雙關的現象。亦即就整聯語義而言，既言此又指彼，或從眼前事物引申更有哲思的人生境界。譬如北京草廠胡同兼售湯圓的餛飩店之對聯：

宇內江山、如是包括。
人間骨肉、同此團圓。

此聯既說湯圓和餛飩，又引申到人間世事，再如貴州貴陽塗雲關對聯：

兩腳不離大道、吃緊關頭、須要認清岔路。
一亭俯看全山、占高地步、自然趕上前人。

此聯雖敘寫行走山路的情況，但字裡行間實是在說明生命旅程的道理。這兩副對聯都是從整聯的語義引申上著眼。

⒂**借字面對**：即借用字面意義之對偶。如杜甫詩：

竹葉於人既無分，菊花從此不須開。（杜甫〈九日五首〉之一）71

「竹葉」在此即指「竹葉青」，為酒名，在意義上與「菊花」只屬「寬對」；但若就「竹葉」字面意義，就是「工對」了。

⒃**音義雙關對**：即利用詞語讀音相同或相近的變化，以同音互諧產生的音義相關的對偶。如梁章鉅輯《巧對錄》引《宦游記聞》云：

陸文量（容）恭政浙藩，與陳啟東（震）飲，見其寡髮，戲之曰：「陳教授數莖頭髮，無法可施。」啟東曰：「陸大人滿面髭鬚，何須如此。」陸大賞嘆，笑曰：「兩猿截木山中，這猴子也會對鋸？」啟東曰：「有犯，幸公勿罪。」乃云：「匹馬陷身泥內，此畜生怎得出蹄？」相與撫掌而退。72

這段文人雅謔的兩聯，前者以「法」雙關「髮」，以「須」雙關「鬚」；後者以「鋸」雙關「句」，以「蹄」雙關「題」，由此以見機趣橫生。再舉一例：

因荷而得藕。

有杏不須梅。

相傳某宰相欲以女嫁某神童，因指席上果品出句，神童亦就果品對答，乃成此一雙關之妙聯。其妙在以「荷」

71《全唐詩》，卷二三一，頁二五三四。

72〔清〕梁章鉅輯：《巧對錄》，收於《楹聯叢話全編》（北京：中華書局，一九八七），頁三八四。

關「何」，以「藕」關「偶」；以「杏」關「幸」，以「梅」關「媒」。

(17) **嵌字對**：在對聯中嵌入特定的字詞，方式相當多，運用相當廣，自成體格而有所謂「聯格」。茲舉其要者如下：

A. 並頭格：兩字分嵌上下句之第一字，如以洞庭湖之「君山」作聯：

君妃二魄芳千古。
山竹諸斑淚一人。

B. 並蒂格：兩字分嵌上下句之第七字，如以亭名「樹山」二字作聯：

坐看流水長亭樹。
遠望斜陽去路山。

C. 雙鉤格：四字兩兩分嵌上下句首尾，如用「大江東去」四字作聯：

去日兒童皆長大。
江水勞燕各西東。

D. 重臺格：以疊字嵌入上下句之首二字，如以人名「倩卿」作聯：

倩倩無言時顧影。

卿卿有意獨憐才。

其實嵌字的種類和方式很多，難以標名其格，而講求其格的尚有所謂「詩鐘」，譬如前兩格，詩鐘即稱「鳳頂格」、「雁足格」。清徐兆豐《風月談餘錄》云：

曩傳京師有詩鐘會，……構思時，以寸香繫縷，上綴以錢，下承盂；火焚縷斷，錢落盂響，雖佳卷亦不錄，故名曰「詩鐘」云。73

可見「詩鐘」是文人遊戲之作。其法每取絕不相類之兩詞作詩句，或分詠一事一物，或為嵌字，必湊合天然，兩兩相稱，方算合格。前者即為「分詠格」，如分詠「楊柳」和「七夕」之聯：

三起三眠三月暮。
一年一度一秋風。

後者如用人名「翠玉」二字，「翠」字嵌上句尾，「玉」字嵌下句首，稱為「蟬聯格」，在對聯則稱「連理格」，其例如下：

黛螺淡點三分翠。
玉髻斜簪一抹紅。

73 〔清〕徐兆豐：《風月談餘錄》（據清光緒丁未年江都徐氏藏版本，現藏中央研究院傅斯年圖書館善本書室），卷四，頁六。

其「格」乃因嵌字之位置不同而有各種名稱。

嵌字對因為變化很多，所以文人喜歡用它來顯現工巧。譬如將一組常用字成組的嵌入，像東西南北，春夏秋冬，金木水火土等，其例如下：

冬夜燈前，夏侯氏讀《春秋傳》。
東門樓上，南京人唱《北西廂》。

此聯出句嵌入春夏秋冬，對句嵌入東西南北。而世俗最喜歡嵌入的莫過於人名、地名等名稱。舉例如下：

雪隱鷺鷥飛始見。
花經雨露蕊方安。

此聯是民國八十五年二月間，著者與友人到溪頭旅遊，主人見安、雪花伉儷殷勤招待，乃即席以賢夫婦名字作「雙鉤聯」以博一粲。又如：

明道明心，指明社中宣明法。
善男善女，昭善堂上種善根。

此聯是民國五十四年間臺南縣下營鄉某寺廟落成，鄉前輩囑我為寺廟撰製楹聯並作記，拙作中的一聯。廟中有鄉人聚會的鸞堂，名曰「指明社昭善堂」，此聯即嵌入社名堂名，同時亦嵌入關鍵字「明」與「道」，使之兩用相應。

⒅離合對：這是「文字遊戲」的一種，即利用漢字的離形和合文所製成的對聯。例如：

山石岩下古木枯、此木為柴。
白水泉邊少女妙、次女有姿。

此聯出句即以「山」、「石」合為「岩」，「古」、「木」合為「枯」，「此」、「木」合為「柴」；對句即以「白」、「水」合為「泉」，「少」、「女」合為「妙」，「次」、「女」合為「姿」。又如：

日出東、月出西、天上生成明府。
女居左、子居右、世間並配好人。

此聯出句以「日」、「月」合為「明」，對句以「女」、「子」合為「好」。又如：

棗棘為薪、截斷劈開成四朿。
闔門起屋、移多補少作雙閒。

此聯出句即截「棗」字、斷「棘」成為四「朿」，對句即將「闔」中之「日」移入「門」內成為「間」，故稱雙「閒」。此聯對句實已運用文字「離合增損」之法。又如：

鳥入風中、銜出蟲而作鳳。
馬臥蘆畔、吃盡草以為驢。

此聯是「離合增損」的典型例子。「風」字去其「虫」而入以「鳥」則合為「鳳」字，同理，「蘆」字盡其「廿」而臥以「馬」則合為「驢」字。

⒆隱字對：即隱去聯中字以見意趣。如：

二三四五。

六七八九。

此聯即隱「缺一少十」為「缺衣少食」之意。又如蒲松齡《聊齋誌異・三朝元老》云：

某中堂者，故明相也。曾降流寇，士論非之。老歸林下，享堂落成，數人直宿其中。天明，見堂上一匾云：「三朝元老」。一聯云：「一二三四五六七，孝弟忠信禮義廉。」不知何時所懸。怪之，不解其義。或測之云：「首句隱『忘八』，次句隱『無恥』也。」[74]

⒇回文對：即按詞序可以由前向後讀，也可以由後向前讀，而皆自成意義。如浙江舟山觀濤亭聯：

龍怒捲風風捲浪。

月光射水水射天。

此即以「捲風風捲」與「射水水射」為回文。又如：

[74] 〔清〕蒲松齡：《聊齋誌異》（臺北：大中國圖書公司，一九六五），頁二三二。

客上天然居，居然天上客。
人過大佛寺，寺佛大過人。

此聯即是全句回文相對的例子。

(21)**頂針對**：即用前句之結尾作下句之開頭。如北京潭拓寺彌勒佛對聯：

大肚能容、容天下難容之事。
開口便笑、笑世間可笑之人。

又如：

一生二，二生三，三生萬物。
地法天，天法道，道法自然。

「頂針」的兩字又稱「聯珠」。

至於對聯之平仄，因為詩中近體五七律之主體為中間頷頸對偶之兩聯，此等對偶可視為對聯之基礎，所以律詩之平仄律與拗救法，自可運用於對聯。再就五七律之音節觀察，五言可析為二三，七言可析為四三，則對聯之音節句讀實已不出五七律，亦即盡在二三與四三或三二與三四之中。或有六字者，亦不出三三與二二二兩種音節形式。也因此，如果能了解近體詩平仄律的原理，不止能打通詞曲的平仄結構，而且也能運用到任何長度的對聯。仔細分析推敲，即是平仄要能均勻分布，不使仄聲過分密集使聲情重墜，也不使平聲過分連用使聲情輕浮。因之，像下列的平仄組合是頗為穩諧的：

三言：平平仄，仄仄平。　平仄仄，仄平平。　仄平仄，平仄平。

四言：平平仄仄，仄仄平平。　平仄平仄，仄平仄平。　仄平平仄，平仄仄平。

五七言聯之平仄有如律詩之頷頸二聯，可作：

五言：平平仄仄平、平平平仄仄，或仄平平仄平、仄平平仄仄。

七言：平平仄仄平平仄、平平仄仄仄平平，或仄平仄仄平平仄、仄平平仄平平仄，或仄平仄仄仄平平、仄平平仄仄平平、平平平仄仄平平。

至於八言以上，主要在音步點上下聯相反；但要注意不使平聲或仄聲過分集中，應使之交錯均勻。舉例說明如下：

八百里湖山、知是何年圖畫。
十萬家燈火、盡歸此處樓臺。

這是浙江杭州鳳凰山城隍廟的一副對聯。其分段處上聯在「山」、下聯在「火」；其平仄正與各自之句末「畫」、「臺」相反；而上聯句末「畫」為仄、下聯句末「臺」為平。又上聯之其他音步點「里」、「是」、「年」，正與下聯之其他音步點「家」、「歸」、「處」依次平仄相對。又如：

秋色滿東南、自赤壁以來，與客泛舟無此樂。
大江流日夜、問青蓮而後，舉杯邀月更何人。

這是安徽安慶大觀亭對聯。上下聯各分三段，分別為「南」、「來」、「樂」，「夜」、「後」、「人」，正好平仄相反。且上聯三音步點作平平仄，下聯即作仄仄平。上聯如作平仄仄，下聯即作仄平平。上聯如作仄平仄，下聯即作平仄平。但上聯不可作仄仄仄，下聯也不可作平平平。其他音步點，上聯為「色」、「東」、「壁」、「客」、「舟」、「此」，下聯為「江」、「日」、「蓮」、「杯」、「月」、「何」，均平仄相對。又如：

春秋匪懈、祀典重新、漢千古、宋千古。

宇宙長存、神功並著、忠一生、勇一生。

這是一副關岳廟聯。其分段處上聯「懈」、「新」、「古」、「古」，下聯「存」、「著」、「生」、「生」，雖上下平仄相對，但上聯之「懈」、下聯之「存」，並未與各自之句末字「古」、「生」平仄相反。其他音步點為：上聯「秋」、「典」，下聯「宙」、「功」，亦平仄相對。再如：

待張巡若同胞、先死後死、與常山平原、義分一席。

恨李翰不作傳、大書特書、賴紫陽涑水、筆補千秋。

這是杭州許遠祠的對聯。由此聯之分段處上聯為「胞」、「死」、「原」、「席」，下聯為「傳」、「書」、「水」、「秋」看來，四段以上之長聯，其分段處之平仄大抵與句末是採顛倒遞進的。也就是不使上聯四音步點產生類似仄仄仄仄或仄仄平仄，下聯音步點產生平平平平四平或三平連用的現象。

二、戲曲語言格式變化的因素

研究戲曲的人，都有一種感覺，那就是曲子的格式變化多端，使人混淆不清，難於捉摸，也因此句讀之間，彼此便有歧異。推究其故，實因「曲」對於音樂旋律與語言旋律的融合無間，最為講究。北曲除本格正字之外，尚有襯字、增字、減字、增句、減句、帶白、夾白等現象。這種現象在宋詞中，也已有所謂「減字」和「偷聲」，「偷聲」即曲中之「增字」。

鄭師因百（騫）於北曲格律之研究，專著有《北曲新譜》、《北曲套數彙錄詳解》二書[75]，論文有〈北曲格式的變化〉和〈論北曲之襯字與增字〉二篇[76]。這兩篇論文是一個題旨的前後之作，只是範圍和詳略不同而已；目的在探究北曲格式變化的兩大因素，即「襯字」、「增字」的使用及其原則。此外因百師關於減字、增句、減句、帶白、夾白等現象的說明，俱散見於其《北曲新譜》之中。

襯字、增字、減字、增句、減句，固然會使北曲格律產生變化，而筆者以為北曲格式變化之諸因素，有其連鎖展延的關係。

所謂「連鎖展延的關係」是曲中原來只有本格的「正字」，其後加「襯字」使曲意流利活潑，「襯字」原為虛字，寖假而易為實字，於是意義分量與「正字」相敵，其地位乃提升而為「增字」；「增字」起初不超出三

[75] 二書俱藝文印書館出版。

[76] 〈北曲格式的變化〉載《大陸雜誌》一卷七期（一九五〇年十月），頁一二—一六；〈論北曲之襯字與增字〉載《幼獅學誌》一一卷二期（一九七三年六月），頁一—一七，後收入鄭師因百：《龍淵述學》，頁一一九—一四四。

字，後來也有逐漸累積的情形，因而成句，即所謂「增句」。「夾白」是夾於曲中的賓白，有些與普通賓白不殊，一望即知；有些地位和襯字相近，只是襯字和正字的關係更為密切，用作正字的形容和輔佐，而這一類夾白則用作下文的提端和呼喚，其附有語氣辭的，即所謂「帶白」。也因為這一類夾白的地位和襯字相近，所以往往被誤作襯字，認為是襯字的累增。至於「減字」和「減句」，都是就本格正字和句數稍加損易，雖然也是促成北曲格式變化的因素，但其例不多，影響甚少。

以下且先舉關漢卿南呂【一枝花】〈不伏老〉散套為例，然後逐次說明促成北曲格式變化的因素。此套【尾】已見諸前文，此處姑予省略。

南呂【一枝花】（攀）出牆朵朵花。。（折）臨路枝枝柳。。花攀紅蕊嫩。柳折翠條柔。。浪子風流。。憑著我折柳攀花手。。直煞得花殘柳敗休。。半生來、折柳攀花。一世裡、眠花臥柳。。

【梁州第七】我是箇普天下、郎君領袖。。蓋世界、浪子班頭。。願朱顏不改常依舊。。花中消遣。酒內忘憂。。分茶攧竹。打馬藏鬮。。通五音、六律滑熟。。甚閒愁、到我心頭。。伴的是「銀箏女、銀臺前、」理銀箏、笑倚銀屏。伴的是「玉天仙、攜玉手、」並玉肩、同登玉樓。。伴的是「金釵客、歌金縷、」捧金樽、滿泛金甌。。你道我老也。暫休。。占排場風月功名首。。（更）玲瓏又剔透。。我是箇錦陣花營都帥頭。。曾翫府游州。。

【隔尾】〔子弟每〕「是箇茅草崗、沙土窩、」初生的兔羔兒乍向圍場上走。。「我是箇經籠罩、受索網、蒼翎毛、」老野（雞）蹅踏的陣馬兒熟。。經了些窩弓冷箭蠟鎗頭。。（不曾落）人後。。恰不道（人到中年萬）事休。。我怎肯虛度了春秋。。[77]

上舉〈不伏老〉散套的曲文，包括：正字、增字、襯字、帶白、增句五種不同的成分。凡不加括弧而獨占一行的字都屬於正字，字體小而偏行書寫之字則為襯字，加括弧而獨占一行的字則為增字，加括弧而字體小偏行書寫之字則為帶白，引號中之句即為增句。

「正字」是指每支曲牌格式中所必須有的字。例如根據鄭師因百《北曲新譜》所舉南呂【一枝花】的譜律，則〈不伏老〉套中的南呂【一枝花】，除去其中之「攀」、「折」、「憑著我」、「直煞得」諸字，即全為合乎本格之「正字」，「正字」為句中表示主要意義之字，故曲中去其「增字」或「襯字」，而曲意猶能自足。

(一)襯　字

所謂「襯字」，因百師謂即「在不妨礙腔調節拍情形之下，可於本格正字之外添出若干字，以作轉折、聯續、形容、輔佐之用。此添出之若干字，即所謂襯字，蓋取陪襯、襯托之意。」如上例中「憑著我」、「直煞得」即是。因百師列舉有關襯字之原則十二條，其第四條云：

襯字只能加於句首及句中。句首襯字，冠於全句之首，如水桶之提梁；句中襯字須加於句子分段之處，如庖丁解牛，在關節縫隙處下刀。前引《螾廬曲談》云：「句末三字之內不可妄加襯字。」即因此三字為一整段，不能分開。[78]

其第八條云：

[77] 隋樹森編：《全元散曲》，頁一七二－一七三。

[78] 句末三字不可妄加襯字，但疊字與詞尾則可。見鄭師因百：〈論北曲之襯字與增字〉，《龍淵述學》，頁一一三三。

每處所加襯字以三個為度。所謂「襯不過三」，雖為南曲說法，實亦適用於北曲。一句之中所襯字之總數，則可多於三個，但須分布各處。例如前引《西廂記》【叨叨令】曲：「見安排著車兒馬兒不由人熬熬煎煎的氣。」襯字至十個之多，然集中一處者僅「不由人」三字，其餘或一字或兩字，零星分布。（馬兒之「兒」字屬上讀，與「不由人」不算集中一處。）[79]

右第四條說明加襯字之位置，第八條說明加襯字之限度。如上舉〈不伏老〉套例【梁州第七】一曲中，「我是箇」、「願」、「你道我」、「占」、「曾」諸字，【隔尾】一曲中、「兒」、「上」、「的」、「經了些」、「恰不道」、「我」諸字，尾曲中「噹」、「騰」、「翫的是」、「飲的是」、「賞的是」、「攀的是」、「我也」、「你便是」、「了」、「這」、「兒」、「尚」、「則除是」、「那其間」諸字，都加在句首或句中的音步處，而且集中一處者俱不超過三個字，可以視為襯字無疑。但如【梁州第七】曲中「伴的是銀箏女、銀臺前」、「伴的是玉天仙、攜玉手」、「伴的是金釵客、歌金縷」諸語，【隔尾】曲中「子弟每是箇茅草崗、沙土窩」、「我是箇經籠罩、受索網、蒼翎毛」二語，【尾曲】中「我是箇蒸不爛、煮不熟、搥不扁、炒不爆」、「恁子弟每誰教你、鑽入他、鋤不斷、斫不下、解不開、頓不脫」二語，皆為本格正字之外所多出之字，若視之為「襯字」，則諸語皆超出三字甚多。因之其間必有已超出襯字之地位和作用而衍變為其他因素者。

王驥德《曲律》卷二〈論襯字第十九〉云：

古詩餘無襯字，襯字自南、北二曲始。北曲配絃索，雖繁聲稍多，不妨引帶。南曲取按拍板，板眼緊慢

[79] 〈不伏老〉套【尾曲】「我翫的是梁園月」句，其中之「我」字可視為提端之「夾白」。同上注，頁一三三。

有數，襯字太多，搶帶不及，則調中正字，反不分明。大凡對口曲，不能不用襯字；各大曲及散套，只是不用為佳。細調板緩，多用二三字，尚不妨；緊調板急，若用多字，便躲閃不迭。凡曲自一字句起，至二字、三字、四字、五字、六字、七字句止。惟【虞美人】調有九字句，然是引曲，又非上二下七，則上四下五；若八字、十字以外，皆是襯字。今人不解，將襯字多處，亦下實板，致主客不分。如古《荊釵記》【錦纏道】「說甚麼晉陶潛認作阮郎」，「說甚麼」三字，襯字也；《紅拂記》卻作「我有屠龍劍釣鼇鉤射雕寶弓」，增了「屠龍劍」三字，是以「說甚麼」三字作實字也。《拜月亭》【玉芙蓉】末句「望當今聖明天子詔賢書」，本七字句，「望當今」三字係襯字，後人連襯字入句，如「我為你數歸期畫損掠兒梢」，遂成十一字句。……又如散套【越恁好】〈鬧花深處〉一曲，純是襯字，無異纏令，今皆著板，至不可句讀。凡此類，皆襯字太多之故，訛以傳訛，無所底止。80

凌濛初《南音三籟・凡例》云：

曲每誤於襯字。蓋曲限於調而文義有不屬不暢者，不得不用一二字襯之，然大抵虛字耳。如「這、那、怎、著、的、個」之類。不知者以為句當如此，遂有用實字者，唱者不能搶過而腔戾矣。又有認襯字為實字，而襯外加襯者，唱者又不能搶多字而腔戾矣。固由度曲者懵於律，亦從來刻曲無分別者，遂使後學誤認，徒按舊曲句之長短、字之多寡而倣以填詞；意謂可以不差，而不知虛實音節之實非也。相沿之誤，反見有本調正格，疑其不合者。其弊難以悉數。81

---

80 〔明〕王驥德：《曲律》，《中國古典戲曲論著集成》第四冊，頁一二五－一二六。

81 〔明〕凌濛初：《南音三籟》，收於《善本戲曲叢刊》（臺北：臺灣學生書局，一九八四，據清康熙文靖書院刊本影印），王、凌二氏都說出了正襯字不明所產生曲調訛變的現象。而對於襯字問題，明清曲籍加以討論說明的，也只有王、凌二家，而且偏於南曲略於北曲。元人論曲，僅周德清《中原音韻・作詞十法》提出「用字切不可用襯𡸓字」，並云：

套數中可摘為樂府者能幾？每調多則無十二三句，每句七字而止，卻用襯字加倍，則剌眼矣。(82)

他所說的「樂府」是指小令而言。小令文字謹嚴、體製短小，固以少用襯字為佳，若謂切不可用，則過矣。王、凌二氏雖旨在說明南曲之襯字逐漸演變為正字，致使本格訛亂的緣故，但南北曲之曲理其實不殊，故北曲之襯字亦有寖假而與正字不分之現象。

(二)增　字

北曲中與正字下易分別之「襯字」，因百師謂之「增字」。其〈論北曲之襯字與增字〉云：

襯字既為專供轉折、聯續、形容、輔佐之「虛字」，似應容易看出。但常有時全句渾然一體，字數雖較本格應有者為多，而諸字勢均力敵，銖兩悉稱，甚難從語氣上或從文法上辨識其孰為正孰為襯。前人每云北曲正襯難分，即謂此種情形。細推其故，實因正字襯字之外，尚有予所謂增字。(83)

第四輯第七冊，頁九—一〇。

(82)〔元〕周德清：《中原音韻》，《中國古典戲曲論著集成》第一冊，頁二三四。

(83) 鄭師因百：〈論北曲之襯字與增字〉，《龍淵述學》，頁一三五。

可見「增字」就是指本格正字之外所添加出來的字，它在地位上其實是襯字，但由於其意義分量與正字「勢均力敵、銖兩悉稱」，後人又在其上加上板眼，所以在全句中便有與正字渾然一體的關係。如上舉〈不伏老〉套之例，南呂【一枝花】首二句為上二下三之五字句，故其正字為「出牆朵朵花」、「臨路枝枝柳」，而「攀」、「折」二字地位雖屬襯字，但意義分量與正字渾然一體，故應由襯字而提升為「增字」。【梁州第七】中「更玲瓏又剔透」之「更」字，【隔尾】中「老野雞踏踏的陣馬兒熟」的「雞」字，也都屬於「增」字。

因百師將研究所得列舉增字之重要原則十二條，茲為節省讀者翻檢之勞，並為下文說明方便起見，將此十二條原則臚列於後，每條並附實例以相印證。

(一)一字句增兩字變為三字。（一＋二→三）如【閱金經】第四句本格為一字句，而張可久「若耶溪邊路」曲作「（鶯亂）啼」。

(二)二字句再增兩字變為四字，上二下二。（二＋二→四）如【朝天子】首二句本格為二字句，而張可久作「（瓜田）、邵平。」「（草堂）、杜陵。」

(三)二字句增三字變為五乙[84]，上三下二。（二＋三→五）如【朝天子】第九、十兩句本格為二字句，而張養浩「挂冠」曲作「（嚴子陵）、釣灘。」「（韓元帥）、將壇。」

[84] 韻文的句子形式即所謂「句式」，有意義形式和音節形式二種，就音節形式來說，又有單式和雙式的不同。三言句的單式是二一，雙式是一二；四言句則一三，二二；五言句則二三，三二；六言句則三三，二二二；七言句則四三，三四。文中所稱的五乙即因五言句音節形式的正格是二三，故將三二的雙式稱作五乙；下文六乙亦因六言句的正格是二二二，故將三三的單式稱為六乙；七乙則因七言句的正格是四三，故將三四的雙式稱作七乙。

(四)三字句增兩字變為五字，上二下三。(三＋二→五) 如【寄生草】首二句本格為三字句，而白樸《牆頭馬上》劇作「(榆散)、青錢亂。」「(梅攢)、翠葉肥。」

(五)三字句再增三字變為六乙，上三下三。(三＋三→六) 如【沉醉東風】三四兩句本格為三字句，而張養浩「郭子儀功威吐蕃」曲作「(房玄齡)、經濟才。」「(尉敬德)、英雄漢。」

(六)四字句增一字變為五乙，上三下二。(四＋一→五) 如【醉太平】首二句本格是四字句，而張可久作「(洗)荷花、過雨。」「(浴)明月、平湖。」

(七)四字句增三字變為七乙，上三下四。(四＋三→七) 如【賞花時】第四句本格為四字句，而石君寶《曲江池》劇作「這(萬言策)、須當應口。」

(八)五字句增一字變為六乙，上三下三。(五＋一→六) 如【賞花時】第三句本格為五字句，而石君寶《曲江池》劇作「(題)金榜、占鰲頭。」

(九)五字句增三字變為八字，上三下五。(五＋三→八) 如【賞花時】末句本格為五字句，而石君寶《曲江池》劇作「直著那(狀元名)、喧滿鳳凰樓。」

(十)六字句增一字變為七乙，上三下四。(六＋一→七) 如【沉醉東風】首二句為六字句，而盧摯作「(掛)絕壁、枯松倒倚。」「(落)殘霞、孤鶩齊飛。」

(十一)七字句增一字變為八字，上三下五。(七＋一→八) 如【醉太平】第五六七等三句本格為七字句，而張可久「洗荷花過雨」曲作「(泝)涼波、似泛銀河去。」「(對)清風、不放金杯住。」「(上)雕鞍、誰記玉人扶。」

(十二)七字句增兩字變為九字，平分三段。(七＋二→九) 如【寄生草】第三四五等三句本格為七字句，而無名氏「問甚麼虛名利」曲作「則不如（卸）羅衫、（納）象簡、張良退。」「學取他（枕）清風、（鋪）明月、陳摶睡。」[85]

(三)增句與滾白、滾唱

增字的原則雖然以這十二條為主要，但像上文所舉的【梁州第七】「伴的是『銀箏女、銀臺前、』理銀箏、笑倚銀屏」等三句，【隔尾】「(子弟每)是箇『茅草崗、沙土窩』初生的兔羔兒乍向圍場上走」等二句，【尾曲】「我是箇『蒸不爛、煮不熟、捶不扁、炒不爆』響噹噹一粒銅豌豆」等二句，甚至於連【隔尾】中的「恰不道（人到中年萬）事休」一句也都超出十二原則之外，也就是說，我們如果把（ ）和『 』中的字當作增字看待的話，其增字的方式是超出十二原則之外的。這些增字雖然都和其正字有密切的關係，在文法上都作正字的修飾語用，但從聲情上說，除了「(人到中年萬)事休」一句外，都已經自成節奏，而且是一種節奏的重疊。因此筆者有一個大膽的假設，那就是：增字加多就會成句，曲中所謂的「增句」有一部分就是這樣來的。「增句」如果不協韻，單句者則有如「夾白」，循環重複者則例須快念，有如「滾白」；「增句」如果協韻，其在全曲句中之地位則有如「增字」之於「正字」，大多點上板眼，而其循環重複者，當係「滾唱」性質。〈不伏老〉套中「銀箏女、銀臺前」，「玉天仙、攜玉手」，「金釵客、歌金縷」，「茅草崗、沙土窩」，「經籠罩、受索網、蒼翎毛」，「蒸不爛、煮不熟、捶不扁、炒不爆」，「誰教你、鑽入他、鋤不斷、斫不下、解不開、頓不脫」等語句式皆循環重複，且不協韻，當係「滾白」式之「增句」；而【尾曲】中從「梁園月」至「折了我手」為三字句之循環

[85] 同上注，頁一三—一六。

重複且協韻，從「道幾般兒歹症候」至「七魄喪冥幽」為五字句之循環重複且協韻，都應當是「滾唱」式之「增句」。茲再舉一二例說明如下：

馬致遠【玄鶴鳴】

你有甚事疾忙奏。。俺無那鼎鑊邊滾熱油。。我道您文臣合安社稷。武將合定戈矛。。「您只會文武班頭。山呼萬歲。舞蹈揚塵。」道那聲、誠惶頓首。。「如今陽關路上。昭君出塞。當日未央宮裏。女主垂旒。。」文武每我不信你敢差排呂太后。枉以後龍爭虎鬥。都是俺鸞交鳳友。。

白樸【攪箏琶】

〔高力士道與陳玄禮〕休沒高下豈可教妃子受刑罰。。他見（情受）著皇后中宮・（兼踏）著寡人御榻。。他又無罪過・頗賢達。。「〔卿呵！〕他不如呂太后般弄權。武則天似篡位。周褒姒（舉火）取笑。紂妲己（敲脛）觀人。早間把他個哥哥壞了。（貴妃）有萬千不是。」看寡人也合饒過他一地胡拿。。86

【玄鶴鳴】見於《漢宮秋》雜劇、【攪箏琶】見於《梧桐雨》雜劇第三折，皆據《廣正譜》所錄。【玄鶴鳴】中「文武班頭」等三句和「陽關路上」等四句，以及【攪箏琶】「吳太后般弄權」等六句，除了「文武班頭」句因係成語而偶然入韻外，皆不協韻，而句式又循環重複，故當為「滾白」式之「增句」。這些增句比起〈不伏老〉套「銀箏女、銀臺前」的「滾白」式增句，在文法上要獨立得多；也因此使我們想到，像「銀箏女、銀臺前」等那樣的「增句」還沒有完全脫離「增字」的模式和作用，也就是說它們是介於「增字」和完全獨立的「增句」

86 〔元〕馬致遠：《漢宮秋》，第二折【玄鶴鳴】，收入《元曲選》第一冊，頁七；〔元〕白樸：《梧桐雨》，收入《元曲選》第一冊，頁三五八。

句」之間。所以譜律之家，並不把它們當作「增句」，甚至於只把它們當作「襯字」，於是吳梅《顧曲麈談》便說「北詞調促而辭繁，下詞至難穩愜，且襯字無定法，板式無定律。」[87]許之衡《曲律易知》也說「惟北曲襯字，多少不拘，雖虛實字並用亦無妨。」[88]其實若稍加整理，是可以觀其變化之跡的。

其次舉協韻的「滾唱」式增句二三例，說明如下：

馬致遠【端正好】

（有意）送君行。（無計）留君住。。怕的是君別後、有夢無書。。一尊酒盡青山暮。。「我搵翠袖。淚如珠。。你帶落日。踐長途。。情慘切。意躊躇。」你則身去心休去。。

喬吉【後庭花】

今日在（汴）河邊倚畫船，明日在（天）津橋聞杜鵑。。最苦是相思病，極高的離恨天。。空教我淚漣漣。。凄涼殺花間鶯燕，（散）東風榆莢錢。。「（鎖）春愁楊柳烟。。斷腸（在）過鴈前。。銷魂（向）落照邊。。苦懨（懨）恨怎言。。急煎（煎）情慘然。。」

喬吉【青哥兒】

休央及偷香偷香韓壽。。怕驚回兩行兩行紅袖。。感謝多情賢太守。。「我是箇放浪江海儒流。。傲慢宰相王侯。。既然賓主相酬。。閒敘筆硯交游。。對酒綢繆。。交錯觥籌。。銀甲輕搊。。金縷低謳。。則為他倚著雲兜。。我控著驊騮。。又不是司馬江州。。商婦蘭舟。。烟水悠悠。。楓葉颼颼。。」不爭我聽

---

[87] 吳梅：《顧曲麈談》，收入王衛民編校：《吳梅全集》第一冊（石家莊：河北教育出版社，二〇〇二），頁七〇。

[88] 許之衡：《曲律易知》（臺北：郁氏印獎會，一九七九，根據民國壬戌（十一年）飲流齋刊本影印），頁一八五。

撥琵琶楚江頭。。(愁淚濕)青衫袖。。[89]

【端正好】見《青衫淚》雜劇、【後庭花】見《兩世姻緣》雜劇、【青哥兒】見《揚州夢》雜劇。【端正好】「搵翠袖」等六句隔句押韻，成三、三的循環重複，當係「滾唱」式的增句。此屬仙呂宮，句數多少不拘，但必為雙數。【後庭花】的增句在末句之後，須每句押韻，多少不拘。觀其句式係末句的循環重複，末句本為五字，而入套之作百分之九十九增一字變為六字，故增句亦倣之為六字句。

由此看來，增句之理，另有純由曲中之句重複而得，其形成之道雖與「增字」之累積成句者不同，但其累積原句而為「滾唱」式之增句則不殊，因為它們的結構也是循環重複的。至於【青哥兒】之增句，以增四字句為主，間有增六字句或四字六字並用者。上例「放浪江海儒流」等四句為六字句，「對酒綢繆」等十句為四字句。其實用六字句者，都可以看作四字句的累增，亦即由四字句增二字為六字句。就因為增句中不但可以襯字，而且可以增字，加帶白、夾白，所以「增句」的形式往往又要迷人眼目。【青哥兒】的增句為句句押韻，且循環重複，應當是「滾唱」式的增句。

所謂「滾白」或「滾唱」，其實是弋陽腔系(含青陽腔、徽池雅調)的專有名詞。「滾白」之例如《昭代簫韶》第二本卷上第九齣【駐雲飛】闋：

〔楊繼業滾白〕自古弱不攖強，眾寡難當。東西隘口，南北高岡。刀鎗簇簇，鐵騎駠駠。圍如鐵壁，困

[89] 〔元〕馬致遠：《青衫淚》，第一折【端正好】，收入《元曲選》第三冊，頁八八五；〔元〕喬吉：《兩世姻緣》，第一折【後庭花】，收入《元曲選》第三冊，頁九七四；〔元〕喬吉：《揚州夢》，第一折【青哥兒】，收入《元曲選》第二冊，頁七九七。

似銅牆。要進無門，欲退無方。[90]

又如《忠義璇圖》第一本卷下第二十一齣【東甌令】闋：

〔滾白〕我這裡心中思想，暗裡躊躇，一家兒閉門安坐，這平地風波，卻為何來？又不是從天降下，也非關別人釀就。[91]

又如《玉谷調簧》所錄《紅葉記》，則但云「滾」：

【二犯朝天子】綉閣羅幃睡正濃。（占）夫人，既睡正濃，緣何這等黑早起來？（旦）小紅！非是我起來太早，只為那春寒惱人眠不得，孤衾孤枕夢難成。料峭春寒透，夢初醒。那高樹上，甚麼鳥兒叫？（占）夫人！那是黃鶯。（旦）小紅！原來是黃鶯了。〔滾〕「擲柳遷喬太有情，交交時作弄機聲；洛陽三月春如錦，我問你有多少工夫織得成？」綠楊枝上亂啼鶯。（內作賣花聲科）（占）夫人！我和你在此玩花，外面倒有個人賣花。（旦）小紅！正是：有意送春來，無計留春住；花謝春歸去，飛盡滿園紅。又聽得賣花聲。〔滾〕「小翠二紅！你看白白紅紅滿擔挑，一肩挑過洛陽橋；聲聲喚起春閨女，笑倚闌干把手招。」被他們喚起我的春情，把芳心早驚。（占）夫人！你看那花半含半吐，好似人帶笑一般。（旦）小紅！那春色撩人無限好，花如含笑似相迎。見花枝、笑臉相迎。（丑）夫人！前面雨來了，大家且到

---

[90] 〔清〕王廷章：《昭代簫韶》，《哈佛燕京圖書館藏齊如山小說戲曲文獻彙刊》第三四冊（北京：國家圖書館，二〇一一，據清嘉慶十八年內府刻朱墨套印本影印），頁二一九七。

[91] 〔清〕鄒金生、周祥鈺等合著：《忠義璇圖》，收入《清宮大戲・中國戲劇研究資料》第二輯第一〇一一冊（臺北：天一出版社，一九八六），頁一一六。

牡丹亭上略躲一會（旦）片雲頭上黑，應是雨催花。看催花雨晴，把六曲欄杆凭。門掩花陰靜，徙倚遍牡丹亭。（丑）夫人，一霎時間雨散雲收，依然現出一輪紅日，我和你往花間游玩，看是何如？（行介）（旦）緩步穿芳徑。你看！百花經細雨，分外長精神。（丑）好大風！恁的輕狂。（旦）翠紅！你有所不知，當此春景，名曰長條風。又不覺曉風輕。（占）夫人！今早還未曾梳粧，可要對鏡理容纔是。（旦）小翠二紅！我傷春自覺無聊賴，懶向粧臺理舊容。教奴鸞鏡蛾眉畫不成。夫人！看那花紅得好，待我摘取一枝過來。[92]

弋陽腔在明代流布得很廣，而且包容力很大，學者甚至於認為它傳自北方，其來源可以遠溯到金元[93]。也因此筆者懷疑北曲中的「增句」應當和弋陽腔的「滾白」和「滾唱」有類似的關係。由右舉的弋陽腔「滾白」二例看來，句子都是同一句式的循環重複，第一例協韻，第二例不協，可見弋陽腔的「滾白」和是否協韻無關。而上文筆者釋北曲之增句，所以以不協韻者為「滾白」，以協韻者為「滾唱」的緣故，乃是因為所謂「滾白」與「滾唱」其實很難分別，它們都是屬於「數唱」或「帶唱」的性質，介於賓白與歌唱之間，如果將其偏於賓白來說就是「滾白」，如果將其偏於歌唱來說就是「滾唱」。而筆者認為不協韻之句比較接近口白，協韻之句比較接近唱詞；故將「滾白」與「滾唱」區分，以利說明。再從上舉【二犯朝天子】的全文看來，加「滾」的位置與方式，與北曲的「增句」實在很相近，也因此筆者以「滾白」和「滾唱」來釋北曲的增句。

根據《北曲新譜》，可以增句的曲調有三十支[94]，也就是說，這三十支曲調的增句，都已經成為慣例，而且

[92] 〔明〕吉州景居士編：《玉谷調簧》，《善本戲曲叢刊》第一輯第二冊（臺北：臺灣學生書局，一九八四，據明萬曆三十八年（一六一〇）書林劉次泉刻本影印），頁三八－四二。

[93] 參見王古魯：《明代徽調戲曲散齣輯佚・引言》（上海：古典文學出版社，一九五六），頁一－一八。

入了譜律。但是也有些曲調的增句只是偶一見之，未能進入譜律。譬如白樸《梧桐雨》第四折的正宮【蠻姑兒】：

懊惱。。窅約。。〔驚我來的〕「又不是樓頭過雁。砌下寒蛩。簷前玉馬。架上金雞。」是兀那窗兒外梧桐上雨瀟瀟。。一聲聲灑殘葉。一點點滴寒梢。。會把愁人定虐。(95)

又如喬吉《兩世姻緣》第二折的【高過隨調煞】：

（心事人）拔了短籌。（有情）的太薄倖。。〔他說道三年來〕到如今五載不回程。。好教咱「上天遠。入地近。」潑殘生恰便似風內燈。。〔比及你〕見俺那虧心的短命。。則我這一靈兒先飛出洛陽城。。(96)

【蠻姑兒】「樓頭過雁」四句和商調【尾曲】「上天遠」二句，也應當是「滾白」式的增句；而它們和〈不伏老〉套中的「銀箏女」等句一樣，都只是偶然一見，並未進入譜律。

(四)夾白、減字、減句、犯調

(94) 即：黃鐘【刮地風】，仙呂【端正好】、【混江龍】、【油葫蘆】、【哪吒令】、【元和令】、【上馬嬌】、【游四門】、【後庭花】、【柳葉兒】、【青哥兒】、【六么序】、【醉扶歸】，南呂【玄鶴鳴】、【草池春】、【鵪鶉兒】、【隔尾】、【黃鐘尾】，中呂【道和】，越調【鬥鵪鶉】、【絡絲娘】、【綿搭絮】、【拙魯速】，雙調【新水令】、【攪箏琶】、【川撥棹】、【梅花酒】、【撥不斷】、【忽都白】、【隨煞】。

(95) 〔元〕白樸：《梧桐雨》，收入《元曲選》第一冊，頁三六二。

(96) 〔元〕喬吉：《兩世姻緣》，第二折【高過隨調煞】，收入《元曲選》第三冊，頁九七七。

其次說到「夾白」。誠如上文所云，夾白是夾於曲中的賓白，它有三種類型：一種與普通賓白不殊，一看即知，不致於教人和曲文相混。另兩種則皆附著於曲文，其一往往帶有語氣辭，亦容易與曲文分辨，謂之「帶白」；其一雖作用有如帶白而缺少語氣辭，則每每使人誤以為是襯字。茲舉例說明如下：

關漢卿【滾繡毬】

(有日月)朝暮懸。。(有鬼神)掌著生死權。。〔天地也！〕只合把、清濁分辨。。可怎生糊塗了、盜跖顏淵。。為善的(受貧窮)更命短。。造惡的(享富貴)又壽延。。〔天地也！〕做得箇、怕硬欺軟。。卻原來也這般、順水推船。。〔地也！〕你不分好歹何為地？〔天也！〕你錯勘賢愚枉做天。。〔哎！〕只落得兩淚漣漣。。

金仁傑【村裏迓鼓】

憑著我五陵豪氣。。不信道一生窮暴。。我(若生在)春秋那時，英雄志、登時宣召。。憑著滿腹才調，非咱心傲。。〔論勇呵！〕那裏說卞莊強。。〔論武呵！〕也不數廉頗會。。〔論文呵！〕怎肯讓子產高。。〔論智呵！〕我敢和伍子胥、臨潼鬥寶。。

關漢卿【鴛鴦煞尾】

從今後把金牌勢劍從頭擺。。將濫官污吏都殺壞。。與天子分憂，萬民除害。。(云：)我忘了一件，爹爹！俺婆婆年紀高大，無人侍養，你可收恤家中，替你孩兒盡養生送死之禮，我便九泉之下，可也瞑目。(竇天章云：)好孝順的兒也。(魂旦唱)囑付你爹爹。收養我奶奶。。可憐他無婦無兒。誰管顧年衰邁。。再將那文卷舒開。。〔帶云：〕爹爹也！把我竇娥名下，(唱)屈死的於伏罪名兒改。。

李直夫【風流體】

我到那春來時，〔正月二月三月〕春來些和氣喧。。若到那夏時節、〔四月五月六月〕也有些薰風遍。。我可便最怕的是、〔七月八月九月〕秋暮天。。更休題、〔十月十一月臘月裏〕飛雪片。。[97]

【滾繡球】見《元曲選》本《竇娥冤》雜劇，【村裏迓鼓】見元刊本《追韓信》雜劇。【滾繡球】中「天地也」、「天也」、「地也」諸語，【村裏迓鼓】中「論勇呵」、「論武呵」、「論文呵」、「論智呵」諸語，都是「帶白」。【鴛鴦煞尾】見《元曲選‧竇娥冤》，【風流體】見《廣正譜》所錄《虎頭牌》。【鴛鴦煞尾】中魂旦和竇天章的對話與一般的賓白沒有兩樣，而「爹爹也！把我竇娥名下」一語，明標「帶云」，顯然就是「帶白」，而又附語氣詞「也」字。我們如果把「帶云」二字和下文的「唱」字去掉，使「把我竇娥名下」一語直接於「屈死的於伏罪名兒改」句上，便要教人混淆為「毫無限制」的襯字或別為一句了。【風流體】中的「正月二月三月」等四語，也應當是夾白，如此，曲文的格式就很清楚。上文所舉的〈不伏老〉套尾曲中的「天賜與我」、【蠻姑兒】中的「驚我來的」，【高過隨調煞】的「他說道三年來」、「比及你」等語，以及《貨郎旦》雜劇【轉調貨郎兒】第六轉《元曲選》本末句「〔倒與他粧就了一幅〕昏昏慘慘瀟湘水墨圖」中的「倒與他粧就了一幅」一語，也應當是「夾白」。

影響北曲格式變化的主要因素，有如上述。此外尚有減字、減句、曲調之入套與否與犯調等四項，此四項

[97] 〔元〕關漢卿：《竇娥冤》，第三折【滾繡毬】，第四折【鴛鴦煞尾】，收入《元曲選》第四冊，頁一五〇九、一五一七；〔元〕李直夫：《虎頭牌》，第二折【風流體】，收入《元曲選》第一冊，頁四一〇。〔元〕金仁傑：《追韓信》，第一折【村裏迓鼓】，收入《元曲選外編》（臺北：臺灣中華書局，一九六七），頁五四六。

之影響較小，茲簡述如下：

減字：因百師〈論北曲之襯字與增字〉云：「北曲減字情形極為少見，不過『六字雙式可減為四字』、『七字單式可減為六乙』等兩三種減法，其影響甚少。」[98]如仙呂【青哥兒】末第二句為七字單式句，而《元曲選》本《竇娥冤》作「母子每、到白頭」為六乙。又如大石調【六國朝】第四句可由五字句變為四字句，無名氏〈冰肌勝雪〉套即作「牛籌相接」。

減句：根據《北曲新譜》，可減句之曲調有：仙呂【哪吒令】、【村裏迓鼓】、【游四門】，南呂【賀新郎】、【草池春】、【鵪鶉兒】，越調【小絡絲娘】、【拙魯速】，雙調【新水令】、【攪箏琶】、【亂柳葉】、【忽都白】等十二調，其中右邊加小圈者【哪吒令】等八調亦皆可增句，可能此等曲調音律比較靈活。減句最多只減去兩句，不若增句往往不拘，所以影響格式之變化不大。

曲調入套與否則格律不同：如仙呂【後庭花】入套乃可增句，【青哥兒】作小令用者與作套數用者格律有別，【者刺古】作小令、散套、劇套格律各不同，【小梁州】首句之格律小令與散套、雜劇不同，【殿前歡】作小令用則減去第六句。所幸見於《北曲新譜》者亦僅此五例而已，其影響亦甚微。

犯調：犯調之曲南曲為多，北曲僅有十調，即：黃鐘【刮地風犯】、【節節高犯】，正宮【轉調貨郎兒】，大石調【催拍子帶賺煞】、【雁過南樓煞】、【好觀音煞】、【玉翼蟬煞】，商調【高平煞】，雙調【離亭宴煞】之又一格、【離亭宴帶歇指煞】。茲舉一例如下：

無名氏【轉調貨郎兒六轉】

---

[98] 鄭師因百：〈論北曲之襯字與增字〉，《龍淵述學》，頁一三六。

（【貨郎兒】首三句）我只見黑黯黯、天涯雲布。。更那堪濕淋淋、傾盆驟雨。。早是那窄窄狹狹溝溝塹塹路崎嶇。。（【叨叨令】首句）黑黑黯黯彤雲布。。（中呂【上小樓】三至末）赤留出律。瀟瀟灑灑。斷斷續續。。出出律律、忽忽魯魯，陰雲開處。。我只見霍霍閃閃、電光星炷。。（【么篇】首至八）怎禁那䬃䬃飋飋風，淋淋淥淥雨。。送的來高高下下、凹凹凸凸、一搭模糊。。早做了撲撲簌簌、濕濕淥淥。疏林人物。。（【貨郎兒】末句）卻便似慘慘昏昏瀟湘水墨圖。。[99]

此曲見《貨郎旦》雜劇，為《太和正音譜》所錄。觀其結構乃【貨郎兒】犯入【叨叨令】、【上小樓】、【么篇】等曲而成。犯調之曲因為是集合諸曲調而成一新曲，故於北曲之格式自然亦產生變化，這種形式可能是受南曲的影響，觀其作者皆為元末明初人可知。

由上所論，可知促成北曲格式變化之因素相當多，也因此其變化的情形頗為錯綜複雜，由上舉〈不伏老〉套及諸曲可見一斑。一支曲中，如果正字之外又包含襯字、增字、增句、夾白，甚至於減字、減句，焉有不教人目眩神迷之感？雖然，如果能掌握其演化的原則和現象，參以譜律之書，多讀元人作品，亦庶幾可以撥雲見日，使「誦讀無棘喉澀舌之苦，寫作不致貽失格舛律之譏。」（見《北曲新譜‧自序》）而曲文之為美，尤能得其神髓矣。

以上所論雖單就北曲舉例，但南北曲之道不殊，由北曲以視南曲，即可知南曲之必然。試舉《長生殿》為例，說明如下：

[99] 〔元〕無名氏：《貨郎旦》，第四折【轉調貨郎兒六轉】，收入《元曲選》第四冊，頁一六五二。

越調近詞【綿搭絮】〔生〕這金釵鈿盒，百寶翠花攢。我緊護懷中，珍重奇擎有萬般。今夜把這釵呵！與你助雲盤、斜插雙鸞。這盒呵！早晚深藏錦袖，密裹香紈。願似他並翅交飛，牢扣同心結合歡。

〔付旦介，旦接釵、盒謝介〕

【前腔】謝金釵鈿盒，賜予奉君歡。只恐寒姿，消不得天家雨露團。〔作背看介〕恰偷觀鳳翥龍蟠，愛殺這雙頭旖旎，兩扇團圞。惟願取情似堅金，釵不單分盒永完。[100]

《簡譜》云：「首句本是七字，而新體則句中加二襯字，作四、五字兩句。如《浣紗》云：『東風無賴，又送一春過。』《牡丹亭》云：『雨香雲片，才到夢兒邊。』皆在首句四字，下一截板，斷作兩句也。第三句亦有作七字者，可任用之，《定律》又有換頭一格，首二句作四字兩語，如《一種情》：『香塵輕踹，半露弓鞋。』此實蛇足矣。」[101]按《長生殿》此曲第二支刊本及吳本皆標作「前腔換頭」，非也。蓋次曲首句「賜予」二字應作襯，與首曲「百寶」二字作襯同例（刊本「賜予」二字誤作正，吳本作襯為是）。其與吳氏所云《浣紗》、《牡丹亭》之例不同，因彼皆於首四字句處下一截板，今查《集成》、《遏雲閣曲譜》均不如是。且徐麟云：「首句本止七字，百寶二字乃襯也，今人以此二字作實字，而於盒字下畫一截板，且於盒字悍然用韻，誤矣！」故此曲第二支應標作「前腔」為是，其首句仍應作七字句。合《荊釵記》「尋蹤覓跡到江邊」正格。其實【綿搭絮】中之「百寶」、「賜予」皆可視之為「襯字」升格為「增字」。

雙調近詞【武陵花】玉輦巡行，多少悲涼途路情。看雲山、重疊處，似我亂愁交并。無邊落木響秋聲，長

[100] 〔清〕洪昇：《長生殿》，收入曾永義編注：《中國古典戲劇選注》，頁五一九。

[101] 吳梅：《南北詞簡譜》，收入王衛民編校：《吳梅全集》第六冊，頁七五二。

空孤雁添悲哽。提起傷心事，淚如傾。回望馬嵬坡下不覺恨填膺。裊裊旗旌，背殘日、風搖影。匹馬崎嶇怎暫停，怎暫停。只見陰雲黯淡天昏暝，哀猿斷腸，子規叫血，好叫人怕聽。兀的不慘殺人也麼哥，兀的不苦殺人也麼哥。蕭條恁生，峨眉山下少人經，冷雨斜風撲面迎。

【前腔】淅淅零零，一片淒然心暗驚。遙聽隔山隔樹，戰合風雨，高響低鳴。一點一滴又一聲，一點一滴又一聲。和愁人血淚交相迸，對這傷情處，轉自憶荒塋，白楊蕭瑟雨縱橫，此際孤魂淒冷。鬼火光寒草間濕亂螢。只悔倉皇負了卿，負了卿，我獨在人間委實的不願生。語娉婷，相將早晚伴幽冥，一慟空山寂，鈴聲相應，閣道崚嶒，似我回腸恨怎平。[102]

雙調近詞【武陵花】按《大成》、《簡譜》並引此曲為調式。唯其間字句與諸本稍異。首曲首句《簡譜》、《大成》、《集成》均作「萬里巡行」，諸本並作「玉輦巡行」，蓋稿本之不同，可兩存之。次句吳本、刊本並作「多少悲涼途路情」，日本國譯本、《簡譜》、《大成》、《集成》「悲」字均作「淒」字。「兀的不苦殺人也麼哥」《大成譜》誤脫。次曲末第三句「鈴聲相應」，《大成譜》「鈴」上多一襯字「這」，諸本與《集成》、《簡譜》無之。「對這傷情處」句，《簡譜》誤「情」為「心」，諸本並《大成》、《集成》並作「情」。依板式，刊本首曲第三句「看」字、次曲「此際」二字誤作正。此下吳本、《簡譜》、《大成》並作「鬼火光寒草間濕亂螢」，刊本「草間」二字作襯，依板式似應作上四下三七字句為是也。又次曲第三句「遙聽隔山隔樹」，《大成》與諸本「遙聽」二字作正而為六字句，按板式，《簡譜》作襯為四字句是也。其實【武陵花】中之「看」、「此際」、「草間」、「遙聽」皆

102 〔清〕洪昇：《長生殿》，收入曾永義編注：《中國古典戲劇選注》（臺北：國家出版社，二〇〇七），頁七〇四－七〇五。

可視之為「襯字」升格為「增字」。

南呂過曲【三仙橋】古驛無人夜靜，趁微雲移月暝。潛潛趓趓，暫時偷現影。魆地間、心耿耿，猛想起我舊丰標、教我一想一淚零，想想當日那態娉婷，想想當日那妝艷靚。端得是賽丹青、描成畫成，那曉得不留停，早則飢寒肉冷。〔悲介〕苦變做了鬼胡由，誰認得是楊玉環的行徑。[103]

南呂過曲【三仙橋】《簡譜》云：「此調蔣、沈各譜，皆列入『未知宮調』內。獨《定律》則入南呂，《大成譜》因之，余亦從其例。是曲必用三曲，不可增減，而三曲輒復不同，自來作譜者，分析正襯，未能明白了當也。是調既無換頭，句讀不應有異，而三曲相較，時多鑿枘，此心耿耿久矣。偶閱《明珠》恍然有誤，遂訂此格，因將各曲列下，成一定式。」[104]按《簡譜》亦列本齣【三仙橋】三曲，蓋據《明珠》「展開黃紙」一曲以定此三曲句法之正襯，考其句法作四、五、四、五、六、七、五、五、七、五、四、五、七，其正襯大抵合板式也。《大成譜》亦引此三曲為調式。然其間正襯句法與《簡譜》出入頗大，蓋昧於正襯故也。其實【三仙橋】曲中，「古驛」、「楊」諸字皆可視之為「襯字」升格為「增字」。

舉此可概其餘。而南曲由襯字提升為「增字」之例，雖不如北曲之頻繁，但其理不殊。

此外，戲曲語言因語句結構格式的特殊化，對於語言旋律也產生相當大的影響，這一類大抵皆屬戲曲中的「俳體」。舉數例如下：

⑴**頂針體**，即後一句之首字用前一句之末字，亦謂聯珠格：

---

[103] 〔清〕洪昇：《長生殿》，收入曾永義編注：《中國古典戲劇選注》，頁七一〇。

[104] 吳梅：《南北詞簡譜》，收入王衛民編校：《吳梅全集》第六冊，頁四八〇－四八一。

斷腸人寄斷腸詞，詞寫心間事，事到頭來不由自。自尋思，思量往日真誠志。志誠是有，有情誰似，似俺那人兒？（元無名氏越調【小桃紅】）[105]

從前歌樓常用「頂針續麻」行酒令，既風雅而又有情趣。由於兩句間的首末兩字相同，使語意和聲情連貫下來，產生綿延不絕的韻致。

(2)**反覆體**，即二句中之字面顛倒重複，反覆言之，而且接續之句又用頂針格：

「恨重疊，重疊恨」，恨綿綿恨滿晚妝樓。「愁積聚，積聚愁」，愁切切愁斟碧玉甌。「懶梳妝，梳妝懶」，懶設設懶爇黃金獸。「淚珠彈，彈珠淚」，淚汪汪汪不住流。「病身軀，身軀病」，病懨懨病在我心頭。「花見我，我見花」，花應憔瘦。「月對咱，咱對月」，月更害羞。「與天說，說與天」，天也還愁。（元劉庭信雙調【水仙子】〈相思〉）[106]

此曲在每句開頭累增襯字成三言二句，而使其字面顛倒重複，且正句用頂針格，以此而強化其聲情與詞情。

(3)**重句體**，一篇中多同樣口氣之句，小曲中仿此者甚多：

（冷清清）、人在西廂，（叫）一聲張郎，「（罵）一聲張郎。」（亂紛紛）、花落東牆，（問）一會紅娘，「（絮）一會紅娘。」枕兒餘衾兒剩，（溫）一半綉牀，「（閒）一半綉牀。」月兒斜風兒細，（開）一扇紗窗，「（掩）一扇紗窗。」（蕩悠悠）、夢繞高唐，（縈）一寸柔腸，「（斷）一寸柔腸。」（元湯式雙調【折

[105] 隋樹森編：《全元散曲》，頁一七三一。

[106] 隋樹森編：《全元散曲》，頁一四三四。

桂令】）[107]

上例是用增字（括弧中字）、增句（「」中句）的方法，再加上同樣的口氣，使聲情複沓而產生輕快的特殊韻詞。

(4)**連環句**，以兩句為單元，次一句即下一單元之首句，如此勾勒，有如連環，如馬致遠《漢宮秋》雜劇第三折之雙調【梅花酒】，此曲有《北詞廣正譜》本與《元曲選》本，此據《廣正》本【梅花酒】第六格：

> 向著這迥野荒涼，塞草添黃。兔色早迎霜。「犬褪的毛蒼，人搠起纓鎗，馬負著行裝，駝運著餱糧，人獵起圍場。」他傷心辭漢主，我攜手上河梁。「他部從、入窮荒。」我前面、早叫擺行。「愁鑾輿，返咸陽。返咸陽，過宮牆。過宮牆，繞迴廊。繞迴廊，近椒房。近椒房，月昏黃。月昏黃，夜生涼。夜生涼，泣寒螿。泣寒螿，綠紗窗。綠紗窗，不思量。」[108]

吳梅《簡譜》謂「連環句，實始於馬東籬」[109]，此調正格才七句，此曲又省去首句而為六句，其餘皆為「增句」；所謂「連環句」即指此曲末段之增句，由「愁鑾輿」至「不思量」。由於同句連環勾勒，於是聲情緊密相屬，有如波浪連綿，滉漾生姿。

---

[107] 隋樹森編：《全元散曲》，頁一五六六。

[108] 見〔明〕李玉：《北詞廣正譜》，收入於王秋桂主編：《善本戲曲叢刊》（臺北：臺灣學生書局，一九八七，據清康熙文靖書院刊本影印），第六輯第一冊，頁六四二－六四三。其格律據鄭師因百：《北曲新譜》（臺北：藝文印書館，一九七三），卷一二，頁三一五。

[109] 吳梅：《南北詞簡譜》，收入王衛民編校：《吳梅全集》第五冊，頁一五六。

三、戲曲語言格式的錯誤示範：曲譜的又一體

促成北曲語言格式變化的因素，有如上節所論，主要因素是「襯字」、「增字」和「增句」，次要因素是「夾白」、「減字」、「減句」、「犯調」及「曲調之入套與否」。如果能清楚而切實的掌握這八個因素，那麼北曲格式雖如神龍變化，亦百變而不離其宗。而北曲譜自《廣正》或一調列舉數格以來，至《九宮大成》之「又一體」滋生最為繁多。其實這「數格」或眾多的「又一體」，都是在「正格」的基礎上，循著上舉諸因素變化的結果。但是，由於曲譜作者未能完全辨明其理，以致自我混淆，貽誤後學頗多。因舉其最甚者《九宮大成》為例加以說明，然因《大成》卷帙浩繁，姑以其仙呂調隻曲為範圍，藉此蓋可以一斑見其全豹。

(一)其誤於句式所產生的「又一體」

任何一種韻文學的體製規律，大抵不出字數律、句數律、長短律、音節單雙律、聲調律、協韻律、對偶律、句中語法律等八律所構成，就曲而言，體製規律所必獨具有的「字」，是為本格「正字」；在不妨礙腔調節拍情形下，可於本格正字之外添出若干字，以作轉折、聯續、形容、輔佐之用。此添出之若干字，即所謂「襯字」，蓋取陪襯、襯托之意。

前人論襯字，首見於周德清《中原音韻・作詞十法》，提出「切不可用襯墊字」，並云：

> 套數中可摘為樂府者能幾？每調多則無十二三句，每句七字而止，卻用襯字加倍，則刺眼矣。[110]

周氏所說的「樂府」是指小令而言。小令文字謹嚴、體製短小，固以少用襯字為佳，若謂切不可用，則過矣。其後王驥德《曲律》卷二有〈論襯字第十九〉、淩濛初《南音三籟・凡例》有「曲每誤於襯字」，要皆就南曲而論，王氏但云「北曲配絃索，雖繁聲稍多，不妨引帶。」近世學者吳梅《曲學通論》第十章〈務頭〉，止截取王氏之說以論襯字；許之衡《曲律易知》卷下云：

> 南曲句讀，固須嚴守譜法，北曲亦然。惟北曲襯字，多少不拘，雖虛實字並用亦無妨。襯字不拘四聲。南曲襯字，總以勿過三字為妙；蓋南曲有一定之板，襯字上不能加板，襯字過多，則搶板不及。北曲無一定之板，襯字上亦可加板故也。[111]

王季烈《螾廬曲談》卷二〈論作曲〉亦有與許氏相近似的論述[112]。其所云「北曲襯字毫無限制」，甚有商榷之餘地[113]；又「襯字上加板」，則已為「增字」，不再是襯字矣！

而若欲不妨礙腔調節拍，於本格正字之外添出若干襯字，其法除明板式疏密外，當切實辨別曲句之音節形

---

[110] 〔元〕周德清：《中原音韻》，《中國古典戲曲論著集成》第一冊，頁二三四。

[111] 許之衡：《曲律易知》，卷下〈論聲韻襯字〉，頁一八五。

[112] 北曲襯字當下於句首與句中音步，且每處不過三；又許王二氏將下文所論之「增字」、第一式「增句」與曲中「帶白」皆誤作「襯字」，故有「毫無限制」之說。

[113] 王季烈《螾廬曲談》（臺北：臺灣商務印書館，一九七一），卷二〈論作曲〉云：「上所言襯不過三，且襯字必加於板密之處，此就南曲言之；若北曲，則襯字毫無限制，蓋北曲之板無一定，襯字多，儘可於襯字上加板，非若南曲不許點板於襯字也。」頁四六。

式。對此筆者在上文已有說明，在此，另作補充。筆者於〈中國詩歌中的語言旋律〉中有云：

韻文學的句子中含有兩種形式，一種是意義形式，一種是音節形式。意義形式是句中意象語和情趣語的組合方式，意象語為名詞及其修飾語，此外為情趣語。對於意象情趣的組合方式必須認清楚，然後對其所要表達的思想情感，才能有正確的體悟；這是欣賞韻文學的意境美首先要弄清楚的。音節形式則是句中音步停頓的方式，停頓的時間尚有久暫之別，必須掌握分明，然後韻文學的旋律感才能正確的傳達；這是欣賞韻文學音樂第一要弄清楚的。意義形式和音節形式，有時是兩相疊合的；但有時則是頗為分歧的。如果彼此糾纏不清，則不止或傷意境美或傷音樂美，甚至於產生極大的誤解而不自知。114

可見音節形式如果單雙錯置，是很嚴重的事。

茲舉元人散曲【天淨沙】為例作為說明如下：

枯藤老樹昏鴉，小橋流水人家，古道西風瘦馬。夕陽西下，斷腸人在天涯。

孤村落日殘霞，輕煙老樹寒鴉，一點飛鴻影下。青山綠水，白草紅葉黃花。

鶯鶯燕燕春春，花花柳柳真真，事事風風韻韻。嬌嬌嫩嫩，停停當當人人。115

上列三曲分別為馬致遠、白樸、喬吉所作。就音節形式而言，【天淨沙】的每一句都必須作雙式音節，亦即六(二‧二‧二)，六(二‧二‧二)，六(二‧二‧二)，四(二‧二)，六(二‧二‧二)。上列三曲，除首曲末

114 曾永義：〈中國詩歌中的語言旋律〉，《詩歌與戲曲》，頁二一。

115 隋樹森編：《全元散曲》，頁二四二、一九七、五九二。

句外，人人誦讀皆作雙式，當無疑問。就其音節形式與意義形式而言，則首曲作：

六（二・二・二），六（二・二・二），六（二・二・二），四（二・二），六（三・三）
　　四　二　　　　四　二　　　　四　二　　　三・一　　　二・四

白氏之曲作：

六（二・二・二），六（二・二・二），六（二・二・二），四（二・二），六（二・二・二）
　　四　二　　　　四　二　　　　五　一　　　二・二　　　二・二・二

喬氏之曲作：

六（二・二・二），六（二・二・二），六（二・二・二），四（二・二），六（二・二・二）
　　四　二　　　　四　二　　　　五　一　　　二・二　　　四　二

可見以上三家，在固定的音節形式下，可以自由變化意義形式。每一句可以有一種以上的意義形式，這也是韻文學所以會有歧義和多義的緣故之一。譬如首曲「斷腸人在天涯」句，前文說過，如果意義形式作三三，則強調斷腸的那個「人」，他是在天涯；如果作二四，則說明所以斷腸，乃因為人在天涯，而斷腸意味也被突顯出來。此曲在臺灣各級學校的教科書中一再被選用，而此句被標點為「斷腸人，在天涯」。這便是誤以意義形式作音節形式，以致「冠裳倒置」，旋律之特質全失。

像這種韻文學所亟須講求的「句式」，《九宮大成》的編者，似乎也不完全明白，所以混亂音節形式與意義形式，或音節形式單雙誤置。舉例說明如下：

【青哥兒】一調，《大成》注「按【青哥兒】格，起二句應作上二下四六字句；其作四字句者，則將上二字作疊。」其所舉之範例為散曲「春城春宵無價，星橋火樹銀花」，與《雍熙樂府》「看帶雲山雲山如畫，端的是景物景物堪誇」[116]，就音節形式而言，顯然皆作二二二雙式；《大成》所云作上二下四，顯然就意義形式而言。而韻文學格律中所講求之「句式」，皆單指音節形式，可見《大成》之編者，實迷亂於音節形式與意義形式的分辨。也因此，譜中混亂句式的情形便不少。譬如【雙雁子】一調的次句和末二句「定格」應作六字折腰句，亦即三三的單式音節，而《大成》所舉二例，《月令承應》作「一霎兒。昭素雲。。」、「耀祥光。遙相引。。縱庸愚。也索拜懇。。」；《明朝樂章》作「尚謙沖。防僭侈」、「聽歌謠。稱頌美。。定山河。十萬里」，將原本一句六字，分作三字兩句；乃因為編者不明六字句有作三三單式音節的情形，以致譜中凡六字單式句皆誤分作兩三字句。又如【憶王孫】末句當作七言單式，而《大成》「又一體」引《元人百種》作「但得箇稚子山妻，我一世兒快活到老」，變為八言四四的雙式句；其實此句之「到」字應作襯，仍為七言單式。又【元和令】第五句當作七言單式，而《大成》「又一體」引《元人百種》作「我則待竹籬茅舍。枕著山腰」，變為兩四字雙式句；其實此句之「著」字為動詞詞尾，照例為襯，仍為七言單式。又【賺煞】之五、六兩句當作七言雙式句，元人莫不如此，而《大成》引清宮《月令承應》作「使共那騎鶴蘇仙橘井同標，枯泉忽泛海音潮」為單式。凡此俱可看出，《大成》編者與並時之人，已不明白音節有單雙之分，以致「一句有失而通篇音節全亂」。

(二)其誤於正襯所產生的「又一體」

上文引《大成》「也索拜懇」句，當作「也索拜懇」，也就是《大成》誤了正襯，因為曲中加襯並非隨意，

116 《大成》所云之「散曲」屬馬致遠小令，《雍熙樂府》實為喬吉《兩世姻緣》雜劇。

必須在音步停頓處。音步停頓處自然形成音節的縫隙，首句的開頭為音節將啟，各句的開頭不是上文的句末就是韻腳，其音節縫隙最大，故詞曲加襯字多半在句子的開頭。其次七言句粗分為四三、三四，六言句為三三、二二二，五言句為二三、三二，四言句為一三、二二，亦即將句子分為大抵相等的兩截，其間之音節亦有相當之縫隙，故亦於此處加襯字；至於上述音節段落，「四」可細分為「二二」，「三」可細分為「二一」，其音節縫隙更為狹小，雖亦可於此加襯字，但已屬少數，尤其「三」之為「二一」其在句末者更是少之又少。至於襯字當下於何處，前文已論及，此不更贅。

又上文舉【叨叨令】曲是加襯字比較顯著的例子，其首四句正字總共才二十八字，襯字則有四十字，幾為正字的二倍。大概北曲中有這種情形，所以吳梅、許之衡等才有「北曲襯字毫無限制」的說法；但是上曲所加之襯字，無一不合乎上面所說的原則，所以曲中加襯，絕非可以隨意到漫無章法。可是《大成》的編者，對此不甚了了，以故譜中誤於正襯者比比皆是。茲舉其中犖犖大者以見一斑。

譬如【哪吒令】首六句當作二、四、二、四、二、四，而《大成》「又一體」引《元人百種》作「這件事。天知地知。這件事。神知鬼知。這件事。心知腹知。」不知三「這」字實為襯字（至多可視為增字），而別立為「又一體」。【六么序】第三句當作四言，《大成》引《元人百種》作「我戰欽欽撥盡寒爐」，不知「我戰欽欽」俱為襯字，乃以此立為「又一體」。【後庭花】首二句當作五言單式，《大成》引《雍熙樂府》作「我這裏尋梅花訪故友。踏凍雪沽醽酒。」不知「凍」字非音步所在，絕非襯字，宜以「尋」、「踏」二字為襯（可視為增字），並易「花」字為正，即合本格，何來「又一體」？【三番玉樓人】倒數第三句當作四字雙式，《大成》引散曲作「我將他臉兒上不抓」，不知「兒」字為詞尾可作襯，以故違離本格。可見《大成》不能十分辨明襯字，不甚了然襯字當下於何處，不知非音步處之詞尾可作襯字，所以「自我作祖」的在本格之外，平白的產生了許多「又一體」，徒然教人迷亂眼目。

㈢因增減字所產生的「又一體」

北曲中有與正字意義分量銖兩悉稱而不易分別的「襯字」，如上文所云，因百師謂之「增字」，增字的原則，在於「音節形式」，也就是單式音節的句子增字之後仍要保持單式音節，雙式音節的句子增字之後仍要保持雙式音節，絕不可單雙互異。

《大成》因增字而別立「又一體」者，為數甚多。譬如【哪吒令】的本格句式是：（「・」表可押可不押，「。。」表押韻）

二・四。。二・四。。二・四。。三・三。。七（三・四）。。

《大成》「又一體」有二例引《雍熙樂府》作：

你（傳情）向那壁，啟櫻唇語遲。我（潛身）在這裏，蹴金蓮款移。他（凝眸）了半月，把春心逗起。我見他（輕將）那寶鐙蹺，（暗把）這絲鞭墜。引的人意□徨、魄散魂飛。

（藍關道）擁了，（韓）退之懊惱。（灞陵橋）詩好，（孟）浩然凍倒。（尋梅）的路杳，（林）和靖翫卻。（孫康）讀誦書，（陶穀）烹茶灶。呂蒙正、風雪歸窯。[117]

---

[117] 〔清〕周祥鈺、〔清〕鄒金生編輯：《九宮大成南北詞宮譜》，《善本戲曲叢刊》第六輯第三冊（臺北：臺灣學生書局，一九八七，據清乾隆內府本影印），頁八〇〇－八〇一。

上二例之增字不出上舉之「原則」，由此亦可見其「百變不離其宗」。

曲中既有「增字」，自然就有「減字」。「減字」的情形比「增字」少得多，但也是「又一體」產生的因素。譬如【天下樂】本格第四句為七言單式，《大成》「又一體」引《雍熙樂府》作「遙望著古廟間」，減一字而為六言單式。【醉中天】本格倒數第二句為四言雙式，《大成》引散曲作「依舊」，減二字為二字句。【祆神急】本格倒數第三句為七言單式，《大成》「又一體」引散曲作「雕鞍去，眉黛愁」，減一字作六言單式。【賺煞】本格次句六句俱作七言雙式，《大成》引《雍熙樂府》作「欲說誰明此理」、「暢道洞曉幽微」，減一字而為六言雙式。

從上舉諸例，可見減字的原理與增字完全相同，亦即字可減而不可改易音節形式之單雙。

(四)因「攤破」所產生的「又一體」

以音節形式為原理所引起的格式變化，尚有所謂「攤破」。上文說過「攤破」在詞中已屢見其例：如【攤破浣溪沙】、【攤破采桑子】、【攤破江城子】等。因為中國韻文學的「語言長度」，是指兩韻之間的音節數，一個字一個音節，凡是超過七音節的語言長度，其間若不是會有帶白或襯字的話，就非「攤破」不可。

上文亦說過，因為語言長度在八個音節以上，很難一氣續完。譬如【浣溪沙】上下片各三句七言，而李璟【攤破浣溪沙】上下片末句各作「(還與)韶光(共)憔悴、不堪看」、「(多少)淚珠(何)限恨、倚欄杆」，括弧中的字是由襯字所擠入的增字，如此一來變成十字句，就非一口氣所能容，因此攤開原格破分為七．三兩句。

【浣溪沙】的本格為七言單式，攤破的七．三音節仍是單式，這一點和增字一樣，是移易不得的。也因此，如果超過八言的語言長度，在不變更音節形式的前提下，是可以有不同的攤法的。譬如【虞美人】一調上下片末句皆作九字，李煜詞為「故國不堪回首、月明中」，「恰似一江春水、向東流」；蔣捷詞為「江闊雲低、斷雁叫西風」，「一任階前、點滴到天明」。亦即李煜攤破為六・三，蔣捷攤破為四・五，而都不易其單式音節之形式。下面再以【聲聲慢】為例，比較李清照和張炎的兩闋詞，張炎【聲聲慢】已見前文，這裡但舉李清照【聲聲慢】：

> 尋尋覓覓，冷冷清清，悽悽慘慘戚戚。乍暖還寒時候，最難將息。三杯兩盞淡酒，怎敵他、晚來風急。雁、過也，正、傷心，卻是舊時相識。　滿地黃花堆積，憔悴損，如今有誰堪摘？守著窗兒，獨自怎生得黑。梧桐更兼細雨，到黃昏、點點滴滴。這次第，怎一個愁字了得。[118]

就因為此調句句音節都屬雙式[119]，旋律「平穩舒徐」，所以叫「聲聲慢」。韻長[120]與攤破法如下（右李左張）：

李	韻長	張
四四六	一四。	四四六
六四	一〇。	四六
六七τ	一三。	六七τ
三三六	一二。	三五τ四
六三六	一五。	六五τ四
四六	一〇。	四六
六七τ	一三。	六七τ
三七τ	一〇。	三七τ

五τ七τ是指五七言雙式音節。可見在同一超過八音節的語言長度之下，李清照和張炎的「攤破法」不盡相同，但音節形式則保持同樣不變的雙式。如果不明此理，那麼勢必會把不同的攤破法作「又一體」看待了。

[118] 唐圭璋編：《全宋詞》，頁九三二。

[119] 李清照詞「憔悴損」句屬單式，但就整個語言長度「憔悴損、如今有誰堪摘」來說，總體仍不失為雙式音節。

[120] 李清照詞上下片首句皆押韻，張炎皆不押韻。就語言長度而言，以作不押韻計。

《大成》中如【寄生草】本格第三句至末句皆為七言單式，而其「又一體」引《雍熙樂府》作：

鳳鸞吟，飛上青山口。鬥鵪鶉，來往攛梭走。雙鴛鴦，戲水波紋皺。賀聖朝，金殿喜重重；樂安神，享祭笙歌奏。[121]

又如【六么序】第六句為七言單式，《大成》「又一體」引《雍熙樂府》作「採樵人，迷路難行往」。凡此皆因七言單式增一字後所作的攤破。但【鵲踏枝】一調，《大成》之「又一體」就迷亂了句法。按【鵲踏枝】之本格六句，作：

三。三。四・四。七τ。七τ。

《大成》「又一體」引《雍熙樂府》作：

我細思量。細參詳。他則待送舊迎新，惜玉憐香。管甚麼、張郎李郎。在茶房酒房。若得了幾文錢、就與他成雙。[122]

《大成》謂其第五句下「增四字一句，為增句格也。」其實這不是「增句格」，【鵲踏枝】一調也不能增句；這完全是《大成》的編者不明白增字攤破之理，又強襯字以為正字的結果。此曲第五句應作「管甚麼張郎李郎，在茶房酒房。」亦即此句實由七言雙式增一字為八言而攤破為兩雙式四言，並無所謂「增句」，「管甚麼」三字應

[121] 〔清〕周祥鈺、〔清〕鄒金生編輯：《九宮大成南北詞宮譜》，《善本戲曲叢刊》第六輯第三冊，頁八〇七。

[122] 〔清〕周祥鈺、〔清〕鄒金生編輯：《九宮大成南北詞宮譜》，《善本戲曲叢刊》第六輯第三冊，頁八〇四－八〇五。

作襯。又無名氏《賺蒯通》，此句作「將魏豹智取，將齊王力取。」也是同樣的情形。

(五)其他因素所產生的「又一體」

上文所舉的數端之外，《大成譜》由其他因素所產生的「又一體」，有下列三種情形：其一，與本格完全相同而誤置為「又一體」；其二為併入么篇而不自知；其三，曲中有增句。分別舉例說明如下：

(1)合乎本格而誤置為「又一體」：如【賞花時】，以散曲「百尺鼇山簇翠煙」為本格，而其「又一體」所引散曲「車馬迎來玉府仙」、《邯鄲夢》「翠鳳毛翎扎帚叉」與「恁休要劍斬黃龍一線差」三曲，與本格相同，《大成》原注亦謂「首闋至四闋格式相同」，既云「格式」相同，則何來「又一體」？又【油葫蘆】一調引《月令承應》「遙望茅簷欲到難」為本格，引《元人百種》「報接駕的宮娥且慢行」為「又一體」，除襯字外，格式全同，則何來「又一體」？又【勝葫蘆】一調，引《董西廂》「生死存亡在今夜」為「又一體」，實亦同本格。

(2)併入么篇而不自知：如【點絳唇】一調，《大成》引《董西廂》「樓閣參差」為「又一體」，實則此曲自「花木陰陰」以下為「么篇」。又【天下樂】一調，引《董西廂》「拜了人前強問候」為「又一體」，實則此曲自「與做」下為么篇。

(3)曲中有增句：根據因百師《北曲新譜》，可以增句的曲調有三十支，其屬於仙呂宮的有【端正好】、【混江龍】、【油葫蘆】、【哪吒令】、【元和令】、【上馬嬌】、【遊四門】、【後庭花】、【柳葉兒】、【青哥兒】、【六么序】、【醉扶歸】等十二調[123]。既有「增句」，則本格之外，另有「又一體」就很自然了。

---

[123] 其餘十八調是：黃鐘【刮地風】，南呂【玄鶴鳴】、【草池春】、【鵪鶉兒】、【隔尾】、【黃鐘尾】，中呂【道和】，越調【鬥鵪鶉】、【絡絲娘】、【綿搭絮】、【拙魯速】，雙調【新水令】、【攪箏琶】、【川撥棹】、【梅花

四、戲曲語言與戲曲評論

(一)周王李顧四家之戲曲語言論

戲曲語言是戲曲文學的基礎，所以為曲論家所重視，幾乎沒有不從語言入手來評論劇作的優劣：但詳為論說的，也不過元周德清《中原音韻》論「造語」、明王驥德《曲律》論〈句法〉與〈曲禁〉、清李漁《閒情偶寄》論〈詞采〉三家而已。

周德清論「造語」云：

可　作：樂府語、經史語、天下通語。

未造其語，先立其意，語、意俱高為上。短章辭既簡，意欲盡。長篇要腰腹飽滿，首尾相救。造語必俊，用字必熟。太文則迂，不文則俗，文而不文，俗而不俗。要聳觀，又聳聽，格調高，音律好，襯字無，平仄穩。

不可作：俗語、蠻語、謔語、嗑語、市語、方語、書生語、譏誚語、全句語、构肆語、張打油語、雙聲疊韻語、六字三韻語。[124]

酒】、【撥不斷】、【忽都白】、【隨煞】。

[124] 〔元〕周德清：《中原音韻》，《中國古典戲曲論著集成》第一冊，頁二三二－二三三。

可見周氏論曲中語言，雖然提出了「造語必俊，用字必熟。太文則迂，不文則俗，文而不文，俗而不俗。要聳觀，又聳聽，格調高」，講究雅俗調和格調高的說法，可以說切中了曲的本質和性格，其次他注意音律平仄也是曲這種音樂文學所必須具備的。總之，他論長短篇之曲的作法，除了「襯字無」一語有待商榷外，其他大抵允當；因為如上文所云襯字的功用在於轉折、聯續、形容、輔佐，能使凝鍊含蓄的句意化開，變成爽朗流利的話語，有助於曲中「豪辣灝爛」的情致；曲之一大特色即在襯字之運用，若「襯字無」，則直如詞化之曲而已。又其論可作之語與不可作之語，雖亦大體不差，但文學語言之運用，其妙完全「存乎一心」。只要能使曲文機趣活潑，無論何等語言應當都可以使用。

其次周氏又從修辭學的觀點論造語，提出了四點禁忌：

語病：如「達不著主母機」。有答之曰：「燒公鴨亦可。」似此之類，切忌。

語澀：句生硬而平仄不好。

語粗：無細膩俊美之言。

語嫩：謂其言太弱，既庸且腐，又不切當，鄙猥小家而無大氣象也。[125]

這四點毛病確實應當避免。他又論「用事」，謂「明事隱使，隱事明使。」論「用字」，謂「切不可用生硬字，太文字，太俗字，襯墊字。」其論用事極有見地，而論用字則不可從。「襯墊字」即襯字，其不當已見前論。其他所謂「生硬字、太文字、太俗字」皆無一定標準可循，且曲中頗有故用生硬字以見奇峭者，亦有故用「太文」

[125] 同前注，頁二九〇。

或「太俗」字以見機趣者。

而他論「造語」已能注意到這些面向，其實是難能可貴的。明王驥德《曲律・論句法第十七》云：

> 句法，宜婉曲不宜直致，宜藻艷不宜枯瘁，宜溜亮不宜艱澀，宜輕俊不宜重滯，宜新采不宜陳腐，宜擺脫不宜堆垛，宜溫雅不宜激烈，宜細膩不宜粗率，宜芳潤不宜噍殺；又總之，宜自然不宜生造。意常則造語貴新，語常則倒換須奇。他人所道，我則引避；他人用拙，我獨用巧。平仄調停，陰陽諧協。上下引帶，減一句不得，增一句不得。我本新語，而使人聞之，若是舊句，言機熟也；我本生曲，而使人歌之，容易上口，言音調也。一調之中，句句琢煉，毋令有敗筆語，毋令有欺嗓音，積以成章，無遺恨矣。[126]

王氏所論的造語是就語言的各種格調而言，誠如他說的「總之，宜自然不宜生造。」其次他又強調「造語貴新」，這其實是文學運用語言的不二法門。

王氏又在其〈論曲禁第二十三〉中列出與「造語」相關而必須避忌的條目，他列舉的是：

> 陳腐、生造、俚俗、蹇澀、粗鄙、錯亂、蹈襲、沾唇、拗嗓、方言、語病、請客、太文語、太晦語、經史語、學究語、書生語、重字多、襯字多、堆積學問、錯用故事、對偶不整。[127]

---

[126] 〔明〕王驥德：《曲律》，《中國古典戲曲論著集成》第四冊，頁一二三－一二四。

[127] 同上注，〈論曲禁第二十三〉，頁一三〇－一三一。

以上總共二十二條，其中像「陳腐」、「蹇澀」、「錯亂」、「蹈襲」、「沾唇」、「拗嗓」、「語病」、「太晦語」、「襯字多」、「堆積學問」、「錯用故事」、「對偶不整」等十二條確實應當避忌，但其他十條則可商榷，因為戲曲語言貴在自然合乎人物身分口脗而適切的表達鮮明的意態情境，以上王氏所認為也應當避忌的十條，在筆者看來，有時反而是曲中機趣所在。

而王氏之《曲律》四十論，如果以「戲曲語言」為核心攀附其關係的話，那麼：

其論語言聲韻者有秦聲、趙曲、燕歌、吳歈、越唱、楚調、蜀音、蔡謳，平仄、陰陽、韻、閉口、聲調、險韻等。

其論語言結構者有章法、句法、襯字、對偶、用事、過搭等六論。

其論語言禁忌，除上所舉屬於語言本身者二十條外，其重韻、借韻、犯韻、犯聲、平頭、合腳、上上疊用、上去去上倒用、入聲三用、一聲四用、陰陽錯用、閉口疊用、韻腳多以入代平、疊用雙聲、疊用疊韻、開閉口韻同押、宮調亂用、緊慢失次等十八禁都屬於語言聲韻的範圍。

其論語言之載體者有散套、小令、巧體、引子、過曲、尾聲、賓白、科諢、落詩等九論。

其論語言之派別者有「家數」一論，分為本色、文詞二派。而主張小曲可以「語語本色」，大曲可以「綺繡滿眼」。

若此，則論曲者焉能捨語言而不論。

李漁《閒情偶寄・詞采第二》中，其為「造語」之重要觀念如下：

> 首首有可珍之句，句句有可寶之字。[128]

曲文之詞采，……話則本之街談巷議，事則取其直說明言。（頁二一二）

「機趣」二字，填詞家必不可少。機者，傳奇之精神；趣者，傳奇之風致。少此二物，則如泥人、土馬，有生形而無生氣。……故填詞之中，勿使有斷續痕，勿使有道學氣。（頁二一四）

詞貴顯淺，……然一味顯淺而不知分別，則將日流粗俗，求為文人之筆而不可得矣。元曲多犯此病，乃矯艱深隱晦之弊而過焉者也。極粗極俗之語，未嘗不入填詞，但宜從腳色起見。如在花面口中，則惟恐不粗不俗，一涉生旦之曲，便宜斟酌其詞。無論生為衣冠仕宦，旦為小姐夫人，出言吐詞當有雋雅舂容之度。即使生為僕從，旦作梅香，亦須擇言而發，不與淨丑同聲。以生旦有生旦之體，淨丑有淨丑之腔故也。元人不察，多混用之。觀《幽閨記》之陀滿興福，乃小生腳色，初屈後伸之人也。其〈避兵〉曲云：「遙觀巡捕卒，都是棒和槍。」此花面口吻，非小生曲也。均是常談俗語，有當用於此者，有當用於彼者。又有極粗極俗之語，止更一二字，或增減一二字，便成絕新絕雅之文者。神而明之，只在一熟。當存其說，以俟其人。（頁二二六）

填塞之病有三：多引古事，迭用人名，直書成句。其所以致病之由亦有三：借典核以明博雅，假脂粉以見風姿，取現成以免思索。而總此三病與致病之由之故，則在一語。一語維何？曰：從未經人道破。一經道破，則俗語云「說破不值半文錢」，再犯此病者鮮矣。古來填詞之家，未嘗不引古事，未嘗不用人名，未嘗不書現成之句，而所引所用與所書者，則有別焉；其事不取幽深，其人不搜隱僻，其句則採街談巷議。即有時偶涉詩書，亦係耳根聽熟之語，舌端調慣之文，雖出詩書，實與街談巷議無別者。總而

---

128 〔清〕李漁：《閒情偶寄》，《中國古典戲曲論著集成》第七冊（北京：中國古戲劇出版社，一九五九），頁二一一。以下於引文後附註頁碼。

言之，傳奇不比文章，文章做與讀書人看，故不怪其深，戲文做與讀書人與不讀書人同看，又與不讀書之婦人小兒同看，故貴淺不貴深。使文章之設，亦為與讀書人、不讀書人及婦人小兒同看，則古來聖賢所作之經傳，亦只淺而不深，如今世之為小說矣。人曰：文人之傳奇與著書無別，假此以見其才也，淺則才於何見？予曰：能於淺處見才，方是文章高手。施耐庵之《水滸》，王實甫之《西廂》，世人盡作戲文小說看，金聖嘆特標其名曰「五才子書」、「六才子書」者，其意何居？蓋憤天下之小視其道，不知為古今來絕大文章，故作此等驚人語以標其目。噫，知言哉！（頁二七—二八）

總而言之，笠翁之論戲曲語言，誠如其「標目」所云，在於「重機趣」與「貴淺顯」，但也要「戒浮泛」與「忌填塞」。

其他如元人顧瑛《製曲十六觀》也有涉及「造語」者，如所云：

> 句法中有字面，若遇中有生硬字，用不得，須是深加鍛鍊，字字敲打得響，歌誦妥溜，方為本色語。
>
> 曲要清空，不可質實。清空則古雅峭拔，質實則凝澀晦昧。
>
> 曲以意為主，要不蹈襲前人語。
>
> 曲之語句，太寬則容易，太工則苦澀。
>
> 曲中用事最難，要緊著題融化不澀。[129]

顧氏所論，大抵言之成理；但若謂「曲要清空」，則為宋詞格調，而質實若不致凝澀晦昧，反而為曲中可取之

---

129 〔元〕顧瑛：《製曲十六觀》，收入俞為民、孫蓉蓉主編：《歷代曲話彙編・唐宋元編》，頁五一三—五一五。

道。

(二)曲家論戲曲語言之術語

以上四家對戲曲之「造語」略見專論外，其他曲家之論戲曲語言，則大抵運用各自之術語作為對劇作優劣評論的媒介。

上文周德清〈作詞十法·造語〉謂「造語必俊」，又於〈務頭〉謂「可施俊語於其上」，可見周氏所講求的戲曲語言為「俊語」，他雖然沒有明白說出什麼樣的語言才算「俊語」，但起碼要避忌他所說的「語病」、「語澀」、「語粗」、「語嫩」是可以想見的。而他所認為可作的「樂府語、經史語、天下通語」與不可作的「俗語、蠻語、謔語、嗑語、市語、方語、書生語、譏誚語、全句語、构肆語、張打油語、雙聲疊韻語、六字三韻語」，除後兩種為就語言結構而言外，都是就語言成分之類型而言的，也可見語言成分之複雜繁多性；至於語言複詞之結構類型，則本文已見前論。

其他諸家所用之論曲術語，依家數條列如下：

1.**鍾嗣成《錄鬼簿》**之評論元曲諸家，其涉及造語者，但言「歌曲詞章」（評方今名公有樂府行於世者）、「詞章壓倒元白」（評宮天挺）、「錦繡文章」（評鄭光祖）、「能詞章」（評范康）、「能詞翰」（評沈和）、「平生詞翰在宮商」（評鮑天佑）、「其樂章間出一二」（評陳存甫）、「樂章小曲」（評趙良弼）、「樂章華麗」（評屈子敬）、「詞章樂府」（評王曄）[130]；其所云之「詞章」、「詞翰」、「樂章」都是泛泛之語，用指曲文之為音樂文學，而未

[130] 〔元〕鍾嗣成：《錄鬼簿》，《中國古典戲曲論著集成》第二冊（北京：中國戲劇出版社，一九五九），頁一〇四、一一八、一二〇、一二一、一二二、一二五、一三五。

及造語之成分與格調；若言及造語之格調特色，皆或言「錦繡文章」或言「樂章華麗」。

而大抵說來，鍾氏論曲，其論造語之鍛鍊字句者，稱之為「細推敲」、「工巧」，其不佳者謂之「蹈襲」、「斧鑿」；而言造語之情味，則謂之「俳諧」或「妙趣」。

2.賈仲明【凌波仙】評論元曲諸家造語所用之術語有語言自然、翰墨清新、尋新句摘舊章；其《錄鬼簿續編》云：湯舜民「語皆工巧」，劉廷信「語極俊麗」，劉東生「極妍麗」，賈仲明「駢麗工巧」，李唐賓「樂府俊麗」，夏伯和「文章妍麗」[131]；所用術語與鍾氏相近。

3.署朱權之《太和正音譜》，就其評論「古今群英樂府格勢」的標準來觀察，則不外從詞藻和風骨兩方面著眼。對於詞藻講求「典雅清麗」，對於風骨則主張「磊塊勁健」或「俊逸超拔」。馬東籬所以「宜列群英之上」，乃是因為「其詞典雅清麗」，風骨之磊塊勁健「有振鬣長鳴，萬馬皆瘖之意」，俊逸超拔「又若神鳳飛鳴於九霄」。其他若張小山「其詞清而且麗，華而不艷。」李壽卿「其詞雍容典雅。」張鳴善「藻思富贍，爛若春葩。」王實甫「鋪敘委婉，深得騷人之趣。極有佳句，若玉環之出浴華清，綠珠之採蓮汾浦。」鄭德輝「其詞出語不凡，若咳唾落乎九天，臨風而生珠玉。」劉東生「鎔意鑄詞，無纖翳塵俗之氣。」谷子敬「其詞理溫潤，如璆琳琅玕，可薦為郊廟之用。」皆從詞藻的「典雅清麗」立論。若白仁甫「風骨磊塊，詞源滂沛，若大鵬之起北溟，奮翼凌乎九霄，有一舉萬里之志。」喬夢符「若天吳跨神鰲，噀沫於大洋，波濤洶湧，截斷眾流之勢。」宮大用「其詞鋒穎犀利，神彩燁然，若揵翮摩空，下視林藪，使狐兔縮頸於蓬棘之勢。」則從風骨的磊塊勁健予以揄揚。若張小山「有不吃煙火食氣」，「若被太華之仙風，招蓬萊之海月。」李壽卿「變化幽玄」，

131 〔明〕賈仲明：《錄鬼簿續編》，《中國古典戲曲論著集成》第二冊，頁二八三、二八六、二九二、二八四、二八五。筆者有〈《錄鬼簿續編》應為賈仲明所作〉，《戲曲研究》第九一輯，頁一一〇—一二一，北京：中國藝術研究院。

「非神仙中人，孰能致此。」則從風骨之俊逸超拔稱美。至於費唐臣「神風聳秀，氣勢縱橫；放則驚濤拍天，斂則山河倒影，自是一般氣象。」白無咎「孑然獨立，巋然挺出；若孤峰之插晴昊，使人莫不仰視也。」王子一「風神蒼古，才思奇瑰；如漢庭老吏判辭，不容一字增減，老作！其高處，如披琅玕而叫閶闔者也。」此三家之風骨，亦如馬東籬之兼具磊塊勁健與俊逸超拔[132]。

就因為《正音譜》認為有「文章」乃得稱「樂府」，詞藻講求「典雅清麗」，所以對於以本色質樸見長的作家，便不能欣賞。其謂「關漢卿之詞，如瓊筵醉客。」並云：「觀其詞語，乃可上可下之才。蓋所以取者，初為雜劇之始，故卓以前列。」[133]他的意思是因為關漢卿是「初為雜劇之始」，所以才破格「卓以前列」；否則以他那樣「可上可下之才」，不止不會「前列」為第十名，而是根本不取的。其實雜劇之始不可能為關氏一人所獨創，只要稍具戲曲史常識的人便會了然；而關漢卿是否只是「可上可下之才」，只要讀過他劇本的人，就會有明確的判斷。

4.何良俊《曲論》評論諸家，謂：「《西廂》全帶脂粉，《琵琶》專弄學問，其本色語少。蓋填詞須用本色語，方是作家。」評元曲四大家：「馬之詞老健而乏滋媚，關之辭激厲而少蘊藉，白頗簡淡，所欠者俊語，當以鄭為第一。」評鄭光祖《王粲登樓》：「語多慷慨，而氣亦爽烈。」又評其《㑳梅香》：「語何等蘊藉」、「語不著色相」。又評其《倩女離魂》：「清麗流便，語入本色。」評《西廂記》五卷二十一套：「終使不出一

[132] 〔明〕朱權：《太和正音譜》，《中國古典戲曲論著集成》第三冊（北京：中國戲劇出版社，一九五九），頁一六－一八、二二。筆者有〈太和正音譜的作者問題〉、〈太和正音譜的曲論〉，見拙著《說戲曲》，頁七五－一〇八。台北：聯經出版公司，一九七五年。

[133] 同上注，頁一七。

情字，亦何怪其意之重複，語之蕪類耶！」又舉《西廂》諸語句而謂：「語意皆露，殊無蘊藉」、「余謂：鄭詞淡而淨，王詞濃而蕪。」但也說：「王實甫《絲竹芙蓉亭》雜劇仙呂一套，通篇皆本色，詞疏簡淡可喜。有許多『俊語』。」又舉《㑳梅香》第三折越調，謂「正是尋常說話，略帶訕語，然中間意趣無窮，此便是作家也。」又謂「康對山詞迭宕，然不及王蘊藉。」評施君美《拜月亭》：「敘說情事，宛轉詳盡，全不費詞，可謂妙絕。」「正詞家所謂本色語。」又謂《呂蒙正》等九種戲文：「金元人之筆也，詞雖不能盡工，然皆入律，正以其聲之和也。夫既謂之辭，寧聲叶而辭不工，無寧詞工而聲不叶。」[134]

可見何良俊對戲曲語言是講究「本色的俊語」，那是不可帶脂粉、不可棄學問、不可濃蕪，要像尋常說話、意趣無窮；所表現出來的格調要簡淡而蘊藉，北劇的鄭光祖諸劇和南戲《拜月亭》正合乎他本色、俊語、蘊藉的主張。只是他說白樸「頗簡淡，所欠者俊語」豈不自相矛盾?至其所謂「寧聲叶而辭不工」二語，實啟沈璟重律輕辭之先聲。

5.王世貞《曲藻》評《西廂》曲有「駢麗中佳語」、「駢麗中諢語」、「單語中佳語」。元人曲中有「景中雅語」、「景中壯語」、「情中快語」、「情中冶語」、「情中悄語」、「情中緊語」、「情中巧語」。評《琵琶記》謂：「則誠所以冠絕諸劇者，不唯其琢句之工、使事之美而已。其體貼人情，委曲必盡；描寫物態，彷彿如生；問答之際，了不見粗造，所以佳耳。」評施君美《拜月亭》：「中間雖有一二佳曲，然無詞家大學問，一短也；既無風情，亦無風教，二短也；歌演終場，不能使人墜淚，三短也。」又謂《㑳梅香》雖有佳處，「而中多陳腐措大語，且套數、出沒、賓白，全剽《西廂》。」又謂「敬夫與康德涵俱以詞曲名一時，其秀麗雄爽，康大不如

134 〔明〕何良俊：《曲論》，《中國古典戲曲論著集成》第四冊，頁六－一二。

也。」謂陳大聲散套「字句流麗」，王舜耕《西樓樂府》「詞頗警健」，謂常明卿《樓居樂府》：「詞氣豪逸，亦未當家。」謂馮惟敏：「獨為傑出，其板眼、務頭、攛搶、緊緩，無不曲盡，而才氣亦足發之，止用本色過多，北音太繁，為白璧微纇耳。」謂祝允明：「能為大套，富才情而多駁雜。」張鳳翼《紅拂記》：「潔而俊，失在輕弱。」梁辰魚《吳越春秋》：「滿而安，間流冗長。」[135]

可見王世貞認為寫景的語言有雅語、壯語，寫情的語言有快語、治語、俏語、緊語、巧語。而且要有詞家大學問。而其語言表現出來的風格，或秀麗雄爽，或流麗，或警健，或豪逸都為可取；但不可本色過多，北音太繁。只是其所謂「本色」、「當家」究是何所云，王氏並未明說。

6.王驥德《曲律》，在上文論王氏戲曲語言之餘，再據其《曲律．雜論》來觀察王氏論曲所用的術語。其評元代樂工所撰雜劇「故事款多悖理，辭句多不通。」評《琵琶記》：「遣意嘔心，造語刺骨，似非漫得之者，顧多蕪語、累字，何耶！」又謂：「《西廂》組艷，《琵琶》脩質，其體固然。何元朗並訾之，以為『《西廂》全帶脂粉，《琵琶》專弄學問，殊寡本色』，夫本色尚有勝二氏者哉，過矣！」又云：「《拜月》語似草草，然時露機趣。」評王九思《杜甫遊春》雜劇謂：「其詞氣雄宕，固陵厲一時，僅亦多雜凡語，何得使與元人抗衡。」評康海謂：「非不莽具才氣，然喜生造，喜堆積，喜多用老生語，不得與王（九思）並驅。」又謂：「詞隱（沈璟）傳奇，要當以《紅蕖》稱首。其餘諸作，出之頗易，未免庸率。」又云：「生平於聲韻、宮調，言之甚毖，頗於己作，更韻、更調，每折而是，良多自恕，殆不可曉耳。」評論湯顯祖云：「臨川湯奉常之曲，當置濃字無論，盡是案頭異書。所作五傳，《紫簫》、《紫釵》第脩藻豔，語多瑣屑，不成篇章；《還魂》妙處種種，奇麗

[135] 〔明〕王世貞：《曲藻》，《中國古典戲曲論著集成》第四冊，頁三三一—三七。

動人，然無奈腐木敗草，時時纏繞筆端；至《南柯》、《邯鄲》二記，則漸削蕪纇，俛就矩度，布格既新，遣詞復俊，其掇拾本色，參錯麗語，境往神來，巧湊妙合，又視元人別一谿徑，技出天縱，匪由人造。使其約束和鸞，稍閑聲律，汰其膹字累語，規之全瑜，可令前無作者，後鮮來者，二百年來，一人而已。」又比較湯沈之異，云：「臨川之於吳江，故自冰炭。吳江守法，斤斤三尺，不欲令一字乖律，而毫鋒殊拙；臨川尚趣，直是橫行，組織之工，幾與天孫爭巧，而屈曲聱牙，多令歌者乍舌。」又云：「詞隱之持法也，可學而知也；臨川之脩辭也，不可勉而能也。」評徐文長《四聲猿》謂：「故是天地間一種奇絕文字。《木蘭》之北，與《黃崇嘏》之南，尤奇中之奇。」又論呂天成《曲品》謂：「勤之《曲品》所載，蒐羅頗博，而門戶太多。舊曲列品有四：曰神，曰妙，曰能，曰具。而神品以屬《琵琶》、《拜月》。夫曰神品，必法與詞兩擅其極，惟實甫《西廂》可當之耳。《琵琶》尚多拗字纇句，可列妙品；《拜月》稍見俊語，原非大家，可列能品，不得言神。《荊釵》、《牧羊》、《孤兒》、《金印》，可列具品，不得言妙。」又評時人傳唱之〈樓閣重重東風曉〉與〈人別後〉二曲，謂：「二曲無大學問，一也；無大見識，二也；無巧思，三也；無俊語，四也；無次第，五也；無貫串，六也。只是餖飣一二膚淺話頭，改作噱嗄。」[136]

可見王驥德論曲兼顧音律與造語，造語要「俊」，否則麗語、組豔、脩質亦可，但不可生造堆積之蕪語、累字、凡語與老生語；要使之棄絕庸率，機趣盎然，其格調雄宕、奇絕亦所欣賞。音律則師從沈璟之主張；而其所謂「本色」雖未明言，但可以揣摩文采、聲律並美者乃足以當之。此外亦重視曲中之學問、見識、巧思與組織。

[136] 〔明〕王驥德：《曲律》，《中國古典戲曲論著集成》第四冊，頁一四八、一四九、一六三—一六七、一七二、一七六。

7.徐復祚《曲論》謂：「《拜月亭》宮調極明，平仄極叶。自始至終，無一板一折非當行本色語，此非深於斯道者不能解也。」又謂：「《荊釵》以情節關目勝。然純是委巷俚語，粗鄙之極，而用韻卻嚴。本色當行，時離時合。」又謂：「《香囊》以詩語作曲，處處如煙花風柳。……麗語藻句，刺眼奪魄，然愈藻麗，愈遠本色，《龍泉記》、《五倫全備》，純是措大書袋之語，陳腐臭爛，令人嘔穢。一蟹不如一蟹矣。」又謂鄭若庸《玉玦記》：「佳句故自不乏，……獨其好填塞故事，未免開飣餖之門，辟堆垛之境，不復知詞中本色為何物。」謂張鳳翼《紅拂》諸劇作：「佳曲甚多，骨肉勻稱，但用吳音，先天、廉纖隨口亂押，開閉罔辨，不復知有《周韻》矣。」又謂顧大典《青衫》諸劇：「操吳音以亂押者；清峭拔處，各自有可觀，不必求其本色也。」又謂：「傳奇之體，要在使田畯紅女聞之而躍然喜，悚然懼。若徒逞其博洽，使聞者不解其為何語，何異對驢而彈琴乎？」又謂：「文章且不可澀，況樂府出於優伶之口，入於當筵之耳，不遑使反，何暇思維，而可澀乎哉？」評梁辰魚《浣紗記》：「無論其關目散緩，無骨無筋，全無收攝，即其詞亦出口便俗，一過後便不耐再咀；然其所長，亦自有在：不用春秋以後事，不裝八寶，不多出韻，平仄甚諧，宮調不失，亦近來詞家所難。」又評沈璟劇作十數種：「無不當行。《紅蕖》詞極贍，才極富，然於本色不能不讓他作。『蓋先生嚴於法』，《紅蕖》時時為法所拘，遂不復條暢；然自是詞家宗匠，不可輕議。」又評袁晉《西樓記》：「音韻宮商、當行本色，不知為何物矣。」又謂：「《西廂》後四出，定為關漢卿所補。其筆力迴出二手，且雅俗、俗語、措大語，白撰語層見疊出。」謂《西廂》：「語其神，則字字當行，語語本色，可為南北之冠。」[137]

可見徐復祚所講究的是「當行本色」，從其評語之字裡行間，可知其「當行」、「本色」命義不殊。他指的是

137 〔明〕徐復祚：《曲論》，《中國古典戲曲論著集成》第四冊，頁二三六－二四二。

語出白描，耳聞即曉，不掉書袋、不陳腐臭爛堆垛，而不混韻、出韻的條暢語言，才算得上「當行本色」。

8. 凌濛初《顧曲雜劄》謂：「曲始於胡元，大略貴當行不貴藻麗，其當行者曰本色。……琵琶間有刻意求工之境，亦開琢句脩詞之端，雖曲家本色故饒，而詩餘弩末亦不少耳。……自梁伯龍出，而始為工麗之濫觴，一時詞名赫然。」又謂湯顯祖：「頗能模做元人，運以俏思，盡有酷肖處，而尾聲尤佳，惜其使才自造，句腳、韻腳所限，便爾隨心胡湊，尚乖大雅。至於填詞調不諧，用韻龐雜。」「沈伯英審於律而短於才，亦知用故實、用套詞之非宜，欲作當行本色俊語，卻又不能，直以淺言俚句，掤拽牽湊，自謂獨得其宗，號曰詞隱。」「張伯起小有俊才，而無長料。其不用意修詞處，不甚為詞掩，頗有一二真語、土語，氣亦疏通；毋奈為習俗流弊所沿，一嵌故實，便堆砌軿轃，亦是傚伯龍使然耳。」「以藻繢為曲，譬如以排律諸聯入〈陌上桑〉、〈董妖嬈〉樂府諸題下，多見其不類；以鄙俚為曲，譬如以三家村學究口號、歪詩，擬〈康衢〉、〈擊壤〉，謂自我作祖，出口成章，豈不可笑！」「《明珠記》尖俊宛展處，在當時固為獨勝，非梁、梅輩派頭。」「蓋傳奇初時本自教坊供應，此外止有上臺抅攔，故曲白皆不為深奧。其間用詼諧曰俏語，其妙出奇拗曰俊。自成一家言，謂之本色，使上而御前、下而愚民，取其一聽而無不了然快意。今之曲既鬭靡，而白亦競富。甚至尋常問答，亦不虛發閒語，必求排對工切。是必廣記類書之山人，精熟策段之舉子，然後可以觀優戲，豈其然哉？又可笑者：花面丫頭，長腳髯奴，無不命詞博奧，子史淹通，何彼時比屋皆康成之婢、方回之奴也？總來不解本色二字之義，故流弊至此耳。」「呂勤之序彼中《蕉帕記》，有云：詞隱先生之條令，清遠道人之才情。又云：詞隱取程於古詞，故示法嚴；清遠翻抽於元劇，故遺調俊。又云：詞忌組練而晦，白忌堆積駢偶而寬。其語良然。」[138]

[138] 〔明〕凌濛初：《顧曲雜劄》，《中國古典戲曲論著集成》第四冊，頁二五三—二五九。

可見淩濛初所謂曲中之本色是指奇拗的俊語，他即反對當時駢靡的潮流和以鄙俚為本色的風氣。他和呂天成一樣，都主張兼取沈璟、湯顯祖二家之所長，文采、格律兩兼其美。

9.祁彪佳《遠山堂曲品・凡例》云：「音律之道甚精，解者不易。自東嘉決《中州韻》之藩，而雜韻出矣。自人誤認《中州韻》之分三聲，而南調亦以人聲代上去矣。才如玉茗，尚有拗嗓，況其他乎？故求詞於詞章，十得一二；求詞於音律，百得一二耳。品中雖間取詞章，而重律之思，未嘗不三致意焉。」[139]

可見祁氏之《曲品》、《劇品》之品評戲曲等第是以音律與詞章為基準，而音律又重於辭章。

由以上所舉九家已不難見出，曲話之論曲者是如何在評論戲曲之優劣良窳。他們但就一己所見所好，或重詞采，或重音律，或詞采音律並重，而對於詞采又有說得不清不楚之所謂「本色」。像這樣的戲曲批評，又如何能真正對戲曲作家和作品有公正的論斷，也難怪其間出現不少見仁見智的觀點；其於戲曲之語言已是如此，何況其他！

五、南北戲曲語言之特色

小引：南北曲之異同

中國由於大江天塹所限，地分南北，氣候、風物、人情、習俗等等便有了南北之異，而其由人聲為基礎所

[139]〔明〕祁彪佳：《遠山堂曲品》，《中國古典戲曲論著集成》第六冊（北京：中國戲劇出版社，一九五九），頁七一八。

產生的歌曲更有明顯的現象。

古人對於南北曲異同之論述，可說相當的「熱門」。有以下二十五家：1.胡侍（生卒不詳）《真珠船》卷三[140]，2.康海（一四七五—一五四〇）《泔東樂府・序》[141]，3.張祿（一四七九—？）《詞林摘豔・南九宮引》[142]，4.劉良臣（一四八二—一五五一）〈西郊野唱引〉[143]，5.楊慎（一四八八—一五五九）《詞品・北曲》[144]，6.魏良輔（生卒不詳）《曲律》[145]，7.李開先（一五〇二—一五六八）〈喬龍谿詞序〉[146]，8.梁辰魚（一五一九—一五九一）《南西廂記》敘〉[147]，9.徐渭（一五二一—一五九三）《南詞敘錄》[148]，10.王世貞（一五二六—一五九〇）《曲藻》[149]，11.周之標（生卒不詳）《吳歈萃雅・序》[150]，12.姚弘宣（生卒不詳）《鶴月瑤笙》

[140] 〔明〕胡侍：《真珠船》，收入俞為民、孫蓉蓉主編：《歷代曲話彙編・明代編》第一集（合肥：黃山書社，二〇〇九），頁二〇七。

[141] 〔明〕康海：《泔東樂府》，收入俞為民、孫蓉蓉主編：《歷代曲話彙編・明代編》第一集，頁二三六。

[142] 〔明〕張祿：《詞林摘豔》，收入俞為民、孫蓉蓉主編：《歷代曲話彙編・明代編》第一集，頁二四〇—二四一。

[143] 〔明〕劉良臣：〈西郊野唱引〉，《劉鳳川遺書》，收入俞為民、孫蓉蓉主編：《歷代曲話彙編・明代編》第一集，頁二四九。

[144] 〔明〕楊慎：《詞品》，收入俞為民、孫蓉蓉主編：《歷代曲話彙編・明代編》第一集，頁二五四。

[145] 〔明〕魏良輔：《曲律》，《中國古典戲曲論著集成》第五冊（北京：中國戲劇出版社，一九五九），頁七。

[146] 〔明〕李開先：〈喬龍谿詞序〉，《李中麓閒居集》，收入俞為民、孫蓉蓉主編：《歷代曲話彙編・明代編》第一集，頁四〇〇—四〇一。

[147] 〔明〕梁辰魚：〈《南西廂記》敘〉，收入俞為民、孫蓉蓉主編：《歷代曲話彙編・明代編》第一集，頁四七五。

[148] 〔明〕徐渭：《南詞敘錄》，《中國古典戲曲論著集成》第三冊，頁二四〇—二四二。

敘〉151，13.王驥德（約一五六〇—一六二三）《曲律》〈總論南北曲第二〉、〈雜論第三十九上〉、〈雜論第三十九下〉等152，14.徐復祚（一五六〇—約一六三〇）《曲論》153，15.陳所聞（一五六五—一六〇四？）《南宮詞紀・凡例》154，16.呂天成（約一五八〇—約一六一八）《曲品》155，17.沈寵綏（？—一六四五）《度曲須知・律曲前言》156，18.張琦（一五八六—？）《衡曲麈譚・作家偶評》157，19.許宇（生卒不詳）《詞林逸響・凡例》158，20.山樓（生卒不詳）〈小令跋〉159，21.徐士俊（一六〇二—一六八二後）《盛明雜劇》序》160，22.笠閣漁翁（一

---

149 〔明〕王世貞：《曲藻》，《中國古典戲曲論著集成》第四冊，頁二七。

150 〔明〕周之標：《吳歈萃雅》，收入俞為民、孫蓉蓉主編：《歷代曲話彙編・明代編》第一集，頁四一五。

151 〔明〕姚弘宣：《鶴月瑤笙》敘〉，收入俞為民、孫蓉蓉主編：《歷代曲話彙編・明代編》第一集，頁五八四。

152 〔明〕王驥德：《曲律》，《中國古典戲曲論著集成》第四冊，頁五六—五七、一四六、一四八、一四九、一五九—一六〇、一八〇。

153 〔明〕徐復祚：《曲論》，《中國古典戲曲論著集成》第四冊，頁二四六。

154 〔明〕陳所聞：《南宮詞紀》，收入俞為民、孫蓉蓉主編：《歷代曲話彙編・明代編》第二集，頁三九三。

155 〔明〕呂天成：《曲品》，《中國古典戲曲論著集成》第六冊，頁二〇九。

156 〔明〕沈寵綏：《度曲須知》，《中國古典戲曲論著集成》第五冊，頁三一五。

157 〔明〕張琦：《衡曲麈譚》，《中國古典戲曲論著集成》第四冊，頁二六八—二六九。

158 〔明〕許宇：《詞林逸響》，收入俞為民、孫蓉蓉主編：《歷代曲話彙編・明代編》第二集，頁四五九。

159 〔明〕山樓：〈小令跋〉，收入俞為民、孫蓉蓉主編：《歷代曲話彙編・明代編》第三集，頁七〇〇。

160 〔清〕徐士俊：《盛明雜劇》序》，收入俞為民、孫蓉蓉主編：《歷代曲話彙編・清代編》第一集（合肥：黃山書社，二〇〇八），頁一一一—一一二。

六一〇—一六八〇）《笠閣批評舊戲目》[161]，23.、24.王德暉（生卒不詳）、徐沅澂（生卒不詳）《顧誤錄・南北曲總說》[162]，25.姚燮（一八〇五—一八六四）《今樂考證・南北曲》[163]。

由以上所錄二十五家之論南北曲異同，可知看法大抵相同。多數都從南北地域不同，音聲亦因之受物候感染而懸殊，所謂「燕趙悲歌，吳儂軟語。」其所用語詞，雖然有別，但語義近似，其相對應之詞，如胡侍之「舒雅宏壯」與「淒婉嫵媚」，劉良臣之「剛勁樸實」與「優柔齷齪」，李開先之「舒放雄雅」與「淒婉優柔」，徐渭之「北鄙殺伐之音，壯聲狠戾」，姚弘宜之「壯以厲」與「嘽以緩」，王驥德之「北沉雄」與「南柔婉」，徐復祚之「硬挺直截」與「委婉清揚」，王德暉、徐沅澂之「遒勁」與「圓湛」。也就是說都認為南北曲一剛一柔，大異其趣。然而竟有康海謂「南詞主激越，其變也為流麗；北曲主慷慨，其變也為樸實。」其說居然也有潘之恒附和[164]。真不知所謂「激越」與「慷慨」如何分別，又如何產生樸實、流麗之差異。也難怪王驥德在引述之餘，並不苟同其說。

此外，如張祿論之以聲調入聲之有無，楊慎論之以俗曲鄭衛之音與雅樂士大夫之曲，徐渭論之以北有宮調

[161]（清）笠閣漁翁：《笠閣批評舊戲目》，《中國古典戲曲論著集成》第七冊，頁三〇九。

[162]（清）王德暉、徐沅澂：《顧誤錄》，《中國古典戲曲論著集成》第九冊（北京：中國戲劇出版社，一九五九），頁六五。

[163]（清）姚燮《今樂考證》，《中國古典戲曲論著集成》第一〇冊（北京：中國戲劇出版社，一九五九），頁一六一—一七。

[164]（明）潘之恒：《亘史》，收入俞為民、孫蓉蓉主編：《歷代曲話彙編・明代編》第二集，〈雜篇卷之八〉，〈北曲〉條：「《沜東樂府・序》云：『（詞曲）其實詩之變也，宋元以來益變益異，遂有南詞北曲之分。然南詞主激越，其變也為流麗；北曲主慷慨，其變也為樸實。惟樸實故聲有矩度而難借，惟流麗故唱得宛轉而易調，此二者詞曲之定分也。』」即完全引用康海《沜東樂府・序》所言，頁一九九。

南有四聲，王驥德論之以尋根溯源，呂天成論之以南戲北劇體製規律；則稍能旁顧南北曲之其他分野。

而在諸家「南北曲異同說」中，最可注意而論說最為完備且為諸家一再引用的是王世貞，但王氏之說卻與魏良輔之說相雷同，先錄二家之說如下：

魏良輔《曲律》：北曲與南曲，大相懸絕，有磨調、弦索調之分。北曲字多而調促，促處見筋，故詞情多而聲情少；南曲字少而調緩，緩處見眼，故詞情少而聲情多。北力在弦索，宜和歌，故氣易粗；南力在磨調，宜獨奏，故氣易弱。近有弦索唱作磨調，又有南曲配入弦索，誠為方底圓蓋，亦以坐中無周郎耳。[165]

王世貞《曲藻》：凡曲，北字多而調促，促處見筋；南字少而調緩，緩處見眼。北則辭情多而聲情少，南則辭情少而聲情多。北力在弦，南力在板。北宜和歌，南宜獨奏。北氣易粗，南氣易弱。此吾論曲三昧語。[166]

他們皆從字調之促緩、辭情聲情之多少，與絃板之異、宜於和歌或獨奏之別，以及氣之粗弱等方面詳述南北曲之異同。只是令人可疑的是，兩人論述之語言雖有散整之不同，但語意竟如出一轍，而王氏謂「此吾論曲三昧語」，且王驥德亦明白引述王氏之後，梁辰魚、王德暉、徐沅澂雖亦有雷同之語，但未知所據何自。難道會是魏氏抄襲王氏而略變其語嗎？或者竟是王氏竊取魏氏之說，而以其「嘉靖七子」首領筆法，加以工整駢儷化而成的呢？對此，雖不是「千古疑案」，但應有辨明是非，還其本原的必要。

---

[165] 〔明〕魏良輔：《曲律》，《中國古典戲曲論著集成》第五冊，頁七。

[166] 〔明〕王世貞：《曲藻》，《中國古典戲曲論著集成》第四冊，頁二七。

對此論題，筆者在〈散曲、戲曲「流派說」之溯源、建構與檢討〉「王世貞南北曲異同說應本自魏良輔」一節有詳細討論。總括來說，無論從年輩、從戲曲修為、從曲壇聲名來觀察判斷，魏良輔絕不可能襲取王世貞「南北曲異同」之說，那麼就只有一個結論：王世貞《曲藻》之「凡曲：北字多而調促」一條，是就魏良輔《曲律》之「北曲與南曲，大相懸絕」一條，刪節整齊駢偶化而來；只是他一時忘了註明是本於魏氏之說。而魏氏之「南北曲異同說」，實為明二十四家中論述最為周延而中肯者。若此，曲以地域分，實有南、北二派。

(一)北曲以「莽爽之氣」而「豪辣灝爛」為本色

對於北曲的語言特色，張師清徽（敬）早於一九五五年就在《大陸雜誌》發表〈元明雜劇描寫技術的幾個特點〉，她認為周德清和王驥德之造語的觀點皆不可從。清徽師說：

> 曲子最重在天真逸趣；造語自是文不得，太文則迂；也俗不得，太俗則鄙；要以俊為主，用字必熟，要聳觀，要聳聽，自自然然的到了文而不酸腐，俗而不鄙俚的天然化境，那麼才可以稱得成功。要趨向這化境的步驟，的確是另一種只可意會，不可拘以形跡，神而明之的玄妙在。怎麼能硬生生死板板的說出限制的條文？

又說：

> 其實造語用字，在曲中簡直無庸故作範圍。所謂生硬、太文、太俗種種，都是沒有絕對標識的，那只要看用法怎麼樣？善用者硬者不硬，文者不文，俗者不俗。至於襯字，要是用得的當，更能增加語氣神情。

北曲死板活腔，板視襯字多寡而定，雖襯不妨，大作家且慣以多襯逞能的。[167]

於是清徽師以臧懋循《元曲選》為範圍，分析北曲雜劇在遣詞造句描寫技術上，有四個特點：成語的引用、疊字的繁富、狀詞的奇絕、經史詩詞的引用。以下節取其論點，並酌取其例，轉述如下：

1.成語的引用

元明劇曲中所引用的成語，除了偶爾為遷就聲韻稍有倒置改字之外，幾乎一概存真，其中十之八九，到今天我們民間口語仍在流行。成語的長處首在以簡御繁！舉一可以反三，聞一可以知十；而且妙詞取喻，錘鍊精工，深入淺出，雅俗共賞，頗有極見技巧的。舉例如下：

四言類：人心似鐵、三推六問、三媒六證、女生外向、天羅地網、水中撈月、火上澆油、名韁利鎖、百縱千隨、伶牙俐齒、官法如爐、拔樹尋根、金蟬脫殼、臥柳眠花、飛蛾撲火、做小伏低、淡飯黃虀、參辰卯酉、順水推船、窟裡拔蛇、嫁雞隨雞、數黑論黃、箭穿雁口、舉案齊眉、鰥寡孤獨。

四言複句（限於同時用於曲文者，多屬對句，但亦有例外）：千軍易得、一將難求，生則同衾、死則同穴，山河易改、本性難移。

五言類：女大不中留、千里贈鵝毛、夫乃婦之天、心急馬行遲、心堅石也穿、冰炭不同爐、花無百日紅、侯門深似海、酒腸寬似海、惡向膽邊生、銀樣鑞鎗頭、臨老入花叢。

[167] 張敬：〈元明雜劇描寫技術的幾個特點〉，《大陸雜誌》第一〇卷第一〇、一一期（一九五五年五、六月），頁二〇一二五、二五一二八；收入張敬：《清徽學術論文集》（臺北：華正書局，一九九三），頁九五一一二三，兩段引文見頁九六、九七。

五言複句：一言容易出、駟馬卻難追，千軍最易得、一將卻難求，火上弄冰淩、碗內拿蒸餅，易求無價寶、難得有情郎，後浪催前浪、新人換舊人，落他屋簷下、怎敢不低頭，隔牆還有耳、窗外豈無人。

六言類：一不做二不休、水不甜人不義、有上梢沒下梢、好夫妻不到頭、枯樹上再開花、遠親不如近鄰、鴉窩裡出鳳凰、懸羊頭賣狗肉。

六言複句：天有晝夜陰晴、人有吉凶禍福，馬無夜草不肥、人無外財不遇。

七言類：一夜夫妻百夜恩、一舉成名天下知、人到中年萬事休、不是冤家不聚頭、心病還從心上醫、百歲常懷千歲憂、自有旁人說短長、兒孫自有兒孫福、長江後浪推前浪、是非只為多開口、則敬衣衫不敬人、書中有女顏如玉、書中自有千鍾粟、書中自有黃金屋、彩雲易散琉璃脆、船到江心補漏遲、舉頭三尺有神明、覆盆不照太陽暉。

七言複句：大蟲口中奪脆骨、驪龍頷下取明珠，柔軟莫過溪澗水、不平地上也高聳，是非只為多開口、煩惱皆因強出頭。

雜言類：一尺水翻騰做一丈波、三十三天離恨天最高、討便宜翻做了落便宜。

2. 疊字的繁富

這裡所說的疊字，即唐立庵所謂「雙音聯語」。《詩經》狀鳥鳴之聲，有「關關」、「雝雝」、「交交」；形容花木有「夭夭」、「灼灼」；形容綠竹則曰「青青」、「猗猗」；謂蒹葭則曰「蒼蒼」、「淒淒」；蟲鳴為「喓喓」；蟲飛為「薨薨」；蟲躍為「煌煌」；魚撥尾謂之「發發」；狀水流聲為「活活」；雷聲「虺虺」；星耀為「煌煌」；疊字之用，巧妙已極，這真是天地的元音。其後樂府詩詞，此道未衰；易安居士【聲聲慢】一開場即用七疊，論者嘆為觀止。不知此種聯語的運用，至元曲愈加登峰造頂，在文學史上創前古未有之盛況。雙疊之多，俯拾即是，茲篇不及備列。如元無名氏《貨郎旦》第四折南呂【六轉】一曲，一百三十五字之中有三十對疊字：（《長生殿・彈詞》仿此）

我只見黑黯黯、天涯雲布，更那堪溼淋淋、傾盆驟雨。早是那窄窄狹狹溝溝塹塹路崎嶇。知奔向、何方所。猶喜的消消灑灑，斷斷續續，出出律律，忽忽嚕嚕，陰雲開處。我只見霍霍閃閃，電光星炷。怎禁那蕭蕭瑟瑟風，點點滴滴雨，送的來高高下下，凹凹凸凸，一搭模糊。早做了撲撲簌簌，溼溼淥淥，疏林人物。倒與他粧就了一幅昏昏慘慘瀟湘水墨圖。[168]

其他散見於各曲者數不勝數；名詞可疊，動詞可疊，形容詞、副詞無不可疊，是以易於發展也。舉例如下：

步遲遲、碧油油、撲簌簌、美甘甘、悶懨懨、慢騰騰、風蕭蕭、滴溜溜、暖融融、鬧咳咳、冷冰冰、冷颼颼、淚汪汪、路迢迢、亂紛紛、光閃閃、困騰騰、哭啼啼、昏慘慘、急穰穰、嬌滴滴、假惺惺、氣沖沖、心切切、笑呵呵、細濛濛、喜孜孜、雄糾糾、響噹噹、戰欽欽、山隱隱、水迢迢、實丕丕、熱烘烘、軟設設、醉醺醺、一聲聲、夜沉沉、眼睜睜、意懸懸、文謅謅、雲渺渺。

3. 狀詞的奇絕

蓋單字不足以擬物形肖物聲時，則以複詞為之，則以雙聲疊韻之字為之；義存乎聲，未可拘泥。王國維《宋元戲曲史》說：「元曲以許用襯字故。故輒以許多俗話，或以自然之聲音形容之，此自古文字上所未有也。」是以把玩元曲，除前節所列的疊字之外，還有一種純粹以聲為義的狀詞，其中兩音綴的如「㓖剝」、「叮噹」、

---

168 〔元〕無名氏：《貨郎旦》，收入曾永義編注：《中國古典戲劇選注》，頁三九七。

「支剌」、「出律」、「可擦」。如《硃砂擔》第一折【金盞兒】：「我見他『忽的』眉剔豎，『禿的』眼圓睜，諕的我『騰的』撒了擡盞，『哄的』丟了魂靈。」[169]

三音綴狀詞如「吉丁當」、「生可擦」、「死臨侵」、「軟忽剌」、「惡支煞」。如《舉案齊眉》第三折【鬥鵪鶉】：「住的是『灰不答』的茅團，鋪的是『乾忽剌』的葦席。」【紫花兒序】：「恰捧著個『破不剌』椀內，呷了些淡不淡白粥，嘍了幾根兒『哽支殺』黃虀。」[170]

至於四音綴狀詞，完全不論字義，惟取其聲，聞聲即可見義。蓋記方俗之語，非如此不逼真。這種以四音綴表示一個象聲詞，是韻文上一樁罕見的奇蹟。如《殺狗勸夫》第二折【叨叨令】：

> 則被這「吸里忽剌」的朔風兒那裏好篤簌簌避，又被這「失留屑歷」的雪片兒偏向我密濛濛墜，將這領「希留合剌」的布衫兒扯得來亂紛紛碎，將這雙「乞量曲律」的肐膝兒罰他去直僵僵跪。兀的不凍殺人也麼哥！兀的不凍殺人也麼哥！越惹他「必丟疋搭」的嚮罵兒這一場撲騰騰氣。[171]

《魔合羅》第一折【油葫蘆】：

> ……更那堪「吉丟古堆」波浪渲城渠。你看他「吸留忽剌」水，流「乞留曲律」路，更和這「失留疎剌」風，擺「希留急了」樹，怎當他「乞紐忽濃」的泥，更和他「疋丟撲搭」的淤。我與你便「急章拘諸」

[169]〔元〕佚名：《硃砂擔滴水浮漚記》，收入《元曲選》第一冊，頁三八九。

[170]〔元〕佚名：《孟德耀舉案齊眉》，收入《元曲選》第三冊，頁九二二。

[171]〔元〕蕭德祥：《楊氏女殺狗勸夫》，收入《元曲選》第一冊，頁一〇六—一〇七。

慢行的「赤留出律」去，我則索「滴羞跌屑」整身軀。[172]

4. 經史詩詞的引用

周德清〈作詞十法〉謂可作樂府語、經史語，王驥德〈曲禁〉則引經史語為忌諱。而元曲諸家，於家喻戶曉之四書句子，唐詩、宋詞、以及子集雜文，興到比隨，自然引用，他們可能只覺得現成方便，並沒有掉書袋的意思，所以譜入曲調之後，對於构肆藝人（歌者）和顧曲聽眾，決少拗嗓逆耳的，這種不經融化的硬性用典故，也是元明雜劇的一種特色。

經史類：有朋自遠方來（見《來生債》《㑳梅香》《碧桃花》《單鞭奪槊》）、巧言令色（見《兒女團圓》《來生債》《誶范叔》《王粲登樓》）、言而不信（見《合汗衫》《小尉遲》《風光好》《范張雞黍》《趙氏孤兒》）、晏平仲善與人交（見《東堂老》《薦福碑》《舉案齊眉》《誤入桃源》）、歲寒然後知松柏（見《玉壺春》《金安壽》《兒女團圓》《漁樵記》）、老而不死為賊（見《盆兒鬼》《來生債》）、緣木求魚（見《來生債》《對玉梳》《魯齋郎》）、豈不聞哀哀父母劬勞（見《趙禮讓肥》《舉案齊眉》）、燕爾新婚（見《舉案齊眉》《風光好》《倩女離魂》）。

詩詞類：客舍青青柳色新（見《秋胡戲妻》《合同文字》《度柳翠》）、西出陽關無故人（見《對玉梳》《馬陵道》）、桃花依舊笑東風（見《桃花女》《東坡夢》《城南柳》）、惜花春起早，愛月夜眠遲（見《東坡夢》《陳摶高臥》）、一江春水向東流（見《瀟湘雨》《范張雞黍》）、雲破月來花弄影（見《神奴兒》《紅梨記》）、今宵剩把銀釭照，猶恐相逢是夢中（見《東坡夢》《誤入桃源》《昊天塔》）、千里關山勞夢魂（見《對玉梳》《倩女離魂》《合同文字》）、舞低楊柳樓心月，歌盡桃花扇底風（見《城南柳》《東坡夢》《誤入桃源》）。

[172]〔元〕孟漢卿：《張孔目智勘魔合羅》，收入《元曲選》第四冊，頁一三六九－一三七〇。

清徽師最後說：

綜上所舉四事，足徵元明劇曲的結構，是異乎各體韻文一般的條件的，而且它對於所謂的規矩格律，又不盡然件件遵守。全憑自然發展：廣用成語、創用摹擬語聲，重用白話，夾用經史詩詞；成為一代文學的獨特風格。其中成功的作品，無論雄渾沈鬱，激越浩蕩，疏落俊爽，尖新機趣，要在使人耳際親切，心領神會，聳觀聳聽為上乘。決非書案上一堆死文字的擺設而已，所以它的描寫技術是值得分析的。

附論：此文係民國四十四年（一九五五）發表於《大陸雜誌》之原作，個人近年治曲學，心得略增，又覺以上各點未盡概括之用。乃將成語及經史詩詞兩項合併為一，另列三點，與此文各自同觀，依次為：

一、成語、經史詩詞的引用

二、聲字的繁富

三、狀詞的奇絕

四、襯字之生動活潑

五、對仗與排句之豐盛精巧

六、徘優體之量多面廣

此六特點，對於無論劇曲、散曲之形貌、體製、內容、技巧、特質、精髓，大致均已包羅，謂為「曲之六奇」，容當為文詳述之。[173]

[173] 張敬：〈元明雜劇描寫技術的幾個特點〉，《清徽學術論文集》，頁一二二一—一二二三。

若此，清徽師所謂「六奇」之未及舉例論述者，有「襯字之生動活潑」、「對仗與排句之豐盛精巧」，與「俳優體之量多面廣」，而若論對仗排句與襯字之曲中其例，則真是「俯拾即是」。其對仗排句，如徐再思雙調【水仙子】〈夜雨〉：

一聲梧葉一聲秋，一點芭蕉一點愁，三更歸夢三更後。落燈花棋未收，嘆新豐孤館人留。枕上十年事，江南二老憂，都到心頭。[174]

其首三句用鼎足對，第四句用「本句自對」，六七兩句鄰句對。

又如白樸仙呂【寄生草】：

長醉後方何礙，不醒時有甚思。糟醃兩箇功名字，醅淹千古興亡事，曲埋萬丈虹霓志。不達時皆笑屈原非，但知音盡說陶潛是。[175]

其首二句對偶，第三、四、五句鼎足對，末二句對偶。

又王實甫仙呂【十二月堯民歌】：

自別後遙山隱隱，更那堪遠水粼粼？見楊柳飛綿滾滾，對桃花醉臉醺醺。透內閣香風陣陣，掩重門暮雨紛紛。怕黃昏忽地又黃昏，不銷魂怎地不銷魂。新啼痕壓舊啼痕，斷腸人憶斷腸人。今春，香肌瘦幾分，

[174] 隋樹森編：《全元散曲》（北京：中華書局，二〇〇〇），頁一〇五六。
[175] 隋樹森編：《全元散曲》，頁一九三。

摟帶寬三寸。[176]

其首二句對偶，第三四五六連用四句作「扇面對」，七八兩句與九十兩句既是本句自對，又是兩兩相對。末兩句又復相對。整支曲子，只有「今春」為單句。

舉此三例，已可概見曲中每用對偶以整齊句法，使聲情排偶而詞情厚重，使曲產生特殊的風致和效應。而其於韻文學之精緻縝密，亦自在其中。

其襯字如正宮【叨叨令】之首四句為七言排句，舉三曲如下：

黃塵萬古長安路。折碑三尺邙山墓。西風一葉烏江渡。夕陽十里邯鄲樹。（無名氏）

想他腰金衣紫青雲路。笑俺燒丹煉藥修行處。俺笑他封妻蔭子叨天祿。不如逍遙散誕茅庵住。（楊朝英）[177]

見安排著車兒馬兒不由人熬熬煎煎的氣。有甚心情將花兒靨兒打扮的嬌嬌滴滴的媚。準備著被兒單枕兒冷則索昏昏沈沈的睡。從今後衫兒袖兒都拉做重重疊疊的淚。（王實甫《西廂記・長亭送別》）[178]

上面【叨叨令】三曲，第一曲全同本格，一字不襯，讀來有如詩詞；第二曲每句句首加襯字，略近口語，較為流利；至若第三曲，襯字分布句中音步處，反較正字為多，於是語調騰挪變化、語勢輕重有致，曲的流利活潑便充分的表露出來。而上文所舉〈不伏老〉套【尾曲】中，本格正字、正句只有七言三句，但此曲中，加「　」

[176] 隋樹森編：《全元散曲》，頁二九一。

[177] 隋樹森編：《全元散曲》，頁一六六〇、一二九二。

[178] 〔元〕王實甫著，王季思校注：《西廂記》，頁一六一。

符號的是「滾」，無韻的是「滾白」，有韻的是「滾唱」，都屬「增句」。加〔 〕符號的是「夾白」，其中「天哪！」一語，即夾白中的「帶白」。加（ ）符號的是「增字」。按關氏此南呂【一枝花】套之【尾曲】，可說是運用「襯字」和變化提升「襯字」最為特殊極致的例子。其本格正字只有「響噹噹一粒銅豌豆，慢騰騰千層錦套頭。不向煙花路上走。」三七字句，其餘之所謂「滾白」、「滾唱」等「增句」和「增字」，其實都是由「襯字」變化提升而來。而如此一來，則不止詞情為之豐富，聲情更是起伏跌宕昭彰，充分顯現曲之異於詩詞的況味。

再舉一支普通加襯的曲子來看看，關漢卿《感天動地竇娥冤》第一折【油葫蘆】（據古名家本）：

> 莫不是八字兒該載著一世憂。誰似我、無盡休。便知道人心難似水長流。我從三歲母親身亡後，七歲與父分離久。嫁的箇同住人，他可又拔著短籌；撇的俺婆婦每都把空房守，端的有誰問，有誰偢？[179]

上曲試把「襯字」拿掉，則語意因主語不明而不清不楚，聲情亦因失輕重而減韻致。可是加了這些襯字後，由於其提端、輔佐、轉折、形容、聯續等功能，而頓使語意明白、聲情疏朗，使曲產生了詩詞所沒有的情味。所以適當運用襯字，是曲家應當講求的修為。王驥德以「襯字多」為忌，是有道理的，因歌唱要避免搶帶不及，但周德清主張不用襯字，豈不將曲視為詩詞，無論如何是錯誤的看法。

清徽師對於所謂的「曲之六奇」，並未「為文述評」，但她對於「俳優體之量多面廣」，則有〈我國文字應用中的諧趣——文字遊戲與遊戲文字〉，其開頭即云：

179 〔元〕關漢卿：《感天動地竇娥冤》，收入《古本戲曲叢刊》四集（上海：上海商務印書館印刷，一九五八，據脈望館鈔校本《古今雜劇》影印），頁五。

六書為我國文字製作應用的方法，四聲為我國文字讀音上陰陽平仄的概括大略。加上我國的語文是一字一音的單切語，又是詞性不明，不受限制的孤立語；因此，應用起來，變化多端，巧妙百出；生出許許多多錯綜複雜，光怪陸離的例證；意味雋永，情致諧謔。其製作之初，或者是毫不經意的靈機偶發，自然成文；或者是苦心精練，雕繪出眾。無論就文字的組織，就文學的形態，就修辭的意義，就聲韻的繁衍，就訓詁的引申；在在都極見作者才思的表現以及心血的功夫。[180]

清徽師這段「開場白」，把我國文字遊戲與遊戲文字的產生原理，創作過程和其價值意義說得非常扼要明白。像這樣的遊戲型文學，從早期文獻來觀察，應當起於文士間的機智風雅，後來也流入群眾之中，乃至於歌樓舞榭的酒筵之中，其風行的程度不再是文士的專利，因此自可視為「俗文學」的一環。

此外，清徽師又發表三篇相關的文章：〈詩體中所見的俳優格例證〉、〈詞體中俳優格例證試探〉、〈曲詞體中俳優體之探索〉，均收入《清徽學術論文集》。

其有關曲者，上文已舉數例。這裡再補二例如下。

(1)短柱體：

錦江頭△一掬清愁△，回首△盟鷗△。楊柳△汀洲△，俊友△吳鉤△。晴秋△楚岫△，退叟△齊丘△。賦遠遊△黃州△竹樓△，泛中流△翠袖△蘭舟。檀口△歌謳△，玉手△藏鬮△。詩酒△觥籌△，邂逅△綢繆△，醉後△相留△。（張可久雙調【折桂令】〈湖上即事疊韻〉）[181]

[180] 張敬：〈我國文字應用中的諧趣——文字遊戲與遊戲文字〉，《幼獅學誌》一四卷第三、四期（一九七七年十二月），頁六二一—一〇三；收入氏著：《清徽學術論文集》（臺北：華正書局，一九九三），頁五三一。

凡注有「△」者皆韻腳，因韻腳縝密，故曰「短柱體」。

(2)犯韻體：

嬌娃低叫，蕭郎含笑。映窗紗體態輕盈，描不就形容奇妙。想牽情這廂，想鍾情那廂。撩人猜料，朝來心照。巧推敲，原非紫玉藏春院，盜取紅綃夤夜逃。（明無名氏【桂枝香】）[182]

其每句之首、末字皆同韻部，故謂之「犯韻」。

在清徽師的「六奇」之外，另外對曲中語意之運用，還有兩點特色：其一為名人事跡，其二為帶白、夾白。前者如：關漢卿《竇娥冤》第二折【梁州第七】：

那一箇似卓氏般、當爐滌器，那一箇似孟光般、舉案齊眉。近時有等婆娘每，道著難曉，做出難知。舊恩忘卻，新愛偏宜。墳頭上、土脈猶濕，架兒上、又換新衣。那裏有走邊廷、哭倒長城，那裏有浣紗處、甘投大水，那裏有上青山、便化頑石。可悲，可恥。婦人家只恁無人意，多淫奔、少志氣，虧殺了前人在那裏，更休說百步相隨。[183]

又如白樸《牆頭馬上》第三折【川撥棹】：

---

[181] 隋樹森編：《全元散曲》，頁七七二。

[182] 謝伯陽編：《全明散曲》（濟南：齊魯書社，一九九四），頁四五六一。

[183]〔元〕關漢卿：《感天動地竇娥冤》，收入《古本戲曲叢刊》四集，頁八。

賽靈輒，蒯文通，李左車，都不似季布喉舌，王伯當尸疊。更做道向人處、無過背說，是和非須辯別。184

上兩曲，前【梁州第七】舉卓文君、孟光、莊子妻、孟姜女、浣紗女、望夫石等群眾耳熟能詳的傳說人物事跡作比喻，可收以簡御繁而豐富曲文內涵之效。【川撥棹】舉靈輒、蒯文通、李左車、季布、王伯當在短短曲文中羅列，雖然他們都是歷史人物，可能為庶民所陌生；但事實上兩宋以來之「瓦舍勾欄」盛行講史，這些歷史人物同樣為庶民所慣聞，因之仍可在曲文中收「以簡御繁」之效。

其次帶白、夾白。如關漢卿《竇娥冤》第三折【滾繡球】：

有日月朝暮顯，有山河今古監。天也！卻不把、清濁分辨。可知道錯看了、盜跖顏淵。有德的受貧窮、更命短，造惡的享富貴、更壽延。天也！做得箇、怕硬欺軟，不想天地也、順水推船，地也！你不分好歹難為地，天也！我今日負屈啣冤哀告天，空教我獨語獨言。185

又其【叨叨令】：

（旦唱）你逼我當刑赴法場何親眷，（劊子云）你前街去是怎生？後街去是如何？（旦唱）前街裏去告您看些顏面，我往後街裏去呵不把哥哥怨。前街裏去只恐怕俺婆婆見，（劊子云）你的性命也顧不的，怕他怎的？（旦唱）他見我披枷帶鎖、赴法場飡刀去呵！枉將他氣殺也麼哥，枉將他氣殺也麼哥。告哥哥，臨危好與人方便。186

184 〔元〕白樸：《牆頭馬上》，收入曾永義編注：《中國古典戲劇選注》，頁二八一。

185 〔元〕關漢卿：《感天動地竇娥冤》，收入《古本戲曲叢刊》四集，頁一三。

186 同上注，頁一三。

上二曲，其【滾繡球】中由於帶白「天也，地也」之運用，便將竇娥含屈負冤、百般無奈、呼天搶地的情懷傾洩無餘，其感人的力量，也因之極盡其致。其【叨叨令】則由於劊子手和竇娥的「夾白」，不止因此使曲情轉折相生、活潑變化，而且藉此也寫出了竇娥臨死不減孝心的人格。

以上戲曲中關涉人物之俗典和帶白、夾白之運用，以強化曲文之意趣情味，與清徽師所舉的「六奇」一樣，都是屢見不鮮的。而曲中因為有這些語言質素的緣故，就使得曲文或蕭疏莽爽、豪辣灝爛，或清新嫵媚、天然韶秀；於詩詞厚重、雋永之外，別開文學的另一天地。

(二)南曲以「姿韻婉媚」而「清新韶秀」為天然

明人論戲曲語言，喜以「本色」為說，但對於「本色」之真義卻不肯仔細講求。其所謂「本色語」，何良俊指的是姿媚蘊藉、簡淡可喜的「俊語」，李開先指的是聲口相應、明白易知，以金元為風範的語言，徐渭指的是不施藻繪的白描自然，沈璟指的是白描的方言俗語，王世貞指的是雄爽疏俊，祁彪佳指的是輕爽穩貼。凡此雖可看出諸家不同或近似之主張，但都不能得「本色」之真義。只有王驥德認為戲曲語言，應在「淺深、濃淡、雅俗之間」，用得恰到好處，而不是過分的「脩綺」或「尚質」。可說最得「本色」之義。揣摩其意，是說「生旦有生旦之曲，淨丑有淨丑之腔。」語言所展現之意趣聲口，要切合人物質性，才是戲曲語言所要運用的「本色語」。像王氏這樣的主張，也才是戲曲語言的正軌，凡是第一流作家，無論其為南戲北劇，莫不如此。

譬如鄭師因百（騫）〈關漢卿的雜劇〉云：

漢卿作劇題材之廣泛，根據他現存全劇十四本即可看出。他所寫有慷慨悲歌的英雄氣概如《單刀會》、

《西蜀夢》，浪漫瀟灑的名士風情如《玉鏡臺》，有情節曲折的公案劇如《蝴蝶夢》、《緋衣夢》。他尤其善於描寫女性，所寫女性又有多種類型：有教子成名滿懷喜悅的老太太如陳母，有痛子慘死聲清淒厲的中年婦人如《鄧夫人》，有懷春的閨秀如《拜月亭》，有慧黠的丫環如《調風月》，有機智鎮定的命婦如《望江亭》；有貞烈含冤的民女如竇娥，有才妓如謝天香，有俠妓如趙盼兒，有多情而善怒的妓女如杜蕊娘。僅僅十四劇包括了這樣多的題材，描寫了這樣多的人物，的確是夠廣泛的了。散佚的四五十種，全劇雖不可見，從《錄鬼簿》及《正音譜》所載的名目也可推測出其內容之「兼容並蓄」。他描寫的技巧更是如「水銀瀉地，無孔不入。」無論什麼題材，什麼人物，陽剛、陰柔、風雲、兒女，都寫得逼真生動，盡態極妍。[187]

像這樣無所不寫，寫龍像龍、寫虎像虎，質量均臻上乘的作家，才夠得上「集大成」的美譽。

再如馬致遠現存雜劇有七本，可分四種類型，其一為歷史劇《漢宮秋》為《元曲選》壓卷之作；其二為文士劇《陳摶高臥》反映元代士子的心聲；其三為度脫劇《岳陽樓》、《任風子》、《黃粱夢》，可看出元人解脫塵寰、逍遙物外的冥想；其四為妓女劇《青衫淚》，則是一場書會才人與樂戶歌伎的團圓夢。

總起來說：在《漢宮秋》這本歷史劇裡，他將時代意識、民族意識，乃至於南宋覆亡的「根柢」都寄寓其中；在《薦福碑》一類的文士劇裡，他雖不能免俗的為自己構築空中樓閣，而其不甘落拓之憤懣激越，則是其他同類作品所未見的，其所流露的是那個時代的讀書人不平的心聲；在《岳陽樓》等三本度脫劇裡，他則運用全真教的神仙故事來寫他開闢的桃源福地和嚮往的蓬萊境界，我們雖然知道他欲超脫塵寰、逍遙物外，只是並

[187] 鄭師因百（騫）：〈關漢卿的雜劇〉，《鄭騫戲曲論集》（臺北：國家出版社，二〇一二），頁九〇。

世文人的共同冥想；但我們也知道他晚年終歸是獲得「幽棲」之樂的；而那本事實上只是表現元代文人團圓夢的《青衫淚》，其實也反襯了並世文人的另一種共同悲哀，這種情場上的失落，同樣是啃噬著他們心靈的。而由此也可見東籬雜劇不止是寫他個人的身命遭遇和思想情感，同時也反映了元代女人的身命遭遇和思想情感；又由於他的曲詞如朝陽鳴鳳，燦爛清綺、風骨勁健、俊逸超拔，文學成就最高，所以他就成為元代文人的典型，他的雜劇也成為元代詩人之劇一派的代表。他在元代劇壇上，與關漢卿堪稱一時瑜亮，有如詩中的李杜，文中的韓柳，各具格調、各具境界，是很難有所軒輊的。然而元中葉以後，尤其是有明一代，戲曲落入文士乃至於貴族手中，他們講究典雅，以之為辭賦別體，則東籬之流派較之關氏為綿延長遠，且人多勢強，而東籬之聲名與評價也因此自然掩過漢卿許多了。當然，今日自有公論，漢卿是無須不平的。

元雜劇名家關漢卿、馬致遠都能因題材旨趣而描摹各色人物，使語言肖其聲口，因之成為並世而流傳至今日的第一流作家。北劇如此，南戲傳奇中各擅一代勝場的元人高明《琵琶記》、明人湯顯祖《牡丹亭》、清人洪昇《長生殿》何嘗不也如此。

譬如《琵琶記・中秋賞月》：（旦唱）

大石過曲【念奴嬌序】長空萬里，見嬋娟可愛，全無一點纖凝。十二欄杆光滿處，涼浸珠箔銀屏。偏稱，身在瑤台，笑斟玉斝，人生幾見此佳景？（合）惟願取、年年此夜，人月雙清。（生唱）

【前腔換頭】孤影，南枝乍冷，見烏鵲縹緲驚飛，棲止不定。萬點蒼山何處是，修竹吾廬三徑？追省，丹桂曾攀，嫦娥相愛，故人千里謾同情。（合前）（貼唱）

【前腔換頭】光瑩，我欲吹斷玉簫，驂鸞歸去，不知風露冷瑤京？環佩濕，似月下歸來飛瓊。那更，香鬢

雲鬟，清輝玉臂，廣寒仙子也堪并。（合前）（生唱）

【前腔換頭】愁聽，吹笛關山，敲砧門巷，月中都是斷腸聲。人去遠，幾見明月虧盈。惟應，邊塞征人，深閨思婦，怪他偏向別離明。（合前）[188]

對此，李漁《閒情偶寄》卷上云：

善詠物者，妙在即景生情。如前所云《琵琶・賞月》四曲。同一月也，牛氏有牛氏之月，伯喈有伯喈之月。所言者月，所寓者心。牛氏所說之月，可移一句於伯喈？伯喈所說之月，可挪一字於牛氏乎？夫妻二人之語，猶不可挪移混用，況他人乎？人謂此等妙曲，工者有幾？[189]

可見本齣的妙處乃在於其語言是從心坎中流出。只是這樣的批評對於蔡伯喈、牛小姐的「生旦之曲」固然不差，因為其清麗雅致正合人物的身分口脗；至若淨丑扮老姥姥和惜春所合唱、分唱的【古輪臺】二曲，其清麗雅致實不減生旦所對唱的【念奴嬌序】四曲，雖然此景此情適合「清麗雅致」，不宜於「詼諧調笑」，但無論如何，腳色各有其「聲口」，是輕易遷就不得的。

對於《琵琶記》的曲詞，論者都有極高的評價。王世貞《曲藻》云：

則成〔誠〕所以冠絕諸劇者，不唯其琢句之工，使事之美而已。其體貼人情，委曲必盡；描寫物態，仿佛如生，問答之際，了不見扭造，所以佳耳。[190]

[188] 〔元〕高明：《琵琶記》，收入曾永義編注：《中國古典戲劇選注》，頁八三三—八三四。

[189] 〔清〕李漁：《閒情偶寄》，《中國古典戲曲論著集成》第七冊，〈詞曲部・詞采第二・戒浮泛〉，頁二七。

呂天成《曲品》卷下：

其詞之高絕處，在布景寫情，真有運斤成風之妙。……可師可法，而不可及也。[191]

李調元《雨村曲話》卷上：

此曲《琵琶記》體貼人情，描寫物態，皆有生氣。[192]

徐復祚《曲論》的批評更具體而詳密：

則今《琵琶》之傳，豈傳其事與人哉？傳其詞耳。詞如〈慶壽〉之【錦堂月】、〈賞月〉之【本序】、〈翦髮〉之【香羅帶】、〈吃糠〉之【孝順兒】、〈寫真〉之【三仙橋】、〈看真〉之【太師引】、〈賜燕〉之【山花子】、〈成親〉之【畫眉序】。富豔則春花馥郁，目眩神驚；悽楚則嘯月孤猿，腸摧肝裂；高華則太華峰頭，晴霞結綺；變幻則蜃樓海市，頃刻萬態。他如【四朝元】、【雁魚錦】、【二郎神】等折，委婉篤至，信口說出，略無扭捏，文章至此，真如九天咳唾，非食煙火人所能辨矣。[193]

可見《琵琶記》的曲文，其高妙處乃在於能隨物賦形、曲盡情景，各得其致。而毛聲山評本在其〈總論〉中，

[190]〔明〕王世貞：《曲藻》，《中國古典戲曲論著集成》第四冊，頁三三。

[191]〔明〕呂天成：《曲品》，《中國古典戲曲論著集成》第六冊，頁二二四。

[192]〔清〕李調元：《雨村曲話》，《中國古典戲曲論著集成》第八冊，頁一六。

[193]〔明〕徐復祚：《曲論》，《中國古典戲曲論著集成》第四冊，頁二三四。

則獨賞其「平淡」：

> 《琵琶》歌曲之妙，妙在看去直是說話，唱之則協律呂；平淡之中有至文焉。然《琵琶》之平淡則佳，後人學《琵琶》之平淡則不佳；夫唯執筆學之而不能佳，斯不得不以雕琢堆砌掩其短耳。[194]

也因此，他認為「《琵琶》之後，難乎其為繼矣，是不得不讓東嘉獨步。」因為「繁華落盡見真淳」、「絢爛之極，歸於平淡」的境界是極不易達到的。

且來看看《琵琶記》出諸平淡的曲文：

> 商調過曲【山坡羊】亂荒荒、不豐稔的年歲，遠迢迢、不回來的夫婿。急煎煎、不耐煩的二親。軟怯怯、不濟事的孤身己。衣盡典，寸絲不掛體。幾番要賣了奴身己，爭奈沒主公婆教誰看取？（合）思之，虛飄飄、命怎期？難捱，實丕丕、災共危。
>
> 【前腔】滴溜溜、難窮盡的珠淚，亂紛紛、難寬解的愁緒。骨崖崖、難扶持的病體，戰欽欽、難捱過的時和歲。這糠呵！我待不吃你，教奴怎忍飢？如我待吃呵怎吃得？（介）苦！思量起來不如奴先死，圖得不知他親死時。（合前）
>
> 雙調過曲【孝順歌】嘔得我肝腸痛，珠淚垂，喉嚨尚兀自牢嗄住。糠！遭礱被舂杵，篩你簸揚你，吃盡控持。悄似奴家身狼狽，千辛萬苦皆經歷。苦人吃著苦味，兩苦相逢，可知道欲吞不去。（吃吐介）（唱）

194 〔清〕毛聲山評：《繪像第七才子書》（北京大學圖書館藏乾隆三十二年琴香堂刊本（巾箱本）），〈總論〉，卷一，頁18a–b。

【前腔】糠和米，本是兩倚依，誰人簸揚作兩處飛？一賤與一貴，好似奴家共夫婿，終無見期。丈夫，你便是米麼！米在他方沒尋處。奴便是糠麼！怎的把糠救得人饑餒？好似兒夫出去，怎的教奴，供給得公婆甘旨？（不吃放碗介）（唱）

【前腔】思量我生無益，死又值甚的！不如忍飢為怨鬼。公婆老年紀，靠著奴家相依倚，只得茍活片時。片時茍活雖容易，到底日久也難相聚。謾把糠來相比，這糠尚兀自有人吃，奴家骨頭，知他埋在何處？[195]

上列五曲即是毛聲山所「獨賞」的「平淡」，以此寫五娘「糟糠自厭」之苦，直從肺腑中流出，乃益見其「悲」，益見其「苦」。朱彝尊《靜志居詩話》云：

則誠填詞，夜案燒雙燭，填至〈喫糠〉一齣，句云「糠和米一處飛」，雙燭花交為一，洵異事也。[196]

按所引曲文應作「糠和米，本是兩倚依，誰人簸揚作兩處飛？」蓋因比喻貼切，感人實深，固有此附會之說，然李開先《寶劍記・序》云：「永嘉高明初編《琵琶記》時，坐高樓中，每夜秉二絳燭於前，詐云神助，以冀其傳。」[197] 若此反而是故作狡獪的技倆了。

---

[195] 〔元〕高明：《琵琶記》，收入曾永義編注：《中國古典戲劇選注》，頁八二六－八二七。

[196] 〔清〕朱彝尊著，姚祖恩編，黃君坦校點：《靜志居詩話》（北京：人民文學出版社，一九九〇），卷四，頁八六。

[197] 引文出自〔清〕焦循：《劇說》，《中國古典戲曲論著集成》第八冊，卷二，頁一〇八。李開先《寶劍記》序文與此有出入：「歌詠則口吐涎沫，按節拍則腳點樓板皆穿積之，歲月然後出以示人，猶且神其事，而侈其說，以二燭光合，遂名其樓為『瑞光』云。」收於《古本戲曲叢刊》初集（上海：商務印書館，一九五四，據北京圖書館藏明刊本影印），頁一。

湯顯祖《牡丹亭》在今日已被名作家白先勇炒得「如火如荼」，他主持製作的《青春版牡丹亭》演遍名都大城與高級學府，已有兩百數十場的紀錄。湯顯祖的聲名不止逾越明清兩代，而其《牡丹亭》也成為今日崑劇復興的標幟。

王驥德《曲律》謂湯氏之曲「盡是案頭異書」，但「當置『法』字無論」[198]。此種觀點可以說是明清以來絕大多數論者的共識。筆者對此也有〈論說「拗折天下人嗓子」〉、〈再說「拗折天下人嗓子」〉、〈《牡丹亭》排場的三要素〉、〈《牡丹亭》是「戲文」還是「傳奇」〉等四篇論文詳論加以探討[199]，而有以下結論：

若站在「傳奇」體製規律和水磨調相應所要求的聲韻律立場，則如呂玉繩改本《牡丹亭》、沈璟改本《同夢記》、臧懋循改本《牡丹亭》、徐肅穎改本《丹青記》、碩園居士徐日曦改本《牡丹亭》、馮夢龍改本《風流夢》等六種見諸文獻的《牡丹亭》刪訂本，就《牡丹亭》之流播水磨調歌場而言，是絕對有意義的，誠如周秦〈牡丹亭與蘇州〉所云：

> 改本大抵就原作壓縮篇幅，刪改曲詞，以便崑唱，同時不同程度地以犧牲原作的意趣文采為代價。〔……〕單就舞場實踐而言，由於改本較好地解決了原作場次過多、頭緒過繁、曲詞過拗等問題，對《牡

198 〔明〕王驥德：《曲律》，《中國古典戲曲論著集成》第四冊，頁一六五。

199 曾永義：〈論說「拗折天下人嗓子」〉，《王叔岷先生八十壽慶論文集》（臺北：大安出版社，一九九三），頁三七九—四〇六。曾永義：〈再說「拗折天下人嗓子」〉，二〇〇四年發表於中央研究院中國文哲研究所主辦「湯顯祖與《牡丹亭》國際學術研討會」，後收入曾永義：《戲曲與歌劇》（臺北：國家出版社，二〇〇四），頁二九一—三七二。曾永義：〈《牡丹亭》排場的三要素〉，《湯顯祖研究通訊》總第一一期（二〇一〇年四月），頁一—一一。曾永義：〈《牡丹亭》是「戲文」還是「傳奇」〉，《戲曲研究》第七九輯（二〇〇九年九月），頁七〇—九七。

丹亭》的搬演傳播起到了積極的推動作用。試將湯顯祖原作和演出臺本比較對照一下便不難發現，自《牡丹亭》問世以來，崑曲舞臺上最常演不衰的〈學堂〉、〈遊園〉、〈驚夢〉、〈尋夢〉、〈拾畫〉、〈叫畫〉等名出——其實也正是整本《牡丹亭》傳奇中最精彩傳神的部分——無不與湯氏原作有了較大的區別。其中〈叫畫〉一出即基本按照馮夢龍改本。個中情由是頗耐尋索的。[200]

然而如果站在湯顯祖的立場上，則湯顯祖不是不懂音律，甚至可說是精於音律，尤其善於掌握句式、變化句法可以見之；因此他既能講求人工音律，也能合乎吳江譜法；但因他更講求自然臻於高妙，所以不免以自我體悟之自然音律隨意揮灑，乃致使講究崑山曲律的譜法家有所批評。然而試想：《牡丹亭》的音律，如果漫無章法，如果不是其「人工音律」與「自然音律」互相調適，互補有無、相得益彰，則縱使鈕少雅、馮起鳳、葉堂等「國工」有出神入化的修為，又焉能一字不易的將《牡丹亭》乃至「四夢」譜入精緻歌曲有如崑山水磨調的旋律之中！

但由於《牡丹亭》宮調舛錯、曲牌訛亂、聯套失序又為不爭的事實；且其韻協尚不盡合《中原音韻》，何況對周氏諸多挑剔的王驥德《曲律》。如此加上明清以後諸家的批評，可見湯氏對於已發展至精緻歌曲的曲牌，其講究極為嚴謹之長短律、平仄聲調律、音節律、協韻律、對偶律，每有違拗，以致妨礙曲牌鮮明的性格，因而難以作為載體來承載「聲則平上去入之婉協，字則頭腹尾音之畢勻，功深鎔琢，氣無烟火，啟口輕圓，收音純細」[201]之崑山水磨調，因而使得「湯詞端合唱宜黃」。而我們知道，由戲文到傳奇，必須經歷北曲化、文士化、

[200] 此為周氏稿本，未刊。

[201] 〔明〕沈寵綏：《度曲須知》，《中國戲曲論著集成》第五冊，頁一九八。

崑山水磨調化。尤其因為崑山水磨調化的音樂與語言完全融而為一，使得曲牌和聯套規律達到非常嚴謹細密的境地，也必須有這般精緻的載體才能承載並呈現如此高超的藝術化歌曲。而衡諸《牡丹亭》，至多止於「北曲化」和「文士化」，也因此就劇種而言，它尚屬「戲文」，明確的說，它是「明代新南戲」。

以下舉《牡丹亭》一些曲文來觀察其語言之質性。其〈閨塾〉云：

> 仙呂過曲【掉角兒序】（末）論《六經》、《詩經》最葩，閨門內、許多風雅。有指證、姜嫄產哇，不嫉妬、后妃賢達。更有那詠雞鳴，傷燕羽，泣江皋，思漢廣，洗淨鉛華。有風有化，宜室宜家。（旦）這經文偌多？（末）《詩》三百，一言以蔽之沒多些，只「無邪」兩字，付與兒家。書講了。春香取文房四寶來模字。（貼下取上）紙、墨、筆、硯在此。（末）這什麼墨？（旦）丫頭錯拏了，這是螺子黛，畫眉的。（末）這什麼筆？（旦作笑介）這便是畫眉細筆。（末）俺從不曾見。拏去，拏去！這是什麼紙？（旦）薛濤箋。（末）拏去，拏去。只拏那蔡倫造的來。這是什麼硯？是一箇是兩箇？（旦）鴛鴦硯。（末）許多眼？（旦）淚眼。（末）哭什麼子？一發換了來。（貼背介）好個標老兒！待換去。（下換上）這可好？（末看介）著。（旦）學生自會臨書。春香還勞把筆。（末）看你臨。（旦寫字介）（末看驚介）我從不曾見這樣好字。這什麼格？（旦）是衛夫人傳下美女簪花之格。（貼）待俺寫箇奴婢學夫人。（旦）還早哩。（貼）先生，學生領出恭牌。（下）（旦）敢問師母尊年？（末）目下平頭六十。（旦）學生待繡對鞋兒上壽，請箇樣兒。（末）生受了。依《孟子》上樣兒，做箇「不知足而為屨」罷了。（旦）還不見春香來。（末）要喚他麼？（末叫三度介）（貼上）害淋的。（旦作惱介）劣丫頭那裏來？（貼笑介）溺尿去來。原來有座大花園。花明柳綠，好耍子哩。（末）哎也，不攻書，花園去。待俺取荊條來。（貼）荊條做什麼？
>
> 【前腔】女郎行、那裏應文科判衙？止不過識字兒、書塗嫩鴉。（起介）（末）古人讀書，有囊螢的，趁月亮的。

（貼）待映月，耀蟾蜍眼花；待囊螢，把蟲蟻兒活支煞。（末）懸梁、刺股呢？（貼）比似你懸了梁，損頭髮；刺了股，添疤疤。有甚光華！（內叫賣花介）（貼）小姐，你聽一聲聲賣花，把讀書聲差。（末）又引逗小姐哩。待俺當真打一下。（末做打介）（貼閃介）你待打、打這哇哇，桃李門牆，嶮把負荊人諕煞。（貼搶荊條投地介）[202]

〈閨塾〉已為崑劇常演之折子，所謂「學堂」，又稱〈春香鬧學〉。演老儒陳最良課讀杜麗娘，丫頭春香調弄其間，使迂腐與嬌憨相映成趣，腳色聲口宛然如睹。

又如眾所熟知的〈驚夢〉前半：

商調引子【遶地游】（旦上）夢回鶯囀，亂煞年光遍。人立小庭深院。（貼）炷盡沉煙，拋殘繡線，恁今春、關情似去年？（烏夜啼）「（旦）曉來望斷梅關，宿妝殘。（貼）你側著宜春髻子恰憑闌。（旦）翦不斷，理還亂，悶無端。（貼）已分付催花鶯燕借春看。」（旦）春香，可曾叫人掃除花徑？（貼）分付了。（旦）取鏡臺衣服來。（貼取鏡臺衣服上）雲髻罷梳還對鏡，羅衣欲換更添香。鏡臺衣服在此。

仙呂過曲【步步嬌】（旦）裊晴絲吹來閒庭院，搖漾春如線。停半晌、整花鈿。沒揣菱花，偷人半面，迤逗的彩雲偏。（行介）步香閨怎便把全身現！（貼）今日穿插的好。

【醉扶歸】（旦）你道翠生生出落的裙衫兒茜，艷晶晶花簪八寶填，可知我常一生兒愛好是天然。恰三春好處無人見。不提防沉魚落雁鳥驚喧，則怕的羞花閉月花愁顫。（貼）早茶時了，請行。（行介）你看：畫廊金粉半零星，池館蒼苔一片青。踏草怕泥新繡襪，惜花疼煞小金鈴。（旦）不到園林，怎知春色如許！

---

[202]〔明〕湯顯祖：《牡丹亭》，收入曾永義編注：《中國古典戲劇選注》，頁八四七—八四八。

【皂羅袍】原來姹紫嫣紅開遍，似這般都付與、斷井頹垣。良辰美景奈何天，賞心樂事誰家院！恁般景致，我老爺和奶奶再不提起。（合）朝飛暮捲，雲霞翠軒；雨絲風片，煙波畫船。錦屏人忒看的這韶光賤！（貼）是花都放了，那牡丹還早。

【好姐姐】（旦）遍青山啼紅了杜鵑，荼蘼外、煙絲醉軟。春香呵！牡丹雖好，他春歸怎占的先！（貼）成對兒鶯燕呵。（合）閒凝眄，生生燕語明如翦，嚦嚦鶯歌溜的圓。（旦）去罷。（貼）這園子委是觀之不足也。（旦）提他怎的！（行介）

【隔尾】觀之不足由他繾，便賞遍了十二亭臺是枉然。到不如興盡回家閒過遣。[203]

〈驚夢〉一齣以【隔尾】分前後兩排場，崑劇乃以前半為〈遊園〉，後半為〈驚夢〉，為各自獨立的兩個「折子戲」，成為各崑劇團之必演劇目，其文學藝術在舞臺粹煉下，已臻「爐火純青」。白先勇之所以以發揚崑劇為職志，就因為早年驚豔於〈遊園〉、〈驚夢〉，而其曲中語言之韶秀絕倫，若衡之諸家之評語，亦皆當之無愧。譬如王驥德《曲律・雜論第三十九下》謂「臨川尚趣，直是橫行，組織之工，幾與天孫爭巧。」[204]張琦《衡曲麈譚》謂「今玉茗堂諸曲，爭膾人口，其最者，《杜麗娘》一劇，上薄〈風〉、〈騷〉，下奪屈宋，可與實甫《西廂》交勝。」[205]沈寵綏《絃索辨訛》「臨川胸羅二酉，筆組七襄，玉茗四種，膾炙詞壇。」[206]沈德符《萬曆野獲編・

[203]（明）湯顯祖：《牡丹亭》，收入曾永義編注：《中國古典戲劇選注》，頁八五四—八五五。

[204]（明）王驥德：《曲律》，《中國古典戲曲論著集成》第四冊，頁一六五。

[205]（明）張琦：《衡曲麈譚》，《中國古典戲曲論著集成》第四冊，頁二七〇。

[206]（明）沈寵綏：《絃索辨訛》，《中國古典戲曲論著集成》第五冊，頁一九。

詞曲卷》謂「湯義仍《牡丹亭》一出，家傳戶誦，幾令《西廂》減價。」[207]萬樹《念八翻》第十九齣〈番訂〉之「眉批」謂「義仍先生，詞情妙千古。」[208]吳梅《顧曲麈談．論南詞作法》謂「玉茗四夢，其文字之佳，直是趙璧隨珠，一語一字，皆耐人尋味。」[209]王季烈《螾廬曲談》卷二〈論作曲〉謂「玉茗四夢，其文藻為有明傳奇之冠。」[210]雖然他們都批評湯氏不守律，但對其語言文字，則是如此的讚賞。

而對於《牡丹亭．驚夢》後半，民初曲學家許之衡《曲律易知．論犯調》云：

> 湯若士所填諸曲，最喜不循舊式，句法平仄，多創新格。雖葉懷庭為之改訂集曲新牌名，勉強合律，而所改諸曲牌均非人所夙習，唱時窒礙滋多。故《納書楹四夢譜》集曲各調，仍不宜遵守採用。……如《牡丹亭．驚夢》折，名曲也，後人譜之者指不勝屈，然皆自誤誤人而已。此折除【隔尾】以前之外，接【山坡羊】是商調，【山桃紅】是越調，【鮑老催】是黃鍾，【綿搭絮】是越調，已自宮調雜亂極矣。曲牌之性質，則【山坡羊】是悲調，【山桃紅】是過場細曲，【鮑老催】是快調，【綿搭絮】是細膩慢調，亦極不倫不類。除管色僅可通融外，幾於無一合律。[211]

---

[207] 〔明〕沈德符：《萬曆野獲編》（北京：中華書局，一九五九），卷二五〈詞曲〉，〈填詞名手〉條，頁六四三。

[208] 〔清〕萬樹：《念八翻傳奇》，《擁雙豔三種曲》，收於《久保文庫》第七三八冊（清康熙二十五年綮花別墅刊本），卷下，頁27a。

[209] 吳梅：《顧曲麈談》，收入王衛民編校：《吳梅全集》第　冊，頁六九。

[210] 王季烈：《螾廬曲談》（臺北：臺灣商務印書館，一九七一），卷二第一章〈論作曲之要旨〉，頁二。亦可參見毛校同編：《湯顯祖研究資料彙編》（上海：上海古籍出版社，一九八六），下冊，〈四夢〉條，頁七一八。

[211] 許之衡：《曲律易知》，卷下〈論犯調〉，頁一三—一四。

又《曲律易知・概論》云：

葉懷庭（堂）所編之《納書楹曲譜》……太遷就古人，於《四夢譜》尤甚。於排場變換、曲律可以通融之故，絕不標明。淺學觀之，不免紊亂。……《四夢》曲本，幾於家有其書，而最不可依據。嘉道間陳厚甫（鍾麟）著《紅樓傳奇》，〈自序〉云全譜四夢。而在識者視之，笑柄百出。即不識曲者觀之，亦覺長句滿紙葛藤，幾於不能讀斷。蓋為若士所誤，益加舛謬也。[212]

可見葉氏其實止是「勉強合律」，「管色僅可通融」；倘若即信而如陳厚甫《紅樓夢》之全譜「四夢」，就不免貽笑大方。則實際上，縱使有大曲家如葉氏等人，亦難於解決「四夢」不合崑腔嚴謹譜律的問題。

如果要我選出一部集戲曲文學和藝術雙美並具而又堪稱集大成的劇作，那麼我會推舉清人洪昇的《長生殿》，對此拙著《洪昇及其長生殿》論述已詳。這裡只提出其「文詞美妙」來鑑賞其語言文字。楊恩壽《續詞餘叢話》云：

古今填詞家，動謂美人才子。所謂美者，姿色在其次，第一則在風致也。風致，非姿色可比，可意會不可言傳。雖以實甫之才，僅能寫雙文之姿，不能寫雙文之致。觀其「嫋嫋婷婷」，差有致矣，又加以「齊齊整整」。夫以齊整贊美人，不過虎邱山泥美人耳，尚何致之有！余謂善寫美人之致者，惟《長生殿》耳。〈驚變〉一齣，醉楊妃以酒，以觀其致，明皇真是風流欲絕。至曲之一語一呼，聲情宛轉，宛然一幅「醉楊妃畫圖」也。

[212] 許之衡：《曲律易知》，卷上〈概論〉，頁五—六。

【北鬥鵪鶉】暢好是喜孜孜駐拍停歌，喜孜孜駐拍停歌。笑吟吟傳杯送盞。不須他絮煩煩射覆藏鉤，鬧紛紛彈絲弄板。我這裏無語持觴仔細看，早子見花一朵上腮間。一會價軟咍咍柳嚲花欹，軟咍咍柳嚲花欹，困騰騰鶯嬌燕懶。

【南撲燈蛾】態懨懨輕雲軟四肢，影濛濛空花亂雙眼，嬌怯怯柳腰扶難起，困沉沉強抬嬌腕，軟設設金蓮倒褪，亂鬆鬆香肩嚲雲鬟，美甘甘思尋鳳枕，步遲遲倩宮娥攙入繡幃間。

此二折〔曲〕將醉中風致曲曲寫來，雖仇十洲妙筆，不能得其彷彿也。[213]

像【鬥鵪鶉】、【撲燈蛾】這樣柔媚風流的曲子，只要是描寫明皇、貴妃歡樂的場面，沒有不比比皆是。如〈定情〉之【古輪臺】，〈春睡〉之【祝英臺】，〈製譜〉之【普天賞芙蓉】，〈舞盤〉之【千秋舞霓裳】，〈窺浴〉之【鳳釵花絡索】，〈密誓〉之【黃鶯兒】等，皆極其細膩柔遠，堪稱之為紛華綺麗了。但是若遇到悲戚的場面，則曲文自然淒怨宛轉。如〈獻髮〉【喜漁燈犯】云：

思將何物傳情悃，可感動君：算只有愁淚千行，作珍珠亂滾。又難穿成金縷把雕盤進。這一縷青絲香潤，曾共君枕上並頭相偎襯，曾對君鏡裏撩雲。可惜你伴我芳年，剪去心兒未忍。只為欲表我衷腸。剪去心兒自憫。全仗你寄我殷勤。奴身，止鬖鬖髮數根，這便是我的殘絲斷魂。[214]

這種情調是多麼的真切感人！在翦髮之前先以淚珠為導引，場面已顯淒緊。而欲翦未翦之際，又作兩層頓跌，

213 〔清〕楊恩壽：《續詞餘叢話》，《中國古典戲曲論著集成》第九冊，頁三二〇。

214 〔清〕洪昇：《長生殿》，收入曾永義編注：《中國古典戲劇選注》，頁五五九－五六〇。

使文心為之駘蕩不止；愈自憐自惘，愈見其誠摯之情。此外如〈夜怨〉之【風雲會四朝元】，〈聞鈴〉之【武陵花】，〈情悔〉之【三仙橋】，〈尸解〉之【雁魚錦】，〈見月〉之【夜雨打梧桐】，〈雨夢〉之【小桃紅】等，亦皆足具感人之力量。吳瞿庵《中國戲曲概論》云：

《長生殿》則集古今耐唱耐做之曲於一傳中，不獨生旦諸曲，齣齣可聽，即淨丑過脈各小曲，亦絲絲入扣，恰如分際。215

曲文美妙，而又耐唱、耐做，對於戲劇的使命，可謂達到完善的地步。馮沅君《中國文學史二十講》云：

《長生殿》但就其文辭論，則「頑豔淒麗」，語語精粹。如〈春睡〉、〈疑讖〉、〈夜怨〉、〈驚變〉、〈埋玉〉、〈尸解〉、〈彈詞〉等都可以遠追玉茗，近抗東塘。216

「遠追玉茗，近抗東塘」，只是但就文辭而論，若加上音律之完美處，玉茗、東塘豈只要退避三舍而已。瞿庵謂淨丑諸曲亦「齣齣可聽」，蓋能「絲絲入扣，恰如分際」，故詼諧滑稽，自然巧妙，能收到調劑聆賞、換人口胃的效果。如〈窺浴〉折【字字雙】云：

自小生來貌天然，花面；宮娥隊裏我為先，掃殿。忽逢小監在階前，胡纏；伸手摸他褲兒邊，不見。

又如〈進果〉【撼動山】云：

215 吳梅：《中國戲曲概論》，收入王衛民編校：《吳梅全集》第二冊，頁三〇七。

216 陸侃如、馮沅君：《中國文學史二十講》（濟南：山東畫報出版社，二〇〇七），頁一三九。

海南荔子味尤甘，楊娘娘偏喜啖。採時連葉包緘，封貯小竹籃。獻來曉夜不停驂，一路裏怕耽，望一站也麼奔一站。217

像這樣快板乾唱的曲子，施之於淨丑口脗，都是別有風致的。至其表現著雄渾、痛快而蒼涼感嘆的風調的，則完全出於昉思在北曲上深遠的造詣。王季烈《螾廬曲談》卷二云：

《長生殿》之北曲，直入元人堂奧，雖關白馬鄭，無以過之。218

瞿庵《長生殿記》亦謂「余最愛北調諸折，幾合關馬鄭白為一手」。蓋昉思每以散套、雜劇為長安往來歌詠酬贈之具，對於元曲有深入的體會和造詣，因之表現在劇本，自有崇高的成就。而若以古今傳奇中之北曲而論，恐怕也沒有出其右的了。北曲力在絃索，故所表現者多為激切之音。如〈疑讖〉折【集賢賓】云：

論男兒壯懷須自吐，肯空向杞天呼。笑他每、似堂間處燕，有誰曾屋上瞻烏。不提防、柙虎樊熊，任縱橫、社鼠城狐。幾回家聽雞鳴起身獨夜舞，想古來、多少乘除。顯得箇勳名垂宇宙，不爭便姓字老樵漁。

這種口氣聲調由老生唱來，是何等的雄渾勁切。又如〈偵報〉折【離亭宴歇拍煞】云：

他本待逞豺狼魆地裏思抄竊，巧借著獻驊騮乘勢去行強劫。一路裏兵強馬劣，鬧洶洶怎提防，亂紛紛難鎮壓，急攘攘誰攔截。生兵入帝畿，野馬臨城闕，怕不把長安來鬧者。他明把至尊欺，狡將奸計使，險備機關

217 以上兩支曲子見〔清〕洪昇：《長生殿》，收入曾永義編注：《中國古典戲劇選注》，頁六五〇、六〇九。

218 王季烈：《螾廬曲談》，卷二第五章〈論詞藻四聲及襯字〉，頁四二一。

設。馬蹄兒縱不行，狼性子終難帖。逗的鼙鼓向漁陽動也。爺爺呵！莫待傳白羽始安排，小哨呵！準備閃紅旗再報捷。[219]

像這樣的曲子，波浪是何等的壯闊。然而猶可勉強學步，至若〈彈詞〉諸曲，則庶幾絕唱矣！梁廷枏《藤花亭曲話》卷三云：

〈彈詞〉第六、七、八、九轉，鐵撥銅琶，悲涼慷慨，字字傾珠玉而出，雖鐵石人不能不為之斷腸，為之下淚，筆墨之妙，其感人一至於此，真觀止矣！[220]

〈彈詞〉一齣在歌場最為盛行，故後來有「家家收拾起，戶戶不提防」之語。筆者雖不諳度曲，但曾於曲會上聆賞蔣慰堂先生歌〈彈詞〉數遍，覺其音調蒼涼悲嘆，頗能表達李龜年淪落江南之苦與滿懷故國之思。鄭因百師謂其第七轉最美妙！低徊幽咽，聲情合一。其故除句法配合外，尤在用車遮韻：

破不剌、馬嵬驛舍，冷清清、佛堂倒斜，一代紅顏為君絕。千秋遺恨滴羅巾血，半科樹是薄命碑碣，一抔土是斷腸墓穴。再無人過荒涼野，莽天涯誰弔梨花謝。可憐那抱幽怨的孤魂，只伴著嗚咽咽的望帝悲聲啼夜月。[221]

其實讀〈彈詞〉也好，歌〈彈詞〉也好，都應當從頭至尾一氣而下，雖然【九轉貨郎兒】每轉換一韻敘一事，

[219] 以上兩支曲子見〔清〕洪昇：《長生殿》，收入曾永義編注：《中國古典戲劇選注》，頁五七二、六四五－六四六。

[220] 〔清〕梁廷枏：《曲話》，《中國古典戲曲論著集成》第八冊，頁二六九。

[221] 〔清〕洪昇：《長生殿》，收入曾永義編注：《中國古典戲劇選注》，頁七五七－七五八。

但其間血脈究是相連的；倘若以片斷觀，必不能體會出其籠罩於全曲的蒼茫悲嘆之美。

《長生殿》的北曲幾乎每支都好，〈罵賊〉折的【村裏迓鼓】諸曲是那麼的痛快淋漓，〈哭像〉折正宮【端正好】套是那麼的悔恨淒切，〈神訴〉折的【鬥鵪鶉】諸曲又是那麼地詼諧調笑，它們都各盡其美，各極其致，兼以南曲又頗為清麗，因之使《長生殿》在詞采上能超出前人，得到相當高尚的成就。但是像〈聞樂〉折「隸長門尋奉曾嫌」、「桂宮中花下消炎」偶然這樣牽強湊韻的句子，恐怕是屬於白璧之瑕了。

即此也可以看出《長生殿》之語言文字，莫不因人因事因情因境而生發，所以無一造作生硬之語，而能真正出諸「本色」，充分流露天然韶秀的韻味。

而若就此元明清三代南戲傳奇之三部代表性鉅製來觀察其語言文字之較諸北曲雜劇之異同，明顯的有以下現象：

1. 南曲之襯字較北曲少，其故蓋因南曲力在板眼，聲情較多之故。

2. 清徽師所舉北曲語言「六奇」之中，其疊字衍聲複詞和狀聲詞，南曲明顯也不如北曲使用頻繁。另外，清徽師所謂之「成語」，實包含俗文學之諺語、歇後語、慣用語、口頭成語等；南曲同樣也沒北曲用得多。

3. 南曲入明以後，由於「文士化」，因此語言藻飾，其佳者近於詞而優雅，其劣者乃濃豔而板滯；其與北曲之或多用白描口語而有莽爽之致，或多用麗詞雅語而不失清剛之氣。乃成南北絕然之異趣殊途。

就因為南北曲和天文地理人文一樣為大江所限，而產生種種分野，而其最後歸趨：北曲乃因「莽爽之氣」而以「豪辣灝爛」為本色；南曲乃因「姿韻婉媚」而以「清新韶秀」為天然。

結　論

以上論述文學語言共性之字音、複詞、句式與曲牌格律變化之因素，由此而進入元人周德清、顧瑛，明人王驥德，清人李漁四家之戲曲語言論，並及於明代曲論家所用論曲之術語。又進一步論說南北曲語言質性風格之異同。

由此可見：文學語言之字音實為聲情之基礎，其複詞、語句結構又是何等的複雜，而戲曲語言更由於其體製規律之諸多變化，以見其聲情詞情之配搭而融合而相得益彰之現象，更是神妙無窮，但也因此可以使戲曲承載人生百態。

而元明清三代曲論家，對於語言，尤其戲曲語言之構成品類、運用方式，探索未盡周延與清楚，所以所論自難完備也未能明確；而由於大江所限，中國乃有南北曲之分，其所產生之南北戲劇所呈現之語言也因之頗異其趣，大抵說來北曲北劇因「莽爽之氣」而以「豪辣灝爛」為本色，南曲南戲因「姿韻婉媚」而以「清新韶秀」為天然。

其他因戲曲語言之異同而產生之「詩讚系板腔體與詞曲系曲牌體」，以及所形成之作家文學風格，既已見諸著者其他篇章，本論題在此予以省略，讀者鑑之！

二〇一五年五月二十日晨完稿於興隆路森觀寓所

地方戲曲概論(上)(下)

曾永義、施德玉／著

中華民族是戲曲的民族，地方戲劇、戲曲源遠而流廣，劇種豐富，變化相承，迄今不衰。時至今日，各種地方戲曲仍舊深入社會各階層，脈動著廣大群眾的心靈，闡發著共同的民族意識、思想、理念和情感。

本書是坊間首次對「地方戲曲」全面論述之著作，內容包羅古今與兩岸，綱目周延而詳備。全書完整論述古今地方戲曲之形成與發展徑路、劇目題材與特色、主要腔系及小戲大戲之音樂特色、戲曲與小戲大戲之藝術質性、戲曲與小戲大戲腳色之名義分化及其可注意之現象、大陸重要地方戲曲劇種簡介、臺灣地方戲曲劇種說明，並深入考述臺灣南北管戲曲與歌仔戲之來龍去脈，兼及大陸戲曲改革、戲曲與宗教之關係、歷代偶戲概述、臺灣跨文化戲曲改編劇目等問題之探索。注釋詳明，論述井然，可供學者參考，亦可作初學之津梁。

俗文學概論

曾永義／著

本書為作者積年之研究成果。書中建構，頗見新穎。其開宗明義，商榷民間文學、俗文學、通俗文學三者之命義，並予以融通之，以袪學者之疑，有名正則言順之深意。論述俗文學之各類別，首釋名義、次敘源流，據此以見概要；然後舉例說明其體製、語言、內容以見其特色和價值。可供初學入門之津梁，亦可供學者治學之參考。

當代戲曲【附劇本選】

王安祈／著

「當代戲曲」指一九四九年以降海峽兩岸的戲曲創作，是當代政治、社會、文化背景下戲曲劇作家情感、思想、美學觀的整體呈現。本書詳論大陸「戲曲改革」的效應及所引發的戲曲質性之轉變，並論及臺灣七〇年代末以來的戲曲現代化嘗試；另有劇作的個別評析，及重要劇作唱詞選段和全本的收錄。作者試圖以編劇藝術、劇作析論為核心，呈現對當代戲曲的審美觀與詮釋態度。

細說桃花扇——思想與情愛

廖玉蕙／著

本書探討《桃花扇》研究的狀況與檢討、《桃花扇》的運用線索、人物形象與史實的關係、關目的因襲與劇作的創新等，另有附錄兩則，為資料的辨正。作者博覽、表記運用，一直探討到孔尚任寫作歷史劇的虛構點染，對號稱清代傳奇雙璧之一的《桃花扇》作出全新的詮釋。

中國文學概論

黃麗貞／著

本書內容論述中國從古到今各種文學體類，涵蓋詩歌、散文、楚辭、賦與駢文、小說、詞、散曲、戲劇，並選擇名家的代表作詮釋欣賞，清晰明白地呈現中國各類文學發展的歷史源流與脈絡，作家在其處身的時代、社會中所感發的情懷思想以及作品成就。同時，作者也將自己研究的心得新見，融入各章節中，使本書不但內容充實，搜羅豐富，更有獨特而精準的眼界與眼光。不僅可供相關科系研讀使用，愛好中國文學的人士更可以之作為進一步的參考。

宋詩菁華——宋詩分體選讀

張鳴／編著

宋詩是文化高度繁榮時代社會精神文化、人格修養、審美趣味和想像力的結晶，從藝術構思、手法技巧、遣辭造句等方面皆有所創新，創造了不同於唐詩的美學風格。本書精選宋詩三百六十首，按體裁分體編排，並加詳細注釋和講解，為讀者領略宋詩之美提供參考。前言介紹宋詩文化特色和歷史地位，並概述宋詩發展歷程，可看作一篇簡明宋詩小史；書後還附有入選詩人小傳，都對讀者深入理解宋詩有所助益。

蘇辛詞選

曾棗莊、吳洪澤／編著

全書選錄蘇軾詞七十四首、辛棄疾詞八十七首。本書入選作品，以豪放詞為主，同時也兼顧其他風格的代表作，以期展現詞壇大家不拘一格之風範。本書緊扣蘇辛時代背景，剖析入微，在展現蘇辛獨特風格之外，也力圖再現其心靈的歷程。本書注釋力求簡明地闡釋原文，賞析注重對寫作背景、思想內容與藝術風格的點評，集評則匯聚歷代對該詞的主要評論。前有〈導言〉，末附蘇辛詞總評、蘇辛年表，是將學術性、資料性與鑑賞性集於一體的難得佳作。

李杜詩選

郁賢皓、封野／編著

李白與杜甫是中國古代詩歌史上最璀璨的兩顆明星，兩人同處於盛唐時代，又有深厚情誼，他們以各自特有的稟賦與成就，將中國詩歌藝術推上了頂峰。本書精選李杜詩各七十五首，多為代表性的作品，力求各體兼備，並顧及各個時期，期使讀者能從中領略李杜詩歌的精髓。